BASTEI
LÜBBE

Robert Lamont

Der Kristall der Macht

Zamorras größtes Abenteuer

BASTEI
LÜBBE

BASTEI-LÜBBE-TASCHENBUCH
Band 13 607

Erste Auflage:
Dezember 1994
Zweite Auflage:
März 1995

Lektorat: Michael Schönenbrôcher/
Stefan Bauer
Titelbild: Mariano Perez Clemente
Umschlaggestaltung:
Quadro Grafik, Bensberg
Satz: KCS GmbH,
Buchholz/Hamburg
Druck und Verarbeitung:
Cox & Wyman Ltd.
Printed in Great Britain

ISBN 3-404-13607-1

Der Preis dieses Bandes
versteht sich einschließlich der
gesetzlichen Mehrwertsteuer.

Erstes Buch

DAS ZAUBERSCHWERT

Kapitel 1

Professor Zamorra, Parapsychologe von Beruf und Dämonenjäger aus Berufung, war von Sir Montgomery Perkinss nach Wales gebeten worden. Der betagte Herr interessierte sich für unerklärliche Phänomene, fremde Welten und Okkultismus und beabsichtigte, eine längere Abhandlung über ›Geistes-Verbindungen zu imaginären Welten‹ zu schreiben: Er hatte Zamorra als ›Fachberater‹ engagiert und zeigte sich dabei finanziell als überaus großzügig. Zamorras Lebensgefährtin Nicole Duval, die als Sekretärin fungierte, bezeichnete den Earl deshalb in liebevollem Spott als ›Scheinwerfer‹.

Natürlich wäre Zamorra nicht allein der Bitte des Earls wegen nach Wales gekommen. Aber da er als Gastdozent eine Vortragsreihe an der Universität von Oxford gehalten hatte und sich deshalb ohnehin im Land befand, war es kein Problem gewesen, auch noch für ein paar Tage einen Abstecher nach Cardiff zu machen.

Und nun hatte Nicole Duval eine Idee entwickelt, die anfangs noch so ungefährlich klang ...

»Merlins Burg«, hatte sie gesagt und damit das Stichwort gegeben. Zamorra runzelte nur leicht die Stirn, lehnte sich im Ledersessel im Foyer des Hotels zurück und nippte am Cognac. Die bezaubernde Nicole saß ihm gegenüber, hatte ein Bein über das andere geschlagen und die Arme hinter dem Kopf verschränkt. Ihren figurumschmeichelnden hellblauen Pullover durchzogen Silberfäden, die im Licht der tiefhängenden Kerzenlampen funkelten.

Zamorra schürzte die Lippen. Leicht beugte er sich vor, setzte den Cognac-Schwenker zurück auf die niedrige Glasplatte und sah Nicole fragend an. »Was ist damit?«

»Mir kam gerade eine Idee«, sagte sie und sah an ihm vorbei zum Glasportal des Hoteleingangs. Gerade hatte Sir Montgomery Perkinss sich verabschiedet. Ein erneuter, ausführlicher ›Fachvortrag‹ lag hinter ihnen, ein erneuter, großzügiger Honorarscheck vor ihnen auf dem Glastisch, und mit einem Aktenkoffer voll Notizen war Sir Montgomery wieder gegangen. Zamorra, der so wenig nach einem Professor aussah und eher als Darsteller in einem James-Bond-Film hätte mitwirken können, lächelte. »Deine Ideen sind es, die ich zuweilen fürchte«, erklärte er. »Sag an, was durch dein ruheloses Hirn spukt.«

»Wir könnten, da wir nun schon mal in der Gegend sind, nach dieser Burg Ausschau halten. Carmarthen ist nur etwas über hundert Kilometer entfernt, und Caermardhin muß doch in unmittelbarer Nähe liegen, wenn man den Legenden glauben darf.«

Zamorra nickte.

Beide waren schon in Merlins Burg gewesen. Der Zauberer hatte sie mit seiner magischen Macht zu sich gelotst. Aber gefunden hatte sie nie ein Mensch, wenn der geheimnisvolle Zauberer es nicht wollte. Seine Burg war für Menschen unsichtbar. Nur wenn höchste Gefahr drohte, schwand die Unsichtbarkeit und wurde für die Bewohner des Dorfes unten im Tal zum Alarmzeichen. Oft schon waren Männer hinaufgezogen und hatten dort gesucht, wo sie in Krisenzeiten die unsichtbare Burg auftauchen sahen, doch gefunden hatten sie nie etwas. Es war, als sei die Burg nicht nur unsichtbar, sondern auch teilweise in einer anderen Welt.

»Wir sind damals von der anderen Seite her gekommen«, entsann sich Zamorra. »Von Cwm Duad.«

In jenem kleinen Ort hatten sie vor Jahren einen Vampir gejagt und waren dabei in eine weit größere Aktion hineingestolpert. Schwarze Schattenwesen, deren wahre Gefährlichkeit sich nur erahnen ließ, die Meeghs, hatten einen Angriff auf Merlin gestartet.

Da war Caermardhin, Merlins Burg, sichtbar geworden. Und gemeinsam mit dem geheimnisumwobenen Zauberer hatten sie die Meeghs vernichtet und ein Zeitparadoxon geschaffen, das Merlin fast getötet hätte. Monatelang hatte er nichts von sich hören lassen, war in einer geheimen Kammer verschwunden, in der er sich regenerierte, neue Kraft schöpfte, wie er andeutete. Aber es schien, als habe er noch immer nicht zu seiner ursprünglichen Größe zurückgefunden.

Und jetzt wollte Nicole Merlins Burg wiederfinden!

In etwa wußte sie, wo sie zu suchen hatten, aber das wußten die Leute in Cwm Duad auch, die schon jahrhundertelang vergeblich versuchten, die Burg zu finden.

»Warum?« fragte Zamorra jetzt. »Was versprichst du dir davon?«

Sie zuckte mit den Schultern. »Eine Menge«, erklärte sie. »Vielleicht brauchen wir die Burg einmal. Du weißt so gut wie ich, daß Château Montagne nicht mehr sicher ist. Trotz der Sperren, trotz der Abschirmungen durch Bannsprüche und Dämonenbanner ist es den Schwarzblütigen doch mehrmals gelungen, einzudringen.«

Zamorra nickte. Ein harter Zug erschien kurz in seinen Mundwinkeln. Nur zu deutlich entsann er sich, daß sogar schon Asmodis persönlich, der Fürst der Finsternis, sein Unwesen in der sorgsam abgeschirmten Burg getrieben hatte.

»Du meinst also, daß wir uns im Falle eines Falles in Merlins Burg zurückziehen könnten? Ich glaube nicht daran, Nici. Wenn Merlin es wollte, hätte er es uns längst ermöglichst. Ein Mensch würde es uns schon allein aus Dankbarkeit für unsere bisherigen Hilfsaktionen gewähren. Aber Merlin ist sicher kein Mensch. Ich bin mir nicht einmal sicher, ob er den Begriff ›Dankbarkeit‹ überhaupt kennt. Und ohne sein Wissen, ohne seine Einwilligung kommen auch wir nicht in die Burg.«

»Wir sollten es darauf ankommen lassen«, verlangte Nicole.

»Wenn wir Caermardhin nicht finden, haben wir eben einen Trimm-Dich-Urlaub hier in Wales verbracht.«

»Meinetwegen«, kapitulierte der Mann, den sie den Meister des Übersinnlichen nannten. »Legen wir also noch ein paar Tage zu und suchen die Nadel im Heuhaufen.«

Nicole sprang auf, kam um den niedrigen Tisch herum und spielte auf Zamorras Sessel Untermieter. Ungeachtet der verweisenden Blicke des Personals kuschelte sie sich an ihn. Und daß derlei Lustbarkeiten in der Öffentlichkeit eines walisischen Nobel-Hotels durchaus unüblich waren, hinderte sie nicht daran, Zamorra hingebungsvoll zu küssen. »Du bist ein Schatz, *cheri«*, beendete sie ihre Knutsch-Orgie.

Zamorra schwante Böses für sein gestreßtes Bankkonto. Denn wie er Nicole kannte und diesen neuerlichen Temperamentsausbruch deutete, würden die zusätzlichen Tage in Wales nicht nur für die Suche nach der geheimnisvollen Burg herhalten müssen, sondern auch für eine ausgedehnte und kostspielige Mode-Einkaufstour.

Wie üblich.

Gegen Mittag des folgenden Tages brachen sie dann endlich auf, obgleich sie beide von ihrer sonstigen Gewohnheit abgegangen waren, lange zu schlafen. Beide, Zamorra wie Nicole, hielten nicht viel von übermäßig frühem Aufstehen, wenn es nicht unbedingt erforderlich war.

Nicole hatte sich ›geländegängig‹ ausstaffiert – und das war auch der eigentliche Grund für den relativ späten Aufbruch. Wie üblich mit zehn Koffern vom Château Montagne abgereist, wurde deren Inhalt selbstredend erst gar nicht ausgepackt, sondern Frau kaufte neu ein. Also hatte Zamorra sie mit dem üblichen Protest auf ihrer Tour begleiten müssen. Für erheblich zuviel Geld hatte sie sich einen schneeweißen Jeans-Anzug zugelegt: »Weil das Material doch so unheimlich strapazierfähig ist und ich kaum im Abendkleid durch den Wald schleichen kann, nicht wahr, *cheri?«* Angesichts eines roten Kußmundes hatte Zamorra dann seine Einwände über den Farbkontrast zwischen Anzug-weiß und Wald-grün vorzubringen vergessen. Immerhin hatte Nicole noch feuerrote Lederstiefel und eine ebenso rote Bluse geordert. Zu Zamorras stillem Wohlgefallen trug sie die fünf obersten Knöpfe geöffnet, hatte sich indessen halbwegs züchtig mit einem seidenen weißen Halstuch bedeckt.

Innerhalb weniger Minuten hatte Zamorra dann einen Range Rover gemietet, um so wenig wie möglich zu Fuß gehen zu müssen. Wozu war die Technik schließlich da? Auf dem Beifahrersitz hatte sich Nicole jetzt malerisch hingestreckt und betrachtete aus halbgesenkten Lidern die an ihnen vorbeifließende Umgebung.

Zamorra trat das Gaspedal voll durch. Der Luxus-Geländewagen, der über eine erstaunlich umfangreiche Ausstattung verfügte, erreichte mit seiner durstigen Achtzylinder-Maschine vorzügliche Fahrleistungen. Von Cardiff nach Carmarthen benötigte Zamorra nicht einmal eine Dreiviertelstunde.

Vor Carmarthen bog der Professor ab in Richtung Cwm Duad. Er selbst hatte sich wesentlich weniger auffällig als Nicole in ein blaukariertes Sporthemd, Cordjacke und Jeanshose samt wadenhohen Stiefeln gekleidet. Es hatte nach Regen ausgesehen, und Zamorra kannte den feuchten Waldboden um Cwm Duad von früher. Er hegte die heimliche Befürchtung, daß Nicoles Erscheinung sehr bald leiden würde.

»Sollen wir in das Dorf hineinfahren?« fragte er, als am Horizont die ersten Häuser auftauchten. Nicole zuckte mit den Schultern. »Ich habe nichts dagegen«, bemerkte sie. »Vielleicht können wir einen schönen Kaffee trinken und gleichzeitig nachforschen, ob sich in der Zwischenzeit einschneidende Dinge verändert haben.«

»Kaffee?«

»Wir sind hier in Wales, nicht in England«, belehrte ihn Nicole. »Und damit ist zu hoffen, daß der Kaffee hier ein wenig leidlicher ist als bei diesen Tea-Fans.«

Der Professor grinste und drosselte das Tempo des Range Rovers. Sie rollten in das Dorf. Vor der Gastwirtschaft mit dem sinnigen Namen ›Hanged Fletcher‹, stoppte er. Die Tür war geöffnet, und ein Schild verhieß einen reichhaltigen und warmen Mittagstisch.

Nicole reckte und streckte sich nach der inzwischen doch gut einstündigen Fahrt. »Na schön, nehmen wir doch ein paar Häppchen zu uns, nach der alten Soldatenweisheit: Wer weiß, wann's wieder was gibt.«

Zamorra sah sie überrascht an. »Woher kennst du alte Soldatenweisheiten?« fragte er. »Betrügst du mich neuerdings mit einem Trooper Ihrer Königlichen Armee? Indien-Veteran oder so?«

Nicole lachte. »Mit einem? Mit einer ganzen Kompanie!« scherzte sie. »Was glaubst du, warum ich heute morgen so müde war?«

»Warte, meine süße Sekretärin«, sagte er finster drohend, »ich glaube, du bist nicht genügend ausgelastet. Ich werde dich ab jetzt öfters zum Diktat bitten.«

»Mit Vergnügen«, sagte sie lachend und griff nach seiner Hand. »Hoffentlich halten deine Knie das aus. Komm, laß uns hineingehen.«

»Er ist nah«, sagte zu dieser Zeit ein Wesen, dessen wirkliches Alter niemand kannte. Der Mann, dessen Augen die Weisheit von Jahrtausenden ausstrahlten und doch so unglaublich jung aussahen, stand ruhig da, die rechte Hand fast bis zum Gesicht erhoben. Die Fingerspitzen zeigten in nordöstliche Richtung. Etwa dorthin, wo Cwm Duad liegen mußte. Etwas Ehrfurchtgebietendes ging von diesem Mann aus, der eine weiße Kutte trug. Blutrot leuchtete ein wallender Umhang.

»Er?« fragte die Stimme einer Frau, deren goldenes Haar bis auf die Hüften hinabfloß und schwach knisterte, wenn sie sich in ihrer geschmeidigen, katzenhaften Art bewegte. Grün leuchteten ihre Augen im dämmrigen Licht.

Der alte Mann nickte.

»Er wird die Kristallgrotte erreichen«, sagte er.

»Jetzt schon? Ist es nicht zu früh?«

»Es ist zu früh«, bestätigte der Alte mit abermaligem Nicken. »Doch es paßt in ein andere Geschehen. Er muß die Grotte betreten, um den Kristall zu berühren.«

»Nur den Kristall, nicht das Schwert?«

»Der Kristall wird gut für das Schwert sein, denn noch darf Caliburn nicht erwachen. Erst, wenn sie zwölf sind um ihn, darf es geschehen. Zwölf müssen es sein.«

»Wie damals, nicht wahr?« fragte sie heiser. Ihre Augen hingen an den Lippen des Alten.

»Ja, wie damals, als sie zwölf waren, die ihrem Meister folgten. Und doch – einer von ihnen verriet ihn um dreißig Silberlinge. Wie damals, als sie zwölf waren und Mordred ihn verriet, der König von Britannien war . . .«

»Und wer wird ihn diesmal verraten?«

»Ich weiß es nicht«, sagte der Alte. »Es darf keinen dritten Versuch am dritten Mann geben. Deshalb wird die Auswahl diesmal sorgfältiger getroffen werden müssen. Und je mehr sie werden, desto größer ist auch die Gefahr, daß sich abermals ein Verräter in ihre Reihen einschleicht . . . deshalb wird es keine neue Tafelrunde geben dürfen! Sie müssen einzeln wirken in seinem Sinne.«

»Und in deinem, alter Hexenmeister!«

Er lächelte schwach. »Ja . . .«, und sein *Ja* sagte doch alles!

»Vielleicht dauerte es noch hundert Jahre, bis es soweit ist. Vielleicht dauert es tausend Jahre. Er wird die Zeit haben, wenn er nicht schwach wird. Denn schon bald wird der Unsterbliche der *Erbfolge* ihm, dem *Auserwählten*, den langen Weg zur *Quelle des Lebens* zeigen müssen. Vielleicht wird dies, wozu ich ihn zwinge, seine Bewährungsprobe. Vielleicht wird es ihn auch vernichten und die Suche beginnt von vorn. Vielleicht werden die anderen in der Zeit vergehen und durch andere ersetzt werden, bis sie wieder zwölf sind . . . Damals geschah alles überhastet. Diesmal haben wir Zeit.«

Sie sah in seine Augen und entdeckte ein ganzes Universum und die Ewigkeit darin.

»Was ist der Sinn?« fragte sie flüsternd. »Und – wer bist du wirklich?«

Langsam breitete er die Arme aus und streckte die Handflächen nach oben. »Ich darf dir den Sinn nicht sagen, nicht einmal ihm selbst. Denn selbst ich mit all meiner Macht habe Gesetzmäßigkeiten zu gehorchen in diesem Universum, denen ich nicht entrinnen kann. Vielleicht kenne ich diesen Sinn selbst nicht. Vielleicht bin ich selbst nur ein Werkzeug einer höheren Macht und durchblicke das Spiel nicht . . .«

Sie schluckte.

»Du?« hauchte sie. »Du, Merlin . . .?«

Beiläufig hatte Zamorra den Grund ihres Aufenthalts erwähnt, als der Wirt wieder abräumte und die Rechnung präsentierte.

»Merlins Burg?« echote er, zog einen weiteren Stuhl an den Tisch und ließ sich darauf nieder. »Die wollen Sie wirklich suchen?«

»Wir rechnen uns gute Chancen aus«, sagte Zamorra. »Ich habe schon gehört, daß die Bewohner Cwm Duads seit langer Zeit vergeblich suchen, aber im Notfall habe ich ein Mittel, das mir den Weg eigentlich sogar erzwingen müßte. Immerhin stammt es aus Merlins Hand.«

Dem Gesicht des Wirtes war nicht zu entnehmen, was er dachte. »Magie?« fragte er.

Zamorra nickte, öffnete das Hemd und gab den Blick auf das silberne Amulett frei, das er vor der Brust trug. Der Wirt musterte es fast gleichgültig und räusperte sich.

»Wenn ich Ihnen einen guten Rat geben darf«, sagte er, »dann seien Sie da oben auf dem Berg mit Magie sehr vorsichtig. Gleich, ob es weiße oder schwarze Magie ist. Man hat in den letzten Jahrzehnten böse Erfahrungen gemacht. Dreimal haben Männer versucht, mit Amuletten und anderen Hilfsmitteln die Burg zu finden. Zwei haben darüber den Verstand verloren, den dritten haben wir als verkohlten Ascheklumpen heimgebracht. Ein Blitz traf ihn in einer Nacht, die sternenklar und ohne Gewitter war.«

»Weiße Magie?« fragte Zamorra unruhig, der sich Merlin nicht als Zerstörer vorstellen konnte.

Der Wirt nickte. »Der alte Zauberer hat sich sehr gut abgesichert. Niemand kann ihn erreichen, wenn er es nicht – aber irgendwoher kommen Sie mir bekannt vor. Waren Sie nicht im vorigen Jahr schon einmal hier?«

»Sie haben ein gutes Gedächtnis, Sir«, bemerkte Zamorra. »Ja, und damals war ich auch in Merlins Burg, weil der Zauberer mich zu sich holte.«

Der Wirt nagte an seiner Unterlippe. »Dennoch glaube ich nicht, daß Sie eine Chance haben«, sagte er. »Der *Emrys* läßt niemanden zu sich, wenn er es nicht will. Lassen Sie ab.«

Zamorra und Nicole sahen sich an. Sie verstanden zwar nur wenige Worte Walisisch, aber wenn Zamorras Erinnerung ihn nicht trog, mußte *Emrys* ›Der Göttliche‹ bedeuten oder zumindest auf eine göttliche Stellung hinweisen.

»Wir werden es uns überlegen«, sagte er und erhob sich.

»Ich hoffe, daß sie bald wieder bei mir einkehren«, sagte der Wirt und schüttelte beiden die Hand. In seinen Worten las Zamorra den tödlichen Ernst, der hinter der Warnung steckte.

Und zum ersten Mal keimte in ihm der Verdacht auf, daß irgend etwas nicht stimmte.

Welchen Grund sollte Merlin haben, Menschen, die ihn mit weißer Magie suchten, in den Tod oder sogar Wahnsinn zu schicken?

Nachdenklich stieg er in den Rover. Was verbarg sich hinter dem Geheimnis von Caermardhin?

Mit dem Range Rover fuhren sie soweit den Berg hinauf, wie es eben möglich war. Zamorra verglich den eingeschlagenen Weg ständig mit jenem, den sie damals benutzt hatten. Es mußte der richtige sein. Oben auf dem Gipfel dieses Berges mußte Merlins Burg sich unsichtbar und unauffindbar erheben.

Nach einigen Kilometern ließ Zamorra den Rover ausrollen und spähte weiter nach vorn. Dort rückten die Bäume und Sträucher so eng zusammen, daß es mit dem Wagen schwierig werden würde, wieder hinunterzukommen. Denn egal, wie er sich hinaufbohrte – weiter oben mangelte es an Platz, zwischen den Bäumen zu wenden. Und in Schlangenlinien auf unsicherem abschüssigem Grund zwischen anderen Sträuchern hindurch rückwärts zu fahren, war auch mit einem Geländewagen ein Kunststück.

»Den Rest werden wir wohl zu Fuß zurücklegen müssen«, sagte er und schaltete die Maschine ab. Das sanfte Blubbern des Achtzylinders verstummte.

Nicole öffnete die Tür und sprang hinaus. Der Boden war weich und etwas matschig. Vermoderndes Laub mischte sich mit lehmigem Erdreich. Es konnte noch nicht lange her sein, daß hier ein stärkerer Regenfall niedergegangen war, und über den Baumwipfeln sah es schon wieder so aus, als sei der nächste Guß nicht fern.

»Alles Gute kommt von oben«, murmelte Nicole. »Vielleicht sollten wir es bei besserem Wetter versuchen . . .«

Zamorra war ebenfalls ausgestiegen. Der Schlüssel blieb im Zündschloß stecken; die Türen des Range Rover ließ er unverriegelt. Hier oben konnte allenfalls ein mutiger Fuchs den Wagen stehlen, aber von Füchsen mit Führerschein hatte Zamorra bislang noch nicht gehört.

»Darf ich Mademoiselle beim weiteren Aufstieg behilflich sein?« fragte er, produzierte eine altväterliche Verbeugung und hielt Nicole seinen Arm hin. Sie schüttelte energisch das lange Haar, das bis auf die Schultern hinabfloß. Zur Abwechslung war es wieder einmal fast weißblond; Nicoles Perücken-Tick hatte sich immer noch nicht gelegt. »Ich bin kein Baby mehr«, fauchte sie.

»Ein Super-Baby.« Zamorra schmunzelte. »Komm, laß uns suchen gehen.«

Während sie nach oben gingen, stellte Nicole mit wachsender

Verärgerung fest, daß sich ihre roten Stiefel grünbraun zu verfärben begannen; nasser Wald hinterließ eben seine Spuren. Und wenn ein Ast ihren weißen Anzug berührte, blieb auch das nicht ohne Folgen.

Zamorra öffnete erneut das Hemd und griff vorsichtig nach seinem Amulett. Sollte er es versuchen? Immerhin war Merlin der Schöpfer dieses rätselhaften Gegenstandes. Es mochte sein, daß das Amulett sich nicht von irgendwelchen Unsichtbarkeits-Sphären täuschen ließ.

»Denk daran, was der Wirt murmelte«, erinnerte ihn Nicole, die seine Bewegungen verfolgt hatte und seine Gedanken erriet. »Die Leute, die es mit weißer Magie und Amuletten versucht haben . . .«

Der Enddreißiger sog hörbar die Luft ein. »So ganz kann ich es nicht glauben. Merlin ist selbst ein weißer Magier. Ich traue ihm einfach nicht zu, daß er Suchenden wissentlich Schaden zufügt. Ich nehme eher an, daß die Betreffenden vielleicht doch irgendwelche dunklen Formeln benutzt haben. Meist ist ja die Magie des Teufels auf den ersten Blick einfacher und wirkungsvoller. Der Pferdefuß kommt erst hinterher. Die weiße Magie benötigt andere, aufwendigere Vorbereitungen, da sie ihre Kraft aus schwerer erreichbaren Quellen schöpft.«

Nicole schluckte.

»Dennoch wäre es mir lieber, wenn du es vorerst lassen würdest«, sagte sie.

»Gut, stiefeln wir erst mal weiter durch den Sumpf.«

Hier oben gab es längst keinen Weg mehr. Wer zum Gipfel wollte – und das waren nur sehr selten sehr wenige Menschen –, mußte sich durch die Wildnis kämpfen. Hier oben war der Wald noch in seiner ursprünglichen Form vorhanden. Hier hatte nie die Axt eines Holzfällers gewirkt, hier hatte nie das Auge eines stirnrunzelnden Verwaltungsbeamten hingeblickt. Hier war die Natur noch Natur.

Ein paar Tiere wichen den beiden Menschen aus. Nicole bekam glänzende Augen beim Anblick dieser Wesen, die es sonst nur auf Fotos oder im Zoo hinter Gittern zu beobachten gab. Auch Zamorra blieb des öfteren stehen, um den Hauch der Schöpfung in sich aufzunehmen, der hier noch wirkte.

Und irgendwann erreichten sie den Gipfel des Berges.

Hier oben mußte sich Merlins Burg befinden.

Aber sie war nicht zu sehen.

Sie verbarg sich auch vor Zamorra!

Es gab nicht einmal eine freie Fläche. Auch hier oben war alles bewachsen oder so zerklüftet, daß niemals ein Bauwerk hätte Halt finden können. Und doch mußte es so sein. Zamorra hatte Caermardhin damals mit eigenen Augen gesehen, und er war mit Nicole im Inneren der Burg gewesen.

Aber hier oben konnte nach menschlichem Ermessen niemals eine Burg gestanden haben.

Außer, sie verbarg sich in einer anderen Dimension . . .

Und da entschloß sich der Meister des Übersinnlichen, doch die Hilfe seines Amuletts in Anspruch zu nehmen.

Zu jenem Zeitpunkt ahnte Zamorra noch nicht, was ihn erwartete. Mit ruhigen Bewegungen zog er das Amulett hervor, das an der silbernen Kette um seinen Hals hing. Er streifte die Kette über den Kopf.

Es war eine etwa handtellergroße, silberne Scheibe, in deren Zentrum sich ein Drudenfuß befand, ein fünfzackiger Stern im Kreis. Darum zogen sich die Symbole der zwölf Tierkreiszeichen, und den äußeren Ring bildete ein Silberband mit Hieroglyphen, die noch kein Mensch hatte entziffern können. Die besten Experten der Erde hatten vor diesen Zeichen kapituliert, weil es in keiner irdischen Schrift, sei es aus Vergangenheit oder Gegenwart, eine Vergleichsmöglickeit gab. Und doch war es eine Schrift.

Merlin, der geheimnisvolle Zauberer, hatte dieses Amulett aus der *Kraft einer entarteten Sonne* geschaffen. Dabei war für Zamorra ungeklärt geblieben, was eine *entartete* Sonne war. Aber Merlin *hatte einen Stern vom Himmel geholt* und daraus das Amulett geformt, dessen rätselhafte Energien Zamorra bisher immer Schutz geboten hatten vor den Mächten der Finsternis.

Außer der Entstehungsgeschichte, die er in ferner Vergangenheit selbst miterlebt hatte, wußte Zamorra recht wenig über diese Silberscheibe, die damals eine Zeitlang Leonardo de Montagne gedient hatte, einem von Zamorras Vorfahren, der einen Pakt mit dem Teufel geschlossen hatte. Erst später hatte Zamorra sie erhalten und dem eigentlichen Zweck zugeführt – dem Kampf wider die Höllenmacht.

Was das Amulett nun wirklich war und was es vermochte, konnte er auch nach einigen Jahren nicht genau sagen. Zamorra wußte lediglich aus gewonnenen Erfahrungen, daß er durch Berühren bestimmter Hieroglyphen in bestimmter Reihenfolge oder durch gedankliche Konzentration bestimmte Effekte erzielen konnte. Damit erschöpfte sich sein Wissen auch schon. Er wußte nur, daß das Amulett über eine nicht geringe Machtfülle verfügte – und daß es in letzter Zeit häufiger vorkam, daß es ihm eigenmächtig die Entscheidung abnahm.

Und das gefiel ihm gar nicht. Es konnte mehrere Bedeutungen haben. Eine war, daß ihm das Amulett über den Kopf wuchs und ihn irgendwann einmal beherrschen würde, wie zur Zeit er selbst es noch beherrschte. Eine andere Möglichkeit war, daß seine eigene Urteils- und Entscheidungskraft in letzter Zeit nachließ, weil er sich unbewußt darauf verließ, das Amulett würde ihn im Zweifelsfall doch noch wieder aus der Patsche holen. Und so mochte das Amulett vielleicht seine eigenen Entscheidungen vorwegnehmen . . .

Ich muß versuchen, mich ein wenig von ihm zu lösen und mehr auf eigenen Füßen zu stehen, dachte er.

Nicole schien von seinen Überlegungen nichts zu ahnen. Sie hatte sich ungeachtet der feuchten Rinde an einen Baum gelehnt; viel zu verderben war an ihrem Anzug ohnehin nicht mehr. Schweigend sah sie ihm zu.

Zamorra drehte das Amulett ein wenig zwischen den Händen, dann konzentrierte er sich auf die gedankliche Vorstellung dessen, was er erwartete.

Doch das Amulett reagierte nicht.

Es tat ihm den Gefallen nicht, zum *Radarschirm* zu werden und die Tarnung zu durchbrechen, die Merlin wie einen Laurin-Mantel über seine Burg gelegt hatte.

Nach ein paar Minuten gab Zamorra es auf. Ihn schwindelte; die geistige Konzentration und die krampfhaften Bemühungen, jeden anderen Gedanken auszuschalten, laugten ihn rasch aus. Er hängte sich die Silberscheibe wieder um.

Es begann bereits zu dämmern, und ein paar Tropfen fielen auch vom Himmel. Zamorra hob unbehaglich die Schultern.

»Wir sollten es morgen noch einmal versuchen«, schlug er vor. »Laß uns zusehen, daß wir zum Rover zurückkommen. Unter den Laubdächern wird es noch rascher finster als im Freien.«

Nicole nickte.

»Schade«, sagte sie, während sie sich zum Gehen wandte. »Dabei bin ich mir völlig sicher, daß wir uns unter normalen Umständen bereits *innerhalb* der Burg befinden müßten.«

Zamorra grinste.

»Was ist bei Merlin schon normal?« fragte er. »Laß uns gehen. Wir müssen zusehen, daß wir wieder ein Dach über den Kopf bekommen. Der Nächte werden hier reichlich kühl.«

Langsam machten sie sich an den Absteig und verschwanden zwischen den Bäumen und Sträuchern der Hang-Bewaldung.

Warum hat es nicht geklappt? fragte Zamorra sich unaufhörlich. Welchen Grund hatte Merlin, sich vor Zamorra zu verbergen?

Er ahnte nicht einmal, was der Zauberer von Avalon *wirklich* beabsichtigte!

Leicht berührte der Weißhaarige mit dem roten Umhang die nackten Schultern der Goldhaarigen. Ihre samtige Haut war warm unter seinen Fingerspitzen.

»Es ist soweit«, sagte er leise. »Er ist jetzt dort, wo er sein soll. Er wird Caliburn sehen und den Kristall berühren.«

Ihre Stimme zitterte leicht, als sie ihn fragte: »Und – wenn er nicht den Kristall, sondern das Schwert berührt? Sie sind noch keine dreizehn mit ihm!«

»Der Kristall wird gut für das Schwert sein. Es mußt jetzt geschehen.«

Er zog seine Hände zurück. Ein paar Schritte wich sie zurück, in ihren Druiden-Augen standen tausend Fragen.

»Du weißt, daß du ihn damit in den Tod schicken kannst.«

»Mußt du mich noch einmal daran erinnern?« fragte er zurück, und noch leiser, aber auch ruhiger war seine Stimme dabei geworden. Fühlte er jetzt die Last der Jahrtausende, die er möglicherweise nicht einmal mehr zählen konnte? »Er wird in meinem Sinne handeln – oder sterben. Stirbt er, werde ich wohl noch einmal tausend Jahre oder mehr warten müssen, bis sich ein Vierter findet, der den Plan erfüllen kann ... und ich kann ihm nicht helfen! Diesmal nicht!«

»Merlin – Merlin, wer zwingt dich?« fragte sie wie der Windhauch, der durch Baumwipfel streift.

Er wich der Frage aus. Mit seiner Kehrtwendung zwang er sie, ihm zu folgen. Vor ihr verschwand er im *zeitlosen Sprung*, und als sie ihm auf dem gleichen Weg folgte, waren sie im *Saal des Wissens* angekommen.

Was wollte er ihr zeigen?

Auf einem kleinen Podest in der Mitte des Saales schwebte frei in der Luft die große Kugel, in der sich ein Bild zeigte. Holographisch exakt und dreidimensional. Wanderte man auf die andere Seite der Kugel, konnte man das gezeigte Objekt von der Rückseite betrachten.

Die Goldhaarige hatte keinen Blick für den Prunk und die Unfaßbarkeiten im Saal. Sie war schon öfters hier gewesen, der Reiz fast verflogen. Aber was die Bildkugel Merlin und ihr zeigte, hatte sie noch nicht gesehen.

Naturgetreu übertrug sie wie eine Fernsehanlage die kristallklare Helligkeit einer Grotte, aber jene, die in gläsernen Schreinen lagen, waren ihr fremd.

»Merlin, wer sind sie?«

Er schwieg noch immer, aber dann machte seine rechte Hand eine Geste, die sie nur nach dem magischen Gehalt deuten konnte.

Jene in den Schreinen stammten nicht von dieser Welt ...

Endlich brach er sein Schweigen, aber nur um sie zu bitten, ihn zu verlassen. »Laß mich allein Teri, weil ich es allein tun muß.«

Sein Wort war Gesetz.

Schweigend wandte die Druidin sich um und verließ den Mann, der vielleicht das älteste, bestimmt aber das einsamste Geschöpf der Welt war.

Merlin wartete, bis Teri gegangen war. Dann erst begann er zu handeln.

Im Dämmerlicht, das zwischen den Bäumen herrschte, wirkte Nicole in ihrem ehemals weißen Anzug wie ein schillernder Lichtfleck. »Irgendwie habe ich das Gefühl, daß der Abstieg länger dauert«, bemerkte sie und schüttelte sich leicht. Es war kühl geworden. »Meinem Zeitgefühl nach müßten wir längst am Wagen sein.«

Zamorra nickte. Auch ihm war es bereits so vorgekommen. Aber er konnte sich auch täuschen. Die gespannte Erwartung beim Aufstieg mochte die Zeit verkürzt haben.

»Pause?« fragte er.

Nicole schüttelte den Kopf. »Das fehlt uns gerade noch, daß wir uns noch länger hier vergnügen. Hörst du es rauschen? Es hat angefangen zu regnen. Nicht mehr lange, und es kommt auch durch das Blätterdach.« Sie sah in die Runde. »Das Viehzeug hat sich auch schon zurückgezogen . . .«

Sie erstarrte.

Mit ein paar Schritten war Zamorra bei ihr. »Was ist los?«

»Schau mal«, sagte sie und deutete mit ausgestrecktem Arm in eine Richtung seitwärts ihres Weges.

An dieser Stelle ragte eine Feldnase aus dem Boden hervor. Es war, als habe jemand einen der Stonehenge-Megalithen hier am Berghang zur Hälfte vergraben, und die andere Hälfte trat zutage und lag auf dem schrägen Boden. Der Pflanzenbewuchs reichte bis an den Stein heran. Moss wucherte an ihm empor. Vielleicht war dieser Klotz schon vor ein paar hundert Jahren freigespült worden und stellte unter Beweis, daß dicht unter dem Erdboden Fels begann.

»Und?«

»Mir war, als sei der Stein gerade für ein paar Sekunden vollkommen durchsichtig gewesen«, sagte sie.

Du bist verrückt! wollte Zamorra sagen, verbiß es sich aber gerade noch. Fels, der durchsichtig wurde? Aber Nicole war nicht die Frau, die in jedem Lampenschirm eine Flotte fliegender Untertassen sah, und sie hatte noch nie zu Hysterie geneigt.

»Wie Glas . . .«

Beide sahen sie gleichzeitig zum Gipfel empor, als könnten sie durch die Bäume hindurch Merlins Burg erkennen, aber nichts regte sich oben. Zamorras Fingerkuppen glitten tastend über das Amulett.

Keine Reaktion . . .

»Bist du sicher, daß du dich nicht getäuscht hast?« fragte er sicherheitshalber. Doch sie schüttelte energisch den Kopf und ging jetzt schnurstracks auf den Felsen zu, obgleich die ersten Tropfen bereits das Blätterdach passiert hatten und hier unten ankamen. Innerlich bereitete Zamorra sich darauf vor, sich Schwimmhäute wachsen lassen zu müssen, bis sie den Geländewagen wieder erreicht hatten. Und im Dunkeln den Berg hinunterzufahren, war auch nicht die angenehmste aller Vorstellungen.

Zamorra erreichte den Felsen und berührte ihn mit den Händen. Wie normaler Stein fühlte er sich an, und Zamorra glaubte von sich sagen zu können, selbst blind jederzeit Glas und Stein unterscheiden konnte.

Das hier war Stein und blieb Stein!

»Und trotzdem habe ich ihn für ein paar Sekunden durchsichtig gesehen!« beharrte Nicole auf ihrer Behauptung.

In Caermardhins Nähe war alles möglich. »Nici, hast du nur den gläsernen Stein gesehen oder *im* Glas noch etwas anderes?«

Sie begriff den Sinn seiner Frage nicht sofort und grübelte noch darüber nach, warum er plötzlich auf ihre Linie einschwenkte, als er seine Frage wiederholte.

»*Im* Glas . . . du meinst, etwas, warum er sich mir kurz transparent zeigte?«

Er nickte.

Sie schüttelte den Kopf.

»Dann begreife ich nicht, warum er durchsichtig geworden sein soll . . .«

Nicole lehnte sich an den Felsen, der an dieser Stelle doppelt mannshoch war.

Und verschwand darin!

Unten im Pub war es Sam Valk schon zum dritten Mal aufgefallen, daß Dav, der Wirt, zur Tür marschierte und hinaussah. Überhaupt war der Bursche heute unheimlich nervös.

Sam Valk, mit vierzig Jahren immer noch Junggeselle, rief ihn jetzt deswegen an: »Dav, von deinem ständigen Hin- und Herrennen wird mein Steak auch nicht schneller fertig . . . hast du heute Ameisen in der Hose?«

Davs Gesicht verzog sich, aber dann setzte er sich noch kurz zu Sam Valk an den Tisch, der allabendlich im ›Hanged Fletcher‹ zu speisen pflegte. Obwohl Dav mit geringen Gewinnspannen arbeitete, wurde das auf die Dauer ein teurer Spaß, aber Sam trug es mit Gelassenheit. »Eine eigene Frau zu unterhalten, kommt noch teurer, weil sie nicht nur essen und trinken will, sondern auch ständig sündhaft teuren Schmuck und modischen Schnickschnack verlangt . . . nee, nee! Da bleibe ich doch lieber solo.«

Wie es denn so mit der Liebe wäre, hatte ihn einmal jemand gefragt. Da hatte er gegrinst. »Die hat mich noch nicht erwischt«, war seine Antwort gewesen. »Ich lasse mich da überraschen.«

Die andere Hälfte der Menschheit indessen ließ sich in der Regel bei näherem Kennenlernen von mancherlei Eigenheiten Sams überraschen – aber nur einmal, und in der Regel war jede engere Beziehung danach erloschen. Wer begibt sich schon freiwillig in die Hände eines Sklavenhalters?

Dav konnte das Privatleben Sam Valks herzlich egal sein, solange der regelmäßig am Monatsende seine Zeche beglich. Als Stammkunde hatte er Kredit, und Dav machte immer eine große Gesamtrechnung auf.

»Es sind wieder welche aufgestiegen«, murmelte er. »Ausländer. Heute mittag sind sie losgefahren. Sie waren im vergangenen Jahr schon einmal hier.«

Sam Valk runzelte die Stirn.

»Hinauf?« Und er drehte sich sogar in Richtung des Berges um und streckte drinnen in der Gaststube den Arm aus. »Hinauf zum alten Zaubermeister?«

»Sie suchen Merlins Burg, die schon Vysters, Allbourg und Deyann zum Verhängnis geworden ist. Du weißt doch, in welchem Zustand wir sie wieder heruntergeholt haben.«

Sam wußte es nur zu gut, weil er beim Bergungstrupp gewesen war, der damals Deyann geholt hatte. Deyann war ein wimmerndes Etwas gewesen, lallend, um sich schlagend und mit Schaum vor dem Mund. Bis heute hatte er in der geschlossenen Anstalt nicht einmal Besuchserlaubnis erhalten. Vysters hatte es besser gehabt. Den hatte in trockener Sommernacht der Blitz erschlagen.

»Und du konntest sie nicht festhalten?« stieß Sam hervor. »Verdammt, geht das Theater schon wieder los?«

»Ich habe sie gewarnt, mehr konnte ich nicht tun. Sie wollten es mir nicht glauben. Ein Mann und eine Frau. Franzosen, glaube ich.«

Sam verstand jetzt, warum Dav sich so nervös zeigte. Er an seiner Stelle wäre auch nicht viel ruhiger gewesen. »Nur gut, daß es diesmal keiner von uns aus dem Dorf ist, oder haben sie jemanden als Führer beschwatzen können?«

»Sie sind allein mit dem Geländewagen hinaufgefahren.«

Sam schüttelte den Kopf. »Dann werden wir wohl morgen auf halber Höhe wenigstens ein geeignetes Transportmittel finden. Tote oder Idioten zurückholen ... Dav, was macht mein Steak?«

Das konnte noch gerettet werden, aber für Geist und Leben der beiden Abenteurer auf dem Berg gab Sam Valk keinen Pfifferling mehr!

Es geschah alles blitzschnell. Im ersten Augenblick sah Zamorra nur, wie es von Nicole nur noch einen Schattenriß gab – aber nicht in Schwarz, sondern in einer eigenartigen, verwischten Helligkeit. Und dieser Schattenriß verschmolz mit dem Fels, der nun transparent und gläsern erschien!

Vergeblich versuchte Zamorra in seinem Innern etwas zu erkennen, nur Nicoles Schattenriß hob sich deutlich ab und stürzte förmlich dem Zentrum entgegen, dabei immer kleiner werdend wie in unendlichen Fernen.

Und der Fels verlor seine Transparenz wieder!

Nur ein paar Sekunden hatte es gedauert. Stumm und lautlos war Nicole verschwunden, und als Zamorra nachspringen wollte, prallte er gegen massiven Fels.

Er hatte sie geschluckt ...

Ein paar Sekunden lang war da nur eine grenzenlose Leere in Zamorra. Ungläubig schlug er gegen den massiven Fels, in dem Nicole verschwunden war, und schrie ihren Namen.

Dann trat er langsam einige Schritte zurück.

Daß der Regen jetzt in fast unverminderter Stärke herunterkam, störte ihn nicht mehr. Seine Gedanken kreisten nur noch um das Phänomen, das er beobachtet hatte.

Nicole war in dem Felsen verschwunden!

»Aber warum hat das Amulett nicht vor der Gefahr gewarnt?« fragte er sich laut. *Merlins Stern* war ein vorzügliches Instrument, jederzeit gefährliche Einflüsse magischer Art aufzuspüren. Wenn ein Dämon am Werk war, teilte er das seinem Besitzer durch Erwärmung oder leichte Vibration mit.

Doch diesmal war nichts dergleichen geschehen!

Weil es in Wirklichkeit keine Gefahr gab?

Oder weil Merlins Magie zugeschlagen hatte, mit der das Amulett verwandt war?

Er mußte an die Worte des Wirts denken. Der hatte davor gewarnt, auf der Suche nach Caermardhin Magie einzusetzen. Zamorra hatte es oben auf dem Berg dennoch getan.

Hatte er damit Nicoles Verschwinden ausgelöst? Hatte er damit eine magische Falle Merlins aktiviert?

»Nein!« stieß er hervor. Es konnte nicht sein. Die Zusammenhänge mußten anders liegen. Merlin vertrat die Macht des Guten. Der Gute aber stellt keine tödlichen Fallen.

Demnach war Nicoles Verschwinden nicht gefährlich. Oder doch?

Zamorra begann an seinem Verstand zu zweifeln. Der sagte ihm *Ja*, während seine Gefühle ein klares *Nein* aussprachen.

»Merlin . . .«

Zamorra griff nach seinem Amulett, ohne zu merken, daß er bereits vom Regen durchnäßt war. Zwischen seinen Händen hielt er es – und sah die Transparenz!

Er hielt ein gläsernes Amulett in der Hand?

Darin verschwammen Silberfäden wie in Wasser, die sich immer wieder verdickten und verästelten. Die Transparenz verlor sich ganz langsam, zehnmal langsamer als beim Fels, und ließ den Zeitpunkt erahnen, an dem es wieder in vollem Silberglanz erstrahlen würde.

Ein Zeichen?

Auf jeden Fall eine Verbindung!

Zamorra sah drei Pole. Den Fels, das Amulett und Merlin! Sollte der Fels der Weg sein, der zu dem alten Zauberer führte? Hatte Nicole ihn unbemerkt beschritten, und riet das Amulett jetzt, ihr zu folgen?

Aber wenn Zamorra es richtig deutete, dann blieb ihm nicht mehr viel Zeit. Nur noch soviel, wie das Amulett benötigte, um wieder silbern zu werden. Er durfte also nicht mehr lange grübeln, sondern mußte handeln.

»In Ordnung, mein lieber Merlin«, murmelte er. »Dann mach dich mal auf was gefaßt!«

Und mit zwei Schritten war er wieder am Fels und benutzte sein Amulett als *Schlüssel!*

Er preßte es gegen den Fels. Kurze Zeit geschah nichts. Dann aber floß die Transparenz förmlich aus der handtellergroßen Scheibe heraus in den Fels und dehnte sich darin aus. Das Amulett nahm wieder voll seine ursprüngliche Färbung an.

Der Fels dagegen wurde gläsern.

Zamorra schluckte. Aber da erfaßte ihn bereits ein starker Sog und riß ihn in den Fels hinein.

Die optischen Effekte, die er bei Nicole erkannt hatte, konnte er an sich selbst nicht beobachten, dafür aber an der Umgebung, die sich plötzlich nur noch in Form von hellen Schattenrissen zeigte. Er stürzte bereits dem Zentrum des Steins entgegen, der sich plötzlich unendlich ausdehnte und jäh wieder zusammenschrumpfte, als er den Mittelpunkt durchquert hatte.

Auf der anderen Seite gab der Stein ihn wieder frei, spie ihn geradezu aus.

Aber da befand er sich schon nicht mehr am Berghang im Regen.

Zu dieser Zeit hatte Sam Valk unten im ›Hanged Fletcher‹ in Cwm Duad sein Steak verputzt, auch vor Kartoffeln und Beilagen nicht haltgemacht und spülte gerade mit einem hellen Bier nach, als Dav wieder mal zur Tür marschierte, um nach draußen zu sehen.

»Stell doch eine Sturmlaterne aufs Dach«, spöttelte Sam, »damit sie schneller hierher zurückfinden. Dav, sie kommen nicht mehr! Nie mehr!«

Dav ließ sich nicht beirren. Seine Unruhe und Sorge um den Mann und die Frau, die so sympathisch ausgesehen hatten, wurde um so größer, je mehr Zeit verstrich, und inzwischen hatte durch die Regenfront verfrüht die Dämmerung eingesetzt.

»Es regnet . . .«

Damit sagte er Sam nichts Neues, weil er seit einer Viertelstunde so laut gegen die Fensterscheiben trommelte, als stände da draußen jemand und begehrte Einlaß. Da prasselte ein ganz schöner Schauer herunter, und Sam beschloß, noch ein weiteres Bierchen zu trinken.

Im Moment war er Davs einziger Gast. Die anderen würden später erschien oder trauten sich jetzt nicht durch das Unwetter.

Dav war an der offenen Tür stehengeblieben und sah in den Regen hinaus.

Sam stellte fest, daß aus seinem Bierglas außer Luft nichts mehr herauszuholen war, aber Dav dachte gar nicht daran, sich um seinen Gast zu kümmern. All right, dachte Sam, stand auf und ging auch zur Tür.

Er sah nach draußen, über die Häuserzeile hinweg und den Berg hinauf.

Oben auf dem Gipfel, dort, wo Merlins Burg vermutet wurde, hatten sich die Wolken zusammengeballt. Dort oben war der Himmel schwärzer als eine Dezembernacht.

»Ich werd' verrückt!« stieß Sam hervor.

Er sah die Wolken sich dort oben mehr und mehr zusammenballen und verstand jetzt auch Dav, der vor Erregung nicht mehr an seinen Gast dachte.

Auch Sam dachte nicht mehr an Bier!

Er sah nur noch die Regenwolken am Himmel, die von allen Seiten herantrieben!

Aus allen vier Himmelsrichtungen zugleich, und der Mittelpunkt war der Berggipfel!

»Das gibt's doch nicht . . .«

Es war wider alle Natur. Und dennoch blieb das Bild der von allen Seiten zugleich kommenden Wolken, und über dem Gipfel wurde es immer schwärzer.

»Als ob einer am Wetter gedreht hätte . . .«

Dav hatte es hervorgestoßen. Sam sah ihn nicht erstaunt an. Auch er mußte an den alten Zauberer denken, der in der unsichtbaren Burg hausen sollte.

»Jetzt müßte ein Blitz folgen«, murmelte Dav plötzlich und wurde damit zum Propheten. Kaum ausgesprochen, zuckte der Blitz, aber in einer Art, die beiden Männern kalte Schauer über die Haut rinnen ließ.

Es war kein normaler Blitz, und es blieb auch der einzige an diesem Abend. Aber er fuhr nicht von oben nach unten über den Himmel.

Er *kroch* nahezu.

Von unten nach oben!

Zamorra stolperte ein paar Schritte vorwärts, wirbelte blitzschnell um seine eigene Achse und suchte hinter sich vergeblich den Felsen, der ihn ausgespien hatte. Es gab ihn weder als Stein noch als Glas. Dafür sah er eine schimmernde, glattpolierte Stelle in der Wand, die jetzt ihre Transparenz wieder verlor und steingrau wurde.

»Also doch«, murmelte er. »Der Steinbrocken ist ein Eingang zu Merlins Reich.«

Er hängte sich das Amulett wieder um den Hals und sah sich langsam um. Rund zehn Meter neben ihm hatte Nicole gestanden und ging jetzt auf ihn zu. In der eigenartigen Helligkeit waren die Spuren sehr deutlich zu erkennen, die der Wald an ihrem weißen Anzug hinterlassen hatte.

»Hallo«, sagte er gedämpft. Ihre Worte verhallten eigentümlich, als würden sie gleich ein paarmal gebrochen.

Er schloß sie kurz in die Arme und küßte sie. »Ist dir etwas passiert, Nici?« fragte er.

Sie schüttelte den Kopf. »Nein, es war ganz ungefährlich, und ich dachte mir bereits, daß du auf die richtige Idee verfallen und mir folgen würdest.«

»Und jetzt haben wir also doch Caermardhin gefunden«, sagte er. »Wenn auch auf anderem Weg, als wir es ursprünglich vorhatten.«

Sie machte sich aus seiner Umarmung frei. »Dies ist nicht Caermardhin«, sagte sie.

Zamorra schnappte nach Luft. »Wie kommst du darauf? Es gibt eine sehr eindeutige Verbindung zu Merlin, und was außer seiner Burg sollte in dieser Gegend . . .«

Nicole legte ihm den Zeigefinger auf die Lippen. »Ich weiß es«, sagte sie. »Und selbst wenn ich es nicht wüßte, blieben noch mehrere andere Möglichkeiten offen. Ebensogut wie nach Caermardhin hätte uns der Stein in die Bretagne transportieren können, in Merlins Zauberwald Broceliande. Er hat aber beides nicht getan. Das hier ist eine Grotte, die auch in den Sagen um Merlin Erwähnung findet. Hier soll er gehaust haben, ehe er zu König Artus stieß.«

»Er soll doch dessen Vater oder zumindest Ziehvater sein . . .«

»Ebenso, wie Uther Pendragon Artus' Vater sein soll, was ich eher glaube, und ebenso wie Merlin der Sohn des Teufels sein soll, was ich wiederum nicht glaube . . . Warum zuckst du zusammen?«

Zamorra atmete tief durch. »Weil ich durch deine Bemerkung wieder an die Worte des Wirts erinnert wurde!«

»Ich gebe nicht mehr darum, seit ich in dieser Grotte bin«, erwiderte sie. »Die letzte halbe Stunde hat mir einiges bewiesen . . .«

Da starrte er sie an wie ein Gespenst.

»Sie sind zu zweit erschienen«, murmelte der Weißhaarige im *Saal des Wissens* überrascht. »Ich hatte angenommen, daß *er* das Tor in die Grotte als erster finden und allein benutzen würde . . . daß sie ihn begleitet, war nicht vorgesehen . . .«

Aber auch nicht mehr zu verhindern. Die Dinge mußten ihren Lauf nehmen, so oder so.

Merlin starrte in die Bildkugel, die etwas erhöht schwebte. Ringsum spiegelten sich in den Wänden des Saals die Abbilder Abertausender von Galaxien. Es war, als schwebte der riesige Raum irgendwo in Weltraumtiefen.

Mit seinen Ausmaßen sprengte er die Abmessungen von Caermardhin und hatte innerhalb der Burg dennoch rund um sich ein verwirrendes System von Korridoren und kleineren Räumen. Einen größeren Raum in einem kleinen unterzubringen, war ein Kunstgriff, den bislang lediglich Merlin beherrschte.

Er überlegte, ob Nicole Duvals Anwesenheit einen bestimmten

Grund hatte, ob ihm jemand in seine Pläne pfuschte, der vielleicht einen noch größeren Überblick hatte. Doch es gab keinen Grund. Der Auserwählte würde auf sich gestellt sein. Nicoles Anwesenheit konnte Zamorra nur behindern...

Merlins Hände zitterten plötzlich.

Doch es mußte geschehen. Er bereitete sich darauf vor, einzugreifen, wenn die Sekunde gekommen war.

»Eine halbe Stunde? Aber es waren doch höchstens zwei oder drei Minuten!« stieß er hervor. »Ich bin sofort hinter dir her...«

»Und ich bin seit einer halben Stunde hier!« hielt sie ihm vor, und aus ihren Augen sprühten Funken, weil er ihr anscheinend schon wieder nicht glauben wollte. »Ich bin doch nicht verblödet... entweder läuft also hier die Zeit langsamer ab, oder wir haben beide unterschiedlich lange für den Weg durch den Stein gebraucht! Uhrenvergleich!« Sie kommandierte wie ein altgedienter Feldwebel der Fremdenlegion.

Sie schob den Ärmel zurück, um nach ihrer Uhr zu sehen. Zamorra tat es ihr gleich und dann sagten beide im selben Moment: »Sie steht!«

Aber trotzdem blieb Nicole dabei, sich seit gut einer halben Stunde in der Grotte aufzuhalten.

»Dann kannst du mir ja mal die Sehenswürdigkeiten erklären«, verlangte Zamorra lächelnd.

»Soll ich dir zeigen, was du selbst sehen kannst?« fragte sie mißmutig.

Erneut warf er einen Blick in die Runde. Eine gleißende, aber nicht blendende Helligkeit hüllte den Saal schattenlos ein. Das Licht sprang aus allen Wänden zugleich hervor.

Wände, die Kristalle waren... oder Diamanten... auf die Schnelle konnte Zamorra es nicht sagen. Aber überall funkelte und strahlte es in geradezu unglaublicher Pracht. Zamorra verzichtete darauf, sich die Milliardenwerte vorzustellen, die hier allein in den Wänden steckten. Es war unglaublich, für ihn aber keine Versuchung. Reichtum hatte ihn noch nie gereizt.

»Es gibt keine Zweifel. Die Höhle muß zu Merlin gehören, weil er allein in der Lage ist, so etwas zu erschaffen«, flüsterte Zamorra.

Etwa hundert Meter durchmaß die Höhle in der Länge, fünfzig in der Breite, und war dabei gute zwanzig Meter hoch an ihrem höchsten Punkt. Wände und Decke waren unregelmäßig ausgeformt und deuteten darauf hin, es mit einer natürlichen Höhle zu tun zu haben, die allenfalls hier und da erweitert und im Boden begradigt worden war. Und sämtliche Wände waren mit diesen funkelnden, schattenlose Helligkeit ausstrahlenden Edelsteinen ausgekleidet worden!

Zamorra tat ein paar Schritte vorwärts. War die Höhle leer?

Nicole schien seine nur in Gedanken formulierte Frage verstanden zu haben. »Ich habe auch erst angenommen, daß es hier nichts gibt, aber ein paar Schritte weiter wartet eine interessante Überraschung.« Welcher Art diese Überraschung war, verriet sie nicht.

Lächelnd ging sie voraus. Zamorra verfolgte einige Herzschläge lang ihre geschmeidigen, herausfordernden Bewegungen nur mit den Augen, dann setzte er sich in Bewegung.

»Und jetzt?« fragte er nach dem zwanzigsten Schritt, als sich die angekündigte Überraschung immer noch nicht gezeigt hatte.

»Noch zwei Meter!« behauptete vor ihm Nicole und blieb plötzlich stehen.

Zamorra schloß zu ihr auf, öffnete den Mund, um wieder etwas zu sagen, und brachte dann doch keinen Ton über die Lippen.

Die Überraschung war Nicole gelungen.

Direkt vor ihm riß beim letzten Schritt etwas auseinander wie ein Schleier, und aus dem Nichts heraus entstand etwas, das scheinbar vorher noch nicht existiert hatte.

Zwei gläserne Schreine.

Zamorra überwand seine Überraschung und ging ein paar rasche Schritte vorwärts, die ihn bis vor die beiden Schreine führten. Sie standen auf nachtblauen Sockeln, durch einen halben Meter Zwischenraum voneinander getrennt. Rund drei Meter lang und halb so breit, erhob sich eine achtflächige Glaskuppel über jedem von ihnen. Der Innenraum war mit goldenem Samt ausgeschlagen.

Und sie waren nicht leer . . .

»War es das, was du mir zeigen wolltest?« flüsterte Zamorra. Unwillkürlich tastete seine Hand nach ihr, legte sich sanft um ihre Schultern. Nicole schmiegte sich an ihn.

»Ja . . .«

Es schienen Menschen zu sein. Einer in jedem Schrein. Wie im Traum musterte Zamorra sie. Ein Mann und eine Frau. Sie mochten etwa achtzehn oder zwanzig Jahre alt gewesen sein, als sie sich in die gläsernen Schreine legten. Beide waren sie nackt und von vollkommenem Ebenmaß. Alles an ihnen war kraftvoll und schön. Fast *zu* schön, um wirklich menschlich zu sein. Sie lagen wie schlafend da, die Arme über der Brust gekreuzt, aber die Augen waren geöffnet.

Tiefschwarz waren diese Augen. Weißblond dagegen das Haar.

»Wer mögen sie sein?« flüsterte Zamorra, als fürchte er, die Schläfer durch sein Sprechen aufzuwecken.

»Keine Menschen«, gab Nicole leise zurück.

Er fuhr herum, sah ihr in die Augen. »Was?«

»Sie sehen wie Menschen aus, sind auch menschlich . . . glaube ich . . . aber sie sind keine Menschen. Sie sind nicht aus unserer Welt.«

Er atmete tief durch. »Woher weiß du das alles?« fragte er hastig. »Du hast vorhin schon einmal eine Bemerkung gemacht, die . . .«

»Irgendwoher fließt mir das Wissen zu«, sagte sie leise. »Ich weiß nicht, woher es kommt, es ist einfach da. Und es ist bei weitem nicht alles, nur Andeutungen.«

»Wer mögen sie sein, wenn sie keine Menschen sind?«

Nicole zuckte mit den Schultern.

»So etwa müssen sich die Menschen des Altertums ihre Götter vorgestellt haben«, sagte sie.

Abermals zuckte Zamorra zusammen. *Götter* . . . ja, so könnten Götter aussehen. Ewige Jugend, Kraft und Schönheit . . . es fiel ihm schwer, den Blick von diesen ebenmäßigen Körpern zu lösen. Sie waren der Idealtraum, für den es niemals Kompromisse gab. Vielleicht waren sie sogar etwas *zu* schön . . .

Künstliche Schönheit . . . ?

Der Gedanke wurde so rasch wieder verdrängt, wie er aufgetaucht war. Aber ein anderer Gedanke entstand.

»Warum? Warum stoßen wir auf sie? Wir haben Merlins Burg gesucht, und nun finden wir hier tief im Berg eine Höhle mit zwei Schläfern. Aus welchem Grund? Will Merlin sie uns zeigen? Wenn ja, weshalb?«

Nicole lächelte. »Mir spukt gerade ein wahnwitziger Gedanke durchs Großhirn. Vielleicht klappen gleich die Deckel auf, die beiden erwachen und erzählen uns, daß sie Adam und Eva sind.«

»So ähnlich sehen sie auch aus«, bemerkte Zamorra spöttisch. Plötzlich gefroren seine Gesichtszüge. Er war ein paar Schritte zur Seite gegangen und hatte etwas anderes entdeckt, das vorher wie die beiden gläsernen Schreine unsichtbar gewesen war.

Der Felsbrocken, grau und roh zubehauen, wie aus einem Bergmassiv herausgebrochen, wirkte zwischen den kristallfunkelnden Wänden reichlich deplaziert.

Noch deplazierter jedoch wirkte das, was aus dem Schrein herausragte. Zamorra wurde blaß.

Nicole fiel sein totenbleiches Gesicht auf. Dann sah sie in die gleiche Richtung wie er.

Auch sie erstarrte vor Überraschung. Tausend Gedanken zugleich spukten durch ihren Kopf.

Ein geflüstertes Wort quälte sich über Zamorras Lippen.

»Excalibur . . .«

»Jetzt!« sagte irgendwo hoch über ihnen in einer anderen Sphäre ein weißhaariger alter Mann. Sie hatten *Caliburn* entdeckt. Jetzt mußte die Berührung erfolgen.

Bedauern stieg in ihm auf, daß er dem Auserwählten von nun an nicht mehr helfen konnte. Er konnte ihn nicht einmal beobachten, denn die andere Dimension entzog sich neuerdings seinen Blicken. Vielleicht deshalb mußte der Auserwählte hinüber . . .

In das Bedauern mischte sich Angst. Vielleicht versagte er und starb. Aber nun war nichts mehr zu ändern. Alles nahm seinen Lauf.

Der Schlund zu einem anderen Raum-Zeitgefüge öffnete sich wie der Rachen eines gähnenden Molochs.

Merlin erschauerte.

Mit einem schnellen Sprung war Zamorra an dem Felsbrocken, streckte schon die Hand nach dem Schwert aus und zuckte dann doch wieder zurück, als habe er eine unerklärliche Scheu davor, es zu berühren.

Es steckte im Fels! Mit unermeßlicher Wucht mußte die Klinge hineingetrieben worden sein. Aber welches Material konnte Stein zerschneiden wie Butter?

Prunkvoll verziert war der Griff groß genug, von zwei Händen umschlossen zu werden. Entsprechend lang war bestimmt auch die Klinge, die Zamorra nur schätzen konnte. Mit Gold belegt war der Steg.

»Excalibur?« fragte Nicole. »Das legendäre Schwert von König Artus?«

Mit zusammengepreßten Lippen nickte Zamorra. Er beugte sich vor, starrte die Stelle an, an der das Schwert aus dem Fels ragte. Eine Handbreit Klinge war zwischen Stein und Steg. Es war tatsächlich kein Blendwerk, kein künstlich befestigter Schwertstumpf. Hier an der ›Einstichstelle‹ war es deutlich zu erkennen. Die kostbar verzierte Waffe steckte wirklich im Stein.

»Merlin, dieser alte Fuchs«, murmelte Zamorra und lächelte. Nicole verstand dieses Lächeln nicht. »Du kennst die Sage?«

Sie nickte. »Merlin hatte das Schwert in den Amboßstein gebannt«, sagte sie. »Und nur Artus, sein Schützling, war in der Lage, es herauszuziehen. Andere neiderfüllte Ritter hatten sich vergeblich darum bemüht, es blieb stecken. Ihm gelang es mit Leichtigkeit. Er zog Excalibur aus dem Stein und hatte damit seinen Herrschaftsanspruch unter Beweis gestellt.«

»Ja . . .«, murmelte Zamorra, und noch einmal: »Ja.« Seine linke Hand berührte den Felsen.

Wer immer dies Schwert aus diesem Stein und Amboß zieht, der ist nach Recht und Geburt König über ganz England.

Nicole entsann sich. Dieser Spruch hatte der Sage nach auf der Klinge Excaliburs gestanden.

Zamorras Lächeln verstärkte sich. »Ob es in der heutigen Zeit wohl immer noch *England* heißt?«

Verständnislos sah sie ihn an. Aber er mußte mit seinen Gedanken schon weit weg sein.

Ihr Kopf flog herum. Die beiden Blonden mit den schwarzen Augen lagen immer noch unbeweglich in ihren gläsernen Schreinen. Als Nicole abermals den Kopf wandte, sah sie Zamorras Hand in direkter Nähe des Schwertgriffs.

Dicht über dem Heft und Steg war ein blauschimmernder Kristall eingearbeitet. Er funkelte eigenartig in der schattenlosen Helligkeit des Saals. Ein seltsames Strahlen ging von ihm aus.

»Ein *Dhyarra*«, flüsterte Nicole.

Im selben Moment geschah das Unfaßbare.

Zamorras Hand schloß sich um den Griff des Schwertes, um es mit einem kräftigen Ruck wie damals König Artus aus dem Stein zu ziehen!

Im selben Moment, in dem Zamorras Hand den Schwertgriff berührte, begann die Katastrophe.

Grell durchfuhr es ihn. Seine Nervenbahnen brannten, der Schmerz stach bis hinauf in sein Gehirn. Unwillkürlich krümmte er sich zusammen und schrie, aber noch lauter war die Stimme, die aus dem Nichts kam.

»DAS IST CALIBURN!«

Zamorras Denken setzte aus.

Er sah noch, wie eine unfaßbare Kraft nach Nicole packte, sie einfach hinwegfegte, hinaus aus diesem Universum. Dann umfloß auch ihn das grelle Leuchten, das seinen Ausgangspunkt im Schwertgriff hatte.

Das Schwert, das er nicht mehr aus seinem steinernen Behältnis hatte ziehen können . . .

Dann schleuderte auch ihn die unheimliche Kraft ins Nichts.

Grell flammende Augen starrten ihn an – Merlins Augen?

»DAS IST CALIBURN!«

Caliburn – Excalibur!

Das Schwert der Götter!

Habe ich damit vielleicht einen nicht wiedergutzumachenden Fehler begangen? fragte er sich jetzt. Schwärze war um ihn, Lichtlosigkeit, dunkler als die finstere Nacht, und durch diese Schwärze stürzte er in endlose Tiefen. Alles in ihm brannte, und vergeblich suchten seine Augen in der undurchdringlichen Schwärze nach Nicole.

Er konnte sie längst nicht mehr sehen, und er konnte auch nicht in der Dunkelheit nach ihr rufen! Die gleiche unfaßbare Kraft, die sie beide aus dem Universum hinausgewischt hatte, nahm ihm Sprache und Gehör.

Er fiel ins Nichts und glaubte dabei im Fegefeuer zu brennen. Warum? War am Gerede des Wirtes doch etwas drangewesen? Hatte er mit seinem Versuch, Caermardhin über das Amulett zu finden, eine magische Kraft geweckt, die ihn jetzt vernichtete?

DAS IST CALIBURN! glaubte er Merlin wieder brüllen zu hören, aber seine grell flammenden Augen sah er nicht mehr. War er in dieser Lichtlosigkeit auch noch blind geworden?

Nahm der Sturz durch diese grauenhafte Unendlichkeit denn kein Ende mehr?

Die Angst fraß in ihm – Angst, tausend und mehr Jahre durch dieses Nichts zu stürzen, von allem abgeschnitten, mit brennenden Gliedern und doch bei vollem Bewußtsein, bei klarem Denkvermögen! Und dazu der Verdacht, der in ihm immer stärker wurde. Der Verdacht, daß er alles mit dem Amulett ausgelöst hatte!

Doch warum?

Hatte Merlin ihn verraten? Zeigte der mächtigste aller Zauberer jetzt plötzlich sein wahres Gesicht?

Nein, es durfte nicht sein. Warum hatte Merlin ihn verraten und vernichtet? Merlin, der der Sage nach der Sohn des Teufels sein sollte?

Er schrie!

Er konnte wieder schreien!

Und sein Sehvermögen kam zurück. Merlins brennende Augen konnte er nicht mehr erkennen, aber vor ihm riß die Schwärze auf.

Er stürzte, fühlte unter sich warmen Sand und landete auf allen vieren. Gleißende Helligkeit hüllte ihn ein und ließ ihm nach der langen Reise durch die Dunkelheit, die ewigkeitslange Tausendstelsekunden gedauert hatte, das Wasser in die Augen schießen.

»Merlin!« keuchte er. »Wenn du mir noch einmal begegnest, wirst du hierfür Rechenschaft ablegen müssen!«

Und seine Finger krallten sich in den trockenen Sand einer unbekannten Welt, in die er geschleudert war.

Kapitel 2

Der hagere Mann in der schwarzen Kutte sprang auf. Starr blickte er dorthin, wo dicht unter der flammendroten Sonne ein Blitz vom Erdboden zum Himmel emporgezuckt war. Er wußte, daß er sich nicht getäuscht hatte. Etwas war dort geschehen.

»Xar!« schrie er und winkte herrisch.

Ein kahlköpfiger Hüne erhob sich träge aus dem Schatten eines Maulbeerbaumes und sah zu dem Kuttenträger hin.

»Xar, vier Krieger!« schrie der Schwarzgekleidete. »Wir müssen gen Wooyst! Dort fuhr ein Blitz zum Himmel!«

Xar grunzte verärgert. »Wahrscheinlich hat ein trunkener Tölpel auf den Auslöser seiner Waffe gedrückt«, knurrte er. »Und du siehst Gespenster!«

Der Hagere fauchte. »Gehorchst oder widersprichst du mir?«

Der Kommandant zuckte mit den Schultern. »Wie es aussieht, muß ich dir gehorchen, Adept. Aber ich verstehe nicht, was du dir von der Aktion versprichst.«

»Das ist meine Sache!« zischte der Hagere. »Los, gehorche! Wir werden einen Teppich nehmen.«

Xar brüllte einige Befehle. Vier gut bewaffnete Krieger sprangen heran und rollten einen Teppich aus. Dann nahmen sie darauf Platz. Der Adept schrie Unverständliches und kauerte sich im Zentrum nieder. Seine Augen flackerten fanatisch. Xar, der Kommandant, ballte die Fäuste. »Eines Tages«, murmelte er, »wird dich ein gewaltiger Fußtritt erwischen.«

Der Hagere in der schwarzen Kutte ging nicht darauf ein. Er schrie eine Beschwörung. Der kleine blaue Kristall in seiner Hand glomm wahrnehmbar auf. Sekunden später hob sich der Teppich in die Luft und glitt in drei Mannslängen Höhe gen Wooyst, der blutroten Sonne entgegen. Dort, in etlicher Entfernung, wollte der Adept den Blitz gesehen haben.

Wahrscheinlich hat er schon zuviel vom Blutwein getrunken, dachte Xar grimmig.

Schnell wie ein Pfeil jagte der fliegende Teppich dahin.

Kapitel 3

In der schwebenden Bildkugel war das Abbild der Mardhin-Grotte wieder erloschen, aber immer noch stand der Zauberer von Avalon vor dem Sockel und sah in das schwarze Nichts. Eine seltsame Leere füllte ihn aus.

Die Schritte hört er nicht, aber dann füllte er eine leichte Hand auf seiner Schulter. Teris Hand.

Langsam drehte er den Kopf und sah sie lächeln.

»Es ist vorbei?«

Stumm nickte er und wandte sich von der erloschenen Kugel ab. Mit langsamen Schritten näherte er sich dem Ausgang.

»Es ist vorbei, sie sind in der anderen Dimension«, sagte er. »Beide. Ich weiß nicht, ob es gut oder schlecht ist. Ich bedaure nur, daß ich jetzt nicht mehr helfen kann.«

Das schlanke Mädchen mit dem goldenen Haar ging neben dem Uralten her. »Mußte es wirklich sein?«

Wieder nickte er nur.

»Wir müssen abwarten. Vielleicht gelingt es ihm. Die Zukunft bleibt auch mir weitgehend verschlossen. Und vielleicht ist es gut so.«

Gemeinsam verließen sie den *Saal des Wissens.* Zu diesem Zeitpunkt ahnte Merlin noch nicht, daß etwas ganz und gar nicht so verlaufen war, wie er es geplant hatte.

Ein entscheidender Vorgang war von ihm unbemerkt geblieben. Ein Vorgang, der eine Welt verändern sollte.

Kapitel 4

Zamorra stemmte sich hoch. Die Sonne gefiel ihm nicht. Es war nicht unbedingt die der Erde. Sie stand nicht tief genug, um ihre dunkle Rotfärbung rechtfertigen zu können. Trotz der roten Sonne war es außerordentlich hell.

Und es war ziemlich warm. Zamorra schätzte die Temperatur auf etwa fünfundzwanzig bis dreißig Grad.

Er erhob sich. Rings um ihn war eine Mischung aus Wüste und Steppe. Gelber, pulvriger Sand, in dem hier und da größere Grasflächen wuchsen. Weit im Norden sah er die Silhouetten niedriger Büsche.

»Wo bin ich gelandet?« murmelte er. Aber in seiner Nähe gab es niemanden, der ihm Auskunft erteilen konnte. So weit das Auge reichte, war er allein.

»Nicht einmal ein hungrig krächzender Geier am Himmel«, murmelte er und machte nacheinander eine Reihe wichtiger Feststellungen.

Die erste war, daß er durch die Berührung des Götterschwertes in eine andere Welt geschleudert worden sein mußte. Eine andere Dimension, in der wahrscheinlich andere Gesetze herrschten. Er war darüber hinaus ziemlich sicher, daß er den Schwertgriff nicht einmal richtig berührt hatte. Irgend etwas hatte sich blitzartig zwischen seine Hand und den Griff geschoben. Es war von dem blauen Kristall ausgegangen, und die magische Energie hatte Nicole und ihn in diese andere Dimension geschleudert, in der eine glutrote Sonne am gelblich brennenden Himmel stand.

Die zweite Feststellung war, daß Nicole sich nicht in erreichbarer Nähe befand. Sie war nirgends zu sehen. Entweder war sie in eine andere Dimension geschleudert worden oder hatte diese Welt an einer anderen Stelle erreicht.

Zamorra hoffte das letztere. Denn er wußte nicht, wie er sonst mit ihr wieder Kontakt aufnehmen sollte.

Die dritte Feststellung betraf sein Amulett. Es war spurlos verschwunden, hatte den Sturz durch das Nichts nicht mitgemacht. Damit war er praktisch hilflos geworden. Wenn in dieser Dimension Magie vorherrschte, wie es in nahezu allen anderen Existenzebenen der Fall war, die er bisher kennengelernt hatte, so hatte er nicht allzuviel zu bestellen. Er besaß zwar eine schwache Para-Begabung, die ihn in manchen besonders günstigen Fällen sogar dazu befähigte, die Gedanken fremder Menschen zu erkennen, aber damit hörte es bereits auf. Das Amulett hatte bereits als Verstärker gearbeitet und ihm seine Kräfte verliehen. Jetzt aber, wo es verschwunden war, war er kaum mehr als ein ganz normaler Mensch. Allenfalls konnte er auf sein Wissen über Parapsychologie, Okkultismus und Magie zurückgreifen, das zugegebenermaßen enorm war. Doch ob er allein damit gegen dämonische Gegner bestehen konnte, war fraglich.

Überdies waren Nicole und das Amulett nicht alles, was verschwunden war. Zamorra war nackt. Nur sein Körper hatte diese Reise durchgeführt, die Kleidung war zurückgeblieben. Nicht einmal seine Uhr oder das Feuerzeug waren ihm geblieben. Wenn er sich einen Hasen braten wollte, mußte er das Tier mit den Händen fangen, es mit den Fingernägeln oder einem scharfkantigen Stein häuten, ausweiden ... und roh verzehren.

Im Augenblick verspürte er zwar keinen Hunger, aber er würde sich über kurz oder lang einstellen. Vorher aber würde der Durst kommen.

Er atmete tief durch.

Wenn wenigstens Nicole bei ihm wäre ... Die Ungewißheit ihres Schicksals peinigte ihn mehr als alles andere. Dazu kam das Gefühl, daß er diese Versetzung in eine andere Welt Merlin zu verdanken hatte.

Merlin, der Verräter?

»Wenn du ein Schurke bist, wirst du eines Tages dafür bezahlen«, knurrte er.

Aus dem Norden glitt durch die Luft etwas auf ihn zu.

Der *Rundpfoter* ließ sich im Sand nieder und begann sein tiefschwarzes und zum Streicheln einladendes Fell hingebungsvoll zu putzen. Er war alles, was dem Mädchen Ayna geblieben war. Dabei war es nicht so, daß die Sklavenjäger ihn ihr etwa aus Menschenfreundlichkeit gelassen hätten. Im Gegenteil. Das anhängliche Tier war der kleinen Sklavenkarawane einfach gefolgt, und keiner der Krieger oder Jäger hatte es geschafft, den *Rundpfoter* zurückzujagen. Weder Peitschenhiebe noch Pfeilschüsse, denen das geschmeidige Tier immer wieder geschickt auswich, hatten die kleine Raubkatze davon abbringen können, Ayna zu folgen. Also hatte man ihre Anwesenheit schließlich stillschweigend geduldet. Im Moment drohte dem Tier keine Gefahr. Die beiden Sklavenjäger, deren Gesichter äußerst zerkratzt waren, weil der *Rundpfoter* Ayna bei ihrer Gefangennahme mit Zähnen und Krallen verteidigt hatte, waren unterwegs, um weitere Beute zu fangen. Und den eskortierenden Kriegern war es völlig egal, ob ein *Rundpfoter* oder ein Wolf im Lager herumschlich.

Der *Rundpfoter* sah zumindest äußerlich wesentlich ungefährlicher aus, und wenn man ihn in Ruhe ließ, war er es auch. Allerdings verlangte er regelmäßig seinen Anteil an den Mahlzeiten, nach Möglichkeit natürlich die besten Stücke. Vorzugsweise schlich er lautlos zwischen den Essenden umher, um in einem unbeobachteten Moment den Fleischbrocken vom Holzteller zu schnappen und sich damit blitzschnell in Sicherheit zu bringen, begleitet von den wilden Verwünschungen der Bestohlenen.

Ayna lächelte verloren. Sie war leichtsinnigerweise zu nahe an der Grenze gewesen, und die Sklavenjäger aus Grex hatten nicht gezögert, die Linie zu überschreiten. Wie lange mochte es noch dauern, bis griechische Truppen Khysal verheerten? Die Grenzübergriffe wurden immer dreister. Sobald die Menschen in den grenznahen Dörfern Staubwolken am Horizont bemerkten, flüchteten sie oder versteckten sich. Aber selbst wenn eine khysalische Patrouille den Übertritt der Sklavenjäger ahndete, würde es Ayna nichts mehr nützen. An ein Sammellager dieser Größe, in das man Ayna verschleppt hatte, wagten sich auch die Khysaler nicht mehr heran.

Es gab, so hatte Ayna gehört, zwei dieser großen Lager in Grex. Hier wurden Hunderte von Gefangenen zusammengepfercht und schließlich zur Hauptstadt gebracht, um dort verkauft zu werden. Und die Sklavenjäger von Grex arbeiteten stets unter dem Schutz der Armee. Die Krieger verdienten nicht gerade schlecht daran, daß sie die Sklavenjäger schützten.

Ayna beugte sich ein wenig vor und streichelt das Tier. Das seidenweiche Fell knisterte leicht. Der *Rundpfoter* warf sich auf den Rücken, begann genießerisch zu schnurren und ließ sich von Ayna das weiche Bauchfell kraulen. Vor Vergnügen spreizte er die Pfoten und rollte sie abwechselnd zusammen – ein Verhalten, das seiner Gattung ihren Namen eingetragen hatte.

Wer ihn so sah, glaubte kaum, daß diese samtweichen runden Pfoten gefährliche Waffen waren, wenn er die Krallen ausfuhr. Irgendwie hatte der *Rundpfoter* einen Narren an Ayna gefressen und versucht, sie gegen die Sklavenjäger zu schützen. Sie hatten mit einer Menge Blut bezahlen müssen, und es hätte nicht viel gefehlt, daß sie ihn erschlagen hätten. Er hatte gerade noch entweichen können, und die Jäger hatten Ayna dennoch mit sich genommen. Da war er ihnen gefolgt.

Das schwarzhaarige Mädchen lächelte wieder. Plötzlich rollte der *Rundpfoter* sich zusammen, nagte zärtlich an ihren Fingern und umklammerte ihre Hand mit den Vorderpfoten, während er mit den hinteren ihren Unterarm scheuerte. Dann löste er den Griff, sprang auf und setzte sich ein paar Schritte weiter hin, um sich wieder dem Putzen zu widmen. Er schnurrte immer noch.

»Du bist ein seltsames Tier, *Rundpfoter*«, sagte sie.

Und du bist ein seltsames Mädchen, vernahm sie seine gedankliche Stimme in ihrem Kopf. Er hatte zu putzen aufgehört und lauschte irgendwohin. *Sie kommen wieder. Sie bringen wieder jemanden. Ich fühle, daß es eine junge Frau ist, aber ich kann ihre Gedanken nicht empfangen. Sie ist noch seltsamer als du.*

»Die Jäger, die mich . . .?«

Nein. Andere, gab der *Rundpfoter* lautlos zurück. *Kommst du eine Weile ohne mich aus? Ich möchte sie mir näher ansehen.*

»Geh ruhig«, sagte sie. Der *Rundpfoter* erhob sich und reckte und streckte seinen Körper. Mit steil erhobenem Schwanz schritt er dann majestätisch-elegant-geschmeidig davon, in die Richtung, in die er gelauscht hatte. Was mochte er entdeckt haben? fragte sie sich.

Eine eigenartige Spannung ergriff von ihr Besitz.

Zamorras Augen wurden schmal. Er sah dem seltsamen Himmelsobjekt entgegen. Aus größerer Entfernung sah es aus wie eine fliegende Untertasse, aber je näher es kam, desto besser konnte er Einzelheiten unterscheiden. Und es flog direkt auf ihn zu.

Offenbar hatte jemand ihn gefunden, mußte sein Auftauchen in dieser Einsamkeit registriert und auf Anhieb seinen genauen Standort lokalisiert haben. Wer hatte dieses Kunststück zuwegegebracht? Ein Magier?

Einerseits war er durchaus nicht unfroh darüber, daß man ihn nicht verhungern und verdursten lassen wollte, doch andererseits gefiel es ihm nicht, daß man ihn so schnell entdeckt hatte. Das ging nicht mit rechten Dingen zu.

Das unbekannte Flugobjekt glitt näher. Es handelte sich um eine flache Fläche, die rechteckig geformt und in sich beweglich war und auf der sich mehrere Menschen aufhielten.

»Ein fliegender Teppich . . .?« entfuhr es Zamorra.

Wahrhaftig! Nun gab es für ihn keinen Zweifel mehr, daß er sich tatsächlich in einer fremden Dimension befand.

Der fliegende Teppich rückte noch näher, aber noch konnte Zamorra nicht entdecken, *wer* sich darauf befand. In der Mitte saß eine dunkle Gestalt, hinter ihr stand ein Mann in schwarzer Lederrüstung mit kahlem Kopf. An allen vier Ecken des fliegenden Teppichs hockten weitere Männer in schwarzen Rüstungen, die zusätzlich Helme trugen. Immerhin – sie waren menschenähnlich. Ob sie aber auch *menschlich* waren, mußte sich erst noch zeigen.

Nach kurzer Zeit war der Teppich so nahe heran, daß er seine Passagiere gegen Zamorras Sicht schützte. Er flog zu hoch. Zamorra sah nur noch die Unterseite. Ein paar Meter vor dem Meister des Übersinnlichen verharrte der Teppich plötzlich und sank herab.

Unwillkürlich spannte Zamorra seine Muskeln. Gleichzeitig war er bemüht, nicht krampfhaft zu lachen. Ein splitternackter Mann gegen eine Gruppe Gepanzerter!

Einen halben Meter über dem Sandboden blieb der fliegende Teppich jetzt in der Schwebe. Zamorras Augenmerk wurde auf den Hageren in der Mitte gelenkt. Er trug eine schwarze Kutte, und sein Gesicht war knochig und scharfkantig. Zamorra schätzte ihn auf etwa sechzig Jahre. Der Mann hielt etwas in der Hand, das der Professor nicht erkennen konnte, aber er sah das schwache Leuchten.

Magie . . .

Unwillkürlich erschauerte er. Eine Gänsehaut bildete sich auf seinem nacken Körper. Seine schwachen Para-Kräfte reichten aus, die Aura des Bösen zu erfassen, die von dem Mann ausging. Möglicherweise war er nicht selbst ein Dämon, aber auf jeden Fall den teuflischen Mächten verfallen.

Und er mußte stark sein. Stärker als Zamorra.

Der Kahlköpfige hinter ihm besaß diese Aura nicht, aber sein Gesicht verriet Brutalität. Seine Lederrüstung umschloß jede Körperpartie, die Hände waren von schweren Handschuhen geschützt. An seiner linken Seite hing ein Langschwert in schwarzer Scheide und an seiner rechten in einem Futteral eine Schußwaffe.

Die vier anderen Männer sprangen jetzt von dem fliegenden Teppich hinunter. Sie waren nicht so stark gerüstet wie der Zurückbleibende, der ihr Anführer sein mußte. Zwischen Stiefeln und Lederrock war nackte Haut, auch die Arme waren nackt und die Hände ungeschützt. Dafür waren die Helme fast rundum geschlossen und ließen nur schmale Spalten für Augen und Mund frei. Bewaffnet waren die Männer mit schweren, langen Peitschen. Blitzschnell kreisten sie Zamorra ein.

Er ließ die Schultern fallen. Gegen vier Peitschen kam er nicht an und hatte auch keinen besonderen Ehrgeiz, nähere Bekanntschaft mit diesen gefährlichen Waffen zu schließen.

Der Anführer wirkte herrisch.

»Herkommen!« befahl er.

Zamorra war überrascht, daß er diese Sprache auf Anhieb verstehen konnte. Das lag bestimmt nicht daran, daß er von Natur aus eine besondere Begabung hatte, mit fremden Sprachen zurechtzukommen und bereits nach wenigen Sätzen Ähnlichkeiten zu erkennen und Zusammenhänge und Inhalte zu erahnen. Eine Fähigkeit, die ihm bei seinen vielen Reisen rund um die Welt sehr nutzte. Aber hier waren es nicht nur sprachliche Ähnlichkeiten, sondern es *war* die gleiche Sprache! Vorsichtig setzte Zamorra sich in Bewegung. Die vier Krieger ließen ihn keine Sekunde lang aus den Augen.

»Hierher!« befahl der Anführer.

Zamorra erstieg den fliegenden Teppich; es blieb ihm schließlich nichts anderes übrig. Die vier Krieger drängten ihn hinauf und folgten ihm. Das Erklimmen war gar nicht so einfach, wie er es sich vorgestellt hatte. Der Teppich war nachgiebig und Zamorra ungeübt.

Die dämonische Ausstrahlung des sitzenden Mannes in der schwarzen Kutte wurde erdrückend. Der Hagere sah zu Zamorra hoch. Seine Augenfarbe war eigenartigerweise unbestimmbar.

»Wer bist du?« fragte er.

Zamorra preßte die Lippen zusammen. Wer war dieser Mann, der wie ein Hohepriester wirkte? Jetzt konnte er in dessen Hand auch erkennen, was das schwache Leuchten aussandte. Es war ein bläulicher Kristall, ähnlich dem im Schwert, aber erheblich schwächer. Zamorra wußte es sofort, ohne zu wissen, woher. Der Kristall im Schwert, durch dessen Berührung er in diese Welt geschleudert worden war, war mindestens zwölfmal so stark gewesen.

Aber eines hatten beide gemeinsam: es waren Dhyarra-Kristalle!

»Du brauchst lange, um zu antworten«, stellte der Schwarze scharf fest. »Du wirst es dir angewöhnen, *sofort* zu sprechen, wenn man dich etwas fragt. Woher kommst du? Mit dem Blitz aus der Unterwelt?«

»Blitz?« Zamorra legte den Kopf etwas schräg. Dann begriff er. Sein Erscheinen in dieser Welt mußte eine weithin sichtbare Lichterscheinung erzeugt haben, die diesem Burschen aufgefallen war. Jetzt wurde ihm klar, weshalb sie sich die Mühe gemacht hatten, so schnell zu ihm zu fliegen. Sie hatten möglicherweise nicht einmal geahnt, daß hier ein Mensch aus dem Nichts mitten in der Wüste materialisiert war. Es ging ihnen weniger darum, ihm zu helfen. Sie hatten nur wissen wollen, was der *Blitz aus der Unterwelt* zu bedeuten hatte.

»Und wer bist du?« fragte er statt eine Antwort.

Der Dämonenartige senkte die Brauen. Zamorra schrie auf. Glühendes Eisen schien statt Blut durch seine Adern zu fließen. Nur langsam ebbte der Schmerz ab. Der Schwarze hatte ihn mit seiner Magie überrascht.

Zamorra beschloß, die Grenzen sofort abzustecken. Er schnellte vorwärts, direkt auf den Sitzenden zu, und begrub ihn unter sich. Seine Handkante traf den Hals des Schwarzgekleideten. Der Kerl stöhnte auf, sein Widerstand erlahmte. Blitzschnell griff Zamorra nach den Dhyarra-Kristall und entriß ihn seinem Besitzer. Sofort sackte der fliegende Teppich durch und stürzte den halben Meter tief ab. Zamorra wurde durch den Ruck vom Körper des Schwarzen geschleudert. Die vier Peitschenmänner wurden überrascht und stolperten. Zwei schlugen lang hin, weil sie mit dem Absturz nicht gerechnet hatten.

Zamorra spürte sofort, daß er den Kristall beherrschen konnte, wenn er wollte. Seine schwachen Para-Kräfte reichten dazu aus. In Château Montagne lag in seinem besonders gesicherten Tresor ein weitaus stärkerer Kristall, den er einmal in Nordamerika gefunden hatte, nachdem zwei Dämonensippen sich im Streit darum gegenseitig aufgerieben hatten.

Er wollte, den Kristall in der Hand, aufspringen, als er das leise Knacken hinter sich hörte. Er erstarrte mitten in der Bewegung und drehte langsam den Kopf.

Der Anführer hatte den Absturz abgefedert und sich nicht verblüffen lassen. Zamorra sah direkt in die schwach aufglühende Mündung der Strahlwaffe, nur einen halben Meter von seinem Kopf entfernt.

»Fallen lassen!« befahl der Anführer kalt.

Plötzlich war der *Rundpfoter* wieder da. Er strich an Aynas Hüfte vorbei. Überrascht wandte sie den Kopf; sie hatte am Boden gekauert und über ihre Zukunft nachgedacht. Die sah nicht sonderlich rosig aus. In Khysal raunte man sich böse Gerüchte über das zu, was mit Sklaven im Land Grex geschah. Ein Grund dafür, daß die Jäger so häufig unterwegs waren und ihre Streifzüge immer weiter ausdehnten, war der, daß die Sklaven selten lange lebten . . .

Wenn sie Glück hatte, würde sie an einen kleinen Haushalt verkauft werden. Hatte sie Pech, kam sie an den Hof des Königs oder gar in den Tempel. Und die Gefahr, daß dies geschah, war nicht gering – sie war ein ziemlich hübsches Mädchen. Selbst wenn sie sich ungeschickt anstellte: Als Blutopfer im Tempel war Geschicklichkeit weniger gefragt als Schönheit. Aber auch wenn sie den *Rundpfoter* bat, ihr das Gesicht narbig zu kratzen, änderte das nichts – man würde sie höchstens wegen Selbstverstümmelung bestrafen und noch langsamer sterben lassen.

Ihre Hand strich über das Rückenfell des *Rundpfoters.* Das Tier begann zufrieden zu schnurren und kletterte über die Knie des khysalischen Mädchens. Ayna hockte im Schneidersitz und hatte den zerlumpten Kittel bis über die Knie gezogen, so daß der *Rundpfoter* eine Art Hängematte vorfand. Er drehte sich ein paarmal im Kreis und ließ sich dann zusammengerollt nieder, während er begann, sich eine Pfote zu lecken.

»Hast du etwas erfahren können?« fragte sie leise. Vorsichtig sah sie sich um. Aber die nächsten Sklaven waren mehrere Dutzend Meter entfernt. Sie konnten nicht mithören und sich deshalb nicht darüber wundern, daß Ayna mit einem Raubtier sprach. Deshalb hatte Ayna sich ja auch am Rande des Lagers niedergelassen, weil sie nicht gestört werden wollte.

Wächter gab es keine. Rund um das Sammellager war eine Zone des Grauens geschaffen worden, die niemand durchqueren konnte, ohne den Verstand zu verlieren. Ayna hatte drei Männer gesehen, die es versucht hatten. Was aus ihnen wurde, kümmerte die Sklavenjäger und Krieger nicht. Sie brauchten nicht einmal aufzupassen. Zu viele hatten gesehen, wie die drei Flüchtlinge den Verstand verloren hatten. Die Zone selbst war unsichtbar, aber man konnte sie fühlen. Und niemand wagte es noch, sie zu durchschreiten. Jeder wußte, daß selbst der Tod nicht so schlimm war wie der Wahnsinn.

Ayna fragte sich, wie die Grecer diese Zone schufen. Durch Magie? Welcher finstere Dämon half ihnen dabei, das Unbegreifliche zu schaffen?

Eine junge Frau, teilte ihr der *Rundpfoter* mit seinen Gedanken mit. Ayna brauchte einige Sekunden, um zu realisieren, daß der *Rundpfoter* sich nicht auf Aynas unausgesprochene Frage bezog, sondern auf das Resultat seines Erkundungsgangs. *Sie hat sehr schönes und langes, fast weißes Haar und helle Haut. Die Jäger haben sie irgendwo in der Nähe des Krokodilflusses gefunden. Sie war nackt.*

Ayna streichelte das verhalten schnurrende Tier weiter. »Nacktheit soll in Grex nicht unbedingt etwas Seltenes sein«, sagte sie in leisem Sarkasmus, eingedenk ihres eigenen Schicksals, das sie schon bald ebenfalls nackt auf der Verkaufsbühne der Sklavenhändler präsentieren würde. Sie fürchtete sich ein wenig davor. »Warum interessierst du dich so sehr für sie? Hast du mit ihr gesprochen?«

Der *Rundpfoter* streckte seine Vorderpfoten lang über Aynas linken Unterarm aus und legte den Kopf mit flachem Kinn darauf. *Ich konnte nicht mit ihr sprechen. Ihre Gedanken sind verschlossen, selbst aus der Nähe. Ich sah es in den Gedanken der Jäger. Sie sahen einen Blitz, schauten nach und fingen die Frau. Sie soll aus einer anderen Welt stammen, heißt es, weil sie nicht wußte, wo sie sich befand.*

»Und jetzt?« wollte Ayna wissen. *Ich weiß es nicht. Etwas an ihr ist anders. Aber sie ist auch nicht wie die Göttlichen. Vielleicht zerbricht sie die Welt, oder die Welt zerbricht sie.*

»Wahrscheinlich letzteres«, murmelte Ayna niedergeschlagen. Sie hatte genug über Grex gehört. Gegen dieses machthungrige Reich, dessen Herrscher den Dämonen zu sehr zugetan war, gab es keinen Widerstand. Das Böse regierte. Und wenn diese fremde Frau dagegen anzugehen versuchte, würde sie daran zerschellen.

Ich bin müde, teilte der *Rundpfoter* mit, hatte die Augen geschlossen und stellte auch sein behagliches Schnurren ein. Doch selbst als er bereits schlief, zuckten seine dreieckigen Ohren hin und wieder und richteten sich in diese oder jene Richtung. Selbst im Schlaf war der *Rundpfoter* wachsam.

Langsam wandte Zamorra den Kopf und sah zu dem Gesicht des Anführers auf. Er registrierte eine todbringende Kälte in seinen Augen, aber auch eine leichte Unentschlossenheit. Er wußte nicht, was er von seinem Gegner halten sollte.

Zamorras Hand umschloß den Kristall, den er dem Kuttenträger entrissen hatte. Ein konzentrierter Gedankenimpuls, eine Bannformel . . .

»Tu es nicht«, warnte der Kahlköpfige, der seine Absicht erriet. »Ich warne dich. Wer bist du? Ein Schamane?«

Neben ihm raffte sich ächzend der Mann in der schwarzen Kutte wieder auf. Er rieb sich den Hals, massierte die Stelle, an der Zamorra ihn mit der Handkante getroffen hatte. »Nein, Xar«, keuchte er. »Er ist kein Schamane. Ich würde seine Kraft spüren. Er ist etwas Fremdes, nicht aus dieser Welt!«

Im selben Moment wußte Zamorra, daß er seine einzige Chance verspielt hatte. Er hatte zu lange gezögert, zu lange überlegt. Er hätte den Dhyarra-Kristall, der glücklicherweise *unverschlüsselt* war, sofort einsetzen sollen, um sich Respekt zu verschaffen. Jetzt übernahm der Kuttenträger wieder die Kontrolle. Wie er das schaffte, ohne den Dhyarra selbst zu berühren, verstand Zamorra nicht; an sich hätte dies unmöglich sein müssen! Dennoch glühte der Kristall in Zamorras Hand auf. Er mußte ihn loslassen. Der Schwarze kicherte. »Warum nicht sofort?« sagte er und nahm den blaufunkelnden Stein wieder an sich. »Du hättest dir den Schmerz erspart.«

Der Schmerz hielt sich in Grenzen. Zamorra betrachtete die Innenfläche seiner Hand; sie war nicht verbrannt.

»Fesselt ihn!« befahl der Kahlköpfige. Die Peitschenmänner kamen wieder heran. Zamorra wehrte sich nicht. Es war sinnlos. Selbst wenn er seine Kampfsport-Tricks anwandte, konnte er nicht sicher sein, ob diese ledergepanzerten Burschen nicht ebenfalls eine karateähnliche Kampftechnik entwickelt hatten. Außerdem waren da immer noch die Strahlwaffe Xars und der Dhyarra-Kristall.

Sie schnürten ihm die Hände auf den Rücken und fesselten die Füße so, daß er kurze Schritte gehen, aber nicht laufen konnte. Dann begann der fliegende Teppich wieder zu schweben und glitt in die Richtung zurück, aus der er gekommen war.

»Du wirst einen guten Sklaven abgeben«, bemerkte Xar. »Du hast gute Muskeln, und du bist schnell.«

Der Kuttenmann warf dem Anführer einen eigenartigen Blick zu, schwieg aber. Mit dem Kristall lenkte er den fliegenden Teppich. Zamorra spürte es deutlich. Wahrscheinlich war der Schwarze also ein Zauberpriester.

Xar hatte die Strahlwaffe wieder weggesteckt. Rundum kauerten die Krieger und ließen Zamorra nicht aus den Augen.

»Du heißt Zamorra«, sagte der Schwarze plötzlich, ohne den Kopf zu drehen.

In diesem Moment blockte Zamorra ab.

Kapitel 5

In den frühen Morgenstunden versuchte Sam Valk ein paar Männer zusammenzutrommeln, um die ›Verrückten vom Berg zu holen‹, wie er sich ausdrückte. Der Geländewagen war nicht wieder zurückgekehrt. Und es war kaum vorstellbar, daß die beiden Fremden es vorgezogen hatten, in dem Unwetter dort oben zu übernachten.

Das Wetter hatte sich fast sechs Stunden gehalten. Dann erst waren die schwarzen Wolken weitergetrieben.

Dav gähnte und verzichtete großzügig darauf, dabei die Hand vor den Mund zu halten. Wozu hatte er schließlich sein Prachtgebiß, wenn er es nicht zeigen durfte! »Die müssen bestimmt verrückt geworden sein, dort oben«, brummte er.

Insgesamt sieben Männer hatte Sam Valk angesprochen. Sechs davon hatten abgewinkt und drei sich zusätzlich an die Stirn getippt. Ihre eigene Arbeit war ihnen wichtiger.

Die siebte endlich erklärte sich bereit, mitzukommen. Sam sah Dav fragend an. Der gähnte schon wieder. »All right, Sam. Ein Pferd habe ich auch selber . . .«

Zwanzig Minuten später waren sie unterwegs. Einen Geländewagen besaß nur Wyddan, der Ortsvorsteher, zu Fuß war der Aufstieg ohne und der Abstieg mit Last eine Strapaze, also wurde geritten. Derek Glynn hatte Valk einen von seinen Gäulen zur Verfügung gestellt und ließ sich jetzt unterwegs erzählen, was es mit den beiden ›Verrückten‹ auf sich hatte.

Er machte Dav keinen Vorwurf, die beiden nicht mit Gewalt zurückgehalten zu haben. »Die sehen wir als Idioten oder Tote wieder«, prophezeite er.

Aber auch Propheten können sich irren!

Kapitel 6

Zamorra überlegte nicht lange, wie es dem Schwarzkittel gelungen sein könnte, in seine Gedanken vorzudringen. Jetzt schirmte er sich ab. Er hatte jahrelang trainiert, fremde Gedankenleser ins Leere tasten zu lassen. Es gab hierbei mehrere Möglichkeiten. Die eine, die er selbst meistens angewandt hatte, war, eine Art magische Barriere aufzubauen, an der der andere abprallte. Aber ohne die Verstärkung seines Amuletts konnte er diese Barriere nicht länger aufrechterhalten. Und er konnte jetzt noch nicht sagen, ob er seine Kräfte nicht in Kürze für andere Dinge benötigte. Deshalb wählte er die unkompliziertere Möglichkeit. Er begann stumpfsinnige Rechenaufgaben vom Typ ein mal eins ist eins durchzuspielen und diese dem Gedankenleser anzubieten. Andere Gedankenfetzen wurden einfach unterdrückt. Dabei kam für ihn selbst natürlich auch nichts Vernünftiges heraus, aber entweder drehte der Gedanken-Spion durch oder gab es sehr rasch auf.

Der Mann in der schwarzen Kutte wandte sich immer noch nicht zu Zamorra um, als er sagte: »Das Spielchen ist doch sinnlos, Zamorra, aber für einen zukünftigen Sklaven bist du ganz schön gerissen! Ist Professor eigentlich Teil deines Namens oder eine Bezeichnung, wie ich ein Adept bin?«

Zweiunddreißig mal zweiunddreißig ist dreiunddreißig, dachte Zamorra konzentriert und hoffte, daß der Bursche darüber stolperte und unkonzentriert wurde. Aber der Adapt lachte nur auf.

»Rechne du nur weiter und bau Fehler ein, weil du zu faul bist, in die Tiefe zu gehen. Wer ist übrigens dieser Merlin?«

An *den* hatte Zamorra jetzt wirklich nicht gedacht und wurde durch die Frage aus dem Konzept gebracht. Der Bursche umging seine Blockade einfach und ...

»Nein, auch eine magische Sperre nutzt dir nichts!« sagte der Adept. »Woher kennst du dich so gut mit Zauberei aus? Du bist kein gewöhnlicher Mensch.«

»Und du kein gewöhnlicher Telepath!« ließ sich Zamorra jetzt endlich zu einer Antwort herab.

»Habe ich dir nicht schon verraten, ein Adept zu sein? Woher kommst du wirklich, daß du das nicht von selbst weiß?«

Zamorra atmete tief durch. »Du kannst es doch erfahren, ohne zu fragen ...«

Jetzt endlich drehte sich der Adept zu ihm um, und in seinen Augen loderte Höllenfeuer. »Das ist das einzige, was ich nicht erkennen kann! Den Schleier kann auch ich nicht durchstoßen, aber wer hat ihn dir errichtet? Dieser Merlin, an den dein Unterbewußtsein jetzt denkt? Wer ist Merlin? Von ihm habe ich noch nie gehört!«

Kein Wunder, dachte Zamorra, *weil ich aus einer anderen Welt komme,* und dann wunderte er sich noch mehr, als der Adept die Frage nach seiner Herkunft wiederholte.

»Du weißt es doch längst, Adept!«

Der schüttelte den Kopf, was auch in dieser Welt *Nein* hieß. Zamorra preßte die Lippen zusammen. Demzufolge war die unerklärliche Sperre in ihm so gut, daß sie sogar bewußt formulierte Erinnerungen abschirmte, und damit mußte Zamorra für den Adepten ebenso zum Mysterium werden, wie er selbst es für Zamorra war!

»Dann werde ich es dir auch nicht verraten!«

Der Adept lachte, aber sein Lachen war böse, wie auch immer noch die böse Ausstrahlung von ihm ausging und Zamorra bedrückte. »Es gibt zwei Möglichkeiten. Du kannst für uns wichtig werden, wenn du sprichst, aber wenn du es nicht tust, bist du wertlos und wirst als Sklave verkauft!«

Schulterzuckend ging Zamorra darüber hinweg.

»So alt kannst du nicht sein, daß es dir nichts ausmacht, schon bald zu sterben!« schrie Xar ihn jetzt an. »Weißt du nicht, daß Sklaven nicht lange leben?«

Zamora grinste ihn an. »Ich weiß ja nicht einmal, wo ich mich befinde!«

»In Grex«, schnarrte Xar und glaubte damit alles gesagt zu haben. In Grex lebten also Sklaven nicht lange ...

»Was geschieht mit mir, wenn ich euch verrate, woher ich komme?«

»Du wirst leben!« versprach der Adept mit kalt funkelnden

Augen. »Deine natürliche Lebensspanne wird ausgelebt werden, und du wirst auf unserer Seite stehen, sogar ohne daß wir dich zwingen.«

Jetzt war es Zamorra, der lachte und damit seine Chance, zu überleben, ausschlug. »Daran glaubst du, Adept? Ich nicht, und darum werde ich nichts über meine Herkunft sagen!«

Damit konnte er den Adepten nicht beeindrucken.

»Gut, Xar wird dich verkaufen lassen. Ich hoffe, daß du wenigstens einen guten Preis einbringst.«

»Dich soll die Hölle verschlingen«, murmelte Zamorra.

Der Adept lächelte immer noch. »Zamorra, ich danke dir aufrichtig für deinen guten Wunsch, weil es für Leute meiner Art nichts Erstrebenswerteres gibt, als eins mit der Hölle zu werden und im ORTHOS aufzugehen . . .«

Als der Ruf ertönte, setzte Ayna den *Rundpfoter* vorsichtig neben sich auf den Boden. Er öffnete nur einmal kurz die grünen, geschlitzten Augen. *Bring mir meine Portion mit, ja?*

»Faules Stück Tier«, sagte Ayna leise. »Fang dir doch eine Maus!« Sie strich über sein weiches Rückenfell, dann beeilte sie sich, zur Essenausgabe zu kommen.

Man ließ die Sklaven nicht verhungern – zumindest jetzt, im Sammellager, noch nicht. Immerhin sollten sie auf dem Markt gute Preise erzielen. Um das Später machte sich Ayna allerdings weniger Illusionen.

Das Sammellager war ziemlich groß. Dort, wo die spitzen Zelte der Krieger sich erhoben, befand sich auch eine der Ausgabestellen. Sie war für die Sklaven, eine andere für die Jäger und Krieger. Ayna stellte sich in die lange Reihe der Männer und Frauen. Sie waren ausnahmslos jung, kaum älter als zwanzig Sommer. Keiner drängelte sich vor. Sie wußten, daß für jeden genug da war, und außerdem standen fünf mit Peitschen bewehrte Krieger in der Nähe, die bei jedem Zwischenfall energisch einschreiten würden. Sie gingen bei ihren Bestrafungsaktionen kompromißlos vor. Ein Sklave, der sich einer Bestrafung aussetzte, überlebte sie nicht – verletzt konnte er auf dem Markt nichts mehr einbringen und war deshalb wertlos. Wertlose Sklaven wurden getötet. Es war schließlich kein Problem, Nachschub zu beschaffen.

Langsam, aber sicher drang Ayna zur Ausgabe vor und erhielt einen Tonteller mit irgendeiner undefinierbaren Speise ausgehändigt, die ebenso schlecht aussah, wie sie schmeckte. »Für das Tier auch«, verlangte sie.

Das Spielchen war bekannt, seit sie sich im Lager aufhielt. Mürrisch knurrend drückte ihr der das Essen austeilende Sklave ein paar kleine Fleischbröckchen in die Hand. Ayna dankte und schlenderte zu ihrem Platz am Rande des Lagers zurück. Der Sklave an der Ausgabe war Khysaler wie sie und war tierlieb, andernfalls hätte es für den *Rundpfoter* nicht so günstig ausgesehen. Er hätte tatsächlich auf Mäusejagd gehen oder wie zu Anfang bei Jägern und Kriegern stibitzen müssen, denen das vielleicht irgendwann doch zu lästig werden würde.

Während sie durch das Lager ging – die Krieger und Jäger lebten in Spitzzelten, die Sklaven unter freiem Himmel –, versuchte sie die junge Frau mit dem weißblonden Haar zu erkennen, von der der *Rundpfoter* ›gesprochen‹ hatte. Doch sie sah sie nicht. Neben dem Tier ließ sie sich nieder und legte ihm die Fleischbröckchen vor die Nase. Der *Rundpfoter* setzte sich auf und begann seine Ration zu verzehren.

Später brachte sie den Teller zurück. Der Fraß war fast ungenießbar, aber auch nur fast und wurde deshalb gegessen. Immerhin waren die Sklaven aus verständlichen Gründen selbst daran interessiert, bei Kräften zu bleiben. Also wurde gegessen, was auf den Tisch kam, nach dem Motto: Wer weiß, wann es wieder etwas gibt.

Plötzlich kam so etwas wie Ordnung in das Durcheinander. Ein paar Krieger rollten ihre Peitschen aus und nahmen Aufstellung, während ein Adept in schwarzer Kutte erschien. Deutlich konnte Ayna in seiner Hand einen Kristall erkennen. Der blaufunkelnde Götterstein verstärkte die Stimme des Mannes.

Gefangene horchten auf und schraken zusammen. Einige reagierten entsetzt. Es war soweit!

Ein Transport wurde zusammengestellt, der noch an diesem Abend nach Aronyx, der Hauptstadt, losmarschieren sollte! Der

Adept rief die Nummern der Sklaven auf, die auf die Reise gehen sollten. Bei der Ankunft im Lager und der Registrierung war jedem Eingefangenen eine Nummer zugeteilt worden.

Es waren genau dreißig der über hundert Gefangenen, die aufgerufen wurden. Die anderen atmeten auf; ihnen blieb noch eine Frist. Manche hegten immer noch die irrwitzige, selbsttrügerische Hoffnung, eine khysalische Truppe könne angreifen und sie befreien. Niemand wagte sich vorzustellen, daß die Jäger ihre Gefangenen dann unverzüglich erschlagen würden, um keinen Störenfried oder gar Gegner im eigenen Lager zu haben. Aber so oder so – es waren trügerische Träume. Die khysalischen Krieger gingen ein solches Risiko nicht ein.

Auch Ayna war unter den Aufgerufenen.

Eine eigenartige Benommenheit erfaßte sie. Hier im Sammellager war sie noch relativ sicher gewesen, solange sie nicht versuchte zu fliehen oder gegen die Anordnungen der Grecer aufmüpfte. Aber was würde sie auf dem Sklavenmarkt von Aronyx erwarten – und was später?

Kapitel 7

»Da«, sagte Sam Valk. Er streckte den Arm aus und deutete auf das Fahrzeug, das halb von tiefhängenden Ästen verdeckt am Wegrand stand. »Der Wagen! Ist er das, Dav?«

Der Wirt nickte und trieb sein Pferd neben Sam. »Das ist er. Sie müssen gewußt haben, daß sie weiter oben nicht mehr durchkommen. Sie sind zu Fuß weiter.«

Derek Glynn sprang aus dem Sattel und ging auf den Range Rover zu. Der Boden war matschig vom Regen der vergangenen Nacht.

Er öffnete die Fahrertür des Wagens. »Unverschlossen«, kommentierte er und schwang sich hinein. »Schlüssel steckt.« Probeweise drehte er ihn. Der Motor sprang sofort an. Glynn schaltete ihn wieder ab.

»Wir werden auch zu Fuß weiter hinauf müssen«, gab Sam zu bedenken. »Mit den Pferden wird es da oben ebenfalls kriminell. Das schaffen sie nicht, ohne sich die Beine zu brechen.«

Dav und Derek nickten. Die Sucher banden die Tiere an Bäume und machten sich an den weiteren Aufstieg. »Wir müssen ausschwärmen, sonst suchen wir uns dumm und dämlich, bis wir vor Erschöpfung tot umfallen«, sagte Derek. »Brauchbare Spuren werden wir nach dem Unwetter wohl kaum noch finden.«

Entschlossen strebten sie auseinander und begannen ihre Bahn durch das verwilderte Gehölz zu brechen. Und jeder fragte sich, in welchem Zustand sie die Frau und den Mann auffinden würden.

Daß einer von ihnen dreien bereits sein Todesurteil mit sich trug, ahnten sie zu diesem Zeitpunkt noch nicht.

Kapitel 8

Den Rest des Fluges schwiegen sie. Zamorra war entsetzt über die Worte des Adepten, dem es ein Vergnügen war, eins mit der Hölle zu werden!

Und da war auch noch der Begriff ORTHOS, der Zamorra zu denken gab. Er glaubte, ihn schon einmal gehört zu haben, konnte aber nicht genau sagen, zu welchem Zeitpunkt. Er begann zu grübeln, bei welcher Gelegenheit es gewesen sein mochte.

Nach nicht langer Zeit tauchte ein Lager vor ihnen auf. Spitz-Zelte erhoben sich auf der Ebene, und ringsum wimmelte es von Menschen. Einige waren in schwarzes Leder gepanzert, andere trugen Kleidung nach Art der alten Römer, wieder andere nur zerlumpte Fetzen ... bei letzteren handelt es sich wohl um Gefangene.

Zamorra preßte die Lippen zusammen. Was er sah, gefiel ihm gar nicht – daß man auch ihn zu diesen bedauernswerten Gefangenen zählte, war klar. Vorhin war vom Verkaufen die Rede gewesen. Also handelte es sich um ein Sammellager der Sklavenjäger.

»Paßt dir wohl nicht, eh? Aber ich kann dich beruhigen, du wirst es hier nicht lange aushalten müssen«, sagte Xar. »Der nächste Transport geht nämlich bereits heute abend ab, rechtzeitig zum Großen Markt in Aronyx. Ich brauche dir also gar nicht viel über das nötige Verhalten im Lager zu erzählen, Sklave.«

»Ich werde dir irgendwann den Hals umdrehen, Kahlkopf!« drohte Zamorra.

Xar lachte, während der fliegende Teppich sanft landete. Ein paar Männer starrten überrascht herüber. Zamorra nahm nicht an, daß die Überraschung allein seiner Person galt. Vielleicht war es eher ungewöhnlich, daß ein Adept auf Sklavenjagd war.

»Vorwärts!« befahl der Adept. »Xar, gib gut auf ihn acht.«

»Worauf du dich verlassen kannst«, knurrte der Kahlköpfige und gab eine Reihe von Befehlen. Auch andere Krieger gehorchten sofort. Zamorra sah sogar einen Mann, der ähnlich gerüstet war wie Xar, dessen Anweisungen befolgen. Also war Xar einer der höheren Offiziere, wenn nicht gar der Befehlshaber des Lagers selbst.

Die Peitschenkrieger rückten dicht zu Zamorra auf.

»Errege keinen Zorn«, warnte Xar. »Wenn du auffällst, bist du des Todes; gezüchtigte Slaven sind wertlos und sterben. Du wirst eine Nummer erhalten und dich anschließend drüben«, er deutete die Stelle ungefähr an, »bereit halten. Da wird der heutige Transport bereitgestellt. Du gehörst dazu.«

»Wie ist es mit Essen?« fragte Zamorra. »Und Kleidung?«

Xar starrte ihn überrascht an. Er war es nicht gewohnt, daß Sklaven Forderungen stellten. Aber ihm war ja auch nie ein Sklave untergekommen, für den sich ein Adept selbst auf den fliegenden Teppich geschwungen hatte.

»Mit Essen ist nichts mehr«, unterrichtete er Zamorra. »Dafür ist es schon zu spät, und für *einen* Sklaven wird die Küche nicht extra geöffnet. Und wozu willst du Kleidung? Wenn du verkauft wirst, darf dein Körper ohnehin nicht verhüllt sein. Man kauft ja nicht die Katze in Sack. Du könntest mißgebildet oder kraftlos sein. Der dich kauft, mag dir Kleidung geben. Aber wenn du unbedingt willst, darfst du freundlich und untertänigst darum bitten, daß man dir einen Lendenschurz geben soll. Und nun vorwärts!«

Zamorra nickte. Was blieb ihm andere übrig, als vorerst den Anordnungen zu folgen? Aber er beschloß, jede sich ihm bietende Gelegenheit zu seinem Vorteil zu nutzen.

Und er mußte erfahren, wo sich Nicole aufhielt. Wenn sie unter ähnlichen Begleitumständen wie er in diese Dimension verschlagen worden war, war man vielleicht ebenfalls schon auf sie aufmerksam geworden. Und wenn sie Pech oder Glück hatte, würde sie im selben Sklavenlager eintreffen . . .

Vielleicht aber war sie auch in einer völlig anderen Welt gelandet.

»Wir werden es erfahren«, murmelte Zamorra und ging vor den Kriegern her, um sich erfassen zu lassen.

»Ich verstehe dich nicht«, sagte Xar später, als er dem Adepten in dessen düsterem Zelt gegenübersaß. Die Stoffbahnen waren mit unzähligen Zeichen bemalt, deren alleiniger Anblick einen Krieger frösteln ließ. Aber der Adept schien sich in dieser Umgebung wohl zu fühlen. »Was ist an diesem Fremden Besonderes, daß du solches Theater um ihn machst?«

Der Adept lächelte kalt. »Er kommt aus einer anderen Welt und kann nichts darüber verraten. Ich kann seine Barriere nicht durchbrechen. Ich fürchte, er ist stärker, als man meint, und er kennt sich mit Magie aus. Aber er kann in keinem Dhyarra-Tempel geschult worden sein. Das gefällt mir nicht. Vielleicht ist er eine Gefahr. Ich werde den Transport begleiten und versuchen, ihm sein Wissen dennoch unterwegs zu entreißen. Wenn es mir nicht gelingt, bleibt er wertlos für uns, falls er aber spricht und willens ist, mit uns zusammenzuarbeiten, wird er zu unserer stärksten Waffe.«

»Ich verstehe immer noch nicht«, sagte Xar. »Einerseits siehst du in ihm eine Gefahr, andererseits willst du ihn zu einer Waffe machen . . .«

Der Adept lachte. »Das wiederum verstehe ich, denn du bist nicht eingeweiht. Kennst du nicht die Legende von Damon und Byanca, die auf der *Straße der Götter* wandelten? Dieser Fremde könnte Damons Werk vollenden, denn er hat die Kraft. Ich sah es, als er nach dem Kristall griff. Aus welcher Welt auch immer er sein mag, er kennt die Kristalle und weiß um ihre Macht. Er könnte ein zweiter Damon werden und dem ORTHOS zum Sieg verhelfen.«

Der Offizier zuckte mit den Schultern. »Wie du meinst.« Er fühlte sich unwohl und wollte nicht länger als nötig mit dem Adepten diskutieren. Dhyarra-Magie war ohnehin eine Welt, die ihm verschlossen blieb.

Der Adept starrte an ihm vorbei gen Wyst, wo der ORTHOS lag. »Hörst du es?« fragte er leise.

»Was?« Der Offizier lauschte.

»Der Geisterwind kommt«, flüsterte der Adept. »Wie damals, vor mehr als dreitausend Jahren in jener Nacht, in der Damon und Byanca erwachten! Wie damals . . .«

Und in der Ferne begann der Geisterwind sein verhaltenes Lied zu singen . . .

Es verging einige Zeit, bis der Transport abmarschierte. Es gab Geschrei, das Knallen von Peitschen und wilde Flüche. Viele der Sklaven, die am Nachmittag, vor Zamorras Ankunft, den Aufruf noch relativ stoisch hingenommen hatten, begriffen wohl jetzt erst, daß die Zeit der Ruhe vorbei war und der Zeitpunkt des Verkauftwerdens und des Verhängnisses nun greifbar nahe war. Einige setzten sich zur Wehr – und wurden, obgleich sie mit den bloßen Fäusten kaum etwas gegen die peitschenbewehrten Jäger und die gepanzerten Krieger auszurichten vermochten, demonstrativ erschlagen. Zamorra war gezwungen, zuzusehen. Er konnte nicht das Geringste für diese armen Teufel tun. Familien wurden auseinandergerissen, gerade geknüpfte Freundschaftsbande zerstört. Wen interessierte schon, was Sklaven fühlten und dachten? Sie waren Ware, Kapital, mehr nicht.

Es dauerte eine Weile, bis sie alle zusammengetrieben waren; für die Erschlagenen wurden Ersatzpersonen aufgerufen. Was aus den Toten wurde, erfuhr Zamorra nicht mehr, aber er konnte es sich denken: Futter für Raubtiere und Aasvögel, die hoch in der flirrenden Luft kreisten.

Zamorra hatte einen Lendenschurz erhalten und den nützlichen Ratschlag, jedem Befehl der Grecer zu gehorchen, ohne zu widersprechen. Er war auch über die Zone des Grauens informiert worden, die das Sklaven-Sammellager umgab. Eine erheblich enger gefaßte Zone würde auch den Transport umhüllen und mit ihm wandern; die Hoffnung, unterwegs zu entfliehen, war also ziemlich illusorisch.

Zamorra begann nach einer blonden Frau zu fragen. Davon gab es gleich ein paar Dutzend im Lager. Wie die anderen Sklaven auch, konnte er sich relativ frei im Lager bewegen und mit jedem, auch mit den Kriegern, sprechen, wenn sie sich denn dazu herabließen, ihm zu antworten. Zumindest, bis der Abmarsch organisiert und Zamorra an seinen Platz getrieben wurde. Gerade deshalb fehlte ihm aber die Zeit, sich gründlich genug im Lager umzusehen. Er konnte nur Fragen stellen, mehr nicht. Schließlich wandte er sich an ein paar der Krieger, die sich um die Sammelstelle des Transports postiert hatten.

»Wir können ja nach deinem Schätzchen Ausschau halten! Wenn wir es einfangen, bringt es hoffentlich einen guten Preis!« sagte einer der Gerüsteten lachend.

Langsam kam Zamorra zu der Erkenntnis, daß es recht zweifelhaft war. Nicole hier im Lager zu finden. Es bestand die Möglichkeit, daß sie sich noch in Freiheit befand – oder von anderen Sklavenjägern erwischt worden war, vielleicht in einem anderen Sammellager. Zamorra zweifelte nicht daran, daß es mehrere geben mußte. Der Aufwand, den es hier beobachten konnte, sprach dagegen, daß es sich bei diesem Lager um einen Einzelfall handelte.

Er mußte zusehen, daß er die Freiheit zurückgewann. Und vielleicht bot sich trotz der Zone des Grauens bald eine Chance.

Zamorra sah, wie sich in der Ferne dunkle Wolken zusammenballten. Aber es waren keine Regenwolken. Er hatte etwas Ähnliches einmal in der Sahara erlebt.

Ein Sandsturm zog auf!

Der Transport setzte sich in Bewegung. Ayna fragte sich, warum sie ausgerechnet zum Abend hin aufbrachen. Aber die Grecer mußten ihre Gründe dafür haben.

Die dreißig Sklavinnen und Sklaven setzten einen Fuß vor den anderen. Die meisten von ihnen schwiegen. Drei der Sklavenjäger und zehn Krieger in ihren Lederpanzern sowie ein Hauptmann begleiteten den Transport. Einer der Krieger lenkte einen fliegenden Teppich. Er mußte magisch geschult worden sein, daß er einen Kristall erster Ordnung benutzen konnte, und darüber hinaus mußte er die Kräfte der Magie zumindest in schwacher Form in sich tragen. Es sollte, wie Ayna gehört hatte, in Grex viele solcher Menschen geben, die nicht in den Tempeln zu Adepten, Priestern oder Schamanen ausgebildet worden waren und doch über die *Kraft* verfügten. Vielleicht lag es an der Nähe des ORTHOS und der Dämonen.

Der *Rundpfoter* kam mit Ayna. Bequem, wie er war, verzichtete er darauf, den langen Weg auf den eigenen vier Pfoten zurückzulegen und ließ sich von Ayna tragen. Er hatte sich auf ihre Schultern gesetzt, und sie versuchte möglichst gleichmäßig zu gehen, damit er nicht ins Rutschen geriet. Er konnte sich zwar sehr gut selbst unter schwierigsten Bedingungen festhalten, aber das nur, indem er seine scharfen Krallen benutzte. Und Ayna mochte sich nicht Schultern und Nacken zerkratzen lasen. Die Wunden konnten sich entzünden, und zudem würden sie ihr beim Verkauf als Makel angelastet werden.

Ziemlich an der Spitze der Sklavengruppe bewegte sich die fremde Frau mit dem weißblonden, schulterlangen Haar. Irgend jemand hatte ihr ein Tuch überlassen, das sie sich um die Hüften geschlungen hatte. Neidlos mußte Ayna anerkennen, daß die Fremde sehr schön war. Sie würde wahrscheinlich einen recht hohen Preis erzielen.

Der *Rundpfoter* schnurrte leise neben ihrem Kopf. *Nähere dich ihr,* verlangte er. *Vielleicht erwähnt sie im Gespräch etwas, das wichtig sein kann.*

»Warum interessiert dich das?« fragte sie leise. »Wer bist du, *Rundpfoter?* Du bist kein gewöhnliches Tier.«

Der *Rundpfoter* erwiderte nichts darauf. Die Sklaven in ihrer unmittelbaren Nähe achteten nicht auf ihr vermeintliches Selbstgespräch. Ayna sah sich um; es war ihnen allen zwar gesagt worden, an welcher Stelle dieser Sklavenkarawane ihr jeweiliger Platz war, und sie fürchtete, daß man sie an einem Vorrücken hindern würde. Aber keiner der Aufpasser kümmerte sich um sie, als sie ausscherte. Sie beschleunigte ihre Schritte und schloß zu der Fremden auf. Die wandte leicht den Kopf, als sie die Bewegung neben sich spürte, und Ayna sah braune Augen, wie sie sie niemals zuvor gesehen hatte: durchsetzt von winzigen goldenen Tüpfelchen.

Die Blonde lächelte. »Oh, dir gehört die Katze?« fragte sie. »Darf ich sie streicheln?«

»Katze?«

Sie meint mich, stellte der *Rundpfoter* gelassen fest.

Ayna nickte. »Selbstverständlich. Du magst *Rundpfoter*?«

»Ist das der Name des Tieres, oder nennt ihr die Katzen hier allgemein so?« fragte die Fremde und kraulte das Kinn des Tieres. Der *Rundpfoter* schnurrte behaglich.

Ayna betrachtete die fremde Frau näher, während sie nebeneinander hergingen. Sie mochte zwischen zwanzig und fünfundzwanzig Sommer erlebt haben und war außerordentlich hübsch. »Woher kommst du, daß du das nicht weißt? Gibt es auch in deiner Welt *Rundpfoter?*«

»Ja«, sagte die Fremde. »Dennoch ist es eine Welt, die völlig anders ist. Ich ...« Sie verstummte so abrupt, als habe ihr jemand die Hand auf den Mund gelegt. Ayna ahnte, daß sie etwas sagen wollte, aber irgendwie daran gehindert wurde. Ein Zauber?

Ja, meldete sich der *Rundpfoter.*

»Ich heiße Nicole«, sagte die Fremde. Ayna stellte sich ebenfalls vor. »Du wirst mir sicher einiges über diese Welt erzählen können«, bat Nicole.

Ayna schluckte. Sicher, sie konnte eine Menge erzählen. Aber wo sollte sie anfangen? Als sie sich zögernd danach erkundigte, lächelte Nicole. »Fang einfach an. Wenn etwas für mich unwichtig ist, werde ich dich unterbrechen. Wie heißt dieses Land, wie wird es regiert, welche Tabus muß ich beachten ...«

Ayna berichtete in großen Zügen, was sie für wichtig hielt. Als sie schließlich auch von den Sklavenlagern sprach, horchte die Frau, die Nicole hieß, auf. »Es gibt mehrere Lager?«

»Ja ...«

»Weißt du, ob in diesem Lager ein Mann eingetroffen ist, der Zamorra heißt?« erkundigte sie sich.

Ayna schüttelte den Kopf. »Viele Sklaven kommen, aber du bist seit zwei Tagen die erste, die wieder gefangen wurde. Sonst niemand.«

Ein Schatten flog über Nicoles Gesicht, aber im nächsten Moment lächelte sie wieder. »Dann kann es sein, daß er sich in Freiheit befindet und mich befreit.«

Wieder schüttelte Ayna den Kopf. »Das glaube ich kaum. Niemand kann die Zone des Grauens durchdringen, die mit uns wandert. Wer immer es versuchte, er würde unweigerlich den Verstand verlieren. Diese Zone ist besser als jede Fessel. Wir können nicht hinaus entfliehen, und von außen kann kein Mensch zu uns herein, um uns zu befreien.«

Nicole griff nach Aynas Hand. »Doch, ich glaube, Zamorra könnte es. Er kann sehr viel, denn er besitzt ein Zauberamulett. Komm, erzähle mir mehr von dieser Welt.«

Kapitel 9

Er erwachte.

Zuerst war es nur ein sanftes Ziehen in seinem Unterbewußtsein gewesen. Im Tiefschlaf spürte *er* die Anwesenheit anderer Wesen. Sie waren ganz nah, und sie waren anders als jener, der zuweilen kam.

Der Schlaf begann zu fliehen. *Er* spürte vertraute Ströme. Die Kraft war in der Nähe, die Magie, wenn sie auch anders war als jene, die *er* damals anwandte. Sie war weiß.

Dann kam der Blitz.

Die Wesen, die in *seine* Nähe gekommen waren, wurden von einer starken Kraft erfaßt und fortgeschleudert. Eine Brücke zwischen zwei Welten wurde geöffnet.

Etwas, das nicht im Plan vorgesehen war, geschah. Um nicht nur eines, sondern zwei Wesen in die andere Welt zu versetzen, mußte das Dimensionstor weiter als beabsichtigt geöffnet werden. Weitaus stärkere magische Energien schlugen durch.

Und *sein* Unterbewußtsein erfaßte Energien. Sie waren ihm

bekannt. Es war ein Tor in *seine* Welt, das sich kurzzeitig geöffnet hatte.

Die Erinnerung flammte in dem Schläfer auf und riß ihn aus seinem mehr als drei Jahrtausende währenden Schlaf.

In *seine* geöffneten Augen kam Leben.

Kapitel 10

Trotz des nahenden Sandsturms waren sie aufgebrochen. Sklaven, Krieger, ein paar ›zivile‹ Sklavenjäger oder was auch immer sie sein mochten, und der Adept. Er glitt mit seinem fliegenden Teppich über die Gruppe hinweg, und hin und wieder grinste er Zamorra zu. Der begann sich darüber seine Gedanken zu machen. Er hatte die Reaktionen der Sklaven und vor allem der Aufpasser beobachtet. Demnach fühlten sie sich durch die Anwesenheit des Adepten verunsichert. Es war also nicht gerade üblich, daß ein Adept einen Sklaventransport begleitete. Hinzu kamen die Nähe des Sturms, der in dieser fremden Welt kaum weniger gefährlich sein konnte als auf der Erde. Den Männern gefiel diese Bedrohung durch die Naturgewalt nicht. Zamorra fragte sich, warum der Offizier das Risiko einging. Rechnete er nicht mit einer Meuterei? Oder hoffte oder fürchtete er, daß der Adept dann eingreifen würde? Es schien, als habe dieser Zauberkünstler große Macht über die Krieger.

Inzwischen grübelte Zamorra über den Begriff ORTHOS nach. War es ein Dämon oder etwas Ähnliches? Zamorra nahm es an, denn in dieser Welt schien das Böse die Oberhand zu haben. Er fragte einen der Sklaven, die neben ihm gingen. Der staunte über diese Frage nicht besonders, weil es sich wohl herumgesprochen hatte, daß Zamorra ein Fremder war, der sich nicht auskannte.

Der Gefangene verzog das Gesicht.

»Der ORTHOS ist ein Ort in Noordwyst von Aronyx, etwas über einen Tagesmarsch von der Hauptstadt entfernt. Dort regiert das Grauen. Der ORTHOS ist der Hort der Dämonen. Von dort aus beherrschen sie die gesamte Welt.«

Zamorra schluckte. Ein ungutes Gefühl machte sich in ihm breit. Der Tonfall, in dem der Mann vom ORTHOS gesprochen hatte, war von unterschwelliger Angst beherrscht. Angst und Ehrfurcht. Demzufolge war es bestimmt nicht nur ein Spuk-Schloß, in dem einer der Abgesandten Luzifers mit seinen Dämonenknechten und Höllengeistern residierte, sondern weit mehr, als menschliche Phantasie sich ausdenken konnte.

Und da war noch etwas, was Zamorra ganz nebenbei aufgefallen war. »Noordwyst? Was ist das?«

»Eine Himmelsrichtung. Du mußt wirklich von weit her kommen, daß du das nicht weißt.«

Ein Verdacht überkam den Professor. Er beherrschte die in dieser Welt vorherrschende Sprache seltsamerweise perfekt, aber dieser Himmelsrichtungsname war ihm fremd.

»Wie viele Himmelsrichtungen gibt es eigentlich?«

»Fünf . . .«

Und aus Wyst jagte der Geisterwind heran und brachte den Sandsturm mit sich.

»Der Geisterwind«, flüsterte Ayna fast andächtig. »Er zieht über das Land . . .«

Nicole lauschte. Zwischen den im Sand knirschenden Schritten der Menschen, zwischen dem Knarren des Leders und den Stimmen der Krieger und Sklaven, zwischen dem leisen Flappen des fliegenden Teppichs vernahm sie ein eigenartiges, klagendes Singen, das von weit her kam und versuchte, sie in seinen Bann zu schlagen; um so stärker, je intensiver sie lauschte und versuchte, in den Tönen eine Melodienfolge zu erkennen. Wenn es schon auf sie so faszinierend wirkte, die sie doch nicht in diese Welt gehörte, wie mochte es dann erst die Eingeborenen beeindrucken? Dunkle Wolken trieben über den Abendhimmel heran und schwärzten die rote Sonnenscheibe, die bereits dicht über dem Horizont stand.

»Das sieht mir mehr nach einem Sturm aus«, bemerkte Nicole.

»Es mag Sturm sein, Orkan oder Wind. Es ist unbedeutend. Es ist der Geisterwind!«

So etwas wie Ehrfurcht klang in Aynas Stimme mit. Nicole schüttelte den Kopf. »Warum nennt man ihn den Geisterwind?«

»Ich weiß es nicht. Der Name wurde von den Grecern erdacht. Der Geisterwind jagt über die ganze Welt und weint seine Klage. Und er tritt nur dann auf, wenn etwas Bedeutendes irgendwo auf der Welt geschieht?«

Nicole schwieg.

»Das erste Mal«, sagte Ayna leise, »weinte der Geisterwind, als die Frau erschaffen wurde. Das zweite Mal, als ORTHOS und OLYMPOS entstanden. Und das dritte Mal, als Damon und Byanca in die Welt kamen. Das muß jetzt über dreitausend Jahre her sein. Aber jedesmal erschien er wie jetzt aus Wyst über dem Land. Die anderen Male, jedesmal, wenn die *Straße der Götter* sich grundlegend wandelte, kam er aus einer der anderen vier Himmelsrichtungen.«

Nicole überging sowohl den eigentlich recht seltsamen Hinweis auf die Himmelsrichtungen als auch die Wandlungsfähigkeit einer Welt mit einem sehr seltenen Namen.

»Woher willst du dann wissen, daß das, was da hinten heult wie ein liebeskranker Werwolf, dieser legendäre Geisterwind ist?«

Kaum ausgesprochen, wurde Nicole klar, wie ketzerisch ihre Frage in Aynas Ohren klingen mußte, und sie rechnete damit, daß die zornbebende Khysalerin ihr ob dieses Frevels die Katze mit gespreizten Krallen ins Gesicht werfen würde. Aber zu ihrer Überraschung blieb sie ruhig. Nicole sah die Gänsehaut auf Aynas Schultern. Das khysalische Mädchen erschauerte.

»Ich weiß es einfach«, sagte sie. »Irgendwo geschieht wieder etwas Bedeutendes. Vielleicht geht heute die Welt unter.« Nicole schluckte. Trotz allem, was Ayna ihr in den letzten Stunden erzählt hatte, barg diese Welt noch viele Geheimnisse.

Die rote, inzwischen von den Wolken fast schwarz gefärbte Sonne verschwand im Horizont. Die Dunkelheit brach herein. Und durch sie hindurch sang der Geisterwind.

Zamorra rechnete sich Chancen aus. Der Sandsturm würde Schutzmaßnahmen erfordern. Er hatte es vor Jahren in einem

Sahara-Camp erlebt. In dem Durcheinander hätte eine ganze Armee fliehen können, ohne daß sich jemand darum hätte kümmern können. Die Krieger würden schon in Kürze damit zu tun haben, ein Lager aufzuschlagen und für Schutz zu sorgen. Das Durcheinander wollte Zamorra nutzen, um zu fliehen. Er war sicher, daß die Zone des Grauens von dem Adepten erzeugt wurde. Dessen Konzentration würde durch den Sturm beeinträchtigt werden, und möglicherweise war Zamorra durch seine Fremdartigkeit, durch seine Nichtzugehörigkeit zu dieser Welt und ihren Einflüssen, auch gegen diese Wahnsinnszone immun beziehungsweise nicht angreifbar.

Hin und wieder sah er zu dem fliegenden Teppich hinauf. Der Adept führte den Befehl über den Transport, das war ihm inzwischen klar geworden. Aber warum unternahm er nichts? Er mußte den nahenden Sturm doch ebenso bemerkt haben wie alle anderen! Auch die Krieger wurden allmählich unruhig. Sie erwarteten die entsprechenden Befehle des Anführers.

Aber der Adept tat nichts dergleichen. War er in Trance versunken?

Der Wind wurde stärker. Vorbote des nahenden Sturms – und ließ überraschend nach. Zamorra sah wie einer der Krieger zum Teppich lief und eine Frage hinaufschrie. Der Adept wies ihn spöttisch lachend zurück und hob die Hand, in der der Kristall schimmerte.

»Wir gehen weiter!« schrie er.

Du hast gut schreien, dachte Zamorra, der sich Sorgen um sein Durchhaltevermögen machte. Sie waren jetzt schon einige Stunden unterwegs, ihre Körper von einer Kruste aus Schweiß und aufgewirbeltem Staub überzogen, vor allem Zamorra selbst, von Durst und Hunger geplagt. Die Sonne, vom Sandsturm verfärbt, begann zu sinken. Der Sturm würde die Sklavenkarawane erreichen, wenn die Dunkelheit hereingebrochen war.

Ein paar Minuten später vernahm Zamorra das leise Knistern. Funken sprühten in weitem Abstand vor den Menschen auf, verdichteten sich mehr und mehr zu einem leichten Schein. Gleichzeitig fühlte Zamorra, wie der dämonische Druck auf sein Bewußtsein, der von dem Adepten ausging, sich verstärkte.

Sollte er . . . ?

Zamorra versuchte sich in Halbtrance zu versetzen. Irgendwie wollte es ihm nicht gelingen, Hunger und Durst minderten seine Konzentrationsfähigkeit. Und doch spürte er etwas, sah plötzlich den Adepten oben auf dem Teppich völlig anders – sah nicht das äußere, fleischige Erscheinungsbild, sondern das Innere, den Geist.

Der Geist der Hölle!

Der Adept war längst der Hölle verfallen, aber gleichzeitig machte ihn die Hölle stark. Er widerstand dem Sandsturm, schuf eine magische Barriere vor ihnen, die die Sandpartikel verdampfte! Das war das Knistern und Funkensprühen um sie herum ...

Aber die Soldaten wie auch die Sklaven blieben ruhig. Ihnen gefiel das Ganze nicht. Dem Tun des Adepten haftete etwas Ungeheuerliches, Widernatürliches an.

Ein hartes Lächeln spielte um Zamorras Lippen. Er rechnete sich auch in einem Sandsturm noch Überlebenschancen aus. Es *mußte* gehen! Alle Blicke hefteten sich auf die Lichterscheinungen voraus und auf den Adepten auf seinem fliegenden Teppich, der die Gruppe immer tiefer in den Sturm hineinstieß. Plötzlich rannte Zamorra los.

Er nahm an, daß die Zone des Grauens jetzt in ihrer Stärke nachgelassen hatte, weil der Adept sich auf die Abwehr der Sandwolken konzentrierte.

Aber Zamorra kam nicht weit.

Er hatte sich erst zehn Meter seitwärts entfernt, als ein stechender Schmerz ihn auseinanderzureißen drohte, und eine Stimme dröhnte lautlos in seinem Bewußtsein: *HALT!* Alles in Zamorra war nur noch *HALT!*

Er brach in die Knie.

Fürchte meine Macht! dröhnten die Gedankenbefehle des Adepten in ihm auf. *Du entgehst mir nicht! Kehre um, oder du stirbst auf der Stelle, wie vor uns der Sand verglüht!*

Zamorras Gedanken überschlugen sich. Seine Lippen murmelten eine Abwehrformel der weißen Magie. Für Sekunden wichen Druck und Schmerz, aber dann schlug der Adept nur um so stärker zurück. Sein Dhyarra-Kristall schien direkt in Zamorras Gehirn zu explodieren.

Der Meister des Übersinnlichen verlor das Bewußtsein.

Kapitel 11

Die über der Brust gekreuzten Arme des Mannes bewegten sich. Schmale und doch kräftige Hände mit schlanken Fingern tasteten sich in die Höhe und stießen auf Widerstand.

Der Schrein! durchfuhr es ihn.

Er sah durch das Glas hindurch auf die funkelnde Höhlendecke. Die *Mardhin-Grotte!* Schwach entsann er sich. Mardhin-Emrys hatte der Mann sich genannt, der Alte in der weißen Kutte. Er hatte der Frau und ihm die Möglichkeit geboten, hier in den Tiefschlaf zu gehen.

Und jetzt war er geweckt worden!

Mit den Fingerspitzen berührte er das Glas über ihm und drückte dagegen. Mit fast spielerischer Leichtigkeit hob er es an, richtete sich auf. Dann schwang er die Beine über den Rand seines Lagers und erhob sich elastisch. Er machte ein paar rasche Bewegungen und stellte fest, daß er immer noch so beweglich und kräftig war wie damals, als der Schlaf begann. Damals hatte er befürchtet, geschwächt zu erwachen, aber Mardhin hatte gesagt, daß lediglich die Zeit stehenbleiben würde.

Er hatte recht behalten.

Aber die Erinnerung war so bruchstückhaft. Sie ging nur bis zu dem Zusammentreffen mit Mardhin, dem Uralten mit den jungen Augen, zurück. Was davor war, blieb im Dunkeln.

Er sah sich um. Neben seinem Schrein stand der zweite. Er sah die junge, strahlend schöne Frau darin liegen. Sie schlief noch immer. Er wunderte sich etwas, denn sie waren gemeinsam eingeschlafen und hatten gemeinsam irgendwann in einer schönen Zukunft erwachen wollen, in der es keinen Krieg und keinen Mord mehr gab, sondern nur noch Liebe und Leben.

»Byanca«, flüsterte er. Ein Stück Erinnerung brach durch. Sie war Byanca, demzufolge war er Damon.

»Ich bin Damon«, sagte er »Warum bin ich erwacht? Und warum nur ich allein?«

Die Kraft aus deiner Welt reichte nicht für zwei, sagte etwas in ihm, aber er verstand nicht, was damit gemeint war.

Kein Wunder, Mardhin hat deine Erinnerung blockiert. Du wolltest es damals so, sagte das andere in ihm.

»Du verwirrst mich«, sagte er und sah sich weiter um. Niemand außer der schlafenden Byanca und ihm selbst befand sich in der Grotte. Wieder sah er Byanca an. Sie war so unglaublich schön. Ein tiefes Glücksgefühl breitete sich in ihm aus, weil er sie in seiner Nähe wußte.

Und dann sah er das Schwert im Stein.

Kapitel 12

Als Zamorra wieder zu sich kam, dämmerte der Morgen. Quälender als zuvor, fast schon unerträglich, spürte er Hunger und Durst. Der Boden unter ihm schien sich zu bewegen, gerade so, als liege er nicht auf Sand, sonder auf dem Wasserbett oder einer großen Luftmatratze.

Vorsichtig sah er sich um. Er befand sich auf dem fliegenden Teppich direkt vor dem hockenden Adepten. Ein höhnisches Grinsen überzog dessen Gesicht.

»Du bist ein Narr, Zamorra«, sagte er.

Zamorra richtete sich auf. »Ich mag in deinen Augen ein Narr sein. Aber hüte dich, mich zu unterschätzen!«

»Vergiß nicht, daß du dein Zauberamulett nicht mehr besitzt«, sagte der Adept. Zamorra legte die Stirn in Falten. »Das weißt du?« stieß er überrascht hervor.

»Du dachtest daran, aber wenn es um deine Herkunft geht, kann ich die Abschirmung dennoch nicht durchbrechen. Rede freiwillig, und du kannst einer der Mächtigsten im Land Grex werden. Wenn nicht – am späten Nachmittag erreichen wir Aronyx, und morgen mittag spätestens bist du als Sklave verkauft und hast nichts mehr zu erwarten als in kurzer Zeit den Tod. Überlege es dir.«

»Es gibt nichts zu überlegen«, erwiderte Zamorra schroff. »Ich werde keinen Pakt mit der Hölle schließen.«

»Mit der Hölle?« Der Adept brach in spöttisches Gelächter aus.

»Was glaubst du armseliger Narr, wo du dich befindest? – Nicht mit der Hölle. Mit mir als irdischem Vertreter des ORTHOS!«

Irdisch? vermerkte Zamorra und sagte ihm deutlich, was der Adept tun könne. Der lachte wieder. »Bis zur Ankunft in Aronyx hast du Bedenkzeit. Dennoch wirst du hier oben bei mir bleiben, damit du keinen weiteren Fluchtversuch unternimmst. Es könnte dein Ende sein.«

»Schön, bleibe ich also auf dem Teppich«, sagte Zamorra spöttisch. So brauchte er den Rest des Weges nicht selbst zu laufen, konnte sich statt dessen von den gestrigen Strapazen ein wenig erholen – soweit das mit einer ausgedörrten Kehle möglich war. Ahnte der Adept überhaupt, welchen Gefallen er Zamorra mit dieser Einschränkung seiner Bewegungsfreiheit tat?

»Obwohl«, überlegte der Adept halblaut weiter, »es natürlich reizvoll wäre, zu erproben, ob die Wahnsinnsstrahlung der Schutzzone nicht deine Barriere aufbrechen würde . . .«

»Ich werde dir den Hals umdrehen«, verkündete der Meister des Übersinnlichen grimmig.

Er mußte wieder an Nicole denken. Wie mochte es ihr ergangen sein?

Als der Morgen graute, sang der Geisterwind nicht mehr. Auch der Sturm war vorübergegangen, und in der Ferne tauchte die Silhouette einer gigantischen Stadt auf.

»Das ist Aronyx«, sagte Ayna. »Die Hauptstadt von Grex. Dort wird man uns verkaufen.«

Nicole nickte nur und hüllte sich in Schweigen. Sie mußte an Zamorra denken. Wo mochte er sich befinden? Warum benutzte er nicht das Amulett, um Kontakt zu ihr aufzunehmen? Zwischen ihnen bestand eine sehr starke Bindung, und das Amulett sprach, zwar etwas schwächer als bei Zamorra, auch auf Nicole an.

Obwohl sie davon ausgehen mußte, das Zamorra nicht anders als sie selbst in diese Welt gelangt war – nackt und wehrlos – kam ihr nicht der Gedanke, daß auch das Amulett den Weg nicht mitgemacht haben könnte. Es gehörte einfach zu ihm, mußte mit herübergekommen sein.

Aber warum rührte er sich nicht? Egal, wo er sich aufhielt – es mußte ihm doch irgendwie möglich sein, Kontakt aufzunehmen!

Oder war er tot?

Sie verdrängte die unguten Gedanken wieder, die in ihr aufsteigen wollten. Eher konnte sie sich noch mit der Vorstellung vertraut machen, daß er möglicherweise in eine ganze andere Welt geraten war.

Vor ihnen erhob sich Aronyx, die Hauptstadt. Nicole empfand Benommenheit beim Anblick dieser Stadt. Schwarz ragten die umgebenden Mauern mit den schroffen Zinnen der Schießscharten vor den Wehrgängen der Mauerkronen empor, schwarz die Dächer höher aufsteigender Häuser. Und in der Mitte erhob sich ein gewaltiger Palast. Seine Dachkuppeln und -spitzen, seine Türme und Zinnen, auf denen Fahnen wehten, funkelten golden in der Morgensonne, aber auch er war von einer dämonischen Aura überschattet. In dieser Stadt mußte das Böse herrschen.

Näher und näher rückte die Gruppe den wehrhaften Mauern. Und je näher sie der Stadt kamen, desto kräftiger empfand Nicole das Böse, das von Aronyx ausging.

Das Böse – und *die Macht.*

Kapitel 13

Damons Blick brannte sich förmlich an dem Schwert im Fels fest. Er sah den funkelnden Kristall darin.

Ein Dhyarra-Schwert!

Wieder gab die Blockierung ein Erinnerungs-Bruchstück frei. Es gab nur zwei Dhyarra-Schwerter, Klingen, in die Kristalle eingearbeitet waren: sein Schwert und das von Byanca. Und niemand sonst konnte diese Schwerter benutzen. Denn die Kristalle waren 12. Ordnung – die stärksten, die es gab. Jeder außer ihnen beiden, der sie einzusetzen versuchte, würde darüber geistig *ausbrennen,* weil er die Fülle der Kraft nicht beherrschen konnte.

Damon lächelte. Selbst höhere Dämonen und Götter hatten die

Kristalle nicht allein beherrschen können, mußten sich zu mehreren zusammenschließen und gemeinsam wirken. Aber Byanca und er schafften das allein.

Und deshalb . . .

Die Erinnerung verschwamm wieder.

Langsam ging Damon auf den Stein zu, in den das Schwert eingebettet lag. Es war Byancas Schwert, das erkannte er an winzigen Kleinigkeiten. Die Silberscheibe, die vor dem Stein auf dem Boden lag, beachtete er ebensowenig die die eigenartigen Kleidungsstücke.

Damon streckte die Hand nach dem Schwert aus.

Nach dem Schwert der Götter!

Es ist eigenartig, teilte sich der *Rundpfoter* mit. *Ich kann immer noch nicht völlig in ihr Denken und ihre Erinnerungen eindringen. Ich erkenne wohl ihren Namen und oberflächliche Dinge, aber mehr nicht. Woher sie kommt, entzieht sich meinem Zugriff. Ich verstehe das einfach nicht. Ob der Geisterwind ihretwegen geweint hat?*

Für den Rundpfoter war das eine lange Rede. So ausgiebig hatte er sich bisher noch nie zu irgendeiner Sache geäußert. Er mußte der Fremden große Bedeutung zumessen. Aber warum?

Vor ihnen ragten die schwarzen Mauern der Hauptstadt auf. Hoch oben auf den Zinnen waren die Gestalten gepanzerter Männer zu sehen, die sehr gut bewaffnet waren. Der fliegende Teppich schwebte in einige Entfernung hoch, bis er auf gleicher Höhe mit den Zinnen war, und glitt dann langsam darauf zu.

»In diesen Mauern wird sich unser Schicksal entscheiden«, flüsterte Ayna und streichelte den *Rundpfoter.* Das Tier schnurrte nicht, sondern zeigte, wie unbehaglich es sich fühlte. Das Fell war leicht gesträubt und richtete sich hinter Aynas streichelnder Hand sofort wieder auf; die dreieckigen Ohren waren nach hinten gelegt, und der Schweif, der durch die aufgestellten Haare dreimal so dick wirkte, peitschte nervös hin und her.

Oben wurden Worte gewechselt. Dann sank der fliegende Teppich wieder herunter. Der Flieger rief den Männern etwas zu und deutete auf das immer noch verschlossene Tor. Die Krieger begannen die Sklaven auf das Tor zuzudrängen.

»Warum öffnet es sich nicht?« fragte einer aufgeregt.

Eine schwache Ahnung überflog Nicole Duval. Sie betrachtete das Tor. Es schien wie der Rest der Mauer aus Stein zu sein. Fugen waren nicht zu erkennen. Sie glaubte, von der hohen Mauer erdrückt zu werden.

Die Krieger trieben die Sklaven voran. Dann verschwand der erste in der massiven Steintür!

»Los, ihr auch!« befahl der Mann oben auf dem fliegenden Teppich. Nicole sah auch ihn auf seinem Teppich verschwinden. Dann wurde auch sie selbst hineingeschoben.

Es war, als bewegte sie sich durch eine zähe Masse. Ihr Herz schlug wie rasend bei dem Gedanken, im Stein steckenzubleiben. Aber dann tauchte sie im Innern der Stadt wieder auf. Sofort fuhr sie herum und tastete nach der Mauer. Doch obgleich direkt hinter ihr ein Mädchen aus der Mauer trat, konnte sie nicht wieder eindringen. Das Steintor fühlte sich völlig massiv und undurchdringlich an. Eine magische Einbahnstraße?

Jetzt waren sie alle im Innern der Stadt. Nicole sah häßliche, ineinander verschachtelte Bauten, die zur Stadtmitte hin immer größer wurden. Schmale Gassen zogen sich hindurch. Die Häuser verbreiterten sich nach oben hin und überbauten die Straßen, so daß kaum Licht nach unten fiel. Jeder noch so kleine Winkel wurde irgendwie genutzt. Wahrscheinlich gab es nicht einmal Hinterhöfe. Und die Gassen waren so schmal, daß man nur zu Fuß hindurchgelangte. Die Stiefel der Krieger mit ihren Eisenbeschlägen an den Sohlen knallten über das holprige Steinpflaster. Die eng stehenden Wände verstärkten den Schall noch.

Kein Wunder. Denn hier brauchten keine breiten Ausfallstraßen für Autos oder Pferdegespanne Raum zu schaffen. Hier bestieg man einen fliegenden Teppich und schwebte über der Stadt dahin.

»Vorwärts!« gellte der Befehl. »Morgen in der Frühe werdet ihr verkauft! Schnell, schnell! Bewegt euch!«

Nicole zuckte mit den Schultern. Sie fragte sich, warum sie sich beeilen sollten. Sie hatten doch noch einen halben Tag und eine ganze Nacht Zeit. Aber die Krieger trieben sie jetzt unaufhaltsam vorwärts.

Der Teppichflieger schwebte irgendwo über den Häusern. Die Sklaven selbst wurden durch die schmalen Gassen getrieben. Überall stank es nach Unrat und Verfall. Ratten huschten pfeifend hin und her, hin und wieder trat einer der Soldaten nach ihnen und hielt sie auf Abstand. Aus einigen Fenstern drang ein verwegenes Gemisch von Küchendüften, hinter schmutzigen Butzenscheiben schimmerte das Licht von Kerzen oder Öllampen, das in diesen finsteren Gassen wohl auch bei Tage nötig war.

Wo immer die kleine Sklavenkarawane auftauchte, wurden Türen und Fenster hastig geschlossen; hin und wieder versuchte einer der Bewohner einen mißtrauisch-zaghaften Blick nach oben zu werfen, wo über den Häusern durch die schmalen Lichtkorridore der fliegende Teppich zu sehen war.

Ayna hielt sich dicht an Nicole und griff nach ihrer Hand. »Ich habe Angst«, flüsterte sie.

Nicole schluckte. Auch sie empfand immer mehr Angst, je länger sie durch diese erdrückende Stadt gehen mußte. Und irgendwann gähnte vor ihnen ein großes Eingangstor, und ein Gebäude verschluckte sie wie das riesige Maul eines gefräßigen Ungeheuers.

Am späten Nachmittag tauchte die düstere Stadt auch vor dem anderen Transport auf. Zamorra lächelte kalt, aber es war nur äußerlich. Die Stadt flößte ihm allein durch ihr finsteres Aussehen Furcht ein. Er kämpfte dagegen an und versuchte, nach außen hin kühl und unbeeindruckt zu erscheinen. Es ging ihm auch wieder besser; auf dem Teppich hatte er sich ausruhen können. Außerdem hatten die Sklaven Wasser bekommen; eine Feldflasche war auch zu Zamorra hochgereicht worden. Er hatte sich Zeit gelassen mit dem Trinken. Erst als die Flasche leer war, hatte sie zurückgegeben. Um mißmutige Blicke scherte er sich nicht – immerhin hatten sie ihn seit seiner Gefangennahme dursten lassen. Mit dem Hunger konnte er noch so fertig werden.

»Na?« fragte er provozierend. »Nun ist es bald so weit, daß du die letzte Chance hast, etwas von mir zu erfahren, nicht wahr?«

Die finsteren Augen des Adepten richteten sich auf ihn. »Willst du reden?«

»Nein.«

»Dein Pech«, erwiderte der Adept lakonisch, »Sklave.«

Immer größer wuchs die Stadt vor ihnen auf. Aronyx! Zamorra sah das Gold des Palastes in der Ferne schimmern, und er glaubte, die finstere Aura der Stadt fast *sehen* zu können. Residierte dort ein Dämon?

»Du hast es dir selbst zuzuschreiben. Ich hatte gehofft, du würdest reden. Aber so bist du für mich wertlos«, fuhr der Adept fort. So gelassen, wie er sprach, handelte er auch. Zu spät sah Zamorra das schwache Aufglühen des Dhyarras. Eine unsichtbare Faust traf ihn und schleuderte ihn in einem weiten Bogen über die Kante des Teppichs hinweg. Im Fallen rollte er sich zusammen und setzte auf dem Boden auf wie ein Fallschirmspringer. Die gleiche Prozedur, die es ein paar Stunden zuvor schon bei dem Sklaventransport des ersten Lagers gegeben hatte, wiederholte sich, nur diesmal weitaus schneller. Die Wachen oben auf den Zinnen der Mauer hatten den Teppichflieger schon von weitem als einen Adepten erkannt; entsprechend war die Schnelligkeit, mit der sie den Transport durch das Tor ließen.

Zamorra fühlte nicht nur die sirupartige Halbfestigkeit der Wand, als er hindurchschritt, sondern auch noch etwas anderes. Es war wie der klagende Schrei einer verlorenen Seele. Etwas wollte nach ihm greifen, ihn festhalten, als es seine schwachen Para-Fähigkeiten registrierte. Der kalte Schweiß brach ihm aus, und er war froh, als er auf der Innenseite den Stein wieder verlassen konnte.

»He, Adept!« schrie er nach oben.

Der Schwarzgekleidete senkte den fliegenden Teppich, mit dem er das Tor durchstoßen hatte, etwas herab. »Willst du reden?«

»Was war das da in der Mauer?« schrie Zamorra.

Der Adept lachte spöttisch.

»Vor langen Jahren gelangte ein Schamane aus Rhonacon in diese Stadt und glaubte, den ORTHOS-Tempel zerstören zu können. Man fing ihn und zauberte seinen Geist in die Stadtmauer. Das war es, was du spürtest!«

»Vorwärts!« schrien die Krieger. »Morgen mittag werdet ihr verkauft! Schnell, schnell! Beeilt euch!«

Zamorra fragte sich nach dem Grund dieser Hektik. Und immer noch wußte er nichts von Nicole.

Das Haus, das seine Gruppe aufnahm, war ein anderes. Eines von vielen Sklavenhäusern.

Kapitel 15

Damons Hand umschloß den Schwertgriff.

Im selben Moment durchfuhr es ihn wie ein elektrischer Schlag. Er schrie auf und wurde zurückgeschleudert. Grelle Blitze entluden sich und verwandelten das Innere der Mardhin-Grotte für Sekunden in eine furiose Feuerwerk-Hölle. Damon prallte irgendwo auf den Boden. Alles vor seinen Augen verschwamm, und er stöhnte auf.

Er schloß die Augen und kämpfte gegen die Benommenheit an. Nach einer Weile kam er taumelnd wieder auf die Beine und starrte auf den Stein mit dem Schwert. Er versuchte sich zu konzentrieren.

Plötzlich riß vor ihm ein Schleier auseinander.

Er sah wieder klar!

Und er erinnerte sich wieder!

»Ich bin Damon!« schrie er und ballte die Fäuste.

So war es doch damals gewesen!

ORTHOS und OLYMPOS, die beiden gewaltigen Zentren unwahrscheinlicher Macht, die einzigen Orte in der STRASSE DER GÖTTER, die niemals einer Wandlung unterlegen waren, die sich seit Anbeginn der Zeit befehdeten . . . hier Dämonen, da Götter! Und beide Seiten schufen Wesen, die den ewigen Krieg stellvertretend führen und beenden sollten – so oder so!

Und es begab sich, daß ein Dämon sich herabließ, im Lande Grex mit einer Menschenfrau einen Sohn zu zeugen, der Damon hieß und mehr Kraft besaß als der Herr des ORTHOS selbst! Ähnliches geschah in Rhonacon, aus der Verbindung eines der Götter des OLYMPOS und einer Sterblichen entstand Byanca. Und Schwerter wurden für die beiden mächtigen Wesen geschmiedet, das Schwert der Dämonen und das Schwert der Götter. In jedes der Schwerter wurde der stärkste Dhyarra-Kristall eingelassen, den es gab – einer der zwölften Ordnung! Nur diese beiden Kristalle waren so unglaublich stark, und nicht einmal Götter und Dämonen konnten sie beherrschen und ihre Macht nutzen. Aber Damon und Byanca vermochten es.

Damon für den ORTHOS und Byanca für den Olympos – sie sollten gegeneinander kämpfen und der Sieger-Partei die Welt gehören.

Doch es kam nicht zum Kampf.

Etwas geschah, das niemand voraussehen konnte. Auf der *Straße der Götter* fanden die beiden Wesen zueinander und entdeckten ihre Liebe. Die Liebe war stärker als alles andere, und statt gegeneinander zu kämpfen, wandten sie sich von ihren Schöpfern ab und flohen aus der Welt, in die sie gesetzt worden waren. Sie gingen durch das Weltentor . . .

Damon ballte die Fäuste. Er spürte nicht, daß ihn etwas abermals verändert hatte.

»ORTHOS . . .«, flüsterte er, und die Kristalle der Mardhin-Grotte warfen das Wort als vielfaches Echo zurück.

Er starrte den Schrein mit Byanca an.

Nichts mehr empfand er für sie! Es war gelöscht! Etwas hatte ihn wieder zu dem gemacht, das er vor drei Jahrtausenden in einer anderen Welt hatte sein sollen: zu diesem Werkzeug der Dämonen!

Langsam ging der Halbmensch auf Byancas Schrein zu. Die *Kraft* begann in ihm zu wachsen und wurde größer und größer.

Dort lag sie, seine Gegnerin von einst und jetzt.

»Ohne dich«, flüsterte er heiser, »könnte ich jetzt Herr einer Welt sein!«

Er holte aus.

»Aber das«, knirschte er, »läßt sich nachholen. *Jetzt!*«

Seine Faust schmetterte auf den Schrein hinab!

Kapitel 16

Bis zum Boden hinunter verneigte sich der Adept, als er in der Vorhalle des Tempels stand. Drei Verneigungen schrieb das Ritual vor; er brachte es auf fünf, ehe er wagte, das Gesicht dem Schamanen zuzuwenden. Farblose Augen starrten ihn an.

»Sein Name ist Zamorra, und ich griff ihn in die Wüste auf. Er kommt aus einer anderen Welt und besitzt die *Kraft*, aber ist damals nicht auch Damon in einer anderen Welt verschwunden?«

Die Augen des Schamanen verengten sich. »Du glaubst, Damon ist zurückgekehrt? Wir hätten es gespürt.«

Abermals verneigte sich der Adept. »Nicht Damon, aber einer, der so gut wie Damon für uns kämpfen kann. Ein Schleier liegt über seiner Herkunft, den ich nicht durchdringen konnte. Die Kräfte des Dhyarra wurden reflektiert.«

»Ein stärkerer Kristall . . .«

»Könnte die Barriere brechen, aber auch Zamorra zerstören«, gab der Adept zu bedenken.

»Was hast du getan?«

»Er wird als Sklave verkauft«, erwiderte der Adept und verneigte sich abermals. »Ich werde es arrangieren, daß er an einen mir ergebenen Mann gerät. Dieser wird ihm einen kräftigen Vorgeschmack auf sein künftiges Leben geben. Ich denke, daß Zamorra nach einem Monat froh sein wird, sich uns zur Verfügung zu stellen. Er ist stark, aber er weiß vielleicht selbst nicht, *wie* stark er wirklich ist. Wir müßten ihn schulen. Immerhin weiß er, auch wenn er einer fremden Welt entstammt, um die Kraft der Kristalle.«

Der Schamane nickte leicht.

»Du hast wohlgetan. Es sei, wie du anordnest. Morgen wird er verkauft.«

Kapitel 17

»Nichts, verdammt. Als wenn der Erdboden sie verschluckt hätte«, knurrte Sam Valk. Er sah auf seine Uhr. »Seit fünf Stunden suchen wir uns jetzt an diesem verdammten Berg die Augen aus. Wenn sie hier irgendwo wären, *müßten* wir sie gefunden haben.«

»Aber sie können sich nicht in Luft aufgelöst haben«, sagte Derek Glynn.

»Vielleicht hat sich der Erdboden aufgetan und verschlang sie«, spottete Valk. »Laßt uns umkehren. Ich habe Hunger, und hier finden wir doch niemanden mehr.«

Er lehnte sich an den riesigen Steinquader, der an dieser Stelle aus dem Berghang hervorragte. Dav, der Wirt, starrte nachdenklich zu Boden. Sie hatten den Wald mehrfach durchkämmt, hatten gerufen ... und hier hatten sie sich jetzt wieder getroffen. Ohne Erfolg. Die gesamte Suchaktion war ohne Ergebnis geblieben. Das hatte es noch nie gegeben, und Dav hätte fast an Valks spöttische Bemerkung glauben können, oder daß der Leibhaftige sie geholt hätte. Aber das wäre natürlich purer Aberglaube gewesen; selbst der abergläubische Waliser wird diese Charaktereigenschaft niemals zugeben. Merlins Existenz zu akzeptieren, war natürlich eine ganz andere Sache ...

»Aber wenn sie zurückgekehrt wären, hätte der Wagen weg sein müssen«, gab Glynn zu bedenken.

»Vielleicht sind sie an uns vorbeimarschiert, während wir heraufkamen, und wir haben uns gleich zu Anfang verfehlt«, murmelte Sam Valk.

»Wir hätten ihre Spuren finden müssen«, beharrte Dav sinnend. »Sagt mal, wer von uns trägt denn dieses eigenartige Sohlenprofil?«

Er deutete auf den matschigen Boden, in dem sich vor dem Felsen die Spuren eingeprägt hatten.

Sam Valk hatte eine Zigarettenpackung aus der Brusttasche gefischt und einen der Sargnägel herausgezogen. Jetzt erstarrten seine Hände in der Bewegung. Unwillkürlich hob er einen Fuß, weil er erst einmal nachsehen mußte. »Ich nicht ...«

Derek und Dav ebensowenig!

»Sie sind also hier gewesen. Nicht bewegen, nichts zertrampeln, ich versuche die Spur zu rekonstruieren.«

»Dav Holmes«, spöttelte Sam gutmütig.

Dav ging gebückt den Spuren nach. Er fand andere Abdrücke mit dem fremden Profil. Die Spuren führten auf den Fels zu – und nicht wieder davon fort! »Ich glaub', ein Löwe küßt mich«, murmelte Dav und machte die beiden anderen auf seine Beobachtung aufmerksam.

»Hier ist er verschwunden. Hier, vor diesem verdammten Stein!«

An dem lehnte Sam Valk immer noch und setzte seine Zigarette in Brand. »Rauchen im Wald ist verboten«, informierte Derek ihn. »Wegen Brandgefahr.«

»Bei der Nässe?« knurrte Sam. »Da muß sich das Feuer erst mal trocken anziehen, bis es sich hier niederläßt!« Er begann zu inhalieren.

Er stieß sich vom Stein ab. »All right, der Spur nach hat sich hier alles in Luft aufgelöst. Wißt ihr was? Ich haue ab! Das wird mir jetzt doch unheimlich.«

Er setzte sich schon in Bewegung. »Wenn ihr Lust habt, könnt ihr ja noch hierbleiben und euch vom Teufel holen lassen. Ich bin weg!«

»Sam hat recht«, bemerkte Derek. »Laß uns auch verschwinden, Dav. Wir haben getan, was wir konnten. Wir werden das Verschwinden dem Ortsvorsteher melden, und dann sollen sich meinetwegen die Behörden damit befassen.«

Dav nickte. Sie folgten Sam.

Noch jemand folgte Sam Valk. Jemand, den niemand sehen konnte, weil er sich selten vorher zeigt.

Der Tod.

Kapitel 18

Zamorra wußte jetzt, weshalb man die Sklaven so hastig durch die Stadt getrieben hatte. In dem großen Haus, in dem sie untergebracht worden waren, hatte man sie nicht nur auf den kommenden

Markttag vorbereitet, sondern auch beobachtet. Er hatte mit seinen feinen Para-Sinnen die Beobachtung bemerkt.

Sie war auf magischer Ebene erfolgt. Irgendein böses Wesen hatte die Sklaven aus dem Unsichtbaren heraus abgetastet und eingeschätzt. War es eine Schätzung nach der Lebenserwartung oder nach dem Marktwert gewesen? Oder eine Art Gesinnungsprüfung? Genau konnte er es nicht sagen, wußte jetzt aber, ohne daß es ihm jemand gesagt hätte, daß diese Prüfung darüber entschied, ob und zu welchem Preis die Sklaven auf dem Markt feilgeboten werden würden.

Vier hatten sie am frühen Morgen gepackt, aus dem Schlaf gerissen und hinausgeführt; drei Männer und eine Frau. Jetzt waren sie tot. Der unsichtbare Beobachter hatte entschieden, daß es sich nicht lohnte, sie anzubieten!

Die anderen aber und er lebten.

Doch wie lange noch? Daß sie zum Markt gebracht werden würden, war keine Garantie für ein langes Leben.

Nacheinander wurden sie jetzt aus dem großen, stinkenden Raum geholt, in dem sie übernachtet hatten. Zamorra war der siebte, den sie holten. Draußen auf dem Gang, der Fenster hatte im Gegensatz zu dem engen Raum der Nacht, holte er tief Luft. Aber die beiden Ledergepanzerten ließen ihm keine Gelegenheit, einen Blick nach draußen zu werfen. Kräftige Stöße in den Rücken trieben ihn vorwärts.

Zwanzig Meter weiter gab es eine Tür, die aus Perlenvorhängen bestand. Billige Glasperlen; wer auf die Idee gekommen war, in dieser Umgebung einen solchen Durchgang zu schaffen, mußte in Zamorras Augen ein Irrer sein.

Vor ihm flog der Perlenvorhang auseinander, und er wurde in den angrenzenden Raum gestoßen. Zwei Muskelmänner mit nackten Oberkörpern erwarteten ihn, ein dritter stand neben einer Truhe und hielt einen kleinen Dhyarra-Kristall in der Hand.

Zamorras Augen verengten sich. Diese Kristalle schien es in dieser Welt in enormer Zahl zu geben, während sie auf der Erde zu den absoluten Raritäten zählten.

Aber der Kerl war nicht wie ein Adept oder Schamane gekleidet, sondern übte eine durchaus weltliche Profession aus!

Die beiden Muskelmänner griffen nach Zamorra. Ehe er sich gegen ihre Fäuste wehren konnte, hatten sie ihn mit ungestümer Kraft auf die Knie gezwungen. Der andere griff in die Truhe und zog einen geöffneten Halsring hervor.

Einen Sklavenring!

Zamorra versuchte sich aus dem Griff der beiden anderen zu winden, aber in der knienden, gebeugten Haltung konnte er auch seine Karate-Technik nicht einsetzen.

Kalt schloß sich das Metall um seinen Hals. Dann strich der dritte Mann leicht mit dem Kristall über diesen Ring.

Die Enden wurden nahtlos miteinander verbunden!

Jetzt erst wieder war Zamorra in der Lage, sich aufzurichten. Er sah direkt in die kalten Augen des Kristall-Mannes.

»Du trägst jetzt einen Ring, und keine Macht der Welt kann ihn von deinem Hals entfernen – die beiden einzigen Möglichkeiten bestehen darin, daß man dir den Kopf abschlägt und den Ring abzieht, oder daß ich ihn mit dem Kristall wieder öffne. Ab jetzt wird dir eine Flucht nichts nutzen, denn jeder wird dich am Ring als Sklave erkennen.«

Zamorra starrte ihn an. »Wer bist du?« stieß er hervor. »Wieso kannst du den Kristall bedienen? Du bist kein Magier!«

»Woher kommst du, daß du das nicht weißt? Ich bin ein Techniker, die Adepten schulten mich in der Bedienung der *Kraft. Jetzt geh.«*

Und Zamorra ging.

Für ihn gab es nur einen Weg, den er gehen konnte.

Zum Sklavenmarkt.

Ich gehe, um zu helfen, teilte der *Rundpfoter* leise mit und strich um Aynas Beine. *Jener, den die Fremde sucht, ist in der Nähe, aber sie kommen nicht miteinander in Kontakt. Ich werde ihm Nachricht bringen. Er wird helfen.*

»Wenn er kann«, flüsterte Ayna. Tränen rannen über ihre Wangen. Vor wenigen Augenblicken war der Zuschlag erfolgt. Sie waren verkauft worden, und in der Ferne erschienen bereits die Krieger, die sie abholen würden – sie, Nicole und ein weiteres Mädchen.

Ein Adept begleitete sie.

Ayna wußte jetzt, was sie erwartete. Der Tod. Sie sollten Tempeldienerinnen werden. Das bedeutete das Ende.

Und jetzt verließ auch ihr letzter Freund, der *Rundpfoter,* sie. Ayna gab sich keinen Hoffnungen hin. Es war zu spät.

Selbst wenn dieser Fremde in Freiheit war, auf den Nicole wartete und hoffte, selbst wenn er einen wahnwitzigen Befreiungsversuch starten würde – er mußte zu spät kommen.

Der Weg zum Tempel war nicht weit. Und es war fraglich, ob die Schamanen und Priester sie wieder aus ihren Klauen lassen würden. Wenn sich die Pforten des Tempels erst einmal hinter ihnen geschlossen hatten, war es aus. Man sagte, nichts sei besser gegen das Eindringen Unbefugter geschützt als ein grecischer Tempel. Selbst dem *Rundpfoter* würde es kaum gelingen, zu Ayna zurückzufinden, obgleich er nur ein Tier war, dem man höchstens Beachtung schenkte, wenn man nach ihm treten wollte.

»*Rundpfoter,* bleib bei mir«, flüsterte sie.

Doch das Tier war auf leisen Sohlen bereits verschwunden.

Aynas Tränen versiegten, aber die Hoffnungslosigkeit blieb. Der Tempel der Dämonen würde sie und die beiden anderen verschlingen.

Kapitel 19

Das Dämonische in Damon herrschte vor! Seine Faust schmetterte auf Byancas Schrein hinunter, um ihn zu zerstören und Byanca dadurch zu töten!

Byanca, die er einst so sehr liebte, daß er seine Bestimmung, seinen Auftrag und seine Heimat vergessen hatte, um mit ihr zusammen vor dem immerwährenden Konflikt zu fliehen und in eine andere Welt zu gehen. Nur wußte er jetzt nichts mehr von dieser Liebe! Er sah in ihr die Feindin!

Ein eigenartiges Knacken ertönte, aber der Schrein hielt der gewaltigen Belastung stand. Auch der zweite und dritte Fausthieb zeigten keine Wirkung. Nicht einmal Haarrisse bildeten sich.

»Dein Werk, Mardhin«, knurrte Damon, der einsah, daß er auf diese Weise nichts erreichen konnte. Aber warum sollte er Byanca eigentlich töten?

Sie schlief doch, und war nicht in der Lage, in das kommende Geschehen einzugreifen!

Sein Gesicht wurde zur Fratze. Sie konnte nicht eingreifen, wie ihm die Rückkehr in seine Welt verwehrt war! Der heftige Schock, den ihm der Schwertgriff vorhin versetzt hatte, hatte ihm zwar die Erinnerung zurückgegeben und das Dämonische in ihm neu erweckt, ihm aber zugleich auch verraten, daß das Weltentor gesperrt war! Für ihn ebenso wie für Byanca, weil zwei andere es benutzt und damit den Ausgleich geschaffen hatten!

Wieder sah er sich in der Mardhin-Grotte um, und Zorn stieg in ihm auf. War ihm denn alles verwehrt?

Eines nicht: die Herrschaft!

Wenn er nicht in seiner Welt herrschen konnte, dann konnte er sich dafür diese untertan machen!

Damon ging wieder zum Schwert im Stein hinüber.

Diesmal verzichtete er darauf, den Griff zu berühren. Die Zeigefingerspitzen beider Hände legten sich leicht auf den Dhyarra-Kristall zwölfter Ordnung. Sofort spürte Damon, wie die *Kraft* ihn durchfloß.

Mochte das *Schwert der Götter* Byanca gehören und deshalb nicht von seiner Hand geführt werden können – Dhyarra-Kristalle waren immer neutral und dienten den Guten so wie den Bösen.

Mit zwei Fingern, durch bloße Berührung und seinen Willen, brach Damon den Kristall aus dem Schwert, das er nicht führen konnte.

Sofort umschloß seine Faust ihn, und die *Kraft* in ihm wuchs ins Unermeßliche und zeigte ihm den Weg aus der Mardhin-Grotte hinaus.

Ohne zu zögern schritt Damon auf die Stelle zu, von der aus der gläserne Felsen ins Freie führte.

Kapitel 20

Es war ein menschenverachtendes Spiel. In entwürdigender Nacktheit standen sie aufgereiht auf der großen Plattform und wurden von Männern und Frauen betrachtet und begutachtet, denen die Dekadenz aus den Augen schielte. Schlimmer konnte es im alten Rom Caligulas auch nicht gewesen sein. Geschmacklose und zynische Bemerkungen fielen, bei denen Zamorra gern die Ohren ›abgeschaltet‹ hätte.

Menschenhandel!

Heiß brannte die rote Sonne vom Himmel herunter.

Ein Mann, dessen Zähne spitz zugefeilt waren, musterte die Sklaven wie einer, dachte Zamorra schaudernd, der über den Viehmarkt geht und auf dieses und jenes Tier deutet.

Zamorra preßte die Zähne zusammen. Der Kerl ließ zwei Männer, für die er eine Anzahl Geldmünzen auf den flachen Tisch des Sklavenjägers gelegt hatte, aneinanderfesseln und machte sich zum Abmarsch bereit. Der Kannibale grinste und fuhr sich mit der Zunge über die Lippen.

Etwas in Zamorra hakte aus.

Seine Hände waren vorn zusammengebunden worden, er konnte sie also durchaus benutzen. Mit einem Sprung brach er aus der Reihe der Sklaven aus. Ein wilder Schrei entrang sich der Kehle eines Aufsehers, der seine Peitsche ausrollte. Damit konnte er Zamorra nicht mehr stoppen, der mit den aneinandergefesselten Fäusten den Kannibalen an der Schulter erwischte, dessen Überraschung in schwarzen Augen aufblitzen sah und dann zuschlug!

Spitz zugefeilte Zähne brachen. Dann legte sich die Peitsche um Zamorras Oberkörper und riß ihn zurück. Es tat höllisch weh auf dem Sonnenbrand, den er sich während des langen Marsches durch die sengende Sonnenhitze zugezogen hatte, obgleich seine Haut dagegen eigentlich recht unempfindlich war. Aber den beißenden Schmerz konnte er ertragen, weil er sein Ziel erreicht hatte.

Die beiden Sklaven waren im ersten Moment überrascht, dann aber begannen sie zu laufen. Irgendwohin . . .

Die Menge hielt noch immer den Atem an, während der Sklavenaufseher Zamorra mit der Peitsche zu sich heranzog. Vor seinen Füßen stürzte der Parapsychologe. Ein paar Meter weiter hustete und brüllte der Kerl und spie Zahnsplitter aus. Er würde in der nächsten Zeit Probleme haben, überhaupt etwas zu essen, und schon gar kein rohes Menschenfleisch!

Harte Fäuste packten Zamorra und rissen ihn hoch. Er starrte in ein wutverzerrtes Gesicht.

»Mistkerl, was hast du gewagt?« schrie der Sklavenjäger an der Kasse; offenbar übten sie ihr Handwerk gemeinsam aus und profitierten auch gemeinsam am Verkaufserlös.

Trotz des Schmerzes, der an ihm fraß, lachte Zamorra ihn an und riß sich los. Aber ehe er dem Sklavenjäger ebenfalls handgreiflich demonstrieren konnte, was er von der Sklaverei hielt, erwischte ihn der Fausthieb eines der Krieger und schmetterte ihn zu Boden.

»Da!« schrie der Jäger und deutete mit ausgestrecktem Arm auf den Niedergeschlagenen. »Ich schenke ihn dir, den verfluchten Hund!«

»Bring ihn um«, keuchte der Kannibale haßerfüllt. »Schlag ihm den Kopf ab!«

Der Sklavenjäger nickte einem der Gepanzerten zu. Der zückte ein kurzes Schwert mit breiter Klinge und holte aus. Zamorra versuchte vergeblich, sich aus dem eisernen Griff der anderen zu befreien, die ihn wieder gepackt hatten.

Die Schwertklinge wirbelte durch die Luft und pfiff heran!

»Halt!« schrie Daroq und streckte beide Arme aus. »Halte ein! *Ich* kaufe ihn!«

Der Krieger zögerte. Sein Schwertarm sank herab.

Daroq lachte hart auf. Er dachte daran, was ihm der Adept befohlen hatte, und in seinem Beutel steckte das Geld des Tempels. Dreimal mehr, als er wahrscheinlich brauchen würde. Genug, alle anderen zu überbieten, wenn es um den Sklaven Zamorra ging. Der Adept hatte ihm unmißverständlich eingeschärft: »Der ORTHOS braucht ihn lebend, denke stets daran. Er muß sein Wissen preisgeben, er ist der Schlüssel zur Macht. Was immer auch geschieht – kauf ihn und bringe ihm bei, was Sklavenleben ist. Er muß sich danach sehnen, für den ORTHOS zu arbeiten.«

Und jetzt war Zamorras Leben in Gefahr!

Einerseits kam das den Plänen des Adepten entgegen, dachte Daroq grimmig. Dieser Zamorra, der eine ganz besondere Sorte Sklave sein mußte, erhielt einen besonderen Vorgeschmack auf seine nächste Zukunft. Aber er durfte nicht sterben! Daroq wußte um die Macht des ORTHOS-Tempels. Wenn Zamorra starb, würde auch sein Kopf rollen, weil er versagt hatte.

»Er ist dem Tod verfallen!« sagte der Sklavenjäger. »Ich schenkte ihn jenem, den er schlug, und der bestimmte ihm den Tod.«

»Du bist ein Narr«, stellte Daroq fest. »Ich will diesen und sonst keinen. Gib ihm mir und nenne den Preis!«

»Der Narr bist *du*, Daroq«, flüsterte der Jäger. »Er wird dir Schwierigkeiten machen, wie er jetzt schon renitent wurde. Außerdem ist er jetzt von einem Peitschenhieb gezeichnet – minderwertige Ware, die wir einem angesehenen Bürger wie dir nicht anzubieten wagen dürfen. Du verschenkst dein Geld.«

Daroq grinste. Angesehener Bürger? Nun, wenn der Jäger *das* behauptete . . .

Der Kannibale taumelte heran. »Tötet ihn!«

»Du weißt, wie viele Sklaven ich bisher von dir kaufte! Und in Zukunft werden es noch viele sein«, drängte Daroq. »Aber nur, wenn du mir diesen gibst. Es gibt auch noch andere Märkte, und ich zahle gut, das weißt du.« Widerwillig nickte der Jäger.

»Dennoch bist du ein Narr.«

»Nenne den Preis«, sagte Daroq hart.

»Dreißig Dukaten!«

Daroq verzog das Gesicht. »Das ist viel für minderwertige, von einem Peitschenhieb gezeichnete Ware«, protestierte er ironisch.

»Du kannst es lassen«, erwiderte der Jäger.

Daroq warf ihm den Geldbeutel zu. »Zähle ab, was dein ist. Bindet diesen Kerl, daß er mir nicht fliehen kann!«

Der Zahnlose zischte haßerfüllt. Er machte blitzschnelle Handbewegungen in Richtung des Sklavenjägers, Daroqs und vor allem Zamorras. »Fluch über euch«, stieß er hervor. »Möget ihr zehntausend Jahre lang im Feuer des ORTHOS glühen!

»Verschwinde!« brüllte einer der Krieger und holte mit der Peitsche aus. Flüche hörte man hier nicht so gern. Damit hatte der Kannibale Reste etwaigen Wohlwollens zahlenden Kunden gegenüber verspielt.

Daroq riß Zamorra an der Schulter herum. »Komm mit, Kerl! Deinetwegen habe ich mir Feinde geschaffen! Dafür wirst du mir bezahlen! Vorwärts!«

Auf den *Rundpfoter,* der sich herangeschlichen hatte und ihnen jetzt lautlos folgte, achtete niemand.

Niemand außer Zamorra.

Kapitel 21

»Etwas geschieht«, murmelte der Weißhaarige. Seine hochgewachsene Gestalt in der weißen Kutte straffte sich. Sein Blick schien in unendliche Fernen zu gehen.

Die Goldhaarige fuhr herum. »Was . . .«

»In der Grotte«, murmelte Merlin. »Einer ist erwacht. Ich muß sehen, was . . .«

Vor ihren Augen begann seine Gestalt zu verschwinden, zerfloß zu Nebelschleiern. Doch Sekunden später festigte er sich bereits wieder.

»Du kommst nicht durch?« vermutete die Goldhaarige erschrocken. Doch ein leichtes Lächeln umspielte Merlins Mund.

Er hob eine Hand. Zwischen seinen Fingern schimmerte Zamorras Amulett.

»Außer dem *zeitlosen Sprung* der Druiden gibt es noch andere Möglichkeiten, sich zu bewegen«, flüsterte er und berührte das Amulett jetzt auch mit der zweiten Hand. Er hob es bis in Augenhöhe und sah in den Druidenfuß.

Betroffenheit zeichnete sich in seinen Zügen ab.

»Damon ist erwacht!« stieß er hervor. »Und er hat die Mardhin-Grotte verlassen!«

Teri nagte leicht an der Unterlippe. »Ist das schlimm?«

»Ja, Teri . . .« Merlins Hände mit dem Amulett sanken wieder herab. »Ja, es ist schlimm, denn das Negative in ihm ist durchgebrochen, und ich kann ihn nicht mehr erreichen! In diesem Zustand ist es mir unmöglich, Einfluß auf ihn zu nehmen! Nur einer könnte es, und der ist jetzt in der anderen Welt.«

Die Hand der Goldhaarigen berührte Merlins Schulter, und es war, als durchzucke sie ein elektrischer Schlag.

»Und was geschieht jetzt, Merlin? Was wird er tun?«

Merlins Augen schlossen sich.

»Alles«, sagte er. »Er wird *alles* tun.«

katz

Kapitel 22

Eine Katze in dieser Welt? Zamorra konnte sich nicht erinnern, bislang eine gesehen zu haben. Aber möglicherweise hatte er sie auch nur nicht bewußt wahrgenommen. Katzen bewegen sich lautlos und unauffällig. Doch dieses Tier benahm sich äußerst auffällig, als wolle es seine Aufmerksamkeit erregen.

Immer wieder musterte Zamorra die Katze, während der Mann, der sich Daroq nannte, ihn vor sich her trieb. Aronyx war nicht nur eine Festungsstadt, sondern gleichzeitig auch Hafenstadt. Der Hafen war ein eigener Stadtteil, den eigentlichen Mauern vorgelagert, aber selbst noch einmal geschützt und gesichert. Zamorra sah die Masten großer Segler aufragen, die vor Anker lagen. Der Verdacht stieg in ihm auf, es in Daroq mit einem Kapitän zu tun zuhaben.

Dein Verdacht ist richtig, sagte plötzlich eine Stimme in ihm. Unwillkürlich zuckte er zusammen.

»Was ist los? Schlaf nicht ein!« schnauzte ihn Daroq an und versetzte ihm einen erneuten Stoß. »Du hast Geld genug gekostet!«

Zamorra fing sich wieder. Er war von einem Telepathen angesprochen worden!

Wieder sah er sich um. Aber auf diesem Teil des Weges, zwischen Stadt und Hafen, waren sie allein. Nur die Katze bewegte sich auf gleicher Höhe in gleicher Richtung.

Die Katze . . .?

Ja, klang die Telepathenstimme in ihm auf. *Ich spreche zu dir, und Daroq ist ein Galeerenkapitän. Du mußt Zamorra sein, dessen Inneres ich nicht erfassen kann, wie auch das der Fremden Nicole nicht.*

»Nicole?« murmelte Zamorra überrascht. Wieder hieb ihm der Kapitän die Faust in den Rücken. »Träume nicht von deinem Liebchen! Du wirst es kaum wiedersehen!«

Was weißt du von Nicole? formulierte Zamorra seine Gedanken. Das war unauffälliger und vor allem präziser, als die Worte auszusprechen, die Daroq nicht das geringste angingen.

Sie wurde ein paar Stunden vor dir verkauft – als Tempeldienerin. Sie hofft, daß du sie befreist. Wenn es dir nicht gelingt, ist sie verloren.

Berichte! verlangte Zamorra erregt. *Ich muß mehr wissen!*

Es gibt aus dem Tempel kein Entkommen. Sie wird einen Monat lang dienen und dann, wie es das Ritual erfordert, den Dämonen des ORTHOS geopfert werden.

Einen Monat, überlegte Zamorra. Das war Zeit genug. Dreißig Tage – sofern die Länge der Monate hier mit denen der Erde übereinstimmten. Es mußte möglich sein.

Nimm es nicht zu leicht, warnte die Katze. *Kein Sterblicher kann in den Tempel vordringen, ohne zu sterben. Die Dämonen sind wachsam. Aber vielleicht gelingt es dir, weil du nicht nur stark bist, sondern auch die* Kraft *besitzt.*

Zamorra bewegte sich weiter vorwärts. Vor ihnen weitete sich der Weg zu einem großen Platz aus. Rechts und links erhoben sich Lagerhallen und Blockhäuser, in denen wahrscheinlich Krieger stationiert waren. Die ersten Schiffe waren jetzt deutlich zu erkennen. Segler und Galeeren.

Ich muß mehr wissen! verlangte Zamorra. *Berichte . . . bitte . . .*

Ein scharfer Gedankenimpuls der Katze unterbrach ihn. *Ich muß zurück. Ayna braucht mich. Denke an uns, wenn du deine Gefährtin befreist. Du hast die* Kraft, *und du kannst es schaffen. Der Geisterwind weinte.*

Im nächsten Augenblick warf sich die Katze herum und verschwand. Zamorra sah ihr nach, vergaß aber nicht, sich weiter vorwärts zu bewegen. Daroqs Schläge waren hart. Der Galeerenkapitän brauchte keine Rücksicht mehr auf körperliche Unversehrtheit seines Sklaven zu nehmen – nur, daß er ihn nicht arbeitsunfähig schlug.

Zamorras Gedanken kreisten um das, was die telepathische Katze ihm mitgeteilt hatte. Nicole als Tempeldienerin! Und nach einem Monat würde sie den Dämonen geopfert werden...

Er mußte es verhindern.

Egal wie...

Kapitel 23

Von einem Moment zum anderen verstummten die Geräusche des Waldes. Die Tiere schwiegen, und selbst die Zweige bewegten sich langsamer, kamen zur Ruhe. Die Natur hielt den Atem an.

Etwas Ungeheuerliches geschah.

Vor dem Felsen, der kahl aus dem Berghang herausragte, entstand jäh eine Gestalt. Ein hochgewachsener, schlanker Mann mit dunklen Augen. Er war nackt und hielt einen blauschimmernden Kristall in der Hand.

Verängstigt und mit gesträubtem Fell oder Gefieder zogen sich die Tiere aus der unmittelbaren Nähe der Fremden zurück. Sie spürten das Böse in ihm, und sie spürten, daß er nicht in diese Welt gehörte.

Obwohl es kühl war, fror der Fremde trotz seiner Nacktheit nicht. Wie lauschend drehte er den Kopf, langsam, als müsse er sich in dieser Welt erst zurechtfinden. Dann machte er eine Körperdrehung, und seine Hand berührte den Stein.

Funken knisterten. Schwarze Funken!

Der Mann legte den Kopf zurück, den Mund etwas geöffnet, die Augen halb geschlossen, und nahm etwas in sein Bewußtsein auf.

Genau an diese Stelle hatte vor nicht langer Zeit ein Mensch seine Hand gelegt.

Der Hochgewachsene nahm die Spur auf. Er prägte sich das

Muster ein. Das Bewußtseinsmuster dessen, der sich hier angelehnt hatte. Die Dhyarra-Magie ermöglichte es ihm, es aus der Struktur der Handwärme abzuleiten.

Die Lippen des Fremden bewegten sich und formten leise einen Namen.

»Sam Valk . . .«

Jäh wirbelte er wieder herum und verließ den Stein. Mit sicheren und schnellen Bewegungen stieg er den Berg hinunter.

Es waren die Bewegungen eines Jägers auf der Fährte.

Kapitel 24

Zamorra betrat die Planken der Galeere. Es war ein großes Schiff, und Zamorra konnte sich jetzt lebhaft vorstellen, warum Daroq häufig Sklaven kaufte. Rudersklaven!

Es mußten fast zweihundert sein, die für dieses Schiff benötigt wurden. Die Bänke befanden sich auf zwei gegeneinander versetzten Halbetagen. Die Galeere war flach gebaut und mit Sicherheit sehr schnell.

Daroq brüllte Befehle. Ein paar Männer nahmen sich Zamorras an und zerrten ihn auf das obere Ruder-Halbdeck hinunter, ehe er Gelegenheit hatte, sich die Decksaufbauten näher anzusehen. Er erhielt nur den Eindruck, daß sie für eine Galeere recht seltsam aussahen. Besonders der kleine Turm mit dem Antennenschirm, aus dessen Mitte ein von einer Spirale umwundener Stab ragte . . .

Auf den Sklavenbänken hoben sich einige Köpfe. Müde Gesichter, die ihn ohne Neugier betrachteten. Wieder ein armer Teufel, mochte sie denken.

Sie waren angekettet. Zamorra hatte es nicht anders erwartet. Aber es gab keine Hand- oder Fußschellen. Die Fesselung erfolgte über den Sklavenring am Hals!

Die Männer preßten Zamorra auf eine der Bänke. Einer hob eine freie Kette an. Zamorra wollte sich schon fragen, wie sie das letzte geschlossene Glied der Kette mit seinem glatten Halsring verbinden wollten, als er Daroq wieder auftauchen sah.

Daroq war ein *Techniker!* In seiner Hand funkelte ein kleiner Kristall!

In diesem Moment wußte Zamorra, daß er *jetzt* handeln mußte. Wenn er erst einmal angekettet war, war er verloren. Es würde für ihn keine Möglichkeit mehr geben, die Kette aufzubrechen. Dann saß er fest, war gezwungen, mit der Galeere aufs offene Meer hinauszufahren und vielleicht erst nach vielen Monaten wieder hierher zurückzukehren – wenn er dann noch lebte!

Nach *Monaten . . .!*

Er konnte es nicht zulassen, angekettet zu werden.

Und er handelte!

Zamorra hatte sich auf dem Weg vom Sklavenmarkt bis zur Galeere ruhig verhalten. Daroqs Wachsamkeit hatte deshalb natürlich nachgelassen.

Zamorra explodierte förmlich. Er vollführte eine Reihe blitzschneller Bewegungen. Die wenigen Sekunden, die er auf der Bank gesessen hatte, hatten ihm genügt, sich die beste Kampftechnik auszurechnen.

Die beiden Männer rechts und links von ihm hatten plötzlich keinen Bodenkontakt mehr. Daroq brach stumm zusammen. Da stand Zamorra bereits, fuhr herum und betäubte die beiden anderen innerhalb einer einzigen Sekunde. In der zweiten hatte er bereits nach der Waffe Daroqs gegriffen.

Ein Alarmschrei gellte über das Deck. Bewaffnete Männer wirbelten herum. Begeistertes Johlen und Pfeifen der Sklaven setzte ein, als Zamorra die erbeutete Waffe schwang und auf den Landesteg der Galeere zusprintete.

Drei Bewaffnete waren schneller als er und schnitten ihm den Weg ab. Zamorra unterdrückte eine Verwünschung. Sie konnte er nicht mehr mit seinen Karatekünsten beeindrucken. Sie waren auf einen Schwertkampf aus, und er konnte zwar recht gut fechten, war aber noch längst kein Samurei.

Er stoppte ab, sah sich um. Von der anderen Seite stürmten sie jetzt ebenfalls heran. Es gab keine Ausweichmöglichkeit mehr. Selbst wenn er ins Hafenbecken springen und schwimmend entkommen wollte, mußte er sich vorher den Weg freikämpfen.

Gegen diese Anzahl von Gegnern hätte ihm nicht einmal mehr sein Amulett geholfen.

Wütende Rufe und Befehle wurden ihm entgegengebrüllt. Er kümmerte sich nicht darum, sondern suchte blitzschnell nach einer Schwachstelle in dem Kreis, der ihn umgab. Einer der Männer schien zu zögern. Ihn griff Zamorra sofort an.

Klingen prallten gegeneinander. Trotz seiner Angst kämpfte der Seefahrer gut. Zamorra wußte, daß er nicht auf einen fairen Kampf hoffen durfte. Er war ja nur ein Sklave, dessen Leben nichts galt, zumal er es gewagt hatte, seinen Herrn niederzuschlagen.

Er mußte also blitzschnell durchbrechen!

Die Klinge des Seefahrers flog zur Seite. Zamorra prallte gegen ihn, rammte ihn mit seinem Körper zurück. Zwei andere Schwerter verfehlten ihn knapp. Zamorra hakte Zeige- und Mittelfinger der linken Hand unter die Gürtelschnalle des überraschten Gegners, entsann sich einer alten asiatischen Bewegungs- und Atemtechnik und hob den Mann mit den beiden Fingern scheinbar mühelos an. Im nächsten Moment drehte er sich und setzte ihn hinter sich wieder ab, um einen Lidschlag später rückwärts über Bord zu springen. Er vernahm einen gellenden Aufschrei und wüste Verwünschungen.

Er verfehlte die Kaimauer nur knapp und stürzte zwischen ihr und der Galeere in brackiges Hafenwasser. Er wußte, daß er nicht sofort wieder auftauchen durfte, sondern schwamm sofort unter Wasser weiter bis zum nächsten Schiff. Das gestaltete sich fast zu einer Katastrophe, weil er längere Zeit nicht zum Atmen auftauchen konnte, und der Sauerstoff, den er Sekunden vor dem Anheben seines Gegners in sich hineingepumpt hatte, war bereits verbraucht – und Zamorras Lungen leer!

Dann tauchte er endlich auf, erschöpft und um Atem ringend. Er sah zu ›seiner‹ Galeere zurück. Dort drängten sich Bewaffnete an der niedrigen Reling, einige sprangen bereits an Land.

Zamorra schwamm um das andere Schiff herum bis zur Mauer, warf das erbeutete Schwert auf den Kai, krallte sich fest und zog sich hoch. Dann nahm er die Waffe wieder auf und begann zu laufen. Rufe erschollen hinter ihm. Man hatte ihn entdeckt. Als er sich kurz umwandte, sah er, wie die Antennenkonstruktion auf dem Galeerenturm sich drehte und auf ihn zeigte.

Sein Herz raste, er war kurzatmig geworden. Zwar hielt er sich immer ausreichend fit für solche Abenteuer, aber eine derartige Anhäufung von Kraftanstrengungen innerhalb kürzester Zeit machte natürlich auch ihm zu schaffen.

Er verschwand hinter einem Lagerschuppen, warf sich zur Seite. Gerade noch rechtzeitig, denn aus der Antennenspitze der Galeere flammte sekundenlang ein fahler Blitz und schlug dort in den Boden, wo Zamorra sich gerade noch befunden hatte.

Auf einer Fläche von mehr als zwanzig Quadratmetern verglaste der Sand.

Keuchend hastete Zamorra weiter. Wenn er Glück hatte, hielten die Grecer ihn für tot. Sein Sprung zur Seite und der Blitz waren fast zeitlich gekommen.

Er taumelte weiter, verbarg sich dann zwischen Kisten und Säcken, um die Dunkelheit abzuwarten. Noch jagte ihn niemand. Hielten sie ihn wirklich für tot?

Er konnte es nur hoffen. Er brauchte einen freien Rücken, um sich dem ORTHOS-Tempel widmen zu können. Immerhin war er jetzt nicht mehr unbewaffnet. Er besaß ein Schwert!

»Merlin«, flüsterte er. »In was für eine Welt hast du mich gebracht? Und warum?«

Zweites Buch

DUELL DER DÄMONEN

Kapitel 25

Ahnungslos war auch Dav, der Wirt, als er sein Pferd wieder im Stall untergebracht hatte und nach vorn kam. Sam Valk und Derek Glynn standen noch vorn auf der Straße, und da sah Dav noch einmal zum Berggipfel hinauf, über die Hausdächer von Cwm Duad hinweg.

Kreidebleich wurde er, als er den Arm ausstreckte und hervorstieß: »Da! Seht doch!«

Die Köpfe der beiden anderen flogen herum. Die Männer erstarrten.

Oben auf dem Berg stand Caermardhin – Mardhins Burg!

Sie war nicht mehr unsichtbar, sondern klar und deutlich zu sehen! Hoch und düster ragte sie oben auf dem Gipfel auf!

Caermardhin, die sich nur dann zeigte, wenn große Gefahr drohte! Und jetzt war es wieder soweit?

Keiner der drei Männer brachte mehr einen Ton hervor.

Kalte Schauer liefen ihnen über die Körper. Sie wußten nur zu gut, was das Sichtbarwerden der Burg zu bedeuten hatte. Es gab nur eine einzige Möglichkeit.

Eine tödliche Gefahr drohte dem Ort Cwm Duad – oder der Welt . . .

Mit leichtem Hüftschwung trat Sally McCullough auf die Straße hinaus und zog die Tür hinter sich zu. Klack! Das Schloß rastete ein, zu laut. Ein anderes, leiseres Schnappschloß mußte bei nächster Gelegenheit eingebaut werden. In dieser alten Bude mit den dünnen Wänden wurde jedesmal auch der letzte Mohikaner wach, wenn spät nachts irgendwer Sallys kleine Zweizimmerwohnung verließ und draußen die Tür hinter sich zuzog. Und Sally hatte häufig spät nachts Besuch, von dem niemand etwas zu wissen brauchte.

Heute abend wollten sie wieder kommen. Nein, nicht das, was normalerweise jeder denkt, wenn er ein hübsche Mädchen wie Sally McCullough ansieht und weiß, daß sie noch nicht in festen Händen ist.

Sally erwartete genau das Gegenteil – Damenbesuch!

Und auch der war nicht ungewöhnlich. Die drei jungen Ladies, die an diesem Abend wieder einmal bei Sally auftauchen würden, waren wie auch Sally – Hexen!

Hexen gibt es in merry old England zu Hunderten. Die meisten Witch Clubs sind reine Scharlatanerie und Touristenattraktionen. Den Neugierigen, denen entsprechende Informationsfragemente zugeraunt werden und die sich dann zu den ›streng geheimen‹ Vorführungen einladen lassen, wird eine Menge Geld damit aus den Taschen gezogen, daß sie sich erst einmal in den betreffenden Club ›einkaufen‹ müssen. Allein in London sprießen diese Clubs wie Pilze aus dem Boden, und in vielen anderen Städten ist das nicht viel anders.

Aber es gibt auch die echten Hexen – jene, die sich tatsächlich der bösen Mächte bedienen, deren schwarze Magie Wirklichkeit ist. Wer *sie* sucht, findet sie nicht – er wird von *ihnen* gefunden.

So klein und unbedeutend die süd-walisische Stadt Carmarthen auch ist, so echt und gefährlich war der Hexenclub, dem Sally McCullough angehörte. Die vier Hexen waren der verlängerte Arm des Fürsten der Finsternis und seiner Unterteufel . . .

Als Sally jetzt, die Handtasche über die Schulter gehängt, mit elastischen Schritten den Gehsteig entlangging, um das vielleicht eine Meile entfernte Redaktionsbüro, ihren Arbeitsplatz bei einer Lokalzeitung, zu Fuß zu erreichen, sah niemand ihr ihre vierhundertdreiundachtzig Jahre an. Sie wirkte wie ein Girl von achtzehn, neunzehn Jahren . . .

Aber auch niemand sah ihr an, daß sie trotz ihrer Hexenkunst den nächsten Abend nicht mehr erleben würde.

»Ich brauche jetzt einen Whisky, aber vierstöckig«, stieß Derek Glynn hervor und schob Sam Valk vor sich her in den ›Hanged

Fletcher‹. Dav, der Wirt, überholte beide und baute sich hinter der Theke auf, um die Gläser zu füllen.

»Caermardhin . . .«

Derek murmelte den Namen der unsichtbaren Burg, die wieder sichtbar geworden war, und stürzte seinen Whisky hinunter wie Wasser. Dann schüttelte er sich einmal kurz wie ein nasser Hund, weil das Zeug wie flüssiges Feuer von der Kehle bis zum Magen hinunter brannte, schob Dav das leere Glas entgegen und knurrte: »Dasselbe noch mal!«

Dav bediente sich erst einmal selbst.

»Diese verdammte Burg«, knurrte Sam Valk. »Vor einer Stunde kann sie noch nicht oben gewesen sein. Wie hätten sie sehen müssen. Kann denn so schnell Gefahr auftauchen, oder waren wir es etwa selbst, die diese Gefahr ausgelöst haben?«

Damit hatte er eine Behauptung aufgestellt, welche die anderen nicht akzeptieren wollten. Geradezu strafend sah Glynn ihn an. »Wir? Mit unserer Suchaktion? Früher, als wir die anderen geholt haben, ist das doch auch nie passiert!«

Die Überlieferung war uralt.

Oben auf dem Gipfel des Berges stand Merlins Burg und war unsichtbar und von Menschen nicht zu erreichen. Viele hatten es versucht, sogar in jüngster Zeit, aber von den dreien aus dem Dorf, die es zuletzt gewagt hatten, war einer vom Blitz erschlagen worden, und die beiden anderen dämmerten in einer geschlossenen Anstalt vor sich hin. Aber die Überlieferung sagte, daß sich Merlins Burg dann sichtbar den Menschen zeigte, wenn eine furchtbare Gefahr dem Dorfe oder dem Land – oder der Welt drohte.

Dav und Sam sahen sich beide an. Beide hatten am Abend zuvor die schwarzen Gewitterwolken gesehen, die sich den Teufel um Windrichtungen geschert hatten und aus *allen* Richtungen auf den Berggipfel zugeglitten waren, um sich dort stundenlang zusammenzuballen und sich auszutoben. War das nicht bereits das erste Anzeichen gewesen? Aber dann konnte Sams Vermutung erst recht nicht stimmen, mit ihrer Suchaktion oben auf dem Berg diese Gefahr ausgelöst zu haben.

»Dann waren es die beiden Franzosen, die wir gesucht und nicht gefunden haben!« behauptete Dav und füllte alle drei Gläser nach.

»Was machen wir jetzt?« fragte Derek müde. Es war früher Nachmittag, aber die lange und erfolglose Suche am Berg hatte ihn ebenso ermattet wie die beiden anderen.

»Ich sage dem Häuptling Bescheid. Der kann, wenn er lustig ist, die Polizei einschalten und ihr mitteilen, daß hier zwei Ausländer verschollen sind. Sollen die Bobbies sich doch die Schuhsohlen abwetzen . . .«

Die beiden anderen nickten Dav zu. Sam Valk grinste. »Ich lege mich derweil ein paar Stündchen aufs Ohr, aber die Eier kannst du trotzdem zur gewohnten Stunde in die Pfanne hauen.«

Er löste sich von der Theke und verließ den Pub. Derek und Dav sahen ihm nach.

Sam pflegte als Junggeselle seinen Haushalt nicht mit schmutzigem Geschirr zu belasten und statt dessen in der Gaststube zu essen. Daher war seine Aufforderung an Dav nichts Ungewöhnliches.

Auch Derek verabschiedete sich. Es fiel ihm nicht auf, daß Dav unnatürlich blaß war.

Dav war nie ein Spökenkieker gewesen, und deshalb traute er sich jetzt selbst nicht über den Weg. Er wollte nicht glauben, was er da gerade bei Sams Hinausgehen gesehen hatte. Narrte ihn ein Spuk? War die Gefahr, vor der Merlins Burg mit ihrem Sichtbarwerden warnte, schon hier und zeigte sich in Form von Halluzinationen?

Sam Valk hatte einen Schatten geworfen.

Den Schatten eines Skeletts.

Der Tod schlich durch den Wald.

Der Tod hatte das Aussehen eines Menschen, aber er stammte nicht aus dieser Welt. Er hatte einen Namen: Damon. Und er hatte ein Ziel, das er unerbittlich verfolgte.

Der Tod schlich durch den Wald, den Hang hinunter zum Dorf Cwm Duad, und nichts konnte ihn aufhalten. In seiner linken Hand lag ein funkelnder Dhyarra-Kristall.

Die Ereignisse kamen langsam ins Rollen.

Dav hatte sich zu Rodney Raulgh begeben, den Ortsvorsteher von Cwm Duad, den Dav vorhin ›Häuptling‹ genannt hatte, denn so etwas Ähnliches wie ein Clansführer war Raulgh für die Leute auch. Er war der einzige, der nicht nur ein Auto, sondern auch ein Telefon besaß und damit gleichzeitig die Funktion des Posthalters und Ersatz-Sheriffs innehatte. Für Cwm Duad reichte das, weil hier nie ein größeres Verbrechen geschah, als daß der kleine Jeff dem alten Frydark die Wohnzimmerfensterscheibe einwarf. Aus diesem Grund hatte man auf die Einrichtung eines eigenen Polizeipostens in Cwm Duad verzichtet und dem Ortsvorsteher stellvertretende hoheitliche Aufgaben übertragen.

Die beiden anderen Institutionen waren der ›Knochenflicker‹ und der Pastor, der Mühe hatte, seine Schäfchen zusammenzuhalten, weil die Alten immer noch an die alten Götter glaubten und die Jungen ihn scherzhaft ›Dorfdruide‹ nannten, was er sich jedesmal auf das Strengste verbat. Dennoch hegte er tief in seinem Herzen die Hoffnung, eines vielleicht nicht allzufernen Tages auch den letzten seiner liebenswerten Heiden bekehren zu können.

Deren hartnäckigster war Sam Valk, der auf die Frage, wann er sich denn endlich zum rechten Glauben bekennen wolle, erwidert hatte: »Sobald unsere Götter es mir nicht mehr übelnehmen!«

Dav hatte das kleine Haus des Ortsvorstehers erreicht, klopfte kräftig an und trat ein. Rodney Raulgh erschien in Hausmantel und Pantoffeln im kurzen Flur und komplimentierte den Wirt in die gute Stube, die zugleich als Büro herhalten mußte. Offenbar hatte er den Tag heute später angefangen als normal.

»Hallo, Dorfdruide«, murmelte Dav, als er Pastor Frederick Yairn im Besuchersessel hocken sah.

»Der Herr mag dir deinen Frevel verzeihen, ich hingegen finde ihn reichlich unverschämt, Dav. Gott zum Gruße«, murrte Yairn.

Raulgh grinste. »Auch ein Schnäpschen, Dav?« fragte er. Zu seinem Entsetzen lehnte Dav nicht ab. Raulgh Grinsen verlosch wie eine blanke Fackel. Er wußte, welchen Stiefel der Wirt vertragen konnte und wie er zulangte, wenn er mal nicht auf Kosten des eigenen Hauses trinken mußte.

»Was führt dich her?«

Dav berichtete von den beiden Fremden und der Suchaktion. Rodney Raulghs Gesicht wurde immer länger. Er sah Arbeit auf sich zukommen.

»Und jetzt steht die Burg auf dem Berg«, schloß Dav seinen Bericht ab und schob Raulgh das leere Glas schon zum vierten Mal zum Nachfüllen hin. Raulgh verzog das Gesicht, weil er Dav trotz seiner Trinkfestigkeit doch nicht als einen solchen Säufer kannte, aber gemerkt hatte, daß der auch vorher schon etwas getankt hatte. »Sag mal, Dav, die ganze Geschichte klingt nach Säuferwahn!«

»Mag sein«, sagte der Wirt matt. »Bloß haben wir den Wagen wieder ins Dorf zurückgebracht, und die Spur, die vor dem Felsen endet, wird dich auch überraschen. Als hätten die Leute sich in Luft aufgelöst oder seien in dem Stein verschwunden.«

Yairn räusperte sich.

»Ich sehe dir an, mein Sohn, daß du nicht lügst, aber unglaublich ist es dennoch.«

»Nicht weniger unglaublich als das Schicksal der drei, die vor ein paar Monaten hinaufstiegen«, erinnerte Dav. »Rodney, wirst du Carmarthen anrufen, daß sich die hohe Staatsgewalt der Sache annimmt?«

»Wo sonst?« grummelte der Ortsvorsteher. Er erhob sich und schritt sofort zur Tat und damit zum Telefon. Das Gespräch war nur kurz.

»Sie schicken einen Wagen«, sagte er. »Irgendein Kriminaler wird sich seine Hirnzellen an der Sache rundschleifen, aber besser sein Kopf raucht als meiner.«

»Hoffentlich kommt er darüber auch noch zu einem Ergebnis«, warf der ›Dorfdruide‹ ein. »Ehrlich gesagt, ist mir äußerst unwohl zumute.«

Dav warf einen Blick aus dem Fenster. Von hier aus war der Berggipfel mit der Burg nicht zu sehen, aber dennoch spürte er die Drohung, die vom Berg ausging.

Und der Tod streckte seine Klauen nach Sam Valk aus!

»Was hältst du von einem kurzen Job in der Provinz?« fragte Pete Delany, schmetterte die Tür hinter sich zu und ließ sich auf der

Schreibtischkante nieder. Großzügig schob er dabei einige eng beschriebene Blätter zur Seite, die Sally McCullough Sekunden vorher geordnet hatte.

»Sag mal, von Anklopfen hältst du wohl so wenig wie ich von der Provinz?« fauchte sie ihn an und brachte die Manuskriptseiten in Sicherheit. Delany grinste. »Du bist alles, was ich zur Verfügung habe, mein Schatz. Also schwing dich in einen fahrbaren Untersatz und roll los. Kamera ist vielleicht empfehlenswert.«

Sally tippte sich an die Stirn. »Entweder gute Fotos oder eine gute Reportage, aber nicht beides zugleich! Wie sieht es mit Lyka aus? Kann die sich nicht auch etwas nützlich machen, indem sie mich begleitet? Du siehst doch, was ich hier alles noch zu tun habe, und zu zweit geht's einfach schneller. Gleichzeitig knipsen und Notizen machen is' nicht . . .«

»Lyka brütet über einer anderen Story! Komm, mach voran. Wenn du gut genug bist, können wir die Sache in dem überregionalen Teil bringen oder sogar Reuters anbieten, und wenn du schnell genug bist, kannst du dich an den Bobbykreuzer hängen und brauchst nicht mal zu suchen. Aber dazu mußt du jetzt fix sein, weil der zuständige Polizist schon in Aufbruchstimmung ist . . .«

Sally McCullough erhob sich und sah Pete Delany, den Chef vom Dienst, durchdringend an. Irgendwann, dachte sie grimmig, wirst du auf dem Opferstein liegen, du Ekel, und dann wirst es mir ein Vergnügen sein, dich persönlich dem Satan zu weihen!

Aber da sie neben ihrer Tätigkeit als Hexe auch noch den Beruf einer Reporterin für die Lokalzeitung ausübte und Delany der Chef vom Dienst war, mußte sie sich zumindest äußerlich gut mit ihm stellen. Delany schickte seine Leute an die verschiedenen Brennpunkte, und nur wer gut war, bekam auch gute Themen.

Sie fragte sich, woher er wußte, daß in Kürze ein Polizeiwagen irgendwohin in die Provinz fuhr. Er erhielt immer wieder von ›guten Freunden‹ Tips, die er dann verwertete, indem er seine Leute überallhin schickte.

»Darf man zu nachmittäglicher Stunde auch mal wissen, worum es geht?« erkundigte sie sich. »In zwei Stunden habe ich Feierabend . . .«

»Ein guter Reporter hat nie Feierabend, Süße«, grunzte Delany.

»Ein guter Freund von mir bei der Polizei hat gerade den Auftrag erhalten, nach Cwm Duad zu fahren. Da sollen zwei Ausländer verschwunden sein, Franzosen. Rob hat mir versprochen, noch ein paar Minuten zu warten, bis du oder ein anderer von uns aufschließt. Mach was aus der Story.«

Seufzend griff Sally nach der leichten Jacke. Es hatte keinen Sinn zu protestieren. Ausgerechnet dieses Hinterwäldlerkaff Cwm Duad, wo sich Fuchs und Hase nur deshalb nicht gute Nacht wünschten, weil sie beide zu sehr damit beschäftigt waren, die Gehsteige hochzuklappen! »Soll ich gleichzeitig noch das Rätsel von Loch Ness und den fliegenden Untertassen lösen?« fragte sie schnippisch, schnappte nach ihrer Handtasche und wirbelte hinaus. Den Papierkram, an dem sie gearbeitete hatte, ließ sie liegen. Wenn Delany den Kram morgen in seiner Zeitung gedruckt sehen wollte, mochte er selbst für den Feinschliff sorgen ...

Sie haßte diese kleinen Dinge des Alltags. Zwei Ausländer verschwunden! Mochte der Teufel wissen, was dahintersteckte, in Zweifelsfällen immer etwas sehr Harmloses. Aber man mußte es als große Sensation aufmachen.

Sally träumte davon, den Sprung nach London zu wagen, zu einer großen Zeitung oder zur Nachrichtenagentur Reuters. Aber die stellten nicht jeden kleinen Berichterstatter einer Dorfzeitung ein. Sie hatte auch nichts, was sie vorlegen konnte. Aus einem schlechten Thema kann selbst der beste Journalist nur eine mittelmäßige Reportage schreiben, und Delany verteilte nur schlechte Themen. Es gab auch keine Möglichkeit, nebenher an einer anderen Sache zu arbeiten. Delany spannte sie zu sehr ein, und wenn sie mit einer Nebenstory fertig war, war das Thema längst wieder überholt und vergessen.

Sicher, sie hätte ihre Hexenmacht einsetzen können, um Karriere zu machen. Aber das Spiel mit dem Feuer war ihr zu riskant. Nur zu gut schätzte sie die Kraft der Hölle ein und wußte, daß alles seinen Preis forderte. Und sie wollte ihr ›Konto‹ nicht überziehen.

Auch nicht im Alter von vierhundertdreiundachtzig Jahren ...

Sally fuhr im Lift nach unten und ließ sich die Schlüssel eines der Redaktionsfahrzeuge geben. Sie besaß keinen eigenen Wagen. Ein Dienstfahrzeug war ihr für ihre Auswärtsaufträge lieber, als den eigenen Wagen kaputtzufahren, und von ihrer Wohnung bis zur Redaktion hatte sie es ohnehin nicht weit.

Sie stieg in den kleinen Austin und fuhr in Richtung Polizeiwache. Dort wartete ein unauffälliger grauer Hillman und rollte an, als der Fahrer den Zeitungs-Aufkleber an dem nahenden Austin erkannte.

Die beiden Wagen verließen Carmarthen in Richtung Cwm Duad.

Die Weichen des Schicksals waren gestellt.

Sam Valk war überzeugter Junggeselle, aber was da dem Austin entstieg, ließ ihn vergnügt und bewundernd pfeifen. Dieses Prachtgeschöpf war es durchaus wert, sich näher mit ihr zu beschäftigen.

Aber eine feste Verbindung würde auch dies mit Sicherheit nicht werden. Die Schönheit, die da dem Wagen entstiegen war, reizte Sam in erster Linie als Sex-Gespielin, weniger als liebenswerte Persönlichkeit. Überhaupt – zwei Wagen auf einmal, war das nicht ein bißchen viel auf einen Schlag?

Sam stiefelte auf den Hillman und den Austin los. Von der anderen Seite tauchte Dav auf, der seinen Pub vorübergehend in der Hand der momentan wenigen Gäste ließ. Er konnte sich auf deren Ehrlichkeit verlassen; wenn eine durchzechte Nacht zu lange dauerte und Dav hinter dem Tresen einschlief, pflegten die Zecher, solange sie dazu noch in der Lage waren, Striche zu malen und ihre Schnäpschen und Bierchen selbst aufzulisten. In Cwm Duad war die Welt eben noch in Ordnung!

Aus dem grauen Hillman stiegen zwei Männer, die so unauffällig aussahen, daß es schon wieder auffällig war. Sam tippte auf Anhieb auf Polizisten. Und das waren sie dann auch.

Im ›Hanged Fletcher‹ setzte man sich gemütlich hin, und da wußte Sam bereits, daß die junge und aufregend hübsche Frau Reporterin aus Carmarthen war. Fünf Minuten später ließ sie ihn bei einem seiner berüchtigten Annäherungsversuche eiskalt abblitzen, und da war für Sam Valk die Aktion erledigt.

Er ließ Dav mit den Polizisten allein und traf in der Tür auf Derek Glynn, der die beiden Wagen ebenfalls gesehen hatte. Autos waren in Cwm Duad immer noch eine Seltenheit und deshalb auffällig genug, um innerhalb kürzester Zeit Neugierige anzulocken.

Was da noch besprochen wurde, interessierte Sam nicht mehr. So hübsch die Frau war, so arrogant hatte sie ihn angefaucht, und arrogante Frauen konnte er nicht ausstehen. Und wie schnell sie ihm ihre Hand entzogen hatte!

Sam stieß die Haustür seiner Wohnung auf und trat ein.

Der Tod lauerte bereits auf ihn!

Rob Mullon, der polizeiliche ›gute Freund‹ Pete Delanys, schüttelte den Kopf. »Ich weiß auch nicht, was wir machen sollen«, sagte er. »Sie haben also alles abgesucht?«

»Selbst ein verirrter Maikäfer wäre uns nicht entgangen«, sagte Derek Glynn. »Die beiden sind tatsächlich spurlos verschwunden.«

Mullon sah auf seine Armbanduhr. »Es geht dem Abend zu, und im Dunkeln ist da oben ohnehin nichts mehr zu machen. Ich schlage folgendes vor: Wir fahren nach Carmarthen zurück und warten den kommenden Morgen ab. Und wenn sich die beiden Vermißten bis dahin immer noch nicht gemeldet haben, lassen wir eine Suchstaffel mit Hunden aufmarschieren. All right?«

Derek nickte. »Die andere, mystische Erklärung wird wohl ohnehin niemand akzeptieren und einen Magier oder Druiden hinzuziehen«, sagte er vorsichtig.

Rob Mullon stutzte und beugte sich leicht vor. »Mystische Erklärung?«

»Für das Verschwinden«, sagte Derek. »Merlin, der Zauberer, hat sie zu sich geholt.«

Dafür hatte Mullon tatsächlich nur ein Lächeln übrig und nickte Sally McCullough zu. »Vielleicht eine Story für Sie, Miss, aber nicht für uns . . . wir haben uns an Realitäten zu halten.«

Dabei blieb es für diesen späten Nachmittag.

Sie fuhren nach Carmarthen zurück.

Auch Sally McCullough, aber bevor sie ihren Dienst-Austin bestieg, glaubte sie im Schatten zwischen zwei Häusern ein Augenpaar zu sehen, das sekundenlang grell aufleuchtete und dann wieder verloschen.

Aber dann dachte sie sich doch nichts mehr dabei, stieg ein und fuhr los.

Damit verpaßte sie die letzte Chance.

Sam Valk brummte etwas Unverständliches, schloß die Haustür hinter sich und wollte in die kleine Wohnstube treten, als er das eigenartige Geräusch vernahm. Es war ein seltsames, helles Singen wie von einer hochtourig drehenden Turbine.

Ein Geräusch, das nicht in das kleine Haus paßte, das Sam allein bewohnte.

Entschlossen riß er die Tür auf.

Er erstarrte.

Auf der Terrasse befand sich jemand. Er bewegte einen funkelnden Kristall an der Glasscheibe der Tür auf und nieder, daß sich ein großes Oval bildete.

Ein Glasschneider! dachte Sam erbost. Ein Einbrecher, der ... Er überlegte nicht weiter, sondern stürmte vorwärts, um diesem dreisten Burschen, der in den hellen Abendstunden seinem Geschäft nachgehen wollte, zu zeigen, wie die Sardinen ins Öl kommen.

Beim dritten Schritt stoppte er schon wieder.

Der Kerl hatte den Schnitt vollendet, aber das losgetrennte Oval flog nicht zerklirrend nach innen, sondern war einfach nicht mehr da! Völlig geräuschlos hatte das Glas sich aufgelöst!

Auch das helle Singen, das von dem schneidenden Kristall ausgegangen war, war nicht mehr zu hören, und jetzt glitt der Fremde durch die geschaffene Öffnung.

Der ist ja völlig nackt! durchfuhr es Sam, dem der Zustand des Unheimlichen erst jetzt auffiel.

Dennoch war der Fremde nicht ungefährlich. Er war hochgewachsen und kräftig und kam mit wenigen energischen Schritten auf Sam Valk zu. Schwarze Augen blitzen einmal grell auf und wurden dann wieder schwarz.

»Wer sind ... Sie?« stieß Sam hervor.

Der Mann war ihm unheimlich, und dazu sah er noch gut aus! Ein athletischer, ebenmäßiger Körper, an dem es keinen Makel gab. Helles Haar, ein gut geschnittenes Gesicht ...

»Damon!« stieß der Fremde hervor.

Sam Valk spürte den glühenden Schmerz, als der Mann mit zwei Fingern seine Stirn berührte – und war tot.

Damon ließ ein Kraftfeld entstehen, das den Toten auffing. Mit zwei gespreizten Fingern dirigierte er die schwebende Leiche Sam Valks zur Couch und ließ sie darauf niedersinken. Dann trat er selbst hinzu und beugte sich über den Toten.

Er hatte ihn gefunden. Dieser Mann war oben am Berg gewesen und hatte mit seiner Hand den Felsen berührt. Die Muster stimmten überein.

Der Dhyarra-Kristall schwebte jetzt frei in der Luft über dem Toten. Niemand außer Damon – oder Byanca – war in der Lage, die gewaltigen Kräfte des bläulich funkelnden Kristalls zu beherrschen, ohne darüber geistig ›auszubrennen‹.

Damon stand starr. Aber der Verstand des Halbmenschen arbeitete auf Hochtouren, sog begierig das Wissen, das der Kristall dem verlöschenden Verstand des Toten entnahm, in sich auf und verarbeitete es.

Aber es war nicht viel.

Wissen über das tägliche Leben eines arbeitenden Mannes, der sich nicht sonderlich um hohe Politik, um Religion oder Götzenglauben kümmerte. Aber genau um dieses ging es Damon. Er wollte sich die Welt untertan machen, und dazu brauche er entsprechendes Wissen. Denn hier war alles anders als in seiner eigenen Welt ...

Sam Valk konnte ihm nicht viel bieten.

Aber Sam Valk brachte ihn auf eine andere Spur.

Eine Reporterin. Aus Sams Wissen erfuhr Damon, was eine Reporterin ist. Sie mußte schon allein aufgrund ihres Berufes bedeutend mehr wissen als Sam Valk.

Der Halbdämon entledigte Sam Valk seiner Kleidung und streifte sie sich selbst über. Es war nicht ratsam, in dieser Welt durch Nacktheit aufzufallen. Ihm selbst waren derlei Äußerlichkeiten zwar ziemlich gleichgültig, nicht aber den Menschen, unter denen er sich vorerst noch unauffällig bewegen mußte.

Dann nahm er noch einmal Maß, wie er vor Stunden oben am Felsen Maß genommen hatte.

Sam Valk hatte die Hand der Reporterin berührt. Damon nahm das Berührungsmuster begierig auf. Die winzige Spur, die vielleicht nicht einmal ein höhergestellter Dämon wahrgenommen hätte, entging ihm nicht. Auf diese Weise gelangte er zu dem Bewußtseinsmuster Sally McCulloughs.

Sam Valk war ihm nun nicht mehr nützlich. Damon verließ das Haus und trat in die Dämmerung hinaus. Er sah eine junge Frau in ein Auto steigen und wußte, daß es Sally McCullough war.

Als der kleine Wagen verschwunden war, schritt Damon über die Straße und blieb vor dem Range Rover stehen, den Professor Zamorra in Cardiff gemietet hatte, um mit ihm durch die unwegsamen Waldwege so weit wie möglich am Berg hinaufzufahren und den Sam Valk und seine Begleiter ins Dorf zurückgebracht hatten.

Er war unverschlossen, denn wer stahl in dieser Gegend schon Autos?

Damon!

Er öffnete die Tür, stieg hinter das Lenkrad und konzentrierte sich auf einen Impuls seines Kristalls. Ohne daß der Motor ansprang, setzte der Wagen sich in Bewegung, das Lenkradschloß brach knackend. Lautlos verließ der Wagen mit Damon am Lenkrad Cwm Duad.

Der Jäger suchte sein neues Opfer.

Professor Zamorra preßte sich in den schmalen, düsteren Spalt zwischen zwei dicht beieinander stehenden Häusern. Die Faust um den Schwertgriff gekrallt, lauschte er. Ratten pfiffen und raschelten. Aber die häßlichen großen Nager, die sich hauptsächlich von aus den Fenstern geworfenen Abfällen ernährten, hatte er nicht zu fürchten. Auch nicht die daumengroße Spinne, die über seinen Arm lief.

Mit leisem Tappen kamen die Schritte näher!

Es war dämmerig. Durch die schmale Öffnung zum Himmel drang kaum Licht. Die Häuser von Aronyx waren unten schmal und oben breit und bildeten ausladende Dächer über den engen

Gassen. Nur die Hauptstraße, die vom Hafen zwischen Königspalast und ORTHOS-Tempel hindurch zum anderen Ende der Stadt führte, machte die Ausnahme. Doch auf ihr durfte sich Zamorra nicht zeigen.

Sie jagten ihn.

Eine ganze Stadt, vielleicht ein ganzes Land war ihm auf den Fersen.

Tapp – tapp – tapp...

Zamorra atmete flach. Langsam hob er das Schwert, bereit, jeden Moment zuzuschlagen. Aber würde es ihm wirklich helfen?

Tapp – tapp – tapp...

Ganz nah war der andere schon. Gleich...

Da ging er an dem Spalt zwischen den Häusern vorbei. Er sah nicht einmal hinein, aber seine Augen glühten unheilvoll. Zamorra hielt den Atem an. Er fühlte die Aura des Bösen fast körperlich, die den Hexer umgab.

Tapp – tapp – tapp...

Er verschwand.

Offenbar war er nicht auf der Suche nach Zamorra, denn sonst hätte er ihn finden müssen. Ein Hexer war bereits einer der mittleren Ränge der schwarzmagischen Hierarchie in dieser Welt, und seine bloße Anwesenheit hätte genügen müssen, Zamorra aufzuspüren. Aber vielleicht war er in Gedanken mit anderen Dingen beschäftigt.

Langsam ließ Zamorra im Schatten das Schwert wieder sinken und atmete tief durch. Er hatte noch einmal Glück gehabt. Einmal mehr, aber wer konnte wissen, wie lange ihm das Glück noch hold war? Er hatte nicht vergessen, was man ihm sagte, als der Sklavenring um seinen Hals geschlossen wurde – er war und blieb für jeden erkennbar ein Sklave!

Nur kurz dachte er an die beiden Männer, denen er die Flucht ermöglicht hatte. Hatte man sie bereits wieder gefaßt, oder waren sie noch frei – sofern man ihren Zustand so bezeichnen durfte?

Die Schritte verhallten, als der Hexer in seiner dunklen Robe in eine Seitengasse bog.

Zamorra trat wieder auf die Gasse hinaus.

Da sah er den Hexer. Er hatte Zamorra getäuscht. Er stand nur knapp fünf Meter entfernt, und im nächsten Moment rollte eine Feuerkugel rasend schnell auf Zamorra zu!

Drei Verneigungen waren vorgeschrieben, und abermals erhöhte der Adept von sich aus ihre Anzahl auf fünf, ehe er es wagte, dem Schamanen ins Antlitz zu sehen. »Du hast versagt«, sagte der Schamane dumpf. »Warum konnte dieser Zamorra entkommen?«

»Ich habe ihn unterschätzt«, gestand der Adept unbehaglich. »Ich dachte nicht, daß er so schnell und so stark ist. Was kann ich tun, meinen Fehler wiedergutzumachen, Herr?«

Der Schamane richtete sich auf und sah über den Adepten hinweg. Auf der anderen Seite des Saales flirrte etwas Dunkles, das sich den Augen des Adepten nahezu entzog, das der Schamane aber halbwegs sehen konnte. Es war eine Wesenheit, die der ORTHOS vor wenigen Stunden hierher entsandt hatte. Auch dort, im Hort der Dämonen, war man aufmerksam gewesen.

Der *Wisch* – oder war es gar ein *Derwisch*? – verlangte Informationen.

»Normalerweise wäre dein Leben jetzt verwirkt, und du weißt es«, sagte der Schamane. »Wer dem ORTHOS dient, versagt nur einmal, nie wieder – weil er es nicht mehr kann. Aber ich gebe dir eine Chance. Wenn es dir gelingt, diesen Zamorra lebend in den Tempel zu schaffen, wirst auch du leben. Du wirst kein Adept mehr sein können, aber auch als einfacher Dhyarra-Techniker in der Armee des Königs wird es dir gut genug ergehen.«

Der Adept keuchte erschrocken. Er wußte, was es bedeutete, kein Adept mehr sein zu dürfen. Man würde ihm einen großen Teil seiner in vielen Ausbildungsjahren schwer errungenen magischen Kräfte gewaltsam entreißen. Er würde gerade noch so stark bleiben, einen Kristall erster Ordnung bedienen zu können, um mit ihm stupide Arbeiten zu verrichten. Und der Makel des Ausgestoßenen wurde immer auf ihm haften.

War es da nicht besser, tot zu sein?

»Nein!« sagte der Schamane, der seine Gedanken gelesen hatte. »Siehst du den Wisch dort?«

Der Adept drehte sich langsam um. Nur andeutungsweise sah er einen verwaschenen Schemen, immer wieder verschwimmend, seltsam flackernd . . .

Ein Wesen, das einmal ein Mensch gewesen war wie er, das in der Rangfolge immer weiter aufgestiegen war. Adept, Magier, Hexer, Zauberpriester, Schamane . . . und dann Wisch. Dann fehlte nicht mehr viel zum Dämon.

»*Er*«, sagte der Schamane langsam, »würde dich töten.«

Da warf sich der Adept herum und hastete aus dem inneren Tempelbezirk hinaus. Angst und Grauen saßen ihm im Nacken und beflügelten seine Bewegungen. Alles, selbst ein Dasein als Bettler und Dieb in den engen, schmutzigen Gassen von Aronyx, war besser, als von dem Wisch getötet zu werden. Selbst der Tod in den Folterkammern des Königs wäre diesem gräßlichen Schicksal vorzuziehen. Dhyarra-Techniker des Königs zu werden, war unter diesen Umständen sogar eine *Belohnung* . . .

Er *mußte* diesen Zamorra finden! Diesen Mann, den ORTHOS-Diener und königliche Soldaten gleichermaßen suchten, auf den bereits ein Kopfpreis ausgesetzt worden war, um auch die Bevölkerung anzuspornen.

Diesen Zamorra, der aus dem Nichts gekommen war.

Zamorra überlegte nicht lange. Er handelte reflexartig, ließ sich nach vorn fallen. Seine Haare knisterten wie elektrisiert, und eine Hitzewelle fuhr schmerzhaft über seinen nackten Rücken. Der glühende magische Ball fegte dicht über ihn hinweg, zerplatzte einige Meter weiter und hüllte die Gasse hinter Zamorra in ihrer ganzen Breite in waberndes Feuer.

Der Hexer hatte ihn hereingelegt. Er hatte genau gewußt, daß Zamorra in der Nähe war, hatte ihn getäuscht, ihm die sich entfernenden Schritte vorgegaukelt.

Und Zamorra hatte es trotz seiner wenn auch nur schwach ausgebildeten Para-Sinne nicht bemerkt!

Er sprang wieder auf. Der Hexer reckte einen Arm empor, spreizte die Finger. Aber diesmal war Zamorra schneller. Er schleuderte das Schwert und schrie eine ihm geläufige Zauberformel der

Weißen Magie hinterdrein. Das Schwert bohrte sich in die Brust des Hexers. Mit einem markerschütternden Schrei sank der Unheimliche in sich zusammen.

Das glosende Feuer hinter Zamorra fand auf den kahlen Steinen keine Nahrung und erlosch.

Mit ein paar Schritten war Zamorra bei dem Hexer. Aber dort lag nur noch dessen schwarze Robe, sonst nichts. Und als der Professor das Schwert wieder an sich nahm, zerfiel die Robe zu Staub.

Langsam sah er in die Runde, an den Häuserfronten entlang. Aber niemand zeigte sich, obgleich der Schrei die Bewohner dieser finsteren Bauten aufgeschreckt haben mußte. Aber vielleicht wußten sie, daß es nicht ratsam war, sich in magische Auseinandersetzungen einzumischen.

Zamorra betrachtete die Klinge. Die weißmagischen Symbole, die er vor Stunden erst mühsam mit einem harten Stein in das weiche Metall geritzt hatte, waren fast verschwunden. Das bestürzte ihn. Die Macht dieses Hexers schien nicht unerheblich gewesen zu sein; sterbend hatte er noch einen Teil der Kraft neutralisieren können, die Zamorra dem Schwert vorsichtshalber gegeben hatte.

Der Parapsychologe hatte magische Auseinandersetzungen vorausgeahnt und das erbeutete Schwert entsprechend präpariert. Er war sicher, daß eine normale Klinge dem Hexer nicht zu schaden vermocht hätte.

Es war eine seltsame und erschreckende Welt, in die er geraten war. Eine Welt, in der das absolut Böse die Herrschaft an sich gerissen zu haben schien. Der reinste Alptraum!

Und in diesem Alptraum jagten sie ihn. Er mußte ihnen mehr bedeuten als ein entflohener Sklave. Sie hatten sogar einen Kopfpreis auf ihn ausgesetzt, und er konnte sich leicht ausrechnen, daß sein Verkauf auf dem Markt nur ein Spiel des Adepten gewesen war.

Der Adept hatte etwas mit ihm vor, und er hatte nur versucht, sich Zamorra durch den Verkauf gefügig zu machen. Vielleicht hätten ein paar Wochen Ruderdienst auf der Galeere genügt, Zamorras Willen zu brechen . . .

Langsam setzte er sich wieder in Bewegung. Er mußte sein Äußeres so weit verändern, daß ihn nicht jeder auf Anhieb erkannte.

Augenblicklich trug er den zerlumpten Lendenschurz, den man ihm im Sammellager draußen in der Steppe gegeben hatte. Er brauchte Kleidung, und was noch wichtiger war: Er mußte den verdammten Ring um seinen Hals loswerden, der ihn schon von weitem als Sklave kenntlich machte.

Aber das ging nur mit Magie, und mit einem Dhyarra-Kristall...

Zamorra entschloß sich, das Nächstliegende zu tun. Er sagte sich, daß der Zweck die Mittel heiligen mußte.

Er wandte sich dem nächsten Hauseingang zu, schob die Schwertspitze zwischen Tür und Rahmen und hebelte das Schloß auseinander. Krachend platzte die Tür auf; sekundenlang hatte Zamorra befürchtet, das weiche Metall des Schwertes würde nachgeben.

Mit einem wuchtigen Fußtritt öffnete er die Tür ganz und stürmte ins Innere des Hauses.

Finsternis umgab ihn von allen Seiten.

Nach einiger Zeit beruhigte der Adept sich wieder. Er hatte außer seinem Leben nichts zu verlieren. Sein Amt und seine Privilegien würde er auf jeden Fall verlieren, aber indem er diesen Zamorra ausfindig machte, konnte er sich wenigstens davor retten, von dem Wisch getötet zu werden.

Er mußte sein Vorhaben sehr gut planen. Einmal hatte er den Fremden unterschätzt, das sollte ihm nicht noch einmal passieren. Denn falls Zamorra wirklich identisch war mit Damon, der vor Jahrtausenden diese Welt verließ – oder wenn er auch nur ein Wesen von Damons Art war! –, *mußte* er für den ORTHOS gewonnen werden.

Er war kein gewöhnlicher Sterblicher. Das bewies die Gedankenbarriere, die der Adept nicht hatte durchdringen können, und das bewies auch die Handlungsweise des Fremden. Als er auf dem fliegenden Teppich den Adepten angriff, hatte der erste Griff dem Dhyarra-Kristall gegolten. So fremd konnte er in dieser Welt also nicht sein, daß ihm die Macht der Kristalle unbekannt war. Ganz im Gegenteil...

Der Adept hielt sich nicht damit auf, die Spur des Fremden am Hafen zu suchen. Dort dürfte er längst nicht mehr sein. Der Galeerenkapitän hatte zwar fest behauptete, Zamorra sei tot, zerstrahlt von einem Blitz aus der Bordkanone der Galeere. Dort, wo der Strahl eingeschlagen hatte, war der Steinboden geschmolzen. Doch der Adept glaubte nicht an Zamorras Tod, und inzwischen glaubten auch alle anderen nicht mehr daran. Der Hexer Mirco persönlich hatte sich aufgemacht, hatte die Kopfprämie ausgesetzt. »Wenn dieser Fremde wirklich von Damons Art ist, ist er zu schlau. Der Strahl gehörte dann zu seinem Fluchtplan.«

Und jetzt war Mirco tot.

Sie hatte hatten seinen Todesimpuls empfangen. Aber an welcher Stelle der Stadt Mirco auf Zamorra gestoßen war, ging aus diesem Impuls nicht hervor. Furcht begann in dem Adepten emporzukriechen.

Ein Hexer war von Zamorra ausgeschaltet worden . . .

Der Adept wußte, daß er nur eine Chance hatte, wenn er diesen Zamorra in eine Falle tappen ließ.

Er entsann sich, daß Zamorra nach einer Frau gefragt hatte, die mit ihm zusammen in diese Welt geschleudert worden sei. Vielleicht die legendäre Byanca . . .? Egal, wer sie war. Die beste Falle war der Tempel, und so entschloß sich der Adept dazu, ein Gerücht durch die Stadt zu schicken.

Das Gerücht, daß sich die von Zamorra gesuchte Frau im Tempel befinde.

Woher sollte er ahnen, daß genau das auf Wahrheit beruhte? Er hatte ja Nicole Duval noch nicht kennengelernt!

Zamorra glaubte nicht daran, daß dieses Haus unbewohnt war. Eher würde es so ein, daß man alle Lichter gelöscht hatte, um ihn gebührend empfangen zu können.

Von draußen drang kaum Helligkeit herein. Die reichte ja nicht einmal ganz für die Straßen. Und drinnen brannten keine Kerzen!

Zamorra ging ein paar Schritte vor, tastete dabei mit Hand und Schwertspitze nach rechts und links und fühlte die Wände. Ein kleiner Hausflur . . . eine Tür!

Sie war nicht verschlossen. Er trat ein und vernahm das Geräusch.

Sofort warf er sich zurück. Pfeifend schnitt eine Schwertklinge durch die Luft. Als die Waffe wieder hochgerissen werden sollte, schlug der Parapsychologe selbst zu und trieb das gegnerische Schwert mit seiner Klinge in den Holzfußboden. Ein Wutschrei antwortete ihm.

»Licht!« brüllte jemand.

Zwei Lichtpunkte glommen im Zimmer auf und wurden heller, dehnten sich rasch aus und badeten den Raum in erträgliche Helligkeit. Lampen, die im Nichts schwebten und aus sich heraus leuchteten, ohne daß man erkennen konnte, woher die Energie kam, waren Zamorra ein physikalisches Rätseln. Öllampen und Kerzen sahen aber auch ganz anders aus!

»Er ist es!« schrie ein zweiter Mann. Dem ersten setzte Zamorra jetzt die Schwertspitze vor die Brust.

»Wer soll ich sein, Freundchen?« fragte er grimmig und versuchte so furchtbar auszusehen wie möglich.

»Den die ORTHOS-Diener suchen . . .«

Sekundenlang hatte Zamorra nicht auf seine Rückendeckung geachtet. Und er hatte vergessen, daß in einem Haus in einer Stadt selten nur zwei Männer für sich allein wohnen. Von hinten umschlangen ihn plötzlich Arme und rissen ihn zurück in den Flur.

Es gelang ihm allerdings sofort wieder, sich aus dem Griff zu befreien und nach vorn zu werfen. Dadurch entging er einem Dolch, der an ihm vorbeischwirrte und im Türrahmen steckenblieb. Der Mann, der ihm zuerst hinter der Tür aufgelauert hatte, beging den Fehler, nach seinem Schwert greifen zu wollen, um es aus dem Holz zu ziehen. Zamorra schaltete ihm mit einem Schlag mit der flachen Seite seiner Klinge aus und widmete sich sofort dem anderen, der die beiden Leuchtkörper in Betrieb gesetzt hatte.

Dem Aussehen nach war es der Sohn des anderen.

Blitzschnell wuchtete er einen Tisch hoch und warf ihn Zamorra entgegen. Der Professor sah, daß er dem Wurf nicht mehr ausweichen konnte, ließ das Schwert fallen und versuchte mit einem Karateschlag mit beiden Armen zugleich den fliegenden Tisch zu stoppen. Er glaubte, seinen Knochen krachen zu hören, als Holz barst und ihm danach die Splitter um die Ohren fegten. Aber mit den Tischresten warf er sich weiter vorwärts und schlug dem jungen Mann die Faust an die Stirn. Besinnungslos brach der zusammen.

Zamorra fuhr herum.

Der dritte Gegner hatte Zamorras Schwert an sich gerissen und zum Schlag erhoben. Zamorra wich dem ersten Hieb mit einer Körperdrehung aus und stellte fest, daß sein Gegner eine Frau war.

»Laß den Quatsch, Mädchen«, stieß er atemlos hervor, als das Schwert wieder auf ihn zupfiff. Er kugelte sich zusammen, rollte sich gegen ihre Beine und riß sie zu Boden.

Dann nahm er ihr mit einem Griff die Besinnung, richtete sich langsam auf und reckte sich. Er schüttelte den Kopf, ließ sich auf einen Stuhl sinken und überflog mit einem Blick das Ausmaß der Verwüstung. Ein Teil der Zimmereinrichtung war zu Bruch gegangen, und alle drei Kämpfer waren bewußtlos. Daß er noch lebte, verdankte er nur seinen schnellen Reflexen und seinem ständigen eisernen Training in verschiedenen asiatischen Kampfsportarten, die ihn beweglich hielten.

Er ging zum Fenster, riß die bunte Stoffgardine herunter und schnitt sie mit dem Dolch, der aus dem Türrahmen zog, in handliche Streifen. Dann begann er in der Reihenfolge der Niederschläge seine drei Gegner kunstgerecht zu fesseln. Als er bei der Amazone war, erwachte sein erster Gegner wieder.

Wütend starrte er Zamorra an.

Der Professor lächelte. »Warum dieser heiße Empfang?« fragte er. »Zugegeben, ich hatte die Tür aufgebrochen . . .«

»Hüte dich!« zischte der Mann und zerrte an seinen Fesseln. Aber seine Befreiungsversuche waren aussichtslos; Zamorra verstand sein Handwerk. »Wir kriegen dich schon, tot oder lebendig!«

»Warum? Weil ich den Hexer erledigt habe? Seid froh! Ein Menschenschinder weniger.«

»Ha!« brüllte der Gefesselte. »Das wird den Kopfpreis noch erhöhen! Wer bist du, daß der ORTHOS nach dir fahndet? Für einen einfachen Sklaven regen die Zauberpriester sich nicht so auf!«

»Ah, so ist das«, murmelte Zamorra. Er hätte es sich denken

können, daß die Kopfgeld-Nachricht sich zuallererst in den Slums und Seitengassen verbreiten würde. Er hatte jetzt auch die Amazone verschnürt und erhob sich. »Ich werde euch um einige Kleidungstücke erleichtern«, verkündete er. »Macht eure Schadenersatzansprüche beim ORTHOS-Tempel geltend. Wenn man dort gewillt ist, eine hohe Belohnung für mich zu zahlen, übernimmt man vielleicht auch diese Rechnung.«

Es klang spöttisch, und so war es auch gemeint. Zamorra verließ das Zimmer und begann das Haus, vorsichtshalber das Schwert in der Hand, zu durchsuchen. Es war jetzt in allen Zimmern hell. Offenbar standen die eigenartigen Lichtquellen miteinander in Verbindung.

Zamorra eignete sich eine enganliegende Hose, eine leichte Bluse und eine dunkle, weitgeschnittene Jacke an, dazu weiche und zugleich hohe Stiefel. In dieser Kleidung fühlte er sich sofort erheblich wohler. Er schlug den Kragen der Jacke hoch, so daß man den Sklavenring um seinen Hals nicht sofort erkennen konnte, und entdeckte dann einen breiten Ledergurt mit Schwertgehänge. Er schnallte ihn sich um und prüfte dann die in der Scheide steckende Waffe. Sie war besser als seine erbeutete Seefahrerwaffe, die bereits schartig geworden war. Diese Klinge war auch fester als das Weicheisen, das er bis jetzt gesehen hatte. Vielleicht eine Kriegerwaffe ...

Ein Gedanke durchzuckte ihn. Vielleicht war der ältere der beiden Männer ein ehemaliger Soldat des Königs von Grex. Wenn er seine ›Dienstwaffe‹ mitgenommen hatte, besaß er vielleicht auch einen Strahler. Zamorra lächelte leicht. Es war eine Welt der Widersprüche. Es gab eine Technik, die sich vorwiegend auf Magie stützte und daher keine Erdölprobleme und keine Kernkraftwerke kannte. Es gab keine Autos, sondern Kutschen, Streitwagen und vor allem fliegende Teppiche. Es gab Schwerter – und es gab Strahlwaffen in Faustwaffenform und als gewaltige Schiffsgeschütze!

Eine solche Waffe hatte Zamorra in seiner Welt im streng abgesicherten Safe im Château Montagne liegen. Aber dort nutzte sie ihm nichts. Er wußte ja noch nicht einmal, wie er wieder dorthin zurückkehren sollte.

Zamorra ging wieder zu den Gefesselten. Sie waren jetzt alle drei wieder bei Bewußtsein und zerrten erfolglos an ihren Fesseln. Er blieb vor dem älteren der beiden Männer stehen. Dessen Gesicht verzerrte sich noch stärker, als er den Gurt und das Schwert an Zamorras Seite erkannte. Der Professor hatte auch noch einen schmalen Dolch an sich genommen, der ihm nützlich erschien.

»Hast du irgendwo einen Strahler versteckt?« erkundigte er sich.

Die Augen des Mannes weiteten sich. »Nein«, stieß er gurgelnd hervor. »Ich war doch nie . . .«

Er biß sich auf die Lippen.

Die Bemerkung schien ihm eher ungewollt herausgerutscht zu sein. Zamorra nahm daher an, daß der Mann selbst kein Krieger gewesen war, die Kriegerwaffe eher gestohlen hatte. Zamorra ging wieder zur Tür. »Viel Vergnügen«, wünschte er. »Und nicht vergessen: Die Rechnung an den Tempel!«

Er trat vorsichtig wieder auf die Gasse hinaus. Er kam sich nicht wie ein Dieb vor. Das Fehlen der Kleidung und der Waffen würde diese drei Leute gewiß nicht ärmer machen. So wie Zamorra diese Gegend der Stadt einschätzte, gehörten hier neun von zehn Einwohnern der Zunft der Diebe an und würden sich rasch wieder Ersatz beschaffen können.

Ein paar Ratten huschten quer über die dämmrige Gasse. Zamorra trat hinter einen losen Stein und feuerte ihn den Nagern nach. Die Ratten ließen ihn wieder an die Katze mit den telepathischen Fähigkeiten denken.

Welches Spiel trieb das Tier, das so plötzlich wieder verschwunden war? Und was bedeutete die letzte Mitteilung der Katze?

Ich muß zurück. Ayna braucht mich. Denke an uns, wenn du deine Gefährtin befreist. Du hast die Kraft *und kannst es schaffen. Der Geisterwind weinte.*

Wer oder was verbarg sich hinter der *Kraft*?

»Bei Merlins hohlem Backenzahn«, murmelte Zamorra grimmig. »Ich werde es herausfinden!«

Etwas mehr als einen Tagesmarsch von Aronyx entfernt, in noordwystlicher Richtung, lag jener Ort, von dem Sterbliche nur hinter vorgehaltener Hand raunten.

ORTHOS, das Dämonennest.

Dort hatten sich einige Dämonen eingefunden, die zeitweise zwischen den Dimensionen pendelten, um sich beide Machtbereiche zu erhalten. Einer, den Flammen aus kaltem Feuer umloderten, begann sich seine Gedanken zu machen.

»Was findest du seltsam daran?« knurrte Abbadon, der Herrscher des ORTHOS. »Ein Mann taucht aus einer anderen Dimension auf und verhält sich so eigenartig, daß man es uns meldet!«

Der Flammenumtobte ballte die Fäuste. »Solche Überraschungen sind meist gefährlich! Es gibt nur wenige Weltentore, die zu uns führen.«

»Vielleicht hat er das benutzt, durch das Damon und Byanca verschwanden.«

»Damon, der Verräter!« knirschte der Flammenumloderte. »Nein, es muß noch ein anderes Tor geben, das selbst wir nicht entdeckten. Vielleicht hat Zeus seine Hand im Spiel! Weiß man überhaupt Näheres über diesen Fremden?«

»Der Wisch, den wir in den Tempel nach Aronyx sandten, nannte einen Namen. Ich habe ihn nie zuvor gehört.«

»Nenne ihn!« verlangte der Pendler zwischen den Welten.

Abbadon verzog das Gesicht und sah der Reihe nach die anderen an. Einen, der auch Pendler war, vermißte er seit geraumer Zeit: den Fliegenköpfigen.

»Zamorra«, sagte er.

Jäh erloschen die Flammen des anderen.

Nicole trat an das Fenster der kleinen Kammer, die sie mit Ayna zu teilen hatte. Ungehindert konnte sie nach draußen sehen, aber sobald sie versuchte, den Kopf nach draußen zu strecken oder auch nur hinauszugreifen, stieß sie auf ein unsichtbares, enges Gitter. Sie hatte es abgetastet. Es war überaus stabil und so engmaschig, daß man nicht einmal einen Dolch hindurchschieben konnte. Es war auch unmöglich, das Gitter zu lösen, und wie es schien, war dieses Fenster der einzige Weg in die Außenwelt.

Man hatte sie und Ayna vom Sklavenmarkt aus direkt zum Tempel gebracht. Aynas vierbeiniger Freund, den sie ›Rundpfoter‹ nannte, war dabei verschwunden und dann plötzlich doch wieder aufgetaucht – im Tempel! Selbst Ayna hatte sich nicht vorstellen können, wie das möglich war, und zuerst an eine Halluzination geglaubt. Jetzt lag die Katze zusammengerollt in einer Ecke der Kammer und hatte trotz ihrer telepathischen Fähigkeiten nicht verraten, wie sie in den Tempel eingedrungen war.

Er war eine nahezu uneinnehmbare Festung. Sie lang unmittelbar neben dem Palast des Königs, und wenn man aus dem kleinen Fenster blickte, konnte man eine Teil des Palastes sehen. Der Raum, in dem Nicole und Ayna, das Mädchen aus Khysal, untergebracht worden waren, lag so hoch, daß sie über die breite Mauer sehen konnten, die den Tempel umgab. Im Innern der Mauer befand sich zum einen das Dienerhaus, in welchem die Magier, Schamanen, Tempeldienerinnen und sonstwer lebten. Auch die Tempelsoldaten hatten hier ihre Unterkünfte, hochgewachsene, völlig in schwarzes Leder gepanzerte Männer, von deren Gesichtern nur die Augen sichtbar blieben. Und diese waren irgendwie stumpf, seelenlos ...

Die Bewaffnung der Tempelsoldaten bestand nicht aus Dolchen, Schwertern oder Armbrüsten, was Flüchtlingen oder Eindringlingen noch eine halbwegs reelle Chance gegeben hätte, sondern ausschließlich aus Strahlwaffen. Sie bewachten die Tempelmauern, den Eingang und die unheiligen Bezirke, in denen die dämonischen Rituale abgehalten wurden.

»Ausgerechnet ich«, murmelte Nicole und tastete die unsichtbaren Gitter ab. »Ausgerechnet ich als Tempeldienerin. Es ist ein Witz!«

Ayna lächelte nicht. »Warum?«

Nicole fuhr herum. »Erinnerst du dich an Professor Zamorra, von dem ich dir erzählte? An seiner Seite habe ich viele Jahre lang das genaue Gegenteil getan: Ich habe die Dämonen bekämpft, habe sie gejagt und sie vernichtet! Und ausgerechnet ich soll jetzt in einem Dämonentempel diesen Bestien dienen ...«

Sie lachte auf, aber es war ein kaltes, bitteres Lachen.

Man hatte sie beide in diesen Raum geführt, ihnen Tempelkleidung gegeben und sie dann allein gelassen. Nur zu den Mahlzeiten erschienen Sklaven und brachten ihnen Tabletts mit Speisen, die durchaus schmackhaft und reichhaltig waren. Ihre Unterkunft hatte sie bis jetzt nicht verlassen dürfen; in einem angrenzenden fensterlosen Zimmer, das von einem seltsamen Leuchtkörper erhellt wurde, befanden sich sanitäre Einrichtungen. Nicole und Ayna hatten gebadet und den Staub der Steppe vom Körper gespült. Dann hatten sie die Tempelkleidung angelegt. Was blieb ihnen auch anderes übrig?

Die bodenlangen, durchscheinenden Gewänder raschelten bei jeder Bewegung eigenartig, als bestünden sie aus Papier. Aber es war kein Papier, auch kein Stoffgewebe. Nicole konnte sich nicht erklären, was das für ein Material war.

Man hatte ihnen bei der Ankunft gesagt, was sie erwartete.

Tempeldienst!

Das bedeutete, daß sie einen halben Mond lang angelernt werden würden. Einen weiteren halben Mond lang würden sie dienen und das Gelernte in die Praxis umsetzen. Dabei hatten sie gleichzeitig neue Dienerinnen anzulernen.

Und danach ...

... würden sie sterben. Die Dämonen des ORTHOS forderten ihren Tribut.

Aber Nicole wollte es nicht wahrhaben, daß sie nur noch einen Monat zu leben hatte. Zwar hatte sie erfahren, daß noch nie eine Dienerin aus dem Tempel hatte fliehen können, aber sie hoffte auf Zamorra. Er mußte irgendwo sein, irgendwo dort draußen in der dunklen Stadt, und er würde etwas unternehmen.

Auch sie selbst mußte etwas unternehmen. Sie war entschlossen, sich nicht einfach den Anweisungen zu fügen, sich nicht wehrlos auf einem Blutaltar rituell abschlachten zu lassen. Solange sie lebte, gab es noch Hoffnung und die Möglichkeit des Widerstands.

»Wir können uns nicht widersetzen«, sagte Ayna mutlos. »Sie haben die Macht. Wenn wir uns weigern, werden sie uns mit den Dhyarras zwingen.«

Nicole schwieg. Ihre Gedanken begannen um die bläulich funkelnden Kristalle zu kreisen.

Sie kannte sie. Zamorra besaß selbst einen Dhyarra-Kristall. Sie wußten beide nur sehr wenig darüber, wußten nicht einmal, welcher Ordnung seine Kraft war. Aber er war stark.

Nicole selbst besaß, im Gegensatz zu Zamorra, keine Para-Fähigkeiten; zumindest hatte sie noch keine an sich festgestellt, und ihre Kenntnisse der Magie beschränkten sich auf die Theorie – mit einer Ausnahme:

Das FLAMMENSCHWERT.

Sie war in der Lage, in besonderen Gefahrensituationen zuweilen eine Verbindung mit Zamorras Amulett einzugehen. Aus Amulett und Mensch wurde das FLAMMENSCHWERT, eine mächtige Waffe, die selbst dachte und handelte und sich gegen Dämonen richtete. Doch stets wußte sie hinterher, wenn das FLAMMENSCHWERT wieder erlosch, nicht mehr, was geschehen war. Sie konnte diesen Zustand auch nicht aus eigenem Willen herbeiführen. Es hing von der jeweiligen Situation ab.

Aber es mochte sein, daß der Keim des FLAMMENSCHWERTES ausreichte, einen Dhyarra-Kristall zu benutzen. Sie hatte es nie zuvor ausprobiert, aber möglicherweise mußte sie es jetzt riskieren. Ein Kristall niedriger Ordnung . . . vielleicht sprengte er die Mauer auf und ermöglichte Ayna und ihr und dem *Rundpfoter* die Flucht.

Nicole wandte sich vom Fenster ab.

Zamorra! schrien ihre Gedanken. Warum kam sie nicht mit ihm in Kontakt? Warum spürte sie ihn nicht? Wieder rief sie ihn mit ihren Gedanken.

Zamorra!

»Zamorra!« grollte der Dunkle. Er zeigte alle Anzeichen der Bestürzung. »Wie kommt er hierher? Wißt ihr Narren überhaupt, wer Zamorra ist?«

Die Dämonin Macumba kicherte. »Er soll eine stattliche Erscheinung sein«, sagte sie. »Die Schamanen halten ihn – zumindest die aus dem Aronyx-Tempel – für eine Inkarnation Damons oder zumindest für ein Wesen dieser Art . . .«

Die Flammen zuckten wieder auf, als der Dunkle die geballte

Faust auf den Steintisch schmetterte. Funken sprühten nach allen Seiten und vergingen knisternd.

Er lachte brüllend und dabei wütend. »Ich kenne Zamorra!« donnerte er. »Er ist alles andere, aber kein zweiter Damon! Er ist ein Dämonenhasser, ein Jäger, der aus der anderen Welt stammt und dort bereits viele von unserer Art zur Strecke brachte, ohne daß ihm jemand das Handwerk legen konnte. Ich hatte selbst einmal mit ihm zu tun und mußte doch weichen!«

Stille trat ein.

»Das ist unglaublich!« stieß Abbadon schließlich hervor.

»Es ist die Wahrheit!« brüllte der Flammenumloderte. »Seht zu, daß ihr ihn vernichtet. Er ist gekommen, um jetzt auch uns zu jagen! Tötet ihn, ehe er uns tötet!«

Keiner der andern Dämonen sprach noch. Sie alle lauschten der verhallenden Stimme des Dämons nach, der transparent wurde, sich zurückzog.

Endlich erhob sich Abbadon, der Herr ORTHOS.

»Nun denn«, sagte er. »Wir werden die Befehle geben. Er soll geschehen, wie Pluton es sagte!«

Kapitel 27

Sally McCullough fuhr zum Redaktionsgebäude zurück, stellte den Austin wieder in der Fahrbereitschaft ab und rief von unten bei Pete Delany an. Doch der Redakteur war bereits nicht mehr im Haus. Sally schüttelte ergrimmt den Kopf. Der Teufel sollte Delany holen! Er selbst hatte schon längst Feierabend gemacht, während sie in diesem Kuhdorf Material für diese Blödsinns-Story sammeln mußte.

Na schön. Sie würde nicht noch mehr Überstunden dranhängen. Mochte heute abend aus diesen und den anderen Texten werden, was wollte. Der Chef vom Dienst, der mit Planung, Layout und Umbruch begann, würde sich an Delany halten, wenn er Probleme bekam, die Seiten zu füllen. Und wenn Delany schon zu Hause war, kostete ihn das Punkte. Dagegen war aus Sallys Sicht überhaupt nichts einzuwenden.

Es war bereits dunkel geworden. In höchstens zwei Stunden würden die drei anderen Hexen kommen, dann mußte sie bereits alles vorbereitet haben.

Kurz spielte sie mit dem Gedanken, mit dem Austin bis nach Hause zu fahren, aber dann ließ sie es doch sein. Es war ja nicht weit, und morgen würde sie Schwierigkeiten haben, durch die Rush-hour zu kommen.

Sie setzte sich in Bewegung. Dem Range Rover, der an der gegenüberliegenden Straßenseite entgegen der Fahrtrichtung parkte, maß sie keine Bedeutung bei. Fahrzeuge dieser Art gab es auch in Carmarthen neuerdings mindestens ein Dutzend, seit der Geländewagen-Boom die Welt erobert hatte. Dabei hatten die wenigsten Leute, die sich einen solchen Schlammbomber kauften und dafür entsetzliche Summen zahlten, auch wirklich Gelegenheit, sich im Gelände auszutoben. Wichtiger war ihnen Prestige und Abenteurer-Nimbus, wenn sie damit bei den einschlägigen Diskotheken vorfuhren.

Hinter dem Lenkrad des Wagens glühte sekundenlang ein Augenpaar grell auf, das sofort wieder dunkel wurde.

Sally McCullough strebte ihrer Wohnung zu. Sie hatte das Aufglühen nicht gesehen.

Als die Zeiger der Uhr immer weiter vorrückten, begann Dav sich zu wundern, warum Sam Valk immer noch nicht zum Abendessen erschienen war. Nicht einmal ein Erdbeben oder ein Nachtgespenst konnte Sam daran hindern, pünktlich bei Dav aufzukreuzen und seine Futterluke zu öffnen.

Da stimmte doch etwas nicht!

»Ihr müßt euch mal ein paar Minuten selbst bedienen!« rief Dav seinen gerade acht Gästen zu und wußte, daß er sich auf ihre Ehrlichkeit verlassen konnte.

Er band die Schürze ab, warf sie lässig über einen Stuhl und marschierte zur Tür. Bis zu Sams Haus war es nicht allzuweit. Er vermißte den Range Rover, aber es konnte sein, daß die Polizisten ihn mit nach Carmarthen genommen hatten. Dav konnte sich keine andere Möglichkeit vorstellen. An Diebstahl dachte er nicht, weil es hier keine Diebe gab – außer ein paar Füchsen, die hin und wieder an die Hühner gingen.

Sams Haustür war nur angelehnt. Nanu? dachte Dav. War Sam irgendwo im kleinen Gärtchen? Ein lockeres Liedlein pfeifend, schritt der wohlbeleibte Wirt über den Weg um das Haus herum, aber im Garten war von Sam Valk auch nichts zu sehen.

Dav drehte sich um.

Er sah über die Terrasse zur Glastür.

Und er sah das herausgeschnittene Oval.

Er schluckte. Was er sah, war unmöglich. Seit über fünfzig Jahren hatte es in Cwm Duad keinen Einbruch mehr gegeben.

Dav setzte sich in Bewegung, erreichte die Vorderseite des Hauses und drang durch die angelehnte Haustür ein. Fünfzehn Sekunden später entdeckte er den Toten.

Sally öffnete die Haustür, zog sie klackend hinter sich zu und beschloß einmal mehr, etwas an diesem lauten Geräusch zu ändern.

Sie betrat ihre kleine Zweizimmerwohnung im Erdgeschoß, feuerte die Handtasche irgendwohin und nahm die Teekanne zur Hand, um sie anzuwärmen. Auf dem Gasherd züngelte die Flamme auf und wurde von der Teekanne verdeckt.

Etwas stimmte nicht.

Ein ziehendes Gefühl in ihrem Nacken störte und kündete von Gefahr. Aber was ...

Die grellen Augen! durchfuhr es sie. Die Lichtpunkte, die sie in Cwm Duad zu sehen geglaubt hatte ...

Da kam das fast unhörbare Knistern.

Sie fuhr auf dem Absatz herum, unterdrückte einen Schrei.

Ein hochgewachsener Mann kam durch die geschlossene Tür, glitt einfach hindurch, als existierte sie nicht! Und in seiner Hand funkelte ein bläulicher Kristall.

»Sam Valk!« stieß sie hervor, aber im nächsten Moment wußte sie, daß sie sich geirrt hatte. Das war nicht Valk, obwohl er die

Kleidung des selbsternannten Casanovas trug. Es war ein anderes Gesicht, von einer geradezu dämonischen Schönheit.

Und in diesem Gesicht glühte das Augenpaar auf!

»Nein!« stieß sie hervor. Ihre Hände vollführten magische Bewegungen, und sie schrie einen Hexenfluch. Doch ihre Magie zerschellte wirkungslos an der Macht des Fremden.

Mit ausdruckslosem Gesicht berührte er ihre Stirn.

Und sah sie tot zusammenbrechen.

Police-Sergeant Rob Mullon war alles andere als erfreut, als ihn der Anruf gerade beim Verlassen seines Büros erwischte. Natürlich, wie immer! Grundsätzlich dann, wenn er eigentlich Feierabend hatte, wollte jemand noch etwas von ihm. Gerade so, als gäbe es in ganz Carmarthen nur einen einzigen Polizisten: *ihn*. Verärgert hob er ab, und sein Ärger wich kalter Wut, als er den Grund des Anrufs erfuhr, nur durfte er diese Wut seinem Inspektor gegenüber nicht zeigen. Der hatte ihn ohnehin längst auf der ›schwarzen Liste‹, seit er den Verdacht hegte, daß Mullon eifrig Informationen an die Presse vergab.

»Noch einmal hinaus?« knurrte er. »Na schön, ich weiß ... ja, wir kommen!«

Der Hörer flog auf die Gabel. »Binder ...!« Warum sollte er sich allein ärgern? Geteiltes Leid war doppeltes Leid, und Binder brauchte es nicht besser zu haben als sein Vorgesetzter.

Constable Binder war schon auf dem Weg zum Lift.

»Grundsätzlich ist der Weg schon richtig«, sagte Mullon, als er Binder erreicht hatte. »Bloß geht es untern wieder zum Dienstwagen und noch mal nach Cwm Duad.«

Binders Brauen hoben sich. »Sind die beiden Franzosen aufgefunden worden?«

»Schlimmer noch«, knurrte Mullon. »Der Knabe, der als erster ging, ist gefunden worden. Höchstwahrscheinlich ermordet.«

»Ach du fetter Schleimgötze ...«, murmelte Binder wenig begeistert. Sie waren zurückgekommen, hatten Tee getrunken. Und dann hatte Binder das zweifelhafte Vergnügen gehabt, den Vermerk Mullons über die Aktion niederschreiben und abheften zu dürfen.

Zu einem Protokoll würde sich die Sache wohl erst morgen auswachsen – hatten sie beide gehofft.

Jetzt lag die Sache anders.

»Meinen Sie, daß beide Sachen zusammenhängen, Chef?« murmelte Binder, während sie in den Hillman stiegen. »Die beiden Ausländer und dieser Fall? Immerhin war doch dieser Mann mit beim Suchtrupp!«

»Vielleicht«, brummte Mullon. Er wollte sich da noch nicht festlegen. Und deshalb verzichtete er diesmal auch darauf, bei Delany anzurufen. Erstens reichte ein Tip pro Tag, um sich die Freundschaft der Presse zu sichern, und zum anderen war ein Mordfall eine ganz andere Sache als eine Vermißtenmeldung . . .

»Ach, verflixt«, murrte Mullon plötzlich. »Wofür hat man mich eigentlich auf die Polizeischule geschickt? Schön, daß es Funk gibt . . .«, und dann holte er über Funk einen der beiden Polizeiärzte von Carmarthen aus seiner beschaulichen Ruhe. Der war ungehalten.

»Rob, gerade läuft die Fußball-Meisterschaft zwischen . . .«

Mullon sagte ihm, was der Doc mit der Fußballmeisterschaft tun könne. »Sehen Sie zu, daß Sie sich auf den Weg machen, sonst haben Sie morgen früh nur um so mehr Arbeit.«

Er schaltete das Funkgerät ab. »Ich lasse mich versetzen«, knurrte er. »Nach London, als Verkehrsberuhiger auf dem Trafalgar Square. Da stehe ich meine acht Stunden ab und habe danach Feierabend.«

Binder grinste.

»Kohlendioxyd verkürzt die Lebensdauer, Chef«, stellte er fest. »Haben Sie schon mal was von Autoabgasen gehört?«

Lässig ausgestreckt, die Arme hinter dem Kopf verschränkt und die Beine übereinandergeschlagen, hatte sich Damon in den bequemen Sessel geflätzt. Er wartete; er hatte Zeit.

Das, was er wissen mußte, hatte er aus Sally McCulloughs Gehirn entnommen. Und er hatte sofort die Möglichkeiten erfaßt, die sich ihm dadurch boten.

Die weltliche politische Lage war verworren. Verworrener noch als der Zustand, der in seiner Welt zwischen Grex, Khysal und Rhonacon geherrscht hatte oder möglicherweise immer noch herrschte. Zu vielfältig waren hier die einzelnen Fäden, die jedes Land mit jedem andern freundschaftlich oder weniger freundschaftlich verbanden.

Und . . . es gab zu viele Länder.

Aber es gab eine weltumspannende Macht, eine Organisation, die ihren Einfluß überall hatte, egal, welches Land es war.

Die Schwarze Familie!

Die Dämonen, die Teufel, die Vertreter der Hölle.

Zwar gab es, wie sich in seiner Welt ORTHOS und OLYMPOS gegenüberstanden, auch hier einen Gegenpol in Form der Religionen, doch jene waren ebenfalls gespalten und im Nachteil. Sie arbeiteten gegeneinander, im günstigsten Fall immerhin nebeneinander her, aber keinesfalls zusammen. Christentum, Islam, Buddhismus, Hinduismus, tausend kleinere Gruppierungen . . . aber die Macht der Hölle war überall vertreten, war sich einig, wenn man von wenigen Einzeldämonen absah, die sich nicht unterordneten, sondern ihr eigenes Süppchen kochten. Sie zählten nicht.

Was zählte, war die Hölle, das Gegenstück zum ORTHOS.

Und zu seiner Überraschung hatte Damon feststellen müssen, daß es Dämonen gab, die zwischen beiden Welten zu pendeln schienen. Abbadon, Pluton, Astaroth . . . Gromhyrxxa . . . hier wie dort waren ihre Namen ihm geläufig.

Sally McCullough war informiert gewesen. Sie war eine Hexe, die vierhundertdreiundachtzig Jahre auf der Erde gelebt hatte, um schließlich zu sterben und Damon ihr gesammeltes Wissen zu überlassen.

Hier konnte er ansetzen.

Der erste Schritt zum Weltreich würde seine Machtübernahme in der Schwarzen Familie sein. Der Fürst der Finsternis.

Asmodis, würde Damon weichen müssen. Vielleicht sogar der Höllenkaiser LUZIFER . . .

Narr! holte sich Damon selbst aus dem Reich der Träume zurück. Noch bist du nicht Fürst! Erst wenn du das geschafft hast, kannst du nach LUZIFERS Thron schielen . . .

Er lächelte kalt und dämonisch und wartete weiter ab. In wenigen Minuten mußten die drei anderen Hexen eintreffen, die Sally McCullough erwartet hatte.

Damon würde sie benutzen. In dieser Nacht würde er den ersten Schritt zur Macht tun.

»Ich kann keine Todesursache feststellen«, sagte Doc Spyer. »Tut mir furchtbar leid, aber wie es aussieht, ist dieser Mann gar nicht gestorben.«

Rob Mullon tippte sich respektlos an die Stirn. »Den Schmalz können Sie dem Schiedsrichter bei Ihrer Fußballmeisterschaft erzählen ... der Mann ist doch tot, und da beißt die Maus keinen Faden ab!«

Spyer verzog verärgert das Gesicht. Dav, der Wirt, und der Ortsvorsteher standen verunsichert im Hintergrund des Zimmers. Mullon zog die graue Leinendecke wieder über den nackten Körper des Toten.

»Genaueres müßte die Autopsie ergeben«, murmelte der Arzt. »Himmel, ich finde keine Erklärung! Ich muß ihn genau untersuchen können und bin mir nicht einmal sicher, bei der *Autopsie* etwas zu finden.«

Rob Mullon winkte ab und wandet sich wieder Dav zu. »Sie haben ihn also so aufgefunden und nichts verändert?«

»Nichts, Sir«, beteuerte Dav.

Rob wandte sich ruckartig um und starrte auf die Scheibe der Terrassentür. »Und warum fehlen dann die Scherben? Der Mörder wird sie kaum auf ein Kehrblech gefegt und in den Müll geworfen haben ...«

»Vielleicht doch, um den Fall rätselhafter zu machen«, wandte der Ortsvorsteher ein.

Binder wühlte sofort alle Abfallkörbe und Mülleimer durch, aber Scherben konnte er dennoch nicht finden. Da begann Rob Mullon ernsthafter als zuvor an einen Zusammenhang mit dem Verschwinden der beiden Ausländer zu denken.

Deren Spur sollte doch vor einem Felsen geendet haben.

Spurlos verschwunden ... wie die Scherben!

Und wie Sam Valks Kleidung!

Die mußte der Mörder ihm abgenommen haben, aber warum? Weil er selbst keine besaß? Warum hatte er dann nicht einfach Valks Kleiderschrank geplündert und sich statt dessen die Mühe gemacht, sein Opfer zu entkleiden?

Rob Mullon begann plötzlich zu frösteln, und das unheimliche Gefühl, das schleimig in ihm hochkroch, ließ ihn nicht mehr los.

Auch nicht, als beide Wagen mitsamt dem Toten wieder in Carmarthen eingetroffen waren.

Als die Türglocke erklang, sandte Damon einen scharfen Geistesimpuls aus. Seine Magie öffnete die Haustür wie auch die der Wohnung.

Er fühlte die Anwesenheit dreier Bewußtsein, spürte die Hexenkraft in ihnen und wartete reglos ab, bis sie eintraten.

Bis sie in den Living-Room kamen, der zugleich Küche war, weil Sally in ihrer kleinen Wohnung den Herd nirgendwo anders hatte unterbringen können.

Damon sah drei Frauen, die so jung aussahen wie Sally McCullough und in denen er dennoch die Jahrhunderte ihres Hexenlebens fühlte.

Sie sahen ihn, bequem zurückgelehnt im Sessel, und sie sahen auf dem Teppich Sally McCullough liegen, die beiseite zu schaffen Damon sich nicht die Mühe gegeben hatte.

Die als letzte eintrat, wollte herumwirbeln, laut aufschreien und flüchten. Damon ließ sie dazu nicht mehr kommen.

Er rief ein Zauberwort einer uralten Dämonensprache. Die Hexe erstarrte, ihr Schrei wurde nicht mehr laut.

Er grinste diabolisch.

»Kommt her zu mir«, sagte er kalt. Sein Befehl wurde durch seine Magie verstärkt. Und obgleich die Hexen unabhängig voneinander versuchten, sich mit ihrer Zauberkraft gegen diese Magie zu wehren, gelang es ihnen nicht. Damon wurde spielend mit ihnen fertig.

»Ihr hattet eine Séance geplant«, sagte er. »Sallys Wissen hat es mir verraten, nachdem sie tot war.«

Eine der Hexen erbleichte. »*Nachdem . . .?*«

»Ihr werdet sie durchführen«, sagte Damon. Es war nicht einmal ein Befehl, nur eine Feststellung. »Ich werde an Sallys Stelle mit euch sein. Und ihr werdet nicht das Projekt in Angriff nehmen, das ihr plantet, sondern . . .«

Sie kamen ihm bereits zuvor.

Er hatte sie nicht hindern können, weil sie zu schnell waren, aber er wollte sie ja auch gar nicht daran hindern.

Sie taten von sich aus genau das, was er wollte!

Ihre Geister verbanden sich und griffen aus in die Hölle.

»Master Grath . . . hilf uns! Sally ist tot!«

Und Master Grath erschien.

Er ließ seine Hexen nicht im Stich!

Flammen züngelten auf. Auf dem Teppich zeichnete sich, von unsichtbarer Hand in Sekundenbruchteilen gefertigt, ein blutrotes Pentagramm ab, um das sich blitzschnell magische Symbole bildeten. Die Flammen erloschen, hatten keine Zerstörung angerichtet, sondern nur einer Wesenheit den Weg gebahnt, die nicht menschlich war.

Damon erkannte sofort die Art des Pentagramms. Es war eine Schutzzone, aber diesmal war sie nicht geschaffen worden, um den Beschwörer vor dem Dämon zu schützen, sondern umgekehrt.

Der Gerufene mußte Lunte gerochen haben! Er schickte das Pentagramm voraus, um sich selbst zu schützen!

Damon lachte nur. Er erkannte die Stärke des Feldes und wußte sofort, daß er sie mühelos durchbrechen konnte. Der andere war ihm unterlegen.

Ein nebliger, fußballgroßer Fleck bildete sich in der Luft, dehnte sich aus und zerfloß, um eine Gestalt zu bilden. Sie war klein und gedrungen, vielleicht etwas über einen Meter groß. Das Wesen war mit schwarzem, hartem Fell überwachsen, hette einen schmalen, kantigen Schädel mit scharf hervorspringender Nase, schmaler hoher Stirn und spitzen Ohren, die wie bei einem Luchs in Pinseln endeten. Die tief in den Höhlen liegenden Augen glühten dunkelrot, und aus der Stirn ragten Hörner hervor.

Master Grath war da.

Er sah sich blitzschnell um und gewahrte die am Boden liegende Sally McCullough. Sofort richteten sich seine glühenden Augen auf den lässig im Sessel ausgestreckten Damon.

»Was hast du gewagt, Sterblicher?« kreischte Master Grath. »Du wirst dein Tun bereuen!«

Damon grinste.

»Er ist gefährlich, Master!« schrie eine der Hexen.

Master Grath machte eine herrische Handbewegung, die Ruhe erheischte. »Schweig! Sister Sally zu morden, bedarf es keiner großen Kraft. Sie wurde leichtsinnig in der letzten Zeit! Fremder, wer bist du?«

»Ich schätze, wir zwei werden handelseinig«, stellte Damon fest. Er musterte den Teufel abschätzend. Master Grath war ein kleines Licht, gerade stark genug, einen Hexenring zu beherrschen und zu überwachen. Dennoch konnte er Damon nützlich sein.

»Handelseinig?« schrie Master Grath. »Was verstehst du darunter? Einen Pakt? Deine Seele gegen Unsterblichkeit oder Macht? Lächerlicher Narr, was bildest du dir ein, wer ich bin?«

Damon erhob sich langsam und beugte sich vor. Mühelos durchstieß seine Hand die Schutzzone des Pentagramms und schloß sich um den Hals des Schwarzbepelzten, der zu fassungslos darüber war, um rasch genug auszuweichen oder sich zu wehren.

»Wer bist du?« fragte Damon. Spielerisch riß er Master Grath hoch, entfernte ihn aus dem Pentagramm und ließ ihn wieder fallen. Aus den Augen des Teufels zuckten Flammenbahnen. Damon öffnete den Mund und verschlang sie einfach.

»Ein überhebliches, kleines Teufelchen bist du, mehr nicht! Wenn ich sage, daß wir handelseinig werden, bedeutet das nicht weniger, als daß ich dir das Leben schenke, wenn du mir hilfst, zu Asmodis zu gelangen! Nein, besser: Asmodis soll zu mir kommen!«

»Du bist irre!« schrie Master Grath.

Aus den Augenwinkeln sah Damon, daß die drei Hexen zu entkommen versuchten. Sie glaubten Damon im Gespräch mit Master Grath abgelenkt. Damon grinste und bewegte zwei Finger. Die Wohnungstür schloß sich und verwuchs mit dem Rahmen. Es war unmöglich, sie zu öffnen.

Damon griff in die Tasche und zog den blaufunkelnden Kristall hervor. »Kennst du das, Teufelchen?« fragte er kalt lächelnd.

Der schwarze Pelz des Teufels wurde aschgrau. »Ein Dhyarra!« keuchte er entsetzt. »Er ist stark!«

»Du kennst die Kristalle?« fragte Damon.

»Wer aus der Familie kennt sie nicht?« wimmerte Master Grath. Dem Teufel wurde es bang. Daran, Sister Sally zu rächen, dachte er bereits nicht mehr, sondern suchte nach einer Möglichkeit, den Fängen Damons zu entkommen.

»Dies ist ein Kristall zwölfter Ordnung«, sagte Damon und schaltete den Willen des Hexenteufels aus. Mit stumpfen Augen starrte Master Grath den Halbmenschen an.

»Noch weiß ich nicht genug über die Verhältnisse in dieser Welt«, sagte Damon schroff. »Ich weiß nur, daß es auf Überraschung und Schnelligkeit ankommt. Deshalb wirst du mir helfen, Master Grath. Du bist bis auf weiteres mein Adjutant. Du wirst mit mir zusammen eine Beschwörung durchführen und Asmodis rufen.«

»Ja«, sagte Master Grath.

Damon grinste. Wenn nur ein Zehntel der Schwarzen Familie so einfach unter Kontrolle zu bringen war wie Master Grath, hatte er die Weltherrschaft schon jetzt in der Tasche.

Kapitel 28

Zamorra fühlte sich, neu ausgerüstet, wesentlich wohler. Zwar mußte er nach wie vor äußerst vorsichtig sein, denn sein verändertes Äußeres täuschte nur auf größere Entfernung. Dennoch fühlte er sich nicht mehr ganz so schutzlos.

Er mußte schnell handeln, solange er sich in Aronyx befand. Er war sicher, daß es eine sehr genaue Beschreibung seiner Person gab, und die beiden Erlebnisse – der Kampf mit dem Hexer und der in dem kleinen Haus – wiesen darauf hin, daß die Dämonendiener nicht gewillt waren, ihn entkommen zu lassen.

Er mußte für sie ungeheuer wertvoll sein.

Von dem Mordbefehl ahnte er im Moment noch nichts, aber er war trotzdem längst dort, wo ihn noch niemand suchte.

Er konnte den Palast sehen, und daneben ragte der Tempel auf.

Zamorra lehnte an einer Hauswand. Hier, im Zentrum der Stadt, waren die Straßen wesentlich breiter als in den Randzonen und im Hafenviertel, wenn man dort einmal von dem breit ausgebauten und befestigten Weg absah, über den Waren vom Markt zum Hafen gebracht wurden und umgekehrt. Hier aber hätten Palast und Tempel kaum so eindrucksvoll wirken können, wenn sie sich am Ende schmaler, finsterer Gassen befunden hätten. Um beide Bauwerke zog sich eine weite, freie Fläche.

Nackter Stein! Es gab keine Grünflächen, wie sie sonst Herrscherhäuser umgaben, keine großzügig angelegten Blumenbeete, keine Ziersträucher und Hecken. Für derlei Schönheiten schien hier niemand etwas übrig zu haben. Waren denn auch die Bürger so sehr vom unheilvollen Keim der Schatten durchdrungen, daß hier kein einziges blühendes Pflänzchen gedeihen durfte? Nur Pflastersteine, breite Betonplatten . . . und dann die Palastmauern, auf deren Oberkanten sich spitze eiserne Zacken-Dornen erhoben. In der Nähe des großes vergitterten Tores trugen etliche dieser Dornen bleiche Schädel. An diesem und jenem Totenkopf hingen noch verwesende Fleischfetzen, und große schwarze Vögel umkreisten heiser krächzend die grausigen Relikte, um sich daran gütlich zu tun.

Zamorra schluckte unwillkürlich. Es konnte leicht geschehen, daß auch sein Schädel dort in nächster Zeit aufgepflanzt wurde. Denn er traute nicht nur den Zauberern, sondern auch der weltlichen Macht in Aronyx nicht über den Weg. Zu sehr war ihm die Zusammenarbeit von Kriegern und Adept während des Sklaventransportes und auf dem Markt noch im Gedächtnis.

König Wilard der Dreizehnte – den Namen seiner Hochwohlgeborenen Majestät hatte er aus den Unterhaltungen der Krieger aufgeschnappt – mußte das Geschehen wohl gutheißen.

Vielleicht auch nicht ganz so freiwillig . . . unwillkürlich zog sich ein spöttisches Lächeln um Zamorras Lippen. Die Tempelanlage ragte fast so hoch auf wie der Königspalast und war ebensogut bewacht. Welcher absolutistische Potentat erlaubte schon einfach so, daß andere sich neben ihm auf die gleiche Stufe erhöhten, wenn er nicht durch irgendwelche erpresserischen Druckmittel dazu genötigt wurde? Kein anderes Gebäude der Stadt, und war es auch noch so groß, erreichte annähernd die Höhe dieser beiden Bauwerke. Sie waren Status-Symbole, und die Bauhöhe des Tempels signalisierte die Macht der Priester. Aber wo der Palast kunstvoll verziert und mit Gold belegt war, da schimmerten die Tempelmauern in stumpfem Grau.

Leicht berührte Zamorras Hand den Schwertknauf. Er spähte zu den Kriegern hinüber, die vor den Toren Wache hielten. Sie waren nicht nur mit Schwertern bewaffnet, sondern auch mit Strahlern. Es juckte Zamorra beim Anblick dieser gefährlichen Waffen in den Fingern. So ein Ding besitzen und sich einen heimlichen Zugang in die Tempelmauer schneiden . . .

Irgendwo da drinnen war Nicole. Und in etwa einem Monat würde sie sterben. Vorher mußte also etwas geschehen. Je früher, desto besser!

Jetzt, bei Tageslicht, war nichts zu erreichen. Zamorra mußte die Dunkelheit abwarten. Den Tag nutzte er, um sich zu orientieren und einen ungefähren Überblick zu verschaffen. Auch wenn er nur die äußeren Mauern und Anlagen sah, so konnte er sich doch anhand der Fensteranordnung einen gewissen Eindruck von der Wichtigkeit der dahinter befindlichen Räume verschaffen. Aber mit seinem Herumlungern in der Nähe des Tempels, in aller Öffentlichkeit, stieg auch die Gefahr, daß ihn einer seiner Häscher erwischte.

Das würde sich sowieso zu einem gewaltigen Problem ausweiten. Denn selbst wenn es ihm gelang, Nicole aus dem Tempel zu befreien, war er damit noch nicht aus der Stadt heraus. Nicole wußte sich zwar sehr gut ihrer Haut zu wehren, dennoch waren zwei Leute nicht so beweglich wie einer, weil sie trotz allem Rücksicht aufeinander nehmen mußten.

Und sein Amulett fehlte ihm.

Auch wenn es sich in letzter Zeit immer öfter ›selbständig‹ machte und Zamorra Entscheidungen abnahm oder aufzwang, die nicht immer völlig in seinem Interesse lagen, war es immer noch ein nützliches Instrument, das seine Para-Fähigkeiten verstärkte und darüber hinaus Schutz vor dämonischen Einflüssen bot. Als Waffe war es unübertroffen.

Doch es war zurückgeblieben, als er in diese Welt geschleudert worden war.

Er sah, daß zwei der Wächter sehr eingehend zu ihm herüberstarrten. Sein langes Herumstehen fiel auf. Unverzüglich zog er sich wieder zurück. Er versuchte dabei, langsam schlendernd, den Eindruck eines Mannes zu erwecken, der über viel freie Zeit verfügte und sich diese spielerisch zu vertreiben gedachte. Deshalb blieb er auch unter den Blicken der Wächter hier und da noch einmal stehen, betrachtete das Steinmuster des Bodens oder die Häuser der an die Freifläche angrenzenden Straßen, um das Mißtrauen der Männer einzuschläfern. Es war nicht notwendig, daß man früher als notwendig auf ihn aufmerksam wurde.

Die Wand öffnete sich. Nicole fuhr herum und starrte den Mann in der dunklen Kutte an. Er war kahlköpfig, schmalgesichtig und hager, als habe ihn die Schwindsucht im Griff, und seine Augen lagen tief in den Höhlen. Mit stechendem Blick musterte er die beiden Mädchen. Unter diesem Blick fühlte sich Nicole trotz des Tempelgewandes nackt; viel verbarg das durchscheinende Material allerdings ohnehin nicht.

»Mitkommen!« befahl der Hagere schroff, in dem Nicole einen Adepten erkannte.

Nicole und Ayna sahen sich an. Langsam erhob sich die Khysalerin, die auf ihrem Lager gehockt und die Katze gestreichelt hatte. Seltsamerweise sagte der Adept nichts zur Anwesenheit des Tieres. Ein vager Verdacht stieg in Nicole auf. *Sah der Adept die Katze nicht?*

»Was geschieht?« fragte Nicole.

»Ihr werdet lernen«, erklärte der Adept kurz angebunden und drehte sich um. Mit keinem Blick vergewisserte er sich, ob die beiden ihm folgten. Er schien es als sicher anzunehmen. Und als Nicole versuchte, stehenzubleiben, mußte sie zu ihrem eigenen Entsetzen feststellen, daß sie es nicht konnte. Sie *mußte* dem Adepten folgen, ob sie wollte oder nicht.

Seltsamerweise spürte sie den hypnotischen Zwang nicht. Sie besaß zwar keine Para-Fähigkeiten, aber sehr feine Sinne, die auf derlei Versuche ansprachen. Vielleicht hing es mit den Dhyarra-Kristallen zusammen, die hier die Magie ausmachten. Genau sagen konnte sie es nicht, weil sie bisher noch keine dahingehende Dhyarra-Erfahrung hatte. Sie hatte auf der Erde noch nicht unter fremden Dhyarra-Einfluß gestanden, und Zamorra hielt seinen Kristall stets sorgsam unter Verschluß.

Eine dumpfe Furcht stieg in ihr auf, während sie und Ayna dem Adepten folgten. Lernen, hatte der Adept gesagt. Das bedeutete, daß sie auf ihre Tätigkeit als Tempeldienerinnen vorbereitet werden sollten.

Dämonendienerinnen!

Helferinnen der Hölle, der Schwarzen Magie, des Bösen!

Das kann ich doch nicht! schrie alles in Nicole. *Was wird geschehen, wenn ich mich weigere?*

Kann ich mich überhaupt weigern?

Und zum ersten Mal kam ihr der Gedanke, daß der Opfertod am Schluß ihrer Tätigkeit vielleicht eine Erlösung sein mochte.

Es hatte dem Adepten, der für die ›Wiederbeschaffung‹ Zamorras verantwortlich war, nicht gereicht, per Mundpropaganda dafür zu sorgen, daß Zamorra nicht mehr lebend, sondern tot erwünscht war. Er beteiligte sich selbst an der Jagd. Immerhin saß ihm die Hölle selbst im Nacken; ein Tod durch den Wisch war das Schlimmste, was er sich vorstellen konnte. Alles andere trat dahinter zurück.

Er war auch der Erste, der Zamorras Schnelligkeit im Handeln in Erwägung zog. Immerhin hatte er den Mann aus der anderen Welt kennengelernt. Er war derjenige gewesen, der ihn in der Steppe eingefangen hatte, und er hatte den Transport nach Aronyx begleitet. Daher kannte er Zamorra zwar noch längst nicht hundertprozentig, konnte seine vermutlichen Reaktionen aber besser einschätzen als alle anderen. Er hatte ihn fast zwei Tage lang aus nächster Nähe erlebt.

Daß die Anweisung aus dem ORTHOS gekommen war,

Zamorra auf jeden Fall zu töten, gefiel ihm gar nicht. Diesen Mann umgab ein Geheimnis, das man sich nutzbar machen konnte. Warum also wollten die Dämonen des ORTHOS ihn unbedingt tot sehen? Es ergab keinen Sinn, ein solches Potential, wie es vermutlich in Zamorra steckte, einfach zu vergeuden. Es paßte nicht zu dem, was die Priester lehrten, und es paßte auch nicht zur Vorstellung des Adepten von seinen dämonischen Herren, die über die Geschicke der Welt bestimmten und eines Tages die Götter des OLYMPOS schlagen mußten.

Der Adept nahm nicht ganz zu Unrecht an, daß Zamorra sich längst nicht mehr *in weiterem Umkreis* aufhielt. Noch ehe das Gerücht ausgestreut worden war, daß sich jene Fremde, die er suchte, im Tempel befand, war er wahrscheinlich schon in Tempelnähe.

Vielleicht aus einem anderen Grund. Der Adept hielt es für möglich, daß der Fremde die Macht an sich reißen wollte. In diesem Falle würde er schneller handeln, als fast alle anderen denken konnten.

Aus diesem Grund blieb der Adept in der Nähe des Tempels, und er blieb sehr wachsam.

Und dann entdeckte er, als der Abend kam und es dunkel wurde, im Dämmerlicht einen Mann, der ihm bekannt erschien.

Der Tempel hatte zu ebener Erde nur einen Eingang, und dieser befand sich an derselben Seite wie das Hauptportal des Königspalastes. Der Adept nahm nicht an, daß Zamorra so dreist sein würde, diesen Eingang zu benutzen, deshalb behielt er durch ständigen Stellungswechsel alle anderen Seiten des Tempels im Auge. Denn vielleicht würde der Verdächtige versuchen, die Mauern irgendwo zu überklettern und an einer anderen Stelle einzudringen.

Der Adept selbst hatte sich getarnt, trug keine Kutte, sondern die Kleidung eines Bürgers. So konnte er davon ausgehen, daß Zamorra ihn nicht auf Anhieb erkennen würde.

Der stoppelbärtige Mann, der ihm bekannt war, ebenfalls die Kleidung eines Bürgers trug und dazu mit einem Schwert bewaffnet war, lungerte am Ende einer Seitengasse herum und starrte immer wieder abschätzend zur Rückseite des Tempels hinüber.

Der Adept schlenderte näher heran, einen großen Hut tief ins Gesicht gezogen und seinen Gang etwas verstellend, um so lange wie möglich unerkannt zu bleiben. Als er nur noch hundert Schritte von dem Fremden entfernt war, erkannte er das Gesicht.

Er hatte richtig getippt. Dieser Fremde war Zamorra.

Zamorra wußte, daß es ein riskantes Unternehmen sein würde. Er hatte es kurz gewagt, in einer Schenke zu erscheinen und sich ein Essen bereiten zu lassen. Immerhin hatte er seit seiner Flucht von der Galeere nichts Vernünftiges mehr zwischen die Zähne bekommen und war nicht unbedingt erpicht, sich in einer stillen Seitengasse eine Ratte am Spieß zu grillen – abgesehen vom Problem des Feuermachens. Er vertraute auf seine Schnelligkeit und das Schwert, falls jemand ihn in der Schenke erkannte und sich die Prämie verdienen wollte.

Aber seltsamerweise erkannte ihn niemand. Vielleicht rechnete niemand damit, daß er sich so nahe dem Tempel in der Öffentlichkeit zeigte.

Aber als er dann, an einem Ecktisch speisend, die Gesprächsfetzen von der Theke aufschnappte, ahnte er die riesige Falle, die ihm gestellt wurde. Die Aronyxer sprachen von ihm, ohne zu wissen, daß er sich in ihrer unmittelbaren Nähe befand, und sie sprachen auch davon, daß dieser Fremde eine Frau suchte, die allerdings im Tempel gefangengehalten werde.

Es war sonnenklar. Sie wollten ihn zum Tempel locken und streuten deshalb dieses Gerücht aus. Von da an wußte Zamorra, daß er sich noch mehr in acht nehmen mußte.

Vordringlich jedoch war ein anderes Problem gewesen: das des Bezahlens. Zamorra hatte zwar daran gedacht, sich mit Kleidung einzudecken, nicht aber mit Geld. Es war ein Fehler gewesen. Jetzt war er zwar satt, aber . . .

Er mußte es mit einem hinterhältigen Trick versuchen. Ruhig an seinem Tisch sitzend, spähte er hin und wieder zur Tür und wartete darauf, daß jemand eintrat, der in etwa seine Statur hatte.

Nach ein paar Minuten – in der Schenke herrschten reger Betrieb und ständiges Kommen und Gehen – bemerkte er einen

Mann, der dazu geeignet schien, für Zamorras Plan herzuhalten. Als der Neuankömmling fast an der Theke war, sprang Zamorra auf, deutete auf ihn und schrie: »Das ist er! Packt ihn!«

Männer sprangen auf, starrten den Neuankömmling an. Der wurde blaß, dann begann er eine Erwiderung zu brüllen. Aber da hatten ihn schon zwei am Kragen, und die Fäuste begannen zu fliegen. Auch Zamorra warf sich zunächst ins Getümmel, und im Nu war die schönste Wirtshauskeilerei im Gange. Und als alle miteinander beschäftigt waren, huschte ein dunkelblonder, hochgewachsener Mann blitzschnell hinaus auf die Straße und rannte im Sprintertempo ein paar Häuser weiter, um zwischen dunklen Mauern auf einem Hinterhof zu verschwinden. Als die Männer in der Schenke begriffen, daß sie einem Streich aufgesessen waren und den Falschen verprügelten, ballte ein geprellter Wirt die Fäuste und schwor dem entfleuchten Gast bittere Rache.

In Gedanken bat Zamorra seinen unfreiwilligen ›Doppelgänger‹ um Verzeihung, aber er konnte davon ausgehen, daß ihm außer ein paar blauen Flecken nichts weiter geschehen würde. Und der Wirt würde es verkraften, einmal auf die Bezahlung einer üppigen Mahlzeit zu verzichten, ohne gleich Konkurs anmelden zu müssen. Andererseits ging es um Zamorras Leben und Überleben!

Zamorra sah zu, daß er eine möglichst große Distanz zwischen sich und die Schenke brachte, wobei er gleichzeitig dem Tempelbezirk näherkam. Und jetzt stand er da und überlegte in der Abenddämmerung, wie er am einfachsten über die Mauer gelangte.

Sie war zwei Mannslängen hoch und wie die Palastmauer von spitzen Eisendornen bekränzt. Nachdenklich nickte Zamorra. Er konnte es schaffen. Er war zwar Professor, deshalb aber noch lange kein knochentrockener Gelehrter mit schwächlicher Konstitution, der sich hinter einer Brille und riesigen Büchern verkroch. Sein ständiger Kampf gegen die Mächte der Hölle sorgte dafür, daß die Knochen nicht einrosteten.

Hauptsache, es sah ihn niemand, während er über den freien Platz auf die Tempelwand zulief.

Dem Mann, der am Rand des Platzes, der sich ringförmig um

Tempel und Palast zog, auf ihn zuging, maß er keine große Bedeutung bei. Ein Bürger, der seinen Abendspaziergang unternahm . . .

Zamorra tauchte wieder zwischen Häusern unter und streifte über Hinterhöfe. Er suchte nach einer langen Stange, die er als Sprungstab verwenden konnte. Schließlich wurde er fündig. Die Stange war zwar aus Eisen und dementsprechend schwer, aber sie konnte ihn hoch genug tragen, daß er die Hände um die Eisendornen krallen konnte. Springen mußte er, weil die Mauer zu glatt war, als daß seine Stiefel und Fingerspitzen genug Halt gefunden hätten, um zu klettern.

»Ha, da klaut einer . . .!« rief eine Stimme.

Zamorra sah sich kurz um. Ein Junge war aus einem Hintereingang getreten und sah Zamorra mit der Stange im Hof. Der Professor nahm die Beine in die Hand und verließ den Hof auf demselben Weg, auf dem er gekommen war. Wütendes Gebrüll und hastige Schritten klangen hinter ihm auf. Offenbar erschien der Vater des Jungen auf dem Plan, um den Stangendieb zur Rechenschaft zu ziehen.

Zamorra hätte sich zwar zugetraut, sich seiner Haut zu wehren. Aber noch ehe der Verfolger ihn erreichen konnte, war er an der Gasse angekommen, die ihrerseits in eine der breiten Hauptstraßen mündete.

Er bog um die Hausecke und stand plötzlich einem Mann gegenüber. Es war derjenige, der vorhin seinen Abendspaziergang unternommen hatte. Mit einem freundlichen Gruß wollte Zamorra an ihm vorbeigehen, aber der Mann versperrte ihm den Weg.

Da sah er sein Gesicht und erstarrte. Er hatte den Adepten vor sich, der ihn vor Tagen eingefangen und nach Aronyx gebracht hatte.

In dessen Augen blitzte es auf, und dann zuckte bereits der Dolch auf Zamorras Brust zu.

Kapitel 29

»Ich muß noch einmal zurück, und verschiedene Dinge besorgen«, kreischte Master Grath und fuchtelte dabei wild mit den Armen. Damon hatte dem Teufelchen einen Teil seines eigenen Willens gelassen. Er hatte keine Lust, Grath jede Fingerbewegung erst befehlen zu müssen. So war der Unterteufel und frischgebackene Damon-Adjutant durchaus in der Lage, eigene Gedanken zu fassen und Schlüsse zu ziehen. In Gedanken mochte er sich sogar gegen seinen neuen Herrn auflehnen. Aber was alle weitergehenden Dinge anging, war er auf Damons Befehle angewiesen. Er war nicht dazu in der Lage, sich Damon zu widersetzen oder sich auch nur dessen Macht zu entziehen.

Damon lachte kurz. »Nichts da, Bürschchen«, sagte er kopfschüttelnd. »Ich durchschaue dich, Gehörnter. Du willst dich lediglich aus meiner Reichweite entfernen. Daraus wird nichts, du bleibst hier. Was du für die Beschwörung brauchst, besorge *ich*. Hiermit.« Er steckte Master Grath die Faust mit dem Dhyarra-Kristall entgegen.

Master Grath verzog das schmale Gesicht mit der scharfkantigen Nase. »Schön, schön«, keifte er. »Ich gehorche. Ich brauche ...«, und er rasselte die scheußlichen Dinge herunter, die er brauchte und die von Friedhofserde bis zum Blinddarm einer vor drei Tagen gestorbenen Blindschleiche reichte. Damon grinste nur. Der Dhyarra-Kristall in seiner Hand flackerte nur schwach, während die gewünschten Teile, zum Teil hundserbärmlich stinkend, sich in Sister Sallys Wohnung ansammelten. Mit gemischten Gefühlen starrten die drei anderen Hexenschwestern darauf, die Damon ebenso unter seinen Bann genommen hatte wie Master Grath.

»Das wäre es wohl«, stellte Master Grath schließlich fest. »Wir müssen zu einem Kreuzweg fahren.« Er wieselte zum Fenster und sah hinaus. »Der Mond scheint, und wenn wir Glück haben, regnet es gerade nicht, wenn wir die Beschwörung vornehmen.« Er nickte den drei Frauen zu. »Nehmt die Hexensalbe mit. Wir werden auch eure Kräfte benötigen.«

Damon verzog die Mundwinkel. Offenbar unterschätzte ihn das

Teufelchen im schwarzen Pelz immer noch beträchtlich. Aber er sollte seinen Willen haben, beschloß der Halbmensch. Es war immer gut, noch ein paar Trümpfe in der Hand zu haben. Es konnte sein, daß Master Grath doch einen Weg fand, sich Damons Kontrolle zu entziehen, und dann war es besser, wenn er nicht dessen wirkliche Stärke kannte.

Auf einen Befehl des Teufels brachten die drei Hexen die bestialisch stinkenden oder auch nur ekelerregend aussehenden Dinge in einer großen Einkaufstasche unter. In einem Schrank Sallys fand sich ein Tonkrug, in dem sich der Sud befand, den Grath als Hexensalbe bezeichnet hatte. Sally McCullough hatte ihn schon vor ein paar Tagen gekocht.

»Jetzt brauchen wir nur noch ein Blutopfer«, stellte er schließlich fest und sah dann Damons spöttisch-grübelnden Blick über die drei Hexen wandern. Er erschrak; schließlich beruhte die Beziehung zwischen ihm und den Hexen auf gegenseitiger Nützlichkeit. »Du willst doch nicht etwa . . .«

Damon schüttelte den Kopf. »Wir werden ein anderes Opfer finden. Unterwegs. Draußen steht mein Gefährt. Hinaus mit euch.«

Sie eilten aus dem Haus. Hinter Damon fiel die Haustür mit lautem Klacken ins Schloß. Damon setzte sich ans Lenkrad des Range Rovers. Master Grath hatte sich auf dem Beifahrersitz niedergelassen und sah in dem großen Geländewagen sehr abstrus aus. Auf der Rückbank fanden die drei Hexen Platz.

Lautlos rollte der Range Rover an.

»Ein Kreuzweg«, erinnerte der Unterteufel, der der Bezugsdämon des kleines Hexenclubs gewesen war. Damon nickte nur. Er brauchte das Lenkrad nicht einmal zu berühren. Sein Geist lenkte des Fahrzeug durch die nächtlichen Straßen Carmarthens.

Gleichzeitig hielt er Ausschau nach einem Opfer.

Bruce McKempton hatte schon wieder ordentlich getankt und sah seine Umgebung nur verschwommen, aber das war normal. Seinen Kameraden gegenüber pflegte er dann stets zu behaupten, daß sein schlechtes Sehen lediglich auf die fehlende Brille zurückzuführen war, zu deren Beschaffung ihm das Geld fehlte. Bruce hatte mittlerweile rund vierzig Jahre auf dem Buckel und es nicht weiter gebracht als von Edinburgh bis Carmarthen. Von geregelter Arbeit hatte er noch nie viel gehalten, weil der Begriff in seinem Fremdwörterbuch fehlte, und so schlug er sich auf andere Weise durch sein kärgliches Leben. Selbst unter Leuten, die er als seine Freunde bezeichnete, gab es böse Zungen, die behaupteten, er hätte sich fest vorgenommen, es im Leben zu nichts zu bringen, und das auch mit Bravour geschafft.

Die andere Seite betrachtete niemand. Welcher tragischer Schicksalsschlag diese bedauernswerte Gestalt in die Gosse getrieben hatte, interessierte keinen. Niemand nahm die Unbequemlichkeit auf sich, einmal darüber nachzudenken. Der äußere Schein reichte der konsumorientierten Leistungsgesellschaft aus; wer unten landete, war ein Versager, den man nicht weiter beachten mußte. Eine leidige Randerscheinung einer auf Glanz bedachten ›Zivilisation‹. McKempton war ein heruntergekommener, zerlumpter und unrasierter Kerl, der auf drei Meilen nach Schnaps stank und nicht einmal dazu taugte, auf dem Hof Holz zu hacken.

Das Leben war an Bruce McKempton vorübergegangen, ohne ihn zu bemerken, und vielleicht wußte er selbst längst nicht mehr, was Leben bedeutet. Irgendwie kam er immer wieder an ausreichende Mengen Alkohol und tappte von einem Winkel zum anderen, auf der Flucht vor der Wirklichkeit, die seine Seele selbst im heißesten Sommer hätte frieren lassen, wenn er sie nicht betäubte.

Auch in dieser Nacht.

In der Flasche war kein Tropfen mehr, und so suchte er nach Clifford, der vielleicht noch etwas besaß. Clifford würde es mit Bruce teilen müssen, denn Clifford hatte ein großes Herz und lange Finger, mit denen er immer wieder irgendwelche Wertgegenstände beschaffte, die er unter Brüdern gegen Schnaps eintauschte.

Bruce McKempton torkelte über den Gehsteig. Die wenigen Straßenlaternen spendeten kaum Licht. Niemand außer ihm war noch auf dieser Straße unterwegs, und irgendwann sah er einen dunklen Schatten näherrollen.

Er war noch klar genug, sich zu fragen, ob der Fahrer des Wagens betrunken war, weil er ohne Licht fuhr. Zu mehr reichte es nicht.

Ein fremder Gedanke schnitt von irgendwoher durch sein umnebeltes Hirn. *Ihn wird niemand vermissen.*

»Ja«, nuschelte Bruce. »Da hast du recht, unsichtbarer Freund. Mich vermißt keiner. Nicht einmal . . .«

Da knallte ihm grelles Scheinwerfergesicht aus nächster Nähe in die Augen. Geblendet schloß er die Lider, hörte Schritte und fühlte sich gepackt und vorwärtsgezerrt. Als er die Augen wieder öffnete, saß er in einem großen Wagen zwischen ein paar jungen Frauen.

»Hallo«, wunderte er sich lallend. »Da bin ich ja genau in der richtigen Gesellschaft«, und irgendwie schaffte er es, einen Arm um die Schultern einer der Frauen zu legen. Aber die Lippen zum aufdringlichen, alkoholduftenden Kuß zu spitzen, gelang ihm nicht.

»Ja«, kreischte ein dämonisches Wesen vor ihm auf dem Beifahrersitz. »Bei uns bist du genau richtig, haargenau!«

Interessiert musterte Bruce die Hörner, die aus der Stirn des Wesens ragten. Mal waren es zwei, dann wieder vier.

»Ich glaube, ich bin betrunken«, murmelte er. »Ich sehe schon den Teufel, der mich holen will. Der Teufel soll den Teufel holen!«

»Du hast recht«, kicherte der Gehörnte schrill. »Ich *bin* der Teufel!«

Es klang so todernst, daß Bruce vor Schreck die Besinnung verlor.

Der Range Rover verließ Carmarthen. Master Grath, der sich hier besser auskannte als der nicht einmal von der Erde stammende Damon, gab den Kurs an. Irgendwo weit außerhalb der Stadt bogen sie auf einen Feldweg ab. Es war neblig, und hin und wieder mußte Damon die Scheibenwischer betätigen, um wieder für freie Sicht zu sorgen, weil die winzigen Tropfen sich auf der Windschutzscheibe niederschlugen. Er fuhr jetzt mit Licht. Hin und wieder sah er in den inneren Rückspiegel und beobachtete den reglosen ›Penner‹. Er war ein geeignetes Opfer. Niemand würde sich um sein spurloses Verschwinden kümmern.

Widerlich, fand Damon, war lediglich der muffige Gestank seiner bestimmt seit Monaten nicht gewechselten Kleidung und die Alkoholfahne. Soviel wußte er über die Menschen, die sich im Grunde nicht von denen seiner Welt unterschieden, daß der Mann knapp vor einer Alkoholvergiftung stand. Dazu bedurfte es keiner ärztlichen Untersuchung; der Hybride spürte es mit seinen magischen Fähigkeiten, mit denen er sein Opfer sondierte. Nun, wenn dieser Mensch ohnehin vorhatte, sich umzubringen, indem er dem Alkohol übermäßig zusprach, dann würde die Opferung ihm sogar noch lange Qualen ersparen . . .

»Halt«, sagte Master Grath plötzlich. »Wir sind da, Erhabener.«

Damon stoppte den Wagen ab und sprang hinaus in die kühle Nacht. Zwei der schmalen Feldwege kreuzten sich hier, und drei hohe Bäume ragten knorrig und riesig auf; wahrscheinlich Eichen, überlegte er. Wolkenbänke schoben sich vor die Mondscheibe und ließen die Stelle sofort düsterer erscheinen. Damon sog die Luft ein. Es roch nach Regen.

Master Grath wieselte um die langen Motorhaube des Range Rovers. »Erhabener, vielleicht wäre es günstig, wenn ich ein wenig die Umgebung durchstreifte, um uns vor unliebsamen Beobachtern zu schützen.«

Damon grinste. »Hiergeblieben, Teufelchen«, ordnete er an. »Du willst nur heimlich verschwinden, weil du dich vor Asmodis fürchtest.«

Master Grath senkte den kantigen, schmalen Schädel. Damon schnipste ihm mit den Fingern gegen eines seiner Hörner. »Du gibst jetzt an, wo sich was befinden muß. Und denke daran: Wenn die Beschwörung mißlingt, weil du mich falsch informiert hast, verschlinge ich dich mit Haut und Haaren.«

»Du bist ein Dämon«, keuchte Master Grath.

Damon grinste den kleinen Teufel an. »Mehr als das«, versicherte er.

Master Grath begann mit seinen Anweisungen. Damon aktivierte wieder den Dhyarra-Kristall, der die benötigten Dinge aus magischer Energie produzierte. Ein großer Opferstein entstand dort, wo Grath ihn haben wollte. Flämmchen wanderten über den festgetretenen und festgefahrenen Boden der Wegkreuzung und fraßen magische Symbole und Schriftzeichen hinein, unauslöschbarer als jede Kreide- oder Ritzzeichnung.

Eine weite Sphäre entstand, bereit, das Böse aufzunehmen. Selbst Master Grath und die Hexen erschauderten unter der unfaßbaren Macht, die Damon demonstrierte.

Die Wolken am Himmel jagten sich. Damon achtete nicht darauf. Hier, am Ort der Beschwörung, war Windstille. Nichts regte sich, kein Blatt im Windhauch, kein ängstliches Tier. Alles lag unter dem Bann der finsteren Magie.

Damon selbst verteilte jetzt die einzelnen Dinge aus der Einkaufstasche, vor denen selbst die Hexen angeekelt zurückwichen. Dann griff er in den großen Geländewagen und zerrte den immer noch besinnungslosen Mann hervor, um ihn auf den Opferstein zu legen.

Die drei Hexen entledigten sich fröstelnd ihrer Kleidung und begannen sich mit der Hexensalbe aus Sister Sallys Hinterlassenschaft einzureiben. Fast gelangweilt sah Damon ihnen zu. Ihre Körper reizten ihn nicht, und er brauchte ihren Zauber nicht. Er war allein stark genug, die Beschwörung zu führen, die drei Hexen waren für ihn nicht mehr als Dekoration.

Er begann sich zu konzentrieren, sammelte Energien aus jenen unerforschlichen Zwischenbereichen an und sah, wie die drei Hexen ihre Plätze einnahmen.

»Der Vollmond!« kreischte Master Grath. »Die Wolken . . .«

Damon lachte spöttisch auf und sah zum Himmel. »Wolken?«

Sie verdeckten den Mond.

Damon hob die linke Hand, spreizte die Finger. Etwas Unsichtbares floß aus ihnen hervor, strebte nach oben und riß die Wolkendecke auseinander. Sie löste sich auf, und die Wolken, die erneut vom Wind herangetrieben wurden, ließen den Mond unbehelligt. Er warf sein blasses Licht fortan ungehindert auf den Kreuzweg.

»Noch etwas, Grath?« fragte Damon kalt.

»Der Dolch«, wimmerte der schwarzpelzige Teufel.

Damon nickte und nahm die Klinge von Master Grath entgegen. Auf einen herrischen Wink des Halbmenschen zog sich Master Grath zurück.

Damon hob den Opferdolch über den reglosen Körper des Opfers.

»Asmodis, der du dich Herrscher der Finsternis nennst«, schrie er, und seine Stimme hallte weithin durch die Nacht und in eine andere Dimension hinüber, »zeige dich! Erscheine! Ich rufe dich durch die Macht des Blutes!«

Kapitel 30

Zamorra ließ die Stange fallen und hieb mit der Handkante auf den Unterarm des Adepten. Dadurch konnte er den Dolchstoß zwar nicht mehr verhindern, ihn aber ablenken. Die Klinge streifte über seine Hüfte, durchschnitt Jacke und Hose und drang durch Haut und Fleisch. Zamorra spürte den Schmerz im ersten Moment nicht, während er sich mit seinem ganzen Körpergewicht auf den Adepten warf. Noch einmal schlug er zu. Der Dolch fiel auf den Boden, und Zamorra schleuderte ihn mit einer raschen Bewegung ein paar Meter weiter.

Der Adept fauchte erbost und setzte einen hinterhältigen Schlag an. Zamorra krümmte sich zusammen. Der Adept warf ihn zur Seite, rollte sich über ihn und legte ihm die Hände um den Hals.

Nicht mit mir! dachte Zamorra grimmig und sprengte den Griff auf. Er hebelte sich unter dem Adepten hervor und schaffte es, ihn zur Seite zu schleudern.

Aufstöhnend brach der Mann zusammen!

Zamorra fuhr hoch. Ein langes Messer ragte aus dem Rücken des Adepten. Es war geworfen worden, und der heimtückische Messerwerfer hatte eigentlich auf Zamorra gezielt. Aber dessen Abwehrreaktion und damit der Körper des Adepten war ihm buchstäblich dazwischengekommen . . .

Zamorra sprang auf und zückte das Schwert. Er stand zwei Männern gegenüber, die ihn der Stange wegen verfolgt hatten. Als sie ihn jetzt mit der Waffe in der Hand sahen, zogen sie sich wieder zurück. Nur mit Fäusten und Dolchen wollten sie sich doch lieber nicht auf einen Kampf mit jemanden einlassen, der nicht nur eine viel wirkungsvollere Waffe besaß, sondern auch noch danach aussah, als könne er sie sehr gut anwenden.

Zamorra schob das Schwert in die Scheide zurück und trat zu dem Adepten. Der hatte noch nicht einmal versucht, sich aufzurichten, und seine Kräfte ließen sichtbar nach.

Als er Zamorra sah, stieß er einen schrillen Pfeiflaut aus, der in den Ohren des Parapsychologen schmerzte. Dann sank er erneut in sich zusammen. Als Zamorra nach seinem Puls tastete, stellte er fest, daß der Adept tot war.

Aber sein durchdringender und weithin zu hörender Pfiff mochte Krieger oder Kopfgeldjäger alarmieren. Zamorra tastete hastig die Kleidung des Toten ab. Normalerweise war er alles andere als ein Plünderer, aber der Adept besaß einen Dhyarra-Kristall, der irgendwo in seiner Kleidung in einer Tasche stecken mußte.

Als Marschtritte laut wurden, wurde er endlich fündig. Seine Hand umschloß den blaufunkelnden Kristall. Halb erleichtert sprang Zamorra auf, nahm die Stange wieder an sich und zog sich zwischen zwei Häusern in einen anderen Hinterhof zurück. Von dort aus beobachtete er, wie eine Gruppe aus sechs schwarzgekleideten Kriegern auftauchte und sich des toten Adepten annahm. Aus der kurzen Unterhaltung ging hervor, daß sie ihn trotz seiner bürgerlichen Kleidung erkannt hatten und nicht besonders betrübt über sein Ableben waren. Also standen die Diener des ORTHOS trotz der dem Bösen verhafteten Bevölkerung auch hier nur in äußerst zwielichtigem Ansehen.

»Sucht die Umgebung ab!« befahl der Patrouillenführer recht lustlos. Die Männer schwärmten aus, aber sie entdeckten Zamorra nicht. Er wandte jenen geistigen Kunstgriff an, den er einmal von einem tibetischen Mönch gelernt hatte. Der Tibeter war mitten durch eine dichte Menschenmenge geschritten, ohne daß ihn auch nur ein einziger Mensch dabei gesehen hatte. Für sie war er einfach nicht existent gewesen. Sie hatten seine Anwesenheit nicht wahrgenommen. Nach langem mentalem Training war es Zamorra gelungen, diesen Trick nachzuvollziehen. Er beruhte darauf, daß jeder Mensch über etwas verfügt, das man der Einfachheit halber als

›Aura‹ bezeichnen mag. Diese Ausstrahlung nicht aus dem Körper hinauszulassen, war das eigentliche Kunststück. Das Auge des fremden Betrachters sah dann zwar den Gesuchten, aber weil die dazugehörige Aura fehlte, war das Gehirn nicht in der Lage, das von den Sehnerven gemeldete Objekt als Mensch einzustufen. Also ›sah‹ das Gehirn allenfalls einen toten Gegenstand.

Dieser Trick war aber nicht beliebig anwendbar. Zamorra mußte Gelegenheit finden, sich zumindest in Halbtrance zu versetzen und völlig auf seine ›Unsichtbarkeit‹ zu konzentrieren. Und er mußte über genügend Kraft verfügen. Vor ein paar Stunden, ausgehungert und nervös, hätte er es auf keinen Fall fertiggebracht.

Zamorra lächelte, als einer der Krieger direkt vor ihm stand und durch ihn hindurchsah und sich dann wieder abwandte. »Hier ist auch niemand«, berichtete er.

Zamorra entspannte sich wieder. Die geistige Unsichtbarkeit hatte ihn sehr viel Kraft gekostet. Der Parapsychologe wischte sich den Schweiß von der Stirn.

Erst jetzt spürte er wieder den Schmerz an der Hüfte. Er kümmerte sich um die Wunden, und stellte fest, daß sie kaum noch blutete. Aber die Blutspur selbst konnte ihn verraten, wenn die Krieger ihr Augenmerk etwas sorgfältiger auf den Boden richteten. Es war zwar dunkel geworden, aber die dunklen Flecken waren auch im Sternenlicht zu erkennen. Zamorra selbst wäre diese deutliche Spur auf keinen Fall entgangen. Er konnte von Glück sagen, daß seine Verfolger ihre Aufgabe nicht sonderlich ernst nahmen.

Zamorra beschloß, seine Jacke zu opfern, riß sie in Streifen und begann die Wunde zu verbinden. Zu mehr reichte es im Moment nicht. Er mußte zusehen, daß er von hier verschwand. Wenn die Krieger den Tod des Adepten an den Tempel meldeten, konnte es sein, daß in wenigen Minuten hier die Hölle los war – im wahrsten Sinne des Wortes; denn die Tempeldiener würden den Tod eines der ihren nicht ungesühnt lassen . . .

Zamorra wechselte seinen Standort und betrachtete dann erst den erbeuteten Dhyarra-Kristall näher. Vorhin hatte er ihn nicht eingesetzt, weil er nicht sicher war, ob es jener war, den er kannte, den der Adept auf dem fliegenden Teppich bei sich gehabt hatte.

Ihn hatte er beherrschen können, aber falls der Adept diesmal einen stärkeren Kristall benutzte, wäre es gefährlich geworden.

Aber es war derselbe. Demzufolge schienen die einzelnen Zauberer und Zauberlehrlinge zumindest die Kristalle nicht oder selten zu wechseln.

Er versuchte ihn zu erproben und versenkte sich in die Kristall-Energien. Aber im selben Moment spürte er, daß er von einer Sperre zurückgeschleudert wurde. Von Zamorras Händen, die den blaufunkelnden Kristall berührten, fraß sich brennendes Feuer durch seine Nerven bis hin zum Gehirn und ließ ihn aufstöhnen. Nur mit Mühe konnte er verhindern, daß er seinen Schmerz in die Nacht hinausschrie. Schüttelfrost und Fieberglut wechselten sich in rasender Folge ab, und für einen unmeßbar langen Zeitraum hatte Zamorra Schwierigkeiten, seine Umgebung zu begreifen. Alles verschwamm, wurde ins Irrationale verzerrt wie in einem Alptraum. Es dauerte eine Weile, bis der Schmerz und die Begleiterscheinungen nachließen und Zamorras Geist in die Realität zurückfand. Der Dhyarra war verschlüsselt gewesen und nur von dem Adepten zu benutzen!

Noch während Zamorra unter der Wirkung des Dhyarra-Schocks litt, zerpulverte der Kristall zu Staub, der ihm zwischen den Fingern hindurch zu Boden rieselte.

Der Meister des Übersinnlichen zuckte unwillkürlich zusammen. Er hatte schon einmal die Zerstörung eines Dhyarras miterlebt.

Mit dem Zerfallen hatte der Kristall zugleich einen Impuls ausgelöst. Der mußte im Tempel, wenn nicht sogar an weit entfernten Stellen des Landes Grex wahrgenommen worden sein.

Zamorra unterdrückte eine Verwünschung. Mit jeder Bewegung, die Zamorra machte, schien er sich hier immer noch tiefer in das unsichtbare, tödliche Netz zu verstricken. Wenn das Auffinden des Toten und sein Transport zum Tempel Zamorra vielleicht eine Viertelstunde Zeit gebracht hätte – jetzt war es vorbei.

Im Tempel wußte man *jetzt* bereits vom Tod des Adepten.

Kapitel 31

Donner grollte durch die Nacht. Grelle Blitze zuckten auf. Sie waren blutrot wie das Feuer der Hölle. Die schlanken Körper der Hexen waren in der Bewegung erstarrt. Sie sahen zum Himmel hinauf, wo die zuckenden Blitze ein gespenstisches Muster woben.

Einen siebenzackigen Stern!

In ihm entstand nebelhaft ein furchterregendes Gesicht, das jeder Beschreibung spottete. Ein dumpf grollendes, wütendes Lachen jagte über den Kreuzweg hinweg, und die knorrigen Eichen begannen sich vor dieser Gewalt zu neigen. In ihren Ästen knackte und krachte es, als Holzfasern rissen, und Blätter, in Sekundenschnelle verwelkt und verdorrt, regneten zu Boden. Auf den nackten Körpern der Hexen bildete sich eine Gänsehaut, und selbst Master Grath erschauderte. Jener, der von Damon so erschreckend formlos gerufen worden war – ein Sakrileg, ein Verstoß gegen alle magischen Anrufungs-Gebräuche und Rituale –, war erschienen! Vielleicht war es das, dieses bedingungslose und schnelle Befolgen der sträflich formlosen Anrufung, was selbst Master Grath so entsetzte . . .

»Wer bist du, daß du es wagst, mich zu rufen?«

Damon lachte leise, gab aber keine Antwort. Er wartete gelassen ab.

»Wenn du nicht sprichst, werde ich wieder gehen, dich aber, Frevler, reiße ich mit mir in die Hölle!« schrie das Schreckensantlitz am Himmel. Es ragte jetzt plastisch aus dem von flackernden Blitzen gebildeten, blutroten Siebenstern hervor.

Jetzt lachte Damon noch lauter.

»Ich kann dir nachempfinden, daß du nicht gern gekommen bist, Asmodis!« rief er spöttisch nach oben. »Und du möchtest dich nicht lange mit mir aufhalten, sondern schnell wieder verschwinden, nicht wahr? Aber das geht nicht.«

Eine Feuerwolke brach aus den Nüstern des Fürsten der Finsternis hervor und strich über den Opferstein und Damon hinweg. Aber während der ausgeblutete Körper zu Asche zerfiel, blieb Damon unversehrt. Asmodis konnte nicht verhindern, daß sein Gesicht Erschrecken zeigte.

»Die Kraft des Blutes und meine Zaubermacht halten dich fest, Asmodis!« schrie Damon. »Aber so, wie du es dir gedacht hast, will ich es nicht. Ich bin es nicht gewohnt, zu jemanden aufzublicken! Komm herab, ich will dich auf dieser schwarzen Erde vor mir stehen sehen!«

Asmodis brüllte einen Fluch. Die Blitze zuckten tiefer, und aus dem Siebeneck trat eine gewaltige Schauergestalt hervor, nach Pest und Feuer und Schwefel stinkend. Hinter Damon stieß Master Grath ein erschrockenes Keuchen aus, aber der dunkle Fürst, der jetzt mit seinen riesigen Säulenbeinen den schwarzverbrannten Boden berührte, hatte das Geräusch vernommen.

Master Grath wimmerte entsetzt.

»Du wirst ihn nicht vernichten, ich brauche ihn noch«, sagte Damon kalt.

»Was erdreistest du dich?« brüllte Asmodis ihn an, daß es bis zur französischen Küste hinüber hörbar sein mußte. »Elender, knie vor mir im Staub!«

Damon grinste und verschränkte die Arme vor der Brust.

»Ich habe dich gerufen, weil ich etwas von dir will, mein Schlechtester«, stellte er fest. »Aber nicht ewiges Leben oder ähnlichen Quatsch. Ich will etwas anderes.«

»Ich lausche gespannt«, höhnte Asmodis aus seiner Zehnmeterhöhe herab.

»Deinen Thron«, sagte Damon trocken.

Vor ihm detonierte eine Atombombe.

Kapitel 32

Der oberste Tempelherr, der Schamane, der in Aronyx das Sagen hatte und über alle anderen hier ansässigen Schamanen, Zauberpriester und sonstigen Magie-Kundigen befahl, nickte dem immer noch reglos wartenden Wisch zu. Beide hatten sie den Impuls wahrgenommen, den ein zerfallender Dhyarra-Kristall ausgestrahlt hatte.

Sie wußten beide, was das bedeutete. Jener, dem der Kristall gehörte, war tot. Denn ein verschlüsselter Kristall löste sich nur dann auf, wenn sein Besitzer nicht mehr lebte, wenn sein Bewußtsein erlosch – und wenn ein Fremder dabei diesen Kristall berührte und einzusetzen versuchte!

Der Schamane wußte auch genau, welcher von den rund hundert Adepten gestorben war, die es in Aronyx gab.

»Vielleicht«, murmelte er, »war es so besser für ihn. Denn ich kenne ihn. Er war immer hochintelligent, aber zu leichtfertig. Er hätte es nicht geschafft, Zamorra auszuschalten.«

»Es ist schade«, pfiff der Wisch schrill. Es war ein befremdlicher Anblick, wie er da starr wie eine Säule stand und doch lebhaft redete. »Ich hätte gern sein Leben getrunken.«

»Vielleicht wirst du Zamorras Leben trinken können, wenn er in die Falle geht, die im Tempel auf ihn wartet«, brummte der Schamane. »Doch nun habe ich zu tun. Die Zeremonie erfordert meine Anwesenheit.«

»Geh«, entließ der Wisch ihn gnädig. Seine Konturen wurden wieder unscharf, und ein rangniedrigerer Zauberkundiger hätte ihn kaum noch schemenhaft wahrnehmen können.

Mit gemessenen Schritten entfernte sich der Schamane, um der vorbereiteten Zeremonie beizuwohnen. Gleichzeitig wollte er einen Blick auf die beiden neuen Dienerinnen werfen. Auch sie würden anwesend sein.

Zamorra wartete noch etwa eine halbe Stunde ab. Auch ohne Uhr hatte er sich ein gutes Zeitempfinden bewahren können. Seltsamerweise war das, war er befürchtet hatte, nicht eingetroffen. Der Tempel hatte keine Heerscharen ausgespien, die auf Rache sannen, obgleich die Patrouille mit dem toten Adepten längst den Tempel erreicht haben mußte.

Zamorra ahnte nicht, daß es im Tempel zu dieser Stunde Wichtigeres zu tun gab, als Jagd auf ihn zu machen. Er kannte den Zyklus nicht, dem das Leben innerhalb der Tempelmauern unterworfen war.

Als alles ruhig blieb, näherte er sich wieder dem freien Platz. Er lauschte in sich hinein, aber das Gefühl, das ihn in ähnlichen Situationen vor Gefahren warnte, meldete sich nicht.

Die Schnittwunde an seiner Hüfte machte ihm zu schaffen. Obwohl sie nicht gefährlich war und mittlerweile unter dem Notverband auch nicht mehr blutete, blieb in ihr ein dumpfes Pochen zurück. Zamorra hoffte, daß der Dolch des Adepten nicht vergiftet gewesen war. Aber mußte er dann nicht bereits tot sein? Lange genug hätte das Gift inzwischen Zeit gehabt, in seinen Adern zu kreisen – vor allem durch die hastigen Fluchtbewegungen, die es mit erhöhtem Pulsschlag noch schneller in seinem Kreislauf verteilt hätten.

Er sah sich vorsichtig nach allen Seiten um. In der Dunkelheit war niemand unterwegs. Fürchteten sich die Einwohner der Stadt vor der Nacht? War das Böse hier so stark, daß selbst die dem Bösen gehörenden Menschen sich fürchteten?

Hatten sie vielleicht allen Grund dazu . . .?

Er wußte es nicht. Er durfte auch nicht länger zögern. Wenn er noch einen Tag wartete, würden sie ihn erwischen. Daß er bis jetzt so gut durchgekommen war, konnte nur daran liegen, daß seine exakte Beschreibung noch nicht völlig durchgedrungen war.

Und im Tempel war Nicole, auf die ein furchtbares Schicksal wartete!

Die Stange in der Hand, lief er los. Seine trainierten Beine wirbelten ein rasendes Stakkato über den gepflasterten Platz. Die graue Tempelmauer rückte rasend schnell näher.

Jetzt!

Er senkte die Spitze des Sprungstabes, schnellte sich gleichzeitig empor. Der Schwung trug ihn in die Höhe.

Wie hoch war die Mauer?

Vier Meter? Fünf?

Da kippte er im Sprung zur Seite. Die Stabspitze war ausgeglitten. Die Stange war nicht elastisch genug!

»Nein!« schrie er auf und ließ die Stange fahren. Gleichzeitig ging von der Dolchwunde ein beißender Schmerz aus, der seine Muskeln jäh verkrampfen ließ!

»Nein . . .«

Er kam nicht hoch genug . . .

Hoch die Arme! Da fiel er schon wieder und erreichte mit den Fingerspitzen den Mauerrand!

Ein mörderischer Ruck! Sein Körpergewicht schien ihm die Arme ausreißen zu wollen. An den vordersten Fingergliedern hing er an der Mauerkante.

Er wußte, daß er einen zweiten Sprung nicht schaffen würde. Der Schmerz der wieder aufgerissenen Schnittwunde war schlimmer als zuvor. Einen abermaligen Anlauf, erneut starke Muskelanspannungen dieser Art würde er nicht aushalten. Zudem die Unsicherheit, ein zweites Mal fehlzuspringen ... Er mußte es einfach jetzt schaffen – oder einen anderen Weg finden. Aber welchen?

Klimmzug! befahl er sich und zwang seine Armmuskeln, seinen Körper emporzuziehen. Aber die Mauerkante war brüchig, wollte nachgeben.

Rechte Hand lösen! Höhergreifen ... dazu mußte er sich selbst in Aufschwung versetzen. Aber im nächsten Moment umschlossen seine Finger einen der eisernen Dorne. Wenn der jetzt an seinen Seitenkanten messerartig geschliffen war ...

Er war es nicht!

Zamorra griff jetzt auch mit der Linken nach und begann sich auf die Mauer emporzuziehen. Dann kniete er zwischen den etwa zehn Zentimeter hohen Dornen.

Er sah nach unten zurück. Immer noch regte sich auf dem Platz nichts. Nicht einmal Wächter waren unterwegs. Auch auf das laute Klirren, mit dem die Eisenstange auf den Steinboden gefallen, kurz hochgefedert und scheppernd seitwärts gerollt war, hatte niemand reagiert.

»Als ob sie eine panische Furcht vor der Nacht hätten ...«, murmelte Zamorra fast unhörbar und sagte sich, daß die vergangene Nacht doch lebhafter gewesen war! Aber da hatte er sich noch in Hafennähe befunden und nicht im Zentrum von Aronyx, das in seinen höchsten zweigeschossigen Häusern insgesamt eine halbe Million Einwohner beherbergen mußte.

Aber warum fror er plötzlich so stark? Saukalt war es geworden, und das innerhalb weniger Minuten! Eine so starke Temperaturveränderung innerhalb kürzester Zeit konnte nicht normal sein!

Zamorras Augen suchten den Himmel ab, ob ein plötzlicher

Wetterumschwung an dem Kältesturz schuld war. Aber nur wenige Wölkchen zeigten sich am Himmel. Es war alles ruhig.

Und trotzdem frostkalt...

Da sah er das Wesen am Himmel.

Aus nordwestlicher Richtung – aus Noord-Wyst, wie diese von insgesamt fünf Himmelsrichtungen in dieser Welt hieß – näherte sich ein alptraumhaftes Geschöpf mit ausgebreiteten Schwingen.

Ein schwarzer Drache! Sollte der für den jähen Kälteeinbruch verantwortlich sein?

Rasend schnell glitt er heran. Sein Ziel war der Tempel.

Zamorra sah in den Tempel-Innenhof. Er mußte hinabspringen. Es gab keine andere Möglichkeit, nach unten zu kommen. Zu seinem Glück war auch der Innenhof menschenleer; niemand bemerkte den Eindringling. Möglicherweise rechnete man auch nicht damit, daß jemand auf diese Weise versuchen würde, in den Tempelbereich einzudringen. Wer würde schon ein solches Sakrileg begehen? Zamorra begann sich zu drehen, um in eine günstige Absprungposition zu gelangen, aber im selben Augenblick erkannte er bestürzt, daß es zu spät war.

Über den Dächern von Aronyx fegte der schwarze Alptraumdrache heran. Er hatte Zamorra auf der Tempelmauer erspäht und raste im Sturzflug direkt auf ihn zu.

Riesige Greifklauen streckten sich nach ihm aus. Und dabei war das Biest so schnell wie ein Überschallflugzeug!

Zamorras Sprung kam zu spät! Der Drache war heran...

Kapitel 33

Es war keine Atombombe, die unmittelbar vor Damon und den anderen explodierte, aber die Wirkung zeigte sich in ähnlicher Form. Der Fürst der Finsternis diskutierte nicht. Er beantwortete Damons unverschämte Forderung auf seine Weise. Er schlug blitzschnell und mit verheerender Wucht, ohne Vorwarnung, zu!

Aus Asmodis' geöffneter Hand zuckte magische Kraft hervor

und entlud sich direkt vor Damon. Kaltes Feuer hüllte ihn ein, gleißendes Licht wollte ihn blenden.

Der Feuerorkan breitete sich aus. Der Altarstein schmolz in sich zusammen, und die drei Eichen flammten auf und zerfielen in Sekundenbruchteilen zu Asche. In einem Umkreis von hundert Metern verödete der Boden, zerpulverten Pflanzen. Der Range Rover explodierte, als der Tank verglühte. Die Sprengstücke aus brennendem und zerschmelzendem Metall, Glas und Kunststoffen pfiffen Damon, Grath und den drei Hexen um die Ohren.

Damon spürte ein schwaches Brennen auf seiner Haut und begriff, daß Asmodis ihm durchaus gefährlich werden konnte. Denn auch in seinem aufflammenden Zorn zeigte der Fürst der Finsternis erst einen geringen Teil seiner Kraft.

Um sich, Master Grath und die Hexen hatte Damon einen Zauberschirm gelegt, der die gröbsten Gluten abwehrte. Der Dhyarra-Kristall pulsierte schwach. Dann war der Zornausbruch des Fürsten beendet.

»Du bist ein Irrer«, behauptete Asmodis, aber in seiner Stimme glaubte Damon eine Spur von Unsicherheit zu entdecken. Der Fürst schien nicht wahrhaben zu wollen, daß Damon diesen Ausbruch höllischer Kräfte überstanden hatte. Und doch sah er ihn und seine Begleiter unverletzt vor sich stehen!

Gleichzeitig war Asmodis geschrumpft. Seine Schauergestalt war jetzt gerade noch zwei Köpfe größter als Damon, der immer noch sein kaltes Lächeln zeigte.

»Hast du mich nicht verstanden, Asmodis?« fragte er. »Ich will deinen Thron! Du bist die längste Zeit Fürst der Schwarzen Familie gewesen!«

»Wer bist du, daß du das zu fordern wagst?« stieß Asmodis hervor. Er war bestürzt. So hatte nicht einmal sein Todfeind, Professor Zamorra, jemals zu ihm gesprochen, obgleich sie sich schon einige Male begegnet waren und jede Begegnung und jede Auseinandersetzung immer wieder zu einem *Patt* geführt hatte. Zamorra war der stärkste Gegner, mit dem Asmodis es bislang zu tun gehabt hatte, und er hätte sich niemals vorstellen können, daß es ein menschliches Wesen gab, das *noch* stärker war. Aber war dieser Frechling hier tatsächlich ein Mensch? Asmodis spürte, daß noch etwas anderes in ihm steckte, etwas, das der Fürst der Finsternis nicht hundertprozentig erfassen und einschätzen konnte . . .

»Ich bin Damon«, sagte der unheimliche Feind. »Jener, der der Herr des ORTHOS ist, hat mich gezeugt, und mein ist die Macht. Tritt ab!«

Asmodis lachte heiser auf. »Geh«, sagte er. »Geh weg, bevor ich dich mit meinem Feueratem hinaus in ferne Galaxien schleudere!«

Er wollte sich abwenden. Jetzt, wo der Altarstein zerfallen war, hielt ihn kein Blutzwang mehr.

»Du fürchtest mich«, sagte Damon.

Asmodis erstarrte. Damon sah, daß er mit seiner Vermutung ins Schwarze getroffen hatte. Asmodis war, wie alle Dämonen, feige. Er wollte der Konfrontation ausweichen.

Aber das ließ Damon nicht zu.

Er erhob seine Stimme, und sie drang in jene Dimension des Grauens vor, die die Domäne der Schwarzblütigen war, wo die Hölle regierte. Abertausende vernahmen Damons Worte, die dieser in der Menschenwelt am Kreuzweg in der Nähe Carmarthens sprach, und diese Tausende von Zeugen zwangen durch ihr Zuhören Asmodis dazu, das zu tun, was Damon von ihm wollte.

»Ich, Damon«, sagte der Halbmensch, »fordere dich, Asmodis, zum Zweikampf um deinen Thron!«

Kapitel 34

Nicole und Ayna traten nebeneinander in die große Halle und blieben unwillkürlich stehen. Was sich ihren Augen bot, war beeindruckend und überwältigend wegen seiner Größe und der düsteren Farben. Der Raum war kreisförmig, und in etwa zwei Metern Abstand von der runden, umschließenden Wand ragte ein Ring aus attisch geformten Säulen bis zur Decke hinauf. Diese wölbte sich glockenförmig nach oben und hatte im Zentrum eine runde Öffnung, durch die das Sternenlicht hereinfiel. Es beschien ein in den

Boden eingelassenes Siebeneck, und in jeder der Ecken befand sich ein Dhyarra-Kristall.

Nicoles feine Sinne erfaßten sofort das Kraftfeld, das durch die Anordnung der Steine geschaffen wurde, ohne daß jemand etwas dazu tat. Die Magie wirkte aus sich selbst heraus.

Ähnlich wie bei den Megalithen von Stonehenge! durchfuhr es Nicole. Auch jene großen Steine bildeten durch ihre Konstellation ein magisches Feld, wenn es auch bei weitem nicht so stark spürbar war wie dieses Kraftfeld.

Hier war es wie ein künstlicher Erdpol ...

Plötzlich stand jemand hinter Nicole und Ayna. Die Französin zuckte schreckhaft zusammen. Sie hatte das Nahen der anderen Frau nicht gehört. Es war eine Tempeldienerin.

»Seht die Kristalle«, sagte sie. »Prägt euch ihre Positionen und ihre Lage sehr sorgfältig ein. Sie müssen stets so angebracht sein, wie sie jetzt liegen. Schon eine winzige Achsdrehung eines Dhyarras kann die Feldlinien empfindlich stören, wenn nicht gar das ganze Kraftfeld völlig zusammenbrechen lassen.«

»Was geschieht hier?« fragte Nicole. Sie sah in die Runde. Erst jetzt entdeckte sie in der Dunkelheit zwischen den Säulen über hundert Männer und Frauen in dunklen Kutten. »Wer sind jene dort?«

»Es sind alles Diener des ORTHOS«, erklärte die Frau. »Adepten, Magier, Hexer, Zauberpriester und Schamanen.«

»Auch Frauen?« stöhnte Ayna.

Die Dienerin nickte. »Auch ihnen steht der Weg in den ORTHOS offen. Doch heute wird ihre Zauberkraft nicht verlangt, denn es wird noch kein Opfer geben. Der Zyklus geht erst in zwei Tagen zu Ende. Dennoch geschieht heute etwas Bedeutendes, denn heute empfangen wir Besuch aus dem ORTHOS. Ein Dämon kommt, um seinen Dienern Kraft zu spenden.«

»Auch uns, den Dienerinnen und zukünftigen Opfern?« fragte Nicole bitter.

Die andere nickte. »Selbstverständlich!«

Nicole schluckte.

Ich will nicht, dachte sie, *und ich kann nicht! Ich werde noch vor der Opferung daran zugrunde gehen ... ich kann doch nicht dem Bösen dienen! Ich kann doch die Kraft des Bösen nicht in mich aufnehmen! Lieber Himmel, laß es nicht zu ...*

Die Frau, die noch immer darauf verzichtete, sich namentlich vorzustellen, erklärte weiter, was zu tun war, um eine Zeremonie wie diese vorzubereiten und durchzuführen. Alle drei Tage erschien ein Dämon aus dem ORTHOS, um seinen Dienern ›Kraft zu spenden‹. Wie dieses Kraftspenden vor sich ging, erklärte sie nicht. Hierbei gab es keine Blutopfer, weil es keine Beschwörung im eigentlichen Sinne war. Verschiedene vorbereitende Rituale mußten durchgeführt werden, und vor allem oblag es den Dienerinnen, ständig die Position der Kristalle zu überwachen. Eine kleine Erschütterung konnte einen Kristall aus seiner Lage bringen und das Feld zusammenbrechen lassen.

Nicole preßte die Lippen zusammen. Die Anwesenheit dieser über hundert menschlichen Ungeheuer, dieser ORTHOS-Fanatiker, machte ihrem sensiblen Geist zu schaffen. Das Böse, das sich hier manifestiert hatte, war fast unerträglich. Sie konnte es förmlich spüren.

Ein hochgewachsener Mann in schwarzer Kutte trat in das Kraftfeld.

»Das ist der Oberste der Schamanen«, flüsterte die Frau. »Nicht mehr lange braucht er noch in seinem menschlichen Körper zu verharren. Er ist ein treuer Diener des ORTHOS und wird bald schon ein Wisch werden.«

Nicole schluckte.

Der Schamane breitete die Arme aus, drehte sich einmal um die eigene Achse. Schweißperlen erschienen auf seiner Stirn. Seine Augen waren geschlossen.

Komm! raunte es lautlos von über hundert Gehirnen. *Komm zu uns und gib uns von deiner Kraft!*

Nicole erschauderte. Die Aura des Bösen wurde übermächtig.

Der Dämon aus dem ORTHOS erschien.

Zamorra gelang es gerade noch, sich zu ducken. Die ausgestreckten Klauen pfiffen haarscharf über ihn hinweg. Aber eine Aura des Grauens ging von dem Alptraum-Ungeheuer aus und lähmte ihn.

Der riesige schwarze Drache wirbelte zur Seite, und eine Schwinge erwischte Zamorra und fegte ihn von der Mauer.

Er stürzte.

Reflexartig versuchte er sich noch zusammenzukrümmen, aber irgendwie war seine Reaktion viel zu langsam, behindert durch die bösartige Drachen-Aura. Schwer prallte er auf den Innenhof des Tempels und verlor fast die Besinnung. Aus verschleierten Augen sah er benommen, wie der Drache über dem Tempel kreiste. Er schien verwirrt zu sein. Fast, als sei er überrascht, ausgerechnet auf Zamorra gestoßen zu sein.

Schmerzwellen durchrasten Zamorras Körper und verebbten nur langsam. Es mußte ein Wunder sein, daß in diesen ewigkeitslangen Minuten immer noch niemand auf ihn aufmerksam wurde. Es wäre den Tempelkriegern oder den Dämonenpriestern ein leichtes gewesen, Zamorra jetzt zu töten.

Er sah, wie der Drache auf die große Dachkuppel des Tempels niederstieß und darin verschwand. Und plötzlich war es auch ihm so, als wäre er dieser Bestie schon einmal begegnet.

Die Ausstrahlung kam ihm so merkwürdig bekannt vor. Aber es mußte eine andere Gestalt gewesen sein...

Schwarz... riesig, fast konturlos... alles in sich hineinsaugend...

Es durchfuhr Zamorra wie ein Peitschenhieb. Er wußte jetzt, wer der Dämon war, der den Tempel aufsuchte!

Kapitel 35

Der Fürst der Finsternis erstarrte. Schmerzhaft hämmerten Damons Worte in sein Bewußtsein, und er wußte gleichzeitig, wie weit dieser Ruf gehört worden war.

Damon zwang ihm den Kampf auf.

Einen Kampf, an dem Asmodis nicht sonderlich gelegen war. Er hatte erkannte, daß Damon sehr stark war. Und Asmodis pflegte nur in Notfällen persönlich gegen starke Gegner anzutreten. Lieber überließ er es anderen, an seiner Stelle zu kämpfen und ihre Kräfte zu verschleudern. Wenn sie versagten, war es ihr Pech, und Asmodis wußte danach jedesmal sehr genau über die Kraft des Gegners Bescheid, um ihn auf andere Weise bekämpfen zu können.

Aber Damon ließ ihm keine Wahl. Wenn Asmodis jetzt auf dem Kampf verzichtete, verlor er sein Gesicht. Niemand würde ihn mehr als den Herrn der Schwarzen Familie akzeptieren. Und selbst der Höllenkaiser LUZIFER würde ...

Asmodis unterbrach seinen eigenen Gedankenfluß.

»Ich nehme deine Herausforderung an«, schrie er, »und ich werde dich zwischen meinen Fingern zerquetschen wie ein Wanze!«

Damon ließ sich nicht provozieren. »Ich«, sagte er gelassen, »bestelle Master Grath und diese drei Hexen zu meinen Beobachtern und Kampfeszeugen.«

Asmodis knurrte widerwillig. Er mußte sich den Spielregeln anpassen, die Damon ihm diktierte. Er benannte ebenfalls vier Beobachter, die von seiner Seite her das Duell beobachten und überwachen würden.

Das Schlimme für ihn war, daß er diesen Damon nicht kannte. Nie zuvor war Damon auf den Plan getreten. Aber so ein starker Gegner konnte nicht aus dem Nichts erscheinen. Alles brauchte seine Vorbereitungszeit, seine Reife.

Es sei denn, Damon kam aus einer anderen Welt.

Das mußte es sein!

Asmodis entdeckte den blaufunkelnden Kristall in Damons Hand. Ein Dhyarra! Es gab nur sehr wenige davon, und die meisten waren verschollen und unentdeckt. Der Fürst der Finsternis hätte viel darum gegeben, einen solchen Kristall in seine Hand zu bekommen. Vor einiger Zeit waren zwei Dämonensippen in Nordamerika, am Erie-See, auf einen vergrabenen Dhyarra gestoßen und hatten sich im Kampf um ihn gegenseitig ausgelöscht. Der lachende Dritte war der verhaßte Dämonenkiller Zamorra gewesen, der den Kristall an sich genommen hatte.

»Ich bin bereit«, sagte Damon in diesem Augenblick.

Kapitel 36

Nicole stöhnte unwillkürlich auf, als der Dämon erschien. Er schwang sich aus der Kuppelöffnung herein, schwebte mit wild schlagenden Lederschwingen tiefer und verharrte schwebend über dem Kraftfeld in der Luft.

Ein riesiger schwarzer Drache.

Plötzlich veränderte er seine Form, wurde annähernd humanoid. Ein massiger, schwarzer Körper, ein Kopf, zwei Beide, Arme ...

Nicole erschauerte. Ihre Zähne schlugen wie rasend gegeneinander und erzeugten ein klapperndes Geräusch. Es war nicht allein der Dämon, der ihr Entsetzen einflößte. Es war die ganze schaurige Atmosphäre des Tempels, diese stumme Mauer von Magiern in ihren dunklen Kutten, die mit den bösen Gedanken ihrer Gehirne den Dämon herbeigeschrien hatten. Auch jetzt schwiegen sie noch alle.

Nicole wußte plötzlich, wer der Dämon war, und das Entsetzen kroch in ihr hoch wie Eis. Er mußte nach Belieben zwischen den Dimensionen wechseln können.

Vor ein paar Monaten waren Zamorra und sie ihm begegnet. Es war Nocturno, der Herrscher der Nacht!

Nicoles Schädel schien zu bersten. Ein gellender Schrei entrang sich ihrer Kehle, und dann warf sie sich herum, rannte davon.

Sie bemerkte nicht einmal, wie ein Hexer mit seinen geistigen Kräften nach ihr griff, sie zurückhalten wollte. Das Grauen war stärker als der magische Zwang.

Der Weg, den sie gekommen war ...

Dann eine Abzweigung ... wohin lief sie überhaupt?

Da war plötzlich eine Tür! Nicole warf sich dagegen, riß am Griff, bis sie bemerkte, daß diese Tür sich zu andern Seite hin öffnete. Nicole wirbelte hindurch, die Angst im Nacken. Nocturno! Er würde sie wiedererkennen, würde wissen, wem er seine damalige Niederlage zu verdanken hatte! Ihr und Zamorra!

Und auch damals war es schon schwierig genug gewesen, hatte der Dämon längst nicht all seine Macht ausgespielt! Wenn er sie ergriff, würde er keine Gnade kennen, dessen war sie sich sicher.

Und von den Tempeldienern hatte sie alles andere als Hilfe zu erwarten. Im Gegenteil!

Plötzlich war ein kleines Wesen neben ihr, huschte über den Gang. Die Katze!

Weiter! Nach links! Zamorra ist nah! flammten die Gedanken in ihr auf. Dann war die Katze wieder verschwunden.

Nicole begriff nichts mehr, nur eben noch, was das Tier ihr telepathisch mitgeteilt hatte. Zamorra ist nah! Woher wußte die Katze das? Wer oder was war dieses Tier wirklich? Aber sie durfte sich jetzt nicht mit dieser Frage aufhalten.

Sie folgte der Anweisung, hielt sich links.

Vor ihr ein großes Tor!

Es führte nach draußen, in den Tempelhof hinaus. Sie wußte es, weil sie das Tor als jenes wiedererkannte, durch das sie das Gebäude betreten hatte.

Grau wie die Mauern war auch die Tür, und schwarz stach die Klinke daraus hervor. Sie griff danach.

Draußen wartete Zamorra! Sie wußte es plötzlich und riß die Tür auf.

Auch Zamorra hatte den Dämon erkannt. »Nocturno«, murmelte er erschrocken. Der Herrscher der Nacht mußte ihn ebenfalls wiedererkannt haben und hatte ihn deshalb gewissermaßen nebenbei angegriffen. Wahrscheinlich verdankte Zamorra sein Leben nur einem glücklichen Zufall und der Tatsache, daß Nocturno im Augenblick nicht über die nötige Zeit verfügte, sich mit seinem Widersacher zu beschäftigen.

Die Wunde begann heftig zu stechen. Stöhnend versuchte Zamorra sich aufzurichten und schaffte es auch, aber dann wurde ihm sekundenlang schwarz vor Augen. Vorsichtig bewegte er sich und stellte erleichtert fest, daß er sich zumindest nichts gebrochen hatte. Dennoch fühlte er sich von dem Sturz wie gerädert.

Tief durchatmend lehnte er sich an die Wand des Tempelgebäudes und sah zur Mauer zurück. Von innen gab es keine Möglichkeit, sie wieder zu übersteigen. Er mußte also auf dem normalen Weg den Tempel verlassen. Durch das große Tor in der Außenmauer.

Das ergab erhebliche Probleme.

Er lauschte. Ein eigenartiges Raunen drang zu ihm vor, und erst nach einer Weile begriff er, daß er es nicht mit seinen Ohren, sondern mit seinen Para-Sinnen wahrnahm!

Zauberpriester! durchfuhr es ihn. Sie schienen sich auf magische Weise mit dem Nocturno-Drachen zu unterhalten.

Zamorra fragte sich, wie der Bursche in dieser Welt auftauchen konnte. Es mußte außer den bekannten Weltentoren, die gar nicht so zahlreich waren, noch etliche andere Verbindungen geben, die wahrscheinlich nur den Dämonen bekannt waren. Zamorra hätte sich kaum gewundert, wenn ihm jetzt auch noch ein Dutzend anderer bekannter Gestalten über den Weg gelaufen wäre.

Allmählich ließen die Schmerzen nach, und auch sein Sehvermögen besserte sich wieder. Die Hand am Schwertgriff, bewegte er sich langsam an der Wand entlang. Irgendwo mußte es einen Eingang geben. Fenster in großer Höhe hatte er bereits entdeckt, wahrscheinlich war dies also eine Art Wohntrakt des Tempels, der eine ziemliche Ausdehnung hatte.

Als er um den nächsten Mauerknick biegen wollte, zuckte er wieder zurück. Drei in schwarze Lederpanzer gehüllte Männer marschierten auf den Tempel zu. Ihre Hände schwebten dicht über den Griffen der Strahler. Hinter ihnen konnte Zamorra das Portal in der Mauer erkennen. Dort lehnten weitere vier Krieger und spähten nach draußen, unterhielten sich . . .

Die drei mußten zu ihnen gehören und abberufen worden sein. Aus welchem Grund?

Zamorra wagte nicht, den Kopf wieder um die Ecke zu schieben. Zu leicht konnte ihn eine der Wachen zufällig bemerken!

Er lauschte nur.

Und vernahm, wie eine große Tür aufgerissen wurde. Mit einem heftigen Ruck, als habe es der Türöffner sehr eilig. Und die Tür mußte genau dort sein, wo das Ziel der drei Tempelkrieger lag.

Sekundenbruchteile später ertönte ein entsetzter Aufschrei.

Zamorra hätte die Stimme unter einer Millionen anderer erkannt.

Das war Nicole!

Mit einem Sprung, seine Verletzung nicht mehr beachtend, warf er sich nach vorn und zog dabei das Schwert.

Kapitel 37

Die wenigen Menschen in Carmarthen, die in dieser Nacht wach waren und aus dem Fenster gen Norden sahen, wurden von einem eigenartigem Lichterspiel erschreckt. Blitze fuhren über den Himmel, nicht weit von Carmarthen entfernt, doch ein Gewitter gab es nicht. Wolken bildeten schauerliche Fratzenbilder. Und eigenartige Geräusche drangen mit dem Wind durch die Nacht. Geräusche, deren Ursprung niemand zu erkennen vermochte, aber sie waren geeignet, den unbefangenen Zuhörer erzittern zu lassen.

Mit der Zeit wurde es wieder ruhiger. Alles verebbte, normalisierte sich wieder. Und als einige Neugierige gegen Morgen zu jener Stelle fuhren, von der die Erscheinungen ausgegangen waren, sahen sie eine Wegkreuzung, um die herum der Boden verglast war. Auf ein paar Dutzend Meter im Umkreis war alles eben, keine Pflanze, kein Stein mehr. Nur eine eigentümlich schillernde Staubschicht, die sich mit den ersten fallenden Regentropfen zu einer schmierigen, schleimigen Masse verband, von der niemand wußte, woraus sie bestand.

Das war alles . . .

»Es ist nicht zu fassen«, flüsterte Master Grath. In den zurückliegenden glühenden Augen des Unterteufels flackerte Angst.

Angst vor dem Sieger des magischen Duells. Kurz wanderte sein Blick über die durch die Hexensalbe entstellten Körper der drei Hexen. Der Sieger streckte einen Arm aus und deutete auf sie.

»Ihr werdet von nun an meine Dienerinnen sein!« rief er. »Und du, Grath, bleibst mein Adjutant.«

Er wandte sich den anderen Dämonen zu, die sich um den Verlierer geschart hatten. Der lag zusammengekrümmt am Boden, vor dem Sieger im Staub, aber noch war Leben in ihm. Der Sieger hatte ihn nicht getötet. Die Demütigung des lebenden Dämons war ihm wichtiger. Auf diese Weise waren die Fronten von vornherein klar abgesteckt. Denn die Gegner würden sich um den haßerfüllten Unterlegenen sammeln und sich durch diese Gesellschaft frühzeitig zu erkennen geben.

Der Sieger lächelte kalt.

»Geht hin in die Dämonenwelt«, schrie er den anderen zu, »und berichtet allen von meinem Sieg! Berichtet ihnen, wer der Fürst der Finsternis ist!«

Er drehte sich zu Master Grath und den Hexen um.

»Folgt mir«, befahl er. »Und du, Grath, zeigst mir den Weg zum Herrscherthron. Ich will ihn noch in dieser Stunde besteigen.«

Master Grath verneigte sich. Er stand nicht mehr unter magischem Zwang; er gehorchte aus eigenem Antrieb. Die Angst hatte ihn gepackt. Er sah, daß er nirgendwohin entweichen konnte, wenn er sich den Befehlen des Siegers widersetzte. Denn dieser besaß die Macht, ihn *überall* zu finden und einem furchtbaren Schicksal zuzuführen.

»Folge mir, Erhabener«, pfiff er und eilte voraus in die Sphären der Finsternis und des Bösen.

Der Sieger folgte ihm, begleitet von den drei Hexen.

Damon, der Fürst der Finsternis!

Kapitel 38

Nicole erstarrte. Drei Krieger in schwarzen Lederrüstungen standen vor der Tür. Sie packten sofort zu. Nicole begriff, daß sie auf irgendeine Weise von ihrem Fluchtversuch unterrichtet worden sein mußten. Durch Magie . . .?

Sie wand sich in den Griffen der Männer, schaffte es sogar, einen von ihnen mit einem Judogriff abzuwehren und durch einen nachgesetzten, schnellen Handkantenschlag außer Gefecht zu setzen. Doch die beiden anderen brachen ihren Widerstand.

Sie sah gerade noch, wie ein Mann, ein Schwert schwingend, heransprang, und sah einen grellen Blitz quer über den Tempelhof fegen. Etwas knisterte und knackte laut, aber dann fiel die Tür wieder ins Schloß. Dennoch hatte sie den Mann mit dem Schwert erkennen können.

Zamorra!

Die telepathische Katze hatte recht. Zamorra war hier! Doch er war nicht bis zu ihr durchgekommen . . .

Noch einmal versuchte sie sich zu befreien. Aus den Augenwinkeln sah sie eine Adeptin am Ende des Ganges. Von ihrem Kristall ging ein eigenartiges Flirren aus. Sie hatte Nicole unter ihren Bann genommen.

Nicole bewegte sich jetzt. Obwohl sie es nicht wollte, kehrte sie langsam den Weg zurück, den sie gekommen war. Die Macht des Kristalls zwang sie, lenkte ihre Schritte. Sie vermochte sich trotz aller inneren Anstrengung nicht dagegen zu wehren. Dicht vor der Adeptin hatte sie stehenzubleiben. Deren dunkle Augen sahen sie gefühllos an.

»Es soll dir eine Warnung sein. Es gibt keine Flucht. Jeder Versuch endet zwangsläufig an dieser Tür. Niemand kann ohne unseren Willen hinaus. Und niemand kann ohne unseren Willen hinein. Du sahest den Fremden? Was immer er hier wollte – er ist jetzt tot. So tot, wie du es wärst, wenn du wirklich durch die Tür hättest schreiten können.«

Es traf Nicole wie ein Schock. Sie glaubte der Adeptin – mußte ihr glauben.

Zamorra war tot . . .!

Nicole schwanden die Sinne.

Zamorra warf sich vorwärts. Direkt vor ihm wurde die Tür zugeschlagen. Dafür wurden die vier Männer am Außentor aufmerksam.

Sie fuhren herum.

Zamorra schalt sich einen leichtsinnigen Narren. Völlig ohne Deckung stand er jetzt da. Ein Blitz aus einem der Strahler fauchte haarscharf an ihm vorbei. Stein knackte unter der Hitzewirkung.

Zamorra warf sich gegen die Tür, doch sie ließ sich nicht öffnen. Offenbar war sie von innen verriegelt worden. Und dahinter befand sich Nicole! Sa nah war er ihr gewesen, und nun . . .

Die vier Männer am Tor ließen sich erst gar nicht auf einen Kampf ein. Derjenige, der den Fehlschuß getan hatte, zielte jetzt mit beiden Händen. Zamorra wußte, daß er nicht mehr entkommen konnte.

Stärker als zuvor machte sich seine Verletzung wieder bemerkbar. Als er abspringen wollte, knickte er ein und stürzte. Der Lauf der Strahlwaffe senkte sich geringfügig.

Alles umsonst! durchfuhr es ihn. Diese eine Sekunde Leichtsinn ... einfacher konnten sie es doch nicht mehr haben, ihn auszuschalten.

Der Tempelkrieger berührte den Auslöse-Kontakt. In der leicht trichterförmigen Mündung mit dem spitzen Projektionsdorn flammte es auf.

Zamorra sah, wie sein Körper von dem grellen Laserblitz durchschlagen wurde. Funken sprühten dabei nach allen Seiten, was eigentlich nicht dazu paßte, und da sah er sich endgültig zusammenbrechen und auf dem Steinboden des Tempelinnenhofes liegen.

Etwas griff nach ihm, riß ihn aus seiner knienden Stellung hoch und zerrte ihn mit sich. Er sah noch, wie die vier Männer sich vom Tor lösten und auf den tot am Boden liegenden Körper zugingen, dann glitt er durch die massive Wand ins Innere des Tempels.

Der Oberste der Schamanen verneigte sich und sah zu, wie Nocturno sich wieder entfernte. Der Dämon hatte seinen Dienern *Kraft gespendet*. Nun kehrte er wieder zurück, vielleicht zum ORTHOS, vielleicht aber auch an irgendeinen Ort in der Welt, um dort sein unheilvolles Wirken weiterzuführen.

Der Schamane erhob sich wieder, drehte sich einmal und entließ die andern mit einer knappen Geste. Sie entfernten sich aus dem großen Saal. Die Dienerinnen huschten herbei und entfernten die Dhyarras aus dem Siebeneck in der Mitte der Halle.

Der Schamane sah prüfend zu Ayna hinüber. Er verzog das Gesicht. Die andere Neue war davongelaufen, hatte geglaubt zu entkommen. Doch sie hatte wohl nicht damit gerechnet, daß niemals alle Dämonenhelfer zugleich an der Zeremonie teilnahmen, sondern daß immer einige bereit waren, einzugreifen. Denn immer wieder glaubte eine der neuen Dienerinnen, ihrem Schicksal durch Flucht entgehen zu können ...

Der Geflohene war wieder eingefangen worden. Der Schamane wußte es. Die Adeptin hatte es ihm durch einen kurzen Gedankenimpuls mitgeteilt.

Aber da war noch etwas ...

Er spürte es. Etwas, das sich verbergen wollte. Und im Verborgenen setzte es dennoch Kraft frei.

»Es gibt nichts, das mir verborgen bleiben darf«, murmelte der Schamane. Er lauschte ins Unbegreifliche und suchte nach dem Verursacher. Jener war schwach. Allenfalls ein Adept.

Der Schamane grinste spöttisch und lokalisierte ihn. »Fangt ihn!« befahl er mit seinen Gedanken den Tempeldienern. »Und schleift ihn vor meine Füße, denn sein Tun entspricht nicht den Tempel-Gepflogenheiten. Er ist ein Feind.«

Und die Tempelkrieger gehorchten.

Der Krieger, der Zamorra erschossen hatte, schritt langsam auf den Toten zu. Er schob die Waffe in das Futteral zurück. Auch die anderen kamen jetzt heran.

Der Schütze berührte den Körper mit der Stiefelspitze und rollte ihn auf den Rücken. »Er ist es«, stellte er fest. »Damit wären viele Probleme erledigt und eine Belohnung fällig.«

»Es war fast zu einfach«, murmelte sein Kamerad. »Wenn ich bedenke, welcher Wirbel um diesen Mann gemacht worden ist ... und dann nur ein einziger gezielter Schuß! Du bist ein Glückspilz.«

»Ich werde dem Schamanen persönlich berichten«, sagte der Schütze zufrieden und öffnete mit leichtem Händedruck die Tür, die Zamorra nicht hatte öffnen können. Eine Magie-Verschlüsselung hatte ihn abgewiesen.

Aber noch während der Tempelkrieger durch die Korridore eilte, beschlich ihn ein ungutes Gefühl. War der Tote nicht viel zu leicht gewesen ...?

Etwas stimmte mit ihm nicht!

Der Mann drehte auf halbem Weg um und kehrte zu seinen Kameraden zurück. Dort erwartete ihn das Entsetzen.

Denn vor ihren Augen hatte sich die Leiche in Nichts aufgelöst.

Aber noch ehe sie sich gegenseitig ihre Bestürzung schildern konnten, fraß sich ein telepathischer Befehl in ihre Gehirne.

»Fangt den feindlichen Adepten!«

Die unsichtbare Hand ließ Zamorra los. Sofort sank er wieder zusammen, weil die Wunde einen Schmerzdolch durch seine Nervenbahnen stach. Zamorra war durch feste Materie geholt worden, durch eine massive Wand. Auf die gleiche Weise, wie der Sklaventransport das Stadttor durchschritten hatte.

Langsam hob er den Kopf und sah einen Mann in der dunklen Kutte eines Adepten vor sich. Seine Hand faßte das Schwert fester, und im nächsten Moment wunderte er sich, wie er das konnte, denn lag sein Körper nicht draußen auf hartem Stein?

Aber der Schmerz . . .

Der Adept lachte leise, und es war ein warmes, sympathisches Lachen.

»Ich komme aus Rhonacon«, sagte er. »Meine Magie ist weiß. Du brauchst das Schwert nicht gegen mich zu erheben.«

Zamorra starrte ihn unsicher an. Er war bereit, aus der knienden Stellung heraus sofort mit dem Schwert anzugreifen.

»Du bist vorläufig in Sicherheit«, sagte der Adept. »Du bist Zamorra, von dem man sagt, daß er durch ein Weltentor gefallen sein soll. Mich nennt man Cyros. Die Tempelkrieger halten dich für tot. Ich habe einen Scheinkörper geschaffen, doch lange wird der Zauber nicht wirken, dann wissen sie, daß du noch lebst. Bis dahin mußt du den Tempel verlassen haben.«

Zamorra preßte die Lippen zusammen. Er war sich nicht sicher, ob er dem Adepten trauen konnte. Die Dämonischen mochten seltsam verworrene Wege gehen, um Menschen zu schrecken. Vielleicht sollte dieser Adept ihn nur in Sicherheit wiegen, damit die Niederlage um so furchtbarer war.

»Ich glaube dir nicht«, stieß er hervor.

»Du bist verwundet«, sagte Cyros. »Zeige mir die Wunde, ich werde sehen, ob ich helfen kann.«

Zamorra überlegte. Unwillkürlich glitt seine Hand zur Hüfte. Der Schnitt mußte bei seinen heftigen Bewegungen weiter aufgerissen sein. Blut rann durch den notdürftigen Verband. Zamorra wußte so gut wie kein anderer, daß die Verletzung dringend besser versorgt werden mußte, ehe sie sich entzündete. Der Wunde war es egal, ob sich ein weißer oder ein schwarzer Adept darum kümmerte . . .

»Bei der ersten falschen Bewegung fährt dir mein Schwert durch die Rippen«, drohte Zamorra, obwohl er sicher war, daß er das nicht mehr fertigbringen würde – so und so nicht. Er war kein Mörder.

Der Adept kniete neben Zamorra und entfernte die Kleidung um die Wunde herum. Dann löste er den Notverband vorsichtig ab. Die Verletzung sah in der Tat böse aus.

»Du überschätzt deine eigenen Kräfte«, sagte Cyros leise. »Du hättest damit nicht über die Mauer kommen sollen ...«

»Woher weiß du, wie ich hereinkam?« stieß Zamorra hervor.

»Ich erwartete dich. Ein Freund verriet es mir. Er sah deine Gedanken.«

Zamorra schluckte.

Cyros hatte plötzlich einen Kristall in der Hand. Damit strich er über Zamorras Hüftwunde. Zu dessen Erstaunen wuchs das Fleisch sofort zusammen. Der Schmerz verebbte. Neue Kräfte durchpulsten den Parapsychologen. Aber er sah den Schweiß der Anstrengung auf der Stirn des Adepten. Es kostete Cyros erhebliche Kraft, trotz des Kristalls.

Endlich löste sich die Spannung des Mannes.

»Hast du mehrere Freunde hier?« fragte Zamorra. »Der, der meine Gedanken sah, wie du sagtest ...«

»Ist kein Mensch und mein einziger Verbündeter. Er kam erst gestern, gemeinsam mit der Frau, die du suchst.«

»Nicole!«

»So heißt sie wohl. Ich komme aus Rhonacon. Ich habe mich hier eingeschlichen, noch unerkannt. Die Schwarzmagischen halten mich für ihresgleichen. Aber ich fürchte, daß ich nicht mehr lange bleiben kann. Die Situation spitzt sich zu ... warte!«

Er sprang überraschend auf und versank in lauschende Starre.

»Jemand kommt«, sagte er düster. »Ich fürchte ... nun, ich habe ein Gespräch belauscht. Zwei Schamanen glaubten sich unbeobachtet. Die Politik des Landes Grex wird nicht im Königspalast gemacht, sondern hier im Tempel. Sie wollen Rhonacon überfallen.«

Zamorra wußte nicht, weshalb, aber plötzlich glaubte er Cyros uneingeschränkt. Es war nicht allein die überraschende Heilung, sondern etwas anderes schwang dabei mit. Jetzt, da Zamorra die

Schmerzen nicht mehr störten, konnte er sich mit seinen schwachen Para-Fähigkeiten besser auf den Adepten einstellen. Die finstere Aura des Bösen, die die anderen Kuttenträger umgeben hatte, fehlte hier. Cyros schien also ein echter Vertreter der Weißen Magie zu sein.

»Ich bin fremd in dieser Welt«, stieß Zamorra hervor. »Was ist Rhonacon?«

»Oh«, murmelte der Adept. Er sah zu der kleinen Tür des ebenso kleinen Raumes. Er zeigte deutliche Unruhe, als habe er eine sich nahende Gefahr entdeckt.

»Rhonacon ist ein Land«, erklärte er. »Es gibt drei große Länder: Rhonacon, Khysal und Grex. Khysal liegt in der Mitte, gewissermaßen als Pufferzone. In Grex herrscht das Böse, hier erhebt sich auch das Dämonennest ORTHOS. Rhonacon ist das genaue Gegenteil. Dort pulsiert das Zentrum der Weißen Magie im OLYMPOS. Rhonacons Grenze ist von Aronyx aus in fünf bis sieben Tagesmärschen zu erreichen, je nachdem, welchen Weg um den Todessee herum man einschlägt. Die Schamanen nun haben beschlossen, endgültig zu handelt. Sie wollen Rhonacon überfallen und verheeren. Der Kaiser muß gewarnt werden ...«

Jemand hämmerte gegen die Tür.

»Zu spät«, stöhnte Cyros auf. »Sie kommen und ...«

Zamorra hob das Schwert. Da flog die Tür krachend auf. Schwarzgekleidete Tempelkrieger stürmten herein, Waffen in den Händen. Ohne zu zögern schlug Zamorra zu. Es ging um sein Leben! Die Klinge hieb gegen den Lederpanzer des ersten Kriegers. Aber das Leder mußte in sehr dicken Schichten liegen. Das Schwert drang ein, aber nicht durch. Im nächsten Moment waren die hereindrängenden Krieger zwischen Cyros und Zamorra.

Ein Strahl blitzte auf.

Cyros stieß einen markerschütternden Schrei aus. Dann jagte eine Wand aus bläulich flirrender Energie durch den Raum, knisterte um Zamorra herum und ließ drei der fünf Krieger mit verzerrten Gesichtern niedersinken. Die beiden anderen wirbelten herum und versuchten zu fliehen. Den vierten erfaßte das bläuliche Flirren noch in der Tür, der fünfte entkam und hetzte laut brüllend über den Gang.

Zamorra starrte die niedergestreckten Männer an. Sie waren bewußtlos.

»Ich konnte sie nicht töten«, flüsterte Cyros. »Ich ... ich konnte nicht. Töten ist so schwer ... zerbricht mich ...«

Mit einem Sprung, das Schwert wieder in die Scheide geschoben, war Zamorra bei ihm. Cyros lag auf dem Boden, leicht zusammengekrümmt, und als Zamorra neben ihm kniete, sah er die furchtbare Wunde, die der Strahl hervorgerufen hatte.

Der Atem des Adepten ging pfeifend.

»Es ist ... vorbei ...«, keuchte er. »Auch der Dhyarra kann ... mir nicht mehr helfen ... zu schwer ...«

»Vielleicht kann ich dir helfen«, murmelte Zamorra. Er sah das Leben aus Cyros fliehen.

»Du hast keine Zeit mehr«, flüsterte der Sterbende. »Sie werden gleich wiederkommen ... oder mit Magie zuschlagen, das ist einfacher. Jemand muß nach Rhonacon. Kaiser Varus von Arysa muß gewarnt werden! Der Krieg bricht in wenigen Tagen aus, und sie ... sind ahnungslos ... geh nach Rhonacon!«

»Nicole ...«, flüsterte Zamorra.

»Du hast einen Monat Zeit«, keuchte der sterbende Adept. »Vergiß das nie! Einen ganzen Monat lang ist sie sicher! Aber nicht Rhonacon ... Blut wird fließen ... Geh nach Rhonacon! Ich flehe dich an, Zamorra! Warne sie! Nur du kannst es!«

Der Meister des Übersinnlichen preßte die Lippen zusammen.

»Nimm meinen Dhyarra«, hauchte Cyros. »Warte ... ich werde ihn in dein Bewußtsein verschlüsseln ...«

Er streckte die Hand mit dem Kristall nach Zamorra aus. Der kam ihm mit einer leichten Verneigung entgegen. Cyros drückte ihm den Kristall gegen die Stirn.

Zamorra fühlte unsichtbare Energieströme, spürte, wie etwas zerbrach und etwas anderes entstand. Der Kristall verband sich mit Zamorras Bewußtsein. Niemand außer ihm würde ihn jetzt benutzen können.

»Er ist erster Ordnung«, flüsterte der Adept. »Mehr ... verkrafte ich nicht und ...«,

»Laß mich dir helfen«, murmelte Zamorra und nahm den Kristall in die Hand. »Wie du mir geholfen hast ...«

»Zu spät«, schrie Cyros auf. »Sie greifen an! Fühlst du nicht Schwingungen? Magie greift nach uns! Geh nach Rhonacon! Schwöre! Deine Nicole hat einen Monat Zeit!«

Zamorra sah die entsetzliche Angst in den Augen des Sterbenden. Es war keine Angst vor dem Tod, sondern Angst davor, daß die Heere von Grex über ein ahnungsloses Land herfallen würden. Und etwas von dieser Furcht sprang auf ihn über. Er entsann sich der Strahlwaffen, der fliegenden Teppiche ... und der riesigen Laserkanone auf dem Deckaufbau der Galeere. Wer konnte gegen solche Waffen bestehen?

Er griff nach der Hand des Sterbenden.

»Ich werde Rhonacon warnen«, versprach er.

»Flieh!« schrie der Adept, bäumte sich auf und starb in aufgerichteter Haltung.

Zamorra fühlte plötzlich, wie etwas an ihm zu zerren begann, ihn auflösen wollte. Seine Hand tastete nach der Strahlwaffe eines Bewußtlosen, aber sie zerpulverte, ehe er sie noch erfassen konnte. Eine eigenartige Vernichtungsfront wälzte sich durch den Raum, an der Tür beginnend, wie zuvor die lähmende Energie des Adepten ihn durchdrungen hatte.

Zamorra sprang auf.

Nicole! durchfuhr es ihn, und dann setzte er den Dhyarra-Kristall zum ersten Mal bewußt ein.

Er baute ein gegenpoliges Kraftfeld auf. Überrascht registrierte er, wie leicht es ihm fiel. Funken knisterten, wo beide Kraftfelder sich berührten.

Er nahm die Robe des Adepten an sich. Sie war kunstvoll bestickt und mochte als Erkennungszeichen dienen, wenn er nach Rhonacon kam. Darüber hinaus konnte er sich damit als Adept tarnen. Wahrscheinlich würde niemand in Grex damit rechnen, daß der Gesuchte ausgerechnet in Adeptenkleidung unterwegs war.

Da brach sein Abwehrfeld zusammen, und mit größerer Wucht als zuvor stieß die tödliche schwarze Kraft vor. Zamorra jagte einen Befehlsimpuls in den Kristall.

Im nächsten Moment hatte er den Tempel verlassen. Alles, was sich noch im Raum befand, zerpulverte zu hauchfeinem Staub.

Vorsichtig öffnete Nicole die Augen. Sie fürchtete, ein Schauerbild sehen zu müssen, aber es war Aynas Gesicht. »Endlich«, sagte die Khysalerin. »Ich dachte schon, du wärest tot.«

Langsam richtete sich Nicole auf. »Zamorra«, flüsterte sie, sich erinnernd. »Tot . . .«

Sie hatte keinen Grund, der Adeptin nicht zu glauben. Sie hatte doch den Laserblitz gesehen, und dann . . .

Sie sah, wie die Katze den Kopf hob. Die grünen Augen funkelten, und die dreieckigen Ohren richteten sich auf Nicole. Das Tier erhob sich und sprang zu Nicole auf das Lager. Die Französin griff zu und streichelte die Katze, die vergnügt schnurrte und die Pfoten abwechselnd spreizte und rundete. *Zamorra ist nicht tot,* klang die telepathische Stimme der Katze in Nicole auf. *Er lebt und ist auf dem Weg nach Rhonacon. Aber er wird wiederkommen und dich befreien. An seiner Stelle starb ein Scheinbild, doch jener, der es schuf, um die anderen zu täuschen, zögerte zu lange, als ich ihn warnte. Ein weiterer Freund mußte sterben.*

Es war eine lange ›Rede‹ für die Katze, die normalerweise nicht viele Worte von sich gab. Jetzt rollte sie sich auf Nicoles Bauch zusammen, sah die Französin aus großen Augen an und schnurrte weiter. Ayna hatte von der Kommunikation nichts mitbekommen. Die Katze konnte mit ihren telepathischen Fähigkeiten einzelne Personen gezielt ansprechen.

»Wer bist du? Und was bist du?« flüsterte Nicole. »Ein Dämon?«

Ich bin ein Rundpfoter, gab die Katze zurück. *Verliere nicht die Hoffnung, auch wenn es Tage und Wochen dauert.*

»Ich kann es nicht«, flüsterte Nicole. »Ich werde die Tätigkeit als Tempeldienerin nicht überstehen. Es frißt schon jetzt an mir!«

Ich helfe dir, sagte die Katze, schloß die Augen und senkte den Kopf auf die langgestreckten Vorderpfoten. Nach ein paar Minuten verstummte das Schnurren. Die Katze schlief.

Und Nicole starrte die Decke an. Aber sie fand keinen Schlaf. Ihre Gedanken kreisten um Zamorra.

Er war auf dem Weg nach Rhonacon. Warum?

Der Tempelherr, Oberster der Schamanen, schloß die Augen und sandte seine finsteren geistigen Fühler aus. Er ertastete, was geschehen war.

Dieser Zamorra hatte den Tempel wieder verlassen, ohne ergriffen worden zu sein! Und das, obwohl die Vernichtungsfront ihn bereits erreicht hatte!

Aber etwas war geschehen. Ein Bewußtseinsmuster war deutlich geprägt worden. Der Schamane hatte es in sich aufgenommen. Es war in einen Dhyarra-Kristall verschlüsselt worden, hier im Tempel. Und das gab den Ausschlag. Der Spion aus Rhonacon hatte nicht bedacht, daß alles, was im Tempel geschah, von der Aura des ORTHOS geprägt wurde.

Der Schamane lächelte.

Ungewollt hatte der Weiße ihm geholfen. Besser hatte es nicht mehr kommen können.

Der Schamane nickte dem Wisch zu, der ihn unausgesetzt beobachtete und auf eine Erfolgsmeldung wartete.

»Zamorra stirbt«, sagte der Schamane nachdrücklich und setzte seine Magie ein.

»Jetzt!«

Kapitel 39

»Geh in die Grotte«, sagte der Mann, den sie alle Merlin, den Zauberer nannten. »Geh und wecke Byanca aus ihrem langen Schlaf. Ich spüre das Unheil. Selbst ich kann nicht mehr eingreifen. Damon ist stärker, als wir alle ahnen konnten. Er hat Asmodis besiegt und sich zum Fürsten der Finsternis aufgeschwungen. Und er ist der mächtigste, der jemals auf diesem Thron saß. Ich glaube, er könnte sogar LUZIFER besiegen.«

Merlin machte eine Pause, dann berührte er die Schulter der jungen Frau, die vor ihm stand.

»Nur Byanca vermag ihm zu widerstehen, denn sie hat die gleiche Kraft wie Damon. Wecke sie, auf daß sie das Schlimmste verhüte. Denn wenn sie ihn nicht stoppt, wird er nicht nur die Welt beherrschen. Selbst ich . . .«

Er verstummte, sah das Erschrecken im Gesicht der Frau und wandte sich schweigend ab.

Sie erahnte, was er ihr nicht mehr gesagt hatte:

Selbst ich bin nicht sicher, ob ich stärker bin als er!

Byanca erwachte. Sie sah, wie der Deckel des gläsernes Schreines sich hob und zur Seite schwebte, und sie sah in das Gesicht einer hübschen jungen Frau mit goldenem Haar, das ihr bis zu den Hüften herabfiel. Die Fremde war mit einem knapp geschnittenen Höschen aus silbrig fluoreszierendem Material bekleidet und lächelte Byanca an.

Byanca, gezeugt von einem Gott und einer Menschenfrau . . . der Gegenpol zu Damon.

»Damon«, flüsterte sie und richtete sich auf. Sie war nackt, so, wie sie den Schrein betreten hatte. Ihre Füße berührten den Boden der Mardhin-Grotte.

Ihr Blick ging von der schlanken Fremden mit dem goldenen Haar zu dem zweiten Schrein. Auch er war geöffnet und leer. »Wo ist Damon?« stieß sie überrascht hervor.

Die Goldhaarige lächelte wieder. »Er erwachte vor dir und verließ die Grotte. Deshalb erhielt ich von Mardhin den Auftrag, auch dich zu wecken.«

»Wer bist du?« fragte Byanca.

»Teri Rheken, die Druidin«, erwiderte die Goldhaarige.

Byancas Blick ging zu dem Felsen, in den das Schwert gezaubert worden war. Ihr Schwert, das Schwert der Götter. Sie erschrak.

»Der Dhyarra!« hauchte sie. »Wo ist er?« Sie sprang hinüber, berührte die Klinge, den Griff. »Er ist herausgebrochen worden!«

Langsam drehte sie den Kopf. »Hat Mardhin das getan?«

Mardhin – das war der alte, keltische Name für Merlin, unter dem sich der alte Zauberer Damon und Byanca vorgestellt hatte.

Teri Rheken schüttelte den Kopf.

»Nein, Byanca, Damon tat es.«

Die Erweckte riß die Augen weit auf. »Nein . . .«

»Ich werde es dir erklären«, sagte Teri und trat langsam auf Byanca zu. Ihre Fingerspitzen berührten Byancas Schläfen, und Wissen floß von einer zur anderen über.

Wissen um das, was geschehen war: Damon, der erwachte – und durchdrehte. Der den Kristall aus dem Schwert brach und ging, um die Welt zu erobern. Der sich auf den Dämonenthron setzte.

Der das Böse über die Welt bringen würde.

Und noch mehr Wissen über die Zustände auf der Welt. Sprache, Kenntnisse über Kulturen und Gebräuche ... alles, was nötig war, um sich in der Welt zu bewegen. Das Wissen, das Damon sich mit Gewalt angeeignet hatte, bekam Byanca geschenkt.

»Du bist unser aller einzige Chance«, schloß Teri. »Nur du kannst Damon noch aufhalten. Vielleicht liebt er dich noch immer, und wenn nicht, besitzt du immer noch die gleiche Kraft wie er, und wir werden dir helfen.«

»Aber«, stammelte Byanca betroffen, »ich kann doch nicht gegen ihn kämpfen, Teri! Ich liebe ihn doch!«

Teri senkte den Kopf.

»Wir werden sehen, was zu tun ist. Wir hoffen, daß du nicht kämpfen mußt, denn Kampf ist immer das schlechteste aller Mittel. Aber nur du kannst ihm entgegentreten. Willst du es tun?«

Langsam, sehr langsam nickte die Halbgöttin.

»Dann berühre meine Hand. Ich nehme dich mit nach Caermardhin und werde dir von meinen Kleidern geben, auch ein wenig Geld, das du brauchen wirst. Danach bringe ich dich nach Carmarthen. Dort wirst du Damons Spur finden.«

Abermals nickte Byanca und griff nach Teris Hand.

Im *zeitlosen Sprung* der Druiden verließen sie die Mardhin-Grotte.

Rob Mullon trat ein, ohne anzuklopfen. Verärgert sah Doc Spyer von seinem Schreibtisch auf, an dem er gerade die letzten Notizen auf einen weißen Bogen schrieb, um diesen anschließend tippen zu lassen. »Können Sie nicht anklopfen, Mullon?«

Mullon ließ die Tür hinter sich ins Schloß fallen. »Hätte es jetzt nachträglich noch einen Sinn?« fragte er, angelte sich einen Stuhl und ließ sich rittlings darauf nieder. »Haben Sie schon Näheres über die Todesursache herausgefunden? Ich nehme doch an, daß Sie die Autopsie bereits durchgeführt haben . . .«

Wortlos schob ihm Spyer den Papierbogen zu. »Da . . . können Sie's lesen?«

Mullon las. Von Minuten zu Minute wurde sein Gesicht finsterer. »Ohne Befund . . . ohne Befund . . . verdammt, danach muß dieser Sam Valk doch immer noch kerngesund sein und gar nicht tot unten im Keller liegen . . . Doc, wissen Sie, daß Sie sich mit dieser laienhaft formulierten Erklärung das Karriere-Genick brechen können? *Vergessen, das Herz schlagen zu lassen* . . . das ist doch Blödsinn!«

Spyer lächelte nicht mal. »Mullon, Sie haben noch nicht alles gelesen, weil ich die letzten Sätze noch nicht niedergeschrieben habe . . . Zuletzt, weil absolut nichts festzustellen war, habe ich den Schädel geöffnet. Und jetzt raten Sie mal, was ich darin fand: Ich fand Asche! Das Gehirn hat sich in Asche verwandelt. Darüber ist er gestorben, aber dieses Verbrechen muß so unglaublich schnell stattgefunden haben, daß das Herz gar nicht gemerkt hat, daß das Gehirn schon tot war. Und weil dann eben kein Nervenreiz mehr kam, hat es seine Tätigkeit eingestellt, und das war der Tod!«

»Sie sind verrückt, Doc!«

Sie wurden unterbrochen.

Die Tür flog auf, wieder ohne vorheriges Anklopfen. Binder stürmte herein. »Diese Reporterin, die gestern mit uns in Cwm Duad war«, sprudelte er hervor. »Die, mit der dieser Valk zu flirten versucht hatte! Sie ist . . . ihr Chef, weil sie nicht kam, hat . . .«

»Bringen Sie eigentlich auch mal einen verständlichen Satz zusammen, Binder?« fauchte Mullon ihn an.

Binder riß sich zusammen.

»Diese Sally McCullough ist tot in ihrer Wohnung aufgefunden worden. Die gleiche Sache wie bei Sam Valk, nur daß sie im Gegensatz zu ihm nicht nackt ist.«

Mullon schluckte. Er witterte die Zusammenhänge, und die Ahnung, daß ein unsichtbares Grauen nach den Menschen griff, stieg in ihm auf.

Er und Spyer sahen sich an.

»Wetten wir, daß auch Sally McCulloughs Gehirn sich in Asche verwandelt hat?« fragte Spyer trocken.

Drei Stunden später hatte die Autopsie Sally McCullough das von Spyer erwartete Ergebnis erbracht.

»Aber wie ist so etwas möglich?« fragte Mullon ratlos. Spyer zuckte nur mit den Schultern.

»Ich schlage vor, daß sich Experten damit befassen«, sagte er. »Leute, die größeren Überblick haben als ich.«

Mullon nickte. Etwas Ähnliches hatte auch ihm vorgeschwebt. Und da war auch noch das Problem der beiden verschwundenen Ausländer. Hatten sie damit zu tun?

Mullons Phantasie spielte in die Richtung, daß es sich um ein paar verrückte Wissenschaftler handelte, die eine Superwaffe entwickelt hatten und diese jetzt testeten. Aber wenn er diesen Verdacht laut äußerte, würde sein Chef dafür sorgen, daß er ohne Umwege in die Psychiatrie wanderte. Eine Idee, die einem Horror-Roman entsprungen sein mußte, durfte in der Kriminalisten-Realität nicht auftauchen.

Mullon entschloß sich, auf Ruhm zu verzichten und die Aufklärung des Falles abzugeben an kompetentere Leute. Sollten die sich die Köpfe zerbrechen.

Mullon verständigte Scotland Yard und bat um Amtshilfe.

Um diese Zeit tauchte in einer schmalen Straße in Carmarthen eine junge Frau auf, deren auffälligste Merkmale die außergewöhnliche Schönheit und die schwarzen Augen waren. Blondes Haar umspielte das feingeschnittene Gesicht, das fast zu schön war, um noch menschlich zu wirken.

Die junge Frau sah sich suchend um, als müsse sie sich erst orientieren, wo sie sich eigentlich befand. Dann setzte sie sich in Bewegung, katzenhaft geschmeidig, schnell und gleitend.

Ein paar Männer starrten ihr offen nach, einer versuchte sie anzusprechen, doch die Schöne beachtete ihn nicht.

Sie suchte etwas.

Eine Spur.

Byancas Geist griff aus, tastete nach Impulsen Damons. Sie spürte seltsame Schwingungen, die von zwei Toten ausgingen und die auf Damon hinwiesen. Da wußte sie, daß er wieder zum Mörder geworden war. Er war dem Bösen verfallen.

Sie war erschüttert.

Und da war noch etwas. Eine Stelle außerhalb Carmarthens. Dort hatte etwas Erschreckendes stattgefunden ... Dort mußte sie hin ...

Unwillkürlich bewegte sie sich schneller, hielt nach einem Taxi Ausschau.

Und doch sah sie die graue Jaguar-Limousine nicht, die viel zu schnell die Straße entlangfegte. Sie sah nur das Erschrecken in den Augen ihr entgegenkommender Passanten aufblitzen.

Sie fuhr herum.

Der Jaguar schleuderte von der Fahrbahn auf den Gehsteig ...

Byanca wurde erfaßt, hochgeschleudert wie ein Puppe ...

Dann senkte sich Dunkelheit um sie, während der Wagen gegen eine Hausmauer krachte und sofort in Flammen aufging. Es war ungewöhnlich, fast wie in einem schlechten Film. Aber es war auch kein gewöhnliches Feuer.

Es schmolz den Wagen förmlich zusammen.

Und als die Feuerwehr, Polizei und Rettungswagen auftauchten, war längst die letzte Spur verwischt ...

Drittes Buch

DIE GIGANTENSCHLACHT

Kapitel 40

Zamorra hatte Aronyx tatsächlich unangefochten verlassen können. Die Adeptenrobe und der Kristall in seiner Hand waren so etwas wie ein Freibrief gewesen. Die Kapuze hatte er tief ins Gesicht gezogen, so daß man ihn nicht erkennen konnte.

Er hatte das Stadttor auf die gleiche Weise durchschritten, wie er hereingelangt war. Niemand hatte ihn angehalten, niemand nach seinem Woher und Wohin gefragt. Offenbar genossen die Zauberer größere Rechte, als Zamorra angenommen hatte.

Die Adeptenkleidung war die beste Tarnung, die er sich hatte ausdenken können.

Und jetzt entfernte er sich von der Stadt. Er überlegte, ob es nicht sogar möglich gewesen wäre, an einen fliegenden Teppich zu gelangen. Aber das wäre vielleicht der Dreistigkeit zuviel gewesen . . .

Nachdenklich betrachtete er seinen Dhyarra-Kristall. Unwillkürlich mußte er an den anderen denken, der sich im Château Montagne befand. Vielleicht fand er Vergleichsmöglichkeiten.

Da änderte sich etwas im Innern des Kristalls.

Zamorra sah das Abbild eines Gesichtes darin auftauchen. Es war teuflisch grinsend verzerrt, und ein scharfer Befehlsimpuls zuckte auf, den Zamorra deutlich wahrnahm. Er ›hörte‹ das, was der Schamane im Tempel sagte.

In den Augen des Schamanen im ORTHOS-Tempel von Aronyx glitzerte es kalt. Zwischen seinen Fingern drehte er seinen Dhyarra-Kristall und schuf über seinen Geist die Brücke zu dem anderen, der einem Weißen Adepten gehört hatte und den Zamorra jetzt trug.

Flirrend, kaum wahrnehmbar und dem Auge normaler Sterblicher entzogen, stand in einem Winkel des Raumes der Wisch, der Abgesandte des ORTHOS, und wartete auf die Erfolgsmeldung.

Knapp nickte der Schamane ihm zu.

Die Verbindung zwischen zwei Dhyarra-Kristallen war entstanden, und der höherwertige übernahm das Kommando. »Zamorra stirbt jetzt!« sagte der Schamane.

Sein Geist gab den Impuls, und über die Kristall-Brücke sah er weiß draußen vor der Stadt Zamorra.

Da flog dessen Kristall als winzige aufgleißende Sonne auseinander – und verschlang alles!

Zamorra fühlte nur noch die unglaubliche Kraft, die nach ihm griff, um ihn zu zerstören. Und dann war alles aus.

Draußen, weit von den Mauern von Aronyx, gab es den Mann nicht mehr, der Zamorra hieß und die Robe eines Adepten trug!

»Zamorra ist tot«, sagte der Schamane kalt.

Kapitel 41

Zur selben Zeit raste ein Notarztwagen durch die Straßen Carmarthens. Unaufhörlich flackerte das Blaulicht. Schrillende Sirenen schufen dem Wagen freie Bahn. Der Fahrer rast bei Rot über Ampelkreuzungen, kürzte über Gehsteige und durch Einbahnstraßen ab. Im Heck des Wagens bemühten sich zwei Ärzte, einer jungen Frau das Leben zu erhalten, das aus ihr fließen wollte.

Dabei gab es keine äußerliche Verletzung!

Trotzdem lag sie im Sterben, und an der Unfallstelle versuchten Polizisten immer noch Klarheit zu gewinnen. Zeugen gab es genug, nur war aus deren Aussagen kein klares Bild zu gewinnen.

Ein grauer Jaguar hatte die junge Frau auf dem Gehweg erfaßt. Dann war der Wagen gegen eine Hauswand geprallt und sofort in Flammen aufgegangen.

Aber er war nicht ausgebrannt! Er war geschmolzen und glühte immer noch!

Und obwohl die Frau durch die Luft geschleudert worden war und hart aufprallte, wies sie keine äußerliche Verletzung auf. Trotzdem begann sie zu sterben, so als ob sie verletzt sei!

Eines widersprach dem anderen.

Der größte Widerspruch war der ausglühende Wagen, der zu einem Klumpen unförmigen Stahls zusammengeschmolzen war und keine Spur mehr preisgab. Und im Inneren des verformten Fahrzeugkörpers suchten die Polizisten vergeblich nach Resten des Fahrers.

Endlich machten sich einige Zeugen bemerkbar, die behaupteten, am Lenkrad des Wagens niemanden gesehen zu haben!

»Ein Auto, in dem niemand sitzt, fährt nicht!« behauptete der Streifenführer der Polizei.

Aber ein Auto konnte doch auch nicht zusammenschmelzen, sondern höchstens brennen oder vom explodierenden Benzintank in Stücke gerissen werden!

Bran Bryndall, der Streifenführer, griff sich schließlich an den Kopf. »Noch zehn Minuten hier, und ich werde verrückt!« behauptete er. »Absperren, fotografieren... und dann den Abschlepp rufen, damit dieser verdammte Schmelzkäse verschwindet...«

Die Personalien der Zeugen hatte er in seinem Notizbuch. Einer seiner Kollegen fotografierte bereits wie wild.

»Hoffentlich kommt die Frau durch, vielleicht ist von der etwas zu erfahren!« brummte neben Bryndall ein anderer seiner Beamten.

Ein paar Minuten später tauchte ein Abschleppwagen auf und zog den *Schmelzkäse*, der kaum noch wie ein Auto aussah, auf den Tieflader.

»Zum Polizei-Fuhrpark!« ordnete Bryndall an und hatte die Idee des Jahres. Hatten nicht mehrere Zeugen übereinstimmend behauptet, der Wagen sei gezielt auf die Frau zugerast?

Dann gehörte der blödsinnige Fall, in dem überhaupt nichts zum anderen paßte, doch der Mordkommission, falls die Frau tatsächlich sterben sollte!

»Na, die werden sich freuen, wenn sie das Protokoll gelesen haben«, knurrte Bryndall, »aber warum soll ich mir allein mein Nervenkostüm ruinieren?«

Im *Saal des Wissens* stand im weißen Druidenkleid, umwallt vom blutroten Mantel, ein uralter Mann mit jungen Augen, der mehr gesehen hatte als jeder Mensch.

Merlin starrte in die Bildkugel, die über einem niedrigen Podest frei in der Luft schwebte und die ihm zeigte, was mit seiner Abgesandten geschehen war.

Byanca, sein letzter Trumpf im Spiel um die Macht, die er nicht einmal für sich selbst wollte, war einem Mordanschlag zum Opfer gefallen! Und jetzt wollte das Leben aus ihr fliehen!

»Oh, ihr Götter!« brüllte Merlin, der Uralte, dessen Heimat nicht die Erde war – nie hatte sein können. »Laßt es nicht zu, daß sie stirbt! Laßt es nicht zu! Gebt mir die Kraft, sie zu stützen!«

Und wie laut er brüllte!

Glaubte er die Götter der Alten durch die Kraft seiner Stimme besser erreichen zu können?

»Götter, gebt mir die Kraft!« schrie Merlin, hatte beide Arme hochgereckt und die Fäuste geballt. »Sie darf nicht sterben!«

Doch das, was ihm die Bildkugel verriet, änderte sich nicht. Die Kugel mit ihrer vierdimensionalen Projektion, besser als jede Holographie, die Menschenhand schuf, zeigte ihm, wie eine Sterbende in die Intensivstation des Hospitals in Carmarthen eingeliefert wurde.

Ärzte versagten, weil es nichts gab, das sie behandeln konnten!

Und wie schnell das Leben aus Byanca floh, die halb Mensch und halb Göttin war ...

»Gebt mir die Kraft Avalons, oder muß ich euch zwingen?«

Um Merlin versank alles. Der *Saal des Wissens* veränderte blitzschnell sein Aussehen und seine Struktur. Alles wurde anders und damit unbeschreiblich. Avalons Macht kam zu ihm, und sie gab ihm die Kraft des Silbermondes, der einst die Nächte der Wunderwelten erhellte, aber auch an Avalons Sternenhimmel funkelte!

Die Kraft des Silbermondes, der in Raumtiefen längst vergangen war, strahlte hier noch einmal auf.

Und mit der Kraft des Silbermondes wollte Merlin die Götter der Alten zwingen!

Ein Leuchten ging von ihm aus. Silbernes Licht umfloß Merlin wie nie zuvor, aber nie zuvor hatte er auch versucht, das Letzte zu wagen und das Höchste in die Wagschale zu werfen, was er besaß – sein Leben!

Leben, das kein Ende fand, solange die Kraft des Silbermondes bestand. Und diese Kraft strahlte in Merlins Bastionen im Universum weiter, wenn es den Silbermond auch nicht mehr gab, weil er mit dem System der Wunderwelten zerstört worden war.

Stärker wurde das Silber-Leuchten, und in ihm gab es flüsternde Stimmen, die von der Macht der alten Druiden raunten.

Und Kraft floß zu Merlin, die Kraft der alten Götter, aber dann setzte er wieder alles aufs Spiel, als er für einen anderen um Hilfe bat. Nein – er bat nicht.

Er befahl!

Abermals zwang er die Götter der Alten, seinem Willen zu folgen, und unverändert hell pulsierte das Silbermond-Licht.

Aber dann verlosch das silberne Leuchten, und der *Saal des Wissens* zeigte sich wieder so, wie sein Anblick für Merlin und die Eingeweihten, die ihn betreten konnten, ohne zu sterben, normal war: eine riesige Halle in Merlins Burg, die mit ihrem Innenmaß über das Außenmaß der Burg hinausging und dennoch in sie paßte, und deren Wände und Decke die Ewigkeit des Universums widerspiegelte. In der Mitte glomm über einem runden Podest die Bildkugel und zeigte Merlin die Sterbende in der Intensivstation.

Aber Merlin besaß jetzt die Kraft der Götter, mit der er den Tod bezwingen konnte – wie er zuvor mit der Kraft des Silbermondes die Götter der Alten bezwang.

»Mandala Avaloniae!« schrie Merlin, hielt dabei beide Arme weit ausgestreckt und die Finger gespreizt, und im nächsten Moment verschwand er aus Caermardhin . . .

Rob Mullan zeigte sich wirklich nicht begeistert, als das fünfseitige Protokoll des Streifenführers Bryndall auf seinem Schreibtisch landete. Es las es diagonal.

Das Wort *unerklärlich*, gesperrt getippt und zusätzlich unterstrichen, gab es in dem Text gleich fünfzehnmal. Unerklärlich blieben die Zusammenhänge auch für Mullon, der am Abend zuvor erst zwei andere unerklärliche Fälle an Scotland Yard weitergereicht hatte, weil er selbst mit seinem Latein am Ende war.

Zwei Morde hatte es gegeben – einen in Cwm Duad an einem Mann namens Sam Valk, und ein paar Stunden später in Carmarthen an der Reporterin Sally McCullough, die mit in Cwm Duad gewesen war und vor der Ermordung Valks mit diesem gesprochen hatte.

Unerklärlich die Todesursache und das Verfahren, mit dem der unbekannte Mörder Gehirne zu Asche zerfallen ließ. Unerklärlich auch der Unfall, der laut Bryndall ein Mordanschlag sein sollte, und das Unerklärliche verband beides!

Es mußte den Zusammenhang bilden!

Mullon warf seinem Assistenten Binder das fünfseitige Protokoll zu. »Fotokopieren, das Original in unsere Akten, die Kopie zu den anderen Kopien für den Yard. Der Experte müßte auch bald hier aufkreuzen!«

Binder hatte vom Inhalt der Protokolle keine Ahnung. »Ein dritter Mordfall?«

»Noch soll das Opfer leben, heißt es ... ich werde gleich mal im Hospital anrufen. Lesen Sie das.«

Binder las, schüttelte den Kopf und sah seinen Chef ungläubig an. »Darin sehen Sie Zusammenhänge?«

»Sie nicht?«

Binder grinste. »Ich habe es mir abgewöhnt, in Ihrem Büro eigene Gedanken zu tätigen ...«

Er verschwand zum Fotokopierer. Rob Mullon hängte sich ans Telefon und ließ sich mit dem Hospital verbinden.

Die nächste Überraschung wartete schon auf ihn!

Kapitel 42

Tane Carru hatte Aronyx auf dem normalen Weg verlassen. Mit seiner Karawane hatte er das große Tor passiert, das für ihn geöffnet worden war. Wie üblich hatten die beiden Hexer ihre Predigten und Ermahnungen abgehalten wie sie es immer taten, wenn jemand Aronyx ohne die Begleitung eines Dämonendieners verließ oder betrat.

Aronyx, die Hauptstadt des Landes Grex, war der Mittelpunkt

nicht nur auf weltlicher Ebene. Auch die Dämonendiener regierten von hier, zumal der ORTHOS nicht allzuweit entfernt war. In Aronyx stand der größte der Dämonentempel.

Tane Carru hatte sich die Ermahnungen der beiden Hexer angehört, ihnen die vorgeschriebenen fünf Goldstücke gegeben und war mit seiner Karawane davongezogen. Er trieb Handel durch das ganze Land Grex und zum Teil auch bis nach Khysal hinein, verzichtete aber stets auf den ›Schutz‹ durch einen Adepten oder Magier. Die waren in seinen Augen nur unnütze Fresser, die das Volk unterdrückten und die Worte der Dämonen verbreiteten. Mochten sie tun und lassen, was sie wollten, solange sie Carru und seiner Karawane nicht öfter als üblich über den Weg liefen!

Carrus Karawane bestand aus etwa sechzig Lastenpferden und fünf fliegenden Teppichen, zu deren Lenkung Carru eigens einen Dhyarra-Techniker beschäftigte. Dessen magische Kraft hatte zum Adepten nicht gereicht, aber einen Kristall Erster Ordnung konnte er beherrschen und über diesen auch die fünf fliegenden Teppiche. Ein sechster allerdings würde die Kapazität des Kristalls überschreiten.

Tane Carru zog gen Oyst, um eine der größeren Städte jenseits des Krokodilflusses zu erreichen. Dort versprach er sich hohen Gewinn beim Absetzen der Luxusgüter, die in Aronyx an der Tagesordnung waren, in andern Städten aber nicht. Dort würde man sich alle Finger danach lecken.

Voll beladen waren die Teppiche, auf deren vorderstem der Dhyarra-Techniker saß. In seiner Hand schimmerte der kleine bläuliche Kristall und gab einen kaum wahrnehmbaren singenden Ton von sich. Hinter den Teppichen bewegten sich die Lastenpferde und deren Treiber. Ein Teil der Pferde ging ohne Last; es konnte sich ergeben, daß Carru unterwegs Handelsgüter aufnahm, an denen er nicht weniger schlecht verdiente als am Handel.

Hinter ihnen fielen die düsteren Mauern von Aronyx zurück. Carru mochte die Stadt nicht mit ihren wenigen breiten Hauptstraßen und den beiden Palästen im Zentrum. Nur Dämonen konnten sich dort wohl fühlen oder Menschen, die alles Menschliche von sich wiesen und lebten wie Dämonen. Carru liebte zwar sein Land, nicht aber die Dämonen und noch weniger die Hauptstadt.

Aber es war unmöglich, etwas gegen die Herrschaft der Dämonen und ihrer Diener zu unternehmen. Die Schamanen hatten alles im Griff, die schwarzen Priester, die selbst dem König geboten. Jeder Aufstand war von Anbeginn zum Scheitern verurteilt. Denn mit ihrer Magie und den Kristallen konnten die Herrschenden die Gedanken der Beherrschten lesen, und Dhyarra-Techniker, die keine Adepten wurden, taten gut daran, sich nach der Decke zu strecken, weil es sonst sein konnte, daß ihnen ihre Fähigkeiten gewaltsam genommen wurden. Ohne Magie dagegen konnte es keinen Aufstand geben.

Auch jetzt nicht, da die Schwarzen einen Feldzug gegen Rhonacon planten. Der bevorstehende Krieg gefiel Tane Carru nicht. Wer konnte denn wissen, ob die Rhonaconer nicht zurückschlugen und ihrerseits Grex verwüsteten? Rhonacon war zwar friedliebend, aber auch eine Schafmutter wird zur rasenden Bestie, wenn sie ihre Lämmer bedroht sieht.

Der schwarzbärtige Carru schritt der Karawane voran. Er war ein guter Wanderer, und in seiner Karawane war es Gesetz, daß sie sich bewegte, solange Tane Carru ihr voranschritt. Ohne auszuruhen konnte er einen ganzen Tag lang marschieren, wenn es sein mußte. Und jetzt mußte es ein, denn Tane Carru wollte vor Ausbruch des Krieges noch soviel Gewinn erzielen wie eben möglich. Wer konnte sagen, was danach kam, auch wenn sich die Schwarzen siegessicher gaben? Wohl hatten sie die Dämonen des ORTHOS auf ihrer Seite, aber in Rhonacon stand der OLYMPOS . . .

Plötzlich ging Tane Carru langsamer.

Vor sich auf dem Weg sah er etwas, das eigentlich nicht sein durfte.

Ein Schatten . . .?

Ein Schatten, der sich bewegte?

Und noch mehr als das!

Carru wurde blaß, als er erkannte, war hier geschehen war.

Vor aufgewühlter Erde blieb Tane Carru stehen, sah nach rechts und links und dann vor sich, als gebe es dort etwas, das sich seinem Sehen entziehen wollte.

Der Boden war aufgewühlt, als sei hier der Schuß aus einem Lasergeschütz eingeschlagen, aber solche Waffen gab es doch nur auf Schiffen, weil sie zu schwer waren, auf dem Land eingesetzt zu werden! Der Schatten eines Menschen, aber wo war der Mensch, der zu diesem Schatten gehörte?

Tane Carru hatte auch ein paar Minuten gebraucht, um ihn als Menschen zu erkennen, weil der Schatten eine so seltsame Form hatte. Aber dann hatte er erkannt, daß sich dieser unsichtbare Mensch kauernd über dem Boden bewegen mußte.

Carru trat einen Schritt vor und wollte nach dem Unsichtbaren greifen, faßte aber ins Leere. Da war niemand, den er greifen konnte. Nur der Schatten, der aus dem Nichts erschien!

Hinter Tane Carru war die Karawane zum Stehen gekommen. Jetzt wandte der Eigentümer sich um und winkte dem Dhyarra-Techniker heftig zu. Der ließ seine fliegenden Teppiche absinken und ging dann, seinen Kristall in der Hand, zu Carru.

»Versuche, den Körperlosen ins Sein zurückzuholen, falls die Kraft eines Kristalls ausreicht!«

Der Techniker mit seinem schwachen Para-Können, das nicht ausgereicht hatte, zu einem Adepten des ORTHOS zu werden, nickte. Er setzte seinen Kristall Erster Ordnung ein und versenkte sich in dessen magische Energien, die vorhandene Kraft verstärkten, aber ein Bewußtsein verbrennen konnten, das zu schwach war, diese Energien in die richtigen Bahnen zu lenken.

Schweigend sah Tane Carru zu. Er konnte nichts anderes tun als abwarten.

Lautlos verrann die Zeit, zäh tropfte sie dahin.

Und dann wurde etwas Unsichtbares, Körperloses sichtbar.

Die Gestalt eines Menschen, der immer wieder versuchte, sich aufzurichten und es doch nicht konnte. Aber er wurde nur transparent wie ein Schemen, wie ein Wisch oder Irrwisch, nicht klarer.

Tane Carru preßte die Lippen zusammen.

Er trat näher heran.

Der Mann, der aus dem Nichts entstand, mochte dreißig Jahre zählen oder etwas mehr. Er trug die Robe eines Adepten, die zerfetzt war, als habe ein Wirbelsturm ihn gebeutelt, und darunter die Kleidung eines Bürgers, die sich nach dem letzten Schrei der Mode in Aronyx orientierte. Papageigelb die enge Hose, die in weichen braunen Stiefeln endete, leicht und durchscheinend die Bluse und weit geschnitten die ebenfalls braune Jacke, deren Kragen hochgeschlagen war, den Sklavenring aber nur unvollständig verdecken konnte. Dennoch konnte der Mann kein Sklave sein, denn in kunstvoll bearbeiteter Scheide trug er ein Offiziersschwert.

So widersprüchlich die Erscheinung des Mannes war, so transparent blieb er, und dann schrie der Dhyarra-Techniker auf, löste sich aus dem Kristall und wischte sich mit der Hand über die schweißbedeckte Stirn.

»Ich schaff's nicht«, keuchte er. »Er wird nicht klarer . . . der Kristall und ich sind nicht stark genug . . .«

»Warten wir es ab«, sagte Tane Carru gelassen. Eine seltsame Ruhe hatte ihn erfaßt. Er sah den Transparenten an, und der mußte ihn ebenso gut oder schlecht sehen können.

Die durchsichtigen Lippen bewegten sich. Der Mann, der Wisch, Bürger, Offizier, Adept oder Sklave war, wollte etwas sagen.

Aber was?

Eine Warnung?

Kapitel 43

In der Intensivstation des Krankenhauses von Carmarthen wurde die Hautfarbe der Unbekannten immer blasser. Drei Ärzte befaßten sich mit der Patientin und waren nicht in der Lage zu sagen, warum sie starb.

Organisch war sie vollkommen unversehrt! Wieso sie sich bei dem Unfall nicht einmal eine Schramme oder Prellung zugezogen hatte, blieb allen drei Ärzten ein Rätsel. Aber die Untersuchung, die gewissermaßen nebenbei durchgeführt worden war, ließ keinen Zweifel daran.

Die Unbekannte, in deren Kleidung es keinen Hinweis auf ihre Person gegeben hatte, durfte eigentlich gar nicht hier liegen. Sie hatte hier nichts zu suchen, weil sie kerngesund war.

Und kerngesund dämmerte sie ihrem Tod entgegen.

Arron, der an zwei Tagen in der Woche an einer Hochschule

lehrte, warf einen Blick auf den Enzephalographen, der zeigte ihm, daß die Gehirnströme der Patientin immer mehr abflachten.

Builtmaster war der Nerven-Experte, den Arron hinzugezogen hatte. Builtmaster winkte nur ab, als Arron ihn fragend ansah.

»Wie bei Gehirnschwund im allerletzten Stadium . . .«

Für die Pulskontrolle benötigte Arron kein Meßinstrument, sondern zwei Finger und seine Uhr.

»Herztätigkeit verlangsamt . . .«

»Schon wieder?« Larkins hatte es gefragt, der zum dritten Mal kreislaufstützende Mittel injiziert hatte. »Eine vierte Spritze kann ich nicht verantworten! Die bringt die Frau um!«

»Ohne holt sie Gevatter Tod auch von der Platte!« behauptete Arron, zuckte aber dann mit den Schultern, als er Larkins abweisendes Gesicht sah.

Abermals schlug das Herz der blonden Frau langsamer, die eine Schönheit war, wie es sie auf der ganzen Welt kein zweites Mal gab, aber von ihrer Schönheit ließen sich die Ärzte und ihre Assistenten nicht ablenken.

Der Enzephalograph zeigte immer noch flache Gehirntätigkeit. So, als würde ein Teil des Gehirns nach dem anderen seine Tätigkeit einstellen.

»Schrittmacher . . .?« fragte Larkins vorsichtig an. »Damit wenigstens das Herz wieder auf Touren kommt?«

Da lehnte Arron ab.

»Kein Schrittmacher, aber E-Schocks! Builtmaster, können Sie die absterbenden Gehirnzentren lenken, um sie zu stimulieren?«

»Vielleicht . . .«

Ein *vielleicht* wollte Arron nicht hören. »Ja oder nein?«

»Ich versuch's!«

Ein Gerätesatz wurde herangefahren. Builtmaster schloß die Elektroden an. »Eigentlich müßten wir Sonden durch die Schädeldecke bringen . . .«

Arron wußte, daß sie die Zeit dafür nicht mehr hatten. Bis sie die die Frau im Spezial-OP hatten, war alles zu spät. Die Zeit brannte ihnen unter den Nägeln, weil das Sterben der Frau plötzlich unheimlich schnell vonstatten ging. Sie hatte nur noch ein paar Minuten!

»Fertig . . . Saft drauf!«

Builtmaster knetete seine Hände. Wenn er jetzt die falschen Zentren reizte, konnte er alles nur noch beschleunigen.

Der Spannungsmesser schlug an. Strom floß, um absterbende Gehirnpartien wieder anzuregen.

»Herzschlag setzt aus . . .«

Arron wollte es nicht zur Kenntnis nehmen. »Abwarten . . .«

Der Enzephalograph zeigte unverändert sein grauenhaftes Bild. Wo es bei ›normalen‹ Menschen steile Zacken gab, war hier nur eine kaum wahrnehmbare Wellenlinie zu erkennen, die immer flacher wurde.

»Keine Reaktion . . .«

Larkins meldete sich wieder. »Kollege Arron, wir sollten einen Herzschrittmacher . . .«

Arron winkte ab. »Anschließen, aber noch nicht einschalten!«

Er stoppte die Zeit.

Drei Minuten konnte ein Gehirn ohne Sauerstoffzufuhr überleben, ohne Schaden zu nehmen, aber hier starb doch ohnehin alles ab! Spielte Zeit da noch eine Rolle?

Zwei Pfleger schlossen den Schrittmacher an, der mit Stromimpulsen durch die Haut das Herz wieder anregen sollte.

»Builtmaster, mehr Saft . . .«

Der winkte ab. »Ich verschmore ihr den Schädel, wenn ich mehr Strom einsetze!«

Larkins zählte die Sekunden, wie auch Arron, aber Larkins wollte unter der Dreiminutengrenze bleiben, die Arron plötzlich als unbedeutend ansah.

Seit zweieinhalb Minuten schlug das Herz der Unbekannten mit den schwarzen Augen nicht mehr, als Larkins das Gerät einschaltete.

Im selben Moment bäumte sich die Patientin auf dem schmalen OP-Tisch auf.

Lautlos, aber grauenerregend war das heftige Zucken ihres Körpers.

Arron begriff als erster, aber er war zu langsam, das Schlimmste zu verhindert. Als seine Faust auf den Notschalter krachte, flogen bereits Sicherungen heraus, und der Enzephalograph schmorte durch. Rauch drang aus dem Gerät.

Kurzschluß!

Aber ein Kurzschluß, der im Körper der Patientin stattgefunden hatte.

Builtmaster schrie entsetzt auf. Noch lauter schrie Arron, der ihn und Larkins zugleich anbrüllte: »Mußten Sie gleichzeitig einschalten, Sie Narr? Die Ströme wurden abgeleitet und kamen nie da an, wo sie hin sollten? Und jetzt . . .«

Die Instrumente sagten es ihnen in ihrer kalten, mechanischen Sprache.

Exitus!

Die Patientin war ihnen unter den Händen gestorben, weil die Stromimpulse in ihrem Körper umgeleitet worden waren und einen Kurzschluß erzeugt hatten! Schlagartig war der gesamte Elektrizitätshaushalt des Körpers zusammengebrochen. Nur welche medizinisch-wissenschaftliche Erklärung es für dieses Phänomen geben sollte, war mehr als unsicher, weil bislang noch niemand einen solchen Vorfall erlebt hatte.

»Ich?« stammelte Larkins mit großen Augen. »Ich soll . . . ich soll sie umgebracht haben?«

Arrons eiskalter Blick sagte alles!

Aber dann schwieg auch Arron.

Seine Augen weiteten sich noch mehr als die Larkins, der nicht sehen konnte, was sich hinter seinem Rücken abspielte. Builtmaster war immer noch verstört und wich zurück wie vor einem Geist.

Aber war es nicht ein Geist, der plötzlich aufgetaucht war und auf die Tote zutrat?

Im OP-Raum schwiegen alle. Atemlos starrten sie die Erscheinung an, die vor dem OP-Tisch stehengeblieben war.

Sie wirkte irgendwie unwirklich, wie ein Schemen, und war doch in jeder Einzelheit zu sehen. Ein alter Mann in einer weit fallenden Kutte, die von einer goldenen Kordel gegürtet wurde. In dieser steckte eine ebenfalls goldene Sichel, und über den Rücken des Mannes fiel ein blutroter, wallender Umhang.

Weiße Haare, weißer Bart . . . und doch wirkte der Mann unglaublich jung. Aber konnte er denn jung sein?

Jung und alt zugleich! durchschoß es Arron, der den Fremden nicht aus den Augen ließ.

Der junge Alte blieb jetzt stehen, streckte die Hände aus und berührte die Stirn der Toten. Arron fühlte, daß irgend etwas von dem Weißhaarigen ausging und in die Tote floß, aber zugleich war da auch etwas, das der Alte forderte.

Von wem?

Kalte Energie erfüllte den Raum. Überall zugleich knisterte es. Niemand wagte sich zu rühren. Die Menschen standen unter einem unerklärlichen Bann.

Schöpfungsgewalten tobten.

Kein Muskel im Gesicht des junge Alten rührte sich, aber irgend etwas griff nach den Gehirnen der Menschen, ohne sie wirklich zu berühren. Es ging an ihnen vorbei, suchte ...

Und es wurde fündig! Sie fühlten es alle, daß da etwas zurückgeholt wurde aus Sphären, die normalerweise nichts wieder freigeben.

Etwas wurde dem Tod aus den Klauen gerissen und kehrte heim!

Leben ...

Und dann verblaßte der junge Alte von einem Augenblick zum anderen, aber er verschwand nicht spurlos! Seine Spur war Lachen, so laut und triumphierend, daß es die Menschen erschauern ließ. Und nicht nur Triumph, sondern auch grenzenlose Erleichterung lag in diesem Lachen.

Dann war der Spuk zu Ende.

Builtmaster war der erste, der seine Sprache wiederfand.

»Was haben wir da gesehen? Wer war das?«

Larkins blieb nüchterner. Ihm steckte noch der Schreck in den Gliedern, mit seinem Einschalten den Tod der Patientin verursacht zu haben. »Eine Halluzination ...«

»Eine, die wir alle gleichzeitig gesehen haben?« rief Arron. »Das war echt! Hier war tatsächlich ein alter Mann, aber ich begreif's nicht ...«

»Ein Druide!« behauptete einer der Assistenten. »Das muß ein Druide gewesen sein, wie die Legenden sie beschreiben ...«

Arron wollte den Kopf schütteln, aber dann nickte er nur. In diesem Fall war es am einfachsten, das Unwahrscheinlichste als das Mögliche anzunehmen.

Und die junge, unglaublich schöne Frau war nicht mehr tot.

Sie lebte, und wie!

Schon hatte sie die langen, schlanken Beine vom OP-Tisch geschwungen, sprang auf und wollte blitzschnell verschwinden, als Arron doch eine Zehntelsekunde schneller war, sie an den Schultern erwischte und festhielt.

Wild funkelte sie ihn aus schwarzen Augen an. »Loslassen!«

»Nicht so schnell, meine Liebe«, versetzte er. » Sie bleiben schön hier, bis wir in Ihrem Fall klarer sehen . . . denn ihren Namen werden Sie uns doch wohl verraten!«

Sie schwieg.

Aber in jeder ihrer knapp bemessenen Bewegungen, die grazil und raubtierhaft schön waren in ihrer Harmonie, sprühte das Leben, als wäre sie nie tot gewesen.

Und Arron versuchte verzweifelt, aus diesem verrückten Traum zu erwachen, aber das ging nicht, weil alles Wirklichkeit war!

Eine Wirklichkeit, die niemand begriff.

Kapitel 44

Allmählich nahm der Fremde, den Tane Carrus Dhyarra-Techniker aus der Unsichtbarkeit gerissen hatte, Gestalt an, wurde in sich fester und deutlicher. Er schien sich auch besser zu fühlen, um so stofflicher er wurde, denn war er anfangs nur getaumelt, so bewegte er sich jetzt rascher und konzentrierter.

Aber immer noch verstand Carru nichts von dem, was der Fremde ihm sagen wollte, und der Fremde wurde dadurch immer unruhiger, aber diese Unruhe konnte seine Rückkehr ins Sein nicht verzögern.

Immer wieder suchte der Durchsichtige, der seine Transparenz langsam verlor, die Stelle ab, an der die Erde aufgewühlt war, als suche er etwas, und dann, als der Abend kam, verstand Carru plötzlich die ersten Worte des Fremden.

»Nicht einmal Splitter . . .«

Deutlich hatte er es gemurmelt, richtete sich zu seiner vollen

Größe auf und schien zu spüren, daß er diesmal verstanden worden war.

Er sah Tane Carru an, dessen Karawane an Ort und Stelle geblieben war, weil dieser Unheimliche den Karawanenbesitzer stark interessierte. »Wer bist du, von dem es erst nur einen Schatten gab?« fragte er. »Mich nennt man Tane Carru. Diese Karawane, in deren Schutz du dich im Augenblick bewegst, gehört mir.«

Der Fremde, der in der Abenddämmerung wieder vollkommen stofflich und sichtbar war, lächelte.

»Ich bin Zamorra. Ich danke dir und deinem Techniker, mich aus dem Nichts zurückgeholt zu haben . . .«

Tane Carru wurde hellwach. »Zurück . . .?«

Da erzählte der Mann, der zu Bürgerkleidung und zerfetzter Adeptenrobe einen Sklavenring trug, was ihn ins Nichts gestoßen und nur seinen Schatten übriggelassen hatte: die explosionsartige Zerstörung eines Dhyarra-Kristalls. Nachdem in dessen Tiefe das Gesicht eines Schamanen aufgetaucht war . . .

»Irgendwie muß die Robe des Adepten selbst mit magischer Kraft aufgeladen gewesen sein, weil sie die Hauptmenge der zerstörenden Energie aufnahm. Dennoch war die Kraft des Kristalls groß genug, mich ins Wesenlose zu schleudern.«

Tane Carru lächelte nicht mehr.

Er begriff jetzt, war hier den Boden aufgewühlt hatte: ein mit furchtbarer Wucht explodierender Dhyarra-Kristall! Aber er begriff auch, daß dieser Zamorra ein Todeskandidat war, denn dem Tempel würde nicht lange verborgen bleiben, daß er ins Sein zurückgekehrt war. Es würde einen neuen Mordanschlag geben.

Warum die Schwarzen diesen Mann, der sich Zamorra nannte, töten wollten, interessierte Carru nicht. Er war den Schwarzen selbst nicht grün, diesen unnützen Fressern und Ausbeutern, die den König unter ihrer Knute hatten, aber er konnte keinen offenen Widerstand riskieren. Deshalb hatte dieser Zamorra so schnell wie möglich aus der Nähe der Karawane zu verschwinden, um diese nicht auch in Gefahr zu bringen.

»Du stehst gegen die Macht des Tempels, Zamorra«, sagte Carru, »und daher kann ich dir nicht erlauben, in der Nähe der Karawane zu bleiben. Nimm eines meiner Pferde, ich schenke es dir, und dann reite fort, so weit du kannst.«

Auf dem Gesicht des Fremden zeichnete sich Verwunderung ab. »Du hilfst mir und willst mich zugleich nicht in deiner Nähe haben?«

»Ich habe dich nie in meinem Leben gesehen, und nun wähle ein Pferd und reite davon. Denn die Schwarzen des ORTHOS werden dich finden . . .«

Abrupt wandte Tane Carru sich um und ließ Zamorra stehen. Aber als der Fremde in seiner widersprüchlichen Kleidung im Sattel eines der Pferde wieder an der Spitze der Karawane auftauchte, trat der Grecer noch einmal auf ihn zu.

»Zamorra, ich wünsche dir, daß dein Weg nicht im Nirgendwo endet, aber wenn die Schwarzen des ORTHOS dich finden, darf Tane Carru dir nie geholfen haben! Ich werde nichts mehr von dir wissen!«

Der Fremde nickte nur und reichte Tane Carru die Hand.

»Dennoch danke ich dir, Carru!«

Er ritt scharf an und verschwand mit einer schmalen Staubwolke in der Abenddämmerung. Tane Carru aber ging zu seinem Dhyarra-Techniker und verlangte, ihm alle Erinnerungen an den Fremden zu nehmen, den die Schatten des ORTHOS jagten.

Denn nur er hatte gesehen, was wohl nicht einmal Zamorra selbst aufgefallen war.

Zamorra warf *zwei* Schatten.

Zamorra ritt auf dem geschenkten Gaul in die Nacht hinaus. Das Tier war starkknochig und langsam, eben vorwiegend als Packtier gedacht. Entsprechend war auch der Sattel ausgeformt, auf dem Zamorra sich herzlich unwohl fühlte. Aber immerhin war diese ganze Welt, in die er geraten war, nicht sonderlich dazu geeignet, sich in ihr wohl zu fühlen. Seit er sich hier aufhielt, befand er sich pausenlos in Gefahr, und eigentlich hätte er nach der magischen Explosion des Dhyarra-Kristalls tot sein müssen.

Aber Zamorra war nicht tot!

Irgendwie mußte Weiße Magie im Spiel gewesen sein. Zamorras

schwach ausgeprägte Para-Fähigkeiten hatten vielleicht einen Teil der zerstörerischen Energien abfangen können. Für eine kurze Zeit, die ihm wie eine Ewigkeit erschienen war, war er als wesenloser Schemen durch ein Nichts geirrt, bis ihn andere Impulse erreichten und ihm die Rückkehr ins körperliche Dasein ermöglichten. Aber nicht ganz; es war ein Tor geöffnet und eine Brücke geschlagen worden. Den endgültigen Übergang hatte er aus eigener Kraft schaffen müssen.

Und er hatte es geschafft!

Er ritt noch eine gute Stunde, nachdem die Dunkelheit hereingebrochen war. Es wurde kühl, und am Himmel glitzerten kalt und fern die Sterne. Ein bleicher Mond warf sein fahles Licht über das leicht gewellte Land, das nur spärlich bewaldet war. Ein richtiger Wald, in dem man sich verbergen konnte, wäre Zamorra lieber gewesen, denn er schätzte das Land als unsicher ein. Aber es gab keine andere Lösung als hohes Buschwerk in der Nähe eines Baches.

Hier hielt er das Pferd an. Es lohnte nicht, in der Nacht weiterzureiten. Er kannte den Sternenhimmel dieser Welt zu wenig, um sich an ihm orientieren zu können, und der Himmelsrichtungen gab es fünf. Außerdem brauchte er Schlaf, der Kampf im Tempel hatte ihn erschöpft, noch mehr aber die Anstrengung, aus dem Nichts zurückzukehren ins Leben.

Mit dem Pferd würde er ziemlich schnell nach Rhonacon gelangen, schätzte er. Und dann blieb ihm immer noch Zeit genug, zurückzukehren und Nicole aus dem Tempel zu befreien. Zudem hatte er auf dem Hin- und Rückweg genügend Zeit, sich einen besseren Plan zurechtzulegen. Und bevor der Monat ablief, war Nicole im Tempel so sicher wie nirgendwo sonst.

Zamorra führte das Pferd zum Bach und ließ es saufen, dann band er es an den Stamm eines starken Busches. In Ermangelung einer Decke hatte er mit dem harten Boden vorlieb zu nehmen, und langsam begann sich die Nachtkälte in ihm festzusetzen. Aber er wagte nicht, ein Feuer zu entzünden. Wenn es schon in Aronyx Räuber, Mörder und Gesindel zuhauf gab, würde es hier im freien Land nicht weniger schlimm sein, wo die wachen Augen ordnungshütender Krieger fehlten.

Er zog das Offiziersschwert aus der Scheide und legte es griffbereit neben sich. Lange Zeit lag er wach. Unruhige Gedanken, die um Nicole kreisten, ließen ihn keinen Schlaf finden. Aber dann siegte endlich doch seine Erschöpfung.

Er schlief ein.

Doch die Gefahr war längst da und kroch lautlos heran.

Kapitel 45

Inspektor Kerr hatte, ein fröhliches Lied auf den Lippen, auf dem Weg in sein Büro einen Schlenker durch die Kantine gemacht, um sich einen Becher Kaffee zu zapfen. Der war wie üblich fast ungenießbar, noch ungenießbarer aber war Automaten-Tee, den Kerr verabscheute.

Aus diesem Grund tauchte Kerr, den Becher sorgsam balancierend, um kein Tropfen überschwappen und die helle Hose treffen zu lassen, ein paar Minuten später in seinem Büro auf. Dort war Babs schon aktiv, mit der zusammen er gekommen war. Er hatte die Nacht bei ihr verbracht, mit ein Grund für seine Fröhlichkeit. Daß aber Babs schon am Telefon hing, war ungewöhnlich.

Als Kerr die Tür hinter sich zudrückte, sah sie auf und hielt ihm den Hörer entgegen. »Für dich, Alterchen! Der Sup!«

Kerr hob drohend den Kaffeebecher. »Hast du schon mal Airforce-Kaffee getrunken? Von wegen Alterchen! Was will der Herr der Schreibtische?«

»Dich in die Wüste schicken«, flüsterte Babs. »Oder so ähnlich. Er munkelt etwas von Wales!«

»Das *ist* die Wüste«, murrte Kerr, ließ sich auf der Schreibtischkante nieder und nahm den Hörer an, um sich zu melden. Da er gleichzeitig am Kaffee nippen wollte, wurde es zu einem eigenartigen ›Upps‹.

Im nächsten Moment hatte er den Kaffee vergessen. Der Superintendent, sein oberster Boß, redete wie ein Wasserfall. Kerr begriff nur etwas von unerklärlichen Phänomenen, die nach Ansicht des Superintendenten ins Übersinnliche griffen.

»Sir, ist das nicht eher ein Fall für den Kollegen Sinclair?« wagte Kerr zu widersprechen, der am liebsten ganz normale Kriminalfälle bearbeitete, weil er mit seinen eigenen Para-Fähigkeiten ein wenig auf Kriegsfuß stand. Als Sohn einer Verbindung zwischen Druide und Mensch hatte er die Druidenkräfte der Magie geerbt, konnte sich damit aber immer noch nicht anfreunden, weil er sie als etwas Unnatürliches empfand. Aber die Vergangenheit holte ihn immer wieder ein.

»Sinclair ist unabkömmlich, Kerr, aber Sie haben doch auch Para-Erfahrungen! Fahren Sie nach Wales, nach Carmarthen. Ein Rob Mullon hat den Fall bisher bearbeitet. In zehn Minuten sind Sie unterwegs!«

Es klickte leicht in der Leitung.

Kerr feuerte seinen Hörer ebenfalls auf die Gabel, versuchte wieder Automatenkaffee über dem Gaumen zu würgen und dachte wehmütig an, seine verflossene Laune. Verdrossen ging er zum Fenster und sah hinaus. Unter ihm erstreckte sich der triste Innenhof. »Der Teufel soll's holen, aber in Scheiben«, knurrte er.

Babs funkelte ihn an; seine hübsche Sekretärin. Liebe im Büro funktionierte in diesem Fall störungsfrei, weil weder Babs noch Kerr anderweitig vergeben waren.

»Sag mal, muß ich dir erst in die Nase beißen, damit du wieder freundlich guckst?« wollte Babs wissen.

Kerr winkte ab. »Blödsinn . . . aber noch größerer Blödsinn ist es, daß der Alte sich immer wieder daran erinnert, daß ich ein paar Magie-Fälle bearbeitet habe . . .« Er ballte die Fäuste.

Babs preßte die Lippen zusammen. Sie wußte um Kerrs übersinnliche Fähigkeiten, aber auch, daß er sie nicht akzeptieren wollte. Kerr war gewissermaßen ein Wanderer zwischen zwei Welten, halb Druide, halb Mensch. Innerlich hatte er sich für den Menschen entschieden, aber von außen wurde ihm immer wieder der Druide angetragen.

»Aber ich muß wohl hin«, murmelte er schließlich. »Und vielleicht verhält sich auch alles ganz anders.« Er kam vom Fenster zurück, legte die Arme um Babs' Schulter und küßte sie.

»Weißt du was?« sagte er dann. »Hier sind momentan sowieso keine Sachen zu bearbeiten. Also kommst du mit, weil ich eine Sekretärin vor Ort brauche. Wir machen ganz nebenbei halben Urlaub in Südwales, all right?«

In ihren Augen blitzte es. »Einverstanden, aber nur, wenn du deine Griesgram-Maske ablegst . . .«

Er lächelte schon wieder.

»Die lasse ich hier, für den Chef . . .«

Arron war nicht sonderlich erbaut davon, die Polizei in seiner Klinik zu sehen, und noch dazu fast in Kompaniestärke.

»Mullon«, stellte sich der Mann vor, dessen Name Arron bekannt vorkam, weil er ihn schon einmal am Telefon gehört hatte. »Das hier sind mein Assistent Binder . . . Inspektor Kerr . . . Miss Crawford . . .«

Der junge, hochgewachsene Mann, dessen Augen etwas grünlich schimmerten und der als Inspektor Kerr vorgestellt worden war, hob die Hand. »Die Bericht klangen ein wenig eigenartig, deshalb hat Mullon Scotland Yard hinzugezogen. Kann ich diese unbekannte Frau sprechen?«

»Ich habe es fast erwartet«, knurrte Arron. »Bitte . . . wenn ich nicht selbst dabeigewesen wäre, würde ich es jetzt nicht glauben . . . Sie war schon tot, und ein paar Sekunden später hüpfte sie frischvergnügt herum.«

Kerr hob die Brauen. Mullon hatte ihn informiert, soweit er selbst Bescheid wußte. »War nicht auch von einem weißhaarigen Mann in altertümlicher Kleidung die Rede?«

Von wem hat er das denn? fragte sich Arron im stillen, der für sich beschlossen hatte, über diese Traumgestalt keine Silbe zu verlieren. Entweder Larkins oder Builtmaster mußten geplappert haben.

»Eine Halluzination, nehme ich an«, wehrte er ab. »Für uns war es kaum zu verkraften, wie unheimlich schnell sich der Gesundheitszustand der Frau veränderte, und vielleicht hat deshalb einer der Kollegen etwas vom Weihnachtsmann gefaselt . . .«

»Wo ist die Frau jetzt?« fragte Kerr. »Hat sie schon irgend etwas gesagt, wer sie ist?«

Er hatte das Unfallprotokoll studiert und auch den zusammengeschmolzenen Wagen begutachtet, in dem einfach kein Fahrer gesessen haben konnte. Auch die Spurensicherer hatten nichts feststellen können.

»Nichts«, knurrte Arron.

Er ging voraus. Der Korridor wollte kein Ende nehmen, aber dann blieb Arron schließlich stehen und drückte eine Türklinke nieder. »Bitte . . .«

Er ließ Kerr als ersten eintreten. Dessen Begleiterin, die Arron sympathischer fand als den schlanken Inspektor mit den seltsamen Augen, folgte, aber dann blieben beide stehen.

»Doc, wollen Sie uns auf den Arm nehmen?«

Der verbat sich gleich beides: die Abkürzung Doc, die in Wildwestfilmen üblich war, nicht aber in britischen, respektive walisischen Krankenhäusern, und die Unterstellung, den Inspektor auf den Arm nehmen zu wollen.

»Na«, Kerr lachte auf, »dann zeigen Sie mir mal die Patientin, Sir! Vielleicht haben Sie sich in der Zimmernummer geirrt . . .«

Das war nicht der Fall, aber das nur angelehnte Fenster erklärte alles. »Hier verläuft ein Sims«, stellte Binder fest, der sich sofort hinausbeugte. »Und ein paar Yards weiter ist die Feuerleiter.«

Kerr lachte schon wieder, kurz aber trocken und bestimmt nicht fröhlich. »Binder, an Ihrer Stelle hätte ich meinen Kopf nicht so weit vorgestreckt. Man kann sich im Ernstfall böse Beulen oder gar ein Loch in der Stirn einfangen . . .«

Das war Arron schon wieder zuviel. »Ist die Frau eine gesuchte Kriminelle?«

»Eben das ist uns unklar, wie so vieles in diesem Fall, und von einem Gespräch hatte ich Aufklärung erhofft«, sagte Kerr, dessen Augen in diesem Moment schockgrün leuchteten – aber Menschen mit schockgrünen Augen, gab es die denn? Und an wen erinnerten sie Arron?

»Sie ist also verschwunden«, murmelte Mullon.

»Hier müssen sofort Fingerabdrücke genommen werden. Irgendwas hat die Frau mit Sicherheit berührt.«

Eine Viertelstunde später waren Spurensucher am Werk und machten mit ihrem Pülverchen Fingerabdrücke sichtbar, aber auch ein paar vollkommen klare Linien. Der Daumen und zwei Finger hatten hier zugelangt.

Mullon zweifelte an seinem Verstand. Binder tippte sich an die Stirn. »Das ist alles mögliche, aber keine Prints«, behauptete er stur. Auch Arron, der Arzt, wollte sie nicht für echt halten.

Fingerabdrücke, die keine geschwungenen Linien darstellten, sondern vielfach ineinander verschachtelte Siebenecke?

Kerr war der einzige, der nicht zweifelte. Ein Verdacht war in ihm aufgekeimt und erhärtete sich immer mehr, und dann fühlte er wieder Arrons Blick auf sich gerichtet und wußte nicht einmal, daß seine Augen schon wieder schockgrün leuchteten. Aber irgendwie erhaschte er etwas, das seinen Verdacht bestätigte.

»Gehen wir . . .«, sagte er schließlich, aber in der Tür legte er seine Hand kurz auf Arrons Schulter.

»Doktor, warum haben Sir mir nicht verraten wollen, einen Druiden gesehen zu haben?«

Etwa zu dieser Zeit bewegte sich eine junge Frau durch die Straßen Carmarthens. Sie hatte ihre Gedanken abgeschirmt und suchte nach einem bestimmten Ort, an dem das Grauen gehaust hatte. Jetzt waren dort nur noch Öde und Leere.

Obwohl sie von strahlender Schönheit war, achtete niemand auf sie. Sie verstand es meisterhaft, die Ausstrahlung ihrer Persönlichkeit, ihres Ichs, so abzuschirmen, daß sie nicht einmal von jemandem bemerkt wurde, mit dem sie zusammenstieß.

Auch wenn sie im Moment nicht über einen Dhyarra-Kristall verfügte, besaß sie dennoch stark ausgeprägte Para-Kräfte.

Und nur sie allein war noch in der Lage, Damon zur Besinnung zu bringen.

Sie mußte ihn finden.

Sie ahnte, daß er längst von ihr wissen mußte. Wer sonst konnte den Mordanschlag verübt haben? Er wollte sie vernichten.

Aber sie liebte ihn noch immer . . . und sie mußte ihn finden, um ihn zu ändern.

Da war ihr Ziel.

Und einsam schritt sie nach ihrer Flucht aus dem Krankenhaus durch die Straßen und nahm eine Spur auf, die sie zum Ort des Zweikampfes bringen würde.

Vielleicht fand sie dort einen Ansatzpunkt.

Draußen in Kerrs Dienstwagen, einem metallicblauen Vauxhall Cavalier, sah Babs ihren Chef fragend an. »Woher willst du wissen, daß Arron einen Druiden gesehen hat?«

Kerr lächelte. Mullon und Binder waren mit dem anderen Wagen schon wieder abgefahren, so daß sie sich über den Inhalt dieses seltsamen Gespräches nicht die Köpfe zu zerbrechen brauchten.

»Arron hat mich als Druiden erkannt«, behauptete er. »Wahrscheinlich haben sich meine Augen mal wieder grün verfärbt. Gleichzeitig muß sich auch diese weißhaarige Gestalt als Druide gezeigt haben, sonst hätte Arron wegen der Ähnlichkeit der Augenfarbe nicht in mir einen Druiden sehen können!«

»Also ist doch das Übersinnliche im Spiel«, sagte Babs etwas enttäuscht und lehnte sich tief in die Polster des Autositzes. Kerr drehte den Zündschlüssel und setzte den Vauxhall Cavalier in Bewegung. Er fuhr grundsätzlich keinen anderen Typ als Dienstwagen, hatte dabei aber den höchsten Fahrzeugverschleiß im Yard, obgleich er einer der besten Fahrer war. Aber hin und wieder gehörte es zu seinen dienstlichen Obliegenheiten, Verfolgungsjagden durchzuführen, bei denen er den Wagen auch als Waffe einsetzte, um den Verfolgten mehr oder weniger vorsichtig in den nächsten Graben zu schieben.

»Ja leider . . . der Alte hat wie immer recht«, knurrte er. »Aber weißt du, wer der Druide war, den Arron und seine Kollegen gesehen haben?«

Fragend sah Babs ihn aus ihren großen, schönen Augen an.

»Merlin«, sagte er. »Es muß Merlin gewesen sein. Und wenn der persönlich eingreift . . . na, dann gute Nacht.«

Langsam wurde auch ihm der Fall, der nur aus Rätseln bestand, unheimlich.

Asmodis grollte.

Der so überraschend ausgebootete Ex-Fürst der Finsternis konnte es nicht fassen, von einem Außenseiter so blitzartig besiegt worden zu sein. Von Damon hatte er bisher noch nie etwas gehört, und dennoch war dieser Unbekannte so stark gewesen in seinem Para-Können, daß er geschafft hatte, was seit ein paar tausend Jahren niemandem mehr gelungen war.

Und wie höhnisch-großmütig er gewesen war, dieser Damon! Er hatte Asmodis nicht getötet. Er hatte ihm das Leben geschenkt, was viel schlimmer war. Denn jeder, der jetzt Asmodis begegnete, würde sich an ihn als einen Dämon erinnern, der von einem Newcomer ausgeschaltet worden war.

Von einem, der nie zuvor auf der Erde von sich reden gemacht hatte, der aber dennoch genau gewußt hatte, wie Asmodis zu besiegen war. Wer hatte es ihm gesagt?

Ein Abtrünniger der Schwarzen Familie? Möglich war das schon, erklärte dem Ex-Fürsten aber immer noch nicht Damons Herkunft.

Zur Bibliothek, in der magische Abschriften der sybillinischen Bücher fehlten, seit die Originale von Zamorra vernichtet worden waren, hatte er keinen Zugang mehr. Nur der Fürst der Finsternis besaß die Möglichkeit, dort in uralten Schriften nachzuschlagen, aber diesen Titel führte jetzt Damon. Und der würde, wenn in den Schriften etwas über einen gewissen Damon niedergelegt war, gerade diese Bücher besonders unter Verschluß halten.

Es gab auch kaum noch Dämonen, denen Asmodis jetzt Vertrauen schenken konnte. Von denen, die nach seinem Sturz noch zu ihm hielten, besaß keiner die Fähigkeit, in die Vergangenheit zu gehen, um in den alten Schriften nachzuforschen, wer Damon war. Alles, was Asmodis über ihn hatte in Erfahrung bringen können, war das, war er während des Zweikampfes erlebte.

Damon besaß einen der seltenen Dhyarra-Kristalle . . .

Aber es mußte doch möglich sein, etwas über die Herkunft dieses Damon zu erfahren, um ihn mit Hilfe dieses Wissens anzugreifen und zu vernichten!

Aber vorläufig war es noch nicht soweit.

Vorläufig saß Damon ziemlich fest auf seinem Thron und hatte seinen engsten Mitarbeiterstab gleich mitgebracht. Diesen kleinen Teufel, der sich Master Grath nannte und ohne den Schutz Damons nur ein kleines Licht geblieben wäre, und drei Hexen, die offenbar zu Grath gehörten ... Wenn Asmodis sich dieses Grüppchen vorstellte, kochte immer wieder der blanke Zorn in ihm auf.

Auch die Erzdämonen, die Asmodis' engste Vertraute gewesen waren, hatten so gut wie nichts mehr zu sagen! Was geschah, bestimmten Damon, Grath und die drei Hexen.

Das hatte es in der Geschichte der Schwarzen Familie noch nie gegeben, aber noch wagte niemand, sich Damon entgegenzustellen, um wieder zu den alten Traditionen zurückzukehren. Denn immerhin hatte es Damon geschafft, den Fürsten innerhalb von wenigen Minuten zu besiegen. Und wer Asmodis gefürchtet hatte, fürchtete nun Damon um so mehr.

Asmodis' einzige wirkliche Verbündeten mochten die Erzdämonen sein, die mit ihm entmachtet worden waren. Ihnen würde sehr daran gelegen sein, die alten Verhältnisse wiederherzustellen.

Mit ihnen mußte sich Asmodis zusammentun.

Und plötzlich spürte er, daß einer der Wanderer in den höllischen Sphären wieder aufkreuzte.

Einer von denen, die zwischen den Dimensionen wechseln konnten wie andere zwischen Häusern. Asmodis erkannte Pluton in ihm, einer der ältesten Erzdämonen. Er mußte sich vorübergehend in der anderen Welt aufgehalten haben, die Asmodis selbst noch nie betreten hatte und von der er kaum etwas wußte, weil sie für ihn uninteressant war.

Aber aus jener Welt war Pluton wieder einmal zurückgekehrt. Kam er, um Damon zu huldigen?

Asmodis beschloß, ihn vorher abzufangen und sich eingehend mit ihm zu unterhalten.

Kapitel 46

Plötzlich waren sie da. Sie kamen lautlos, und Zamorra bemerkte sie erst, als sie schon nach ihm griffen.

Er wollte aufspringen, aber zu fünft hielten sie ihn gleichzeitig fest. Seine Hand umklammerte den Schwertgriff, und er bekam den Arm auch noch hoch, aber dann war es schon aus. Metall klirrte gegen Metall, und das Schwert wurde ihm aus der Hand geprellt.

Grauenhafte Schreckensfratzen starrten ihn im fahlen Mondlicht an. Glühende Augen, gebleckte spitze Zähne . . . und es schienen Hunderte von Armen zu sein, die ihn jetzt vom Boden hochrissen, auf ihn einschlugen und dabei das Kunststück fertigbrachten, ihn zu fesseln!

Er hörte das Pferd schrill und angstvoll wiehern. Warum hatte es ihn nicht gewarnt? Warum war er selbst nicht erwacht?

Lautlos hatten sie ihren Überfall durchgeführt, und lautlos waren sie auch jetzt noch.

Faustschläge trafen ihn, um jeden Widerstand von vornherein zu brechen, und dann zerrten sie ihn mit sich. Seine Rippen schmerzten, und sein linkes Auge begann sich langsam zu schließen. Starke Schmerzen durchtobten ihn, und er hatte keine Möglichkeit, sich zu wehren.

Was wollten sie von ihm? Und wer waren sie?

Unzählige Füße bewegten sich raschelnd durchs Gras. Er lag über der Schulter eines seiner Bezwinger und sah zwischen Sternen nur Beine. Nackte, dunkle Beine.

Dämonendiener konnten es nicht sein. Wer zum ORTHOS, zum Dämonenhort und dessen Dienern gehörte, hätte ihn sofort getötet. Die Schwarzen kannten ihn und seine Gefährlichkeit inzwischen. Sie hätten sich gehütet, das Risiko einer Gefangennahme einzugehen.

Der Pferd gab keinen Laut mehr von sich, aber er hörte, wie die Wesen einen schweren Gegenstand über den Boden schleiften. Sie mußten das Tier getötet haben.

Aus Hunger?

Es mußte so ein, denn wer tötet schon ein Arbeitstier aus reiner Vernichtungslust?

Und dann erkannte er, was auch ihm bevorstand. Er erinnerte sich, im fahlen Licht spitz zugefeilte Zähne gesehen zu haben.

»Dieser Zamorra, der aus der anderen Welt kommt, lebt noch«, sagte der Oberste Schamane überrascht. Der Wisch, der Bote aus dem ORTHOS, war wieder verschwunden. Es gab niemanden mehr, der über dem Schamanen stand.

Und sein Dhyarra verriet ihm, daß Zamorra die Explosion überstanden hatte. Darüber hinaus wußte der Schamane jetzt ziemlich genau, wo Zamorra zu finden war.

Er beschloß, bei Tagesanbruch eine Abteilung Tempelkrieger auszusenden, um Zamorra gefangennehmen zu lassen. Daß der Fremde, der aus der anderen Welt erschienen war und ein zweiter Damon werden konnte, die Explosion überstanden und wieder aufgetaucht war, gab ihm zu denken. Zamorra war stärker als vermutet, und vielleicht konnte man doch wieder auf den alten Plan zurückgreifen, Zamorra mit seiner noch nicht ausgeloteten Kraft zum Werkzeug des ORTHOS zu machen.

Denn er war so aufgetaucht, wie Damon vor drei Jahrtausenden verschwunden war. Damon, der Verräter an der Sache des ORTHOS . . .

»Fangt ihn lebend, aber wenn er sich wehrt, schlagt ihm die Hände ab!« befahl der Schamane. »Denn nur sein Gesicht wird benötigt, um Damons Nachfolge anzutreten!«

Bei Tagesanbruch würden die Tempelkrieger unter der Führung eines Magiers aufbrechen. Einen stärkeren Hexer wollte der Schamane nicht einsetzen.

Die Kraft eines Magiers würde reichen, Zamorra zu finden, zumal dessen Schatten ihn immer wieder verriet.

Zamorra wußte nicht genau, wieviel Zeit vergangen war, seit die Kannibalen ihn überfallen hatten, aber es mußten bestimmt zwei Stunden sein. In dieser Zeit waren sie unausgesetzt gelaufen, und der ihn auf seiner Schulter trug, hatte nicht einmal die Last gewechselt und zeigte auch keinerlei Ermüdungserscheinungen. Auch nicht die Burschen, die das tote Pferd mitschleiften.

Plötzlich tauchten Hütten auf.

Aber was für Hütten! Hundserbärmliche, in denen sich nicht einmal das Ungeziefer wohl fühlen konnte. Aus Stroh und Buschwerk zusammengebaut, von jedem noch so geringen Windhauch zu erschüttern, aber sehr schnell abzubauen und anderswo wieder zu errichten, wenn die Lage es erforderte.

Hochtönende Schreie schreckten die Bewohner der Hütten auf. Hier also hatte der Kannibalenstamm sein Dorf! Zamorra nutzte dieses Wissen herzlich wenig, weil er längst in der Patsche steckte, und die Fesseln saßen so gut, daß er nicht entkommen konnte.

Im Dorf wurde man wach.

Trotz der Nachtstunde war plötzlich jeder auf den Beinen, und als Zamorra so unsanft auf den Boden geworfen wurde, daß er die Engel im Himmel singen hörte, konnte er die Kannibalen in Ruhe betrachten.

Superschlank waren diese Gestalten, die nur mit zottigen Lendenschürzen aus irgendwelchen Tierfellen bekleidet waren, aber sehnig und muskulös ihre Arme und Beine. Kantig die Schädel mit ihren flachen Boxernasen, die auf negroiden Einschlag hinwiesen; aber jedes andere negroide Merkmal fehlte. Schmal und dünn waren die Lippen, hoch die Stirnen, aber auf rätselhafte Weise schienen die Augen in der Dunkelheit zu glühen, und wenn die Münder sich öffneten, wurden spitz zugefeilte Zähne sichtbar.

Raubtiergebisse, mit denen man auch rohes Fleisch mühelos zerreißen konnte!

Die Frauen, die aus den Hütten eilten, waren nicht weniger häßlich als ihre männlichen Gegenstücke, aber dann sah Zamorra einen Kannibalen, der ihm bekannt erschien.

Beide erkannten sich im selben Augenblick wieder, aber das Sprechen fiel dem Kerl schwer, weil er keine Zähne mehr besaß. Die hatte Zamorra ihm auf den Sklavenmarkt ausgeschlagen. Wilde Flüche hatte der Verletzte gegen Zamorra ausgestoßen.

Er war der einzige, der halbwegs zivilisierte Kleidung trug, und er war auch derjenige, der im Dorf das Sagen haben mußte, auch wenn das jetzt mangels Zähnen auf Schwierigkeiten stieß und er vorwiegend nuscheln mußte.

Aber auch nuschelnd kann man andere in die tiefste und heißeste Stelle des ORTHOS wünschen, und Zamorra machte sich keine Illusionen mehr über sein weiteres Schicksal. Auf dem Sklavenmarkt hatte nur der Hintergrundplan eines Adepten, der Zamorra unbedingt lebend erhalten wollte, schützend seine Hand über ihn gehalten, aber hier war auch die Macht des ORTHOS fern.

Und wie dieser Zahnlose seinen Triumph genoß, den prügelnden Sklaven Zamorra gefesselt vor sich im Staub liegen zu sehen! Er setzte ihm sogar den Fuß auf die Brust wie der Jäger dem erlegten Raubtier!

Dann trat er wieder zurück.

»Ha, er trägt ja noch den Sklavenring! Entflohen, wie? Hast du deinen Herrn auch niedergeschlagen? Jetzt aber wirst du meine Fäuste zu spüren bekommen, ehe du stirbst und ich dein Herz verzehre!« Er hatte Schwierigkeiten mit der Aussprache, aber es gehörte nicht viel Phantasie dazu, dennoch zu verstehen, was er meinte.

Zwei andere rissen Zamorra hoch. Sie stanken abscheulich nach Schweiß und irgendwelchen Kräutern, aber dann fielen plötzlich die Fesseln.

»Versuche nur, dich zu verteidigen!« brüllte der Häuptling ohne Gebiß. »Und dann will ich dich winseln hören . . .«

Ringsum standen die anderen, deren Speerspitzen auf Zamorra gerichtet waren. Auch ungefesselt konnte er nicht mehr fliehen. Der Kannibalen waren zu viele.

Egal, wie er es versuchte – er würde durch einen Speer sein Ende finden. Aber war nicht ohnehin alles egal? Lebend verließ er dieses verfluchte Kannibalendorf mitten in der Prärie nicht mehr!

Der Zahnlose ging auf Zamorra los, und der sah jetzt die Schlagringe mit spitzen Stacheln in jeder Faust des Kannibalen.

Aber dann schlug dieser doch nicht zu.

Er erstarrte mitten in der Bewegung, brüllte nicht mehr, sondern flüsterte nur noch.

»Die Schatten . . . die Schatten . . .« Und dann begriff Zamorra die Welt nicht mehr!

Speerspitzen, die Zamorra gerade noch bedroht hatten, fielen! Kannibalen wichen schreiend vor ihm zurück, am schnellsten aber der Häuptling mit den Schlagringen.

Er rannte!

Die anderen auch. Einer schleuderte Zamorras Schwert von sich, das er sich vorher angeeignet hatte. Mit der Spitze blieb es in der Erde stecken, und dann hatte auch der Letzte aus dem Kannibalenstamm die Flucht ergriffen.

Vor Zamorra, dem Gefangenen!

Warum hatten sie plötzlich vor ihm Angst? Er hatte ja nicht mal eine Drohgebärde gemacht! Und was hatten die Rufe des Häuptlings zu bedeuten, der immer noch etwas von ›Schatten‹ schrie?

Unwillkürlich sah Zamorra an sich hinunter zu Boden. Der fahle Mond zeichnete scharf die Umrisse seines Schattens über den Boden, aber den zweiten Schatten, der in die entgegengesetzte Richtung zeigte, sah Zamorra nicht!

Ein Schatten, der gegen das Licht fiel, aber dennoch jede Bewegung mitmachte, als gehöre er zum Körper.

Kopfschüttelnd ging Zamorra ein paar Schritte, griff nach seinem Schwert und schob es in die Scheide zurück. Dann erst begann er seine Glieder zu massieren, in denen es teuflisch kribbelte. Die stundenlange Fesselung zeigte ihre Wirkung.

Allmählich begann das Blut wieder zu zirkulieren.

Er sah sich um. In dem Dorf aus löchrigen, brüchigen Hütten zu bleiben, hatte er keine Lust und konnte auch nicht sagen, ob die Gesinnung der Menschenfresser nicht in Kürze wieder umschlagen würde. Aber vergeblich suchte er nach einem Reittier. Die Kannibalen waren ein Stamm von Läufern, der mit Tieren nichts anzufangen wußte, daher wohl auch der Irrsinn, Zamorras Pferd erst zu töten und dann die lange Strecke mit sich zu schleifen, anstatt es lebend ins Dorf zu bringen.

Nichts wie weg hier! drängte es in ihm, und er setzte sich wieder in Bewegung. Er versuchte sich nach dem Mond zu richten, wußte aber nicht mit Bestimmtheit, welche Strecke dieser inzwischen zurückgelegt hatte und ob die Richtung, in der er sich zu bewegen hatte, um durch Khysal nach Rhonacon zu gelangen, noch stimmte. Sein Gefühl, das ihn auf der Erde nie im Stich ließ und ihm selbst in finsterster Nacht jeden Kompaß ersetzte, führte ihn hier in die Irre. Es gab eine Himmelsrichtung zuviel.

An Schlaf war trotz seiner Müdigkeit nicht zu denken. Er mußte soviel Distanz wie möglich zwischen sich und das Dorf bringen, weil er die Kannibalen bei Tageslicht fürchtete.

Von seinem zweiten Schatten wußte er immer noch nichts!

Kapitel 47

Asmodis fing Pluton, der wie üblich von kaltem Feuer umlodert wurde, auf seinem Weg ab und berichtete ihm von den jüngsten Veränderungen, die sich ergeben hatten. Vom Machtwechsel hatte Pluton noch nichts gehört, weil er sich ein paar Tage in der anderen Dimension aufgehalten hatte, zeigte sich aber höchst bestürzt. »*Wer* sitzt auf dem Thron? Damon?«

»Du kennst ihn?« stellte Asmodis eine Gegenfrage.

Pluton lachte, aber es war das Lachen der Hölle. »Ob ich ihn kenne? Asmodis, hast du vergessen, daß ich auch in der anderen Welt einen hohen Rang innehabe? Hast du vergessen, daß es unser beider Freund Astaroth war, der Damon zeugte in der anderen Welt, um ihn zum Giganten zu machen, der mit der Kraft seiner überragenden Magie und seines überstarken Dhyarra-Kristalls den OLYMPOS der Götter niedermachen sollte? Aber dann verschwand Damon aus der anderen Welt, und es hieß, daß er nach hier gekommen, aber untergetaucht sei! Er soll in den Jahrtausendschlaf gegangen sein!«

»Wo? Und aus eigener Kraft, oder ermöglichte es ihm ein anderer?«

»Merlin ermöglichte es ihm und seiner Gefährtin Byanca, die den Göttern entsproß und sich dennoch mit ihm zusammentat, weil sie gleichstark ist!«

Da flog ein heller Schatten übe Asmodis' Teufelsfratze. »Byanca . . .«, murmelte er. »Sie bei Merlin wie Damon und gleichstark . . . Pluton, wenn ich wieder Fürst der Finsternis bin, hast du bei mir einen Wunsch frei, und das wird gar nicht mehr so lange dauern. Byanca . . . und Merlin . . .«

Schwefelstinkend verschwand Asmodis in einem aufzuckenden Blitz, und kopfschüttelnd sah Pluton, der Flammenumkränzte, ihm nach. Er konnte nicht einmal ahnen, was Asmodis plötzlich plante!

Inspektor Kerr hatte es sich in Mullons Büro bequem gemacht und studierte die Akten. Vorher hatte er sich nur einen Kurzbericht geben lassen, weil es ihn drängte, mit der Fremden zu sprechen. Aber die war spurlos verschwunden, hatte nur Fingerabdrücke hinterlassen, die nicht menschlich waren.

Nicht menschlich wie ihr Verhalten!

Mullon bewunderte die langen Beine von Kerrs Sekretärin. Kerrs Frage riß ihn aus seinen Betrachtungen. »Mullon, wieso sehen Sie Zusammenhänge zwischen der verschwundenen Frau und den beiden Morden?«

Mullon lehnte sich in seinem Schreibtischsessel zurück, holte tief Luft und schüttelte den Kopf.

»Weil beide Fälle ungewöhnlich sind . . .«

»Nur deshalb . . .?« Kerr vertiefte sich wieder in die Protokolle über die beiden Mordfälle.

In beiden Fällen waren die Gehirne zu Asche zerfallen, ohne daß es eine Verletzung gegeben hatte. Der erste Mord in Cwm Duad, der zweite hier in Carmarthen, und zwischen beiden lagen nur ein paar Stunden, in denen man nicht nur bequem per Auto von Carmarthen nach Cwm Duad und umgekehrt gelangen konnte, sondern noch bequemer in der Wohnung des zweiten Opfers warten.

Plötzlich stutzte Kerr über eine Formulierung. Im Bericht über den Mord in Cwm Duad hatte es geheißen, daß dies der zweite Besuch Mullons dort innerhalb weniger Stunden war.

»Mullon, weshalb waren Sie vor dem Mord an Sam Valk schon einmal im Dorf?«

Wortlos reichte Binder ihm aus einem Schnellhefter die Kopie eines Berichtes. Kerr überflog ihn. Zwei Franzosen, Mann und

Frau, waren als vermißt gemeldet worden, und das Protokoll endete mit dem Vermerk, daß bei Tagesanbruch eine Suchaktion mit Hunden durchgeführt werden sollte.

Kerr sah nicht mal auf seine Uhr. In walisischen Bergen und Wäldern zwei verschwundene Personen zu finden, war eine Sache von Tagen, nicht von Stunden, auch wenn Hunde im Spiel waren. »Steht die Identität der beiden Verschwundenen fest, oder tappen Sie da auch noch im dunkeln?

»Stehen fest ... sie sind schon einmal hiergewesen, und der Wirt in der einzigen Kneipe kannte sie ... ein Professor Zamorra und ...«

Bei Kerr flammte eine geistige Flutlichtanlage auf. »Und Nicole Duval?«

Mullon konnte sich nur noch wundern. »Bekannt?«

»Und wie, Mullon«, behauptete Kerr und sah plötzlich Zusammenhänge nicht nur zwischen der geheimnisvollen Fremden und den Mordfällen, sondern als dritter Fall spielte auch noch das Verschwinden der beiden Franzosen hinein.

Weil Merlin im Spiel war!

Merlin hatte sich im Krankenhaus gezeigt und die Fremde vor dem Sterben bewahrt, und Merlin war der Schutzpatron Zamorras! So sah es zumindest Kerr.

Er kannte doch Zamorra, den Meister des Übersinnlichen! Den Dämonenjäger, der hauptberuflich Parapsychologe war, aber immer wieder überall in der Welt aufkreuzte, um die Höllenmächte zu bekämpfen. Und wenn Zamorra hier in der Nähe spurlos verschwand, dann war nicht nur im Sprichwort, sondern buchstäblich und wahrhaftig *der Teufel im Busch!*

»Lassen Sie nach diesem Zamorra fahnden, als sei es die Queen persönlich!« verlangte Kerr, der Halbdruide. »Es geht um mehr, als wir alle es uns vorstellen können!«

Und er fragte sich, auf welche Spur Zamorra gestoßen und warum der Meister des Übersinnlichen verschwunden war. Wegen der Mordfälle? Wußte Zamorra Näheres und war deshalb beseitigt oder entführt worden?

Vielleicht wußte auch Merlin mehr, der möglicherweise in allen drei Fällen eine Rolle spielte?

»Merlin . . .«, murmelte Kerr nachdenklich und sah in dem mächtigsten aller Weißen Magier plötzlich den Schlüssel zu allem!

Merlin, der Magier, hatte in diesem Augenblick andere Sorgen.

Jemand rief nach ihm und tat dies mit vehementer Kraft. Deutlich spürte Merlin, noch ehe der andere sich vorstellte, um wen es sich handelte.

Schwarze Magie versuchte den Schirm um Caermardhin zu durchdringen, der für Höllenkräfte ein unüberwindliches Hindernis war.

Aber dann riß Merlin selbst diesen Schirm nieder und ermöglichte den Kontakt! Der andere Geist berührte den des großen Magiers.

In ihm regte sich leichte Verwunderung. »Du, dunkler Bruder?« murmelte er. »Was willst du von mir nach so langer Zeit?«

Eine junge Frau mit goldenem Haar, deren Augen schockgrün leuchteten, hörte ihn murmeln, erkannte aber den andern Gesprächspartner nicht, weil Merlin die Verbindung plötzlich durch die Kraft des Silbermondes abschirmte – auch vor ihr, der Druidin, die zur Zeit in Merlins Burg wohnte.

Sie fragte sich, mit wem Merlin sich auf magischer Ebene unterhielt, und ein paarmal sah sie es in seinem Gesicht zucken wie unter Schmerzen. Aber dann endete die Verbindung, und der magische Sperrschirm um Caermardhin stand wieder in unverminderter Stärke.

Teri Rheken, die Goldhaarige, sah Merlin fragend an.

»Oh, warum soll ich es dir nicht verraten?« sagte Merlin lächelnd. »Ein Bekannter aus uralten Zeiten, der Informationen erbat . . . Asmodis . . .«

»Merlin!« schrie sie entsetzt auf.

»So heiß' ich«, er nickte, »aber was ist denn so Besonderes daran, wenn man einem alten Bekannten Informationen gibt, die er benötigt?«

»Aber Asmodis!« schrie Teri ihn an. »Dem Fürsten der Finsternis – dem ehemaligen! Unserem Erzfeind! Wie kannst du dem Bösen helfen?«

Merlin zeigte wieder sein weises Lächeln, aber dabei erwies er sich als Chauvinist oberster Größenklasse. »Das ist höhere Politik, Teri, davon verstehen doch Frauen nichts . . .«

Und die Druidin Teri Rheken begann zum ersten Mal an Merlin, dem unerreichten Meister der Weißen Magie, zu zweifeln. Denn hieß es nicht in der Artus-Sage, daß Merlin, der Ziehvater des Sagenkönigs, der Sohn des Teufels war?

Merlin, dachte sie verzweifelt, *bist du denn wirklich zum Verräter geworden?*

Woher sollte sie ahnen, daß selbst Zamorra in der anderen Welt ähnliche Gedanken über Merlin hegte?

Kapitel 48

Sonderlich begeistert zeigt sich Pluton nicht darüber, daß Asmodis sich an Merlin gewandt hatte, um eine Auskunft zu erhalten. Aber Asmodis selbst war zufrieden. Er wußte jetzt, daß nicht nur Damon, sondern auch Byanca sich tatsächlich in dieser Welt befanden – und daß Byanca unterwegs war, Damon zu finden, nachdem sie einem Mordanschlag durch Merlins Hilfe entgangen war.

»In diesem Fall müssen wir dem Alten sogar dankbar sein«, behauptete Asmodis, der sich in eine seiner Tarnexistenzen zurückgezogen hatte. Sie hatte er nicht an Damon abtreten müssen wie den Thron.

Asmodis hatte den Körper eines Großindustriellen geformt, eine seiner unzähligen Identitäten, und bei diesem Typ fiel es nicht auf, wenn er sich nur ein paarmal im Jahr zeigte, weil er eben nicht selbst zu arbeiten hatte, sondern arbeiten ließ.

Pluton saß ihm gegenüber im bequemen Sessel und zeigte sich auch nicht mehr als flammenumkränzter Riese, sondern als elegant gekleideter Manager-Typ.

»Und was willst du jetzt mit der Information anfangen?« fragte Pluton und nippte am Whisky, den sein Gastgeber ihm gereicht hatte. In menschlicher Gestalt waren den Höllischen auch kleine menschliche Laster angenehm.

»Wir müssen davon ausgehen, daß Byanca wieder zu Damons Gegenpol geworden ist wie damals in der anderen Welt«, führte Asmodis aus. »Wenn Damon stürzt, dann weniger durch unsere Intrigen, die wir natürlich nach bekannten Schema durchführen werden, sondern wahrscheinlicher durch Byanca. Auch wenn sie zur Weißen Magie gehört, steht sie ungewollt auf unserer Seite.«

Pluton, der Macht und Einfluß als Vertrauter Asmodis' mit diesem zusammen verloren hatte, nickte nur. Auch er mußte naturgemäß daran interessiert sein, daß Asmodis wieder zum Fürsten der Finsternis wurde.

»Wir werden Byanca also unterstützen«, erklärte Asmodis. »Du wirst mir erlauben, daß ich unterdessen noch etwas anderes tue«, sagte Pluton. »Du sagtest doch, daß Damon drei Hexen um sich geschart hat, nicht wahr?«

Asmodis nickte.

Der Feuerdämon grinste. »Meinst du nicht auch, daß ich in dieser Gestalt der geeignete Liebhaber bin? Ich werde versuchen, eine dieser Hexen ›umzudrehen‹, daß sie ein wenig für uns arbeitet.«

»Du bist ein Prachtbursche«, brummte Asmodis, schlug Pluton kameradschaftlich auf die Schulter, und fast hätte man über diese so menschliche wirkende Geste vergessen können, daß beide Dämonen waren und zu den fürchterlichsten und grausamsten dieser Gattung gehörten.

Pluton hatte es nicht sonderlich schwer, der Hexe Britt schöne Augen zu machen, während er Damon, dem neuen Fürsten der Finsternis, seine Huldigungen darbrachte. Damon selbst fiel es nicht auf, weil diese Huldigung mittlerweile zum Ritual erstarrt waren und er sich nicht mehr mit jedem einzelnen Angehörigen der Schwarzen Familie eingehend beschäftigte.

Wie die anderen, so versicherte auch Pluton dem neuen Fürsten seine Ergebenheit und Unterstützung, ohne dabei zu verraten, daß er Damon aus früheren Zeiten und der anderen Welt kannte und gemeinsam mit Abbadon und Astaroth an dem Plan gestrickt hatte, mit Damon einen Superkämpfer für das Böse ins Leben zu rufen. Aber Pluton war einer der wenigen, die sich an die Geschichte von Dr. Frankenstein und seinem Ungeheuer erinnerten.

Damon war längst der Kontrolle der Dämonen entwachsen und stärker als seine Schöpfer geworden.

Von dem kleinen Teufelchen, das sich Master Grath nannte und das von Damon zum persönlichen Adjutanten bestellt worden war, war ebensowenig zu sehen wie von zweien der drei Hexen. Darüber machte sich Pluton auch keine Gedanken. Ihn interessierte nur, daß es bei der schwarzhaarigen Britt gefunkt hatte.

Hexen verlieben sich nicht!

Dämonen ebensowenig, was aber beide nicht störte, sich zu einem gemeinsamen Abenteuer zu verabreden, von dem Damon nicht unbedingt etwas wissen mußte. Bei dieser Audienz hatte Pluton Understatement betrieben, und selbst wenn Britt noch im letzten Moment etwas bemerkte, war Pluton mit all seiner magischen Kraft dennoch stärker und überrumpelte sie förmlich.

Als sie sich nach der wilden Nacht trennten, war die Hexe Britt verändert. Sie war nicht mehr Herrin ihres eigenen Willens, ohne sich nach außen hin als Marionette zu verraten. Pluton hatte ihrem Geist seinen Stempel aufgeprägt und sie Damon entfremdet, aber vorsichtshalber mußte er jetzt erst einmal wieder in der Versenkung verschwinden, falls Damon dieser Manipulation auf die Spur kam. Pluton hatte kein Interesse daran, im Kampf gegen Damon antreten zu müssen, und noch weniger daran, vor ein dämonisches Tribunal gezerrt zu werden. Denn immerhin war Damon jetzt der Herrscher, und wie es den Gerüchten nach schien, war das durchaus im Sinne des Kaisers LUFIZER, dem Asmodis in letzter Zeit ein etwas zu schlapper Fürst geworden war.

Gegen Mittag des neues Tages ließ sich bei dem Großindustriellen Parkington eine Britt Preston anmelden, die in einer wichtigen Angelegenheit mit ihm zu sprechen habe. Asmodis ließ bitten.

Wer dieser Parkington in Wirklichkeit war, wußte auch Britt nicht, weil Pluton zwar diese Adresse in ihr verankert, nicht aber Asmodis' Identität enthüllt hatte. Deshalb dachte die *umgedrehte* Hexe sich auch nicht allzuviel dabei, Mister Parkington eine Information zu übermitteln, die als äußerst wichtig einzustufen war.

Vielleicht hätte ihre Beeinflussung weniger Erfolg gehabt, wenn sie gewußt hätte, *wem* sie diese Einzelheiten verriet . . .

Asmodis dankte und ließ sie wieder gehen.

Dann rief er einen anderen zu sich. Ein kleines Licht unter den Dämonen, gerade stark genug, um Menschen ein wenig tyrannisieren zu können und den Oberen zu dienen. Jona Vigeous gehörte zu denen, die von Asmodis auch jetzt, nach seinem Sturz, noch abhängig waren.

Der kleine Mann mit den stechenden Augen und den buschigen Brauen, die über der Nase fast zusammenwuchsen, verneigte sich knapp vor Asmodis. Daß er seinem Fürsten gegenüberstand, wußte auch er nicht, weil Parkington sich stets nur als Bevollmächtiger ausgegeben hatte. Asmodis war auch früher schon überaus vorsichtig gewesen, was sich jetzt auszahlte.

»Du wirst unverzüglich tun, was ich dir auftrage«, sagte Parkington. »Zwei Personen wirst du warnen. Auf sie sind weitere Attentate geplant, die nicht stattfinden dürfen.«

»Wer sind diese beiden?« fragte Jona Vigeous, der Werwolf-Anlagen besaß, aber auch bei hellstem Vollmond noch keine Verwandlung schaffte. Es tat Asmodis in seiner schwarzen Seele weh, wenn er solchen Kreaturen gegenüberstand, aber vielleicht mußte es auch solche Dämonen geben. Und wenn es nur war, um den anderen eine Selbstbestätigung zu verschaffen.

»Ein Mann namens Kerr, der als Inspektor bei Scotland Yard arbeitet. Du wirst ihn in Carmarthen finden. Die zweite Person ist eine Frau, die Byanca heißt. Du wirst sie finden, wo immer sie auch ist.«

Parkington berührte Vigeous' Stirn mit einer Hand. Im selben Moment übertrug er das Bewußtseinsmuster Byancas in das Gehirn des Werwolf-Versagers, wie er es von Merlin übernommen hatte.

»Warne sie vor dem Fürsten der Finsternis«, befahl Asmodis. »Damon will sie jagen. Seine Fallen werden bereits aufgestellt. Er will sie vernichten, weil jene beiden auf getrennten Wege hinter ihm her sind.« Asmodis verriet Vigeous noch die Art der Fallen, die auf die beiden Personen warteten. »Und sage ihnen, daß sie einen Helfer haben, von denen sie nicht einmal wissen, daß *er* hilft.«

Als Jona Vigeous gegangen war, rieb sich Asmodis die Hände. Ein politisches Ränkespiel in den Reihen der Dämonen war eingeleitet worden, und es würde nicht das einzige bleiben. Sein Ziel war es, Damon wieder verschwinden zu lassen.

Wahrscheinlich würde die beiden, Kerr und Byanca, mit der Zeit auf den richtigen Gedanken kommen und an Asmodis als den unbekannten Helfer denken. Sie würden sich daran erinnern – wie immer man es auch auslegen mochte.

Asmodis war zufrieden. Wer konnte wissen, wozu solche zwielichtigen Spielchen gut waren...

Byanca hatte den Kreuzweg draußen vor Carmarthen besucht und mit ihren magischen Sondersinnen abgetastet. Allein vom ersten optischen Eindruck her sah die Wegkreuzung verheerend aus. Geschmolzene Erde, wie Streichhölzer geknickte Bäume, verbranntes Gras auf den angrenzenden Wiesen ein paar hundert Meter im Umkreis... selbst ein Unbefangener mußte feststellen, daß das nicht allein die Folge eines normalen Blitzeinschlages war. Hier hatten sich weit stärkere Energien ausgetobt.

Hier hatte die Hölle selbst ihre Kraft entfaltet.

Byanca ging jeder Spur nach, jeder magischen Schwingung, die sich irgendwo festgesetzt hatte. Sie versuchte Damons Stärke auszuloten. Denn daran, daß der Zweikampf zwischen ihm und Asmodis an dieser Stelle ausgetragen worden war, gab es nicht den geringsten Zweifel.

Es war, als sei hier eine kleinere Atombombe *langsam* abgebrannt. In Wirklichkeit war ein Dhyarra-Kristall maßgeblich an dieser Verwüstung beteiligt gewesen.

Mein Kristall, dachte Byanca. Damon hatte ihn aus ihrem Schwert herausgebrochen. Sein eigener Kristall war zusammen mit seinem Dämonenschwert irgendwo verschollen, und nicht einmal Byanca wußte, wo es sich befand.

Der Kristall war von Zwölfter Ordnung. Von diesem Typ gab es nur zwei – eben diese beiden, die eigens für Damon und Byanca erschaffen worden waren. Nicht einmal Götter und Dämonen brachten es fertig, einen solchen Kristall allein zu steuern. Er war zu stark selbst für sie, brannte ihre Gehirne aus, wenn sie sich allein daran versuchten. Nur im Zusammenschluß mehrerer Geister gelang es ihnen, die Kristalle einzusetzen.

Damon wie auch Byanca schafften es jedoch allein. Sie waren überstark mit ihren Para-Fähigkeiten und doch nicht stark genug, um ohne die Kristalle eine echte Chance zu haben.

Dennoch mußte Byanca es versuchen. Sie mußte Damon für sich zurückgewinnen, mußte ihn von seinem unheilvollen Kurs wieder abbringen, den das Dämonische in ihm eingeschlagen hatte.

Und er war mit dem Kristall stark, unglaublich stark! Sie sah es an den Schwingungen böser Magie, die sich hier überall noch hielten. Aber diese Schwingungen verrieten ihr nicht, wo Damon sich jetzt aufhielt. Sie verrieten nur, daß er sich nach seinem Sieg der Führung des Unterteufels Grath anvertraut und die Dimension gewechselt hatte. Wo aber ein Übergang in die Sphären der Hölle möglich war, konnte auch Byanca nicht erkennen.

Bald wurde es Nacht. Sie mußte sich eine Unterkunft beschaffen und sich dabei so unauffällig wie möglich verhalten, da sie davon ausgehen mußte, daß die Polizei nach ihr suchte. In einem großen Hotel konnte sie also auf keinen Fall absteigen.

Sie kam schließlich in einer kleinen Pension unter, irgendwo am Rand Carmarthens. Sie schirmte das Zimmer mit magischen Zeichen ab, um vor unliebsamen Überraschungen sicher zu sein, und schlief bald darauf ein.

In der Nacht gab es keinen Angriff aus dem Hinterhalt. Byanca schlief bis zum Mittag.

Aber seit Mittag stand die kleine Pension unter Beobachtung.

Jemand lauerte darauf, daß sie das Haus verließ, um sie zu töten!

Kapitel 48

Irgendwo zwischen den Himmelsrichtungen Sooyst und Oyst erhob sich die Sonne als flirrender Ball über dem Horizont. Unwillkürlich verharrte Zamorra. Wenn er seine Marschgeschwindigkeit richtig einschätzte, hatte er wahrscheinlich zehn Meilen hinter sich gebracht.

Die Müdigkeit machte sich wieder bemerkbar. Ihm wollten die Augen zufallen, und in ihm nagte der Hunger, schlimmer war der Durst, aber nirgendwo war eine Wasserquelle zu erkennen. Wohl wuchsen hier jede Menge Pflanzen, aber es gab keinen Wasserlauf, auch keinen Teich in der Nähe. Entweder war der Grundwasserspiegel genügend hoch, oder die Pflanzen kamen mit Regenwasser aus.

Es half auch nichts, sich Vorwürfe zu machen, daß er im Dorf der Kannibalen nach deren panischer Flucht Gelegenheit genug gehabt hätte, sich mit Wasservorräten einzudecken. Aber er hatte es in seiner Eile, von dort zu verschwinden, einfach vergessen.

Jetzt war es zu spät.

Noch war der Durst erträglich, aber noch war es auch kühl. Wenn die Sonne erst einmal am Himmel emporstieg und die Mittagshitze einsetzte, würde das anders werden. Das Klima im Land Grex war sehr sommerlich, die Temperaturen entsprechend hoch und die Luftfeuchtigkeit gering, und in Khysal und später Rhonacon würde es nicht viel anders sein.

Zamorra überlegte, ob er es riskieren konnte, noch ein Nickerchen zu halten, solange es erträglich war. Vielleicht würden die Kannibalen ihn nicht wieder behelligen. Und an andere Gefahren ... daß abermals Sklavenfänger in seiner Nähe waren, glaubte er nicht.

Aber andererseits – wenn er jetzt die Augen schloß, wachte er nicht vor abends wieder auf! Und dann konnte er sich erneut nicht nach dem fremden Sternenhimmel orientieren, zumal ihm auch das Zeitgefühl abhanden gekommen war. Wahrscheinlich entsprach die Länge eines Tages hier nicht der in seiner Welt üblichen.

Die Sonne stieg höher. Zamorra versuchte seine Lippen mit der Zunge anzufeuchten, aber viel war da nicht zu machen.

Und es konnte nur schlimmer werden.

Plötzlich nahm seine feine Nase einen seltsamen Geruch wahr. Geruch war es eigentlich weniger denn Gestank. In einem Raubtierhaus im Zoo duftete es ähnlich.

Aber hier waren keine Raubtiere zu sehen, nicht einmal ihre Spuren!

Das Gras wuchs hier sehr hoch. Zamorra ging noch ein paar Schritte weiter. Der Raubtiergestank wurde noch intensiver, und plötzlich stellte er fest, woher diese linden Düfte kamen. Sie stiegen aus dem Gras auf, durch das er schritt.

Und da gab auch schon der Boden unter ihm nach.

Zamorras Sturz schien kein Ende nehmen zu wollen. Er glaubte schon, in ein paar Sekunden durch den Aufprall zerschmettert zu werden und sah über sich den Lichtpunkt immer kleiner werden, als er auf etwas Federndes prallte und dadurch weich aufgefangen wurde. Dennoch stauchte ihn der Aufprall gehörig zusammen. Benommen schloß er die Augen. Hier unten war der Gestank noch schlimmer als auf der Grasfläche. Zamorra öffnete die Augen wieder und sah nach oben. Gut fünfzehn Meter über ihm war die Öffnung der Fallgrube. Sie mußte ein ziemlich festes, kunstvolles Flechtwerk sein, das an verschiedenen Stellen unter einem bestimmten Gewicht nachgab, ansonsten aber selbst Grasbewuchs und die dazu erforderliche Erdschicht trug.

Den Gestank, der von unten aufstieg, hatte dieses Flechtwerk dagegen nicht aufhalten können.

Zamorra glaubte sich in ein Raubtierhaus versetzt. Aber wo steckte das Raubtier?

Hier in der Tiefe?

Das Licht, das von oben eindrang, war das einzige. Alles andere befand sich in Dunkelheit und Dämmerlicht. Aber Zamorras Gefühl nach mußte die Höhle riesig sein. Hatte das Raubtier, das sie als Fallgrube benutzte, sie künstlich geschaffen oder so vorgefunden?

Der Boden unter Zamorra war auf jeden Fall künstlich. Er tastete mit den Händen darüber und fand erneut Flechtwerk. Pflanzenfasern, die man miteinander verknotet hatte zu einem engmaschigen Netz, das den Herabstürzenden wie ein Trampolin aufgefangen hatte!

»Seltsam«, hörte er sich murmeln und lauschte dem verhallenden Echo nach.

Es paßte nicht zusammen – die Fallgrube und dieser nachgiebige Boden! Denn wer eine Falle baute, legte für gewöhnlich keinen Wert darauf, daß sein Opfer unverletzt unten anlangte. Demzufolge mußte diese Grube auch noch eine andere Bedeutung haben, und derjenige, der sie angelegt hatte, konnte durchaus alles andere als ein Tier sein.

Auf dem unter seinen Schritten federnden Boden bewegte Zamorra sich seitwärts, aber auch nach dem zwanzigsten Schritt traf er noch nicht auf eine Wand, die die Höhle abschloß. Dafür wurde es dunkler, je weiter er sich von seiner Absturzstelle entfernte, die unter dem vom Tageslicht erhellten Loch in der Decke lag.

In der Dunkelheit raschelte etwas.

Unwillkürlich blieb Zamorra stehen und lauschte. Aber das Geräusch wiederholte sich nicht. Auch der Netzboden unter ihm rührte sich nicht. Dafür schien der Raubtiergestank geringfügig stärker geworden zu sein.

Zamorra kehrte um, langsam nur, um auf jede Veränderung seiner Umgebung sofort reagieren zu können. Doch da gab es nichts.

Oder doch?

Er bemerkte es erst, als er konzentriert darauf achtete. Bei jedem Schritt federte der Netzboden unter seinen Füßen stärker nach, als er es eigentlich durfte.

Etwa so, als bewege sich gleichzeitig mit Zamorra noch jemand über das Netz.

Zamorra versuchte mit seinen Augen die Dunkelheit der Höhle zu durchdringen und wenigstens Umrisse zu erkennen. Aber er sah nichts. Dennoch war da etwas in der Nähe.

Seine Hand umklammerte das Schwert. Mensch oder Tier?

Ein Instinkt warnte ihn plötzlich davor, in die Dämmerhelligkeit zurückzukehren. Sofort bewegte er sich abermals ein Stück seitwärts und spürte jedesmal, daß sich irgendein fremdes Wesen gemeinsam mit ihm bewegte und verharrte, wenn er stehenblieb, um sich nicht zu verraten.

Der Raubtiergestank wehte jetzt direkt zu Zamorra herüber und verriet ihm, daß es einen kaum wahrnehmbaren Luftzug geben mußte. Und dann sah er etwas.

In der Dunkelheit glommen für die Dauer eines Herzschlags drei rote Punkte dicht nebeneinander auf und erloschen sofort wieder.

Augen?

Geräuschlos zog er das Schwert aus der Scheide. Er wußte zwar nicht, wie er jemals wieder aus dieser Grube herauskommen sollte, aber er war entschlossen, um sein Leben zu kämpfen. Er war mit dem Degen geschickter als mit dem Schwert, aber wenn es sein mußte, vermochte er auch diese Waffe einzusetzen.

Ein Königreich für einen Strahler, wie ihn die Offiziere der grecischen Söldner besaßen!

Zamorra schlich weiter durch die Dunkelheit. Jetzt stand er so, daß er einen Schatten sehen konnte, der sich langsam vor das Dämmerlicht schob, das wie ein Strahl von oben fiel.

Ein Wesen, so riesig wie ein Panzer . . . und wieder öffneten sich ganz kurz nur die drei rotglühenden Augen, die sich sofort wieder schlossen.

Zamorra sah nur die groben Umrisse, aber er konnte sich auch so vorstellen, daß er es mit einem furchterregenden Ungeheuer zu tun hatte, wie er noch nie einem begegnet war.

Und er besaß nur Schwert und Dolch . . .

Das Ungeheuer, das stank wie einer ganzer Zoo voller Löwen, mußte ihn trotz der Dunkelheit, in der er sich aufhielt, wittern. Vielleicht war es auch nachtsichtig oder nahm über Infrarot seinen Wärmeschatten wahr. Langsam bewegte es sich jetzt auf Zamorra zu.

Wieder öffneten sich die drei Augen und starrten den Meister des Übersinnlichen an.

Dann wanderten sie um etwa einen halben Meter nach oben. Hob das Biest den Kopf?

Sekundenbruchteile später wußte Zamorra, daß er sich geirrt hatte. Das riesige Maul war aufgeklappt und die Augen dadurch ›hochgerutscht‹.

Und eine gewaltige Feuerlohe wurde ihm entgegengeschleudert!

Geblendet schloß Zamorra die Augen und ließ sich nach hinten fallen. Die federnde Netzmasse unter ihm dämpfte den Sturz, und das Feuer raste über ihn hinweg. Nur knapp verfehlte ihn der glühende Odem des Ungeheuers.

Ein feuerspeiender Drache!

Zamorras Augen begannen zu tränen. Zu kraß war der Übergang von Dunkelheit zu blendendem Licht gewesen, aber jetzt spie die Bestie kein Feuer mehr, und alles war wieder dunkel.

Zamorra sprang halb auf, versuchte auf den Knien zu entkommen, bevor der Drache wieder ausatmete. Das Netz unter ihm begann stark zu wippen; ein untrüglicher Beweis dafür, daß der Drache seine Zurückhaltung aufgegeben hatte und jetzt mit stampfenden, großen Schritten auf sein Opfer zurückte.

Er grollte jetzt auch.

Es war ein tiefer Baßton, der Zamorras Bauchfell zum Schwingen brachte. Heller als zuvor glühten seine Augen, die sich plötzlich wieder in die Höhe bewegten und Zamorra damit warnten.

Er riskierte einen verzweifelten Hechtsprung.

Er federte sich ab, als die Bestie erneut Feuer spie. Diesmal hatte Zamorra seine Augen geschlossen, um nicht erneut von der gleißenden Helligkeit geblendet zu werden. Er hörte die Flammen hinter sich rauschen, setzte nach dem Sprung wieder auf und griff in etwas, das dünn war und unter dem Druck seines Körpers zerbrach.

Aber hinter ihm hatte die Feuerlohe das Netz versengt. Der Drache hatte tief gezielt, weil er Zamorra auf dem Boden erkannt hatte. Jetzt glomm das seltsame Netzwerk, und die Flammen wurden schnell größer, verbreiteten einen schwachen Schein.

Der Drache selbst verharrte zögernd. Vielleicht konnte er nicht sofort wieder Feuer speien, vielleicht hatte ihn auch der Brand der Netzfasern überrascht.

Zamorra sah die Umrisse des Ungeheuers im Feuerschein. Er sah aber auch, in was er mit seinem Sprung geraten war.

In bleiche Knochen!

Skelette lagen hier, die einmal von Menschenfleisch umhüllt

gewesen waren! Und da lag auch ein Schwert, ein Zeichen, daß das Drachenopfer sich gewehrt haben mußte.

Wieder knurrte das Ungeheuer. Plötzlich keimte in Zamorra der Verdacht auf, daß dieses dumpfe Grollen ein Pump-Geräusch war, mit dem der Drache brennbare Gase aus dem Körperinnern in den Rachenraum transportierte. Wenn dieser Verdacht stimmte, mußte gleich die nächste Feuerlohe auflodern!

Da war sie schon!

Wieder hatten sich die drei glühenden Augenpunkte einen halben Meter in die Höhe bewegt, als der Drache erneut sein Maul aufriß, und Zamorra hatte sich wieder aufgerafft und spurtete ein paar Meter zur Seite. Diesmal aber bewegte der Drache den Kopf, und der Flammenstrom folgte Zamorra!

Seine Jacke, die er sich nach der Flucht aus dem Tempel ›organisiert‹ hatte, fing Feuer.

Zamorra riß sich den brennenden Fetzen vom Leib, und da kam ihm eine Idee. Das angekohlte Netz glühte aus, die Flammen erloschen, aber die Jacke brannte immer stärker!

Zamorra kümmerte sich nicht darum, ob die Flammen ihm die Haut versengten. Er wickelte die brennende Jacke zu einer Kugel zusammen, schrie laut, weil die Flammen ihn verbrennen wollten, und schleuderte die Feuerkugel auf den Drachen zu.

Die Flammenbahn, die der brennenden Jacke folgte, riß eine helle Spur aus der Finsternis und beleuchtete jetzt den Kopf des Ungeheuers, der dem Schädel eines Tyrannosauriers glich. Jetzt brüllte die Bestie auf und bäumte sich auf. Offenbar vertrug sie Feuer nicht sonderlich gut.

Zamorra bückte sich, griff nach dem Schwert, das er fallen gelassen hatte, und schrie erneut, weil das kühle Metall seine verbrannten Handflächen berührte. Der Drache stand jetzt auf den Hinterbeinen und erreichte mit dem Kopf fast die Decke der Höhle, die Zamorra jetzt im Feuerschein erstmals in ihrem gesamten Ausmaß sah.

Überall am Rand lagen Skelette herum! Skelette von Menschen und Tieren, die dieses Ungeheuer gefressen hatte, aber Zamorra sah auch die Pranken der Bestie, die nicht in Krallen endeten, sondern in beweglichen Fingern. Damit konnten Netze, wie es sie in der Höhle und oben an der Oberfläche gab, gut geknüpft werden.

Brüllend wollte sich der Drache wieder auf alle viere senken.

Zamorra hatte das Schwert mit beiden schmerzenden Händen gepackt, richtete die Klinge nach oben und rammte sie der Bestie entgegen.

Der Körper des Drachen senkte sich.

Zamorra spannte die Muskeln und glaubte im nächsten Moment, von dem Gewicht des Ungeheuers durch das Netz getrieben zu werden, aber dann spürte er, wie die Schwertspitze den Panzer des Ungeheuers durchdrang. Schwarze, stinkende Brühe schoß ihm entgegen, und das Ungeheuer brüllte noch lauter auf.

Er krümmte sich zusammen, spannte seinen Körper und katapultierte sich selbst mit einem weiten Satz über Zamorra hinweg. Dem wurde das Schwert aus der Hand gerissen und eine Schlenkerbewegung des Schwanzes erwischte ihn und schleuderte ihn hoch in die Luft.

Die Kraft, die hinter der Schwanzbewegung des Drachen steckte, reichte, Zamorra gegen die Höhlendecke zu schleudern. Unwillkürlich hatte er die Arme hochgerissen, um den Aufprall abzudämpfen, und dann berührten seine ausgestreckten Hände Flechtwerk.

Ein Reflex ließ ihn zupacken.

Von oben war das Flechtwerk nicht als solches zu erkennen gewesen, weil eine dünne Erdschicht darüber lag und Gras darauf wuchs. Von unten aber konnte er gerade seine Finger um Pflanzenstränge klammern, fühlte, wie sein Körper wieder der Schwerkraft unterlag und nach unten gerissen wurde.

Ein heftiger Ruck ging durch Arme und Schultern, und dann pendelte er in fünfzehn Meter Höhe über dem Höhlenboden an der Decke.

Und wie seine angesengten Hände schmerzten! Aber er ließ nicht los, auch nicht, als ihm locker werdende Erde ins Gesicht rieselte.

Unter ihm tobte das Ungeheuer. Doch das allein war es nicht, was ihn dazu zwang, nicht loszulassen. Der Drache würde bald sterben, die Waffe hatte ein großes Blutgefäß getroffen. Auch der Absturz war nicht gefährlicher als der erste, weil der Boden die Wucht des Sturzes federnd abfangen würde. Aber es gab mit Sicherheit keine Möglichkeit mehr, nach oben zu kommen, denn ein totes Ungeheuer konnte ihn nicht ein zweites Mal rund fünfzehn

Meter hochschleudern. Allein auf sich gestellt, würde diese Höhe für Zamorra zur Falle werden. Jetzt war er oben und wollte es bleiben! Aber er hielt sich nur mit den Händen fest und war am Ende seiner Kräfte.

Langsam drehte er den Kopf und versuchte, die Öffnung zu finden, an der er hier eingebrochen war. Aber als er sie sah, wußte er, daß er die Höhle dort nicht verlassen konnte. Die Bruchstelle würde weiter reißen, und dort war auch das Flechtwerk besonders morsch.

Er mußte *hier* durchbrechen – wo er hing!

Aufstöhnend tastete er mit einer Hand nach dem Messer. Er fühlte, wie ihn die Kräfte verlassen wollten. Er mußte sich beeilen wie nie zuvor, und wenn die Pflanzenfasern seinem Messer zu lange widerstanden, stürzte er trotz allem ab.

Er zwang den Arm mit dem Messer wieder hoch und begann zu schneiden. Diagonal zum Flechtmuster, um nicht alles zu schnell in Auflösung geraten zu lassen. Erde rieselte durch die durchtrennten Maschen. Grasbüschel stürzten nach unten, wo das Grollen des Drachen zum Röcheln verebbte.

Die Bestie starb.

Ihr war es zu Lebzeiten mit ihrer Größe bestimmt nie schwergefallen, die Höhe zu überwinden und das selbstgeschaffene Flechtwerk zu durchstoßen, aber für Zamorra würden die fünfzehn Meter unüberwindlich sein, wenn er erst wieder hinuntergestürzt war. Der Griff seiner Hand begann sich zu lockern.

Er versuchte noch schneller zu schneiden und hatte schließlich einen Winkel geschaffen. Ein Netzdreieck klappte nach innen und ließ Erde und Gras nach unten rieseln.

Da glitt Zamorras schmerzende und blutende Hand ab!

Er konnte nur noch mit der anderen zugreifen – und das Messer fiel in die Tiefe!

Aber er konnte wieder nachgreifen, versuchte mit letzter Anstrengung einen Klimmzug.

Er schaffte es, den Kopf durchzubringen. Tageslicht überfiel ihn. Kopf weiter hoch! Leicht mit dem Körper pendeln, Schwung geben ...

Da griff jemand nach ihm!

Packte zu und zerrte ihn ganz nach oben!

Zamorra wurde auf den Rücken gerollt. Er konnte es noch gar nicht fassen, aus der unmittelbaren Absturzgefahr befreit worden zu sein, als er sah, wer ihn gerettet hatte.

Die Gestalt trug eine dunkle Adeptenrobe, und spöttisches Lachen schlug Zamorra entgegen.

Kapitel 49

Byanca hatte bei Mrs. Highporter, der Besitzerin der kleinen Pension, ihre Rechnung bezahlt. Wie bei der Ankunft wunderte sich die Lady auch jetzt wieder darüber, daß Byanca ohne Gepäck reiste, aber sie schwieg vornehm. Sie schwieg auch darüber, daß Byanca es fertiggebracht hatte, bis in die späten Mittagsstunden zu schlafen und dann erst ihr Frühstück zu ordern.

Byanca dagegen fühlte sich wieder frisch und ausgeruht. Der lange Schlaf hatte die Kräfte erneuert, die sie am vorhergehenden Tag bei der Suche nach einer Spur am Kreuzweg verpulvert hatte. Eine eiskalte Dusche und heißer Tee hatten ihre Lebensgeister wieder geweckt, und jetzt war sie bereit für neue Unternehmungen.

Auf normalem Weg konnte sie Damon nicht finden und ihn auch nicht magisch orten. Sie mußte also versuchen, auf andere Weise, gewissermaßen ›hinten herum‹, an ihr Ziel zu kommen.

Wie ein Detektiv.

Sie wollte das kleine Haus verlassen, trat zur Tür und öffnete sie.

Im selben Moment stürmte ihr von draußen jemand entgegen. Noch ehe sie reagieren konnte, hatte der Unbekannte sie gepackt und zurückgetrieben. Mrs. Highporter, ein paar Meter hinter Byanca, stieß einen erschrockenen Schrei aus. Hinter dem Fremden fiel die Tür wieder ins Schloß.

Byanca erkannte die dämonische Ausstrahlung, die den Unbekannten umgab.

Sie befreite sich mit einem schnellen Schlag ihrer linken Handkante von dem Unbekannten und schleuderte ihn in einen der Sessel, die in der Eingangsdiele der kleinen Pension eine Sitzgruppe bildeten.

Ein Werwolf!

Mrs. Highporter schrie noch immer und wollte zum Telefon greifen. Byanca streckte die Arme mit den gespreizten Fingern gegen den Werwolf-Dämon aus und aktivierte ihre magische Kraft. Auch ohne Dhyarra-Kristall vermochte sie einiges zu bewirken.

»Nicht!« schrie der Werwolf. »Warte, ich . . .«

Byanca erstarrte in ihrer Angriffshaltung. Eine Sekunde später, und sie hätte dem Werwolf mit ihrer Magie böse zugesetzt.

»Was willst du, Dämon?« fauchte sie ihn an. »Damon schickt dich, gib es zu! Du sollst mich töten, weil dein Vorgänger versagte . . .«

»Du bist verrückt!« kreischte der Werwolf. »Ich soll dich vor Damon warnen!«

Aus den Augenwinkeln erkannte Byanca, daß Mrs. Highporter den Hörer abgenommen hatte und den Notruf wählte. Mit einem Fingerschnippen unterbrach sie vorübergehend die Verbindung.

»Rede! Deine einzige Chance!« befahl Byanca.

»Ich soll dir sagen, daß Damon dich töten will«, stieß der Werwolf hervor, der wie ein Mensch aussah, aber Byanca hatte seine Veranlagung sofort erkannt. »Er hat erfahren, daß du noch lebst. Doch es gibt jemanden, der dir hilft.«

»Du redest irre! Beweise deine Worte!« forderte Byanca.

Mrs. Highporter zeigte Bestürzung darüber, daß die Telefonleitung tot war. Sie ließ den Hörer fallen und schob sich langsam auf die Haustür zu. In ihren Augen flackerte Angst. Hatte sie dem gepäcklos reisenden Mädchen vorher schon gelindes Mißtrauen entgegengebracht, sich aber von gutem Geld überzeugen lassen, so fürchtete sie jetzt Schlimmeres.

»Der dich in Damons Auftrag töten soll, lauert draußen«, behauptete Jona Vigeous. »Wenn ich dich nicht zurückgestoßen hätte, wärst du nun tot. Du mußt versuchen, das Haus durch einen Hinterausgang zu verlassen, und dann sehr, sehr schnell verschwinden. Er beobachtet das Haus und ist sehr wachsam.«

»In wessen Auftrag warnst du mich?« fragte Byanca.

»Ich darf es dir nicht sagen, aber er ist ein Mächtiger«, wand sich Vigeous unbehaglich.

In diesem Moment hatte Mrs. Highporter die Tür erreicht und öffnete sie. Byanca sah es in den Augen des Werwolf-Dämons aufblitzen.

»Halt!« schrie sie der Frau zu. »Nicht hinausgehen...«

Aber es war schon zu spät.

Mrs. Highporter stürmte nach draußen, um von anderswo die Polizei zu benachrichtigen. Aber noch während sie ins Freie trat, zuckte von der gegenüberliegenden Seite ein schwarzer Blitz durch den hellen Tag.

»Jetzt weg, Byanca!« schrie Vigeous. »Das ist deine Chance! Und paß auf dich auf!«

Er sprang auf und stieß Byanca in die entgegengesetzte Richtung. Er selbst hetzte in weiten Sprüngen die Treppe hinauf nach oben. Byanca zögerte nicht länger. Sie begriff, daß der Dämon die Wahrheit gesprochen hatte, wenngleich sie sich auch nicht denken konnte, aus welchem Grund einer der Schwarzen Familien den Fürsten der Finsternis verriet. Denn Byanca gehörte immerhin zu den Gegnern der Dämonen!

Sie sah, wie Mrs. Highporter in sich zusammensank, stumm und sterbend. Sie sah auch einen wesenlosen Schatten quer über die Straße herangleiten, der sich von der Wirksamkeit seines Mordanschlages überzeugen wollte. Da endlich verschwand sie in einem anderen Zimmer, riß das Fenster auf und sprang hinaus. Durch kleine Gärten flüchtete sie aus der unmittelbaren Nähe.

Sie wußte, daß in Kürze die Polizei noch stärker als zuvor nach ihr suchen würde. Denn wenn die Tote gefunden wurde und Zeugen von Byancas Flucht durch Gärten und Hinterhöfe berichteten – es mußte schon an Zauberei grenzen, wenn niemand sie gesehen hatte –, würde sie die Hauptverdächtige sein.

Inspektor Kerr hatte sich noch einmal der Akten angenommen und sie sorgfältig miteinander verglichen. Daß Dämonen im Spiel waren, war von vornherein klar.

Rob Mullon, der ihn angefordert hatte, war ihm keine große

Hilfe. Der Fall überforderte ihn von Anfang an, weil Mullon einfach nicht in der Lage war, das Übersinnliche als Tatsache zu akzeptieren. Er suchte immer wieder krampfhaft nach einer natürlichen Erklärung für die Vorgänge, aber auch Doc Spyer konnte ihm beim besten Willen nicht weiterhelfen. Mullon biß sich immer wieder an den zu Asche zerfallenen Gehirnen fest.

Als der Anruf kam, daß die Besitzerin einer kleinen Pension am Stadtrand tot aufgefunden worden war, atmete Mullon deshalb hörbar auf und schob die Akten weit von sich, an denen er ebenso wie Kerr brütete, wenn auch nicht mit dessen Leichtigkeit.

Kerr erhob sich ebenfalls. »Ich komme mit, Mullon«, sagte er.

»Ich schätze, dies ist ein gewöhnlicher Fall«, behauptete Mullon. Kerr grinste.

»Ich wette zehn gegen eins, daß auch dieser Fall in die Sache hineinspielt. Alles, was zu Zeit vorfällt, hat mit der Sache zu tun!«

»Hoffentlich taucht dieser Alte nicht noch einmal auf, von dem die Ärzte gefaselt haben«, brummte Mullon, dem auch diese Erscheinung unerklärlich blieb.

Babs blieb zurück. Mullon, Binder und Kerr fuhren zur Pension hinaus. Dort standen ein gutes Dutzend Leute, die sich in tausend Spekulationen über den Tod der alten Dame ergingen. Ein Notarztwagen stand bereits vor der Tür, aber der Arzt hatte nichts mehr zu tun gehabt.

Kerr begrüßte ihn noch vor Mullon und stellte sich als Yard-Inspektor vor. »Konnten Sie etwas Ungewöhnliches an der Leiche feststellen?« fragte er als erstes.

»Und ob!« behauptete der Arzt. »Die Frau trägt eine schwere Brandwunde, die zu ihrem Ableben geführt hat, aber mir ist es unerklärlich, wie diese Wunde entstanden ist. Es ist fast wie in einem Science-fiction-Film!«

Als Kerr die Tote sah, begriff er, wie die Bemerkung des Arztes gemeint war.

Der Oberkörper der alten Dame war versengt, als sei sie von einem Laserstrahl getroffen worden!

Während Kerr die unveränderte Lage der Toten betrachtete und daraus Rückschlüsse auf den Einfallswinkel des möglichen Strahls zu ziehen versuchte, begann Mullon Leute zu verhören. Keiner hatte etwas Konkretes gesehen, aber drei Leute sagten übereinstimmend aus, eine blonde, sehr gut aussehende Frau in auffälliger Kleidung quer durch die Gärten und Hinterhöfe verschwinden gesehen zu haben.

Da wurde Kerr so hellhörig wie Mullon und dachte an die Fremde, deren Fingerabdrücke nicht menschlich gewesen waren und die seit gestern spurlos verschwunden war. Aber war ihr, der Merlin geholfen hatte, ein Mord zuzutrauen?

Kerr konnte es nicht glauben, aber sein Verdacht, daß der neue Mord in die alten Fälle hineinspielte, hatte sich als richtig erwiesen. Und die Personenbeschreibung stimmte überein.

Ein untersetzter Mann mit stechenden Augen und buschigen Brauen schob sich plötzlich an Kerr heran. Dem wurde allein beim Anblick des Mannes unwohl. Seine druidischen Instinkte schlugen an und wollten ihn warnen.

»Sie sind Inspektor Kerr aus London?« fragte der Untersetzte. Kerr nickte knapp. »Und Sie?«

»Vigeous«, stellte sich der andere knapp vor. »Kann ich Sie unter vier Augen sprechen, Inspektor?«

Kerr nickte. »Kommen Sie mit in den Wagen.«

»Das ist schlecht«, sagte der Mann. »Können wir nicht hier im Haus . . .?«

Kerr schüttelte den Kopf. Etwas an dem Untersetzten war *falsch*. Wer oder was war er? fragte sich Kerr.

»Wir unterhalten uns im Wagen oder überhaupt nicht«, bestimmte er und zog Vigeous mit sich. Kerr ließ sich in den Fahrersitz des Dienstwagens sinken. Vigeous nahm neben ihm Platz.

»So, und jetzt raus mit der Sprache«, verlangte er.

»Sie sind in Gefahr«, erklärte Vigeous. »Einer, der sich Damon nennt, will Sie und Byanca töten. Die Falle steht bereits, und . . .«

In diesem Augenblick startete Kerr den Wagen und fuhr mit durchdrehenden Reifen los!

»So, mein Lieber, und jetzt reden Sie!« verlangte er nochmals, während er den Wagen mit hoher Geschwindigkeit auf eine der Ausfallstraßen brachte. Er sah das Erschrecken im Gesicht des anderen. Wenn der jetzt bei hohem Tempo aussteigen wollte, brach er sich den Hals. »Warum soll ich getötet werden?« fragte Kerr scharf. »Und wer ist Byanca?«

»Sie und Byanca sind auf der Fährte. Etwas zu dicht, und das gefällt Damon nicht. Deshalb sollen Sie beide sterben. Byanca konnte dank meiner Warnung der Falle gerade noch entgehen, und Sie . . .«

Kerr grinste freudlos. »Warum haben Sie die alte Frau nicht ebenfalls gewarnt? Dazu sind Sie wohl zu sehr Dämon, nicht wahr?«

»Woher wollen Sie wissen, daß ich ein Dämon bin?« schnappte Vigeous.

»Ich bin Druide und spüre es, das sollten Sie nie vergessen. Wer hat eigentlich Interesse daran, daß ich nicht ermordet werde? Doch nur Asmodis, nicht wahr? Ich könnte mir sehr gut vorstellen, daß Damon ihn verdrängt hat, und Asmodis braucht mich, vielleicht auch jene Byanca, um Damon zur Strecke zu bringen.«

»Ich weiß nicht, wovon Sie reden«, log der Werwolf-Dämon.

»Es genügt, wenn ich es weiß. Damon ist der Mörder, dem wir auf den Hacken sind, nicht wahr?«

Vigeous nickte. »Aber verlangen Sie nicht, daß ich das vor Gericht beeide.«

Kerr grinste. »Wohl kaum . . . mit einem Dämon werden wir anders fertig. Wo befindet sich Damon? Und wo Byanca?«

»Das kann ich Ihnen nicht sagen . . .«

Kerr spürte, daß Vigeous log.

Kerr hielt den Wagen draußen vor der Stadt an. Und im nächsten Moment aktivierte er seine Druiden-Kraft in voller Stärke. Das Erbe der Vergangenheit erwachte.

Und er zwang den Werwolf-Dämon zur Preisgabe seines Wissens!

Kapitel 50

Unaufhaltsam schwebten drei fliegende Teppiche über das Land. Ihre Geschwindigkeit war nicht sonderlich hoch, denn die Tempelkrieger aus Aronyx wußten nur zu gut, daß ihr Opfer ihnen nicht entgehen konnte. Der Magier, der sie anführte und mit seinem Kristall die Teppiche zum Schweben brachte, hatte es ihnen verraten.

Der Gesuchte hatte einen zweiten Schatten, seit in seiner unmittelbaren Nähe ein Kristall explodiert war, und dieser zweite Schatten zog den Magier an!

Langsam, aber unaufhaltsam kamen sie ihm näher. Bald schon würden sie ihn ergreifen.

»Er besitzt Kräfte, die wir noch nicht ausgelotet haben«, sagte der Magier. »Aber ohne Kristall ist er hilflos. Dennoch dürft ihr ihn nicht unterschätzen.«

Die siebzehn Krieger, achtzehn Personen mit dem Magier und auf die drei Teppiche verteilt, fieberten der Begegnung entgegen. Sie wollten erfahren, was das für ein Mann war, um den die ORTHOS-Schwarzen eine solche Hektik entfesselten.

Und sie waren ihm schon sehr nahe. Der Schatten führte sie.

Schweigend sah Zamorra die Gestalt an. Sie war in eine Adeptenrobe gekleidet, wie sie die Schwarzen in Aronyx trugen. Und sie war eine Frau – und sehr alt. Wenn es erlaubt war, Vergleiche mit Zamorras Welt zu ziehen, dann mußte diese Adeptin mindestens hundert Jahre alt sein. Um so erstaunlicher war die Kraft, mit der sie ihn hochgezogen hatte.

Er warf einen Blick zur Seite. Da war das dreieckige Loch im Boden, das er von unten geschnitten hatte. Er versuchte sich aufzurichten, um aus der Nähe dieser gefährlichen Falle zu kommen.

Die alte Adeptin kicherte leise.

Zamorra erhob sich und taumelte an ihr vorbei. Die Anstrengungen hatten ihn restlos ausgelaugt. Und jetzt hatte die Adeptin ihn erwischt. Sie würde ihn töten oder zurück nach Aronyx bringen, zum Tempel . . .

Wieder kicherte sie. Ein Eisstück schien über Zamorras Rücken zu gleiten.

Unbewaffnet stand er ihr gegenüber. »Mach ein Ende«, verlangte er.

Sie deutete voraus. Dort lag ein dunkler Fleck im Gras, den Zamorra als fliegenden Teppich wiedererkannte.

»Steig auf«, sagte sie. »Ich bringe dich zu meiner Klause. Du brauchst Hilfe – Zamorra, Mann aus der anderen Welt!«

»Was hast du mit mir vor?« fragte er grimmig.

»Oh«, sagte sie. »Ich habe dich wohl durchschaut. Sie jagen dich. Aber zunächst brauchst du Hilfe. Deine Hände sterben sonst. Du wirst mit mir kommen, und dann werden wir weitersehen.«

Sie schob ihn vor sich her zum fliegenden Teppich. Er kauerte sich darauf nieder. Es hatte keinen Sinn, jetzt um seine Freiheit zu kämpfen. Er war zu geschwächt und sie zu stark. In ihrer Hand glomm ein Kristall auf, und dann erhob sich der Teppich in die Luft.

Noch während er abhob, schlossen sich Zamorras Lider, er sank hintenüber und schlief ein.

Als er wieder erwachte, fand er sich in einem dämmrigen Raum. Im ersten Moment befürchtete er schon, den ganzen Tag verschlafen zu haben, aber dann stellte er fest, daß das Dämmerlicht dem Raum selbst zuzuschreiben war, der keine Fenster hatte. Nur die Tür war geöffnet, und die starke Greisin hatte Zamorra gerade ins Innere der Hütte geschleppt und hier niedergelegt.

Ein Blick zur Tür hinaus verriet ihm, daß die Sonne ziemlich hoch stehen mußte. Und trotzdem war er schon wieder erwacht?

Die Adeptin machte eine Handbewegung. Im Innern der Hütte breitete sich eine eigenartige Helligkeit aus, die den Augen guttat und jede Einzelheit erkennen ließ. Und doch war es Zamorra auf irgendeine Weise unmöglich, klar zu registrieren, was es in dieser Hütte gab. Sie war aus Holz gebaut und fast gemütlich eingerichtet, wenn man von den fehlenden Fenstern absah.

»Wer bist du, und was hast du jetzt vor?« fragte er die alte Adeptin. »Warum bringst du mich nicht nach Aronyx?«

»Es ist nicht nötig«, sagte sie dumpf. »Denn sie werden dich finden. Es reicht, daß ich dir half, aus der Drachenhöhle zu kommen. Du mußt wirklich fremd sein, daß du sie nicht rechtzeitig erkanntest.«

Zamorra setzte sich auf einen niedrigen Stuhl. Er fühlte sich immer noch müde und erschöpft, aber seine Hände schmerzten nicht mehr. Die Handflächen waren mit einer dunklen Masse bedeckt, die sich wie Handschuhe jeder Bewegung anpaßten. Wahrscheinlich war es so etwas wie eine Heilsalbe, die die Alte über die verbrannte und aufgerissene Hand gestrichen hatte.

Die Adeptin setzte sich ihm gegenüber.

»Sie jagen dich, weil du die Macht besitzt«, sagte die Alte plötzlich. »Du gehst auf der *Straße der Götter*!«

Zamorra beugte sich vor. »Was bedeutet das? Woher weißt du das alles?« stieß er hervor.

»Ich sehe es«, lautete die Antwort. »Ich sehe viel, vielleicht mehr, als die Derwische im ORTHOS jemals sehen können. Du besitzt die Macht, und du bist auch in deiner Welt, aus der du kommst, ein Jäger und Gejagter zugleich.«

Zamorra nickte nur.

»Du wandelst auf der *Straße der Götter*«, wiederholte die Adeptin. »Der ORTHOS will, daß du Damons Stelle einnimmst. Doch es wird nicht geschehen. Du wirst das *Schwert der Dämonen* finden, das einst Damon gehörte. Ich sehe es deutlich in deiner Hand, und ich sehe dich in einer Schlacht, die das Böse gegen das Gute führt – aber das Ende dieser Schlacht wirst du nicht mehr erleben . . .«

Sie verstummte jäh.

»Warum?« Zamorra sprang auf. »Warum erlebe ich es nicht? Rede! Rede, oder . . .!«

»Oder was?« blitzte sie ihn an. »Wage es nicht, mir zu drohen, denn jetzt ist meine Macht größer als deine!«

Zamorra spürte, wie seine Hände eine unsichtbare Wand berührten, die die Alte aufgebaut hatte. Er wich zurück.

»Wenn du überhaupt leben und das Schwert führen willst, so hüte dich vor deinem zweiten Schatten!« stieß sie hervor.

Zamorra fuhr zusammen. Unwillkürlich sah er nach unten.

Zum ersten Mal nahm er wahr, daß er zwei Schatten hatte. Wieso war ihm dies nicht schon vorher aufgefallen?

Zwei Schatten, die in gegensätzliche Richtungen zeigten, aber es gab keine zwei Lichtquellen in diesem Raum! Alle Dinge warfen nur einen Schatten in eine Richtung.

Plötzlich wurde ihm der Aufschrei des Kannibalen verständlich, der von Schatten geredet hatte!

Die Schwarzen des ORTHOS werden dich finden! hatte Tane Carru, der Karawanenführer, behauptet.

Die Schwarzen des ORTHOS waren da!

Draußen klirrten ihre Waffen! Sie waren gekommen, um Zamorra zu holen, und der Schatten hatte sie angelockt und Zamorra an sie verraten!

»Da sind sie!« schrie die Alte frohlockend und sprang von ihrem Stuhl auf. »Dein Schatten rief sie her . . . sie holen dich!«

Es hätte ihrer Worte nicht bedurft, um Zamorra die Situation zu erklären.

Auch er sprang auf. Aber womit sollte er sich verteidigen? Schwert und Dolch waren in der Drachenhöhle geblieben. Er war waffenlos!

Zamorra stöhnte unterdrückt auf. Er sah, wie drei fliegende Teppiche eine Handbreit über dem Boden verharrten. In schwarzes Leder gepanzerte Krieger sprangen herab, Schwerter und Streitäxte in den Fäusten. Und zwischen ihnen bewegte sich eine Gestalt in wehendem dunklem Mantel, die Kapuze tief ins Gesicht gezogen, aber aus dem Dunkel glommen die hellen Punkte seiner Augen hervor.

Ein Magier!

Also eine der niederen Chargen, aber das machte ihn nicht weniger gefährlich. Denn Zamorra war erschöpft und würde einem Angriff nicht widerstehen können.

Es gab nur eine Möglichkeit!

Vor ihm stand die Alte in der Tür, rieb sich die Hände und freute sich wie eine diebische Elster, die den vom Wachhund geschützten Silberlöffel doch noch erwischt hat. »Hier ist er«, frohlockte sie. »Holt ihn! Ich habe ihn für euch in Verwahrung genommen . . .«

Der Magier kam heran. Er ging nicht – er schwebte, wie

Zamorra erschreckt feststellte. Das bedeutete, daß er über stärkere Kräfte verfügte, als der Meister des Übersinnlichen ursprünglich angenommen hatte.

Er tat es nicht gern, aber es mußte sein. In ihrer Freude hatte die Adeptin nicht daran gedacht, daß Zamorra in seinem Erschöpfungszustand noch einmal aktiv werden könnte.

Er stand hinter ihr, schlug mit der geballten Faust zu und fing die Zusammenbrechende auf. Auch ihre Riesenkräfte hatten sie nicht davor bewahren können, niedergeschlagen zu werden.

»Zurück!« schrie er den anderen zu. »Zurück, oder sie stirbt!«

Doch sein Bluff wirkte nicht. Der Magier hob nur eine Hand. Er mußte den Kristall, der seine magischen Kräfte verstärkte, unter dem dunklen Gewand verborgen haben. Die Bewegung reichte. Die Bewußtlose wurde Zamorra aus dem Arm gerissen, schwebte durch die Luft und sank irgendwo im Innern der Hütte nieder.

Der Magier erlaubte sich nicht einmal ein triumphierendes Lachen. Es war wohl eine seiner leichtesten Übungen!

Zamorra fühlte sich von den unsichtbaren Kräften erfaßt und aus dem Hütteneingang gezerrt. Er versuchte, sich dagegenzustemmen, aber es ging nicht. Seine körperliche Schwäche wirkte sich auch auf seinen Geist aus.

Er war dem Magier hilflos ausgeliefert.

Er schwebte auf die Krieger zu, die einen Halbkreis gebildet hatten und ihn, die Waffen in den Händen, erwarteten.

Zamorra gab den Kampf auf. Er sank in sich zusammen. Er hatte verloren. Er, der in Aronyx mit einem höhergestellten Hexer fertig geworden war, war jetzt ein hilflos zappelnder Fisch im magischen Netz des rangniederen Dämonendieners!

Und ein zweites Mal würden sie ihm keine Chance geben, aus Aronyx zu verschwinden. Demnach würde er weder Rhonacon vor dem bevorstehenden Angriff warnen noch anschließend Nicole aus dem Tempel befreien können. Er hatte ausgespielt, verloren.

Böse lachende Krieger erwarteten ihn, und einer hielt bereits die Kette in der Hand, die er an Zamorras Sklavenring befestigen würde, um ihm jede Fluchtchance von vornherein zu nehmen!

»Den Kragen herunter, damit ich besser an den Ring komme!« befahl er.

Zamorra reagierte nicht. Er starrte den Mann nur finster an. Da wurde ihm die Bluse, deren Kragen er hochgeschlagen hatte, um den Sklavenring wenigstens halbwegs zu verdecken, von einer magischen Hand vom Körper gerissen. Er stöhnte leise auf.

Es war soweit. Sein Spiel war verloren. Und dann schnappte das Kettenschloß bereits ein. Der Tempelkrieger riß an der Kette und zerrte Zamorra hinter sich her.

»Der Teufel soll dich holen«, preßte der Professor hervor. Der Tempelkrieger lachte nur und zog ihn zu einem der fliegenden Teppiche.

Zamorra hätte ihn niedertreten können. Aber er wußte, daß es ihm nichts eingebracht hätte. Die anderen wären sofort über ihn hergefallen. Er sah in ihren grinsenden Gesichtern, daß sie nur auf eine solche Abwechslung warteten. Wahrscheinlich hatte der Magier sie auf einen starken, wilden Gegner heißgemacht, und Zamorras Passivität enttäuschte sie. Sie waren auf einen Kampf aus.

Aber in dem Augenblick, als Zamorra den fliegenden Teppich betreten sollte, wurde alles anders.

Er sah, wie die glühenden Augen des Magiers sich unter der Kapuze weiteten und Erschrecken zeigten. Er sah, wie der Magier seine gesamten Kräfte entfesselte, einen gewaltigen Energiestoß aussandte, um irgend etwas zu zerstören, das sich in unmittelbarer Nähe befand. Zamorra sah, vom Grauen gepackt, wie sich der Körper des Magiers unter dieser gewaltigen Anstrengung auflöste, einfach durchscheinend wurde und verging.

Zamorra wirbelte herum. Seine Para-Sinne nahmen diesen überdimensionalen Energiestoß wahr, der von irgendeiner anderen Kraft einfach aufgesogen wurde.

Er hörte die Tempelkrieger schreien.

Und dann fegte etwas durch die Luft!

Ein gigantischer, furchtbarer Hammer raste heran und streckte die Krieger nieder, schleuderte sie irgendwo hin. Und ging durch Zamorra einfach hindurch.

Thors Hammer . . .?

Staub flog hoch, eine Mulde bildete sich dort, wo der Hammer zuschlug. Der Boden dröhnte und vibrierte. Und dann legte sich eine schwere Hand auf Zamorras Schulter.

Die Stimme zerriß ihm fast die Trommelfelle.

»Dich habe ich lange gesucht!«

Im nächsten Augenblick war da nur noch gähnende Dunkelheit, in die Zamorra stürzte.

Die Schwärze verschlang ihn.

Kapitel 51

Inspektor Kerr hatte den Werwolf-Dämon Vigeous wieder freigelassen. Der konnte weiterhin als Kurier zwischen Kerr und Asmodis dienen. Daß es der Fürst der Finsternis war, der Kerr hatte warnen lassen, war diesem klar. Kerr wußte zwar nicht, daß Damon Asmodis längst verdächtigt hatte, aber auch so war klar, daß Damon Asmodis' größter Gegenspieler im eigenen Lager geworden war. Und nach Merlins Eingreifen im Krankenhaus schätzte Kerr die Gefährlichkeit Damons richtig ein.

Vigeous' Bericht hatte in ihm die letzten Zweifel getilgt, daß alle diese eigenartigen Fälle miteinander verknüpft waren. Jetzt kannte er immerhin auch den Mörder, nur nutzte ihm dieses Wissen nichts, weil er Damon nicht verhaften und vor ein Gericht bringen konnte.

Momentan war Damon auch für einen Druiden unangreifbar!

Vigeous hatte Damons Aufenthaltsort preisgeben müssen. Jene grauen Sphären, die zuweilen unter dem Oberbegriff ›Hölle‹ zusammengefaßt wurden, waren sein vorübergehendes Domizil geworden. Von dort aus konnte Damon wie jeder andere Dämon jederzeit in die Welt der Menschen einbrechen, um seine Schandtaten zu begehen, aber wenn Kerr versuchte, nach drüben vorzustoßen, würde er mit höchster Wahrscheinlichkeit schon beim Übergang sein Leben verlieren.

Nur Byanca konnte es schaffen, nach ›drüben‹ vorzustoßen, wo das Zentrum des Bösen sich befand, der Palast des Fürsten der Finsternis in einer Welt des Schreckens, aus der es für Menschen keine Rückkehr gab. Wer sich dorthin begab, war verloren und verging – oder er paßte sich an und wurde selbst zum Ungeheuer.

Bisher hatte Kerr nur ahnen können, wie jene Dimensionen aussahen. Jetzt hatte er durch Vigeous erstmals einen schwachen Einblick gewonnen und wußte doch, daß er auch jetzt noch kaum etwas über diese andere Grauens-Welt wußte. Denn weder Worte noch Gedanken reichten aus, sie zu beschreiben.

Kerr wußte, daß er Byanca finden mußte. Sie als Damons Gegenpol konnte allein zu diesem vorstoßen. Vigeous hatte ihm nicht verraten können, wo sich Byanca jetzt aufhielt, denn sie war geflohen.

Er zuckte mit den Schultern, fuhr von der kleinen Pension gemeinsam mit Mullon und Binder wieder zum Dienstgebäude zurück, benutzte aber einen Eingang, der auf der anderen Seite lag. Dazu mußte er das benachbarte Grundstück durchqueren, einen Hinterhof, auf dem Kinder spielten und sich wunderten, wer der hochgewachsene Fremde war.

»Was soll das eigentlich, Inspektor?« wollte Mullon wissen. »Leiden Sie neuerdings unter Verfolgungswahn?«

Kerr schmunzelte. »Ich zeige es Ihnen gleich vom Fenster aus.«

Vigeous' Warnung hatte er sich eingeprägt und deshalb darauf verzichtet, die Polizeistation von vorn anzusteuern.

Aus dem Fenster im ersten Stock deutete er auf den gegenüberliegenden Hauseingang, ohne sich dabei selbst an der Gardine zu zeigen. »Sehen Sie den Schatten dort? Da steht jemand, der einen Mordanschlag auf mich plant. Der Mann, der mich draußen an der Pension ansprach und mit dem ich eine kleine Spazierfahrt machte, hat mich davor gewarnt.«

»Warum sagen Sie das erst jetzt?« fragte Mullon aufgebracht. »Und warum haben Sie ihn nicht mitgebracht? Er . . .«

»Es wäre zwecklos«, unterbrach Kerr ihn knapp. »Versuchen Sie, den Burschen da drüben festnehmen zu lassen. Aber die Beamten sollen Waffen tragen und sofort schießen, wenn er eine falsche Bewegung macht. Es dürfte wohl derselbe Kerl sein, der Mrs. Highporter tötete.«

»Der Laser-Schütze?« stieß Binder hervor.

»Vielleicht wissen Sie jetzt, was uns erwartet. Schärfen Sie den Beamten ein, daß sie jeden Gegenstand, vielleicht auch die Hand oder die Augen des Fremden, als Waffe anzusehen haben!«

Mullon und Binder starrten ihn wie einen Verrückten an. »Die Augen, Kerr? Augen als Waffen?«

Eine Viertelstunde später hielten sie ihn nicht mehr für verrückt. Aber den Mörder hatten sie nicht festnehmen können. Er war ihnen entkommen, und die fünf bewaffneten Polizisten, die versucht hatten, ihn zu stellen, zweifelten an ihrem Verstand, weil sie alle gesehen hatte, wie etwas Schwarzes aus den Augen des Unheimlichen zuckte, von dem sie im Grunde nur den Schatten gesehen hatten. Das Schwarze hatte einen von ihnen nur um Haaresbreite verfehlt, und obwohl Schüsse den Unheimlichen mehrfach getroffen haben mußten, fand man nicht mal Blutspuren. Er hatte sich spurlos in Nichts aufgelöst, wie es schien.

Von diesem Augenblick an glaubten Mullon und Binder Kerr *alles*!

»Grath!«

Der wütende Schrei hallte durch den Palast, dessen Mauern aus düster glühendem Feuer bestanden. Mit weit ausgreifenden Schritten durcheilte ein Mann eine gewaltige Halle. Er wirkte jung und dabei geradezu unfaßbar schön. Überirdisch . . . und doch war er nichts anderes als eine Kreatur des Bösen, halb Mensch und halb Dämon, aber stärker als alle anderen Teuflischen.

Damon, der Fürst der Finsternis!

»Grath!«

Die skurrile Gestalt wieselte heran.

»Erhabener?«

Der kleine Teufel diente Damon längst nicht mehr unter Zwang, sondern aus freien Stücken und fester Überzeugung. Seit er Zeuge des magischen Zweikampfes geworden war, galt seine Treue Damon.

»Byanca lebt noch!« fauchte Damon, der in diesem Moment mit seiner wutverzerrten Fratze gar nicht mehr menschlich wirkte. »Und dieser Kerr, der mir nachspürt, ebenfalls!«

Master Grath verneigte sich mehrmals nacheinander vor seinem Herrscher. »Wie konnte das geschehen, Erhabener? Du hattest doch einen der treuesten und stärksten Diener ausgesandt, um . . .«

Damon schnitt ihm mit einer raschen Handbewegung das Wort ab. Seine schwarzen Augen verfärbten sich und glühten hell auf. »Byanca und Kerr wurden gewarnt! Jemand, der von meiner Anordnung wußte, muß zum Verräter geworden sein! Kümmere dich darum!«

Master Grath nickte. »Sofort, Erhabener! Du wirst mit mir zufrieden sein.«

»Ich hoffe es!« Damon verscheuchte den kleinen Teufel mit einer knappen Bewegung. Mitten in der Halle blieb er stehen. Wer konnte Interesse daran haben, mit Damons größter Gegnerin zusammenzuarbeiten? Doch nur Asmodis oder einer seiner Vertrauten.

Dennoch mußte es Verrat im innersten Kreis gegeben haben. Von dem Mordbefehl wußten nur sehr, sehr wenige. Master Grath schied dabei sofort aus. Er war absolut treu, weil es Damons Macht kennengelernt hatte und davon profitieren wollte. Bei einem neuerlichen Machtwechsel konnte er nur alles wieder verlieren und würde in Ungnade fallen. Und was Asmodis mit ihm machen würde, wenn er wieder auf seinen Thron zurückkehrte, konnten sich sowohl Master Grath als auch Damon bildlich vorstellen.

Damon wußte, daß bald etwas geschehen mußte. Asmodis würde seine Vertreibung nicht tatenlos hinnehmen. Damon sah ein, daß es ein Fehler gewesen war, ihm sein Leben zu lassen. Er hatte den Besiegten dadurch demütigen wollen. Aber offenbar verfügte der gestürzte Dämonenfürst auch jetzt noch über genügend Freunde, die ihm die Treue hielten und mächtig waren. Aber welche konnten es sein? Sie alle hatten Damon ihre Loyalität versichert. Wer konnte noch immer mit Asmodis zusammenarbeiten?

Man würde sehen. Damon war sicher, daß Master Grath konsequent durchgreifen würde.

»Hier!« kreischte Master Grath nur wenige Stunden später. »Hier ist die Verräterin! Sie hat es weitergegeben!«

Er zerrte jemanden vor Damons Dämonenthron. Damon hatte

sich auf dem prunkvollen, schwarzglänzenden Stuhl niedergelassen, von dem aus er zuweilen die Welt zu betrachten gedachte. Es war der Thronsaal seines Palastes, in dem früher Asmodis residiert hatte.

Es war alles finsteres Teufelswerk, Höllenmagie, Blendwerk siebenfach verfluchter Kräfte ... Überall und nirgends zugleich, nicht erfaßbar für menschliche Sinne.

»Sister Britt!« schrie Master Grath schrill. »Ich wußte, daß nur einer aus deiner engsten Umgebung den Verrat begangen haben konnte. Erhabener! Und in Sister Britt erkannte ich den Verrat!«

Damon schloß die Augen.

Es gab keinen Zweifel an Master Grath' Worten.

»Was hast du dazu zu sagen, Britt?« fragte Damon ruhig, ohne die Augen zu öffnen.

»Nichts!« schrie die Hexe verzweifelt. »Ich bin unschuldig!«

Damon griff nach ihren Gedanken. Sofort fühlte er etwas Fremdes, das ihrem eigenen Geist aufgepropft worden war. Und er erkannte, daß sie unter Zwang gehandelt hatte.

Es spielte keine Rolle. Derjenige, der sie beeinflußt hatte, sollte wissen, wie Damon auf solche Versuche reagierte.

Damon griff tiefer nach. Er hatte erwartet, auf das Bewußtseinsmuster des Asmodis zu stoßen, aber der Schatten, der über Britt Preston lag, war der eines anderen Dämons.

Eine Erinnerung regte sich in Damon. Erinnerung an *damals,* an die andere Welt ... die Herrscher im ORTHOS, die Dämonen ... *Pluton!*

Pluton hatte Britt zu seinem Werkzeug gemacht!

Dann aber mußte er zwischen den Welten pendeln können, über einen Weg, der Damon unbekannt war!

»Welche Funktion hat Pluton in dieser Welt?« fragte Damon, der nicht einmal ahnte, Plutons Huldigung entgegengenommen zu haben, bei der der Flammendämon den ersten Blickkontakt zu Britt geknüpft hatte. Pluton hatte sich eingetarnt, nichts über sich verraten und einen anderen Namen gewählt.

Master Grath, an den die Frage gerichtet war, zuckte sichtbar zusammen.

»Ein mächtiger Erzdämon und Vertrauter Asmodis'!« stieß er prompt hervor.

»Also doch . . . ich ahnte es!« murmelte Damon. »Gib Befehl, daß dieser Pluton gejagt und in Feuerketten zu mir geschleift wird! Und wenn er vor mir auf den Knien winselt, zeige ihm das hier!«

Britt schrie entsetzt auf. Aber da war sie schon tot. »Es soll eine Warnung sein!« schrie Damon, in dessen Augen es böse glitzerte. »Eine Warnung für alle! Und nun werde ich mich um Asmodis kümmern! Stelle fest, wo er sich jetzt aufhält!«

»Ich eile, Erhabener!« kreischte Master Grath.

»Du sollst nicht eilen, sondern handeln!« brüllte Damon ihm nach und schenkte dem Etwas das von Britt übriggeblieben war, keinen Blick mehr.

Er mußte von Anfang an hart durchgreifen, um den anderen zu zeigen, wie fest er auf dem Thron saß. Es durfte keine Auflehnung gegen ihn geben.

Kapitel 52

Gleißende Helligkeit zwang Zamorra, die Augen zu öffnen. Aber in dem Moment, da er sie öffnete, wurde die Helligkeit erträglich.

Sein Kopf flog herum. Er versuchte, soviel wie möglich zugleich in sich aufzunehmen, und schaffte es doch nicht.

Gleißende Kristalle überall, die an die Mardhin-Grotte erinnerten, Merlins Höhle im Berg unter der Burg Caermardhin, wo alles seinen Anfang genommen hatte. Aber diese Kristalle sahen anders aus, wirkten nicht so fein zusammengesetzt und säuberlich geschliffen, sondern waren von gröberer Struktur.

»Willkommen, Zamorra!« ertönte laut eine Stimme. »Es war nicht gut, daß ich dich so lange suchen mußte. Dein zweiter Schatten verwehrte mir die direkte Sicht, aber den gibt es jetzt nicht mehr.«

Unwillkürlich sah Zamorra an sich hinunter und bemerkte jetzt nur noch einen Schatten, der in dieselbe Richtung fiel wie alle anderen Schatten in diesem Raum.

Dann sah er den Sprecher an.

Er überragte Zamorra um Haupteslänge, und dabei gehörte der Professor selbst nicht gerade zu den kleinwüchsigen Menschen. Der andere war ein Riese, der jetzt lachte. »Du suchst den Schatten? Mein Hammer zerschmetterte ihn, sonst wären die Schwarzen des ORTHOS am Ende noch darauf gekommen, hier an die Tür zu klopfen.«

»Zu denen gehörst du nicht, alter Freund?« fragte Zamorra und schob angriffslustig das Kinn vor.

»Oha, du gefällst mir!« rief der Riese und lachte wieder dröhnend. Es war hier in der Halle nicht mehr so laut wie das Brüllen draußen irgendwo im Land Grex, aber immer noch laut genug. Der Riese, dessen Füße in Schnürstiefeln steckten und der mit einer Art Kilt bekleidet war, hatte einen mächtigen Streithammer geschultert. Seine Augen funkelten hell, das blonde Haar war wild und ungekämmt. In die Gürtelschnalle seines Kilts eingearbeitet sah Zamorra einen funkelnden Dhyarra-Kristall, der ihn förmlich anzog. Er war in seiner Innenstruktur vielfach komplizierter als alle anderen, die Zamorra bisher gesehen hatte – außer jenem im Schwert in der Mardhin-Grotte.

»Oha!« brüllte der Wilde wieder. »Hüte dich, ihn zu berühren. Er würde dir schneller das Gehirn ausbrennen, als ich einen Weinkrug füllen könnte! Er ist ein Kristall Zehnter Ordnung, wenn dir das etwas sagt.«

Zamorra schluckte unwillkürlich.

»Darf ich mal vorsichtig anfragen, wer du eigentlich bist und wo ich mich hier befinde?«

Der Riese ließ seinen mächtigen Hammer von der Schulter gleiten, stützte sich darauf und grinste von einem Ohr zum anderen. »Weißt du es wirklich nicht?«

Zamorra beschloß, den lockeren Tonfall beizubehalten. »Woher, wenn es mir keiner sagt, du Troll?«

Der Hüne brüllte wieder auf vor Lachen. »Das hat noch keiner zu mir zu sagen gewagt«, dröhnte er. »Troll – ah, das ist gut, Zamorra! Ich glaube, wir müssen ein Faß Wein gemeinsam leeren.«

Daß man Wein auch faßweise trinken konnte, hörte Zamorra zum ersten mal, aber der Hüne hatte noch nicht vergessen, sich vorstellen zu müssen. »Ich bin Thor von Asgaard, und du befindest dich im OLYMPOS!«

In diesem Moment begriff Zamorra.

»Olympos«, murmelte er.

Der OLYMPOS war, wie die Dämonen es genannt hatten, das ›Götternest‹, wie der ORTHOS der Dämonenhort war. Die Verbindung zwischen dem OLYMPOS und dem griechischen Olymp, in dessen Wolkenkrone Zeus thronte, lag auf der Hand. Möglicherweise war die Verbindung zwischen beiden Welten enger, als Zamorra bisher angenommen hatte.

Der OLYMPOS befand sich darüber hinaus auf der anderen Seite dieser eigentlich recht kleinen Welt – tief im Innern des Landes Rhonacon. Wenn Zamorra sich also im OLYMPOS befand, hatte er sein Ziel eigentlich erreicht, das Land, das er warnen sollte.

Aber wie standen Land und Götternest sich gegenüber? Gab es ähnliche Abhängigkeiten wie zwischen Grex und ORTHOS?

»Also der Palast der Götter«, sagte Zamorra und maß den Hünen mit kritischem Blick. »Eh – wie nennst du dich? Thor von Asgaard?«

Der Mann mit dem Hammer nickte grinsend.

In Zamorra wirbelten ein paar Begriffe der nordischen Mythologie durcheinander. Asgaard, Norgaard, Mitgaard... Thor, Odin, Wotan... die Norne am Urdbrunnen... Ygdrsil, Ymir, der Urzeit-Riese... der Fenriswolf...

»Du denkst zuviel«, stellte Thor von Asgaard fest und legte einen baumstammartigen Arm um Zamorras müde Schultern. »Komm, wir trinken ein paar Dutzend Humpen Met, dann sieht die Welt gleich viel lustiger aus! Und dann hältst du ein Schläfchen von ein paar Tagen und fühlst dich wieder frisch wie eine Meeresbrise!«

»Du bist verrückt, Ase«, murmelte Zamorra, aber sein Protest war nur noch äußerst schwach.

Alls in ihm gab nach. Im OLYMPOS war er in Sicherheit, und durch Thors Eingreifen hatte er etliche Tagesreisen eingespart.

Warum sollte er nicht im Palast der Götter ein paar Tage Urlaub machen?

Kapitel 53

Master Grath brauchte nicht sonderlich viel Zeit, um mit seiner dämonischen Schläue Licht in das Dunkel zu bringen. Damon zeigte sich sehr mit der Arbeit seines Adjutanten zufrieden und zog sich in sich zurück, um mit aller Kraft zuzuschlagen – aus der Ferne und an zwei Stellen zugleich.

Er wollte seine Kraft dabei erproben und es zugleich zu einer Machtdemonstration werden lassen. Ein verhinderter Werwolf und ein als Großindustrieller getarnter, abgehalfterter Fürst waren sein Ziel.

Master Grath hatte ihm die Namen verschafft. Vigeous als der, der gewarnt hatte – und Parkington als Asmodis. Wenn Asmodis gehofft hatte, daß seine Identität als Parkington Damon und seinen engsten Helfern verborgen blieb, hatte er sich geirrt.

Damon schlug zu.

Als Mister Parkington die Anwesenheit eines Mister Vigeous gemeldet wurde, ahnte Asmodis, daß es an der Zeit war, unterzutauchen. Daß Vigeous so schnell wieder erschienen war, konnte nur bedeuten, daß etwas danebengegangen war.

»Ich bin nicht da!« behauptete Parkington und wuchtete seinen Industriebosskörper aus dem bequemen Ledersessel im Living-Room seines Bungalows. »Wo steckt dieser Vigeous?«

Der Butler, der in Parkingtons sehr häufiger Abwesenheit diesen Bungalow verwaltete und nicht wußte, wer sein Chef in Wirklichkeit war, neigte knapp sein Haupt. »Ich erlaubte mir, ihn vorläufig in Ihr Privatbüro zu geleiten, Sir.«

Parkington nickte. »Schön, da kann er bleiben. Warten Sie einen Augenblick.«

Parkingtons Blick wurde etwas gläsern. Das Dämonische in ihm tastete nach Vigeous und sah etwas, das er bei einer normalen Begegnung kaum beachtet hätte. Daß ein paar Wände zwischen beiden waren, störte den Ex-Fürsten dabei nicht.

Parkington erschrak. »Sofort den Wagen fertigmachen«, sagte er. »Ich muß dringend weg!«

»Und dieser Mister Vigeous?«

»Kann hierbleiben ... schnell, schnell, es geht um jede Sekunde!«

Der Butler begriff die unziemliche Eile seines Chefs nicht, aber er gehorchte schweigend. Einige Minuten später wartete ein silberner Bentley mit flüsterleisem Motor vor dem Hinterausgang des Bungalows.

Parkington hatte es sehr eilig, den Bungalow zu verlassen. Er fuhr den Wagen selbst und kümmerte sich nicht darum, wie viele Blumenbeete er zerstörte, als er mit dem Wagen die Abkürzung quer über den Rasen nahm und zur Straße jagte.

Er hätte sich auch auf andere Weise entfernen können. Aber er wollte die Parkington-Existenz bewahren, um sie später wieder einsetzen zu können – später, wenn diese Auseinandersetzung vorüber war. Das ging aber nur, wenn Mister Parkington nachweislich noch lebte.

Was mit Vigeous und dem Dienstpersonal geschah, kümmerte Asmodis nicht.

Knapp zweihundert Yards vom Haus entfernt fühlte er, wie etwas nach ihm griff. Ein einsamer Spaziergänger am Straßenrand glaubte an Halluzination, als er den Fahrer eines silbernen Bentley sich sekundenlang am Lenkrad verändern sah. Die Parkington-Gestalt zerfloß, und am Lenkrad des Wagens saß der Teufel persönlich.

Aber nur für wenige Augenblicke ... dann wurde er wieder zu Mister Parkington.

Es war der Moment, in dem eine fremde Kraft mit aller Gewalt zuschlug und der Bungalow sich plötzlich im Zentrum einer winzigen Sonne befand! Der Spaziergänger riß erschrocken die Arme vor das Gesicht, um die Augen vor der gleißenden Helligkeit zu schützen. In zwei Häusern in unmittelbarer Nähe zerbarsten sämtliche Fensterscheiben. Trümmerstücke aus Stein und Beton ritten auf Stichflammen einige Dutzend Meter in die Höhe, und der grelle Blitz versank in aufquellendem Staub, Rauch und prasselndem Feuer.

Dann war es vorbei ...

Ein silberner Bentley stoppte am Straßenrand. Mister Parkington stieg aus und sah sich mit allen Anzeichen des Entsetzens nach seinem zerstörten Bungalow um. Doch innerlich war der ehemalige Fürst der Dämonen eiskalt und ruhig.

Er wußte, daß er die Explosion Damon zu verdanken hatte – und vor allem dessen Dhyarra-Kristall, der einen Kubikmillimeter der Substanz des Hauses in Antimaterie umgewandelt haben mußte.

Wenn er nicht den zweiten Schatten des Werwolf-Dämons bemerkt hätte, als er mit seiner Dämonenkraft nach ihm tastete, wäre er nicht geflohen. Damon mußte Vigeous diesen Schatten angehängt haben. Es war ein Zauber, der in der Schwarzen Familie ungebräuchlich war. Lediglich Pluton und Grohmhyrxxa, die auch in der anderen Welt zu Hause waren, hatten einmal berichtet, daß es ›drüben‹ üblich war, jemandem einen zweiten Schatten anzuhängen. Manchmal entstand dieser sogar von selbst . . .

Unwillkürlich sah Asmodis an sich hinunter, aber er konnte keinen zweiten Schatten entdecken. Aber er wußte jetzt, daß er Damon trotz allem noch unterschätzt hatte. Der Fremde aus der anderen Welt war clever und mußte innerhalb kürzester Zeit einen gut funktionierenden Nachrichtendienst aufgebaut haben, der ihm verriet, daß Vigeous der Kurier war.

Asmodis beschloß, Parkington sich offiziell abmelden zu lassen und in der Versenkung zu verschwinden. Später konnte der Großindustrielle wieder auf dem Plan erscheinen, wenn die Gefahr vorüber war . . .

Inspektor Kerr interessierte sich auch für Explosionen, aber nicht so sehr, daß er sich selbst hinausbemühte. Mister Parkington, dessen Bungalow in die Luft geflogen war, kannte er nur aus hin und wieder auftauchenden Zeitungsnotizen, wenn der Großindustrielle mal wieder von sich reden gemacht hatte. Daß er am Rand von Carmarthen einen Bungalow besessen hatte, erfuhr Kerr erst jetzt.

Er brütete immer noch über den Akten und betrieb vergleichende Studien in den einzelnen Mordfällen, um daraus Verhaltensweisen Damons erkennen zu können. Vielleicht gelang es ihm, abzuschätzen, wann und wo Damon persönlich wieder einmal in Erscheinung trat, um ihn ausschalten zu können.

Es würde kaum möglich sein, Damon festzunehmen. Kerr mußte daher vorsichtig zu Werke gehen, auch dann, wenn er Damon im Zweikampf gegenüberstand. Es gab nur die Möglichkeit, Damon zu töten – und wenn Kerr Pech hatte, würde man ihm selbst einen Strick daraus drehen.

Und – er mußte Byanca finden.

Es würde schwerfallen, sie vom Tatverdacht reinzuwaschen. Sir James, der Superintendent, wußte zwar, daß es Dinge wie Dämonen gab – nicht umsonst hielt er immer wieder seine Hand über die Ein-Mann-Abteilung Sinclair, die sich mit Dämonenbekämpfung befaßte –, aber wenn ein paar clevere Reporter Mist fabrizierten oder irgendein erzürnter Bürger über die Parteien auf politischer Ebene aktiv wurde, indem er seinen Abgeordneten im Unter- oder Oberhaus unter Druck setzte, dann war Kerr schlußendlich derjenige, der abserviert wurde.

Dennoch sah Kerr in Byanca die einzige wirkliche Chance, mit Damon fertig zu werden.

Binder betrat das Büro, das Mullon seit kurzem mit dem Yard-Inspektor teilte.

»Parkingtons Luxusbau ist in die Luft geflogen«, berichtete er nur. Mullon hob die Brauen. »Schon Resultate? Sabotage? Mordanschlag? Terroristen?«

Binder ließ sich auf einen Stuhl fallen. »Hier rotiert plötzlich alles. Mich wundert, daß sie euch noch nicht hochgescheucht haben. Parkington ist schließlich einer vom Geldadel. Offensichtlich sollte es ihn erwischen. Jemand beobachtete, wie er ein paar Sekunden vor der Explosion wie ein Irrer mit seinem Auto vom Gelände raste. Drinnen hat keiner überlebt. Jetzt wartet alles darauf, daß er sich wieder meldet. Wahrscheinlich ein Mordanschlag, vor dem er in letzter Sekunde gewarnt wurde.«

»Von wem?«

Kerr hatte es leichthin gefragt.

Darauf gab es keine Antwort.

»Und was ist von der Hütte übriggeblieben?« Mullon wollte das wissen.

Binder grinste. »Nichts. Kein Stein auf dem anderen, aber Näheres werden uns wohl in Kürze die Kollegen erzählen . . .«

Zwanzig Minuten später kam ein Beamter zurück, um einen Kurzbericht abzufassen, der einen generellen Überblick versprach. Kerr schlenderte zu ihm hinüber.

»Namen, die mit unseren Fällen zusammenhängen?« fragte er an.

Yddersen hob die Schultern. »Was weiß ich . . . möglich schon, nicht? Ich kann Ihnen aber nur die Liste der Leute geben, die noch identifiziert werden konnten. Das komplette Personal hat's erwischt. Es ist, als hätte einer 'ne Rakete unter dem Bau starten lassen. Alles in Trümmer geschlagen.«

Kerr lehnte sich an den Türrahmen. »Es heißt, Parkington sei gewarnt worden . . .?«

»Dann wissen Sie mehr als ich. Tatsache ist nur, daß ein Besucher gerade zu ihm wollte. Wir konnten zwar nur noch seine Leiche bergen, aber die ist seltsamerweise als einziges nicht zerfetzt worden, und Ausweispapiere trug er bei sich, die nicht einmal angekokelt waren.«

»Und wer war der Mann?«

»Moment . . . Vicius – nee, Vigeous! Genau, das war's. Vigeous!«

Und dann wunderte sich Yddersen, daß sich Kerr so blitzartig verabschiedete.

Vigeous hatte es in Parkingtons Bungalow erwischt!

Weil Vigeous ihn, Kerr, gewarnt hatte?

Er tauchte wieder in Mullons Büro auf. »Mullon, ich mußt für ein paar Tage im Untergrund verschwinden. Der Anschlag auf Parkington hat mit unseren Fällen allgemein und mit mir im speziellen zu tun. Lassen Sie weiter nach Byanca fahnden, aber vorsichtig. Nicht, daß durch unsere Fahnder weitere Mörder auf ihre Spur gebracht werden! Ich werde die nächsten Tage unerreichbar sein, aber ich melde mich zwischendurch bei Ihnen.«

Damit verließ er das Polizeigebäude.

Er fuhr zum Hotel, in dem Babs sich im Augenblick aufhielt. Sie hatte sich für den Nachmittag freigenommen, und er überraschte sie, als sie sich gerade für einen Einkaufsbummel fit machen wollte.

»Daraus wird nichts . . . du fährst sofort zurück nach London! Jemand ist hinter mir her, weil ich zu dicht vor Ort hänge.« Er berichtete kurz von Vigeous, dem kleinen Dämonen, der ihn gewarnt hatte und jetzt tot war. »Ich nehme an, es war eine letzte Warnung, die auch an meine Adresse geht. Ich verschwinde im Untergrund und bleibe von dort am Ball. Du fährst zurück nach London, dann bist du außer Gefahr. Und zwar sofort!«

Babs protestierte.

Aber nur so lange, bis draußen Kerrs Dienstwagen in die Luft flog!

Irgend jemand hatte, wie sich herausstellte, einen Sprengsatz in den verschlossenen Wagen praktiziert!.

Babs kapitulierte und fuhr mit der Bahn nach London. Doch ihre Angst um Kerr, die seit der Explosion aufgekeimt war, wurde in ihr immer größer.

Noch größere Angst hatte Kerr.

Aber die Angst war nicht groß genug, um ihn von seinem Vorhaben abzubringen. Er war nicht nur Polizist! Er war jetzt, auch wenn es ihm nie gefallen hatte, in erster Linie Druide vom Silbermond!

Er war verpflichtet, gegen Damon anzugehen.

Damon, der Mörder!

Damon, der Fürst der Finsternis!

Kapitel 54

Zamorras ›Urlaub‹ im OLYMPOS war nicht von langer Dauer. Aus dem Heilschlaf, in den er versetzt worden war, erwachte er schon nach kurzer Zeit von selbst. Er fühlte sich wieder frisch und munter, und auch seine Brandwunden an den Händen waren verheilt, ohne daß irgendwelche Spuren zurückgeblieben waren.

Er brannte darauf, den OLYMPOS näher kennenzulernen. Schwungvoll erhob er sich von dem Schwebe-Feld, in dem er wie in einer Hängematte gelegen hatte und das sich nur durch ein leichtes Flimmern in der Luft zu erkennen gab. Er stellte fest, daß man ihn auch neu ausstaffiert hatte. Er trug eine Art silberflirrenden

Overall, der den ganzen Körper umschloß und nur Kopf und Hände freiließ. Die Beinteile gingen nahtlos in Schuhwerk über. Die Kombination trug sich leicht und schien auch temperaturstabilisierend zu sein. Ein breiter Gürtel war in der Lage, über Haken und Ösen verschiedene Waffen oder sonstige Utensilien aufzunehmen. Und auf einem flachen Tisch in der Nähe der Tür lag ein Schwert mit langer, schmaler Klinge. Zamorra hob es auf, zog es aus der Scheide und ließ es ein wenig durch die Luft schneiden. Es war hervorragend ausgewogen.

Er schob es in die Scheide zurück und heftete es an seinen Gürtel. Da öffnete sich hinter ihm eine Tür. Zamorra spürte es mehr am Luftzug, als daß er es hörte.

Thor von Asgaard war eingetreten. Er trug eine ähnliche Kombination, aber keine Waffe. Doch an seiner Gürtelschnalle befand sich wieder der kompliziert strukturierte Dhyarra-Kristall.

Thor lachte. »Gut siehst du aus, Zamorra! Wie einer von uns Göttern, möchte ich sagen! Hast du Hunger? Man tischt soeben auf.«

Zamorra nickte. »Keine schlechte Idee. Dabei könnten wir über das sprechen, was uns beide interessiert.«

»Es interessiert nicht nur uns, sondern alle. Zeus donnerte bereits ungeduldig. Komm mit!«

Zeus? dachte Zamorra erstaunt. Zeus und Thor paßten nun doch überhaupt nicht zusammen! Oder gab es hier so etwas wie ein Pantheon, in dem sich darüber hinaus auch noch Gottheiten verschiedenster Welten befanden? Denn Zamorra konnte sich nicht entsinnen, daß der alte Thor aus den nordischen Sagen jemals den Zusatz ›von Asgaard‹ für sich beansprucht hatte. Und dieser Riese erweckte auch keinen dermaßen ehrfurchtgebietenden Eindruck, daß Zamorra ihn für eines jener Wesen gehalten hätte, die man der Einfachheit halber als ›Götter‹ bezeichnet. Das wirklich Beeindruckende an Thor von Asgaard waren vorerst seine Kraft und seine Lautstärke.

Er führte Zamorra durch endlose, kristallfunkelnde Korridore in einen anderen Teil des Palastes, der vollkommen leer erschien. »Sind wir eigentlich allein hier?« erkundigte sich der Parapsychologe schließlich, der sich wunderte, auf keine andere Menschen- oder Götterseele zu treffen.

Thor schüttelte den Kopf.

»Durchaus nicht, aber die anderen halten sich alle zurück. Wir befürchten, daß dein Geist an einer direkten Konfrontation mit Überwesen zerbrechen könnte. Ich bin derjenige, der von uns allen noch am menschlichsten ist, weil ich erst vor ein paar Jahrzehntausenden zu ihnen stieß. Du hättest sogar die Anlage, es ebenfalls zu schaffen . . . hm . . ., wenn du die Reste des Menschseins von dir werfen könntest. Sie sind eine unüberwindbare Barriere!«

Zamorra schüttelte sich. Sich als antiken Gott zu sehen, der allenfalls noch von ein paar unentwegten Traditionalisten verehrt und ansonsten nur in mythologischen Forschungsarbeiten geführt wurde, wollte ihm nicht gelingen. »O nein, mein Lieber, ich bleibe lieber ein ganz normaler Mensch . . .«

»Es ist nicht deine Entscheidung«, wurde er von Thor belehrt. »Es ist eine Sache der Anlagen und des Schicksals.«

Als Zamorra ungeduldig fragten wollte, wann sie das kalte Büfett endlich erreichten, verschwand vor ihnen eine Tür und gab den Weg in eine Art altertümlichen Rittersaal preis, in dessen Mitte an einem runden Tisch für zwei Personen gedeckt worden war – für Thor und Zamorra!

Aber wie!

Wenn es nach den Mengen an eßbaren Dingen ging, die auf dem Tisch bereitstanden, würde es eine fünftägige Freßorgie werden. »Damit werden wir in ein paar Minuten fertig«, grunzte Thor. »Greif zu, bevor ich dir alles wegfuttere.«

Thor von Asgaard erwies sich als ausgesprochener *Freßsack*.

Zwischendurch bemerkte er kauend, daß der runde Tisch eine Spende Merlins sei, der ihn nach jenem Rundtisch der artus'schen Tafelrunde geformt habe. »Und Merlin hat uns auch aufgetragen, uns ein wenig um dich zu kümmern. Deshalb suchte ich dich und fürchtete schon, dich an den ORTHOS verloren zu haben. Aber dann war es doch nur dein Zweitschatten, der mich irreführte und die Schwarzen anlockte. Warum sind die eigentlich so wild hinter dir her?«

Daß Merlin wieder einmal die Finger im Spiel hatte, konnte Zamorra kaum noch verblüffen. Der alte König der Druiden wurde ihm dadurch allerdings noch rätselhafter als zuvor. War

Zamorra einmal mehr nur das Werkzeug des gerissenen Zauberers?

»Ich schätze, ich soll an Damons Stelle treten«, sagte er.

Thor brüllte lachend auf und spie eine halbe Hammelkeule quer durch den Raum. »Du?« rief er. »Du Para-Zwerg sollst Damon ersetzen? Da braucht es aber noch ein paar hundert Jahre Training!«

Schlagartig verstummte er, sah Zamorra stirnrunzelnd an und meinte: »Nun ja, Zeit hast du ja bald genug . . .«

»Was soll das heißen?« fragte Zamorra. Doch Thor winkte nur ab. »Erzähle weiter, da ist bestimmt noch etwas anderes.«

Fast menschlich wirkte der Hüne, der Unmengen an Fleisch und Gemüse in sich hineinstopfte, um zwischendurch ein paarmal mit Literkrügen Wein nachzuspülen.

»Wir befinden uns doch im Herzen Rhonacons, nicht wahr?« brummte Zamorra. »Und Grex plant einen Überfall auf dieses Land. Ich soll eine Warnung überbringen.«

Thor winkte mit einem abgenagten Knochen ab. »Wenn das alles ist . . . Kaiser Varus von Arysa weiß schon seit langem, wie der Hase läuft, und läßt die Grenzen befestigen. Wahrscheinlich kommt nicht ein einziger Teppichflieger herüber, wenn die Bastionen erst einmal stehen.«

»Wenn«, wiederholte Zamorra. »Deswegen bin ich ja unterwegs. Die Grecer greifen früher an.« Er nannte Thor den Termin, den ihm der sterbende Spion in Aronyx verraten hatte.

»Holla«, knurrte Thor. »Da werden wir natürlich etwas unternehmen müssen, und zwar sofort. Das muß der Kaiser unverzüglich erfahren. Mich dünkt, daß wir ihm eine göttliche ›Eingebung‹ zukommen lassen.«

Mit fetttriefenden Fingern löste Thor von Asgaard seinen Dhyarra aus der Gürtelschnalle.

Sssann schreckte auf. Seine dämonischen Sinne fingen etwas auf, das ihn gerade deshalb etwas anging, weil es ihn nichts anging. Der Derwisch im ORTHOS spürte die Impulse, die sein Kristall neunter Ordnung aufnahm und an ihn weitergab.

Da war etwas!

Sssann reagierte sofort. Schrill aufheulend konzentrierte er sich auf das, was sein ständig wachender Dhyarra erkannte.

Eine Nachricht, die in weiter Ferne abgesandt wurde . . . die über einen sehr starken Kristall gesendet wurde!

Aus dem OLYMPOS!

Das war nicht weiter aufregend, auch nicht, daß der Empfänger im Palast des Kaisers Varus von Arysa in der rhonaconischen Hauptstadt saß. Dhyarra-Botschaften vom OLYMPOS nach Rhonatown und umgekehrt waren nicht weltbewegender als solche zwischen ORTHOS und Aronyx.

Es war der Inhalt dieser Botschaft, der Sssann geradezu elektrisierte. Schon nach ein paar Worten lenkte er die Botschaft, die er anzapfte, zu den höheren Dämonen um.

Und die waren ihm dankbar.

Als Thor von Asgaard seinen Dhyarra-Kristall aktivierte, spürte Zamorra sofort die Kraft, die von ihm ausging. Sie war stärker als alles, was er in dieser Beziehung bisher kennengelernt hatte.

Ein Kristall zehnter Ordnung, hatte Thor gesagt.

Es war zu stark für Zamorra. Der Meister des Übersinnlichen erkannte es sofort, aber er erkannte auch noch mehr. Dieser Kristall lag mit seiner Stärke an der äußersten, obersten Grenze dessen, was auch Thor verkraften konnte.

Zamorra öffnete unwillkürlich sein Bewußtsein. Er begriff, was Thor beabsichtigte: Zamorras Warnung über seinen Dhyarra zur Hauptstadt von Rhonacon weiterzugeben!

Über Thors Gesicht flog ein Lachen. Bereitwillig nahm er Zamorras offenen Geist auf. Sie berührten einander, bildeten einen Verbund. Jetzt war der Dhyarra spielend zu beherrschen – auch für Zamorra. Dennoch blieb Thor dominant.

»Hier ist die wöchentliche göttliche Eingebung!« schrie er ins Nichts. Trotz der Konzentration auf den Dhyarra brachte Zamorra es fertig, unverschämt zu grinsen und vorwurfsvoll den Kopf zu schütteln. Thor, der als letzter zu den Göttern gestoßen sein wollte, war anscheinend noch viel zu sehr Mensch, um seine sarkastische Ader nicht verloren zu haben.

Aber schlagartig wurde Thor von Asgaard ernst. »Dies ist eine Warnung«, sagte er. Von einem Moment zum anderen fühlte sich Zamorra stärker in den Verbund gezogen und begriff, daß er selbst die genauen Angaben machen sollte. Er hatte den größeren Überblick, der aus eigenem Erleben kam.

Er konnte nahezu den Hohepriester – oder war es ein Schamane? – der Weißen Magie in einem Tempel in Rhonatown vor sich sehen. Der Dhyarra schuf die Verbindung zwischen beiden Endpunkten der Para-Strecke. Dieser Weiße Schamane erstarrte unter der Wucht der Botschaft, die Zamorra ihm zusandte.

»Das . . . das ist furchtbar, Höchster!« hörte Zamorra ihn stammeln und fühlte sich unbehaglich, als Gottheit verkannt zu werden. »Was sollen wir tun? Es überrascht uns! Fünf Tage früher als geplant!«

»Arbeitet schneller«, mischte sich Thor ein. »Im Notfall werden wir euch helfen. Der OLYMPOS läßt euch nicht im Stich, Sterbliche!«

Er wollte die Verbindung abbrechen.

Doch da durchfuhr ihn kaltes Entsetzen. Auch Zamorra spürte, wie sich etwas Fremdes einschaltete.

Es kam von draußen! Und es trennte den Schamanen ab, sprach Thor und Zamorra direkt an. Aus wallenden Nebelschleiern schälte sich eine dämonische Fratze heraus, die Zamorra nicht zu deuten wußte. Aber er spürte die Aura des Unheimlichen, und die erkannte er.

Nocturno, sein alter Gegner, meldete sich!

Er mußte seinerseits auch Zamorra erkannt haben, denn er sprach ihn direkt an.

»Narr!« tönte Nocturno, der Dämon. »Du hast nichts dazugelernt . . . einfacher konntest du es uns doch wirklich nicht machen! Konntest du dir nicht denken, daß wir wachsam sind?«

Wieder drang das höhnische Gelächter aus den Tiefen einer unmenschlichen Hölle.

»Du hast es gewagt, Rhonacon zu warnen! Nun, es spielt keine

Rolle, wir werden uns darauf einrichten ... kannst du dir jetzt wenigstens denken, welche Konsequenzen diese Tat für dich bringt?«

Zamorra erschauderte. Der Dämon schien direkt vor ihm zu stehen, hier im OLYMPOS! Der Dhyarra vermittelte ihm diese Illusion, die kaum noch von der Wirklichkeit zu unterscheiden war. Jeden Moment glaubte Zamorra, Nocturnos schwarzflimmernde Pranken aus dem Nichts greifen zu sehen, um ihn zu erfassen und zu sich zu holen.

Doch das geschah nicht.

Nocturno lachte nur spöttisch. Hatte er Zamorras Gedanken lesen können?

»Nein, an dir persönlich werden wir uns nicht vergreifen ... du bist zu wichtig für uns! Doch es gibt andere Möglichkeiten, dich zu strafen! Du entsinnst dich einer Frau, die im Tempel von Aronyx auf dich wartet?«

Nicole! durchfuhr es Zamorra.

»Schurke!« schrie er. »Wage es nicht, dich an ihr zu vergreifen!«

»Spiel dich nicht so auf« rief Nocturno zurück. Du kannst mir nicht drohen, denn in dieser Welt bist du gegen mich hilflos, bist nur ein Nichts ohne dein Zauberamulett! Aber deine Nicole, ja ... sie wird dafür büßen, daß du es wagtest, uns zu verraten! Vielleicht wirst du dich demnächst in acht nehmen!«

Von einem Moment zum anderen riß die Verbindung ab.

Thor und Zamorra lösten ihren Verbund.

Zamorras Hände waren zu Fäusten geballt. Er begriff sich selbst nicht. Warum hatte er diese Möglichkeit nicht in Betracht gezogen? Er hatte doch gewußt, daß Nicole im Tempel gefangen war – aber sie bis zum Ablauf des Monats dort in Sicherheit geglaubt!

Doch auch Tempeldienerinnen waren nicht unersetzlich. Nocturnos Worte bewiesen es. Und Zamorra wußte, daß der Herrscher der Nacht keine leere Drohung von sich gegeben hatte.

Er würde Nicole töten.

Und es würde ihm ein Vergnügen sein, damit die Scharte auszuwetzen, die ihm Zamorra und Nicole vor ein paar Monaten in der eigenen Welt beigebracht hatten. Wenn nicht ein Wunder geschah, war Nicole verloren.

Durch Zamorras Leichtsinn!

Aber das Wunder – *mußte* doch geschehen!

Nocturno handelte schnell. Fast noch schneller als Professor Zamorra befürchtete. Im selben Moment, in dem sich der Dämon aus der Nachrichtenverbindung zurückzog, entfesselte er bereits ungeahnte Aktivitäten. Im ORTHOS begann es zu brodeln. Befehle wurden ersonnen. Pläne geändert und Aufträge erteilt. Und ein Derwisch überbrachte persönlich die neuesten Anweisungen an die schwarzmagischen Dämonendiener im Tempel von Aronyx.

Die Dinge nahmen ihren Lauf.

Der Überfall auf Rhonacon würde abermals vorverlegt werden, und diesmal gab es niemanden, der noch rechtzeitig eine Warnung überbringen konnte. Das Land Grex machte mobil.

Und eine Tempeldienerin, die den Namen Nicole Duval trug, verlor ihren Status. Es erging der Befehl aus dem ORTHOS, sie hinzurichten. Das durfte nicht innerhalb der Tempelmauern geschehen, aber es spielte keine Rolle.

Der Knochenmann schärfte bereits seine Sense.

»Du bist verrückt, mein Freund«, behauptete Thor von Asgaard. »Bleib hier im OLYMPOS! Hier bist du in Sicherheit. Die Macht der Dämonen ist groß, aber nicht groß genug, um in den OLYMPOS vorzudringen! Draußen bist du verloren!«

Zamorra schüttelte de Kopf.

»Ich muß versuchen, Nicole zu retten!« sagte er, eine Hand um den Schwertgriff gelegt.

»Du Narr«, murmelte Thor. »Riskiere doch nicht alles einer *Sterblichen* wegen! Ist sie es wert?«

»Davon verstehst du nichts«, sagte Zamorra schroff. »Vielleicht bis du doch schon nicht mehr genug Mensch . . . aber als eine Gottheit kann ich dich auch nicht akzeptieren. Es gibt nur einen wirklichen Gott, und der wird mir helfen!«

Thors Zungenspitze fuhr leicht über die Lippen. Der Asgaarder wirkte betroffen. »Ist dein Glaube so stark?« murmelte er.

Zamorra schwieg, aber in seinen Augen las Thor Entschlossenheit und – Sicherheit!

»Dann geh«, sagte er leise. »Dein Gott wird dir helfen.«

Und Zamorra ging.

Und Zamorra raste mit einem fliegenden Teppich in Richtung Grex. Den hatte Thor ihm zur Verfügung gestellt, aber nicht einmal mit einer Bemerkung erwähnt, Zamorra auch auf anderem Weg an sein Ziel bringen zu können. Thor von Asgaard hielt es für eine ausgesprochene Torheit, die Sicherheit des OLYMPOS zu verlassen.

Einer *Sterblichen* wegen . . .

Seine Worte gingen Zamorra nicht aus dem Kopf, für den sich auch mit dem fliegenden Teppich die Strecke ins Endlose dehnen wollte. Nocturnos Drohung hing ihm wie ein Damoklesschwert im Nacken. Jede verlorene Sekunde konnte über Nicoles Schicksal entscheiden.

Zamorra holte das Letzte an Geschwindigkeit aus dem fliegenden Teppich heraus, aber der war auch nur so schnell, wie die Para-Kraft seines Steuermanns stark war.

»Nicole«, murmelte Zamorra.

Die Angst um sie wurde von Minute zu Minute größer. Und alles nur, weil er geglaubt hatte, sie sei für ein paar Wochen in hundertprozentiger Sicherheit, weil die Schwarzen des ORTHOS sich an einem potentiellen Opfer nicht vorzeitig vergreifen würden.

Die Rechnung präsentierten sie ihm jetzt!

Plötzlich *sah* Zamorra etwas! Wie eine Vision flammte es in ihm auf.

Dem Ufer des Krokodilflusses näherte sich eine eigenartige Prozession. Gestalten in den dunklen Roben der Dämonendiener glitten heran, führten eine Gestalt mit sich: Nicole!

Am jenseitigen Ufer erhoben sich einige dunkle Panzerechsen, trotteten zum Wasser und glitten geschmeidig hinein. Riesige, mit Hunderten von Zähnen gespickte Krokodilmäuler klafften gierig auf, fieberten dem Opfer entgegen.

Nicole wehrte sich, wand sich im Griff der Tempelkrieger, die auf Geheiß der Dämonendiener handelten und sie zum Fluß zerrten.

Und sie hineinschleuderten ... den Krokodilen entgegen ...

Zamorra schrie auf, und die Vision verblaßte.

Hatte Nocturno ihm ein Zukunftsbild geschickt, um ihn weiter zu quälen? Oder war das, was er gesehen hatte, schon Wirklichkeit geworden? Gab es schon keine Rettung mehr für Nicole?

Hatte Zamorra ihren Tod gesehen – an dem er sich selbst die Schuld gab?

Die Ungewißheit fraß an ihm.

Und noch schneller jagte der fliegende Teppich durch die Luft, begleitet von einem nervenzerreißenden schrillen Singen.

»Nicole«, flüsterte er und konnte nur noch hoffen.

Viertes Buch

AM SCHRECKENSFLUSS

Kapitel 55

Das Augenpaar veränderte abrupt seine Farbe und wurde zu leuchtendem Grün. Die Pupillen verengten sich.

Leicht beugte sich der schlanke, hochgewachsene Mann vor und schien zu lauschen. Er lauschte auch wirklich, aber nicht mit dem Gehör!

Druiden-Kraft tastete nach einem anderen Wesen, das sich in der Nähe befand und das ihn erkannt hatte, aber durch das überstarke Denken hatte es sich dem Druiden Kerr verraten.

Woran hat der Bursche mich erkannt? fragte sich Kerr und zielte bei seinem ›Tasten‹ auf die Beantwortung dieser Frage ab. Überrascht mußte er feststellen, daß es Zufall gewesen war. Seine lockere Verbindung zu Rob Mullon hatte ihn nicht verraten.

Kerr, Sohn eines Druiden vom Silbermond und einer Menschenfrau, saß in einem kleinen Pub in Ffostrasol, etwa fünfundzwanzig Meilen nördlich von Carmarthen, und vor ihm auf dem Tisch stand ein Krug Cwrw. Das war fast schon schal, weil Kerr seit einer halben Stunde keinen Schluck mehr getrunken hatte.

Da war der andere ihm zum ersten Mal aufgefallen. Er suchte Kerr und hatte ihn gefunden. Hier in Ffostrasol, dem kleinen walisischen Dorf, das kaum jemand vom Namen her kannte und in dem Kerr untergetaucht war.

Nur zwei Männer waren außer ihm zu dieser vormittäglichen Stunde im Pub, und die sprachen kymrisch miteinander, was Kerr ohnehin kaum verstand. Was er bisher aufgeschnappt hatte, war, daß Bier Cwrw hieß und ›Kuru‹ ausgesprochen wurde. Mit der Bestellung in der Landessprache hatte er, der Engländer, sich die Sympathien des Keepers erworben, dessen Pub den endlosen Namen *Yr gweiddi llongwr iawn* trug, etwa zu übersetzen mit ›Zum brüllenden Seefahrer‹. Was diese Inlandskneipe mit der Seefahrt zu tun hatte, war auch Kerr unklar, aber vielleicht war der

Großvater des Besitzers einmal zur See gefahren und hatte sich dabei lautstark in Szene gesetzt.

Kerr erhob sich langsam und legte eine Münze auf den Tisch. Wenn es zu einer Auseinandersetzung mit seinem Verfolger kam, brauchte das nicht unbedingt im Pub zu passieren. Auf jeden Fall wollte er dem anderen zuvorkommen, der jetzt direkt vor der Tür stand.

Kerr nahm seine Gedanken wahr. Jetzt, da es um sein Leben ging, waren seine Sondersinne voll entfaltet.

Langsam ging er zur Tür und schirmte sich dabei selbst ab. Wenn er ein wenig Glück hatte, wurde der Gegner nicht mißtrauisch.

Aber da flog die Tür bereits krachend nach innen.

Der andere *war* mißtrauisch geworden, und er griff sofort an – ohne Rücksicht auf andere.

Kerr sah nur noch schockgrün aufstrahlende Augen, und dann flog ihm etwas entgegen und schleuderte ihn quer durch den Raum!

Irgendwo in den Bergen zwischen Altwalis und Llanwrda rauscht das Wasser des Cothi in südwestlicher Richtung der Bay von Carmarthen entgegen, und hoch über dem Fluß ragte ein Gemäuer auf, das es noch vor kurzer Zeit nicht gegeben hatte.

Caerdamon – Damons Burg!

Aus dem Nichts hatte sich Damon, der neue Fürst der Finsternis, hier ein neues Domizil geschaffen, von welchem aus er die Welt der Irdischen beherrschen wollte.

Jene dämonischen Sphären, in denen die Schattenmächte herrschten und diese nur verließen, um direkt in menschliche Bereiche einzugreifen und ihre bösen Kräfte wirksam werden zu lassen, waren für Damon uninteressant. Es entsprach seinem teuflischen Charakter, seine Festung direkt in den Machtbereich derer zu verlegen, die er unterjochen wollte.

Kommt doch! schrie das trutzige, pechschwarze Gemäuer der Burg am Steilhang jedem Besucher zu. Kommt doch, greift mich an und seht, wie schwach ihr gegen mich seid!

Er war stark.

Und er war nicht willens, seine errungene Position durch Leichtsinn zu schwächen.

Im Gegenteil. Er würde sie ausbauen, würde die ganze Erde beherrschen. Und dann . . .

Dann war da noch der Höllenkaiser LUZIFER auf seinem Thron, der Damon momentan noch wohlwollend gewähren ließ, weil der neue Fürst der Finsternis härter durchgriff als Asmodis. Aber LUZIFER würde schon sehen, was er sich da für einen *Thronfolger* heranzog . . .

Er wäre nicht der erste, den Damon zu Fall brachte.

Kapitel 56

Gute acht Tagesmärsche . . .

Wie ein Pfeil jagte der fliegende Teppich durch die Luft. Zamorra gönnte sich keine Ruhe, aber er spürte, wie er immer schneller dem Zusammenbruch entgegenraste. Er setzte Magie ein, hielt den Teppich mit der Kraft seines Geistes in der Luft und trieb ihn seinem Ziel entgegen. Aber hier fehlte ihm das Amulett, das sonst immer seine Kräfte verstärkte, wenn es darauf ankam, mit den Energien des Übersinnlichen zu arbeiten. Und ohne das Amulett war er fast hilflos. Zu sehr hatte er sich sonst auf dieses Wunderding verlassen, und das rächte sich jetzt.

Seine Kräfte schwanden.

Dennoch ließ er nicht locker. Er mußte Grex, mußte Aronyx so schnell wie möglich erreichen.

Vor seinem Abflug hatte Thor von Asgaard Zamorra noch einen Überblick über die Welt gegeben, die den seltsamen Namen *Straße der Götter* trug. Er hatte ihm eine Karte gezeigt, und obgleich die Entfernungen für einen Menschen zu Fuß gewaltig waren, war die Welt doch im Vergleich zur Erde extrem klein.

Der OLYMPOS lag weit im Hinterland von Rhonacon. An der Grenze wurde der Kontinent eingeschnürt. Eismeer im Noord und Sooystmeer im Sooyst, wie zwei der fünf Himmelsrichtungen genannt wurden, trafen sich hier bis auf einen Tagesmarsch Land dazwischen. Dort begann das Land Khysal, die ›Pufferzone‹ zwischen Grex und Rhonacon. Hier lag der riesige Todessee, nicht weit davon die Hauptstadt Sestempe und die große Handelsstadt Salassar. Weiter im Noord lag die Stadt der toten Seelen, noch noordlicher der Wunderwald, dann kam die Grenze nach Grex, später der Krokodilfluß und dann Aronyx. Zwischen Fluß und Stadt war Zamorra damals aufgegriffen worden, als er in dieser Welt materialisierte.

Doch noch war er längst nicht wieder dort. Er sah gerade die Dächer von Sestempe in der Ferne, sah Patrouillenflieger. Militärisch spielte Khysal keine Rolle; wenn die Grecer marschierten, würden sie kaum Widerstand finden. Dennoch hielt es Zamorra nicht für ratsam, eine Begegnung mit den Sestempern zu riskieren. Er war ein Fremder, und Fremde waren immer verdächtig . . .

Er mußte ausweichen. Die Reiseroute nach Grex verlängerte sich dadurch um ein Geringes. Aber gegen Ende würde es auf jeden einzelnen Meter ankommen.

Thor von Asgaard, dachte er grimmig. *Warum wolltest du mich nicht auf gleichem Weg nach Grex zurückbringen, auf dem du mich nach Rhonacon geholt hast?*

Aber er kannte die Antwort doch. Thor hatte anderes mit ihm vor, als ihn irgendwo in Grex gegen ein paar Dämonendiener kämpfen zu lassen, um eine Sterbliche zu retten. Thor beabsichtigte, Zamorra als Götterboten an der Spitze des rhonaconschen Heeres gegen die Grecer kämpfen zu lassen . . . im Grunde also nichts anderes, als was die Dämonen unter umgekehrten Vorzeichen ebenfalls beabsichtigten!

Zamorra aber wollte keine Figur auf einem Schachbrett sein. Er wollte sein Schicksal selbst bestimmen.

Aber konnte er es denn noch?

War es nicht viel wahrscheinlicher, daß in ein paar Stunden alles zu Ende war? Daß er mit viel Glück vielleicht den Tempel noch erreichte – nein, den Krokodilfluß, in dem Nicole ihr Ende finden sollte, wenn er der Vision Glauben schenken konnte, die ihm Nocturno geschickt hatte. Daß er dann aber kraftlos zusammenbrechen würde, selbst ein Opfer der Dämonen . . .

Und plötzlich zweifelte er auch an der Richtigkeit der Vision. Vielleicht hatten die Dämonen ein völlig anderes Ende für Nicole vorgesehen!

Nein! rief er sich selbst zu.

Er durfte nicht grübeln. Er mußte es so nehmen, wie es kam, und konnte nur hoffen.

Doch die Angst um Nicole trieb ihn langsam, aber sicher in die Verzweiflung.

Stunden zuvor ahnte Nicole noch nichts von dem, was sie erwartete. Sie hockte in ihrer Zelle und brütete vor sich hin.

Sie warf einen Blick zu Ayna hinüber. Das Mädchen aus Khysal schlief. Wie kann man in einer solchen Situation bloß schlafen? wunderte sich Nicole, obgleich auch sie schon ein paar Nächte im Tempel zugebracht hatte – schlafend!

Die Katze war verschwunden. Zuweilen ging sie eigene Wege, und jedesmal fragte Nicole sich, wie sie es schaffte, die Zelle zu verlassen. Es gab offensichtlich keine Möglichkeit, und doch tauchte die Katze auf und verschwand wieder, ganz wie es ihr beliebte. Aber es war durch die starke telepathische Begabung und die hohe Intelligenz ohnehin ein besonderes Exemplar dieser Gattung.

»Zamorra«, flüsterte Nicole.

Wo mochte er sein? Warum kam er nicht? Mit ihren Gedanken hatte sie ihn gerufen, schon oft und anhaltend, und auch wenn sie selbst keine Telepathin, geschweige denn eine Magierin war, mußte er sie wahrgenommen haben. Zamorra verfügte über Para-Fähigkeiten, und er besaß das Amulett, das nicht nur mit ihm verbunden war, sondern auch eine schwache Affinität zu ihr hatte. Das Amulett mußte ihre gedanklichen Hilferufe spüren!

Aber warum kam Zamorra nicht?

Hatte Merlin ein falsches Spiel betrieben?

Ayna bewegte sich im Schlaf.

Plötzlich spürte Nicole die Gefahr, die sich näherte. Ein sechster Sinn warnte sie.

Nicht auf schleichenden Sohlen nahte die Gefahr, sondern mit den harten Stiefeltritten von Tempelkriegern!

Krachend flog die magisch verriegelte Tür auf und gab vier Tempelkriegern den Weg frei, und hinter ihnen tauchte eine Witch auf. Die Kapuze ihres dunklen Gewandes fiel tief in die Stirn und überschattete ihr Gesicht.

Mit einem Schrei fuhr Ayna aus ihrem Schlaf auf.

Zwei Tempelkrieger standen jetzt rechts und links von der Tür. Ihre Schwerter blieben in den Scheiden, aber in ihren Fäusten lagen die Blaster, die Strahlwaffen, die in dieser archaischen Welt ein Anachronismus waren, aber ihre Wirkung nie verfehlten.

Die Dornen in den Trichtermündungen waren auf Nicole gerichtet und glommen schwach.

»Packt sie!« sagte die Witch schroff. Die beiden anderen Tempelkrieger griffen blitzschnell zu und rissen Nicole von ihrem Lager, ehe sie begriff, daß dieser Aufmarsch nur ihr allein galt.

Das Entsetzen sprang sie an. Sie schlug um sich, entwand sich dem Griff der beiden Männer mit den harten, starren Gesichtern. Das durchscheinende Tempelgewand, das sie trug, riß. Nur Fetzen blieben an ihrem Körper zurück. Sie schrie, und Ayna schrie. Aber auf das Khysal-Mädchen achtete niemand.

Wie Roboter, seelenlos und mit ruckartigen Bewegungen, setzten die beiden in schwarzes Leder gepanzerten Krieger Nicole nach und erwischten sie wieder. Diesmal gab es aus ihrem eisernen Griff kein Entrinnen mehr.

Sie starrte aus weit aufgerissenen Augen die Witch an. »Was soll das?« schrie sie. »Laßt mich los!«

»Du wirst nicht mehr gebraucht«, sagte die Witch kalt. »Jener, der sich Zamorra nennt, wird bestraft werden, indem du stirbst!«

»Nein!« schrie sie entsetzt auf. »Ich bin eine Tempeldienerin! Ich habe doch noch drei Wochen Zeit ... Ihr könnt nicht ...«

»Wir können! Nocturno befahl!« sagte die Witch und wandte sich ab. Dann schwebte sie davon.

Alles in Nicole gefror.

Nocturno ...

Die Witch und die Tempelkrieger brachten Nicole noch nicht sofort nach draußen, hinaus aus dem Tempel nach irgendwohin, obgleich die Witch ihr angekündigt hatte, daß sie ihr Ende nicht im Tempel finden würde.

Eine kleine Einzelzelle nahm sie auf, aus der es kein Entrinnen gab. Es gab auch kein Fenster, aber eine schattenlose matte Helligkeit, die aus der Wand drang.

Hier hatte Nicole zu warten.

Es gab keine Tür, wohl aber eine magische Sperre, die nicht zu durchbrechen war. Und als zusätzliche Sicherung standen zwei Tempelkrieger mit gezückten Blastern vor der Öffnung und wurden nicht eine Sekunde lang unaufmerksam.

Zeit verstrich.

Durch die magische Sperre mußte ein Luftaustausch möglich sein, weil die Luft in dem kleinen Raum nicht schlechter wurde.

Es mochten zwei oder drei Stunden verstrichen sein, als die Witch wieder erschien, aber nicht allein. Ein Hexer, ihr gleichrangig, begleitete sie diesmal und dirigierte zwei andere Tempeldienerinnen vor sich her.

Die Witch machte eine rasche Fingerbewegung. Die magische Sperre vor Nicoles Zelle brach zusammen. Aber sie wußte, daß sie keine Chance zur Flucht hatte. Mit zwei Hexern wurde sie auf keinen Fall fertig. Sie würden sie magisch zwingen, das zu tun, was sie sollte.

Die beiden Tempeldienerinnen traten ein. Ihre Gesichter waren ausdruckslos. In den vielen Tagen, die sie schon im Tempel zubrachten, waren sie abgestumpft.

Nicole hatte das zerfetzte Gewand abzulegen. Die beiden Dienerinnen hatten eine ponchoartige, feuerrote Kutte mitgebracht, die sie ihr jetzt überzogen. Der Stoff lag eng an und hatte keine Armöffnungen. Nicole war also gewissermaßen gefesselt, solange sie dieses rote Gewand trug.

Blutrot war es – das Rot des Todes!

Die beiden Dienerinnen traten zurück.

»Was habt ihr davon, wenn ihr mich tötet?« flüsterte Nicole.

»Nocturno befiehlt, und wir dienen«, sagte die Witch kalt. »Komm mit!«

Gehen konnte sie in dem roten Todesgewand, das ihr bis zu den Knöcheln reichte, aber keine großen Schritte machen. Damit war eine Flucht sinnlos, und in der Stoff-Enge konnte sie das Ding auch nicht schnell genug abstreifen, ohne sofort aufzufallen.

»Nocturno . . .«, echote Nicole leise.

Sie war sicher, daß der Dämon diesmal Nägel mit Köpfen machen würde. Damals hatte er eine Schlappe eingesteckt und sich zurückziehen müssen.

Diesmal war er der Sieger.

Und er würde nicht zulassen, daß Nicole mit dem Leben davonkam. Und Zamorra? Wo war er?

Zamorra, hilf mir! flehten Nicoles Gedanken, aber sie konnte weder ihn noch das Amulett erreichen.

»Was habt ihr jetzt mit mir vor?« fragte sie.

»Wir verlassen den Tempel«, sagte die Witch. »Unser Ziel ist der Krokodilfluß.«

Kapitel 57

Kerr fühlte sich von einer unsichtbaren Kraft gepackt. Er wirbelte durch den Raum und prallte mit dem Rücken gegen die eiserne Griffstange vor dem Tresen. Ein harter Schmerz durchzuckte ihn, und sekundenlang befürchtete er eine Rückgratverletzung.

Aber dann konnte er doch beide Arme hochreißen und die Finger spreizen.

Die beiden Gäste im Pub schreckten fluchend auf.

Hinter Kerr ging der Keeper mit einem wilden Aufschrei in Deckung. Und Kerr sah den Fremden in der Tür an.

Druiden-Augen starrten ihm entgegen!

Damon hatte einen Druiden eingesetzt, um den Druiden Kerr zu töten. Aber wie konnte ein Silbermond-Druide sich dafür hergeben, einem Dämon zu dienen?

Daß der andere *nicht* vom Silbermond war, begriff Kerr erst, als der nächste Angriff erfolgte und er sich unter Schwarzer Magie zusammenkrümmte.

Kerr blockte ab.

Da raste der nächste Angriff heran. Ein kreisendes Feuerrad, das aus den grünen Augen des anderen hervorgezuckt war, schwebte mitten im Pub und verstrahlte Blitze nach allen Seiten.

Die Wandverkleidung ging in Flammen auf. Zwei Flaschen mit hochprozentigem Inhalt flogen auseinander, und der Alkohol entzündete sich sofort. Der Tisch, hinter dem sich die beiden anderen Gäste verschanzen wollten, als das Feuerwerk losging, platzte auseinander und fegte die beiden Männer an die Wand.

Kerr spürte die Macht des anderen. Druiden-Macht, die sich der Schwarzen Magie bediente! Und mit ihr griff der andere an, um Kerr zu töten.

Die Blitze aus dem kreisenden Feuerrad wurden von Kerrs Kräften abgelenkt und schmetterten wirkungslos irgendwohin. Da stieß das Feuerrad, einen Flammenschweif hinter sich herziehend, direkt auf Kerr zu.

Kerr wußte, daß er in wenigen Augenblicken tot sein würde, wenn er nicht augenblicklich zum Gegenangriff überging. Aber dazu mußte er erst einmal aus der Verteidigung herauskommen!

Das kreisende, blitzespeiende Feuerrad raste auf ihn zu. Und er machte einen Schritt nach vorn!

Im nächsten Moment war es verschwunden. Das Rad jagte mit schrillem Kreischen in die Theke hinein und fetzte sie auseinander, während Kerr direkt neben dem Angreifer aus dem Nichts entstand.

Er hatte instinktiv den *zeitlosen Sprung* eingesetzt, der den Silbermond-Druiden unter Aufbietung hoher Konzentration möglich ist, aber bis zu diesem Augenblick hatte er selbst nicht geahnt, diese Art der Fortbewegung durch reine Geisteskraft zu beherrschen.

Der Schwarze Druide schrie auf. Kerrs Handkante flog heran. Noch immer verzichtete er darauf, seine Druiden-Kraft als Angriffswaffe einzusetzen, weil das seinem Naturell widersprach.

Der Schwarze wich dem Schlag aus, so daß Kerr nur noch die Schulter traf. Gellend ertönte der Schrei des Schwarzen, der herumwirbelte und floh. Nach draußen, wo helles Tageslicht herrschte!

Kerr achtete nicht auf die Verwüstung, die im Pub zurückblieb. Er kümmerte sich auch nicht um den Keeper und die beiden entsetzten Gäste, die an einen Alptraum glaubten, weil sie alle drei gesehen hatte, wie er sich vor der Theke in Luft auflöste und direkt neben dem Fremden wieder auftauchte.

Kerr stürmte dem Fliehenden nach. Der hetzte die Straße hinunter und legte dabei ein geradezu unheimliches Tempo vor. Kerr konnte da nicht mithalten. Er war zwar an Leistungssport gewöhnt, weil die Polizeiausbildung das von ihm verlangte, aber der Schwarze Druide entwickelte das Tempo eines Kurzstreckenläufers.

Am Ende der Straße, wo die Häuser nur noch vereinzelt standen, parkte ein grauer Jaguar.

In Kerrs Hirn schaltete es.

Der durch Magie gelenkte Wagen, der vor ein paar Tagen in Carmarthen Byanca niedergefahren hatte und dessen geschmolzener Metallklumpen im Hof der Polizeistation stand, war doch auch ein Jaguar gewesen!

Schnell wie ein Blitz verschwand der andere Druide in dem grauen Luxuswagen. Kerr fragte sich nicht einmal, warum der andere nicht den *zeitlosen Sprung* eingesetzt hatte, um zu entkommen. Er mußte eine andere magische Möglichkeit haben, die sein Lauftempo gesteigert hatte.

Der Jaguar raste los.

Kerr versuchte es noch einmal mit dem *zeitlosen Sprung*. Dazu mußte man in Bewegung sein, aber jetzt gelang es ihm nicht. Offenbar fehlte ihm das Training, und ganz unlieb war ihm sein Versagen auch nicht, weil ihm seine Druiden-Existenz noch unheimlicher geworden war, als er im Augenblick höchster Not unterbewußt den *Sprung* vollzogen hatte.

Aber der Jaguar brauchte ihm nicht zu entkommen. Vor dem Pub parkte ein blauer Vauxhall Cavalier. Den hatte er gemietet, weil sein Dienstwagen ja mit einem Sprengsatz zerstört worden war und Kerr es für riskant gehalten hatte, sich vom Yard ein Ersatzfahrzeug zu seinem Versteck liefern zu lassen.

Er hechtete in den Wagen. Der Motor sprang sofort an, und Kerr jagte hinter dem Schwarzen Druiden her.

Er *mußte* ihn erwischen! Er mußte wissen, *wie* ihn sein Gegner aufgespürt hatte, und er mußte erfahren, was das für eine Gattung war, der er angehörte. In grauer Vorzeit hatte es auf der Erde Schwarze Druiden gegeben, die sich den dunklen Mächten verschrieben, aber Kerr hätte nicht gedacht, daß heute noch einer existierte.

Der fliehende Jaguar war kaum noch zu sehen. Kerr senkte den Bleifuß aufs Gaspedal und ließ den Vauxhall zeigen, was er leisten konnte. Das britische Gegenstück des deutschen Opel Ascona war mit dem starken Zweilitermotor ausgerüstet und entfesselte hundertzehn Pferdestärken. Privat wie im Dienst bevorzugte Kerr diesen Wagentyp und kannte sich bestens damit aus. Und er kannte die Straße, die der Jaguar jetzt entlangfegte, weil er sie selbst gestern erst abgefahren hatte.

Der Bursche würde mit dem Tempo nicht weit gelangen. Spätestens bei der Serie von insgesamt sieben Haarnadelkurven war es mit dem Tempo aus, und dann konnte Kerr das überlegene Fahrverhalten seines Mittelklasse-Wagens voll ausspielen.

»Warte, Schwarzer, ich kriege dich«, knurrte er. »Und dann hast du Farbe zu bekennen!«

Über dem rauschenden Clothi erhob sich das schwarze Bauwerk Caerdamon. Damon hatte mit seiner magischen Kraft, verstärkt durch den Dhyarra-Kristall Zwölfter Ordnung, nicht nur diese schwarze Burg aus dem Nichts geschaffen und an den Berghang geklebt, sondern sie auch noch zu einer uneinnehmbaren Festung gestaltet.

In ihr residierte er.

In ihr lebten auch eine Reihe niederer Dämonen, die er zu seinen Dienern bestellt hatte. Ob denen das paßte, interessierte ihn nicht. Sie hatten ihm zu gehorchen, oder sie spürten seine Macht. Nachdem er einen widerspenstigen Gestaltwandler gezwungen hatte, den Körper einer Schildkröte anzunehmen, um ihn dann für alle Zeiten in dieser Gestalt zu fixieren, spurte auch der letzte Werwolf. Aber hinter Damons Rücken knirschten sie alle mit den Zähnen.

Der neue Fürst der Finsternis hatte befohlen, und die Schwarze Familie hatte zu gehorchen. Das Schicksal Asmodis' zeigte jedem, daß mit Damon nicht zu spaßen war. Und Asmodis war stark gewesen, sonst hätte er sich nicht einige Jahrhunderte an der Spitze der Sippen halten können, denn Widersacher hatte es zur Genüge gegeben.

Damon hatte zwei Fliegen mit einer Klappe geschlagen. Nicht nur, daß er in seiner Burgfestung jetzt über genügend Diener verfügte – er hatte sie auch sorgfältig aus sämtlichen Sippen ausgewählt, die der Schwarzen Familie der Dämonen angehörten. Damit waren diese Diener zugleich zu Geiseln geworden, die dafür sorgten, daß die Dämonensippe ihrem neuen Herrscher noch widerspruchsloser gehorchten.

Jetzt arbeitete er an seinem Vorhaben, sich die Erde zu unterwerfen. Warnende Stimmen anderer Dämonen, man solle die Kühe, die man melken wolle, nicht vorzeitig schlachten, überging er. Er wollte die Menschheit ja nicht ausrotten! Er brauchte sie doch, damit sie ihm dienen und huldigen konnte.

Sarkana, der einer altehrwürdigen Vampirfamilie aus Rumänien entstammte und sich in der Rolle eines Dieners äußerst schwer tat, legte Damon die nächsten Informationen vor.

Neben Damon hockte Master Grath, das kleine verschlagene Teufelchen. Damon saß auf einem goldenen Thron, der mit schwarzem Blut ornamentiert war, Grath kauerte auf dem Boden. Dennoch bekam der persönliche Adjutant alles mit, was er zu wissen hatte.

Sarkana hatte seine Mitteilungen schriftlich zusammengefaßt. Damon rollte das Pergament auseinander; Sarkanas Sippe hielt noch auf die alte Tradition. Nichtsdestoweniger war das Niedergeschriebene das Ergebnis vieler anderer dämonischer Forschungen.

Damon las.

»Meeghs? Andere Dimensionen? Eine Hintergrundmacht, die dämonisch ist und sich in Form von Lichterscheinungen manifestiert? Was soll der Blödsinn? Licht und Dämonen paßt nicht zusammen, Langzahn!«

Sarkana schluckte die Beleidigung herunter. »Es paßt wohl zusammen, Fürst! Wir beziehen uns auf Beobachtungen, die auf einen unserer größten Gegner, Professor Zamorra, zurückgehen. Er hatte mit den Lichterscheinungen bereits zu tun, wie auch die Schattenwesen, die man Meeghs nennt. Das Wunderwelten-System der Silbermond-Druiden . . .«

Damon sprang auf.

»Verschone mich mit diesem Schwachsinn, Sarkana!« brüllte er den Vampirdämon an. »Was gehen mich die Druiden und ihre Wunderwelten an? Über die Verhältnisse auf *diesem* Planeten wünsche ich unterrichtet zu werden! Spekulationen über andere Welten und Dimensionen bleiben vorläufig außen vor. In einem Jahr vielleicht können wir uns darum kümmern!«

»Herr, weder die Meeghs noch die Lichter teilen Eure Ansicht«, wagte Sarkana Widerspruch. »Sie greifen ständig an und versuchen unsere ureigensten Machtansprüche zu erschüttern, um . . .«

»Auch zu ihnen wird inzwischen durchgedrungen sein, daß jetzt *ich* der Fürst bin und daß sie sich solche Eskapaden nicht mehr leisten können . . .«

Sarkana lernte fliegen, ohne seine Schwingen dabei benutzen zu müssen. Damon warf ihn aus dem Thronsaal. Die Schriftrolle flog hinterher. »Ich werde dich lehren, mich mit einem Sterblichen zu vergleichen«, murmelte Damon grimmig.

Hinter Sarkana schloß sich das Portal.

Auf dem Korridor half das Skelettmädchen Starane dem Vampir wieder auf die Beine. »Es ist schlimm«, flüsterte sie. »Er hält uns wie Sklaven.«

Sarkana klopfte sich langsam den Staub aus der Kleidung. »Danke, Starane«, sagte er. »Irgendwann wird auch er fallen, und dann wird er für diese entwürdigende Behandlung büßen. Noch ist meine Sippe stark und mächtig. Damon wird sich wundern . . .«

Der niedliche Totenschädel der Dämonin zeigte Erschrecken. Sie sah zum geschlossenen Portal, hinter dem sich Damon im Thronsaal befand. Sarkana lächelte grimmig.

»Vampir-Magie«, sagte er. »Auch wir haben unsere Geheimnisse. Was ich jetzt und hier sage, kann er nicht hören, selbst wenn er morgen in die Vergangenheit zurückgeht, um mich zu belauschen. Aber es ist gut, daß ich dich gerade treffe. Wenn die Sonne sinkt, wird es eine geheime Konferenz geben, an der alle teilnehmen sollten, die abkömmlich sind.«

Das Skelettmädchen sah wieder zum Portal. »Gegen ihn . . .?« hauchte sie.

Sarkana nickte.

Starane klapperte mit dem Unterkiefer. »Ich werde kommen und es auch den anderen sagen . . .«

Der Vampir verschloß ihr blitzschnell die bräunlichen Zähne mit der faltigen grünen Hand. »Du nicht! Du kannst belauscht werden. Hüte dich zu sprechen, wenn du nicht abgeschirmt bist. Denke an den Gestaltwandler . . .!«

Mit klappernden Knochen huschte Starane davon.

Sarkana ballte die Faust und drohte noch einmal in Richtung des Thronsaals, dann verließ auch er diese Stelle.

Langsam, aber sicher schuf sich Damon eine Reihe von Feinden, und manchmal können auch viele Hasen des Hundes Tod sein . . .

Damon, dachte Byanca. *Wo bist du? Warum finde ich dich nicht?*

Sie griff mit der Macht ihres Geistes in jene jenseitigen Sphären, in denen sich die Dämonen aufhielten, in denen Heulen und Zähneklappern vorherrschten. Wenn Damon der Fürst der Finsternis war, mußte er sich doch dort aufhalten!

Aber sie fand ihn nicht . . .

Dafür wurde sie gefunden.

Sie schrak aus ihren Gedanken auf. Kalte Furcht wollte sie lähmen, als sie neben sich die Gestalt sah, die ihr eine Hand auf die Schulter legte.

»Byanca! Endlich haben wir Sie gefunden!« hörte sie die Stimme des Fremden und sah schon den Tod durch Dämonenhand neben sich stehen.

Sie stand wie gelähmt da.

Sekunden verstrichen, aber sie lebte immer noch, und um sie her strebten immer noch Menschen dem Ausgang der Bibliothek zu oder traten ein, und niemand fand an der Szene etwas Auffälliges.

Kein Para-Angriff eines Dämonen, der Byanca töten wollte!

Langsam drehte sie den Kopf.

Sie hatte sich in die Bibliothek von Carmarthen zurückgezogen, weil hier die Stille vorherrschte und sie ungestört mit ihren Geisteskräften nach dämonischen Sphären und nach ihrem Geliebten tasten konnte, während sie vorgab zu lesen. Jetzt war sie auf dem Weg zum Ausgang gewesen. Sie hatte sich so unauffällig wie möglich angezogen, trug Kleidung, die längst aus der Mode war und ihren aufregenden Körper weitgehend verbarg. Das lange, seidige helle Haar hatte sie zu einem Knoten hochgewunden und ihr apartes Gesicht durch unvorteilhaftes Schminken etwas unansehnlicher gestaltet. Dazu schirmte sie ständig ihre geistige Aura ab, um ja nicht von den Dämonen, die sie jagten, erkannt zu werden.

Und doch war sie entdeckt worden. Jemand hatte sie mit ihrem Namen angesprochen.

Sie sah ihn jetzt neben sich stehen und war nicht in der Lage, seine Hand von ihrer Schulter zu schütteln. Sah so ein Dämon aus?

Ein Mensch, untersetzt, lächelnd, dunkelhaarig und mit offenen, freundlichen Zügen?

Dämonen sind Meister der Maske! entsann sie sich, und wieder preßte die Furcht alles in ihr zusammen.

Ihre Lippen öffneten sich, zögernd fast.

»Wer sind Sie? Woher wissen Sie, daß ich . . .«

Er lächelte noch freundlicher und schob sie auf eine kleine Sitzgruppe in der Eingangshalle der Bibliothek zu. Dort drückte er sie in einen Sessel.

»Ich muß zugeben, daß es ein Schuß ins Blaue war, aber Ihre Reaktion hat Sie verraten«, sagte er. »Mein Name ist Binder. City-Police, Mordkommission.«

Sie war erleichtert und bestürzt zugleich. Erleichtert, daß er kein Dämon war, der Jagd auf sie machte, und bestürzt, weil er zur Polizei gehörte . . . weil er ein Mensch war . . . und weil ein Mensch sie durchschaut hatte.

»Was weckte Ihren Verdacht?« flüsterte sie mit klopfendem Herzen.

»Ihr Aussehen«, sagte er. »In meinem Beruf achtet man auf Kleinigkeiten. Der Beschreibung nach kam nur Ihre Altersgruppe in Frage. Und ob ein junger Mensch sich künstlich alt stellt, merke ich, wie ich auch bemerkt hatte, daß keine normale Frau sich so unvorteilhaft schminkt wie Sie, Lady.«

Sie nickte langsam.

Polizei . . . Mordkommission . . . es mußte zu seinem Beruf gehören, scharf zu beobachten und messerscharfe Schlüsse zu ziehen. Wahrscheinlich war er jahrelang geschult worden, wie in ihrer Welt

Adepten jahrelang geschult wurden, Dhyarra-Kristalle zu benutzen und auch die letzten Feinheiten herauszuarbeiten.

»Mordkommission?« griff sie seine Vorstellung wieder auf.

Er lachte leise auf. »Sorry, man legt Ihnen keinen Mord zur Last. Aber Sie werden gesucht, und unsere Abteilung steckt da mittendrin. Sowohl mein Chef, Rob Mullon, als auch Inspektor Kerr von Scotland Yard wollen dringend mit Ihnen sprechen. Ich weiß zwar selbst nicht genau, um was es dabei geht, aber der Kernpunkt ist ein Mann namens Damon. Kerr sagt, nur Sie könnten ihn aufhalten.«

Sie nickte wortlos.

Damon . . .

Aber sie wußte noch immer nicht, wo er sich befand. Sie hatte bei ihrem Suchen immer wieder ins Leere gegriffen. In der Jenseitswelt der Dämonischen hielt er sich anscheinend nicht auf.

»Bitte, wenn Sie mit mir kommen wollen?«

Sie nickte. Es hatte ja doch keinen Zweck. Und vielleicht war die Polizei sogar in der Lage, sie vor ihren Feinden zu schützen. Eine erneute Flucht war sinnlos. Die Polizei würde sie rasch wieder aufspüren. Und was ein normaler Sterblicher fertigbrachte, würde einem Dämon um vieles leichter fallen.

»Ich komme mit«, sagte sie.

»Mein Dienstwagen steht draußen vor dem Eingang«, informierte er sie. »Gut, daß wir Sie endlich gefunden haben. Jetzt brauchen wir nur noch darauf zu warten, daß Kerr sich wieder mit uns in Verbindung setzt.«

Beide ahnten nicht, daß der Gejagte im Moment zum Dämonenjäger geworden war und die Spur, die er verfolgte, so heiß war, wie sie heißer nicht sein konnte.

Kapitel 58

Die Zeit raste dahin, schneller noch als der fliegende Teppich. Zamorra hatte keine Uhr, und auf sein Zeitempfinden allein wagte er sich in dieser Welt immer noch nicht zu verlassen. Er orientierte sich nach dem Stand der Sonne. Und die sank schneller, als ihm lieb sein konnte. Seine Erschöpfung machte sich bereits bemerkbar. Der fliegende Teppich wurde langsamer. Auch die Flughöhe war nicht mehr zu halten.

Er befand sich jetzt etwa einen Tagesmarsch von Sestempe entfernt. Etwas mehr als die gleiche Distanz war es noch bis zur Grenze, und er ahnte, daß er sie mit dem Teppich nicht mehr erreichen würde. Von der Grenze noch einmal einen Tagesmarsch bis zum Krokodilfluß . . . aber er war erschöpft und würde sich ausruhen müssen.

Mehr als zwei Tage . . . er würde es nicht mehr schaffen. So lange würden die Dämonendiener niemals warten. Es war aus. Er hatte das Spiel trotz allem verloren.

Verzweiflung wollte sich in ihm breitmachen. Noch langsamer wurde der Teppich und ging noch tiefer.

Es war vorbei.

Vielleicht noch zehn, fünfzehn Kilometer . . . dann war es aus. Dann kam das Ende des Weges.

Zamorra schloß die Augen. Er wußte, daß er am Ende war, und er wußte auch, daß er Nicoles Tod nicht überwinden würde.

Hätte er Aronyx doch nur nicht verlassen, oder wenigstens vorher noch versucht, sie zu befreien . . .

Langsam ballten sich seine Hände zu Fäusten und öffneten sich wieder.

Er wollte nicht aufgeben und mußte es doch.

Plötzlich sackte der fliegende Teppich endgültig durch, weit früher, als Zamorra befürchtet hatte. Ein Schwächeanfall packte ihn, ließ ihn erzittern.

Eine Kante des Teppichs berührte den Boden.

Das war der Augenblick, in dem im Tempel von Aronyx etwas geschah, mit dem niemand gerechnet hatte.

Sie verließen den Tempel.

Im Innenhof wartete ein fliegender Teppich. Er gehörte zu den größten Exemplaren, die Nicole jemals gesehen hatte. Drei Schamanen kauerten bereits darauf, Para-Riesen gegenüber der Witch und dem Hexer, aber keiner der drei war der Oberste Schamane, der im Tempel den Oberbefehl führte.

»Auf den Teppich!« befahl die Witch.

Mit den knapp bemessenen Schritten, die das enge Todesgewand ihr aufzwang, betrat Nicole den fliegenden Teppich, der jetzt noch ruhig auf dem Boden des Tempelhofs lag. Nach ihr kamen Witch und Hexer, zum Schluß die vier Tempelkrieger, die Nicole aus ihrer Unterkunft geholt hatten. Auch jetzt wirkten sie wie Roboter, wie Maschinen, die keinen eigenen Willen hatten. Aber keine Sekunde lang ließen sie Nicole aus den Augen, obgleich sie in ihrem Gewand ohnehin nicht fliehen konnte.

Ruckfrei hob der Teppich ab. Nicole konnte nicht erkennen, wer von den Dämonendienern ihn lenkte. Der Teppich stieg unheimlich schnell auf, über die Tempelmauer hinweg in die Höhe.

Die Entscheidung war gefallen, die letzte Chance vertan. Denn Zamorra würde sie im Tempel suchen, und dort war sie jetzt nicht mehr!

Krokodilfluß! brannte es in ihr. War es nicht vielleicht besser, sich aus großer Höhe in die Tiefe zu stürzen?

Aber das brachte sie nicht fertig. Noch war die Verzweiflung nicht groß genug, als daß nicht doch irgendwo in ihr ein winziges Fünkchen Hoffnung gewesen wäre.

Der große fliegende Teppich schwebte über den Königspalast hinweg, dann über die Dächer der großen Alptraumstadt.

Die dunklen Bauten blieben unter und hinter ihnen zurück. Der Teppich schwebte gen Oyst, dem Krokodilfluß entgegen.

Das war der Moment, in dem in einem Teil des Tempels eine Entscheidung fiel.

Kapitel 59

Kerr behielt recht. Als er die erste Kurve mit fast zuviel Schwung nahm, sah er den grauen Jaguar nicht mehr weit voraus.

Das sportliche Fahrzeug des Schwarze Druiden war für diese Strecke einfach zu schnell. Nach der ersten Haarnadelkurve mußte der Fahrer Angst vor der eigenen Courage bekommen haben und fuhr jetzt langsamer.

Kerr lächelte hart. Er kannte die Strecke; der andere offenbar nicht, und er schien mit dem Jaguar auch nicht so vertraut zu sein wie Kerr mit seinem Wagen.

Gegenverkehr gab es heute zur Abwechslung mal nicht. Kerr flog um die Kurven, schnitt, wo es eben ging, und vergaß fast, daß der Wagen auch noch so etwas wie eine Bremse hatte.

Da mußte der Schwarze Druide ihn im Rückspiegel erkannt haben, und er bremste Kerr ab!

Mit seiner Druidenkraft!

Kerrs Wagen hatte plötzlich keinen Strom mehr. Der Schwarze schien genug von Technik zu verstehen, um der gesamten Zündanlage aus der Ferne den Saft zu nehmen.

Prompt setzte der Motor aus, aber auch der Brems-Servo. Das wurde Kerr doch ein wenig zu riskant, und er wechselte den Bleifuß von Gas auf Bremse. Der Vauxhall verlor rapide an Geschwindigkeit.

Und vor Kerr flog der Jaguar aus einer Kurve und raste einen flachen Hang hinunter. Der Schwarze Druide hatte sich wohl zu stark auf die Zündanlage seines Verfolgers konzentriert und dabei weniger auf die Straße geachtet.

Während Kerrs Wagen ausrollte, legte sich zwei Meter tiefer der Jaguar auf die Seite, kippte dann ganz um und rutschte noch eine kurze Strecke auf dem Dach. Erstaunlicherweise hatte die Karosserie diese Strapaze ohne größere Verformungen überstanden.

Der blaue Vauxhall stand. Kerr griff ins Handschuhfach, in dem seine Dienstwaffe lag. Mit der Pistole sprang er ins Freie und stürmte den Hang hinunter.

Die Türen des Sportwagens mußten sich verformt haben, denn

der Schwarze Druide kurbelte an der Fensterscheibe, um sich hinauszuschlängeln. Als er sich aufrichten wollte, starrte er in die Mündung von Kerrs Dienstwaffe.

»Nur keine Panik, Freundchen«, warnte dieser. »Offiziell erkläre ich dich hiermit für verhaftet, und inoffiziell werden wir uns jetzt ein wenig unterhalten. Und falls du glaubst, einen Trick anwenden zu können: Ich merke es sofort, und die Kugeln sind magisch präpariert. Du würdest es nicht überleben.«

Der Schwarze Druide senkte den Kopf.

Zwei Sekunden später sank er in sich zusammen!

Trotz seiner Macht und seiner gewaltigen Kräfte ahnte Damon nicht, was in einem der Kellerräume seiner Burg besprochen wurde. Dort trafen sich jene aus dem Kreis seiner unfreiwilligen Dienerschaft, die zu diesem Zeitpunkt abkömmlich waren.

Sarkana, der Vampir, erschien als einer der letzten. Er warf einen Blick in die Runde, dann beschrieb er in alle Richtungen magische Zeichen, die nur seine Familie beherrschte, und sicherte den Raum damit gegen heimliches Belauschen ab. Mit gleitenden Schritten ging er zu einem noch freien Platz. Neben ihm bleckte das Skelett-Mädchen Starane die Zähne. »Hallo!«

Sarkana sah sich um. »Ich glaube, wir sind vollzählig«, sagte er. Er gehörte zu jener Art Vampire, die stärker als das Tageslicht waren und nicht unbedingt beim ersten Sonnenstrahl in ihrer Gruft verschwinden mußten.

»Ihr werdet euch fragen, warum ich euch hierher rief«, fuhr Sarkana fort. »Ich meinerseits habe eine Gegenfrage: Seid ihr mit eurem Los zufrieden?«

Aufgeregtes Stimmengewirr erhob sich. Einige der Laute lagen im Ultraschallbereich. »Er behandelt uns fast schlimmer als menschliche Sklaven«, fauchte ein Sphinxähnlicher. Seine Krallen zerfetzten den Polsterbelag des Stuhls, auf dem er sprungbereit kauerte. »Es ist unserer nicht würdig! Aber was sollen wir dagegen tun?«

»Er wird mit jedem von uns fertig!« rief Starane mit klapperndem Unterkiefer. Ihr Knochengerüst verfärbte sich an einigen Stellen schwärzlich.

»Mit jedem von uns einzeln!« rief Sarkana. »Das stimmt! Aber wird er es wagen, gegen uns alle zu kämpfen?«

»Wir werden ihn überrennen«, keuchte der Sphinxähnliche.

Der grobe Fausthieb eines pelzigen Riesen mit überlangen Fangzähnen brachte ihm zum Schweigen. »Narr! donnerte der Riese. »Die ersten zehn oder fünfzig von uns wird er vernichten! Willst du einer von diesen sein?«

Schweigen breitete sich aus.

Dämonen sind feige. Es zeigte sich einmal mehr, daß sie zu sehr an ihrer eigenen Existenz hingen, um ein Risiko einzugehen.

Die Ausnahme machte Sarkana.

»Es gibt eine Möglichkeit, Damons Macht zu schwächen«, sagte er. »Ich hatte in letzter Zeit oft genug Gelegenheit, mich in seiner unmittelbaren Nähe aufzuhalten.«

»Hoffentlich ist dein Interesse nicht Master Grath aufgefallen«, zischte eine Meduse. »So klein er ist, so gefährlich ist er auch.«

»Master Grath dreht seinen Mantel nach dem Wind«, sagte Sarkana ruhig. Er begann mit einer Kuppe eines Fingers an seinem rechten Eckzahn zu reiben, deutliches Zeichen dafür, daß seine Ruhe nur gespielt war. Aber das wußte nur Starane, die einzige, die ihm ungefährdet das dämonische Äquivalent menschlicher Liebe schenken konnte, weil es an ihrem Skelett-Körper keinen einzigen Blutstropfen mehr gab. Sie hatte vor seinem Bißkuß nichts zu befürchten.

»Wenn Damons Macht bricht, wird Grath sehr rasch von ihm abfallen. Nun, ich habe festgestellt, daß Damon sich häufig mit seinem Dhyarra-Kristall befaßt. Offenbar schöpft er seine Macht aus diesem Kristall. Wenn ich ihn ihm entwende und zerstöre, ist er ein Dämon wie jeder andere und kann von uns besiegt werden.«

Der Pelzriese stieß ein dumpfes Grollen aus. »Man müßte Asmodis fragen«, sagte er. »Er hat gegen ihn gekämpft und kennt seine Schwächen. Mit Asmodis' Erfahrungen könnten wir im Endkampf das Risiko für uns klein halten.«

Sarkana lächelte kalt. »Du weißt, was das bedeutet?«

Der Pelzige nickte. »Wir stellen uns gegen Damons Befehl, Asmodis zu töten!«

»Und damit hat Damon Grund, uns alle zu töten, wenn auch nur ein Teil des Plans nicht gelingt«, sagte Sarkana. »Deshalb müssen wir alle zusammenarbeiten. Wir werden Asmodis nicht weiter jagen, sondern mit ihm zusammenarbeiten. Und wenn Asmodis wieder Fürst ist, wird er sich unserer dankbar erinnern.«

Der Sphinxähnliche schnob wütend und spie grüne Gallerte. »Asmodis!« schrie er. »Warum soll Asmodis diesen Thron wieder besteigen? Es gibt genug andere unter uns, die ihn eher verdient hätten.«

Sarkana lächelte spöttisch. Der Sphinxähnliche meinte sich selbst.

»Ich zum Beispiel«, sagte der Vampir grinsend, »lege auf den Fürstenthron *keinen* Wert! Er wackelt mir ein wenig zu sehr in letzter Zeit . . .«

Stille trat ein. Sarkanas Worte wirkten. Die Dämonen erkannten, daß in diesem Stadium der Entwicklung nur Asmodis als Alternative in Frage kam. In dem Moment, wo ein anderer den Thron beanspruchte, würde das Bündnis sofort zersplittern, weil jeder sich selbst für geeigneter hielt, über die Schwarze Familie zu herrschen.

»Denkt daran, daß wir alle nur für uns selbst, nicht aber für alle unsere Sippen sprechen und handeln können«, meinte Sarkana noch.

»Was planst du nun genau?« wollte die Meduse wissen.

»Ihr werdet mit all euren vereinten Kräften mich abschirmen, so daß Damon meine Gedanken nicht erkennen kann, wenn ich in seiner Nähe bin. Ich werde blitzschnell zugreifen und seinen Kristall zerstören. Dann könnt ihr angreifen.«

»Aber vorher holen wir Asmodis zu uns«, verlangte Starane. »Er wird mit uns kämpfen und uns helfen.«

»Wenn er kommt, wenn wir ihn finden! Er ist untergetaucht und hält sich vor Damons Häschern versteckt«, wandte der Pelzige ein.

Sarkana, der Vampir, lächelte.

»Ich«, sagte er langsam, »weiß, wo sich Asmodis aufhält! Und ich werde ihn holen.«

Er stirbt! durchzuckte es Kerr. Der Schwarze Druide verübte vor den Augen des Yard-Inspektors Selbstmord, um von diesem nicht zur Aussage gezwungen zu werden!

Kerr ließ seine Pistole fallen und fing den stürzenden Körper des anderen auf. Dessen Augen funkelten in grellstem Grün, aber sein Herz schlug schon nicht mehr. Mit einem Gedankenbefehl hatte er es zum Stillstand gebracht.

Kerr murmelte eine Verwünschung und ließ den Mann ins Gras sinken. Dann legte er ihm die Spitzen seiner Finger an die Stirn. Er mußte eine Bewußtseinsverschmelzung herbeizuführen versuchen, auch wenn er dabei Gefahr lief, von dem sterbenden Gehirn mit in den Tod gerissen zu werden. Aber er sah keine andere Möglichkeit mehr, doch noch an das Wissen des Druiden zu gelangen.

Der Schwarze war von Damon beauftragt worden, Kerr zu töten. Also mußte er Damons Aufenthaltsort kennen oder zumindest den eines Mittelsmannes.

Kerr aktivierte bewußt seine Druidenkraft. Die Magie des Silbermonds erwachte. Um Kerrs Fingerspitzen züngelten kleine Flämmchen.

Der Schwarze Druide sog sie auf. Und das, was Kerr befürchtet hatte, trat ein: Er geriet in den Todessog des Sterbenden!

Er *sah* verwirrende Bilder, Eindrücke, die er nicht verstand, und dazwischen wiederum andere, die er klar zu deuten wußte. Er erkannte, daß dieser Schwarze Druide nicht von der Erde kam. Er kam aus irgendeinem Nichts, erster von vielen, die erscheinen würden, und er hatte einen Pakt mit Damon geschlossen.

Schwarze Druiden ... viele, die Macht wollten! Die lange gewartet hatten ... Dann zerflossen die Bilder wieder, wichen anderen, wirren Eindrücken. Ein Wirbel griff nach Kerr, wollte ihn auslöschen.

Dämonenkrallen des Todes, die nach dem Schwarzen griffen ... und dann eine mächtige schwarze Burg am Berghang über einem Fluß.

Clothi ...

Jetzt schwand der Rest von Lebensenergie aus dem Schwarzen Druiden. Die Bewußtseinsströme erloschen. Ebenso die Fünkchen aus Kerrs Fingerspitzen.

Kerr schrie.

Und dann wurde auch um ihn herum alles schwarz. Über dem Körper des Toten brach auch er zusammen.

Nicht einmal ein Vogel zwitscherte. Die Stille des Todes lag über der Landschaft.

Kapitel 60

Ayna, das Mädchen aus Khysal, war bestürzt. Sie begriff nicht, daß man Nicole abgeholt hatte, daß man sie töten wollte. Es war so ungewöhnlich – und so furchtbar!

Ayna war jetzt allein.

Daß sie zu sterben hatte, war ihr klar. Sie würde wie alle anderen Tempeldienerinnen ihr Ende auf dem Opferaltar finden. Daran hatte sie sich fast schon gewöhnt, denn es gab keine Möglichkeit mehr, ihrem Schicksal zu entrinnen. Eine Flucht war unmöglich.

Aber jetzt – allein zu sterben, ganz allein . . . sie hatte Nicole den Tod nie gewünscht, aber irgendwie war sie davon überzeugt, daß ihr das Sterben leichter fallen würde, wenn sie dabei nicht allein war.

Nicht allein! klang die Stimme in ihren Gedanken auf. Sie schreckte hoch. Der *Rundpfoter!*

Katze, hatte Nicole ihn genannt. Katze . . . das Wort klang eigenartig. Schmeichelnd und zugleich zischend, dem Charakter des Tieres entsprechend.

Du bist nicht allein, Ayna. Ich bin ja auch noch da! teilte ihr die Katze telepathisch mit. Sie war eine Zeitlang verschwunden gewesen, und jetzt tauchte sie wieder auf. Es war Ayna rätselhaft, wie die Katze trotz geschlossener Türen im Tempel ihre eigenen Wege zu gehen vermochte. Aber sie war ja schon immer etwas eigenartig gewesen. Das Eigenartigste jedoch war die Telepathie.

Sprechende Gedanken . . .

Und wenn das gelingt, was ich plane, wirst du auch nicht sterben! behauptete die Katze und sprang auf Aynas Schoß. Schnurrend drängte sie ihren Kopf gegen die Hand des Mädchens aus Khysal. Ayna begann das seidige Fell des Tieres zu streicheln, und das Schnurren wurde heftiger.

»Was hast du vor?« flüsterte Ayna.

Ich werde versuchen, Nicole zu helfen. Und vielleicht helfe ich auch dir. Die Möglichkeit besteht. Ich werde einen Dhyarra-Kristall . . .

»Du?« schrie Ayna auf, dämpfte ihre Stimme aber sofort wieder. »Du bist ein Tier! Nur Menschen mit magischer Begabung können einen Dhyarra-Kristall benutzen, oder er brennt ihnen das Gehirn aus.«

Du zweifelst! warf die Katze ihr vor. *Warum? Ich besitze die* Kraft. *Aber es mag besser sein, wenn du nichts weißt. Der Zweifel könnte alles gefährden.*

»Wer bist du? *Was* bist du?« hauchte Ayna.

Die Katze sprang wieder auf und lief zur Tür. *Du wirst sehen. Halte dich bereit und glaube mir, wenn ich dir jetzt sage, daß du vielleicht von einem Moment zum anderen nicht mehr im Tempel sein wirst.*

»Und du? Sag doch etwas!« stieß Ayna hervor.

Der *Rundpfoter* verschwand.

Der Oberste Schamane betrat den Palast des Königs. Herrisch winkte er die Wächter zur Seite, die ihn fast zu spät erkannten. Der Schamane schwebte geradezu durch die Hallen, Korridore und über die Treppen. Ein seltsames, bedrohliches Etwas umgab ihn. Eine Sphäre des Schreckens, die jeden zurücktrieb, der in ihren unmittelbaren Einflußbereich geriet.

Der Schamane hatte seine Kräfte ständig geübt, und er war den Mächtigen aus dem ORTHOS in Treue ergeben. Er wußte, daß es nicht mehr lange währen konnte, bis er selbst im ORTHOS Einzug hielt. Als Wisch, vielleicht gar Derwisch mit der Möglichkeit, später selbst zum Dämon zu werden . . .

Doch er war weit davon entfernt, seine Chancen höher einzuschätzen, als sie es in Wirklichkeit waren. Schon zu viele waren durch eigene Fehleinschätzung schneller zu Fall gekommen, als sie die Rangleiter hinaufkletterten.

Seine magischen Sinne verrieten dem Schamanen, daß der König von Grex sich im Thronsaal aufhielt und Audienzen gab. Im Vorsaal sah er eine Reihe von Bürgern und einige Lords, die wegen irgendwelcher Wehwehchen beim König vorsprechen wollten. Gerade als der Schamane auftauchte, wurde die goldene, zweiflügelige Tür geöffnet, und ein Bürger trat aus dem Thronsaal. Auf halbem Weg zur Saalmitte winkte der Mann hochherrschaftlich dem nächsten Audienzerbitter.

»Du wartest«, sagte der Schamane. Er hatte nicht laut gesprochen, dennoch verfehlten seine Worte ihre Wirkung nicht. Der weißhaarige Lord, der sich gerade erhoben hatte, um den Saal zu betreten, erstarrte. Seine Schultern hoben sich, er zog den Kopf ein. Dann drehte er sich langsam und furchtsam um.

Auch der Mac, einer der höchsten weltlichen Ränge, der zuvor so hochherrschaftlich gewinkt hatte, erstarrte.

Der Schamane schwebte weiter. Er machte eine leichte Bewegung mit der Hand. Wie von einer unsichtbaren Faust getroffen, wurde der Lord zur Seite gedrückt. An ihm vorbei betrat der Schamane den Saal und näherte sich dem König.

Fast lautlos schloß sich die Tür hinter ihm.

Der Mac preßte die Zähne zusammen und starrte den Schamanen finster an. Er war einer der wenigen Menschen in Grex, die es offen wagten, eine abfällige Meinung über die Dämonendiener und den ORTHOS kundzutun. Noch hielt der König Wilard seine feste Hand über ihn.

»Nicht mehr lange«, flüsterte der Schamane.

»Warte es ab, Dämonenknecht«, preßte der Mac hervor. »Auch Tempelmauern schützen nicht vor Laserkanonen und Schiffsgeschützen. Werde nicht zu groß, Schamane!«

Der spie vor dem Mac aus und blieb dann vor König Wilard stehen. Der Herrscher saß keuchend und schwitzend auf dem güldenen Thron, niedergedrückt vom Gewicht der Krone. Er war fett, kraftlos und unlustig, und er war in gewissem Sinne nur eine Marionette der Schamanen. Sie besaßen die eigentliche Macht und bestimmten die Politik. Wilard war ein Schattenkönig, eine Puppe in den Händen der eigentlichen Drahtzieher.

»Dein Mac gefällt mir nicht, König«, stellte der Schamane fest und neigte viel zu knapp sein Haupt vor dem König. Diese kurze Andeutung des Grußes war schon eine Beleidigung, und eine Zornader auf der Stirn des Fetten schwoll an.

»Er redet etwas zu oft wider die hehren Werte des Tempels«, ergänzte der Schamane. »Du solltest ihn hinrichten lassen.«

Unwirsch fuhr Wilard mit einer Hand durch die Luft. Seine Stimme klang unangenehm hoch.

»Das ist meine Sache, Schamane! Was willst du?«

»Dir eine wichtige Nachricht überbringen«, antwortete der Schamane. »Man erhielt sie direkt aus dem ORTHOS. Rhonacon ist gewarnt worden.«

»Ein alter Hut«, fistelte König Wilard. »Deshalb haben wir ja den Angriffstag vorverlegt.«

Der Schamane lächelte zynisch, aber die sein Gesicht überschattende Kapuze ließ seine Züge im Dunkeln, so daß Wilard nichts davon bemerkte.

»Eben dieser vorverlegte Termin ist an Rhonacon verraten worden. Man weiß jetzt, daß wir früher angreifen als ursprünglich beabsichtigt.«

Wilard wurde bleich. »Das – das ist unfaßbar!«

»Ich habe einen Vorschlag«, säuselte der Schamane, und Wilard wußte, daß er ein Befehl war, dem er nicht entgehen konnte. »Wir werden früher angreifen!«

»Aber unsere Armee ist noch nicht soweit gerüstet, daß . . .«

»Zweifelst du an der Macht des ORTHOS? Die Dämonen sind mit uns!« Des Schamanen Stimme klirrte wie Eis. »Allein deshalb werden wir siegen. Gib den Befehl, daß der Angriff abermals drei Tage früher erfolgt.«

»Ich werde es tun«, keuchte König Wilard.

Er hatte nicht zustimmen wollen. Aber da war etwas an dem Schamanen, das den König zwang, ihm zu Willen zu sein.

Ohne ein weiteres Wort zu verlieren, wandte sich der Schamane um und entschwebte. Dem Mac warf er noch einen unfreundlichen Blick zu.

Im selben Moment, in dem der Oberste Schamane den Palast verlassen wollte, um in den Tempel zurückzukehren, fuhr er zusammen. Er spürte Gefahr, die blitzschnell riesig groß wurde.

Im Tempel war eine Katastrophe geschehen.

Der *Rundpfoter,* dieses geheimnisvolle Wesen mit telepathischen Gaben, wußte genau, was er riskierte. Und er hatte beschlossen, das letzte Risiko einzugehen.

Einige Teile eines noch unübersichtlichen Puzzles würden sich jetzt ineinanderfügen. Wenn die Fremde, die Nicole Duval genannt wurde, starb, würde das einen Mann, der Zamorra hieß, zerbrechen und tödlich treffen. Das aber durfte nicht geschehen, denn Zamorra war eine Trumpfkarte, die noch längst nicht zum Einsatz gekommen war. Und sie durfte nicht vorzeitig aufs Spiel gesetzt werden.

Die Katze wußte nicht, ob das, was sie plante, wirklich gelingen würde, aber sie mußte es wenigstens versuchen.

Sie schlich auf Samtpfoten durch den Dämonentempel, vorbei an ledergepanzerten Kriegern oder Adepten, Magiern, Schamanen ... Und sie lauschte mit ihren empfindlichen Sinnen nach den unhörbaren Schwingungen eines starken Dhyarra-Kristalls.

Schon bald wurde sie fündig. Ein geeigneter Kristall sechster Ordnung befand sich in der Unterkunft des Obersten Schamanen. Doch eine Adeptin und drei Krieger standen Wache, und sie paßten sehr genau auf, daß niemand eindringen konnte.

Und sie ließen in ihrer Aufmerksamkeit nie nach.

Die Katze wußte, daß dies die Phase war, in der alles mißlingen konnte.

Vor den vier Menschen blieb sie stehen, setzte sich auf die Hinterpfoten und begann sich zu putzen.

Ein harmloses, kleines Tier ...

... das im nächsten Moment riesengroß war!

Vorderpfoten schlugen zu, wirbelten nach rechts und links und prallten gegen lederne Panzer. Krieger wurden zur Seite geschleudert. Die Adeptin setzte zu einem telepathischen Schrei an, der den ganzen Tempel alarmieren würde.

Die Katze, die nicht mehr viel mit ihrem früheren Aussehen

gemein hatte, blockierte die Gedanken der Adeptin, aber sie war nicht schnell genug. Ein Teil der Warnung kam noch durch.

Der dritte Krieger drang mit seinem Schwert auf seinen Gegner ein . . . seine Gegnerin! Die hochgewachsene Frau mit dem Katzenkopf wehrte den Hieb ab. Krallen zerfetzten den Brustpanzer des Mannes. Er schrie, aber nur so lange, bis er den Boden berührte. Dann sprang die Katzenfrau, riß den Körper der schreckerstarrten Adeptin herum und warf sie in den aufzuckenden Laserstrahl aus einem Blaster. Die beiden noch lebenden Tempelkrieger sanken stöhnend zusammen, als der harte Gedankenschlag der Katze sie traf, und sie verloren die Besinnung.

Die Katze stürmte in die Unterkunft des Obersten Schamanen. Sie war prunkvoll ausgestattet, aber die Katze wußte genau, wo sich zwischen all dem Schmuck und der Pracht der gesuchte Kristall befand.

Kurz dachte sie an den OLYMPOS, aus dem sie gekommen war, um sich in die Reihen der Dämonischen einzuschleichen. Das war jetzt vorbei, sie hatte sich selbst enttarnt.

Und sie dachte an Bastet, eine ihrer Schwestern, die vor langer, langer Zeit die Welt verlassen hatte und in eine andere vorgedrungen war, um sich dort in einem Ägypten genannten Land als Göttin verehren zu lassen. Ob Bastet noch lebte?

Sie selbst würde nicht mehr lange leben. Schon jagten von allen Seiten alarmierte Dämonendiener und Tempelkrieger heran, aber jetzt besaß die Katzengöttin den Kristall und setzte ihn ein.

Von einem Moment zum anderen verschwand ein Mädchen namens Ayna aus dem Tempel, fortteleportiert von der Kraft des Kristalls. Dann konzentrierte sich die Katze auf Zamorra.

Hatte sie noch genug Zeit?

Die Verbindung stand. Sie sammelte ihre Kräfte zu einem letzten Vorstoß. Doch die Dämonendiener griffen mit ihren Kristallen bereits aus der Ferne an.

Sie mußte ihre Energien abstrahlen und Zamorra erreichen.

JETZT!

Da explodierte der Kristall in ihrer Hand und hüllte alles in gleißendes Licht, heller als die Sonne.

Zamorra hielt sich nur noch mit Mühe aufrecht. Der Teppich war zu Boden gegangen, noch so unendlich weit von Grex entfernt. Tiefe Verzweiflung hüllte ihn ein. Er verlor so viel Zeit ...

»Nicole«, stöhnte er, und selbst das Stöhnen wurde zur Anstrengung.

Die Augen wollten sich schließen. Ringe tanzten vor ihnen und schwarze Flecken. Er hatte sich zu sehr verausgabt.

Aber da war etwas ...

Etwas Fremdes, das nach ihm tastete. Er nahm es fast körperlich wahr, und seine erste Reaktion war, die Arme auszustrecken. »Wer ... wer bist du? Wo bist du?«

Der oder das Fremde befand sich weit entfernt und hatte sich jetzt auf Zamorra eingepolt.

Lebensenergie!

Da war eine Ballung von erfrischenden, regenerierenden Kräften, die ihm entgegenstrebten! Jemand wollte ihm helfen, wollte ihn stärken.

Wer?

Aber auf der gleichen telepathischen Welle ritt noch etwas mit: die Nähe des Todes, der auf schwarzen Schwingen schneller als jeder Pfeil heranflog.

Und Zamorra fühlte etwas, das ihm selbst vor kurzem noch widerfahren war und das ihn fast getötet hatte. Die Ähnlichkeit war zu groß, um ein Zufall zu sein.

Jener, der Zamorra Lebensenergien zustrahlen wollte, tat dies über einen Dhyarra-Kristall – und der explodierte jetzt!

Der oberste Schamane stieß ein wütendes Knurren aus. Dann lief er, so schnell ihn seine Füße trugen, vom Palast zu dessen Mauern, um zum Tempel zurückzukommen.

Viel zu lange dauerte es ihm. Warum hatte er keinen Kristall mit sich genommen? Dann hätte er sich in den Tempel teleportieren können! Er verwünschte seine Nachlässigkeit.

In einer Hast, die seiner Stellung unwürdig war, überquerte er den freien Platz zwischen Palast und Tempel, und je näher er diesem kam, um so stärker verdichtete sich in ihm die dumpfe Ahnung, daß das Geschehen mit ihm zu tun hatte.

Er trat durch das Tor, hastete über den Innenhof und betrat das Gebäude. Niemand hielt ihn auf, als er durch die Korridore hastete, aber dort, wo seine Gemächer sich befanden, hatten sich etliche Krieger und Dämonendiener versammelt.

»Zur Seite!« fauchte der Oberste Schamane.

Man erkannte seine Stimme sofort und machte ihm den Weg frei. Langsamer werdend schritt er durch die sich bildende Gasse.

Zu seiner Unterkunft . . .!

Mit seinen magischen Sinnen fühlte er, daß sich hier eine Dhyarra-Explosion ereignet haben mußte, ehe man es ihm sagte. Eine Schamanin trat auf ihn zu, verneigte sich.

Er sah an ihr vorbei. Dort gab es einen Schatten auf dem Boden, der eine eigenartige Form aufwies. Wie der Schatten einer Katze!

»Was ist geschehen?«

Die Schamanin sah den Obersten mit leicht flackernden Augen an.

»Eine Agentin, die direkt aus dem OLYMPOS gekommen sein muß«, sagte sie. »Niemand weiß, wie es ihr gelang, sich in den Tempel zu schleichen. Sie drang in Eure Gemächer ein. Die Erinnerung der Wächter ist erloschen. Die Agentin stahl Euren großen Kristall und tat irgend etwas damit. Wahrscheinlich war die Zerstörung des Tempels beabsichtigt. Wie sahen keine andere Möglichkeit, als den Kristall zur Explosion zu bringen. Der Schatten ist alles, was von der Agentin übrigblieb.«

Der Oberste furchte die Stirn. »Eine Göttin?« keuchte er.

»Wir nahmen keine göttlichen Impulse wahr. Sie muß aber knapp vor der Umwandlung gestanden haben. Die Vernichtung geschah rechtzeitig, bevor ihre Energien freigegeben werden konnten.«

Der Schamane ballte die Hände.

»Es ist gut«, sagte er heiser. »Laßt hier aufräumen und findet heraus, wer für das Eindringen verantwortlich ist. Dann überlaßt ihn mir.«

Er tobte nicht, aber gerade sein stiller Zorn machte ihn noch gefährlicher. Daß die Tempeldienerin Ayna spurlos verschwunden war, wagte man ihm daher erst gar nicht zu erzählen. Die Namen der Dienerinnen interessierten ihn ohnehin nie, da sie nach vier Wochen starben und frischem Blut Platz machten.

Man würde also einfach auf dem Sklavenmarkt neue Dienerinnen kaufen. Die Fänger schafften ständig neue Menschen herbei, und kaum etwas war so preiswert wie ein Sklave oder eine Sklavin.

Der Dhyarra explodiert! durchfuhr es Zamorra, und reflexartig versuchte er, seinen Geist vor dem kommenden Inferno zu verschließen. Wie gefährlich eine solche Explosion sein konnte, hatte er erlebt, als der Oberste Schamane von Aronyx ihn töten wollte, indem er eine Dhyarra-Explosion aus der Ferne auslöste.

Und jetzt zuckte eine erneute Dhyarra-Explosion in ihm auf ... aber im letzten Moment begriff er, daß er sich nicht verschließen durfte. Denn im selben Moment, in dem die Explosion erfolgte, strömte die ihm zugedachte Lebensenergie unkontrolliert irgendwohin.

Sollte das Opfer, das ein Unbekannter Zamorra brachte, umsonst sein? Sollten die Kräfte ins Nichts verströmen?

Wie im Traum griff er danach, erhielt Kontakt. Gleichzeitig kam der entzerrende Schmerz der Auflösung, aber es gelang ihm, einen Teil der ihm zufließenden Kräfte zur Abwehr zu verwenden.

Der Schmerz und die Auflösungserscheinungen ließen nach, und Zamorra sog die Energien in sich auf.

Etwas schwang in ihnen mit, das ihn an die eigenartige Katze erinnerte, der er auf dem Weg zum Hafen in Aronyx begegnet war und die über telepathische Fähigkeiten verfügte. Sie hatte ihm Nicoles Aufenthaltsort genannt ...

Dann ließ der Strom nach, und Zamorra wußte, daß in Aronyx jemand gestorben war. Und er besaß jetzt die Kraft jenes Wesens. Wer war es gewesen, und welchen Zweck hatte es damit verfolgt? Denn der Kraftstrom war ursprünglich direkt auf Zamorra gerichtet gewesen und erst bei der Kristallexplosion zerfasert.

Der Meister des Übersinnlichen fragte sich, ob er trotz allem immer noch nicht mehr als eine Schachfigur war, die nach dem

Belieben anderer auf einem großen Spielfeld hin und her geschoben wurde.

Aber er hatte eine Chance erhalten. Er fühlte sich wieder erfrischt und gestärkt.

Der fliegende Teppich erhob sich, raste erneut in Richtung des Krokodilflusses.

Vielleicht war es doch noch nicht zu spät?

Ayna sah, wie ihre Umgebung verschwand, sich einfach auflöste und einem verwischenden, wesenlosen Grau Platz machte. Eine unsichtbare Hand griff nach ihr, war überall zugleich und bewegte sie. Sie fühlte die Bewegung, nicht aber die Richtung, und sie glaubte dabei das Schnurren einer Katze zu hören.

Der *Rundpfoter!*

Unwillkürlich erschauerte die Khysalerin. Wenn es wirklich die Katze war, die dieses Geschehen auslöste, mußte sie starke magische Kräfte besitzen und ... war vielleicht gar keine Katze, kein Tier!

Das Grau wich einer grünen Landschaft. Bäume, Büsche, ein plätschernder Bach in der Nähe ... Vögel, die zwitscherten, und Wind, der in den Zweigen sang. Helles Sonnenlicht schien auf sie herab.

Sie befand sich im Freien, irgendwo weit außerhalb des Tempels.

Du bist in Khysal, aber ich kann nicht genau bestimmen, wo. Meine Kraft reicht nicht mehr aus. Lebe wohl, vernahm sie eine Gedankenstimme, die verblaßte.

Da wußte Ayna, daß sie den *Rundpfoter* nie mehr wiedersehen würde. Er war tot, das Ersterben der Gedanken verriet es ihr.

Sie kauerte sich langsam ins hohe Gras. Sie war wieder in Freiheit, war in Khysal, ihrem Heimatland, aber ganz konnte sie sich dessen noch nicht erfreuen. Zu lange hatte der *Rundpfoter* sie begleitet, zu sehr hatte sie sich an die Gegenwart der schnurrenden Katze gewöhnt. Und nun gab es sie nicht mehr, würde sie nie wieder geben.

Kapitel 61

Asmodis zeigte sich Sarkana in seiner Tarnidentität als Parkington.

Sie kannten sich von früher, und Asmodis wußte, daß Sarkanas Sippe sehr viel auf Traditionen hielt. Der neue Besen, mit dem Damon kehrte, gefiel der rumänischen Vampirfamilie überhaupt nicht. Deshalb hatte Asmodis keine Bedenken, sich mit Sarkana zu treffen.

»Wir brauchen deine Hilfe, Asmodis«, begann Sarkana. »Er hält uns schlimmer als Sklaven. Angehörige mächtiger Sippen haben ihm zu dienen und ihm die Füße zu küssen. Unter deiner Herrschaft erging es uns besser.«

Asmodis-Parkington grinste spöttisch. »Ihr wollt revoltieren und traut euch nicht«, stellte er fest.

»Wir haben einen Plan. Aber es muß schnell gehen. Du kennst Damons Stärke im Kampf. Du kennst auch seine schwachen Stellen. Wir hoffen auf deinen Rat.«

Sie hatten sich in einem kleinen Café in Roanne getroffen. Frankreich war dem Ex-Fürsten der Finsternis als vorläufiger Fluchtpunkt recht gewesen, und ringsum strebten die Berghänge der Loire mit ihren Weingärten empor. Und nur wenige Kilometer entfernt, in der Nähe des Dorfes Feurs, erhob sich das Château Montagne, das einem gewissen Professor Zamorra gehörte, Asmodis' Erzfeind in den Reihen der Menschen. Es entbehrte nicht einer gewissen Ironie, daß Asmodis sich ausgerechnet hierher zurückgezogen hatte.

»Deine Abwesenheit von Caerdamon könnte auffallen, wir werden es daher kurz machen«, sagte Asmodis. »Damon hat *keine* Schwachstellen. Er ist der erste Dämon, den ich kennengelernt habe, seit sich mein Weg von dem Merlins trennte, der *nur* stark ist.«

Sarkana lehnte sich zurück. »Unmöglich!« behauptete er.

»Andernfalls hätte er mich nicht besiegen können«, entgegnete Asmodis.

Sarkana hob die Oberlippe. Leicht ragten seine Eckzähne hervor. In der Dämmerbeleuchtung des Cafés fiel es nicht auf.

»Doch«, sagte er. »Damon hat eine Schwachstelle. Dich, Asmodis. Wenn du plötzlich erscheinst, während die Revolte ausbricht, wird er verwirrt sein. Er rechnet nicht damit, daß du *offen* angreifst. Und da er zu diesem Zeitpunkt seinen Dhyarra-Kristall nicht mehr besitzen wird, ist er geschwächt.«

»Es ist eine Möglichkeit«, gestand Asmodis. »Nun, wir können es versuchen. Aber mein Fluch wird über dich kommen, wenn die Revolte erfolglos bleibt und ich in Gefahr gerate. Ich habe immer noch die Macht, dich zu verderben.«

»Ich weiß«, sagte Sarkana. »Aber ich bin mir meiner Sache sicher.«

»So sei es denn«, entschied Mister Parkington. »Bring mich unauffällig in Damons schwarze, verfluchte Burg.«

Kerr erwachte aus der unendlichen Schwärze. Er fühlte sich wie gerädert, und es brauchte einige Zeit, bis er sich erinnerte, was geschehen war und wo er sich befand. Er stemmte sich auf die Ellenbogen, starrte Augenblicke lang verständnislos auf den Körper eines Mannes, der unter ihm lag, und richtete sich dann ganz auf.

Er befand sich in den Bergen von Westwales und hatte einen Schwarze Druiden verfolgt, der ihn töten wollte. Und jetzt war der Schwarze tot, aber Kerr hatte die Informationen erhalten, die er haben wollte.

Er wußte jetzt, wo sich Damons Unterschlupf befand.

Er warf einen Blick auf seine Armbanduhr. Er mußte etwa eine Stunde hier gelegen haben. Anscheinend war in der Zwischenzeit niemand hierhergekommen, denn sonst hätte man ihn und den Toten längst entdeckt und Alarm geschlagen. In Wales gab es zwar noch die alte Gemütlichkeit und Bierruhe, aber bei Autounfällen war man doch recht schnell.

Er warf einen Blick auf den leicht demolierten Jaguar in der Rückenlage, dann auf den Schwarzen Druiden, der jetzt wie ein ganz normaler Mensch aussah. Es bestand die Möglichkeit, daß es mit den Schwarzen Druiden noch eine Menge Ärger geben würde. Kerr entsann sich einiger Gedankenfetzen des Sterbenden, die nichts Gutes verhießen. Wahrscheinlich gab es irgendwo in den Tiefen der Horror-Dimension noch mehr von dieser Sorte.

Hoffentlich wurde Byanca bald gefunden, diese geheimnisvolle Frau, die Kerr für die einzige Person hielt, die in der Lage war, Damon zu stoppen. Er bezweifelte, daß er im Alleingang viel in Damons Burg ausrichten konnte, auch wenn er die Kraft des Silbermondes besaß.

Er fragte sich, ob es ihm irgendwann einmal gelingen würde, sein magisches Erbe zu vergessen. Er wollte ein ganz normaler Mensch unter Menschen sein.

Aber immer wieder wurde er in magische Auseinandersetzungen gezogen, die er gar nicht wollte.

Er stieg die Böschung wieder hinauf. Sein Mietwagen stand unverändert da. Kerr setzte sich hinein, schaltete den Funk ein und rief die nächstgelegene Empfangsstation. Der Polizeiposten der Küstenstadt Aberayron meldete sich. Kerr berichtete unter Nennung seines eigenen Namens und Dienstranges bei Scotland Yard, daß er einen Unfall bemerkt und der Fahrer tot neben dem Wagen aufgefunden habe. Dann schaltete er wieder ab und fuhr langsam weiter.

In Postmawr hielt er an einer Telefonzelle an, um seinen Routineanruf bei der Polizeiwache in Carmarthen zu tätigen. Es war für ihn sicherer, wenn niemand wußte, wo er sich aufhielt und er Kontakt zu Mullon aufnahm, statt umgekehrt.

Rob Mullon meldete sich sofort. Kerr hatte unter Umgehung der Vermittlung dessen Büro direkt angewählt.

»Ich habe eine Nachricht für Sie, Mullon«, sagte Kerr und nannte dem Leiter der Mordkommission in Carmarthen die Position von Damons Unterschlupf.

»Und ich habe eine Nachricht für Sie, Kerr«, erwiderte Mullon trocken. »Wir haben Byanca.«

Der Name durchzuckte Kerr wir glühendes Eisen.

Das änderte alles.

»Ich komme nach Carmarthen, Mullon«, kündete er an. »Und zwar so schnell wie möglich.«

Er hängte ein, sprang in den Wagen und ließ den Motor an. Und er bedauerte, während er in Richtung Carmarthen raste, daß er nicht wie ein gewisser Lieutenant Kojak ein Blaulicht auf das Dach seines zivilen Fahrzeuges setzen konnte.

So mußte er sich mit langsam fahrenden Lastwagen und Schafherden, die die Straße kreuzten, fluchend, aber hilflos abfinden.

»Das ist Kerr«, sagte Rob Mullon, als die Tür seines Arbeitszimmers sich öffnete und der hochgewachsene Scotland-Yard-Inspektor eintrat. Byanca wandte den Kopf und betrachtete ihn. Obgleich seine Augen im Moment nicht die geringste Grünfärbung zeigten, erkannte sie ihn sofort als einen Druiden. Sie nahm die Aura der Kraft wahr, die ihn umgab.

Kerr war unangefochten nach Carmarthen gekommen und hatte auch das Polizeigebäude unbehelligt betreten.

Er sah von Mullon zu dessen Assistenten Binder, dann zu Byanca. Sie hatte ihre tarnende Schminke entfernt und sah jetzt wieder so aus wie zuvor. Und sie war unglaublich schön.

Sie mochte achtzehn, vielleicht aber auch achtundzwanzig Jahre alt sein; es war schwer zu schätzen. Kerr wußte mittlerweile, daß sie in Wirklichkeit über dreitausend Jahre alt war – die meiste Zeit davon hatte sie im Tiefschlaf zugebracht.

»Warum sind Sie geflohen?« fragte er leise und ließ sich auf der Schreibtischkante nieder. Er sah in ihre dunklen Augen. Unwillkürlich drängte sich ihm ein Vergleich zu seiner Babs auf, aber er verdrängte diese Gedanken sofort wieder. Es durfte keinen Vergleich geben. Er liebte Babs und war nicht gewillt, sich von einer anderen Frau auch nur unbewußt den Kopf verdrehen zu lassen.

Vielleicht wollte Byanca das ja auch nicht. Aber allein ihr Aussehen übte eine seltsame Ausstrahlung auf Kerr und auf jeden anderen Mann in ihrer Nähe aus.

»Ich nahm an, niemand würde meine Geschichte glauben«, sagte sie, lehnte sich im Sessel zurück und schlug die langen Beine übereinander. »Offenbar habe ich die Menschen unterschätzt. Ich dachte, diese Welt sei technisch orientiert und verleugne die alten Kräfte.«

»Dieser Eindruck ist völlig richtig«, sagte Kerr. »Selbst unser Freund Mullon hat Schwierigkeiten, das Vorhandensein und die

Wirksamkeit von Magie zu akzeptieren. Nur ein geringer Prozentsatz der Menschheit weiß von den alten Kräften und glaubt an sie, und gerade das macht es unseren Feinden immer wieder leicht.«

»Mister Mullon sagte, daß du Damons Aufenthaltsort ermittelt hast«, sagte Byanca. Sie redete Kerr vertraulich an, als würden sie sich seit Jahren kennen. »Ich suchte ihn bisher vergebens.«

»Vielleicht an der falschen Stelle. Er hat sich eine Burg in Wales geschaffen«, erklärte Kerr.

Byancas Augen weiteten sich. »Hier – nicht in der Dämonenwelt? Konnte ich ihn deshalb dort nicht finden?«

»Hier. Wir sollten uns diese Burg einmal näher ansehen.« Er berichtete, auf welche Weise er an sein Wissen gekommen war. »Und Sie, Byanca, scheinen mir allein geeignet zu sein, Damon Paroli zu bieten.«

»Ich werde nicht gegen ihn kämpfen«, sagte Byanca. »Ich werde ihn überzeugen. Er geht den falschen Weg, aber er wird auf mich hören.«

»Ihr Wort in Merlins Ohr«, murmelte Kerr skeptisch. »Vergessen Sie nicht, daß er Ihnen nachstellen läßt, um Sie zu töten.«

Er trat an eine große Wandkarte, die hinter Mullons Schreibtisch hing und Wales zeigte; eine zweite Karte in größerem Maßstab gab die Stadt Carmarthen und die unmittelbare Umgebung wieder. Kerr nahm ein Fähnchen, orientierte sich an der Wales-Karte und steckte die Nadel dann an einer Stelle in die Landschaft.

»Hier befindet sich Damons künstliche Burg«, sagte er. »Byanca, sind Sie in der Lage, mit mir dorthin zu fahren?«

Sie nickte. »Sofort. Ich muß zu ihm.«

Kerr lächelte. »Dann sollten wir nicht länger warten. Mullon, was haben Sie jetzt vor?«

Der Chef der Mordkommission von Carmarthen hatte zum Telefon gegriffen. Jetzt sah er Kerr erstaunt an.

»Ich dachte, Sie brauchten Unterstützung. Ich wollte eine Hundertschaft . . .«

Byanca schüttelte entschieden den Kopf. »Nein!« sagte sie. »Nur wir zwei. Kerr wird mich führen, und ich werde mit Damon reden. Das genügt.«

Fragend starrte Mullon Kerr an.

»Es genügt wirklich«, sagte der Inspektor. »Was glauben Sie, was passiert, wenn Damon bemerkt, daß eine Hundertschaft Polizisten, möglichst noch mit Maschinenpistolen ausgerüstet, auftaucht? Er wird sich halb tot lachen und entweder mit der gesamten Burg verschwinden oder uns alle in den Bergen vernichten. Es ist besser, wenn wir nur zu zweit sind. Wenn es mißlingt, sterben zwei und nicht hundert.«

»Es mißlingt nicht«, behauptete Byanca. »Er wird uns nicht töten, denn er liebt mich noch immer so, wie ich ihn liebe.«

Kerr nagte an seiner Unterlippe. Er wagte zu bezweifeln, ob Damon so etwas wie Liebe überhaupt noch kannte.

Aber den Versuch mußten sie trotzdem unternehmen, zu dem Fürsten der Finsternis vorzustoßen.

Woher sollten sie ahnen, daß in genau diesem Moment eine Palastrevolte gestartet wurde?

»Ich habe ein ungutes Gefühl«, stellte Damon fest. »Irgend etwas geschieht hinter meinem Rücken. Sie intrigieren gegen mich.«

Er schwebte frei in der Luft und ließ sich von den beiden verbliebenen Hexen, die einst dem Hexenzirkel in Carmarthen angehört hatten, massieren. Master Grath, der gedrungene Unterteufel mit dem kantigen gehörnten Schädel, verneigte sich.

»Es ist Verrat im Spiel, Herr«, sagte er. »Achte auf Sarkana. Er sinnt auf Rache.«

Damon lächelte. »Sarkana . . . trägt er mir den Tritt in den Hintern nach? Er sollte wissen, daß seine Rachsucht vor meinem Zorn verblaßt, wenn er sich mit mir anlegt. Geh und warne ihn.«

Der schwarzbepelzte Grath wandte sich um, aber in der Tür rief ihn Damon zurück. »Warte! Ich will, daß er sich verrät. Wenn du zu ihm gehst, weiß er, was läuft. Aber wenn ihn eine der beiden Hexen besucht, wird er weniger mißtrauisch. Er wird vermuten, daß sie mich verrät, weil ich die Hexe Britt bestrafte.«

Damon winkte einer der beiden Frauen. »Geh und suche Sarkana. Rede mit ihm. Ich will wissen, was er plant.«

Master Grath kicherte und rieb sich die Hände. Er liebte die Auseinandersetzungen, und er genoß es, wenn Damon jene anderen

Dämonen zur Schnecke machte, die das kleine Teufelchen Grath vormals kaum beachtet, vielleicht sogar bespöttelt hatten. Damons Triumph war auch sein Triumph.

Grath war sicher, daß Sarkanas geplanter Verrat Damons Macht nur weiter festigen würde.

Kapitel 62

Der große fliegende Teppich aus Aronyx kam rasch voran. Einige Male versuchte Nicole, die Krieger oder Dämonendiener anzusprechen. Aber zwischen ihnen stand eine eiskalte Mauer des Schweigens.

Der fliegende Teppich bewegte sich hoch in der Luft, und das mit großer Geschwindigkeit. Nicole wagte nicht, zu nah an den Rand zu treten. Ihr wurde zwar nicht direkt schwindlig, aber dennoch fürchtete sie eine zu starke Bewegung des etwas nachgiebigen Teppichbodens. Die Grecer dagegen schienen sich vollkommen sicher zu bewegen. Es störte sie nicht, daß der Teppich unter ihren Schritten durchfederte.

Wieder spielte Nicole mit dem Gedanken, sich doch in die Tiefe zu stürzen, aber immer wieder schreckte sie davor zurück. Noch war sie nicht tot! Noch konnte irgend etwas passieren...

Sie überlegte, ob es nicht möglich war, den Teppich zum Absturz zu bringen. Dazu mußte sie wissen, welcher der Schamanen ihn lenkte und in der Luft hielt. Wenn es ihr gelang, diesen über die Kante in die Tiefe zu stürzen...

Aber dieser Angriff mußte überraschend erfolgen, und in dem roten Gewand, das keine Ärmel hatte, konnte sie sich nicht schnell genug bewegen.

Sie fragte sich, warum man sie nicht im Tempel getötet hatte, sondern die Mühe eines weiten Fluges auf sich nahm. Aber auf ihre Frage erhielt sie keine Antwort. Vielleicht handelte es sich um ein bestimmtes Ritual, das vollzogen werden mußte.

Plötzlich sprach doch jemand: die Witch. Sie deutete auf etwas, das sich vor ihnen wie eine silberne Schlange über das Land zog und hier und da von Wäldern begrenzt wurde.

»Wir sind gleich da«, sagte sie. »Dort ist der Krokodilfluß, und dort wirst du sterben.«

Der fliegende Teppich senkte sich auf den Fluß nieder, der an dieser Stelle sehr schnell strömte. Das Gelände war hügelig und fiel steil der Küste entgegen. Im Inland von Grex herrschen mäandernde Flußformen vor, weil das Land dort flach war; entsprechend langsam strömte das Wasser. Hier wurde es schneller und der Fluß gerader. Das hinderte die Krokodile aber nicht daran, sich auch hier heimisch zu fühlen. Das Land war feucht, die Sonne brannte heiß herab. Entlang des Flusses zogen sich kleinere Waldflächen, die teilweise Dschungelcharakter hatten, um so stärker, je weiter man sich der Küste des Wooystmeeres näherte.

An dieser Stelle machte der rauschende Fluß eine starke Biegung um ein Dschungelstück herum, das bis ans Ufer ragte. Hier fiel dieses Ufer auch ziemlich steil ab. Es war wahrscheinlich, daß der Fluß einmal eine enge Kurve beschrieben hatte und sich hier ein neues Bett fraß, die Biegung immer weiter entschärfte, denn das Steilufer war ausgewaschen, locker und brüchig. Auf der anderen Seite lief es flach aus, und in das dortige Waldstück fraß sich eine breite Schneise, vielleicht das frühere Flußbett. Das flache Ufer war sandig und kaum bewachsen; ein hervorragender Strand, an dem man baden und die Sonnenwärme genießen konnte.

Das hatten auch die Krokodile festgestellt und hielten sich vorzugsweise an diesem Strand auf. Beute gab es genug, weil der Fluß fischhaltig war.

Der fliegende Teppich setzte in der Nähe des Steilufers auf. Es war eine kleine Lichtung, an der der Dschungelwald nicht ganz bis zum brüchigen Steilufer reichte. Sanft berührte der Teppich den Boden. Die kauernden Schamanen erhoben sich. Witch und Hexer verließen mit ihnen den Teppich. Plötzlich fühlte sich Nicole von Händen berührt und ebenfalls auf den grasbewachsenen Boden geschoben.

Sie sah sich um. Die Bäume waren mächtig, standen aber weit auseinander, so daß die ausladenden Kronen den Boden nicht zu sehr beschatteten. Die Lichtung selbst, knapp fünfzig Meter von der scharfen Flußbiegung entfernt, durchmaß gut eine Pfeilschußweite.

Einer der drei Schamanen trat an die Uferkante und sah über den an dieser Stelle ziemlich breiten Fluß zum gegenüberliegenden Flachufer.

»Da sind sie«, sagte er. Mit ausgestrecktem Arm deutete er auf eine Reihe braungrüner Baumstämme, die jemand aus unerfindlichen Gründen auf dem hellen Sand verteilt hatte. Nicole sah hinüber. Plötzlich bewegte sich eine kantige Astgabel und schloß sich wie eine Mausefalle.

Die vermeintlichen Baumstämme waren die Krokodile, im Durchschnitt etwa fünfzehn bis zwanzig Meter lang.

Es waren Giganten.

Nicole fror.

Professor Zamorra hatte die Chance genutzt, die sich ihm bot. Er war mit seinem fliegenden Teppich wieder gestartet. Jetzt tauchten die Dschungelwälder bereits in seiner Sichtweite auf, die sich entlang dem Krokodilfluß zogen.

Er flog wesentlich tiefer, seit er die Grenze zwischen Khysal und Grex überquert hatte. Er hatte einmal anklingen gehört, daß es in Grex so etwas wie eine Luftraumüberwachung geben sollte. Und Zamorra hatte nicht die Absicht, von ›Abfangteppichen‹ in Kämpfe verwickelt zu werden. Er wollte versuchen, Nicole zu retten.

Falls Nocturno ihn mit seiner Vision nicht genarrt hatte und die Hinrichtung längst vorüber war – oder an einer anderen Stelle stattfand!

Die Ungewißheit machte ihm zu schaffen.

Und plötzlich sah er in der Ferne einen Punkt, der ebenfalls auf den Krokodilfluß zuhielt. Aber dieser Punkt kam aus Richtung Aronyx.

Zamorras Herz begann unwillkürlich schneller zu schlagen. Ein fliegender Teppich?

Noch war er zu weit entfernt, als daß Zamorra etwas erkennen konnte. Aber vorsichtshalber ging er mit seinem Flugobjekt tiefer. Er wollte seinerseits nicht eher als nötig entdeckt werden.

Er stieß wie ein Habicht auf den Dschungelrand hinab. Zugleich verwünschte er die Götter des OLYMPOS dafür, daß sie ihn mit so auffälliger Kleidung ausgestattet hatten. Der Teppich verschmolz zwar fast mit dem Blätterdach des Waldes, aber Zamorras silberner Overall hätte besser in New Yorks *Studio 54* oder in Frankfurts *Dorian Gray* gepaßt. Er war damit so unauffällig wie ein nackter Neger im Schnee.

Er hoffte nur, daß ihn kein reflektierender Sonnenstrahl traf. Er würde schillern wie ein lebender Regenbogen.

Allmählich kam der andere fliegende Teppich heran. Zamorra unterschied etwa zehn Personen, eine davon in leuchtendes Rot gekleidet, vier in den schwarzen Lederrüstungen der Krieger. Also eine militärische Angelegenheit?

Der große Teppich ging tiefer, hielt aber nicht auf Zamorra zu, sondern auf eine Stelle, wo der Krokodilfluß einen scharfen Knick vollzog. Zamorra sah helles, langes Haar.

Nicole?

Plötzlich war er sicher, daß sie es war. Es war nicht einmal Magie, mit der er es erkannte, sondern einfach jenes unsichtbare Band, das es zwischen Liebenden gibt und das sie mit untrüglicher Sicherheit immer wieder zusammenführt.

Nicole! Was er gesehen hatte, war also tatsächlich nur eine Vision gewesen, ein Bild aus der Zukunft, um ihn zu erschrecken. Und er hatte es wahrhaftig geschafft, rechtzeitig einzutreffen.

Der fliegende Teppich setzte zur Landung an. Er verschwand zwischen den riesigen Bäumen.

Zamorra überlegte. Es mochte kommen, wie es wolle: Er würde ungedeckt kämpfen müssen, um Nicole zu retten. Ob er sich durch den Wald pirschte oder einen offenen Luftangriff wagte, blieb sich dabei gleich. Er hatte es mit vier Kriegern zu tun und fünf Dämonendiener, die Magie beherrschten.

Er entschied sich für den direkten Vorstoß. Vielleicht rechneten sie nicht damit, daß er völlig offen angriff. Das gab ihm den Überraschungsvorteil.

Seine Hand umklammerte den Griff des Langschwertes. Dann gab er den Befehl an seinen fliegenden Teppich. Der hob sich etwas und glitt dicht über den obersten Zweigen dahin, dem Landeort des anderen entgegen.

Zamorra machte sich bereit, wie ein Habicht hinabzustoßen und Nicole zu sich zu reißen. Es mußte alles blitzschnell gehen.

Kapitel 63

Kerr und Byanca fuhren in die Nacht. Die Stelle, an der sich Damons Burg befand, war nicht sonderlich weit von Carmarthen entfernt, was besonders Byanca ärgerte. So nah war sie Damon gewesen und hatte ihn so weit entfernt gesucht! Dabei hatte er seine Festung praktisch direkt vor ihrer Nase errichtet.

Kerr fuhr langsam. Bis Allt-Walis konnten sie eine gut ausgebaute Landstraße benutzen, danach mußte sie sich über schmale Feldwege quälen. Kerr begann sich zu ärgern, daß er den Vauxhall genommen hatte. Ein Geländewagen wäre jetzt geeigneter gewesen, aber nun wollte er nicht mehr umkehren. Wo er allerdings mit einem Geländewagen querfeldein hätte preschen können, mußte er sich mit dem Vauxhall an halbwegs feste Wege halten, die zuweilen weit in die Irre führten. Es ging bergauf und bergab, und mehr als einmal befürchtete er einen Achsenbruch oder ein Festfahren im lockeren Boden.

Byanca hüllte sich fast die ganze Strecke über in Schweigen. Kerr hatte einmal kurz das Gefühl, daß sie mit ihren Para-Kräften versuchte, seine Gedanken zu sondieren, aber als er es bemerkte, verschwand das Gefühl sofort wieder.

Die Dunkelheit brach herein.

»Es hat keinen Sinn«, brach Byanca plötzlich ihr Schweigen. »Laß den Wagen hier stehen. Mit ihm kommen wir nicht weiter. Wir gehen den Rest des Weges zu Fuß.«

Kerr grinste. »Das sind aber noch etliche Meilen.«

»Wir werden ohnehin nicht ganz bis zur Burg kommen«, sagte Byanca. Sie zog an der Handbremse, und da Kerr langsam fuhr, gelang es ihr, den Wagen fast anzuhalten. Gleichzeitig öffnete sie die Tür.

Kerr bremste endgültig ab und stieg ebenfalls aus. Er verriegelte den Wagen sorgfältig. In dieser Gegend gab es zwar keine Autodiebe, aber man konnte ja nie wissen . . .

Nebeneinander schritten sie dann durch die Dunkelheit. Vor ihnen rauschte der Clothi.

Ihn mußten sie überqueren, um zu Damons Dämonenfestung zu gelangen.

In Caerdamon trafen die Dämonen ihre letzten Vorbereitungen. Es gab einige wenige, die sich der Revolte nicht anschlossen, aber Sarkana war sich ihrer Loyalität sicher. Sie würden keinen Verrat üben. Sie hatten sich schon bei den Planungen zurückgezogen. Was sie nicht wußten, konnten sie auch nicht weitergeben.

Der Vampir Sarkana hatte Asmodis in die Burg gebracht. Der Ex-Fürst der Finsternis sah sich im Kreise derer um, die beschlossen hatten, gegen Damon vorzugehen.

Sie hatten sich in demselben Kellerraum eingefunden, in dem Sarkana seinen Plan erstmals vorgetragen hatte, Damons Kristall an sich zu bringen. Hier wurden jetzt die letzten Anweisungen erteilt, die letzten Eventualitäten abgesprochen. Alle waren sich darin einig, daß Damon hinweggefegt werden mußte.

Es waren etwa dreißig Dämonen, die ihn angreifen und niederringen wollten.

Während Sarkana noch sprach, öffnete sich hinter ihm die Tür. Asmodis fuhr auf. Lauernd starrte er die Gestalt an, die den Kellerraum zögernd betrat. Jetzt wurden auch die anderen Dämonen aufmerksam.

»Doree«, stieß Starane, das Skelett-Mädchen, hervor.

Doree war eine der beiden Damon verbliebenen Hexen.

»Packt sie!«

»Wartet!« schrie Doree, als zwei Dämonen auf sie zusprangen. »Ihr begeht einen Fehler! Ich . . .«

Sarkana und Starane gingen langsam auf sie zu. »Was willst du? Wie kommst du hierher? Schickt Damon dich?«

»Ihr Narren!« reif Asmodis grollend. »Tötet sie sofort!«

Sarkana winkte ab. Er sah die Hexe an. »Rede!«

»Es ist nicht so, wie ihr denkt«, sagte sie hastig. »Ich ... er hat ... ich will euch warnen. Er weiß, daß etwas im Gange ist, daß ein Aufstand geplant ist.«

»Woher will er das wissen?« Sarkana lachte spöttisch.

»Ihr habt euch hier unten versammelt ...«

Abermals lachte Sarkana. »Wir besprechen, wie wir Damon besser als bisher dienen können! Aber du schwebst nun in höchster Gefahr. Damon wird merken, daß du ihn verraten wolltest, und er wird keine Gnade kennen. Du weißt, daß er alles erfährt.«

Er beobachtete die Hexe genau.

Sie nahm seine Ankündigung erstaunlich ruhig hin. Also, schloß Sarkana, hatte sie von Damon nichts zu befürchten. Das bedeutete, daß sie eine Spionin war, doch ihr Lügengerüst war zu durchsichtig.

Sarkana nickte Starane zu.

Das Skelett-Mädchen murmelte eine Zauberformel. Sekunden später sank die Hexe Doree in sich zusammen. Ihr Knochengerüst hatte sich innerhalb weniger Augenblicke verflüchtigt. Sie war sofort tot.

»Das war vernünftig«, grollte Asmodis, der immer noch wie Parkington aussah. »Aber vielleicht schon zu spät. Wenn sie unter einem Bann stand oder Damon gar durch ihre Augen sah ...«

»Dann«, sagte Sarkana, »müssen wir schnell handeln. Ihr wißt, was ihr zu tun habt. Ihr müßt mich abschirmen, daß Damon nicht meine Gedanken lesen kann.«

Augenblicke später eilte die Dämonenhorde durch die schwarze Burg. Der Aufstand gegen den Fürsten der Finsternis hatte begonnen.

Vor ihnen rauschte der Clothi. Kerr versuchte mit seinen Blicken die Dunkelheit zu durchdringen, die sie mittlerweile umgab. Sie hatten zwar starke Taschenlampen mitgenommen, aber die halfen ihnen auch nicht viel. Am Nachthimmel jagten sich düstere Regenwolken, die gegen die Berge im Osten stießen. Kerr versuchte, am Berghang auf der anderen Uferseite Damons Burg zu erkennen, aber es gelang ihm in der Finsternis nicht. Das Mondlicht brach nur für wenige Sekunden durch und wurde dann wieder von den Wolken verschluckt.

»Es wird bald regnen«, sagte Byanca.

Sie standen am Ufer des Flusses. Kerr rief sich die Karte ins Gedächtnis zurück, die auf einer Luftaufnahme dieses Geländes basierte. Es mußte in der Nähe eine schmale Brücke geben, fast nur ein Steg, gerade breit genug, um es einem Schäfer zu ermöglichen, seine Tiere einzeln von hüben nach drüben zu bringen. Aber befand sich diese Brücke nun rechts oder links von ihnen?

Er sah Byanca an. Ihre Augen hatten sich seltsam aufgehellt und schienen jetzt schwach zu leuchten.

»Hier muß eine Brücke sein«, sagte er. »Ich gehe nach links, Sie nach rechts. Wer sie findet, ruft laut.«

Byanca nickte und setzte sich wortlos in Bewegung.

Die Nacht war kühl. Kerr schloß seine Cordjacke und wunderte sich, daß Byanca nicht fror, obgleich sie nur mit Jeans und Bluse bekleidet war. Aber dann erinnerte er sich wieder daran, daß sie, wenn die Sage stimmte, kein Mensch war, sondern eine Halbgöttin.

Das Gras war hoch und naß. Kerrs Schuhe weichten allmählich durch, die Hosenbeine klebten an seinen Waden. Er wußte, daß er sich mit ziemlicher Sicherheit eine Erkältung einhandeln würde. Aber es mußte sein. Je schneller sie handelten, desto besser war es.

Plötzlich hörte er Byancas Ruf. Sofort kehrte er um. Der Lichtkreis seiner Taschenlampe tanzte vor ihm her und wies ihm den Weg. Nach einer Weile traf er auf Byanca. Sie stand vor dem schmalen Steg. Er war etwa einen Meter breit und mit einem niedrigen Geländer versehen.

»Na, dann wollen wir mal«, brummte Kerr und begab sich als erster auf den Steg. Die Brücke schwankte leicht. Offenbar war sie schon sehr alt und vielleicht auch ein wenig morsch.

Byanca folgte ihm leichtfüßig, fast schwebend.

Plötzlich rissen die Wolken auf. Fahles Mondlicht trat hervor und überschüttete die Brücke und den darunter rauschenden Steiluferfluß mit seinem bleichen Schein.

Aber das war noch nicht alles. Als Kerr aufsah, erkannte er vor der Mondscheibe zwei schwarze Punkte, die rasch größer wurden.

Fledermäuse.

Vampire!

Damon hatte wieder den Thronsaal betreten. Er bewegte sich auf seinen Thronsessel zu, als die große Tür auf der anderen Seite geöffnet wurde. Master Grath wieselte auf eine Handbewegung Damons hin los, dem Eintretenden entgegen, aber da rief ihn sein Herr schon wieder zurück.

»Sarkana!«

Der Vampir neigte leicht den Kopf und ging weiter auf Damon zu. Damon ahnte, daß der Vampir etwas im Schilde führte. War die Stunde des Verrats gekommen?

Damons Hand umschloß den Dhyarra-Kristall zwölfter Ordnung, der einmal in Byancas Schwert eingelassen gewesen war.

»Was willst du, Sarkana?« fragte Damon. Er versuchte, Sarkanas Gedanken zu lesen, aber zu seiner Überraschung stieß er auf einen Schirm, der seine fragenden Impulse zurückstieß.

Paß auf die Türen auf! strahlte er einen Gedankenbefehl zu Master Grath. Der Schwarzpelz zuckte zusammen.

»Ich muß etwas Wichtiges mit Euch besprechen, Herr«, sagte Sarkana und glitt immer näher. Damon lächelte. Sarkana konnte ihm nicht gefährlich werden, nicht einmal, wenn er ihn berührte.

Dicht voreinander blieben sie stehen.

»Sprich dich ruhig aus«, sagte der Fürst der Finsternis kalt. Sarkanas Augen blitzten auf. Damon sah, wie sich die Eckzähne etwas verlängerten. Er kannte dieses Zeichen. Sarkana beabsichtigte einen Angriff.

Unwillkürlich spannte Damon die Muskeln. Er würde den Vampir mit einem Fausthieb zurückschlagen, brauchte dazu nicht mal seine magische Kraft. Und immer noch hielt die Barriere um Sarkanas Gedanken. Da erst wurde der Fürst der Finsternis stutzig. Aus eigener Kraft konnte der Vampir niemals einen so starken Gedankenschirm errichten!

In diesem Moment griff Sarkana an.

Damons Faust schnellte hoch. Aber Sarkana hatte es gar nicht auf seinen Hals abgesehen. Die Faust traf ins Leere. Sarkanas Klauenhände packten zu und rissen Damon den Dhyarra-Kristall aus der Hand. Sofort entfaltete der Vampir seine Schwingen, die sich innerhalb einer Sekunde bildeten, und schnellte sich mit zwei kräftigen Flügelschlägen in die Höhe.

»Jetzt!« schrie er.

Maßlos überrascht starrte Damon auf seine leere Hand. *Das* also hatte der Vampir gewollt!

Im selben Moment stürmte eine Dämonenhorde durch die Tür und breitete sich im Saal aus. Schlagartig gingen sie zum Angriff über.

Kapitel 64

Die drei Schamanen erteilten ihre Anweisungen nur durch Blicke. Nicole wagte nicht, sich zu bewegen. Auch jetzt hatte ein Fluchtversuch keinen Sinn. Aber von Sekunde zu Sekunde wuchs die Angst vor dem Tod in ihr, und fieberhaft sann sie nach einer Möglichkeit, ihrem Schicksal doch noch zu entgehen.

Die vier ledergepanzerten Tempelkrieger schenkten ihr kaum noch einen Blick. Sie hielten ihre Strahlenwaffen in den Händen und sicherten zum Wald hin. Wahrscheinlich gab es dort wilde Tiere von unangenehmer Größe und Gefährlichkeit, und die Dämonendiener hatte nicht die Absicht, von diesen Raubtieren ihr Vorhaben stören zu lassen.

Mit steigendem Unbehagen verfolgte Nicole, wie der Hexer und die Witch seltsame Symbole und Zeichen in den grasbewachsenen Boden zeichneten. Sie hatten sich dazu mit Schwertern der Tempelkrieger bewaffnet und rissen die Grasnarbe auf. Die Symbole wurden von der aufgeworfenen Erde gebildet.

Es waren Zeichen, die Nicole nicht kannte. Dank ihrer Tätigkeit als Zamorras Sekretärin und als seine Lebensgefährtin hatte sie zwar einen generellen Überblick über Magie und Zauberei, aber in dieser Dimension schien alles anders zu sein. Dennoch zweifelte sie keine Sekunde an der Wirksamkeit dieser magischen Zeichen.

»Was habt ihr mit mir vor?« fragte sie.

Die drei Schamanen schwiegen. Ruhig standen sie nebeneinander und beobachteten das Tun der beiden anderen.

Die Witch sah Nicole an.

»Ich sagte bereits, daß du sterben wirst, um Zamorra zu strafen. So will es Nocturno. Er schrieb uns vor, was zu tun ist. Über dieses Zeichensystem wird deine Hinrichtung bildhaft direkt in Zamorras Bewußtsein übertragen. Er wird miterleben, wie du stirbst, als sei er selbst dabei.«

Hinrichtung! Das Wort klang furchtbar, und Nicole erschauerte.

»Doch du wirst nicht innerhalb der Symbole sterben«, sagte die Witch eiskalt und unbewegt. »Du wirst den Krokodilen als Nahrung dienen.«

»Nein!« stieß sie hervor. »Nein!«

Aber niemand achtete darauf.

Da entschloß sie sich zu handeln. Sie bückte sich, griff mit den Händen nach dem Untersaum des blutroten Todesgewandes, um es über den Kopf zu ziehen und fortzuschleudern, um dann, beweglicher geworden, loszulaufen.

Sie bekam es nur bis in Kniehöhe, als ein bläulicher Blitz sie traf. Sie schrie auf, aber da war eine unheimliche Kraft, die sie zwang, loszulassen und sich wieder aufzurichten.

Sie hatte keine Chance mehr.

Der Hexer sah sie an, dann die drei Schamanen. Einer von ihnen nickte.

»Geh zum Ufer!« befahl der Hexer. Nicole wollte sich dem Befehl widersetzen, aber da kam das blaue Leuchten wieder und zwang sie, sich zu bewegen. Obwohl sie sich mit allen Fasern dagegen sträubte, setzte sie einen Fuß vor den anderen und trat zum Ufer.

Endlich sprach einer der Schamanen.

»Aktiviert die Übertragungs-Symbole. Wo ist Zamorra? Polt die Symbole auf ihn ein, wie Nocturno es riet.«

Etwas geschah. Nicole spürte es, konnte es aber nicht begreifen. Etwas erwachte. Zeichen, in den Boden geritzt, begannen zu leben und ein Bild von hier nach dort zu senden.

Wo ist Zamorra . . .?

»Er ist da!« schrie die Witch. »Er ist hier! Da kommt er! Dort oben!«

Die Köpfe aller flogen herum.

Da jagte ein fliegender Teppich mit hoher Geschwindigkeit heran und ging zum Angriff über!

Nicole sah Zamorra und konnte kaum glauben, daß er es wirklich war. Aber sie fühlte es. Sie wußte sofort, daß dieser hochgewachsene Mann, der breitbeinig auf dem fliegenden Teppich stand, ein Schwert in der Faust, einen wüsten Bart im Gesicht und in einen silbernen Anzug gekleidet, Zamorra war.

Er jagte aus der Höhe im Sturzflug heran.

Sofort reagierten die vier Tempelkrieger. Sie wirbelten herum, rissen ihre Blaster hoch. Vor Zamorra bildete sich ein Gitter aus gleißenden Strahlbahnen, in die er hineinraste!

Nein! Er war zu schnell! Die Strahlen kreuzten sich haarscharf hinter ihm! Und da fegte er schon heran. Streckte die Hand nach Nicole aus, deren Arme unter dem blutroten Todesgewand lagen!

Aber im selben Moment handelten die Schamanen und setzten ihre Kraft ein. Noch ehe Zamorra Nicole erreichte, wurden er und der Teppich von einer Faust gepackt. Zamorra schrie auf. Blitzartig schlang der Teppich sich um ihn, ehe er es verhindern konnte. Die Schamanen hatten ihn unter ihre Kontrolle genommen. Er wurde zu einer Kugel, die den Parapsychologen einschloß – und einen weiten Bogen beschrieb, um dorthin zurückgeschleudert zu werden, woher er gekommen war!

Irgendwohin über die Baumwipfel hinweg in den Dschungel!

Nicole war wie zur Salzsäule erstarrt, dann aber begriff sie, was geschehen war. Ihre Knie gaben nach.

Sie war nicht gerade furchtsam veranlagt, sondern hatte schon oftmals unter Beweis gestellt, daß sie auch in gefährlichen Situationen noch handfest zupacken konnte und Zamorra in ihren Reaktionen kaum nachstand. Aber die Rettung so nah vor Augen und jetzt die Niederlage . . . es war alles so unglaublich schnell gegangen.

Zamorra war zurückgeschleudert worden, besiegt von der Macht der Schamanen.

Vor Nicole wurde alles schwarz, und sie stürzte in einen endlosen Abgrund.

Kapitel 65

»Vampire«, sagte Byanca. Also hatte auch sie sie entdeckt. Mit raschen Schwingenschlägen flogen die beiden Tiere schnell näher. Und dahinter sah Kerr jetzt auch das, was er suchte: Caerdamon, die schwarze Burg des neuen Fürsten der Finsternis!

Von dort waren die Fledermäuse aufgetaucht. Suchten sie nach Kerr und Byanca? Hatte man ihre Annäherung bereits festgestellt und schickte jetzt diese Schergen der Hölle?

Kerr stellte fest, daß sie sich genau auf der Brückenmitte befanden. Es war gleichgültig, ob sie wieder umkehrten oder sich weiter vorwärts bewegten. Sie würden auf jeden Fall noch auf der Brücke kämpfen müssen. Die Vampire hatten sich für ihren Angriff den günstigsten Moment ausgewählt.

Kerr versuchte, schneller zu gehen. Aber sofort begann die schmale Konstruktion stärker zu schwanken. Sofort reduzierte er seine Geschwindigkeit wieder. Er hatte das Knirschen gehört. Es bestand die Gefahr, daß die Brücke unter den Erschütterungen der Schritte zusammenbrach. Kerr sah hinunter in die Fluten des Clothi. Sie strömten sehr schnell, und überall ragten scharfkantige Felsbrocken hervor. Mit hoher Wahrscheinlichkeit würde ein Sturz nicht ohne schwerwiegende Verletzungen abgehen.

Kerr versuchte, sich auf den *zeitlosen Sprung* zu konzentrieren. Doch es gelang ihm nicht. Vielleicht lag es daran, daß er nur ein ›halber‹ Druide war.

Immer näher glitten die beiden Vampire, waren jetzt schon deutlich zu erkennen. Sie waren mannsgroß und teilten sich nun auf. Einer strebte dem Anfang der Brücke zu, der andere dem Ende. Was hatten sie vor? Wollten sie den Weg versperren, oder wollten sie von zwei Seiten angreifen?

Ein Blick zu Byanca. Sie zeigte keine Regung, aber sie zeigte auch keine Anstalten, Magie einzusetzen.

Kerr ging weiter. Je näher er der Fledermaus kam, desto unwohler fühlte er sich. Das riesige Tier hatte sich jetzt auf das Brückengeländer gekauert und begann zu schaukeln. Als Kerr sich umsah, stellte er fest, daß der andere Vampir das gleiche tat.

Sie hatten es nicht auf Blut abgesehen! Sie wollten die beiden Menschen in die Tiefe stürzen!

»Mistvieh!« schrie Kerr. Er griff in die Innentasche seiner Jacke, wo seine Dienstwaffe steckte. Vielleicht gelang es ihm, die Vampire mit gezielten Schüssen der magisch aufgeladenen Kugeln zu töten. Er blieb stehen und zielte beidhändig.

Aber die schmale Brücke schwankte schon zu heftig und knarrte und knirschte gewaltig. Sie konnte jeden Moment zerbrechen, und Kerr fand kein Ziel.

Mit einem Fluch steckte er die Waffe wieder ein.

»Warum tun sie das?« fragte Byanca hinter ihm. »Warum greifen sie uns nicht an?«

»Hörst du nicht das morsche Holz knacken?« schrie er bestürzt. Begriff Byanca nichts.

Oder hatte sie in ihrer anderen Welt noch nie eine morsche Holzbrücke gesehen? »Sie bringen den Steg zum Einsturz!«

Knacks!

Das Geräusch ertönte von der Brückenmitte.

Jetzt war alles egal. Die Brücke brach. »Schnell! Vorwärts!« schrie Kerr, tastete nach Byancas Hand, erwischte ihren Unterarm und riß sie hinter sich her.

Auf den Vampir zu, der immer noch heftig schaukelte und die Zähne fletschte! Sie liefen! Jetzt kam es nicht mehr darauf an, keine Erschütterungen zu erzeugen. Die Brücke brach bereits. Kerr fühlte, wie sie sich zu senken begann.

Da gab es den harten Ruck in seiner Hand und den entsetzten Aufschrei. Byanca war auf dem feuchten Holz ausgeglitten und rutschte unter dem berstenden Geländer hindurch!

Sarkana sah, wie die anderen Dämonen hereinströmten. Master Grath wurde zur Seite geschleudert, rollte gegen eine Wand und blieb dort reglos liegen. Sarkana hoffte, daß das Teufelchen tot war.

Asmodis und Starane stürmten der Horde voran. In Sarkanas Händen lag der Dhyarra-Kristall. Der Vampir sah die große Chance, die sich ihnen bot. Er, das Skelett-Mädchen und der ehemalige Fürst besaßen die stärksten magischen Kräfte. Vielleicht gelang es ihnen zu dritt, den Kristall zu beherrschen, hoffte er.

»Asmodis!« schrie Damon, aber er schien keinesfalls sonderlich überrascht. »Hast du es immer noch nicht begriffen, daß deine Zeit vorbei ist?«

Die Dämonen, Asmodis und Starane voran, stürmten auf Damon zu. Dessen Finger streckten sich jäh auf Meterlänge und wurden zu flammenden Lichtstäben. Sarkana stieß aus der Luft herab, griff nach Asmodis und dem Skelett-Mädchen und riß sie in die Höhe. Dicht unter ihren Füßen schnellten die Laserfinger des neuen Fürsten entlang. Drei Dämonen, die erwischt wurden, starben unter der höllischen Kraft Damons.

Die anderen warfen sich jetzt auf ihn. Ein fürchterlicher Kampf entbrannte. Innerhalb weniger Augenblicke drängten sie Damon zurück bis an die Wand.

Sarkana landete mit den beiden anderen. »Der Kristall«, stieß er hervor. »Ohne ihn hat Damon nur den Bruchteil seiner Macht, aber wir können ihn benutzen!«

Asmodis nickte. »Wir müssen einen Rapport durchführen. Schnell!«

Ihre Geister verschmolzen miteinander und tasteten nach der Energie des Kristalls.

Und in der Tat sah es so aus, als würde die Übermacht der Dämonen den Burgherrn jetzt schon bezwingen. Er war mit seinen Laserfingern unter dem Gewühl verschwunden.

Aber dann sahen die drei Verbundenen, wie die Bewegungen der Angreifer langsamer wurden. Einige wichen bereits zurück, wie es schien, erschöpft. Dann brachen sie zusammen.

Und lösten sich auf!

Kerr fuhr herum und griff mit der zweiten Hand nach, während die Brücke sich gefährlich zu senken begann. Er stemmte sich gegen das Geländer und riß mit einem heftigen Ruck an Byancas Arm. Als er sie mit gewaltiger Kraftanstrengung an sich vorbeihebelte, brach das Geländer weg, und er stürzte selbst. Aber Byanca fand wieder Halt. Er krallte seine Finger zwischen zwei Bretter.

Sein Herz raste unter der Anstrengung. Aber er war noch nicht außer Gefahr! Vor ihm schnellte sich Byanca den letzten Meter nach vorn – direkt in die Klauenhände des Vampirs, der ein keckerndes Geräusch von sich gab. Kerr schwang sich ebenfalls hoch. Hinter ihm brach der Rest der Brücke weg.

Ihm wollte schwarz vor Augen werden. Schließlich war er kein Supermann. Byanca wand sich im Griff des Vampirs, der seine Fangzähne in ihren Hals schlagen wollte. Stöhnend versuchte Kerr sich aufzurichten und griff nach der Pistole. Mit zitternden Händen holte er sie hervor und zielte wieder beidhändig!

Zu spät.

Die Zähne des Vampirs bohrten sich in Byancas Hals!

Im nächsten Moment glaubte Kerr seinen Augen nicht zu trauen. Der Vampir zuckte sofort wieder zurück, stieß einen schrillen Laut aus und entließ das Mädchen aus seinem Griff. Mit raschem Schwingenschlag versuchte er Höhe zu gewinnen.

Aber noch während er schreiend aufstieg, löste er sich auf, zerfiel zu Asche, die herabregnete!

Kerr schwang herum, zielte auf den zweiten Vampir, der jetzt vom anderen Ufer heranstrich und zum Angriff ansetzte. Trotz seiner Schwäche verfehlte er ihn nicht. Der Schuß krachte, der Rückstoß warf Kerr fast wieder nieder, aber die magisch aufgeladene Kugel stoppte den Vampir im Flug wie ein geweihter Eichenpflock. Lautlos stürzte die tote Riesenfledermaus in den Fluß, wurde von der Strömung mitgerissen und verschwand.

Byanca kam zu Kerr und half ihm auf. Als sie ihn berührte, fühlte er, wie ein Kraftstrom auf ihn überging und ihn durchfloß. Sofort fühlte er sich wieder stärker, frischer.

»Laß deinen Hals sehen«, murmelte er und steckte die Waffe wieder ein. Doch Byanca schüttelte lächelnd den Kopf. Das lange blonde Haar flog.

»Vampire vertragen mein Blut nicht«, sagte sie. »Sie sterben sofort daran.«

»Hoffentlich kommen nicht noch mehr von der Sorte«, sagte er und sah wieder zur Burg hinüber. Sie war noch etwa eine Meile entfernt und klebte schwarz und drohend am Berghang.

Jäh zuckte ein seltsamer, grünlicher Lichtschein um die schwarzen Mauern auf und zeichnete die Umrisse Caerdamons nach. Es war, als befände sich die Burg im Zentrum einer gewaltigen magischen Entladung.

Und dann wirbelte irgend etwas durch die Luft. Etwas, das kaum zu sehen war, aber das von einer furchtbaren Wucht getrieben wurde. Wie Sprengstücke einer Explosion.

Eines dieser Teile schlug direkt vor Kerr gegen einen Stein und blieb liegen. Und drüben an der Burg flammte aus einem matt erleuchteten Fenster ein schwarzer Blitz und zuckte durch die Nacht.

Byanca stöhnte auf.

Kerr hob den Splitter auf, der über die Meilendistanz hinweg bis zu ihm geschleudert worden war. Es handelte sich um einen Knochen. Ein Menschenknochen? Oder der eines Dämons?

»In der Burg findet ein Kampf statt!« schrie Byanca entsetzt. »Damon! Ich muß zu ihm! Er ist in Gefahr!«

Und in weiten Sprüngen hetzte sie davon, der schwarzen Burg entgegen und den Berg hinauf.

Fassungslos folgte ihr Kerr.

Er entsann sich, daß der schwarze Blitz einen weiten Bogen beschrieben hatte und irgendwo hinter den Bergen niedergegangen war.

Was geschah in Caerdamon?

Damon lachte brüllend. »Ihr Narren!« schrie er. »Habt ihr wirklich geglaubt, es sei so einfach, mich zu besiegen? Habt ihr geglaubt, ich sei so schwach?«

Die Angreifer um ihn her sanken zu Boden, erloschen förmlich. Immer langsamer und matter waren ihre Bewegungen geworden. Damon brauchte seine Laserfinger nicht mehr, um ihrer Herr zu werden. Die Strahlen waren erloschen. Er stand jetzt einfach nur noch da, breitbeinig und die Arme leicht angewinkelt, und sah zu, wie die Dämonen, die sich gegen ihn verschworen hatten, starben.

»Und das, obgleich er keinen Kristall mehr besitzt!« keuchte Asmodis. »Ich habe ihn unterschätzt!«

»Der Kristall . . .!« schrie Starane. »Wir müssen ihn . . .«

Damon bewegte sich jetzt, während Sarkana die Kräfte des Kristalls zu steuern versuchte. Er fühlte, wie die Macht des Kristalls sie zu dritt übermannen wollte. Sie kamen nicht mit ihm zurecht! Auch für drei Dämonen ihrer Stärke war er noch zu gewaltig!

Langsam ging Damon auf sie zu, schritt über die verblassenden und sich auflösenden Körper der Revoluzzer hinweg. Er streckte eine Hand aus.

Plötzlich war die Macht des Kristalls erträglich. Aber im selben Moment fühlte Sarkana, daß es nur daher kam, weil sich Damon in den Rapport der Höllengeister einschaltete!

Damon war zwischen ihnen!

»Lösen!« schrie der Vampir-Dämon entsetzt und zog sich aus dem Verbund zurück. Asmodis und Starane reagierten ebenso rasch. Und innerhalb von Sekundenbruchteilen flog der Kristall durch die Luft und schwebte in Damons Hand, die sich um ihn schloß.

Der Fürst der Finsternis sah von einem zum anderen.

»Asmodis«, sagte er. »Ich hatte gehofft, du wenigstens hättest begriffen. Aber nun – ist dir der Friedhof der Dämonen sicher!«

Asmodis erblaßte. Er wußte, was das bedeutete. Er selbst hatte schon genügend andere, die versagt hatten, dorthin geschickt. Sie starben nicht – sie erlitten die Qualen der Hölle eine Ewigkeit lang als Strafe für ihren Frevel oder ihr Versagen.

»Sarkana«, fuhr Damon langsam fort. »Du hast diesen Verrat angezettelt und geplant. Du wirst Asmodis' Schicksal teilen, und ich werde mir überlegen, ob ich meine Rache nicht auch auf deine Sippe ausdehne!«

Der Vampirdämon bleckte die Zähne. »Noch hast du mich nicht, Damon«, knirschte er.

Der Fürst der Finsternis wandte sich an Starane. »Du hast sie unterstützt. Aber mit dir werde ich gnädiger verfahren. Du wirst in alle Winde zerstreut werden und nie wieder zusammenfinden.«

Im selben Moment explodierte das Skelett-Mädchen. Sie zerstob in alle ihre Knochen und Knöchelchen, und der Druck der magischen Explosion trieb sie durch die schwarzen Mauern von Caerdamon in alle Richtungen auseinander. Es war ein Zufall, daß einer dieser Knochen zu Kerrs Füßen gegen einen Stein prallte und von ihm gefunden wurde.

»Nun zu dir«, sagte Damon und wandte sich wieder dem Vampir zu.

»Nein!« schrie Asmodis, griff nach Sarkana und fuhr mit ihm als schwarzer Blitz aus der Burg aus, um irgendwo zu verschwinden.

Damon ballte die Fäuste. Asmodis war ihm noch gerade rechtzeitig entronnen, ehe er die beiden durch die Schranke der Dimensionen in die Horrorwelt des Dämonenfriedhofs stoßen konnte. Damon schrie eine Verwünschung hinter den beiden her, aber momentan war er nicht in der Lage, sie noch zu erreichen.

Vielleicht später . . .

Er würde Asmodis und Sarkana nicht aus dem Gedächtnis verlieren.

Mit blitzenden Augen sah er sich im Thronsaal um. Die toten Dämonen hatten sich restlos aufgelöst.

»Grath!« schrie Damon. »Verstelle dich nicht länger! Ich weiß, daß du noch lebst!«

Der schwarze Unterteufel richtete sich auf.

»Ich stehe zu deinen Diensten, Herr!« rief er.

»So laß eine Botschaft zu den Dämonensippen der Schwarzen Familie senden«, befahl Damon. »Berichte von dem Verrat und davon, wie ich den Aufstand niederschlug. Und richte ihnen aus, daß ich neues Personal erwarte.«

»Ich höre und gehorche!« kreischte Master Grath und wieselte davon.

Langsam ließ sich Damon auf den Thron niedersinken und stützte das Kinn in die Handflächen.

Er überlegte, was als nächstes zu tun war. Den Aufstand hatte er schon fast wieder verdrängt.

Er mußte Asmodis aufspüren und endgültig vernichten. Der Ex-Fürst würde sonst keine Ruhe geben.

Kerr lief hinter Byanca her. Obgleich sie ihn auf magische Weise mit neuer Kraft versehen hatte, geriet er langsam wieder außer Atem. Byanca legte ein unglaubliches Tempo vor, während sie den

Berg hinaufeilte. Sie kannte offenbar keinen anderen Daseinszweck mehr, als in die Burg zu gelangen und Damon gegenüberzutreten – beziehungsweise ihm in dem offenbar stattfindenden Kampf zu helfen.

Sie achtete dabei auf nichts mehr, und so fiel zunächst nur Kerr auf, daß das grünliche Flimmern um die schwarze Burg herum erlosch. Der Kampf war vorüber. Jemand hatte ihn gewonnen, und jetzt herrschte absolute Stille.

Kerr wußte nicht genau, wieviel Zeit verstrichen war, seit sie von unten losgelaufen waren. Aber seine Lungen stachen von der Anstrengung. Sie befanden sich jetzt knapp unter dem düsteren Gemäuer. Je mehr sich Kerr Caerdamon näherte, um so stärker wurde in ihm der Eindruck, daß es sich um ein gewaltiges Ungeheuer handelte, das dort lauerte und in wenigen Augenblicken das gefräßige Maul öffnen würde, um Byanca und ihn zu verschlingen.

Er fühlte sich von der schwarzen Burg körperlich bedroht.

»Byanca . . .!« rief er. Doch sie hörte nicht auf ihn. Sie blieb nicht stehen. Wohl etwas langsamer als zuvor, setzte sie ihren Weg immer noch fort.

Plötzlich klaffte in der Mauer ein riesiges Loch.

Das Maul des Ungeheuers! durchfuhr es Kerr. »Warte!« schrie er der Halbgöttin zu und spurtete noch einmal bergan.

Schritt für Schritt näherte sie sich der Öffnung.

Er tauchte hinter ihr auf, griff nach ihrer Schulter. »Warte«, keuchte er, »das ist eine Falle!«

Zum zweiten Mal hatte er sie geduzt, aber es fiel ihm nicht auf. Er wollte sie von der schwarzen Öffnung zurückreißen, die sie in diesem Augenblick erreichte.

Aber da griff ein unwiderstehlicher Sog nach ihnen und riß sie beide in das Loch hinein. Die Schwärze umgab sie sofort, schloß sie ein. Hinter ihnen verschwand das Loch in der Burgmauer.

Das Maul des Ungeheuers hatte sich geschlossen.

Kapitel 66

Zamorra fühlte einen harten Aufprall, aber dadurch kam die Teppichkugel, die ihn umschloß, noch nicht zur Ruhe. Ihm war, als sei er gegen einen massiven Ast geprallt und stürzte jetzt von einer Baumetage zur nächsttieferen. So gut es ging, versuchte er, seinen Kopf vor den harten Stößen zu schützen, und endlich gelangte die Kugel zur Ruhe.

Er war ein wenig benommen und brauchte ein paar Minuten, um sich zu erholen. Dabei stellte er fest, daß die Atemluft immer knapper wurde.

Er versuchte den Teppich auseinanderzudrängen, und da er nicht gerade einer der sieben Schwächsten war, hätte es ihm gelingen müssen, sich wenigstens eine Öffnung zu schaffen, durch die er hinausschlüpfen konnte. Aber es ging nicht! Es war, als hätte Magie die Kugel irgendwie verschweißt.

Schon etwas kurzatmig werdend, griff er jetzt endlich nach dem Schwert und begann es durch die Teppichschicht zu bohren. Endlich stieß die Klinge hindurch, und von da an wurde es etwas einfacher. Er schnitt eine Öffnung hinein und kroch hindurch.

Der Teppich war jetzt endgültig zerstört und dadurch zum Fliegen unbrauchbar geworden. Mit dem kam er keinen halben Meter weiter. Und jetzt befand er sich auf dem Boden des Dschungelwaldes. Die Stämme standen weit auseinander, aber der Boden war mit Büschen und Sträuchern, hauptsächlich aus extrem weitblättrigen Pflanzen bestehend, bewachsen. Er selbst war direkt neben einem mächtigen Baumstamm gelandet.

Blattwerk raschelte.

Zamorra stutzte. Hier, am Dschungelboden, konnte es keinen Wind geben, der die Blätter zum Rascheln und Rauschen brachte.

Er hob den Kopf.

Und sah, wie sich eine Riesenschlange vom Ast herabfallen ließ – direkt auf ihn!

»Sie ist bewußtlos«, stellte der Schamane fest, der den Befehl über die kleine Gruppe hatte. Mitleidlos starrte er auf Nicole hinab. »Wir werden warten, bis sie wieder bei Besinnung ist. Ich schätze, daß es diesen Zamorra auch gehörig durchgebeutelt hat. Er braucht ebenfalls einige Zeit, bis er wieder so weit ist, daß wir ihm den Tod seiner Gespielin zutragen können.«

»Wir warten also«, sagte die Witch.

Der Schamane nickte einem der Tempelkrieger zu. »Geh in den Wald und fange und töte ein großes Tier. Unsere Kraft wird mit dir sein. Wir werden die Krokodile anfüttern, auf daß das Schauspiel interessanter wird.«

Er schien keine Gefühle zu kennen. Selbst Witch und Hexer begannen ihn in diesem Moment zu fürchten.

Widerspruchslos verschwand der Krieger im Wald, um auf die Jagd zu gehen.

Zamorra versuchte sich noch zu ducken, aber die Riesenschlange erwischte ihn trotzdem. Blitzschnell rollte sich ihr fast nur aus Wirbelsäule und Muskeln bestehender Körper um ihn.

Zamorra und die Schlange stürzten. Jeden Moment erwartete er, daß die gewaltigen Muskeln ihn zerquetschen würden. Aber seltsamerweise geschah das nicht.

Was hatte die Schlange vor? Wollte sie ihn in der Umschlingung verhungern lassen?

Oder schied sie durch die feinschuppige Haut ein Kontaktgift aus, das Zamorra töten sollte?

Er entsann sich des Drachen in der Erdhöhle, der als Falle ein Netz gesponnen hatte. Auch dieses Verhalten des Tieres war untypisch gewesen. Es hätte eher zu einer Spinne gepaßt.

Plötzlich löste sich die Schlange von ihm. Verblüfft registrierte Zamorra, daß das Tier ihn freigab und davonkroch. Es schlängelte sich durch das Buschwerk und glitt dann in sanften Windungen an einem Baum empor.

Aber als Zamorra sich bewegen wollte, klappte das nicht so, wie er es wollte. Irgend etwas setzte seinem Bewegungsdrang ein schwer überwindbares Hindernis entgegen, das nur langsam wich.

Und als er den Arm beugte, kam ihm der Ärmel seines silbernen Overalls merkwürdig fest vor.

Der Anzug!

Das mußte es sein. Es war eine Art Kampfanzug, der sich im Augenblick des Angriffs unglaublich verhärtet hatte und erst jetzt seine Steifheit wieder verlor! Er war zu einem massiven Panzer geworden, den die Schlange trotz ihrer Anstrengungen nicht hatte knacken können!

Der Götteranzug, den Thor von Ansgaard Zamorra spendiert hatte, hatte ihm das Leben gerettet.

»Manchmal«, murmelte der Meister des Übersinnlichen zynisch, »sind auch Götter zu etwas nütze.«

Er faßte das Schwert wieder, das ihm entfallen war, und bedauerte, daß es seine einzige Waffe war. Langsam schob er es in die Scheide zurück. Er mußte sehen, daß er so schnell wie möglich wieder vorankam. Sein erster Angriff war gescheitert, aber vielleicht war es noch nicht zu spät für einen zweiten.

Er *mußte* Nicole retten!

Er lauschte. Die vielfältigen Urwaldgeräusche drangen in sein Ohr, dazwischen vernahm er dennoch das Rauschen des Flusses. Dorthin setzte er sich in Marsch.

Der Wald wurde schon nach fünfzehn Metern niedriger und endete an einem flachen Sandstrand, der zum Baden und Sonnen einlud. Aber ein paar merkwürdige, braungrüne Baumstämme lagen da recht unordentlich herum.

Krokodile!

Zamorra war über den Fluß hinüber auf die andere Seite geschleudert worden. Gegenüber sah er die Schamanen und die Tempelkrieger auf dem Steilufer.

Und sie sahen *ihn*!

Auf Zamorras Stirn bildete sich eine steile Falte. Er konnte zwar nicht über die Kante des Steilufers sehen, aber er war sicher, daß Nicole noch lebte. Sonst hätten die Dämonendiener, die Schwarzen des ORTHOS, wie der Karawanenführer Tane Carru sie genannt hatte, diesen ungastlichen Ort längst wieder verlassen.

Er sah die Köpfe der Schamanen im Hintergrund. Eine Witch und ein Hexer standen direkt an der Uferkante, und zwei Krieger waren damit beschäftigt, blutige Fleischklumpen ins Wasser zu schleudern. Die bemerkten Zamorra und begannen ihn aus der Ferne zu verhöhnen.

Der Meister des Übersinnlichen ballte die Fäuste.

Sie fütterten die Krokodile an! In der Tat bewegten sich plötzlich zwei der ›Baumstämme‹, watschelten mit behäbigen Bewegungen und dennoch unglaublich schnell zum Wasser und ließen sich hineingleiten. Aber die Strömung trieb die Fleischbrocken zu rasch ab, und die beiden Krokodile folgten ihnen flußabwärts.

Aber zumindest waren die restlichen Tiere aufmerksam geworden. Manch ein Krokodilsauge richtete sich auch schwach interessiert auf das Steilufer.

Zamorra erkannte die Absicht seiner Gegner.

Sie wollten Nicole den Krokodilen zum Fraß vorwerfen!

Hinüber konnte er nicht, dessen war er sich sicher. Es gab nur noch eine Möglichkeit.

Er mußte Nicole *im* Wasser aufnehmen. Es war die letzte Chance, die sich ihm und ihr bot.

Er wußte genau, worauf er sich selbst dabei einließ. Die Krokodile waren groß und nicht zu unterschätzen, und er durfte nicht darauf hoffen, daß sein Silberanzug ihn abermals schützte. Sein Kopf und die Hände waren davon nicht umhüllt und demzufolge sehr, sehr verletzlich. Und den spitzen Zähnen der Riesenreptile traute er ohne weiteres zu, daß sie sich an dem Overall festhakten und ihn aufschnitten wie eine Konservendose.

Dennoch mußte er es riskieren.

Wie ein Schatten verschwand er wieder zwischen den Pflanzen des Duschungelrandes, von Mücken umschwirrt.

Kapitel 67

»Wir waren allesamt Narren«, knurrte Asmodis, als Sarkana und er an einer Stelle nahe der englischen Ostküste wieder materialisierten. Asmodis fühlte sich erschöpft. Derartige Gewaltmanöver wie die Flucht in Form des Blitzes war er nicht gewöhnt und hatte sie in seiner gesamten Existenz kaum jemals angewandt. »Ich hätte es wissen müssen, daß der Damon *so* nicht zu besiegen ist!«

»Wie dann?« fauchte Sarkana. Er öffnete den Mund; ein schwarzer Blutstropfen fiel zu Boden. Schlagartig verdorrten die Gräser an der Auftreffstelle. Sarkana hatte sich im Moment der Flucht selbst auf die Zunge gebissen, was ihn überaus ergrimmte. So etwas passierte einem Vampirdarsteller in einer Filmklamotte, aber doch nicht einem echten Vampirdämon!

»Magisch auf keinen Fall«, knurrte der ehemalige Fürst, der immer noch wie Mister Parkington aussah. »Wir müssen es mit anderen Mitteln versuchen, ohne Magie. Vielleicht läßt sich etwas auf juristischem Weg unternehmen.«

»Juristisch!« Sarkana heulte auf. »Du bist irre, Asmodi! Wir sind Dämonen und keine Rechtsverdreher!«

»Dann werden wir eben wie Dämonen sterben«, sagte Asmodis. »Mir aber schwebt etwas anderes vor. Damon hat eine Burg gebaut. Man muß feststellen lassen, ob das Grundstück rechtmäßig auf seinen Namen eingetragen ist. Und wenn er die Beamten mit seiner Magie manipuliert . . . nun, das können wir auch!«

»Also doch Magie!« zischte Sarkana.

»Durch die Hintertür.« Asmodis grinste. »Wir schicken Menschen vor. Mit ihnen wird er sich auseinanderzusetzen haben. Steter Tropfen höhlt den Stein.«

Sarkana spie wieder einen Blutstropfen aus seiner zerbissenen Zunge aus. »Damit warst du ja schon immer erfolgreich«, giftete er.

»Nun, mit deiner Methode kommen wir ja nicht weiter«, sagte Asmodis bissig. »Sie führt nur dazu, daß Damon Zamorra einen Großteil seiner Arbeit abnimmt, indem er einen nach dem anderen auslöscht. *Ihn* möchte ich auf dem Friedhof der Dämonen verdorren sehen!

Es war kein frommer Wunsch, aber Asmodis, der Teufel, war ja auch nie fromm gewesen. Trotzdem würde er die Erfüllung dieses Wunsches nie erleben. Aber das wußte er zu diesem Zeitpunkt noch nicht.

Master Grath fühlte das Fremde als erster. Es war eine Ausstrahlung, die jener von Damon ähnelte. Aber Damon befand sich im anderen Teil der schwarzen Dämonenburg, und die Ausstrahlung war hier.

Zwei Etagen unter der Kammer, in der Grath auf schwarzem Pergament Damons Botschaft niederschrieb – die Feder bewegte sich wie von Geisterhand und hinterließ blutrote Schrift –, befand sich das Eingangstor der Burg. Es mußte jemanden eingefangen haben.

Master Grath wurde neugierig. Die Aura dort unten glich der Damons so, wie ein weißes Ei dem schwarzen gleicht: Identisch, aber doch grundverschieden.

Master Grath befahl kraft seiner Autorität als Adjutant des Burgherrn zweien der überlebenden Dämonen, mit ihm zu kommen und sich um die Ankömmlinge zu kümmern. Die Dämonen gehorchten. Sie zitterten vor Damon und waren ihm jetzt treuer ergeben als zuvor. Sie hatten erlebt, was mit den Aufständischen geschehen war, und wollten dieses Schicksal vermeiden.

Im Burgtor befanden sich ein Mann und eine Frau, und beide waren magisch begabt.

»Packt sie und bringt sie zu Damon!« befahl Master Grath.

Und so geschah es.

Kerr wurde zum Beobachter. Als man Byanca und ihn in den riesigen Saal brachte, eilte Byanca voraus auf den düsteren Thron zu, der sich in der Saalmitte erhob und neben dem ein hochgewachsener Mann stand.

»Damon!« schrie Byanca und breitete die Arme aus, während sie ihm entgegenlief. »Damon!«

Überraschung zeichnete sich auf seinem Gesicht ab. Dann bewegte er die Hand, und Byanca prallte vor eine unsichtbare Mauer.

Langsam folgte ihr Kerr.

Seine Druidensinne versuchten, so viel wie eben möglich zu erfassen. Er spürte eine unheilvolle Aura, die von dem Fürsten der Finsternis ausging, und er hörte auch die lautlosen Echos der Klageschreie derer, die in dieser Halle vernichtet worden waren.

Eine dämonische Schlacht hatte stattgefunden.

Kerr mußte regelrecht abblocken, um von den Impulsen und Schwingungen nicht erschlagen zu werden. Spürte Byanca sie nicht?

Auf ihrem Gesicht zeichnete sich Ratlosigkeit ab. »Damon . . .«

Kerr sah und hörte ihn lachen. Ein hartes, spöttisches Lachen, wie es Dämonenart ist.

»Du hast es gewagt, Byanca . . . du Närrin! Was willst du von mir?«

»Wir lieben uns doch«, flüsterte sie. »Ich bin hier, um dich zu holen. Vergiß, was dir jetzt wichtig erscheint; es ist doch nichtig gegen die Liebe, die uns beide erfüllt. Komm mit mir und laß uns zusammen glücklich sein.«

Damon lachte wieder.

»Du kannst froh sein, daß ich momentan wichtigere Dinge im Kopf habe«, sagte er. »Sonst würde ich dich jetzt auf der Stelle töten.«

Er klatschte in die Hände. Der Befehl galt den Dämonen, die die beiden in den Thronsaal gebracht hatten.

»Packt sie und werft sie in ein Verlies!« befahl Damon. »Ich werde später darüber nachsinnen, auf welche Weise ich sie sterben lasse . . .«

Kerrs Augen weiteten sich.

Noch erschrockener aber war Byanca. Sie schrie gellend auf. »Nein, Damon! Nein! Das kannst du nicht tun! Um unserer Liebe willen . . .«

»Fort!« schrie Damon befehlend. Da packten die Dämonen zu und zerrten Kerr und Byanca in die Tiefen der Burg.

Kapitel 68

Der Anführer der Schamanen klatschte in die Hände. Zamorra war wieder im Dschungel verschwunden. »Er hat etwas vor«, knurrte der Schamane. »So schnell gibt ein Mann wie er nicht auf.«

Die Krieger stellten die Fütterung der Raubtiere ein. Es hatte keinen Zweck mehr, außerdem waren die Reste der beiden erlegten Tiere verbraucht. Aber was sie wollten, hatten sie erreicht. Die riesigen Panzerechsen waren aufmerksam geworden.

»Die Übertragung«, befahl der Schamane. »Aktiviert sie!«

Der Hexer gab den in den Boden gefurchten Symbolen magisches Leben und richtete die Kraft auf Zamorra aus. Da er in der Nähe war, erreichte ihn der magische Strahl auf jeden Fall.

Im Brennpunkt der Magie befand sich Nicole Duval.

Der Schamane sah zum jenseitigen Ufer hinüber, dann zu Nicole.

»Weckt sie!« befahl er.

Die Witch machte sich an die Arbeit. Magische Ströme flossen zu Nicole und drangen in ihr Unterbewußtsein ein.

Sie wachte auf.

Zamorra bewegte sich stromaufwärts. Nach einiger Zeit stellte er fest, daß der Strand sich leerte. Hier gab es keine Krokodile mehr, die sich im hellen Sand sonnten, und auch der Waldrand trat näher an den Fluß heran.

Zamorra hastete durch das Gehölz und Gesträuch. Er suchte etwas Bestimmtes. Was um ihn herum geschah, interessierte ihn nicht. Wilde Tiere, die in ihm Beute sahen, die ihm langsam und schleichend folgten. Andere Tiere, die er mit seinem ungestümen Vorwärtsdrängen aufschreckte und davonscheuchte.

Dann bewegte er sich direkt am Fluß. Er war jetzt jenseits der scharfkantigen Biegung. Eine direkte Sicht zum Steilufer, auf dem sich bald eine furchtbare Szene abspielen würde, war nicht möglich. Einerseits war Zamorra froh darüber, weil er nicht zu sehen brauchte, was geschah, andererseits aber begann die Ungewißheit wieder an ihm zu nagen.

Er mochte vielleicht dreihundert, vierhundert Meter von der Flußbiegung entfernt sein, als ihn die ersten Bilder durchzuckten.

Überrascht nahm er sie wahr. Sie entstanden gewissermaßen direkt in ihm und zeigten ihm, wie eine Witch sich darum bemühte, Nicole aus ihrem Dahindämmern zu reißen.

Zamorra preßte die Zähne zusammen, bis es knirschte. Die Schwarzen des ORTHOS spielten wieder mit ihm! Sie wollten ihn erneut quälen und übertrugen das, was sich abspielte, in eine Vision, damit er auch alles mitbekam und litt.

Er versuchte die Bilder abzublocken, so daß er nur noch einen groben Überblick behielt, die Einzelheiten aber verdrängte. Es gelang ihm, sich auf diese Weise gegen die Visionen zu wehren, die man ihm sandte. Teilweise entsprachen sie jenem Bild, das Nocturno ihm auf dem Teppich vermittelt hatte.

Suchend sah Zamorra in die Runde, bis er endlich entdeckte, was er die ganze Zeit gesucht hatte. Es gibt keinen Dschungelfluß, über den nicht hin und wieder der morsche Stamm eines umgestürzten Baumes ragt. Dieser hölzerne Bursche, den Zamorra entdeckte, mochte vielleicht dreißig Meter lang sein und fast zwei Meter dick. Ein Gigant, der nur deshalb umgestürzt war, weil ihn ein Blitz getroffen hatte.

Schwarz und anklagend ragte der splittrige Stumpf himmelwärts, der keine Verbindung mehr mit dem Rest des Stammes hatte, der mit der entlaubten Krone im Wasser lag, in der Strömung.

Zamorra schätzte den Rest des Stammes ab. Er traute sich zu, diesen Koloß mit einiger Anstrengung so weit zu bewegen, daß er der Strömung nicht mehr widerstehen konnte.

Er mußte das Langschwert als Hebel ansetzten. Der Schweiß trat auf die Stirn, als er begann, den Stamm zu bewegen. Zentimeter um Zentimeter rutschte er weiter.

Wieder schlugen die Visionen durch. Sie zeigten, wie Nicole zum Rand des Ufers gebracht wurde.

Zamorra arbeitete noch fieberhafter. Er wußte, daß er zum zweiten Mal innerhalb weniger Stunden dabei war, sich vollkommen zu verausgaben. Ob ihm noch einmal jemand so helfen würde, wie es geschehen war, wagte er nicht einmal zu hoffen.

Plötzlich ruckte der Stamm und glitt von selbst weiter, gezerrt von der Strömung des Krokodilflusses.

Zamorra schob das Schwert mit einer schnellen Bewegung in die Scheide und hetzte hinter dem Baumstamm her. Er erreichte ihn gerade noch rechtzeitig, ehe er endgültig abrutschte.

Dann stand er balancierend auf dem Stamm, der sich im Fluß langsam um seiner Querachse drehen wollte, dann aber doch längs weitertrieb. Erneut packte die Vision zu.

Sie zeigte ihm, wie Nicole in hohem Bogen in den Fluß geschleudert wurde, so wie er es schon einmal durch Nocturno vorauserlebt hatte.

Zamorra stieß einen wilden, langanhaltenden Schrei aus.

Nicole erwachte aus ihrer Bewußtlosigkeit. Sie starrte genau in die kalten Augen der Witch.

»Es ist soweit«, sagte diese.

»Nein!« flüsterte Nicole entsetzt. »Nicht ... das könnt ihr nicht tun!«

Sie wurde hochgerissen. Entsetzt sah sie sich nach allen Seiten um. Doch es gab keine Hilfe mehr. Zamorra war zurückgeschlagen, irgendwohin, war fort. Und nun war der Augenblick des Todes gekommen.

Alle vier Krieger waren nötig, sie zum Steilufer zu schleppen. Die Dämonendiener verzichteten diesmal darauf, ihre Magie einzusetzen. Gefesselt von ihrem blutroten Gewand, schlug und trat Nicole um sich, so gut es ihr möglich war. Aber ihre Schläge und Tritte trafen selten.

Unten strömte der Krokodilfluß. Und die Krokodile äugten aufmerksam herüber.

Dann ging alles blitzschnell. Nicole fühlte sich vorwärtsgestoßen, schwebte sekundenlang frei in der Luft – und raste dann dem Wasser entgegen. Das kalte Wasser schlug über Nicole zusammen. Der Kälteschock wollte ihr die Luft aus den Lungen pressen, und fast gelang es auch. Aber dann reagierte sie wieder mit altgewohnter Schnelligkeit.

Sie befand sich jetzt in unmittelbarer Gefahr!

Während sie sank, begann Nicole, das rote Gewand endlich abzustreifen.

Das Wasser setzte ihren Bewegungen großen Widerstand entgegen, und ihr begann die Luft knapp zu werden. Ihr Schädel dröhnte, und alles in ihr schrie danach, Mund und Nase weit zu öffnen und nach Luft zu schappen.

Nur ein letzter Rest ihres Überlebenswillens schrie ihr noch zu, daß sie sich damit das Wasser gleich literweise in die Lunge pumpen würde.

Da war sie das verdammte Gewand los, und mit letzter Kraft stieß sie sich nach oben.

Am Flachufer erhoben sich ein paar Krokodile, gut zwanzig Meter lang jedes einzelne, und dabei fast nur aus Maul und Zähnen bestehend. Fünf dieser riesigen Panzerechsen watschelten auf das Wasser zu und klatschten hinein. Vom Ufer her ertönte Triumphgeschrei. Schamanen und Tempelkrieger verspotteten Zamorra, der zu spät erschienen war.

Die Strömung riß Nicole mit, aber da sie die Augen unter Wasser geöffnet hielt, sah sie auch die hellen Bäuche der Krokodile, die heranglitten.

Und einen riesigen Baumstamm – oder war das ein noch größeres Untier, der Großvater aller Krokodile?

Ihr Kopf tauchte durch die Wellen. Jetzt konnte sie Luft holen, und sie tat es, atmete, schluckte und prustete, während sie versuchte, sich über Wasser zu halten.

Ein wilder Schrei.

»Nicole!«

Ihr Kopf flog herum. Noch halb taub vom Wasser hatte sie den Ruf vernommen, und da sah sie den Baumstamm wieder, auf dem Zamorra balancierte.

Zamorra!

Sie schwamm ihm entgegen, aber ihre Kräfte ließen nach. Sie hatte sich zuviel abgefordert. Die Kälte des schnellen Wassers tat ein Übriges. Zamorra sprang!

Das Schwert in der Faust, hechtete er ins Wasser, Nicole und den Krokodilen entgegen, und er war schneller als sie.

»Auf den Stamm!« zischte er ihr im Vorbeischwimmen zu.

Sie stieß sich weiter vorwärts und vernahm einen Wutschrei, aber auch ein Schnappen, Grunzen und Wasserspritzen.

Als sie kurz den Kopf drehte, sah sie, wie Zamorra gegen das vorderste der Krokodile kämpfte.

Das riß den zahngespickten Rachen auf, schnappte nach Zamorra, und dann klappten die gräßlichen Kiefer zusammen!

Zamorras Training half ihm jetzt. Seine ständigen Kämpfe gegen die Mächte der Finsternis hielten ihn fit, und wenn er einmal Zeit hatte, sich in den Mauern von Château Montagne zu entspannen, trainierte er auch dort ständig in den speziell eingerichteten Räumen.

Dennoch war es mehr Glück als Verstand, daß er dem zuschnappenden Rachen entging.

Mit aller Kraft setzte er sich gegen das Krokodil zur Wehr, schwamm, tauchte und stieß immer wieder mit dem Schwert zu. Plötzlich färbte sich das Wasser. Er mußte den braungrünen Schuppenpanzer an einer Stelle durchstoßen haben.

Das Krokodil zuckte und fuhr herum. Es war fast unglaublich, wie schnell und elegant sich dieser plumpe Körper im Wasser bewegen konnte. Der Schwanz schleuderte Zamorra über die Wasseroberfläche – erfreulicherweise in Richtung auf den Baumstamm, der mit der Strömung trieb.

Da waren die anderen Bestien heran und stürzten sich zunächst auf das verwundete Krokodil. Das Blut lockte sie.

Mit kräftigen Schwimmstößen arbeitete sich Zamorra auf den Baumstamm zu. Der trieb rasch ab, aber die Strömung begünstigte auch Zamorra und Nicole.

Trotzdem hatte er sie erreicht, bevor sie am Baumstamm war. Woher er noch die Kraft nahm, wußte er selbst nicht. Er faßte zu, zog sie mit sich und erreichte dann den treibenden und sich langsam drehenden Stamm.

Er half ihr hinauf, kletterte dann hinter ihr her, bis sie beide auf dem Baumstamm saßen. Jetzt erst schienen die Schwarzen des ORTHOS oben am Steilufer zu begreifen, was geschehen war.

Die Hinrichtung hatte nicht stattgefunden! Zamorra hatte seine Nicole befreit!

Wutschreie erklangen. Und dann zuckte ein Gewitter aus grellweiß leuchtenden Energiefingern aus den Blastern der Tempelkrieger über sie hinweg.

Aber da waren sie schon um die nächste Flußbiegung herum und in relativer Sicherheit.

Sicherheit . . . wie trügerisch sie war, wußte kaum jemand besser als Zamorra und Nicole. Aber im Augenblick hatten sie Ruhe.

Zamorra schaffte es, den Stamm an das jenseitige Ufer zu lenken. Dann half er Nicole beim ›Umsteigen‹.

Sie hatten es geschafft, den Dämonendienern zu entgehen.

Schweigend standen sie sich dann gegenüber und sahen sich an. Der hochgewachsene, athletische Mann im silbernen Overall und mit den verwilderten Bartstoppeln, die zu stutzen er bislang keine Gelegenheit gehabt hatte – und das schöne, schlanke Mädchen, das lediglich mit Riemensandalen bekleidet war.

Ihr schien ihre Nacktheit im selben Moment aufzufallen, und sie sah an sich hinunter und schien sich auch an ihren alten Tick zu erinnern, der *Mode* hieß.

»Zamorra, Liebling . . . Ich habe nichts anzuziehen! Gibt es hier keine Boutique in der Nähe?«

Da lachte er, und in sein Lachen fiel sie ein, weil ihre Behauptung, nichts anzuziehen zu haben, selten so wahr gewesen war wie in diesem Augenblick! Unglaublich erleichternd war dieses Lachen, das beide so lange entbehrt hatten, und dann zog Zamorra Nicole an sich und umschloß sie mit den Armen, als wollte er sie niemals wieder loslassen. Ihre Lippen fanden sich zu einem brennenden Kuß.

Doch dies war nicht die Zeit für traute Zweisamkeit. Schneller als erwartet folgte das Erwachen – mit der Abruptheit, wie sie in dieser Welt üblich zu sein schien.

Gigantisch fiel ein Schatten über die beiden Liebenden, die sich wiedergefunden hatten, und als sie aufsahen, mußte sie die Köpfe weit in den Nacken legen. Hoch wie die Urwaldriesen ragte der Titan vor ihnen auf, der aus dem ORTHOS erschienen war, um das zu vollenden, was die Dämonendiener nicht geschafft hatten. Düster war seine riesige Gestalt, und Flammen umtänzelten und umzüngelten ihn, aber es war ein kaltes, dennoch tödliches Feuer.

Tödlich für Menschen!

Und Zamorra wußte, daß er mit dieser Schattenkreatur schon zu tun gehabt hatte. Es war einer der Vertrauten Asmodis', der zwischen den Welten pendeln konnte, wie es ihm beliebte. Einer der Erzdämonen.

PLUTON!

Nicoles Mund öffnete sich zu einem Schrei, aber sie blieb stumm. Das blanke Entsetzen stand in ihren Augen, als der Gigant die Arme hochriß, um mit den Fäusten zuzuschlagen.

Und Zamorra wußte, daß jetzt ein Wunder geschehen mußte, wenn sie noch einmal davonkommen wollten . . .

Plutons Fäuste fuhren pfeifend und zischend herab!

Kapitel 69

Kerr hörte das schrille Pfeifen von Ratten; Byanca schien es nicht wahrzunehmen. Sie brütete dumpf vor sich hin und wollte nicht begreifen, daß Damons Herz bei ihrem Anblick nicht erneut entflammt war.

Kerr hütete sich, irgend etwas zu sagen. Byanca litt unter Liebeskummer, und ein falsches Wort konnte alles nur noch verschlimmern. Und war in dieser Hinsicht nicht jede Bemerkung über das Dämonische in Damon ein falsches Wort?

Man hatte sie in ein *Loch* geworfen. Eine treffendere Bezeichnung für den drei mal drei Meter durchmessenden, kreisrunden Raum fand Kerr nicht. Gefesselt hatte man sie nicht, ihnen aber auch nichts mitgegeben, um sich der Ratten zu erwehren. Noch waren sie nicht aufgetaucht, aber Kerr sah im dämmrigen Fackelschein die dunklen Löcher, aus denen sie bald schlüpfen würden.

Die Fackel blakte und rußte; Helligkeit lieferte sie kaum.

Es gab auch keine Tür. Direkt hinter ihnen hatte sich das Mauerwerk geschlossen, durch das sie gestoßen worden waren. Von innen war es undurchdringlich, und wenn die Dämonen es wollten, konnten sie ihre beiden Gefangenen hier verhungern lassen.

»Damon . . .«

Byanca hatte es geflüstert und ließ ihren Tränen freien Lauf. »Warum will er mich nicht verstehen?«

Kerr schwieg noch immer, aber er hörte, daß sich die Ratten näherten. Seine Pistole, mit der er wenigstens ein paar der Biester hätte niederstrecken können, war das erste gewesen, das man ihm abgenommen hatte. Uhr, Notizbuch, Nagelschere und ähnliche Utensilien besaß er ebenfalls nicht mehr.

»Das Schwert«, flüsterte Byanca plötzlich.

Jetzt horchte Kerr doch auf. »Was für ein Schwert?«

»Damons Schwert!« stieß Byanca hervor. »Es gibt zwei Dhyarra-Schwerter: meins und seins! Aus meinem, das in der Mardhin-Grotte ruht, brach er den Dhyarra-Kristall und herrscht nun mit ihm, aber sein eigenes Schwert muß irgendwo noch unversehrt sein.«

»Wo?« fragte Kerr interessiert. Seine Gedanken flossen wieder rascher. Neue Möglichkeiten zeichneten sich ab – wenn sie aus diesem verdammten Verlies in Caerdamon wieder herauskamen!

»Ich weiß es nicht«, sagte sie. »Ich weiß nicht einmal, aus welchem Grund es nicht in der Mardhin-Grotte aufbewahrt wurde wie mein Schwert.«

Die Frage konnte Kerr ihr auch nicht beantworten, stellte aber selbst eine: »Ist Damon mit diesem Schwert zu besiegen?«

Wie ein Pistolenschuß erfolgte ihr Ja, dann aber schüttelte sie wiederum ihren Kopf. »Nein! Er darf nicht sterben! Kristall und Kristall können zueinander finden, wenn es unseren Herzen nicht gelingt ...«

Sie hoffte und liebte noch immer!

Sie glaubte noch immer an das Gute in dem Dämon!

»Kerr«, hauchte sie wie aus weiter Ferne. »Du mußt es tun. Finde das Schwert!«

Kerr schüttelte den Kopf und brummte: »Du hast einen reichlich skurrilen Humor, liebe Byanca. Wie soll ich auf die Suche gehen, wenn ich hier in diesem Loch festsitze?«

»Aber du sitzt doch gar nicht fest«, eröffnete sie ihm.

Er starrte sie an wie eine Irre. »Nicht fest? Du redest im Wahn!«

Sie lächelte müde.

»Du unterschätzt mich, Kerr«, sagte sie. »Meine Macht ist größer, als du ahnst. Nichts in Caerdamon kann mich halten, denn ich bin so stark wie Damon. Was er an Barrikaden errichten kann, kann ich niederreißen!«

Er sprang auf. Aus schockgrünen Druidenaugen funkelte er sie an. »Und warum sitzen wir dann hier? Warum hast du deine Kraft nicht gegen Damon eingesetzt? Wir könnten das Problem längst erledigt haben!«

»Weil ich nicht *gegen ihn* kämpfen will« entgegnete sie ruhig. »Ich liebe ihn doch, wie könnte ich ihm da schaden wollen?«

»Weib!« zischte der Druide Kerr. »Rätselhaft und unbegreiflich vom Beginn der Welten bis zu ihrem Ende! Du Närrin!«

Das brachte sie auch nicht aus der Ruhe.

»Ich werde dich aus dem Verlies senden«, sagte sie.

»Und du?«

»Selbstverständlich bleibe ich hier und warte auf Damon«, erwiderte sie mit Nachdruck. »Versuche erst gar nicht, mich umstimmen zu wollen. Du hast deine Aufgabe: Finde das Schwert!«

»Und dann?« fragte er.

Aber es gab niemanden mehr, der ihm darauf antworten konnte.

Von einem Moment zum anderen stand er auf einer Bergwiese, und dicht vor ihm ragte aus der Nacht die Karosserie seines Wagens auf. Blitzartig hatte Byanca gehandelt und mit ihren Para-Kräften Damons Schranken niedergerissen, um Kerr aus der Dämonenburg hinauszubefördern.

Byanca war freiwillig zurückgeblieben.

War sie denn blind? Spürte sie nicht, daß auch der letzte Funken Menschlichkeit in Damon erloschen war?

Oder etwa doch noch nicht?

Und dann hämmerte ihr Auftrag wieder hinter seiner Stirn:

Finde das Schwert!

»Alles schön und gut«, murmelte der Halbdruide im Selbstgespräch. »Aber wo, bei Merlins hohlem Backenzahn, soll ich das Ding suchen?«

Wer sucht, der wird finden, steht schon seit ewigen Zeiten im Buch der Bücher, aber da gibt es auch keine Anleitung, wo die Suche begonnen werden soll.

Über ihm glitzerten die Sterne. Die dräuenden Gewitterwolken hatten sich verzogen, und jetzt stand er im nassen Gras der Wiese. Weit hinter ihm rauschte der Clothi mit seiner geborstenen Brücke, die ihnen auf dem Hinweg zur Burg um ein Haar zum Verhängnis geworden wäre, als die Vampire angriffen. Jetzt gab es keinen direkten Weg mehr zur Burg.

Kerr schloß den blauen Vauxhall Chevalier auf und verwünschte sich wieder einmal, den ihm vertrauten Wagen für diesen Trip genommen zu haben, statt ein Geländefahrzeug zu mieten. Aber nun mußte er sehen, wie er den Wagen auf dem schmalen Pfad, rechts und links vom Regen aufgeweichtes Land, wendete, ohne steckenzubleiben.

Dabei befürchtete er sogar, daß die Maschine nicht ansprang, weil ein Dämon daran gedreht hatte. Aber der Zweilitermotor kam sofort. Die Scheinwerfer flammten auf. Kerr schaltete die Nebelleuchten ein, weil sie den Boden direkt vor dem Fahrzeug noch besser ausleuchteten, und begann dann mit seinem Wendemanöver.

Ein paarmal drehten die Räder im Schlamm durch, weil er vom schmalen Pfad herunter mußte, aber dann bekam er den Wagen doch wieder aus dem Dreck, ohne ihn schieben zu müssen, und atmete erleichtert auf, als er wieder in Fahrtrichtung stand. Er sah auf die Uhr.

In einer halben Stunde ging die Sonne auf.

Aber obgleich er eine hektische Nacht hinter sich hatte, die an Anstrengungen alles von ihm gefordert hatte, fühlte er sich nicht sonderlich müde.

Langsam steuerte er den Wagen wieder in die Zivilisation zurück und mußte dabei an Byanca denken, die im Verlies zurückgeblieben war.

Freiwillig.

Und die Ungewißheit blieb, zu welchem Zeitpunkt Damon seine Drohung ausführen würde, sie zu töten. Denn darüber hatte er nichts gesagt.

Kerr mußte das Schwert vorher finden.

Aber wo befand es sich?

Als Kerr Carmarthen wieder erreichte, war es bereits hell, aber immer noch sündhaft früh. Sein Versteckspiel im Untergrund war vorbei. Er war sich sicher, daß Damons Schergen genau wußten, wo er sich jetzt zu jeder Tages- und Nachtzeit aufhielt. Denn der neue Fürst der Finsternis wäre der Dämlichsten einer gewesen, wenn er nicht auf gewisse Sicherheitsvorkehrungen geachtet hätte.

Er *mußte* Byancas Stärke kennen, und er mußte demzufolge auch wissen, daß sie in der Lage war, mit ihrem Para-Können sich oder Kerr oder beide aus der Burg zu befreien.

Kerr war sicher, daß er eine deutliche Spur hinterließ, daß ihm in Caerdamon etwas angehext worden war, das diese Spur erzeugte, über die die Schwarzblütigen ihn jederzeit wiederfinden konnten. Nur war er selbst nicht in der Lage, diese Spur zu erkennen und zu zerstören. Dazu reichten seine untrainierten Druidenkräfte nicht aus.

Er stoppte den Wagen vor dem Wachgebäude der Carmarthener Polizeistation. Trotz der frühen Morgenstunde war Rob Mullon, Chef der Mordkommission, anwesend. Er saß hinter seinem mächtigen Schreibtisch und sichtete Akten.

»So früh, Mullon? Sind Sie ein Workaholic, oder konnten Sie nicht schlafen?« begrüßte Kerr ihn.

Mullon starrte ihn an wie ein Gespenst. »Kerr, Sie?«

Kerr ließ sich auf einen Stuhl fallen und streckte die Beine aus. »Ich wollte ein wenig Atem holen. Mit was befassen Sie sich denn da?«

Mullon klappte den Schnellhefter zu. »Unsere berühmten Fälle, immer noch! Ich versuche, den roten Faden zu beschreiben – sichtbar ist er ja, aber wenn das alles so niedergeschrieben wird, wie es war, bin ich der erste, der in der Klapsmühle landet!«

Kerr winkte ab. »Sie wissen doch, daß Sie nichts mehr damit zu tun haben, weil ich den Fall übernommen habe, und Sir James, der für solche Dinge im Yard zuständige Superintendent, kennt dergleichen.«

»Und was haben Sie vor? Wollen Sie Damons Burg ausräuchern?«

»Das weniger«, brummte Kerr. »Von da komme ich gerade.« Mit wenigen Worten umriß er die Geschehnisse in der dämonischen Burg. »Und jetzt werde ich durchstarten nach Cwm Duad und dann den berühmten Berg hinauf.«

»Dahin, wo die beiden Franzosen verschwunden sind?«

»Richtig«, Kerr nickte. »Und wo Merlins Burg steht.«

Obgleich Waliser, glaubte Mullon nicht an die Existenz der Festung des alten Zauberers, und das drückte er auch aus.

Kerr lächelte.

»Ich bin sicher, daß Professor Zamorra, der Verschollene, Merlins Burg gefunden hat, und meine Para-Fähigkeiten sind stärker. Ich muß dorthin. Ich glaube, daß dort der Schlüssel zu allem liegt.«

Mullon konnte nur mit den Schultern zucken. Was sollte er schließlich auch tun?

Inspektor Kerr hatte einen Plan gefaßt!

Fünftes Buch

DIE DÄMONENFÜRSTEN

Kapitel 70

In der anderen Welt, durch Raum und Zeit getrennt, begann in dieser Stunde ein Kampf um Leben und Tod.

Plutons Fäuste schmetterten herab wie Thors Hammer!

Zamorra wirbelte zur Seite, überschlug sich und rollte sich zweimal herum. Die Dämonenfäuste schmetterten dort in den Sand, wo er sich gerade noch befunden hatte. Seltsamerweise sprühten sogar Funken auf, aber Zamorra nahm es nur unbewußt wahr. Er kam wieder auf die Beine und riß das lange Schwert aus der Scheide.

Jetzt endlich löste sich auch Nicole aus ihrer Starre. Sie sprang rückwärts zwischen Baumstämme. An dieser Stelle trat der dschungelähnliche Wald bis dicht an den Fluß, und auf dem schmalen Uferstreifen hatten sie sich ausgeruht.

»Grooooaaaaarrr!«

Der Dämon richtete sich wieder auf. Die kalten Flammen züngelten dort auf, wo seine Fäuste breite Mulden im Boden hinterlassen hatten, und bewegten sich wie suchend.

Zamorra wußte, daß der Dämon seine Größe verändern konnte. Möglicherweise konnte er noch weiter anwachsen.

»Zur Hölle sollst du fahren«, murmelte Zamorra.

Der Dämon lachte grollend. »Menschlein!« brüllte er. »Glaubst du, mir entkommen zu können?«

Zamorra warf einen schnellen Blick zur Seite. Zwischen den Bäumen, die weit auseinanderstanden, zwischen dem niedrigen Strauchwerk, schimmerte der helle Körper Nicoles. Sie hob einen Arm.

»Das Amulett!« rief sie. »Das FLAMMENSCHWERT!«

Es durchfuhr Zamorra siedendheiß. Mit dem FLAMMENSCHWERT hätten sie eine Chance gegen den Dämon gehabt, selbst das Amulett allein hätte bereits ausgereicht.

»Ich habe es nicht!« schrie er ihr zu. »Es ist in unsrer Welt zurückgeblieben, als wir hierher versetzt wurden . . .«

Sie erstarrte.

Der Dämon lachte wieder brüllend. »Das ist dein Ende, Zamorra!« schrie er. Sein Oberkörper neigte sich, raste mit der Geschwindigkeit eines gefällten Baumriesen herab, noch schneller aber waren seine vorgestreckten Arme und Fäuste.

Zamorra ließ das Schwert wirbeln.

Als es mit den kalten Flammen in Berührung geriet, sprühten Funken auf. Grelles Leuchten zuckte durch die Nacht. Aber Zamorras Schwertarm wurde zur Seite gehebelt. Die breite Faust, so groß wie eine Schubkarre, traf ihn vor die Brust und schleuderte ihn zu Boden. Lediglich die Magie des Silberanzugs verhinderte, daß Zamorras Rippen zertrümmert wurden. Dennoch nahm ihm der Schmerz fast die Besinnung. Er konnte mit letzter Anstrengung verhindern, daß das Schwert seiner Hand entfiel.

Pluton richtete sich wieder auf. Kalte, blaue Flammen tänzelten über den Silberanzug, suchten nach einer durchlässigen Stelle. Zamorra keuchte entsetzt. Er wußte, daß die Flammen ihn verzehren würden, sobald sie eine freiliegende Stelle erreichten. Das schien auch Pluton zu wissen, denn er kümmerte sich nicht weiter um Zamorra, sondern sah sich nach Nicole um.

»Lauf!« keuchte der Parapsychologe. »Lauf schnell! Nici . . .«

Doch sie war wie gelähmt.

Warum flieht sie nicht? schrie es in Zamorra. Die blauen Flammen wanderten über seinen Körper. Er begann sich über den Boden zu rollen, um sie zu löschen, doch es wollte ihm nicht gelingen.

Hilf, Himmel! Durfte es denn sein, daß dieser Dämon ihn bezwang?

Pluton stampfte auf Nicole zu. Da endlich begriff sie, daß sie jetzt in höchster Gefahr war. Denn sie hatte diesen schützenden Anzug nicht, im Gegenteil! Sie war noch immer bis auf die Schnürsandalen nackt! Nackt und höchst verletzlich!

Sie warf sich herum, versuchte zu entkommen, lief blindlings tiefer in den Wald hinein, obgleich sie wissen mußte, daß es dort von gefährlichen Raubtieren und Ungeheuern wimmelte.

Pluton folgte ihr. Ein Fausthieb fällte einen mannsdicken Urwaldriesen. Dämonenbeine stampften Buschwerk, Sträucher und Jung-Bäume nieder, und dann sah Zamorra, wie sich der flammenumloderte Dämon bückte und zupackte. Und er hörte Nicoles entsetzten, schrillen Schrei.

Das magische Feuer! durchfuhr es ihn.

»Nein!« schrie er. »Nicht . . .«

Im selben Augenblick hatten die blauen Flammen das Halsstück seines Silberanzugs erreicht, das kragenlos war, dabei aber so aussah, als könnte man einen Raumfahrerhelm daraufsetzen.

Und das Flämmchen wollte nach Zamorras ungeschützter Haut lecken.

Drei Schamanen am Abriß des Steilufers, eine beachtliche Strecke von Zamorra und Nicole entfernt, nickten sich schweigend zu, und nur einer der beiden anderen Dämonendiener, der Hexer, wagte zu sagen: »Nun geht es ihnen doch noch an den Kragen!«

Vier Tempelkrieger, die mit den Strahlwaffen die Fliehenden nicht mehr hatten stoppen können, lauschten nur, weil sie nicht in der Lage waren, das andere zu erspüren, das sich in einiger Entfernung abspielte.

Aber die magisch Begabten nahmen es wahr, und die drei Schamanen fühlten sich dabei mehr als unbehaglich, weil es ihr Auftrag gewesen war, die Tempeldienerin Nicole den Krokodilen zu opfern. Durch Zamorras Auftauchen hatten sie versagt, und jetzt war einer der Schwarzblütigen plötzlich aufgetaucht, um das Werk zu vollenden.

Ein Dämon tat die Arbeit, die eigentlich seinen menschlichen Dienern vorbehalten blieb, und die drei begannen zu ahnen, daß ihre Rückkehr nach Aronyx alles andere als ein Triumphzug werden würde.

Trotzdem gaben sie den Befehl zum Aufbruch.

Sie ließen sich wieder sitzend auf dem Teppich nieder, hinter ihnen standen Witch und Hexer, und an den vier Ecken des Teppichs kauerten die Krieger.

Erschütterungsfrei hob der Teppich ab, eine etwas nachgebende Fläche, die aber trotzdem ihre Last trug. Fliegend strebte der Teppich der Hauptstadt von Grex zu – dem Tempel der Dämonen entgegen.

Was Zamorra auf die verrückte Idee gebracht hatte, wußte er hinterher selbst nicht mehr. Aber instinktiv tat er das Richtige.

Er ging auf die Knie nieder, preßte das Griffstück des Schwertes gegen seinen Hals und die Spitze in den Boden!

Im selben Moment erfolgte die magische Erdung.

Grell blitzte es auf. Vor Zamorras Augen schien die Welt in unerträglicher Helligkeit auseinanderzufliegen, und der Helligkeit folgte intensive Schwärze, aber in der zeichneten sich Konturen ab.

Die Blendung war nicht vollkommen! Im Schwarzen sah er wie auf einer Strichzeichnung seine Umgebung.

Das bläuliche kalte Feuer Plutons war von seinem Anzug verschwunden.

Mit der linken Hand tastete Zamorra nach seinen Augen und wunderte sich, daß er trotz der Blendung keine Tränen fühlen konnte. Und wie schnell sein Sehvermögen zurückkehrte! Aus dem Schwarz wurde ein verwaschenes Grau, das dem normalen Dunkel der einbrechenden Dämmerung wich.

Er konnte wieder sehen, nur ein paar Sekunden nach der Blendung! Die Verbindung Schwert-Anzug-Erde hatte das Dämonenfeuer gelöscht, und jetzt schöpfte Zamorra wieder Hoffnung.

Nur für sich!

Nicoles Schrei klang ihm jetzt noch in den Ohren, schlimmer aber war die Stille, die diesem Schrei gefolgt war.

Zamorra hob das Schwert. Zehn Meter tief im Wald, zwischen umgeknickten Bäumen, stand jetzt Pluton, der Dämonen-Riese, Nicole in seinen Händen.

Zamorra glaubte seinen Augen nicht zu trauen.

Kein blaues Leuchten, das sie verbrennen wollte?

Und sie rührte sich nicht! War sie etwa schon tot, erdrückt in den Fäusten des Riesen?

»Warte, Freundchen«, keuchte Zamorra. »Und wenn ich dich bis in den tiefsten Winkel der Hölle verfolgen muß . . .«

Aber Pluton schwieg. Der Dämon versuchte nicht, Zamorra zu verhöhnen, seine eigene Stärke herauszustreichen, doch er reckte die Arme mit Nicole empor, als wolle er das Mädchen zerschmettern.

Sah er Zamorra nicht?

Der stürmte jetzt auf Pluton zu! Hatte ihn erreicht, schrie eine Zauberformel und hoffte dabei, daß es die richtige war! Er war nicht nur *der* Welt-Experte für Parapsychologie, sondern hatte sich auch mit der Magie an sich befaßt, deren bloße Erwähnung normalerweise auch für Parapsychologen noch ein Reizwort ist. Doch er war kein Magier und sein Wissen nicht umfassend.

Würde die Formel wirken?

Das Schwert wirbelte durch die Luft!

Und die Formel wirkte! Zamorra spürte, wie das Schwert in seiner Hand schneller und schärfer wurde, und dann hieb er es gegen eines der Beine des Ungeheuers.

Schlug eine Sehne durch!

Wie ein Irrer brüllte jetzt der Dämon auf, der im lädierten Knie einknickte, nach vorn kippte und noch im Sturz versuchte, Zamorra unter sich zu begraben. Der sprang rückwärts, kam über eine Baumwurzel zu Fall und stieß dem Dämon die Klinge entgegen, doch die wurde von der Panzerhaut zur Seite geschmettert. Die Magie-Formel hatte nur einmal gewirkt.

Knapp neben Zamorra krachte die rechte Schulter des Titanen zu Boden. Pluton spie blaue Flammen, doch diesmal verfehlten sie Zamorra, der seine Zauberformel wiederholte und das Schwert gegen die beiden Fäuste führte, die Nicole hielten.

Brüllend ließ Pluton sie los, während schwarzes Blut aus den Wunden strömte. Dämonenblut, das wie stärkste Säure wirkte und Pflanzen und Erdreich aufdampfen ließ.

Zamorra sprang zu Nicole, die sich immer noch nicht bewegte, packte zu und riß sie aus dem Säure-Brodeln. Da endlich kam wieder Leben in sie, und aus weit aufgerissenen Augen starrte sie ihn an und stammelte irgend etwas, das er nicht verstehen konnte.

»Zum Fluß!« schrie er, wieder aus einer Eingebung heraus, und zog sie mit sich. Jetzt begann sie sich von selbst wieder zu bewegen und hielt sein Tempo mit.

Hinaus aus dem Dschungel über die schmale Sandfläche des Ufers!

Hinter ihnen brüllte Pluton, der Dämon. Als Zamorra den Kopf wandte, sah er, daß das Ungeheuer sich wieder erhoben hatte und auch kein Dämonenblut mehr verströmte. Die Wunden hatten sich geschlossen.

Pluton nahm die Verfolgung auf.

Wenn er uns nur nicht sein verdammtes Feuer in den Nacken bläst, ehe wir in Sicherheit sind! durchfuhr es Zamorra.

Er konnte Pluton nicht besiegen – jetzt nicht! Seine Kenntnisse der Weißen Magie waren nicht gut genug, einen der Erzdämonen auszuschalten, und er besaß keine magischen Hilfsmittel. Sein Amulett war so fern wie nie zuvor, aber ganz nah war der Dämon, der nur einen Schritt zu tun brauchte, wo bei den Menschen fünf bis sechs Schritte nötig waren.

Pluton holte auf!

Und da lag der angschwemmte Baumstamm, auf dem sie vor den Schwarzen des ORTHOS geflohen waren.

»Rauf . . .!«

Aber Nicole dachte nicht daran, auf den Stamm zu springen, sondern faßte mit zu, um ihn blitzschnell ins Wasser zu bringen. Die Kraft dazu hatte Zamorra ihr nie zugetraut, obgleich er sie doch nun schon so lange kannte, und ihm selbst trat der Schweiß aus allen Poren, als er zupackte und den Stamm anschob. Er kam frei.

Jetzt sprang Nicole auf, und dann auch Zamorra! Kurz schwankte er, drohte auf dem feuchten Rindenschlamm auszurutschen, aber mit beiden Armen balancierend, hielt er das Gleichgewicht.

Die Strömung packte zu und riß den Stamm mit den beiden Menschen vorwärts.

Da war Pluton heran, und in Zamorras Gesicht flog das Entsetzen, als er sah, wie der Herr des Feuers vor dem Wasser nicht zurückschreckte.

Er stürmte in den Fluß!

Zamorra holte tief Luft. Seine Rechnung ging nicht auf. Und damit hatten sie keine Chance mehr!

Kapitel 71

In den frühen Morgenstunden des neuen Tages war Inspektor Kerr von Carmarthen aus auf dem Weg nach Cwm Duad. In Merlin, dem gerissensten aller Zauberer, sah er die einzige Chance, seinen Auftrag zu erfüllen.

Sowohl Damon als auch Byanca hatten unter Merlins Obhut in der kristallenen Mardhin-Grotte gelegen, und dort befand sich auch Byancas Schwert, das wie weiland *Excalibur* im Fels steckte und nun ohne seinen Dhyarra-Kristall war.

Merlin mußte wissen, wo sich das zweite Schwert befand, das *Schwert der Dämonen*, das einst Damon gehört hatte.

Aber zunächst einmal mußte er Merlin finden, von dem er nur wußte, daß seine Burg Caermardhin auf dem Berggipfel nahe des Dorfes Cwm Duad stand, sie aber unsichtbar und unerreichbar war. Wenn Merlin nicht gefunden werden wollte, war jeder Versuch, zu ihm zu gelangen, zwecklos. Merlin holte Leute, von denen er etwas wollte, zu sich und war ansonsten unerreichbar.

Dennoch wollte Kerr es versuchen. Merlin durfte es einfach nicht gleichgültig sein, was geschah.

Doch eine dumpfe Ahnung stieg in Kerr auf, eine Befürchtung: Was, wenn es Merlin *doch* gleichgültig war? Oder – schlimmer noch, wenn Merlin diese Angelegenheiten beschleunigte, wenn er dafür gesorgt hatte, daß Professor Zamorra aus der Welt verschwand, um Damon freie Hand zu lassen?

Hatte es nicht in den alten Schriften schon immer geheißen, daß Merlin, der Zauberer, in Wirklichkeit ein Kind des Teufels war?

Vor Kerr tauchten die ersten Häuser von Cwm Duad auf.

Im Dorf hielt er nur einmal kurz an, stieg aus und sah am Berghang hinauf. Oben auf dem Gipfel vermeinte er etwas zu erkennen, doch als er näher hinsah, verschwand es sofort.

Es hieß, daß Merlins Burg sich immer dann den Menschen im Dorf zeigte, wenn große Gefahr drohte. Rob Mullons Polizeiprotokoll verzeichnete die Aussage einiger Einheimischer, daß sie auf dem Berggipfel die Burg stehen sahen. Kerr wußte also, daß er sich an der richtigen Stelle aufhielt.

Der Inspektor stieg wieder in den Wagen. Er wußte, daß man eine weite Strecke den Berg hinauf auch mit dem Auto fahren konnte, und er wollte eine möglichst große Strecke so schnell wie möglich zurücklegen. Er fuhr wieder an und nahm den Weg aus dem Dorf hinaus, den sanft und später immer steiler ansteigenden Hang hinauf. Noch waren rechts und links grüne Wiesen, hier und da von Hecken durchzogen, aber der Hochwald, der den Berg hinaufwuchs und weiter oben wieder niedriger und spärlicher wurde, kündigte sich bereits an.

Nur ein paar Leute, die zufällig auf der Straße waren, sahen dem blauen Vauxhall erstaunt nach, weil es in letzter Zeit immer häufiger passierte, daß Fremde oder Polizisten sich für den Berg und die Burg interessierten.

Und jetzt fuhr wieder einer den Berg hinauf, und die Beobachter fragten sich, ob der auch nie zurückkehren würde.

Kerr wußte es selbst nicht.

Kapitel 72

»Das hattest du vor?« fragte Nicole, die auf dem Vorderteil nahe der zertrümmerten und nur noch teilweise vorhandenen Baumkrone kauerte.

Zamorra starrte nur den Dämon an.

Im ersten Moment geschah nichts, außer daß er den beiden Verfolgten rasch näher rückte und mit seinen mächtigen Schritten das Wasser in Aufruhr brachte. Aber dann stiegen Dampf-Fontänen auf.

Das Wasser rings um Pluton begann zu brodeln und Blasen zu werfen. Nebel stieg auf, Dampf. Das Wasser kochte, heizte sich in Sekundenschnelle auf. Pluton brüllte eine Verwünschung. Er begriff jetzt, was geschah.

Zamorra erlaubte sich ein spöttisches Grinsen. »Physikunterricht, erste Lektion«, sagte er. »Feuer und Wasser ergeben Dampf. Hiermit experimentell bewiesen.«

Wider Willen huschte ein Lächeln auch über Nicoles Gesicht, als Pluton jetzt in Ufernähe stehenblieb, ein Riese, der mehr und mehr von einer Dampfwolke eingehüllt wurde.

»Warte!« brüllte er. Aus dem Nebel stieß eine Faust hervor. Bläuliche Feuerzungen leckten nach den Fliehenden, wuchsen und wurden zu peitschenden, grellen Strahlenfingern. Wo sie das Wasser trafen, zischte abermals Dampf empor, begann die Oberfläche zu brodeln.

Nicole stöhnte auf.

Zamorra balancierte zu ihr. »Er trifft uns nicht«, murmelte er beruhigend. »Solange er im Fluß bleibt, steigt Dampf auf, der ihm die Sicht nimmt. Es müßte schon mit dem Teufel zugehen, wenn er uns träfe . . .«

Es ging mit dem Teufel zu.

Genau zwischen ihnen zuckte ein blauer Blitz hindurch und erfaßte einen der hochragenden Äste. Sofort begann es zu knistern und zu prasseln, und der schon weit zurückgebliebene Dämon schrie triumphierend auf.

Nicole sprang hoch und wäre fast ins Wasser gestürzt. Zamorra sah, wie der Dämon in seiner Dampfwolke zurück ans Ufer stieg.

»Jetzt wird's ernst«, murmelte er. »Er will uns noch besser treffen, und dieser brennende Ast wird zum Richtungsweiser.«

Das helle blaue Feuer leuchtete in der rasch hereinbrechenden Nacht und verriet den schwimmenden Baumstamm schon auf weite Entfernung.

Zamorra umfaßte Nicoles schlanke Taille, schob sich an ihr vorbei und zog dann das Schwert. Auf dem meterdicken Stamm, der zu einem Drittel aus dem Wasser ragte, blancierend, holte er aus und ließ die Klinge dicht am Stamm gegen den brennenden Ast sausen, immer wieder und wieder, während sich das Feuer über die trockenen Zweige tastete, sie verzehrte und dem Stamm immer näher kam.

»Der Dämon . . .«, keuchte Nicole.

»Was tut er?« fragte Zamorra und nahm sich nicht die Zeit, sich umzudrehen. Er mußte diesen brennenden Ast so schnell wie möglich kappen.

»Er hat das Ufer betreten. Der Nebel schwindet. Ich sehe ihn jetzt ganz deutlich. Er leuchtet, und jetzt beginnt er zu laufen.«

»Am Ufer?« stieß Zamorra hervor und hackte den Ast ab. Er verschwand im aufzischenden Wasser.

»Ja . . . er holt wieder auf.«

Hinter ihnen blieb das blaue Feuer zurück. Ein Dampfvorhang baute sich wieder auf. Mit unverminderter Geschwindigkeit schoß der alte Baumstamm flußabwärts.

Eine Biegung . . .

Und ein dunkles Loch!

Hoch ragte das Ufer immer noch auf der rechten Seite auf, und in ihm gähnte eine Höhle. Im Mondlicht spiegelte sich Wasser, das den Höhlenboden bedeckte.

Das hineinströmte!

»Ein unterirdischer Seitenarm!« stieß Zamorra hervor. »Da müssen wir hinein!«

»Aber wie?«

Die Frage war berechtigt. Sie konnten ihren Stamm nicht lenken. Das Schwert als Ruder war ein schlechter Witz.

Und Pluton stürmte wieder heran.

»Schwimmen!«

Nicole sah ihn an, als sei er gerade verrückt geworden. In der Dunkelheit leuchteten ihre Augen seltsam. Die goldenen Tüpfelchen darin, die sich bei Erregung vergrößerten und an denen Zamorra sich im Normalfall nie sattsehen konnte, spiegelten das Mondlicht wider. »Im Dunkeln und in einer Höhle, die wir nicht kennen?«

»Besser, als von Pluton verbrannt zu werden!« stieß der Meister des Übersinnlichen hervor. Das Schwert, das er noch in der Hand gehalten hatte, glitt wieder in die Scheide. Dann faßte er nach Nicoles Schultern.

»Komm, schnell! Wir müssen springen . . .«

Da war Pluton heran. Der verbrennende Ast mit seinen Nebelschwaden bot keinen Sichtschutz mehr. Aber Pluton blieb jetzt am Ufer stehen, und im Feuer, das ihn umwaberte, sah Zamorra, was er in der Hand hielt.

Einen Dhyarra-Kristall.

Und im selben Moment, als er sich mit Nicole in die Fluten stürzen wollte, schlug Pluton ein letztes Mal zu.

Es war, als wolle etwas Zamorra zerreißen, und gleichzeitig hörte der Baumstamm unter ihnen auf zu existieren. Ein paar tausend Splitter flogen feuersprühend nach allen Seiten auseinander, und im Wasser bildete sich jäh ein tiefes Loch. Schaumgekrönte Wellen kreisten blitzschnell nach allen Seiten auseinander, und gemeinsam mit Nicole stürzte er in dieses Wasserloch. Eine Glutwelle schien über ihn hinwegzustreichen.

Er begriff, was geschehen war.

Pluton hatte über seinen Dhyarra-Kristall den Baumstamm gezündet und zu einer kleinen Bombe gemacht. Woran es lag, daß Zamorra und Nicole nicht in Mitleidenschaft gezogen wurden, konnte er nur vermuten. Vielleicht hatte der Dämon auf den Stamm, nicht auf sie gezielt, vielleicht hatte er den Kristall aber auch nur auf ein bestimmtes Material gerichtet – eben Holz.

Jetzt schlugen die Fluten über ihren Köpfen zusammen.

Sie tauchten unter, und Zamorra schluckte einen halben Liter Wasser, bis er sich selbst gefangen hatte. Nicole entglitt seinem Griff, und er sah, wie sie nach oben strebte, zur brodelnden Oberfläche. Aber diesmal kochte das Wasser nicht, war nur in Aufruhr geraten durch den Druck des explodierenden Baumes.

Zamorra stieß sich ebenfalls empor und tauchte direkt neben Nicole auf, die sich heftig schüttelte, Wasser ausspie und in Panik um sich schlug.

»Luft holen und tauchen!« fauchte er sie an.

Das Wissen, daß sie ihm in jeder Situation grenzenlos vertrauen konnte, überwand die aufkommende Panik. Sie sog die Luft mit aufgerissenem Mund in sich hinein und verschwand wieder unter Wasser. Auch Zamorra schöpfte Atem und ging wieder auf Tauchstation.

Er schwamm mit offenen Augen. Im diffusen Dunkel des nächtlichen Wassers sah er einen hellen Körper neben sich und tastete danach: Nicole. Er zog sie in die Richtung, in der er die Höhle vermutete. Verzerrt drang dumpfes Dröhnen an seine Ohren, und er nahm an, daß es das Brüllen des Dämons war.

Die Luft wurde ihm knapp. Er löste den Griff um Nicoles Hand, kam vorsichtig nach oben und pumpte erneut Luft in seine Lungen. Nicole war eine bessere Taucherin als er, wie er wußte, aber fast gleichzeitig mit ihm tauchte auch ihr heller Schopf aus dem Wasser auf.

»Sofort wieder runter«, zischte er ihr zu. Er hatte den Dämon gesehen, der am Ufer stand und über den Fluß sah; offenbar wollte er sich vergewissern, daß die beiden Gesuchten die Explosion nicht überstanden hatten.

Sie tauchten wieder. Zamorra hoffte, daß der Dämon nicht in der Lage war, ihre geistigen Ausstrahlungen unter Wasser wahrzunehmen.

Irgend etwas trieb vor ihnen im dunklen Wasser.

Noch einmal tauchten sie auf, und da waren sie schon dicht an der Höhlenöffnung, in die Flußwasser mit hoher Geschwindigkeit einströmte. Und in diesem Moment entdeckte Pluton sie noch einmal.

Wieder zuckten Blitze durch die Luft, tasteten über das Wasser und ließen es aufdampfen. Doch die blauen Feuerblitze konnten sie nicht mehr erreichen, während sie in die Höhle hineintauchten.

Dann schwammen sie in der Finsternis.

»Ich glaube, wir haben es geschafft«, flüsterte Nicole, legte sich auf den Rücken und ließ sich von der Strömung treiben.

Zamorra nickte.

»Ein unterirdischer Flußlauf«, sagte er. »Vorläufig sind wir sicher.«

»Aber wo werden wir ankommen?«

Zamorra konnte es ihr nicht sagen.

Nach ein paar Minuten des Dahintreibens wußten sie, daß Pluton ihnen nicht mehr folgte. Der Dämon betrat das Wasser kein zweites Mal. Er hatte aufgegeben.

Aber damit war die Entscheidung nur hinausgezögert worden, verschoben auf einen späteren Termin.

Tief atmete Nicole durch. »Endlich ein wenig Sicherheit«, flüsterte sie.

Das war der Augenblick, in dem Zamorra das *andere* wieder wahrnahm, das vor ihnen in die Höhle getaucht war, und als er sich im Wasser umdrehte, sah er in der Dunkelheit auf der Wasseroberfläche, nur ein paar Meter entfernt, zwei grüne Punkte glühen. Sekundenlang verschwanden sie und tauchten dann wieder auf; sie glommen wie Phosphor. Aber hier gab es keine Helligkeit, die sie reflektieren konnten. Sie mußten aus sich heraus leuchten.

Geräuschlos und ohne eine Welle zu erzeugen, glitt das Dunkle aus dem Dunkel näher heran.

Zamorra lauschte.

Das Plätschern des strömenden Wassers irgendwo am Ufer, am Rand der Höhle, von der er nicht wußte, wie groß sie war und in welche Tiefen sie führte ... und Nicoles träge Schwimmbewegungen. Sonst nichts. Das Dunkle, in dem zwei Augen glühten, rückte lautlos näher.

»Du bist so still«, sagte Nicole plötzlich. »Was ist los?«

Er antwortete nicht. Ein böse Ahnung kroch in ihm hoch. Deshalb war Pluton ihnen nicht gefolgt! Der Dämon wußte, was geschehen würde.

Wie groß mochte die Bestie sein? So groß wie die anderen drüben am Steilufer? Zwanzig Meter lang und länger?

Unter Wasser zog er das Schwert aus der Scheide, das an ihm gezerrt hatte, weil es aus Eisen und einigermaßen schwer war.

Die grünen Lichter waren abermals näher geglitten, und jetzt sah Nicole sie auch.

»Weg!« schrie sie und begann mit heftigen Schwimmbewegungen vorwärts zu flüchten. Da beschleunigte das riesenhafte Krokodil, das mit ihnen den unterirdischen Flußlauf erreicht hatte. Zamorra fühlte mehr, als daß er es sah, wie die Panzerechse das Maul aufriß. Stinkender Odem schlug ihm entgegen, aber er war nicht das Ziel des gefräßigen Räubers.

Pfeilschnell jagte es auf Nicole zu, mit der Geschwindigkeit und Gewandtheit, wie sie allen Krokodilen, gleich welcher Größe, im Wasser zu eigen ist.

Und knirschend und mahlend schlossen sich die gewaltigen Kiefer wieder! Zamorra hielt den Atem an.

Kaptiel 73

Kerr fühlte sich unbehaglich, und dieses Unbehagen wurde um so stärker, je weiter er den Berg hinauffuhr. Er fühlte sich beobachtet, ohne sagen zu können, von wo aus er beobachtet wurde.

Schließlich ging es mit dem Wagen nicht mehr weiter. Der Weg wurde schlammig, und Kerr wollte sich nicht festfahren.

Er konnte nicht einmal wenden. Zurück würde er also mit dem Rückwärtsgang fahren müssen; ein Vergnügen für sich. Er stieg aus, schloß den Wagen ab und stieg weiter bergauf.

Der Weg führte in Serpentinen nach oben, und nur in den Kurven konnte er ins Tal hinabsehen und über die Bäume hinweg versuchen, seine Höhe zu schätzen. Der Blick nach oben, zum Gipfel hin, war ihm von Bäumen verwehrt.

Er sah auf die Uhr. Sie marschierte langsam auf Zehn zu, und das fehlende Frühstück und die schlaflose Nacht machten sich bemerkbar. Kerr fühlte Ermüdungszustände. Aber er gönnte sich keine Ruhe. Er mußte sein Vorhaben durchführen.

Finde das Schwert!

Nach einer Weile hörte der regenverschlammte Weg ganz auf, und Kerr konnte sich jetzt nur noch nach dem Berg selbst orientieren. Und immer noch fühlte er sich beobachtet, aber auch als er kurz seine Druidenfähigkeiten einsetzte, konnte er den Beobachter nicht erkennen.

War es Merlin?

Er konnte es nicht sagen. Aber wenn es Merlin war, mußte er Kerrs Gedanken lesen können. Warum gab er sich dann nicht zu erkennen?

Oder waren Damons Schergen wieder auf seiner Spur?

Kalt kroch es seinen Rücken empor und griff nach seinem Herzen. Die Angst vor dem Unheimlichen war wieder da.

Plötzlich sah er einen grauen Fels durch das Unterholz schimmern. Er ging darauf zu. Hier ragte ein kahler Steinbrocken, ähnlich den Megalithen von Stonehege, aus dem Berg hervor, als sei er wie ein Pfahl hineingetrieben worden. Kerr entsann sich der Berichte, daß hier ein paar Spuren Verschwundener einfach aufgehört hatten. Inzwischen hatte es mehrfach geregnet, und sämtliche Spuren waren verwischt.

Dennoch war Kerr sicher, daß dies der geschilderte Felsen war.

Und das Unheimliche, das ihn beobachtete, rückte näher heran! Es kam von allen Seiten auf ihn zu.

Da begann er, den grauen Felsen zu fürchten.

Kerr wurde beobachtet.

Klar und deutlich umrissen zeigte sich das Bild den Augen eines Wesens, das nicht in dieser Welt entstanden war. Schwarze, dämonische Pupillen saugten sich an dem Abbild Kerrs fest, das mitten im Thronsaal von Caerdamon zu sehen war.

Damon saß auf seinem schwarzen Thron, leicht vorgebeugt, als könne er dadurch besser sehen, aber diese typisch menschliche Geste machte ihn trotz seines menschlichen Aussehens auch nicht menschlicher.

Der Dhyarra-Kristall zwölfter Ordnung ermöglichte es Damon, Kerr direkt zu verfolgen. Schon seit dieser mit Byancas Hilfe aus dem Verlies der dämonischen Burgfestung verschwunden war, verfolgte Damon ihn mit seiner Fernbeobachtung.

Neben Damon, neben dem Thron hockte Master Grath am Boden.

Beide beobachteten die Projektion, die Kerr zeigte, auf dem Weg zu Merlins Burg! Schritt für Schritt arbeitete er sich nach oben, sah sich immer wieder nach allen Seiten um, als fühle er die Beobachtung, und in Master Grath fieberte alles dem Moment entgegen, in dem Damon seine Macht zeigen und Kerr vernichten würde, um auch der Halbgöttin Byanca damit eine weitere Hoffnung zu nehmen.

Damon las die Gedanken und Erwartungen des kleinen Teufelchens, das bislang in der Hierarchie der Schwarzen Familie überhaupt keine Rolle gespielt hatte. Grath war unwichtig gewesen, hatte sich aber immer als einer der ganz Großen gefühlt und war jetzt unversehens einer der ganz Großen geworden.

Damon dachte gar nicht dran, jetzt schon zuzuschlagen. Er spielte doch nur mit Kerr, und der machte das dämonische Spielchen prachtvoll mit, ohne es zu ahnen!

»Der wird sich gleich wundern . . .«

Damon hatte es geknurrt wie ein Wolf, und sein Gesicht zeigte die Zufriedenheit einer Spinne, die die Fliege in ihrem Netz zappeln sieht und nur noch zuzugreifen braucht.

Vor Kerr tauchte der Felsen auf, der Eingang zur Mardhin-Grotte war und den Damon auch schon benutzt hatte, um die kristallene Höhle zu verlassen.

Damals war Damon ahnungslos gewesen, jetzt aber wußte er alles, und er wußte auch, wie er den Transmitter-Stein über seinen Kristall so *umschalten* konnte, daß einer der Endpunkte nicht mehr in der Mardhin-Grotte lag, sondern in Caerdamon.

Glaubte Kerr immer noch, die Mardhin-Grotte erreichen zu können?

Der Stein würde ihn direkt vor Damons Thron bringen!

Weiter ging Kerr auf den Stein zu, sah sich immer wieder um – und dann war er am Stein, berührte ihn und . . .

Mit brüllendem Lachen setzte Damon über den Dhyarra-Kristall, der alle seine magischen Energien unglaublich verstärkte, seine Kraft ein und *schaltete den Felsen um*, um Kerr zu sich zu holen!

Grell flammte der Blitz durch das Nichts.

Ein Mann in weißer Kutte, mit goldener Kordel gegürtet und einen blutroten Mantel um die Schultern, kreuzte die Arme vor der Brust, und sein Gesicht strahlte. Der Weißbärtige, der uralt war und gleichzeitig jung wie die Ewigkeit, lachte.

Es war ihm ein Vergnügen, in diesem Moment dem anderen, der sein Gegenspieler geworden war, die Stirn zu bieten und seine Kräfte mit ihm zu messen.

Kein Gedanke mehr daran, daß er noch vor Stunden gefürchtet hatte, gegen Damon zu unterliegen. *Jetzt* gab es diese Befürchtung nicht, denn die Mardhin-Grotte gehörte Merlin. Hier hatte *er* Heimvorteil, und seine Kraft überragte alles!

»Beide werden sie überrascht sein«, sagte Merlin, der Uralte, der in der Literatur erstmals am Artushof von sich reden gemacht hatte, der aber viel, viel älter war!

Merlin, der Mächtige... Merlin, der Drahtzieher im Hintergrund, der immer wieder in die Geschicke der Menschen eingriff und der doch nicht alles wußte und konnte... er zeigte jetzt, wie schadenfroh er sein konnte, und diese Schadenfreude galt einem, der Damon hieß.

Es fehlte nicht viel, und der alte Zauberer, den selbst die Druiden vom Silbermond fast wie eine Gottheit verehrt hatten, hätte sich die Hände gerieben und den Bart gerauft wie ein gerissener levantinischer Händler, der gerade seine gesamte Sippe übers Ohr gehauen hat.

Und wie er Damon übers Ohr haute, der glaubte, alle Fäden in der Hand zu haben!

Merlin grinste, blickte in das Bild, das ihm die große, frei schwebende Kugel im *Saal des Wissens* zeigte, und der *Saal des Wissens* gab ihm nun die nötige Macht.

»Simsalabim...« Beinahe wäre Merlin in schallendes Gelächter ausgebrochen, als er den Hokuspokus-Spruch zitierte, den sich irgendwann einmal menschliche Gaukler ausgedacht hatten, aber in diesem Moment konnte er einfach nicht an sich halten.

»Simsalabim...«, und mit diesem Nonsens-Wort wurde für zwei Personen schlagartig alles anders: für Damon und für Kerr!

Und dann rieb Merlin sich doch zufrieden die Hände und stellte sich Damons dummes Gesicht bildhaft vor. Aber dann wurde er schlagartig wieder ernst und besann sich auf den großen Plan, der durchgeführt werden mußte...

Kapitel 74

Wasser schäumte. Das Krokodilmaul klappte zu – und packte ins Leere. Im letzten Moment mußte Nicole die Gefahr erahnt haben und hatte sich zur Seite geschnellt. Der an ihr vorbeischießende Krokodilkörper streifte sie noch und befand sich plötzlich zwischen Nicole und Zamorra.

Der ließ die kurze Erleichterung gar nicht erst aufkommen, weil das Reptil im Wasser immer noch riesige Gefahr bedeutete. Sein Arm flog hoch, wirbelte das Schwert durch die Luft, das dabei einen pfeifenden Ton von sich gab, und dann krachte die Klinge auf den Panzerrücken des Reptils nieder.

Keine Reaktion.

Die Klinge prallte zurück und sprühte dabei Funken. Das Krokodil, über zwanzig Meter lang, wirbelte in der Dunkelheit herum, peitschte mit dem langen Schwanz gegen Nicole, die gerade noch ausweichen konnte, und dann sah Zamorra in der Dunkelheit die grünen Phosphoraugen direkt vor sich auftauchen und roch wieder Fäulnis-Atem.

Sein Schwert flog von der Seite heran und krachte in ein aufgerissenes Maul. Etwas knirschte und brach, dann zerrte eine Urgewalt am Schwert und versuchte, es Zamorra aus der Hand zu drehten. Im Wasser machte er die Bewegung mit, ließ nicht los, sondern faßte auch noch mit der zweiten Hand nach und wurde in die Tiefe gezogen. Er konnte gerade noch einmal Luft schnappen.

War das Biest etwa unverletzlich? Fast schien es so, denn als Zamorra den Mund öffnete, schmeckte er keine Blutfahne im Wasser. Er sah nur das Wasser selbst und den mächtigen, kraftvollen Reptilkörper, der ihn herumriß. Dabei war das Schwert äußerst stabil und scharf geschliffen. Es hätte bei dieser Wucht den schuppigen Panzer durchschlagen müssen.

Noch tiefer riß die Bestie ihn hinab bis auf den Flußgrund, und dort lag es plötzlich still! Ebenfalls ein sehr untypisches Verhalten für ein Krokodil!

Zamorra brausten schon die Ohren, und ihm dröhnte der Kopf, aber das Schwert ließ er nicht los. Ein erschreckender Gedanke durchzuckte ihn. War diese Bestie etwa von einem Dämon besessen? Steckte Pluton in diesem Riesenvieh?

Da wagte Zamorra das Äußerste.

Er hatte noch nicht ausgeatmet, hatte noch Luft in den Lungen, und die benutzte er jetzt, um unter Wasser zu schreien!

Daß er dabei Wasser schluckte, war unvermeidbar, aber er schrie eine Zauberformel der Weißen Magie, die das Schwert im Dunkeln aufglühen ließ. Weißmagische Energie wurde in der Wassertiefe frei.

Im nächsten Moment riß die Welt um Zamorra in einer grellen Explosion auseinander. Krokodil und Wasser wurden zu einer strahlenden, winzigen Sonne! Und Zamorra streckte mitten *in* dieser Sonne! Dem grellen Licht folgte Finsternis . . .

Als Zamorra wieder erwachte, traf mattes Dämmerlicht seine Augen. Über sich sah er verschwommen den Sternenhimmel, aber nur einen kleinen Teil davon. An den Rändern seines Gesichtskreises gab es etwas Dunkles, das dieses Sternengeflimmer scharf eingrenzte.

Ruckartig richtete er sich halb auf, stützte sich auf die Ellenbogen und sah direkt vor sich die verführerische Gestalt Nicoles auftauchen. Im Dämmerlicht waren nur die Konturen ihres nackten Körpers zu erkennen, aber allein die reichten schon, müde Zamorras munter zu machen.

»Nici . . .«

»Na, endlich, du Murmeltier«, hört er sie vorwurfsvoll sagen, und dann kniete sie neben ihm nieder. »Ich dachte schon, du wolltest die ganze Nacht verschlafen . . .«

»Du hast recht«, entgegnete er und wunderte sich, keinen Brummschädel zu haben. »Die Nacht ist nicht allein zum Schlafen da. Komm zu mir.« Verlangend streckte er die Arme nach ihr aus – und zog sie wieder zurück, als sie ihm nachhaltig auf die Finger klopfte. »He, ich bin eine emanzipierte Frau, Sex findet nur statt, wenn *ich* es will!«

Zamorra ließ sich zurück in den Sand sinken. »Nur gut«, ächzte er, »daß du sooft willst . . . Kannst du mir zwischendurch verraten, wo wir uns befinden?«

Sie rutschte zu ihm und schmiegte sich an ihn. Er fühlte die Wärme ihres Körpers und küßte ihr Ohrläppchen.

»Wir sind immer noch am unterirdischen Fluß. Er hat beidseitig breite Uferstreifen und diesen herrlich romantischen Sand.«

»Wie geschaffen für die Liebenden«, flüsterte Zamorra. Er beugte sich etwas über Nicole und küßte sie. Sie schlang die Arme um seinen Nacken, zog ihn ganz zu sich und erwiderte seinen Kuß, bis es ihm in seinem Silberanzug zu heiß zu werden begann. Dann aber löste sie sich wieder von ihm.

»He, komm zurück auf den Teppich. Für einen, der fast vom Krokodil gefressen wurde, bis du mir ein wenig zu munter.« Sie deutete auf etwas, das neben ihnen im Sand lag und vom Sternenlicht kaum beschienen wurde.

Zamorra brauchte ein paar Sekunden, um zu erkennen, was es war. Dann aber stockte ihm der Atem. Die tote Bestie lag neben ihnen . . . nein: Es war nur eine Hülle, der Schuppenpanzer, an der weichen Bauchseite geöffnet. Aber das, was sich Krokodil nannte und für gewöhnlich darin steckte, war verschwunden.

Sauber entfernt, fühlte er, als seine Hand im Inneren des Leders auf Wanderschaft ging.

»Ist das wirklich das Monster, mit dem ich zu tun hatte, oder deine neue Handtasche?«

»Was nicht ist, kann noch werden«, sagte sie und schlang von hinten die Arme um ihn.

Er erzählte in wenigen Worten von seinem Kampf mit dem besessenen Untier. ». . . und dann explodierte alles um mich herum, und als ich erwachte, lag ich hier.«

»Aha«, sagte sie. »Dieses helle Licht unten im Wasser sah ich auch. Ich konnte dich und das Krokodil deutlich am Grund sehen, und dann zischte etwas wie ein Meteor glühend an mir vorbei nach oben, knallte an die Decke – und hindurch.« Sie deutete zu dem ovalen Loch in der Höhlendecke.

Zamorra schluckte.

»Das war der Dämon«, sagte er. »Ich schätze, daß er dank meines Zauberspruchs ausfahren mußte, und da hat er freundlicherweise gleich dieses Fenster geschlagen. Nur gut, daß er im Krokodil darauf angewiesen war, wie ein Krokodil zu kämpfen, sonst hätte er mich wohl doch noch erwischt.«

»Tja«, sagte Nicole. »Und dann erlosch das Glühen da unten, und das Krokodilleder trieb nach oben. Ich zog es an Land, stellte fest, daß der Bauch aufgerissen war, und du lagst wie der schlafende Prinz von Atlantis darin.«

»Du hättest mich wachküssen können«, protestierte Zamorra.

Ihre Hand fuhr über sein Kinn. »Bei dem struppigen Bart, den du dir zugelegt hast?«

»Wenn du vergißt, mir den Rasierapparat ins Gepäck zu tun?«

spielte er den Entrüsteten und lachte. Sie fiel in das Lachen ein und riß ihn zu Boden.

Über ihnen leuchteten die Sterne, doch sie nahmen es nicht mehr wahr. Die Welt um sie herum versank in einem gewaltigen Strudel der Leidenschaft, der das ganze Universum umfaßte.

Kapitel 75

Ein fahler Blitz flammte aus dem Nichts kommend durch den Thronsaal. Breites Grinsen zog sich über das Gesicht Damons, der im nächsten Moment den maßlos verblüfften Kerr vor sich zu sehen hoffte.

Doch was der Transmitter-Felsen im zeitlosen Ablauf zu Damon brachte, war ... ein Ei!

Damon sprang aus dem Thronsessel hoch und ging verblüfft ein paar Schritte auf das Ei zu, hielt dann aber inne, weil dieses Ding entsetzlich stank.

Ein *faules* Ei ... größer als das eines Straußenvogels, möglicherweise ein Ei des legendären Vogels Roch, aber in dem Fall war es kein Wunder, daß es so bestialisch stank, weil das letzte Roch-Ei vor ein paar hundert Jahren gelegt worden war.

»Kerr!« brüllte Damon. »Wo ist Kerr?«

Auch der Dhyarra-Kristall konnte Damon keine Auskunft geben. Es war, als würde der Druide vollständig abgeschirmt – und derjenige, der die Abschirmung erzeugte, mußte derselbe sein, der in den zeitlosen Transport eingegriffen und Damon dieses faule Ei untergeschoben hatte.

»Bring das Ding weg!« fauchte Damon.

Nase rümpfend und vorsichtig näherte Master Grath sich dem Ei. »Immer ich«, maulte er dabei. »Kann das nicht ein anderer machen?«

Widerspruch hatte Damon noch nie geduldet. Sein zorniges Knurren spornte seinen Vasallen an. Vorsichtig grabschte Master Grath mit spitzen Fingern nach dem Ei, hob es an und trug es vor sich her. Und weil er mehr auf das Ei achtete, als auf seine eigenen Füße, stolperte er prompt und landete auf dem Parkettboden des Thronsaals.

Wodurch das Ei natürlich zerbrach. Eine noch teuflischer stinkende Brühe floß aus, grün und gelb gefärbt und sich zu skurrilen Mustern vermischend. Und wie schnell das Zeug sich ausbreitete!

Damon starrte die faule Flüssigkeit an, die sich jetzt auf seinem Parkettboden zu einer Schrift formte!

Gruß von Merlin! stand da auf dem Boden geschrieben.

»Merlin!« brüllte Damon auf. »Du hast es gewagt, mir in die Quere zu kommen? Du?« Und Caerdamon, die magische Burg, erzitterte unter den Flüchen und Verwünschungen des Fürsten der Finsternis.

»Das wirst du mir büßen! Ich nehme deine Kampfansage an, Merlin!« brüllte Damon erbost, wandte sich abrupt um und stürmte aus dem Saal. In seinem Elend blieb Master Grath zurück, besudelt von oben bis unten und fast ohnmächtig von dem Gestank.

Kerr trat langsam auf den Felsen zu. Das Gefühl, von einem Unsichtbaren beobachtet zu werden, der überall zugleich war, wollte nicht weichen. Dennoch zog es ihn irgendwie auf diesen grauen Felsbrocken zu.

Waren hier Zamorra und seine Gefährtin verschwunden?

Und was war das, das ihn zwang, sich dem Block zu nähern?

Da stand er auch schon knapp davor, nur etwa einen Meter entfernt! Vergeblich suchte er auf dem Boden vor sich nach Spuren, aber wenn es hier einmal welche gegeben hatte, so waren sie vom letzten Regen verwischt worden.

Wer hatte den grauen Block hier in grauer Vorzeit in den Boden gerammt? Daran, daß der Block zum Felsmassiv gehören könnte und im Laufe der Jahrmillionen freigespült worden war, glaubte er keine Sekunde. Das hier war künstliches Werk.

Merlins Werk?

Noch einen Schritt näher an den Felsen! Und da wagte er es noch einmal, seine Para-Sinne zu aktivieren und den Felsblock mit Druidenkraft zu sehen.

Schlagartig wurde der graue Fels vor ihm zu Glas! Von einem Moment zum anderen konnte Kerr durch ihn hindurchsehen und erkannte ihn als ein Tor, das den Weg nach irgendwo versperrte; da griff auch schon etwas an ihm und zwang ihn, mit der Hand dieses Glas zu berühren.

Im Moment der Berührung wurde er hineingerissen, verschwand im gläsernen Stein, als bestünde er aus Luft, und wurde zu dessen Mittelpunkt gerissen. Daß Damons Kraft nach ihm gegriffen hatte, bemerkte er nicht, denn er glaubte, ein voluminöses Ei an sich vorbeihuschen zu sehen.

Auf dem Absatz fuhr er herum. Hinter ihm verlor der Fels blitzartig seine Transparenz und zeigte sich ihm wieder als das, was er ursprünglich gewesen war: grauer Stein, mit den Augen nicht zu durchdringen.

Ein Stein, der in eine Höhle ragte.

Helles Licht funkelte von überall her – Licht, das keinen Schatten warf und von allen Seiten zugleich kam, aus den Wänden und von der Höhlendecke. Licht, das aus Kristallen strahlte.

Abertausende von Leuchtkristallen, die die Höhlenwände und die Decke überzogen, Millionen, Milliarden vielleicht.

»Merlin . . .«, flüsterte Kerr und war nicht mehr in der Lage, sich zu bewegen. »Merlins Zauberhöhle . . . die Mardhin-Grotte . . .«

Merlin hatte geräuschlos ein Zimmer betreten, das von einer Person bewohnt wurde, die sich zuweilen in der unsichtbaren Burg Caermardhin aufhielt. Der weiche, flauschige Teppich dämpfte Merlins Schritte, und ebenso lautlos ließ er sich auf einem Sitzkissen nieder.

Schockgrüne Druiden-Augen sahen ihn fragend an. Goldenes Haar floß über die Schultern einer jungen Frau und umspielte einen gutgeformten, schlanken Körper. Die Silbermond-Druidin Teri Rheken hatte sich auf dem flauschig-weichen Teppich ausgestreckt und gab sich der Muße hin.

»Was freut dich so, Merlin?« erkundigte sie sich, stützte sich auf den linken Ellenbogen und zog eines ihrer langen, schlanken Beine leicht an.

Er lachte schon wieder, wie er im *Saal des Wissens* gelacht hatte. »Teri, ich habe ein Kuckucksei in Damons Nest gelegt . . .« Mit ein paar Sätzen berichtete er, was er getan hatte.

»Aber um mir das zu erzählen, bist du bestimmt nicht gekommen«, sagte sie schmunzelnd und strich durch ihr langes goldenes Haar. »Was führt dich her? Deine Einsamkeit?«

»Etwas anderes«, sagte er und griff in eine Falte seines weißen Gewandes. Als die Hand wieder erschien, hielt sie eine silberne Scheibe, die an einem dünnen Halskettchen hing. Sie war handtellergroß und trug im Zentrum einen Druidenfuß, umgehen von den zwölf Tierkreiszeichen und einem Ring mit Hieroglyphen, die sich bislang jedem Übersetzungsversuch der Menschen widersetzt hatten.

Teri sprang auf in einer geschmeidigen, gleitenden Bewegung, die Merlins Augen in ihrer Harmonie erfreute.

»Zamorras Amulett!«

Er nickte nur.

Es war in der Grotte zurückgeblieben, als Zamorra das Schwert im Fels berührte und in die andere Dimension geschleudert wurde.

»Was hast du damit vor?« fragte Teri.

»Ich? Gar nichts . . . aber der Plan erfordert es, daß das Amulett zu einem bestimmten Ort gebracht wird. Jener, den ich gegen das faule Riesen-Ei austauschte, befindet sich in der Grotte. Gib ihm das Amulett und richte ihm meine Botschaft aus.«

»Ich höre«, sagte sie und kniete vor Merlin nieder.

Kapitel 76

Als sie wieder erwachten, drang Tageslicht durch das Loch in der Höhlendecke. Zamorra stellte fest, daß es unmöglich war, den unterirdischen Fluß durch diese Öffnung zu verlassen. Das Loch war auch dann nicht zu erreichen, wenn sie sich aufeinanderstellten. Es gab also nur zwei Möglichkeiten: Zurück oder weiter vorwärts!

»Ich meine, vorwärts«, schlug Zamorra vor, als er vom Morgenbad aus dem Wasser zurückkam und bedächtig in seinen Silberanzug stieg. Nicole saß neben der offenen Krokodilhülle und ließ die Hand darin auf Wanderschaft gehen. »Verbrannt«, sagte sie. »Das Innere ist durch Feuer zerstört worden, und nicht einmal Asche ist übriggeblieben. Plutons Feuer hat das Untier ausgehöhlt.«

Zamorra küßte sie. »Wir könnten das Krokodilleder als Boot benutzen, das ist einfacher, als die ganze Strecke zu schwimmen. Und vielleicht auch sicherer.«

»Was glaubst du, ist das Ziel dieses Nebenarms?«

Er zuckte mit den Schultern. »Ich denke, daß wir in der Nähe von Aronyx an der Küste herauskommen. Das Wasser strömt schnell, auch hier noch, was bedeutet, daß der Fluß ziemlich gradlinig in dieser Richtung weiterführt.«

Sie erhob sich. »Schön, versuchen wir es. Wir könnten übrigens einen Fisch fangen.«

»Und roh verzehren?« Zamorra schüttelte sich. »Nein danke! So groß ist mein Hunger nun doch nicht.«

»Ich weiß.« Sie schmunzelte. »Liebe macht auch satt . . .«

Zamorra nickte nur und sah sie an. Nie war sie ihm schöner und begehrenswerter erschienen als jetzt, nach der langen Trennung durch ihre Gefangenschaft im Tempel von Aronyx.

Gemeinsam zerrten sie die Krokodilhülle ins Wasser und ließen sich darin nieder. Die Strömung begann an dem ledernen Boot zu zerren und entführte es in westliche Richtung.

Die Dunkelheit nahm sie wieder auf – und die Ungewißheit um ihr Ziel.

»Glaubst du, daß es für uns eine Rückkehr in unsere Welt gibt?« fragte Nicole nach einer Weile.

»Wir müßten ein Weltentor finden«, entgegnete Zamorra. »Eine andere Möglichkeit sehe ich zur Zeit nicht. Vielleicht befindet sich eines in Grex, weil die Adepten sich dort mit Schwarzer Magie befassen. Rhonacon als Land der Weißen Magie scheidet aus, und ich glaube kaum, daß die Dämonendiener in Khysal stark genug sind, ein Tor zu schaffen.«

Nicole befeuchtete ihre Lippen mit einer schnellen Zungenbewegung. »Das heißt im Ernstfall also, daß wir das gesamte Land Grex durchforsten müssen.«

»Nicht das ganze Land«, schränkte Zamorra ein. »Nur bewohnte Gebiete, denn nur dort ist ein Weltentor von Nutzen. Wenn doch nur Merlin . . .«

»An *seine* Hilfe glaubst du noch, Zamorra?«

Zamorra wußte keine Antwort. Hatte Merlin sie beide nicht erst in diese Welt geschleudert? Aus welchem Grund?

Und weiter trieben sie auf dem Fluß einem unbekannten Ziel entgegen, eine Stunde oder zwei, sie konnten es nicht sagen. In dieser Finsternis fehlte ihnen das Zeitgefühl.

Dann kam der Moment, in dem die unterirdische Flußfahrt überraschend ihr Ende fand.

Vor Zamorra und Nicole schimmerte Licht und wurde immer heller und deutlicher, je näher sie ihm gelangten. Die Dunkelheit des unterirdischen Flusses wich Dämmerung, die lichter und lichter wurde.

»Unser Ziel?« flüsterte Nicole. »Aber das ist doch keine Höhlenöffnung, die ins Meer mündet . . . das Rauschen der Brandung fehlt!«

Mit hoher Strömungsgeschwindigkeit näherten sie sich dem Licht, das aus einer Öffnung in der Höhlendecke scheinen mußte. Der Fluß wurde schmaler und dadurch schneller, und auch die Decke senkte sich näher zu ihnen herab.

Ihre Augen, der Dunkelheit angepaßt, vermochten in der Dämmerung Einzelheiten zu erkennen.

»Mauerwerk!«

Zamorra hatte es überrascht hervorgestoßen. Plötzlich, von einem Moment zum anderen, waren die Höhlenwände aus Mauerwerk, Stein auf Stein geschichtet und roh behauen. Und diese Mauern wölbten sich zur Decke empor.

»Ein Kanal . . .«

Das bedeutete, daß sich über ihnen eine Stadt erheben mußte. Aronyx?

»Aber dann führt dieser Kanal unter der Stadt hindurch doch ins Meer . . . und vielleicht ist dies die einzige Öffnung nach oben!«

Unwillkürlich schloß sich seine Hand um den Schwertgriff, und jetzt erhob er sich auf die Knie. »Bei der ersten Gelegenheit steigen wir aus.«

»Nur schade um das Leder, jetzt, wo das Tier doch tot ist – herrliche Handtaschen hätte das gegeben!«

Zamorra griff nach ihrer Hand.

Näher und näher rückte der Lichtfleck an der Decke. Langsam wurde es heller, und allmählich konnten sich ihre Augen auch den veränderten Lichtverhältnissen anpassen, so daß sie nicht von Tageshelligkeit geblendet sein würden, wenn sie das Dunkel des Fluß-Kanals verließen.

Zamorra schätzte die Höhe ab.

»Nici, wie gut bist du im Klimmzug?«

»Gut genug«, sagte sie kühl und spannte die Muskeln.

Ihr Boot hatte beachtliche Fahrt.

Noch zehn Meter . . . fünf . . . Zamorra hatte den Schwertgriff und Nicoles Hand losgelassen. »Jetzt!«

Über ihnen war die kreisrunde Öffnung, drei Meter durchmessend und anderthalb Meter über der Wasseroberfläche.

Gleichzeitig sprangen sie ab. Gleichzeitig umfaßten ihre Hände den Rand der Öffnung, der gemauert war, zogen sich per Klimmzug nach oben und schwangen sich auf den festen Boden.

Wo waren sie?

König Wilard von Grex wußte, daß er nur eine Strohfigur war, aber noch in geringem Maße schalten und walten konnte. Doch was die höhere Politik anging, bestimmten die Schwarzen des ORTHOS den Rahmen. Bisher war es ihm gelungen, Mac Scune vor einer Hinrichtung zu bewahren. Der Mac, neben den Lords einer der höchsten Würdenträger des Reiches und einer der wenigen Vertrauten der Marionette Wilard, hatte oft genug offen geäußert, was er von den Schamanen und ihren Methoden, die Macht der Dämonen immer und überall durchzusetzen, hielt.

Ebensooft war er den Schwarzen des ORTHOS dadurch unangenehm aufgefallen, und vor ein paar Tagen erst hatte der Oberste

Schamane des Tempels es noch einmal für nötig gehalten, Wilard zu warnen. »Dein Mac gefällt mir nicht«, hatte er gesagt.

Wilard gefiel er um so besser, und der König war auch der einzige, der wußte, daß Mac Scune einen Aufstand gegen den Tempel vorbereitete. Mit fünf superschweren Schlachtschiffen wollte Scune Aronyx von der See her angreifen lassen.

Zu diesem Zeitpunkt durfte sich auf der breiten Prachtstraße, die quer durch Aronyx zum Hafen führte und nur in der Stadtmitte von Palast und Tempel unterbrochen wurde, kein Mensch befinden, damit Unschuldige nicht ihr Leben ließen, wenn draußen, von der See her, die fünf Schlachtschiffe aus allen Laserkanonen das Feuer auf den Tempel eröffneten. Dieser Hölle konnte auch ein von zehntausend Dämonen abgeschirmter Tempel höchstens ein paar Sekunden widerstehen. Danach würde er mit all seiner teuflischen Brut in eine kleine Sonne verwandelt.

Lediglich der Zeitpunkt stand noch nicht fest, aber die Gelegenheit rückte immer näher, weil auf Geheiß der Dämonen Grex zum Krieg gegen Rhonacon rüstete. Nie war es unauffälliger gewesen als jetzt, fünf Schiffe vor der Stadt zusammenzuziehen und mit vertrauenswürdigen Kapitänen und Laserschützen zu besetzen.

Mac Scune hatte diesen Plan entworfen, und an Mac Scune dachte König Wilard, als er in einem seiner unzähligen Zimmer vor einem niedrigen Schreibtisch saß, Papier vor sich, das bedruckt war und nur noch unterschrieben werden mußte. Ein neues Gesetz, das der Oberste Schamane eingebracht hatte und das der Zustimmung des Königs bedurfte – äußerlich!

Wilard war gezwungen, seine Unterschrift unter das Papier zu setzen. Die Macht der Schwarzen des ORTHOS war zu groß.

Asthmatisch keuchend griff der wohlbeleibte König nach der Feder, die im Tintenfaß steckte. Wer nur auf dem Thron hockte oder sich im Himmelbett verwöhnen ließ, ohne sich dabei körperlich anzustrengen, der wurde rasch fett, und so war Wilard inzwischen jede körperliche Anstrengung zuwider geworden.

Da flog krachend die Tür auf.

Zornig drehte der König den Kopf. Wer wagte es, unangemeldet in seine Privatgemächer vorzudringen, und noch dazu mit solchem Ungestüm?

Da weiteten sich seine Augen.

Seine Hand erreichte den Federkiel nicht mehr. Und wieder mußte er an Mac Scune denken.

War dessen Plan verraten worden und kam der Dämon jetzt, um hohnlachend dem König Mac Scunes Kopf zu präsentieren?

Aber dann sah Wilard, dem der Schweiß von der Stirn perlte, daß der Dämon weder den Kopf Scunes in den Pranken trug noch den eines anderen.

»Pluton . . .«, hörte er den Schwarzblütigen sich vorstellen, und dieser Pluton brachte es nach seinem kraftvollen Auftritt doch tatsächlich fertig, spöttisch grinsend einen Kratzfuß vor dem König zu zelebrieren!

»Was willst du, Pluton?« fragte Wilard und konnte nicht verhindern, daß seine Stimme leicht zitterte. Daß sich die krachend aufgeflogene Tür jetzt geräuschlos und von magischer Hand geführt, schloß, gefiel ihm ganz und gar nicht. Aber seine Hand, nach der Schelle ausgestreckt, um die Wache zu rufen, blieb in der Luft hängen.

»Die Zeit ist gekommen, König«, sagte Pluton dumpf grollend. Er war jetzt kein baumhoher Riese mehr, sondern hatte menschliche Durchschnittsgröße, dennoch war er nicht weniger gefährlich.

»Welche Zeit?«

»Die Zeit des Krieges gegen Rhonacon. Heute werden die Hörner erschallen«, knurrte Pluton dumpf. »Und der König wird seinen Kriegern vorausreiten!«

»Ich?« keuchte Wilard auf, dem schon allein der Gedanke, auf einem Pferd oder einem fliegenden Teppich zu sitzen, dumpfe Furcht einflößte.

Wie leicht konnte man da hinunterfallen!

»Ich werde nicht . . . wofür habe ich die Lords . . .«

»Der Sinn des Königs wird sich wandeln«, brummte Pluton düster und ging auf Wilard zu, eine Hand ausgestreckt. Näher und näher, Schritt um Schritt.

Wilard sprang auf. Polternd fiel der verzierte Stuhl zu Boden. Wilard wich zurück bis zur Wand, aber immer näher kam ihm der Dämon aus den ORTHOS-Tiefen.

»Nicht ...«, keuchte Wilard entsetzt. »Nein ... bleib mir vom Leib, du Ungeheuer ... weg!«

»Der König wird sein Heer anführen«, wiederholte Pluton finster.

Stumm schüttelte König Wilard den Kopf, das Gesicht angstvoll verzerrt.

Da berührte Plutons Hand seine Stirn.

Unter ihnen war die Krokodilhülle längst mit der Strömung verschwunden. Zamorra und Nicole standen auf festem Boden, der wie Beton aussah. Sie sahen sich um und lauschten. Der gut zehn Meter durchmessende Raum, in dem sie sich befanden, war menschenleer. Dafür sahen sie jetzt ein breites Rohr, das ihnen unten im Fluß entgangen war. Ein Rohr, das durch die große Öffnung im Boden in den Fluß hinunterragte und Wasser hinaufbeförderte. Dumpf brummend arbeitete eine starke Pumpe und saugte Wasser aus dem Fluß hoch, und hinter der Pumpe vergrößerte sich das Rohr, öffnete sich an einer Stelle aber auch und zeigte, daß das Wasser durch eine breite Zuleitung irgendwo anders hingeleitet wurde.

Eine andere Öffnung im Raum gab es nicht.

»Wie im Tempel«, sagte Nicole leise, die wie Zamorra die Wände absuchte. »Da gibt es auch Türen, die nicht zu sehen sind. Das scheint in Aronyx eine Spezialität zu sein: entweder Türen, die durch Strahlfelder gesichert sind, oder die nur auf Wunsch durch Gedankenbefehl entstehen.«

Zamorra versuchte mit seinen schwachen telepathischen Kräften, eine Tür entstehen zu lassen, aber entweder gab es außer dem Wasserrohr tatsächlich keinen anderen Zugang zu diesem Raum, oder die Tür war auf ein bestimmtes Gedankenmuster verschlüsselt.

»Zwecklos ... wenn wir hier weiterkommen wollen, müssen wir durch das Rohr.«

»Schon wieder Wasser«, maulte Nicole. »Mir wachsen bald Schwimmhäute!«

Zamorra lachte. »Aber eine verteufelt hübsche Nixe wirst du abgeben, wenn deine Umwandlung abgeschlossen ist.« Grinsend wandte er sich der Öffnung in der Wand zu, die das hochgepumpte Flußwasser aufnahm, und dann stieg er in die Röhre.

Nicole folgte ihm murrend. Es gab tatsächlich keinen anderen Weg.

Doch wohin dieser sie führte, ahnten beide in ihren kühnsten Träumen nicht...

Kapitel 77

Kerr befand sich in der legendären Mardhin-Grotte... jener Höhle, in die sich der Fama nach der Zauberer Merlin zurückgezogen hatte, wenn er sich gerade nicht um die Erziehung des königlichen Knaben Artus, Sohn des Uther Pendragon, zu kümmern hatte.

Daß er sich in der Mardhin-Grotte befand, war Kerr in dem Augenblick klar geworden, da er im Zentrum der Höhle die beiden gläsernen Schreine sah – beide geöffnet und leer.

Er war zu ihnen gegangen. Hinter ihm ragte nach wie vor grauer Fels ins Innere der Kristallhöhle und markierte die Stelle, an der er sie betreten hatte.

Licht, das keine Schatten warf, herrschte in der Höhle, weil es von allen Seiten abgestrahlt wurde. Nicht einmal, als Kerr eine Hand dicht auf die andere legte, war auf der unteren ein Schatten zu erkennen.

Jetzt stand er zwischen den beiden geöffneten Schreinen. Hier hatten Damon und Byanca gelegen und die Jahrtausende verschlafen, bis ein unglückseliger Zufall Damon weckte.

Zufall?

Daran wollte Kerr plötzlich nicht mehr glauben!

Er sah hinter den beiden Schreinen auch das Schwert, das in einem unbehauenen Felsbrocken steckte, und entdeckte, daß in dem Griff der Dhyarra-Kristall fehlte, den Damon in der Hand gehalten hatte. Deutlich war zu sehen, daß dieser Kristall gewaltsam aus dem Schwertgriff gebrochen worden war.

Langsam ging Kerr auf das Schwert zu, stand dicht davor und umschloß den Griff mit der Hand. Daß eine solche Berührung Professor Zamorra und seine Gefährtin in eine andere Welt geschleudert hatte, konnte er nicht ahnen.

Er wollte ja *nur* daran ziehen, wie weiland der junge Artus. Aber nichts geschah. Das Schwert blieb im Felsen stecken und bewegte sich um keinen Millimeter.

Kerr ritt der Teufel. »Verdammt, das Ding ist hineingegangen und muß doch auch wieder herauszuziehen sein . . .« Er zog mit verstärkter Anstrengung, aber auch jetzt bewegte sich nichts.

Da klang perlendes Lachen hinter Kerr auf.

Wie ein geölter Blitz fuhr er herum.

Er war in Merlins Zauberhöhle nicht mehr allein.

Byanca hob den Kopf, als sie Schritte hörte. Jemand näherte sich dem Verlies, und als sie ihre Gedanken kurz öffnete, erkannte sie Damon. Sie sprang auf. Kam Damon, weil er sich besonnen hatte? War er endlich wieder *menschlich* geworden?

Damon durchdrang das Mauerwerk und erschien in dem kreisrunden, türlosen Raum, aber auch jetzt konnte Byanca Damons Gedankeninhalt nicht erkennen, wie auch sie wieder abgeschirmt war. Es gab in ihnen beiden unterbewußte Sperren, die ihrer gegenseitigen Macht Grenzen setzten.

Langsam trat Damon auf Byanca zu.

Sie hoffte wieder. »Damon, ich . . .«

Er unterbrach sie mit einer wegwerfenden Handbewegung. »Ich bin nicht gekommen, um mir deinen Schmalz anzuhören«, sagte er schroff. »Mit welchem Auftrag hast du diesen Kerr zu Merlin geschickt?«

»Zu Merlin?« fragte sie überrascht. »Nein, Damon, dorthin sandte ich ihn nicht.«

Prüfend sah er sie an.

Lüge hatte es zwischen beiden nie gegeben. Immer hatten sie die Wahrheit gesprochen, wenn sie sich unterhielten, und so war auch Damons Drohung ernstzunehmen, daß er Kerr und Byanca hinrichten wollte – zu einem ihm günstig erscheinenden Zeitpunkt.

Nur glaubte Byanca immer noch daran, daß das Gute in Damon wieder durchbrechen würde.

»Welchen Auftrag hat Kerr?«

Sie lächelte.

»Er soll dein Schwert finden und zu mir bringen«, sagte sie.

Er lachte spöttisch. »Glaubst du immer noch daran, was die alten Schamanen murmelten, daß jeder von uns nur durch seine eigene Waffe zu besiegen ist? Du willst mich besiegen?«

Sie schüttelte den Kopf. »Ich will dich gewinnen, Damon. Ich liebe dich und hoffe, daß du dich noch besinnst.«

»Warum bist du nicht selbst geflohen? Warum hast du nur Kerr in Freiheit gebracht? Du hättest die Macht ...«

»Ich fliehe nicht, weil ich dir immer noch vertraue.«

»Mir, deinem Mörder?« stieß er hervor. »Mir vertraust du? Arme Närrin!«

Er wandte sich wieder ab und ging zur Wand. Enttäuscht fielen ihre Schultern herab. Aber es war doch noch nicht zu spät, es konnte immer noch geschehen, daß er sich änderte ... sie gab auch jetzt die Hoffnung nicht auf!

Vor der Wand, bevor er sie mit seiner magischen Kraft wieder durchdrang, wandte Damon sich um und sprach sie noch einmal an.

»Du brauchst nicht zu hoffen, daß Kerr das Schwert findet. Er kann es gar nicht ... und nicht einmal Merlin weiß, wo es sich befindet.«

»Aber du – weißt es?« stieß sie hervor.

»Ja.« Er grinste genüßlich. »Ich weiß, wo es sich befindet – seit ein paar Stunden, denn meine Erinnerung an früher öffnete sich allmählich wieder. Kerr wird es nicht finden, weil es nicht in dieser Welt liegt.«

Er verschwand.

Damon triumphierte wieder.

Und dieser Kerr konnte ihm auch nicht mehr ungeschoren entkommen. Sobald er Merlins Reich wieder verließ, würde es ihm endlich an den Kragen gehen.

Kerr blinzelte. Woher war die schöne junge Frau mit dem goldenen Haar gekommen? Er hatte ihre Schritte nicht gehört, ihre Anwesenheit nicht gespürt bis zu dem Augenblick, in dem er ihr leises Lachen vernahm.

Sie war schön. Augenblicke lang war er versucht, sie mit Byanca oder Babs zu vergleichen, dem Mädchen, das er liebte. Nein, es gab keine Vergleiche.

Goldenes Haar... Kerr glaubte zu träumen, und dann sah er ihre Augen, die Druidenaugen waren.

Sie lächelte immer noch.

»Wolltest du dich an *Caliburn* versuchen, Kerr? Bist du denn der König der Tafelrunde? Ein Ritter, meine ich, mehr nicht...«

Er starrte sie an – sie und das, was sie in der Hand hielt. Eine silberne Scheibe, die er schon einmal gesehen hatte.

»Zamorras Amulett – *Merlins Stern!*«

»So wird es genannt«, sagte sie.

»Wer bist du, daß du es besitzt? Wo ist Zamorra? Was ist mit ihm geschehen? Tot?«

Langsam schüttelte sie den Kopf. »Nein, Kerr, Zamorra lebt noch, und jener, der mein Gebieter ist, hat noch einiges mit ihm vor. Ich bin Teri.«

»Teri... Merlin?«

Knapp war ihr Nicken. Und da sah er plötzlich hinter ihr Merlins Schatten, aber nicht mehr, und kaum gesehen, verblaßte jener schon wieder.

»Uns bleibt nicht viel Zeit«, sagte die Druidin mit dem goldenen Haar. »Nimm das Amulett, du wirst es brauchen. Du wirst nach Deutschland reisen, in den Süden. In der Nähe des Chiemsees gibt es einen Ort, der Unterwössen heißt. Gehe dort zum versteinerten Fluß und nimm eine Beschwörung vor. Höre die nötigen Zauberformeln.«

Staunend nahm Kerr wahr, wie sich die Stimmlage der Druidin jäh änderte, wie kehlige Laute einer Sprache über ihre Lippen flossen, wie er sie nie zuvor vernommen hatte. Und irgendwie drangen diese Formeln tief in sein Unterbewußtsein, prägen sich dort unauslöschlich ein. Er würde sie genauso aussprechen, wie sie hier erklangen...

»Und dort«, fuhr Teri dann normal fort, »wirst du das Schwert finden. Doch es ist nicht für dich gemacht.«

Er trat einen Schritt vor, wollte seine Hände auf ihre Schultern legen und tat es dann doch nicht. »Was – weißt du von dem Schwert?« stieß er erregt hervor.

Doch sie antwortete nicht, hielt ihm nur das Amulett entgegen. »Nimm es und tu, was ich dich hieß.«

Fast ohne es zu bemerken, griff er zu, spürte das silbrige, kühle Metall zwischen seinen Fingern. Und im selben Moment wurde die Mädchengestalt vor ihm durchscheinend, verblaßte... verschwand!

Das war nicht der *zeitlose Sprung* der Druiden, mit dem sie riesige Distanzen innerhalb von Sekundenbruchteilen zurücklegen konnten. Das war etwas völlig anderes gewesen, wie es Druiden vom Silbermond niemals beherrscht hatten.

Tief atmete er durch.

»Teri«, flüsterte er ihren Namen, und dann sah er wieder Zamorras Amulett an. Welche Bewandtnis hatte es damit?

Was war es für ein gewaltiger Plan, ein riesiges Spiel, indem er nur eine kleine, fast unbedeutende Figur war? Wer hatte es eingefädelt? Merlin?

»Alter Fuchs«, murmelte Kerr und wußte einmal mehr nicht, was er von dem *König der Druiden* halten sollte.

Die Kristalle der Mardhin-Grotte, in der er wieder allein war, warfen seine Worte als tausendfaches Echo zurück.

Langsam, das Amulett Zamorras in der Hand, kehrte Kerr zu dem grauen Fels zurück, der in die Grotte ragte. Er war sicher, sie auf demselben Weg wieder verlassen zu können, den er gekommen war. Wahrscheinlich gab es gar keinen natürlichen Eingang in diese Höhle. Konnte es einen besseren Schutz vor dem Eindringen Unbefugter geben?

Er überlegte, ob er von Cwm Duad aus in London anrufen sollte. Er spielte mit dem Gedanken, Babs mit nach Deutschland zu nehmen. Er hatte sie jetzt ein paar Tage lang nicht gesehen, und wahrscheinlich machte sie sich schon Sorgen um ihn.

Dann aber entschied er sich dagegen. Es war zu gefährlich. Kontakt mit ihr aufzunehmen, ehe dieser Fall abgeschlossen war. Die

Dämonen waren auf seiner Spur, und nur zu leicht konnten sie versuchen, ihn mit Babs zu erpressen. Aus diesem Grund hatte er sie ja auch nach London zurückgeschickt.

Und irgendwie hatte er das Gefühl, daß der Zustand der Ungewißheit auch nicht mehr sonderlich lange dauern würde. Die Ereignisse spitzten sich mit erstaunlicher Schnelligkeit zu und trieben einer Entscheidung entgegen. Wie diese ausfallen würde, stand auf einem anderen Blatt.

Er erreichte den grauen Stein, blieb davor stehen und streckte die Hand aus.

Die Berührung reichte aus. Von einer Sekunde zur anderen wurde der Stein transparent, und in der Transparenz lag die Kraft, Kerr wieder an die Oberfläche der Welt zu befördern.

Hinter ihm blieben grauer Stein und die Erinnerung zurück.

Kapitel 78

Zum zweiten Mal wurde es vor Zamorra hell, der durch das Wasserrohr einem unbekannten Ziel entgegenschwamm. Und dann wurde er von dem Rohr förmlich ausgespien – hinein in ein großes Wasserbecken, und Nicole folgte ihm dichtauf.

Eine große Halle ringsum!

In der Mitte das Wasserbecken, in dem er sich jetzt befand ... und neben ihm ein unterdrückter Aufschrei. Nicole!

»Der Tempel!«

Er riß den Kopf herum.

Sie sollten sich im Tempel befinden?

Aber Nicoles Ausruf hatten auch ein paar andere gehört, und mit ihrer blitzschnellen Reaktion bewiesen sie Zamorra, daß Nicole recht hatte.

Von fünf Seiten stürmten die Dämonendiener heran, erkennbar an ihren schwarzen Roben. Fünf hatten sich am Rand der großen Halle aufgehalten, überall verteilt, und ließen sich keine Sekunde lang vom plötzlichen Auftauchen der beiden Fremden verblüffen.

»Raus . . .«

Nicole reagierte ebensoschnell wie Zamorra. Sie sprang im knietiefen Wasser auf, stürmte zum gemauerten Rand des Beckens. Zamorra zog dabei das lange Schwert aus der Scheide.

Auffälliger als sie beide konnte im Tempel niemand sein . . . Zamorra im silbern glitzernden Götter-Kampfanzug und Nicole im Evaskostüm. Das hinderte sie nicht daran, sofort zum Angriff überzugehen und einen der heranstürmenden Adepten anzugreifen. Mit einer Frau glaubte der leichtes Spiel zu haben und kam dann nicht einmal mehr dazu, sich zu wundern, weil er von Judo und Karate noch nie etwas gehört hatte. Nicole bewies ihm die Wirksamkeit dieser Kampftechniken, betäubte ihn mit einem Handkantenschlag und begann ihm seine Adeptenrobe auszuziehen.

Zamorra stand jetzt, das Schwert schwingend, auf der gemauerten Kante des Wasserbeckens. Ihm galt der Angriff der vier anderen Dämonendiener. Zamorra ließ das Schwert wirbeln und hielt drei auf Abstand, während der vierte glaubte, von der Seite an ihn herankommen zu können.

Zamorra ließ ihn in seinem Glauben. Vor dem Schwert hatten die drei Bürschlein einen Heidenrespekt, lauerten, fintierten und wichen immer wieder zurück. Waren sie tatsächlich unbewaffnet?

Überraschend drehte Zamorra sich, hielt dabei die Klinge mit ausgestrecktem Arm flach und traf den vierten, der sich herangeschlichen hatte. Mit einem lauten Schrei verschwand der im Wasserbecken.

Den nächsten traf er, weil dieser glaubte, jetzt, da Zamorra sich umgedreht hatte, leichtes Spiel zu haben. Besinnungslos kippte der Adept um wie ein nasser Mehlsack. Jetzt wurde es den beiden anderen doch etwas mulmig.

Sie flohen.

Zamorra setzte ihnen nach, betäubte einen mit dem Schwert, und dann raste jemand noch schneller durch die Halle, sprang den letzten an und setzte ihn mit einem Karateschlag außer Gefecht. Nicole zeigte, wie erleichtert sie lachen konnte, warf den Kopf zurück, daß das Haar flog, und kehrte dann zu ihrem ›ersten Opfer‹ zurück. Kaum neben ihm niedergekniet, rief sie Zamorra zu: »Fang auf . . .«

Sie hatte dem Burschen die Robe ausgezogen und war dabei überraschend fündig geworden. Jetzt hielt sie einen kleinen Dhyarra-Kristall in der Hand, und den warf sie Zamorra zu. Mit der Linken fing er ihn auf und fühlte sich sofort wohler. Mit dem Schwert war er nicht sonderlich geübt, aber mit dem magischen Kristall konnte er mehr anfangen.

Adepten verfügten selten über stärkere Dhyarras als solche zweiter Ordnung, die auch Zamorra kontrollieren konnte, ohne daß ihm der Kristall durch seine Stärke das Gehirn ausbrannte.

Er schob das Schwert in die Scheide und drehte den Kristall sinnend in beiden Händen, während sich Nicole immer noch der Robe ›ihres‹ Adepten widmete.

Da hämmerten Stiefel über den Steinboden. Da schrien Männer, und Waffen klirrten.

Zehn Tempelkrieger stürmten in den Saal. Der Adept, den Zamorra schwungvoll ins Becken befördert hatte, hatte sie mit seiner Magie gerufen!

Zamorra wirbelte herum, starrte den Tempelkriegern entgegen. Sie waren in schwarze Lederrüstungen gehüllt und mit Schwertern und Strahlwaffen ausgerüstet. Als sie ihn und Nicole sahen, spritzen sie förmlich auseinander, zogen die Blaster und zielten auf die beiden.

Jetzt oder nie! durchfuhr es Zamorra.

Er konzentrierte sich. Seine langgeübten Meditationstechniken halfen ihm. Innerhalb weniger Sekunden fiel er in Halbtrance und drang mit seinem Geist in den Dhyarra-Kristall ein.

Zurück! peitschte sein Gedankenbefehl, den der Dhyarra gierig aufnahm und unglaublich verstärkte. *Zurück!* peitschte es den Tempelkriegern mit Macht entgegen.

Sie zögerten, wußten nicht, was sie tun sollten, sahen sich verwirrt an. Ein Dhyarra-Befehl hatte sie gezwungen, herzukommen, und jetzt befahl ihnen jemand, wieder umzukehren . . .

Nein! Bleibt! Erschießt ihn! geisterte ein neuer, verstärkter Befehl durch die Halle.

Abermals kreiselte Zamorra herum. Der Adept!

Der Bursche im Wasserbecken kontrollierte ebenfalls einen Kristall!

Zamorra war noch einmal schneller!

Seine Halbtrance reichte zwar nicht aus, ihn alles erkennen zu lassen, was um ihn herum vorging, aber der Dhyarra-Kristall ließ ihn sehen. Er verstärkte auch Zamorras Sinne und gab ihm die Möglichkeit zum Handeln.

Er benutzte seinen Kristall als Wurfgeschoß.

Der Adept wurde am Kopf getroffen und sank lautlos um, aber die Entfernung hatte den Rapport zwischen Zamorra und seinem Beute-Kristall nicht lösen können.

Zurück! Verschwindet! gellte erneut sein Para-Befehl.

Jetzt endlich gehorchten die Krieger, steckten ihre Waffen ein und machten mürrisch kehrt, völlig im Bann der Kristall-Hypnose. Wahrscheinlich wußten sie nicht mal, was sie in diesen Minuten taten.

Zamorra sah ihnen nicht nach. Er *wußte,* daß sie gingen, um nicht wiederzukommen. Gemütlich ging er zum Wasserbecken, stieg hinein und nahm zuerst seinen Beute-Kristall wieder an sich, ehe er den bewußtlosen Adepten aus dem Wasser zerrte, damit der Kerl nicht ertrank wie eine Ratte.

Als er mit seiner Arbeit fertig war, sah er sich nach Nicole um. Die hatte sich die Robe des Adepten übergestreift.

Der Meister des Übersinnlichen hob das Schwert wieder auf, das er fallen gelassen hatte, und schob es in die Scheide. »Eine seltsame Welt ist das hier«, sagte er. »Einerseits halbe Steinzeit, zum anderen Wasserpumpen und Laserstrahlen . . . und Magie! Hier paßt nichts zum anderen.«

»Und ausgerechnet wir müssen in ausgerechnet diesem Tempel landen«, murrte Nicole. Sie hatte nur allzu böse Erinnerungen daran.

Zamorra wog den Kristall in seiner Hand. »Nicht schlecht, das Ding«, brummte er. »Damit dürften wir wohl leichteres Spiel haben als früher.«

Zamorra versenkte seinen Geist in die Energien des Kristalls. Er nahm Muster und Strukturen wahr und polte sie bedächtig um, und als er schließlich aus seiner Trance wieder erwachte, stand ihm der Schweiß auf der Stirn. Nun aber war er sicher, daß dieser Kristall jetzt auf seine Gedankenmuster verschlüsselt war.

»Da war noch etwas«, murmelte er, als er aufsah und in Nicoles dunklen Augen die winzigen goldenen Tupfer erkannte, die er so liebte.

»Was?« hauchte sie.

»Ein Kristall«, sagte er. »Ein ungeheuer starker Kristall. Ich habe ihn durch meinen Dhyarra wahrgenommen. Er muß der stärkste sein, den ich jemals erlebt habe. Wie hoch gehen die Rangstufen? Zehn, elf?«

»Elf«, sagte Nicole. »Und einen Kristall elfter Ordnung vermögen nicht einmal Götter und Dämonen allein zu beherrschen.«

»Der Kristall, der ganz in der Nähe ist, muß *zwölfter* Ordnung sein.«

In der großen Halle mit dem Wasserbecken war alles leer geblieben. Die Tempelkrieger tauchten kein zweites Mal auf, und auch Dämonendiener zeigten sich nicht. Hatten sie von dem Vorfall nichts bemerkt?

Zamorra wie auch Nicole erschien es unwahrscheinlich. Allein die Dhyarra-Aktivitäten müßten doch festzustellen gewesen sein.

Oder bauten die Schwarzen des ORTHOS jetzt in aller Gemütsruhe eine Falle auf, in der sich die beiden unfreiwilligen Eindringlinge fangen sollten?

Nicole in ihrer Adeptenrobe, unter deren Kapuze ihr Gesicht im Schatten blieb, so daß sie kaum zu erkennen war, stieß Zamorra an. »Wie wäre es, wenn du dich auch ein wenig tarnen würdest? Dein Disco-Look in allen Ehren, aber als Adept unter Adepten fällst du weniger auf.«

Der Meister des Übersinnlichen nickte. »Vielleicht hast du recht, wenn ich mir auch nicht vorstellen kann, daß sich die Burschen so einfach hereinlegen lassen! Als ich meinen ersten Versuch startete, dich zu befreien, mußte ich wieder fliehen und tat dies in einer Adeptenrobe. Der Erfolg war, daß man mich doch durchschaute und über einen Dhyarra-Kristall in eine Bombe verwandeln wollte.«

Dennoch begann er, einen der niedergeschlagenen Adepten seiner Robe zu entledigen, in die er sich selbst hüllte. Ein wenig seltsam kam er sich jetzt schon vor.

Und immer noch erschien niemand, um nach dem Rechten zu sehen oder ihnen eine Abteilung Krieger auf den Hals zu schicken!

»Und wenn . . .«, flüsterte Nicole plötzlich, »der ganze Tempel leer ist und diese fünf Adepten hier die einzigen ORTHOS-Schwarzen waren, die zurückblieben?«

Er fuhr herum. »Was meinst du damit?«

»Denk an den Krieg gegen Rhonacon!« rief sie. »Es ist unwahrscheinlich, daß die Dämonen den von dir verratenen Termin einhalten. Sie werden noch früher angreifen wollen, aber dann müssen die Truppen jetzt bereits ausrücken, und ich nehme an, daß sie dabei nicht auf die Unterstützung von Magie und Schamanenkraft verzichten wollen!«

»Das könnte es sein«, murmelte er überrascht. »Aber dann . . . dann hätten wir ja jetzt alle Chancen, hier aufzuräumen! Laß uns nach diesem Super-Kristall sehen!«

Sie nickte nur.

Sie kannte sich im Tempel halbwegs gut aus. Sie übernahm die Führung.

Und Zamorras Dhyarra-Kristall wies ihnen die Richtung.

Der Dämonentempel war alles andere als klein zu nennen. Er war nicht minder groß als der Königspalast und ragte in mehreren Etagen auf, um nicht nur den Adepten, Hexern, Magiern und Schamanen Wohnraum zu bieten, die in Aronyx und näherer Umgebung ihr Unwesen trieben, sondern auch einer starken Abteilung Tempelkrieger.

Davon war aber im Moment nichts zu bemerken. Die Stille wohnte im Tempel. Selbst Nicole war maßlos überrascht, hatte es doch früher hier von Menschen gewimmelt. Aber jetzt standen nicht einmal Krieger auf ihren Posten.

»Kann es denn sein, daß die alle aufgebrochen sind, um in den Krieg zu ziehen?« fragte Zamorra sich halblaut. »Oder befinden wir uns hier in einem Gebäude, das dem Tempel nur ähnelt?«

Aber ein zweites Gebäude in diesen Abmessungen gab es in Aronyx nicht, und der Königspalast würde prunkvoller aussehen.

Langsam, während sie sich durch die Korridore und über die

Treppen bewegten, wurde es beiden unheimlich. Nicht einmal die zehn Tempelkrieger, die der eine Adept über seinen Kristall gerufen hatte, ließen sich wieder blicken. Es war, als seien alle Tempelbewohner vom Erdboden verschluckt worden.

Bedrückende Stille überall . . .

»Hier links geht es zu jenem Teil des Gebäudes, in dem die Tempeldienerinnen untergebracht sind«, sagte Nicole, die selbst dort gelebt hatte. Zamorra drehte den Kopf, und da sah er in der angegebenen Richtung hinter einer Gangbiegung einen Schatten.

Dort bewegte sich jemand, trat wohl von einem Fuß auf den anderen, weil ihm das Stehen zu lang wurde.

Unwillkürlich dämpfte der Parapsychologe seine Stimme. »Also doch noch Leben in diesem Bau . . . da paßt einer auf, daß die Dienerinnen nicht ausrücken!«

Nicole preßte die Lippen zusammen. Zamorra begriff, was in ihr vorging.

»Also dann«, sagte er. »Der Kristall kann warten.«

Er konzentrierte sich auf seinen Dhyarra und sandte Para-Impulse aus. Hinter der Gangbiegung bewegte sich der Schatten heftiger und verschwand dann, während ein dumpfer Fall zu hören war.

»Der schläft erst einmal«, knurrte Zamorra zufrieden, »und wenn er noch ein paar Kollegen in der Nähe hat, liegen die jetzt auch in Morpheus' Armen!«

Nicole eilte schon an ihm vorbei. Zamorra folgte ihr. Sie kamen zu der Gangbiegung und sahen einen Tempelkrieger besinnungslos am Boden liegen, zwanzig Schritte weiter einen zweiten. Dazwischen fanden sich Türen in der Gangwand, die aus transparenten magischen Feldern bestanden, die niemanden hinausließen.

Vor dem Krieger ging Zamorra blitzschnell in die Knie und hob dessen Strahlwaffe auf. Gut geformt war der Griff und lag kühl in seiner Hand. Die Waffe war höchst einfach zu bedienen und voll aufgeladen. Als Zamorras Daumen den Sicherungsflügel probeweise herumschob, glomm vorn der Abstrahlpol zwischen der Metallspirale auf.

Er sicherte die Waffe wieder. So ein Ding hatte er gesucht, seit er in diese Welt verschlagen worden war. Er nickte Nicole zu. »Da liegt deiner . . .«

Sekunden später hatte auch der Blaster des zweiten besinnungslosen Kriegers seinen Besitzer gewechselt.

Abermals setzte Zamorra die Kraft des Kristalls ein. Sie reichte aus, die magischen Türen aufzulösen. »Alles rauskommen«, befahl er so laut, daß in den Aufenthaltsräumen dahinter jedes der Mädchen es hören mußte.

Nacheinander kamen sie, in jene durchscheinenden Tempelgewänder gehüllt, die Nicole fürchten gelernt hatte. Verständnislos starrten etwa zehn Mädchen die beiden vermeintlichen Adepten an.

»Ihr seid frei«, sagte Zamorra. »Nehmt einem der beiden Krieger ein Schwert ab und verlaßt den Tempel!«

Erst als er seine Aufforderung wiederholt hatte, kam Bewegung in die Dienerinnen, die nicht begreifen konnten, was er gesagt hatte. Aber dann bückte sich eine zögernd, zog das Schwert des zweiten Kriegers aus der Scheide und lief davon.

Den Weg zum Tempelausgang schienen sie alle zu kennen.

»Warum gibst du ihnen nur eines der Schwerter mit?« fragte Nicole, als von den Mädchen nichts mehr zu sehen war.

Zamorra schmunzelte. »Weil mir beinahe eine Unterlassungssünde unterlaufen wäre. Einer dieser Burschen wird jetzt nämlich seine Rüstung los, die du anziehst ... *unter* der Adeptenkutte! Und dann hast du immerhin auch ein Schwert zur Verfügung ...«

Zamorra selbst verzichtete auf eine Rüstung, weil er den silbernen Kampfanzug trug, der ihm von Thor von Asgaard zur Verfügung gestellt worden war. Aber Nicole war anschließend gut gepanzert.

»Glaubst du, daß sie durch das Außentor kommen?« fragte sie.

»Nein«, gab er zurück, »und deshalb werden wir jetzt ganz schnell nach dem Superkristall suchen und dann den Freigelassenen das Tor öffnen. Nici, eine solche Chance, hier aufzuräumen, gibt's nie wieder ...«

Aber so ganz konnte er doch nicht daran glauben, daß der Tempel ganz schutzlos war, auch wenn sich immer noch niemand zeigte. Deshalb blieb er wachsam und mißtrauisch.

Wieder zeigten der Dhyarra und Nicole ihm den Weg.

Und dann standen sie vor einer kunstvoll verzierten Tür, die nicht rechteckig war, sondern oval, und dabei aus zwei Flügeln bestand.

Die Klinke ließ sich nicht niederdrücken.

»Dahinter muß der Kristall liegen!« behauptete Zamorra, der seinem Beute-Dhyarra vertraute.

Er nahm den Blaster zur Hand, zielte auf das Türschloß und löste einen Schuß aus. Der grellweiße Strahl brannte innerhalb weniger Sekunden eine breite Öffnung in die Tür, und dann reichten zwei Fußtritte, beide Flügel nach innen aufschwingen zu lassen.

Und im nächsten Moment wußte Zamorra, wo die Tempelkrieger sich aufhielten, die den Tempel der Dämonen bewachten.

Kapitel 79

Teri Rheken war nach Caerdamon zurückgeholt worden, so wie Merlin sie in die Grotte versetzt hatte. Jetzt standen sie beide im *Saal des Wissens,* den außer Merlin kaum jemand zu betreten vermochte, ohne sofort getötet zu werden. Tausendfältige Sicherheitseinrichtungen verhinderten auf diese Weise das Eindringen von Unbefugten und den Mißbrauch der ungeheuren Machtmittel, die hier verborgen waren.

Die frei im Raum über dem runden Sockel schwebende Bildkugel zeigte plastisch, wie Kerr mit dem Amulett die Grotte verließ.

»Von nun an werden sie ihn wieder jagen«, sagte Teri leise. Merlin legte den Arm um ihre Schulter und zog sie an sich wie eine Tochter. Aber Teri war alles andere als das.

»Ich kann es nicht verhindern«, sagte der alte Zauberer. »Er muß sich selbst behüten.«

»Dein großer Plan«, flüsterte sie leise. »Was bezweckst du damit? Warum mußte Zamorra aus dieser Welt verschwinden, warum muß Damon sich hier aufspielen, und wozu bringt Kerr das Amulett nach Unterwössen? Was hat es mit diesem Schwert auf sich?«

Merlin zögerte eine Weile, bevor er sprach. »Ich darf es dir nicht beantworten«, sagte er. »Es gibt Gesetze und Zwänge, denen auch ich unterliege. Nur eines: Daß Damon erwachte, war nicht geplant – jedenfalls nicht unter diesen Umständen. Das Erwachen hätte später erfolgen müssen, in jenem Moment, in dem sich das Weltentor im Gebirge öffnet. So mußte der Plan sich nun ändern.«

»Wer hat ihn erdacht, Merlin?«

Doch der Zauberer schwieg.

Nach einer Weile verblaßte das Bild in der Kugel. Mit sanftem Druck zog Merlin Teri mit sich. »Komm«, sagte er.

Der *Saal des Wissens* blieb leer hinter ihnen zurück.

Das Gefühl, beobachtet zu werden, stellte sich wieder ein, als Kerr von dem grauen Felsen ausgespien wurde, wenngleich es bei weitem nicht mehr so stark war wie auf dem Hinweg.

Jetzt endlich, als er sich wieder in frischer Waldluft befand, brachte er es fertig, auf seine Armbanduhr zu sehen.

Er stutzte.

Fünf Stunden sollte er in der Mardhin-Grotte zugebracht haben? Hier draußen sollte es schon Nachmittag sein?

Er kontrollierte seine Uhr, weil er ein ziemlich gutes Schätzungsvermögen für Zeitabläufe hatte, aber als er zum fünften Mal von einundzwanzig bis achtzig gezählt hatte, wußte er, daß seine Uhr nicht schneller lief als gewöhnlich – nicht so schnell, um eine Zeitspanne von ein paar Minuten auf fünf Stunden zu dehnen. Demnach war in der Mardhin-Grotte die Zeit tatsächlich mit anderer Geschwindigkeit abgelaufen, und nur das Federwerk seiner Uhr hatte sich als unbestechliches Meßinstrument erwiesen.

Schulterzuckend machte er sich an den Abstieg. Sein Magen begann immer gefährlicher zu knurren und zeigte ihm ebenfalls unmißverständlich, wieviel Zeit vergangen war.

Er fand seinen Wagen wieder, fuhr rückwärts bis zu einer Stelle, wo er wenden konnte, ohne daß er steckenblieb. Ein paar Minuten später war er unten im Dorf.

Vor dem Pub stoppte er den Vauxhall. Die Tür war geöffnet und ließ frische Luft und Inspektor Kerr hinein. Drei, vier Männer saßen an einem runden Tisch in der Ecke, sprachen in unverständlichem walisischem Dialekt über irgend etwas und nahmen von Kerr keine Notiz.

Aber Dav, der Wirt, der gerade aus einer Seitentür wieder in den Schankraum kam, weil er irgend etwas besorgt hatte, sah Kerr. Und er sah, was vor dessen Brust am Silberkettchen hing.

»Modron, steh mir bei – das Amulett!« stieß er hervor und konnte nur durch viel Geschick verhindern, daß die Flasche mit zwanzig Jahre altem Rotwein, die er in der Hand getragen hatte, auf dem Boden zerschellte.

Kerr fassungslos anstarrend, tappte er hinter den Tresen, und davor stand jetzt Kerr und fühlte die Blicke der anderen Gäste im Nacken, die durch den Ausruf des Wirtes aufmerksam geworden waren.

Ein bißchen kannte sich Kerr doch in walisischer Mythologie aus. »Mister Dav, woher kennen Sie das Amulett, daß Sie den Schutz der All-Mutter erbeten?«

»Woher? Woher, Fremder? Das ist doch das Amulett, das der verschwundene Ausländer trug! Wie kommen Sie daran?«

»Es wurde mir ausgehändigt«, blieb Kerr bei der Wahrheit und fügte sogleich eine weitere Wahrheit hinzu: »Mir wühlt der Hunger im Gedärm! Haben Sie nichts Handfestes, das man essen kann?«

Dav hatte. »Aber wissen Sie denn nicht, daß sich die Polizei für das Verschwinden der Franzosen interessiert? Sogar Scotland Yard soll sich eingeschaltet haben ...«

Kerr zückte seine ›Hundemarke‹. »Ich *bin* der Mann von Scotland-Yard, der mit dem Fall beauftragt ist«, sagte er lächelnd. »Ich weiß zwar noch nicht, *wohin* der Fremde, der Professor Zamorra heißt, verschwunden ist, aber er befindet sich mit Sicherheit nicht mehr in unserer Welt!«

»Dann hat Merlin ihn geholt, weil er schnüffeln wollte. Merlins Burg wollte er finden, der Vermessene!«

Kerr schmunzelte. »Vielleicht hat er Merlins Burg erreicht, vielleicht aber auch nicht. Ich habe ihn jedenfalls nicht gesehen, als ich in Merlins Höhle gerufen wurde.«

Warum er sich von der redseligen Seite zeigte, wußte er selbst nicht, aber im nächsten Moment war er Davs Gast. Dav tischte ihm die feinsten Leckereien auf und dachte nicht im Traum daran, dafür auch nur einen Penny zu verlangen, aber er und auch die vier anderen Gäste drängten sich jetzt um Kerr und hingen mit ihren Blicken gebannt an seinen Lippen.

Er mußte erzählen.

Und er erzählte gern, weil ihm diese Leute sympathisch waren. Noch sympathischer wurde er ihnen, und er glaubte sogar etwas wie Verehrung zu spüren, weil es ihm gelungen war, Einlaß in die legendäre Mardhin-Grotte zu erhalten, was den Menschen in Cwm Duad, im Schatten der unsichtbaren Burg, niemals gelungen war. Und plötzlich hatte Dav ihm etwas mitzuteilen.

»Kerr, ich weiß nicht, ob das etwas mit Ihnen zu tun hat . . . aber heute mittag tauchte hier im Ort jemand auf und nahm bei mir ein Zimmer, das er für drei Tage im voraus bezahlte. Er behauptete, auf jemanden zu warten.«

»Und warum erzählen Sie mir das?« wollte Kerr wissen.

»Weil mir der Bursche plötzlich nicht mehr ganz echt vorkommt«, erwiderte Dav. »Ich habe ein ungutes Gefühl, und das wird immer stärker und zwingt mich, Sie zu warnen . . .«

»Sie glauben, daß dieser Fremde auf mich wartet und mir ans Leder will?«

Dav nickte nur.

Und in diesem Moment begann die Treppe zu knarren, die nach oben führte, wo Dav alle Jubeljahre einmal Zimmer vermietete, wenn Touristen durch Wales reisten und auch mal nach Cwm Duad kamen.

Der Gast, der Dav suspekt erschien, ging die Treppe hinunter zum Schankraum, und in Kerr schlug plötzlich eine Alarmglocke an.

Gefahr! schrie sein Druidenblut ihm zu. *Höchste Gefahr!*

Und dann ging alles blitzschnell.

Kerr sprang auf. Fast wie von selbst flog ihm das Amulett in die Hand, das bisher lose vor seiner Brust gehangen hatte.

»Weg!«

Auf halber Höhe war der Fremde stehengeblieben, ging jetzt federnd in die Knie und schleuderte etwas auf die kleine Gruppe zu, in deren Mitte Kerr stand!

Polternd war Kerrs Stuhl nach hinten geflogen.

Schwarz und drohend schwirrte etwas auf ihn zu. Silbern und leuchtend zuckte es im selben Augenblick aus dem Amulett hervor und griff nach dem Schwarzen, um es zu umschließen.

Kerrs Kinnlade klappte nach unten. Er war fassungslos über das, was geschah.

Wie ein unheimlich langer, silberner Arm hielt das Gespenstische das schwarze Teufelsei gefaßt, schwenkte durch den Raum und zwang mit seiner Bewegung Kerr, der die silberne Scheibe hielt, die Drehung mitzumachen, bis dieses schwarze Ding die Tür erreicht hatte. Jetzt erst erkannte Kerr, daß es eine Handgranate gewesen war, die der Unbekannte nach ihm geworfen hatte!

Von der Tür aus wurde der Flug der Granate fortgesetzt, hinaus auf die Straßenmitte, wo sie in grellem Lichtblitz auseinanderflog!

Dav stöhnte auf. So deutlich hatte er Magie noch nie vorgeführt bekommen.

Im selben Moment, in dem draußen die Explosion stattfand, war das gespenstische Silberlicht wieder erloschen. Kerrs Finger ließen das Amulett los, das vor seine Brust zurückfiel, und dann schob er zwei Waliser zur Seite, die ihm im Weg standen, und stürmte zur Treppe.

Er hätte gar nicht zu laufen brauchen. Der Attentäter war nicht in der Lage, das Unglaubliche zu begreifen. Als Kerr ihn auf halber Treppe erreichte, nach ihm griff und ihn nach unten zerrte, war er noch nicht in der Lage, sich zu wehren.

»Sie sind verhaftet«, war alles, was der selbst noch überraschte Kerr ihm zu sagen hatte, aber sofort wurden seine Druiden-Sinne wieder aktiv.

Der Handgranatenwerfer stand im Bann eines Dämons!

Und eiskalt schlug der Dämon in dem Augenblick zu, in dem er aus irgendwelchen Fernen erkennen mußte, daß sein Mordanschlag gescheitert war. Vor Kerrs Augen brach der Attentäter lautlos zusammen.

Kerr kniete neben ihm nieder, fühlte nach dem Puls und suchte ihn vergeblich. Er begann mit Wiederbelebungsversuchen, aber nach zehn Minuten gab er erschöpft auf.

»Verdammt!«

Auch Zamorras Amulett hatte dem Mann nicht mehr helfen können. Jede Spur des Dämons war damit beseitigt.

Draußen auf der Straße stand das halbe Dorf versammelt. Die Explosion der Granate hatte auch den Letzten aus dem Haus geholt. Kerr sah müde aus dem Fenster und sah die Menschenmenge draußen.

Er schluckte.

»Dav«, sagte er leise. »Rufen Sie Mullon in Carmarthen an. Er soll den Toten abholen und untersuchen lassen. Und ich werde jetzt ganz schnell aus Cwm Duad verschwinden, damit beim nächsten Attentat nicht Unschuldige verletzt werden. Aber wenn das alles ausgestanden ist, dann machen wir ein kleines Faß auf hier im Dorf . . . für alle, all right?«

Er ließ überraschte Menschen im Pub zurück, verließ den Schankraum und stieg draußen in den Wagen. Der Dämon, der ihn im Auftrag des Fürsten der Finsternis jagte, würde bereits den nächsten Überraschungsanschlag planen.

Kerr fuhr los. Er war gesättigt, und auch seine Müdigkeit hielt sich in Grenzen. Es war, als seien ihm in der Mardhin-Grotte Kräfte zugeflossen, die eine Schlafpause überflüssig werden ließen. Und das war gut so, denn er spürte, daß die Zeit mehr und mehr drängte. Sein Ziel war Deutschland; er mußte die Beschwörung am versteinerten Fluß vornehmen!

Aber zunächst einmal mußte er nach London, Heathrow Airport. Von da mit dem nächsten Flugzeug nach München . . .

»Na, ob Sir James *die* Spesenrechnung unterschreibt?« zweifelte er im Selbstgespräch.

Er trat das Gaspedal durch. Der Wagen jagte mit durchdrehenden Rädern los. Kerr verzichtete jetzt großzügig darauf, sich an Geschwindigkeitsbeschränkungen zu halten.

Nach zwei Stunden parkte er am Londoner Flughafen.

Kapitel 80

»Vorsicht!« gellte Nicoles Schrei.

Zamorra vollführte einen Hechtsprung nach vorn. Dicht über ihm kreuzten sich grelleuchtende Strahlenbahnen. Im nächsten Augenblick eröffnete hinter ihm auch Nicole das Feuer, die blitzschnell zur Seite gesprungen war.

Hier stecken die Brüder! dachte Zamorra, der durch die Adeptenrobe behindert war, sich zur Seite rollte und damit der leichten Korrektur der Laserschüsse abermals entging. Dann aber hörte er laute Schreie, und Augenblicke später ertönten hastige, harte Schritte – Sprünge. Nicole zwang mit ihrem Blaster die Tempelkrieger, Deckung zu suchen, die gerade noch geglaubt hatten, leichtes Spiel zu haben.

Zwei, drei Sekunden Luft, und die reichten Zamorra. Erneut setzte er seinen Dhyarra ein und glaubte, sein Schädel müsse auseinanderplatzen, weil der Kristall ihn zu überfordern drohte.

Aber dann herrschte Ruhe.

Fünfzehn Krieger, einer davon ein Hauptmann, waren in Zwangsschlaf versunken. Zwei weitere lagen tot am Boden. Sie waren nicht schnell genug beiseite gesprungen, als Nicole blindlings in den Raum schoß.

Langsam richtete Zamorra sich auf, und ebenso langsam kam Nicole heran. Bestürzt sah sie die beiden Reglosen an, die mitten im Raum lagen. »Sind die . . . sind die tot?«

Zamorra trat zu ihr, legte einen Arm um ihre Schulter. Kaum wahrnehmbar sein Nicken. »Tröste dich damit, daß es Notwehr war . . . sie wollten uns schließlich auch töten. Eine Sekunde später, und es wäre ihnen gelungen.«

Seinen eigenen Strahler, der ihm entfallen war, hob er wieder auf und verstaute ihn unter seiner Tarnkleidung. Nicole folgte seinem Beispiel. Sie konnte sich nicht damit abfinden, gerade zwei Menschen getötet zu haben. Es fiel ihr auch nicht leichter, als sie in einem der beiden Toten einen der Krieger wiedererkannte, die sie am Krokodilfluß ins Wasser geschleudert hatten. Aber Zamorra begann schon wieder, sich andere Gedanken zu machen.

»Ich glaube nicht, daß das schon die ganze Wachmannschaft war ... Wenn ich hier etwas zu sagen hätte, wären nicht nur die paar Leute zurückgeblieben. Der Tempel und alles, was damit zu tun hat, ist beim Volk nicht sonderlich beliebt, und ich könnte mir sehr gut vorstellen, daß sich die Bevölkerung von Aronyx eine solche Gelegenheit nicht einfach entgehen läßt.«

»Du meinst, daß wir einen Angriff von außen zu befürchten haben?«

»Genau das, und *davor* habe ich Angst!« gestand Zamorra. »Der Tempel *muß* geschützt sein, und nicht nur durch diese paar Soldaten.«

Er hatte, während er sprach, sich im großen Raum umgesehen und erkannte jetzt, daß der Wachtrupp nicht etwa eine Falle bedeutet hatte, sondern daß die fünfzehn Krieger und zwei Hauptleute allein deshalb abgestellt worden waren, um das zu schützen, was vielleicht das größte Heiligtum des Tempels war.

Er hatte den Dhyarra-Kristall zwölfter Ordnung entdeckt!

Langsam schritt Zamorra auf den Schrein zu.

Nichts anderes hatte in diesem Augenblick in seiner Gedankenwelt noch Platz. Er sah nur noch den Kristall, der so superstark gewesen war, daß er ihn hatte spüren können.

Aber woher konnte er wissen, daß dieser Kristall zwölfter Ordnung war? Er besaß doch keinerlei Erfahrung darin, Dhyarra-Kristalle auf ihre Stärke hin auszuloten! Er wußte doch noch nicht einmal genau, wie stark der Dhyarra war, der in seinem Safe im Schloß Montagne lag!

Und jetzt wußte er, daß dieser hier zwölfter Ordnung war?

Hatte der Kristall es ihm möglicherweise mitgeteilt, ohne daß er diese Mitteilung bewußt wahrgenommen hatte?

Vor einem kristallenen Schrein, der im schwachen Licht funkelte und schimmerte, blieb Zamorra stehen. Mit dunkelrotem Samt ausgelegt, hatte die Fläche zwei Ellen Breite und zwei Meter Länge, und unter der gläsernen Haube, die alles bedeckte, lag ein Schwert.

Prachtvoll verziert und mächtig, strahlte es die Kraft dessen aus, der es einmal geführt hatte.

Unwillkürlich mußte Zamorra an das Schwert im Fels der Mardhin-Grotte denken. War es dasselbe, von einer unsichtbaren Kraft hierher versetzt und in einem Schrein plaziert, der jenen glich, in denen Damon und Byanca schliefen?

War dies *Caliburn*, das Schwert, das einst König Artus aus dem Fels gezogen hatte?

Nicole mußte dasselbe gedacht haben wie Zamorra. »Dieses Schwert ist irgendwie anders«, behauptete sie. »Es wirkt irgendwie ... männlicher!«

Und dämonischer!

War das Schwert im Fels das *Schwert der Götter* gewesen, mußte dies das *Schwert der Dämonen* sein! Von der Pracht der Verzierungen ging etwas seltsam Unheimliches aus, das böse Träume heraufbeschwor und das Entsetzen und kalte Furcht herbeizauberte, wenn man versuchte, sich in die Betrachtung zu versenken und sich in den vielfältigen Mustern und Bildern zu verlieren, die einen Teil der Klinge und den gesamten Griff und die breite Parierstange bedeckten.

Das *Schwert der Dämonen.*

Damons Schwert?

Und im Griff eingelassen war der Kristall, den Zamorra erfühlt hatte. In kaltem Blau funkelte er, war in seinem Charakter aber weder gut noch böse, sondern neutral, wie jeder Dhyarra gleich welcher Stärke neutral war. Böse oder gut wurde von dem bestimmt, der den Kristall benutzte.

Zamorra beugte sich leicht vor. Seine Finger berührten die seltsame Haube mit den Spitzen – ließen sie lautlos wie von Zauberhand gehalten in die Höhe schweben bis dicht unter die Decke des Raumes ...

Frei und ungeschützt lag das Dhyarra-Schwert vor ihm.

Zögernd streckte er die rechte Hand danach aus.

Scharf sog Nicole neben ihm die Luft ein, und beide dachten in diesem Moment an die Mardhin-Grotte.

Keiner sprach es aus, was beide dachten: Wurden sie gleich beide wieder in ihre Welt zurückgeschleudert, wie es in der Mardhin-Grotte beim Berühren *Caliburns* umgekehrt geschehen war?

Zamorra hielt den Atem an. Im Zeitlupentempo näherte sich seine Hand dem Schwertgriff.

Und griff dann blitzschnell zu!

Die Hand umschloß den Griff des Schwertes. Langsam und bedächtig hob er die Waffe an.

Nichts geschah!

Kein Übergang von einer Welt zur anderen! Keine blitzschnell wechselnde Umgebung! Die Waffe lag gut in seiner Hand, nicht zu schwer und perfekt ausbalanciert.

Eine prachtvolle Waffe! Zamorra, der sonst von Waffen nicht sonderlich viel hielt, war von diesem Schwert begeistert. Aber den Kristall im Griffstück konnte er nicht benutzen. Er war viel zu stark. Er fühlte es sofort, als er ansatzweise danach zu tasten versuchte.

Er war nicht einmal enttäuscht. Es war ihm von vornherein klar gewesen, daß er einen derart mächtigen Kristall nicht beherrschen konnte.

Nicole stieß ihn an. »Was hast du nun vor?«

Er grinste. »Das Schwert klauen, was sonst? Ein solches Machtinstrument darf hier nicht zurückbleiben. Sagen wir, ich nehme es in Verwahrung, bis es dem rechtmäßigen Besitzer zurückgegeben werden kann.«

Er wandte sich um und verließ den Raum. Nicole folgte ihm. Hier im Tempel blieb ihnen wahrscheinlich nichts mehr zu tun.

Aber mehr denn je rechnete Zamorra jetzt mit einem überraschenden Überfall. Er wollte es nicht wahrhaben, daß die Dämonendiener den Tempel derart schutzlos zurückgelassen hatten.

Unangefochten erreichten sie den Innenhof. Niemand hinderte sie daran, den Tempel durch ein weit offenstehendes Tor zu verlassen. Durch dieses Tor mußten auch die befreiten Tempeldienerinnen entkommen sein.

»Ich werd' verrückt«, murmelte Zamorra überrascht, als sie sich draußen befanden. »Das kann doch nicht wirklich alles sein . . . unmöglich! Sie *müssen* doch etwas tun!«

»Oder auch nicht«, murmelte Nicole plötzlich. Der Abend dämmerte bereits, aber auf der breiten Prachtstraße, die von Tempel und Königspalast zum Hafen führte, befand sich kein Mensch. Nur sie beide standen hier, in die dunklen Roben der Adepten gekleidet.

»Schau mal . . .«

Nicole hatte den Arm ausgestreckt und deutete zum Hafen. Zamorras Blick ging in die angegebene Richtung.

Er preßte die Lippen zusammen.

Auch der Hafen war leer, soweit er einzusehen war. Es lagen keine Frachtschiffe oder Kriegsboote an den Piers. Aber draußen auf dem Meer standen nicht weit entfernt fünf große Schlachtschiffe. Fackeln leuchteten in der einsetzenden Dämmerung.

»Das hat etwas zu bedeuten«, flüsterte Nicole. »Laß uns verschwinden, schnell!«

Zamorra nickte. Er entsann sich der überschweren Schiffsgeschütze, die er damals bei seiner Flucht von der Galeere gesehen hatte.

Er hastete davon, neben ihm Nicole.

Und kaum waren sie in einer der schmalen und düsteren Seitengassen untergetaucht, als hinter ihnen gleißendes Licht aus dem Nichts sprang.

Die Laserstrahlen selbst waren kaum zu sehen. Aber das grelle Feuer, in das der Tempel gehüllt wurde, war ein weithin sichtbares, flammendes Fanal der Vernichtung.

Was weiter geschah, sahen sie nicht mehr, und Zamorra hegte auch keinen Ehrgeiz, es zu erfahren. Ihm reichte es, von einem Großangriff mit Schiffsgeschützen auf den Tempel zu wissen, und er zweifelte daran, daß von dem Bauwerk viel mehr als ein Schlackeklumpen übrigbleiben würde. Er zweifelte aber auch nicht daran, daß die Dämonendiener den Tempel deshalb vollständig geräumt hatten, weil sie auf irgendeine Weise von dem Angriff erfahren hatten. Wahrscheinlich würde es für jene, die sich nach der Zerstörung des Tempels als Sieger fühlten, eine böse Überraschung geben . . .

Und vielleicht hatte man nur deshalb Zamorra nicht daran gehindert, das Schwert zu entwenden, um es auf diese Weise in Sicherheit zu bringen und es ihm später wieder abzujagen. Zamorra traute den Schwarzen des ORTHOS ohne weiteres zu, nicht nur um zehn, sondern um fünfzehn Ecken zu denken und Fernziele anzupeilen, die im ersten Moment nicht zu erkennen waren.

»Wir sollten uns Fortbewegungsmittel besorgen und zusehen, in Richtung Rhonacon zu kommen«, schlug Zamorra vor.

»Warum das denn?« erkundigte sich Nicole. »Erstens habe ich Hunger, zweitens ist es bald Abend, und drittens . . .«

»Schon gut, du hast nichts anzuziehen und möchtest über den Basar wandern, um auf meine Rechnung einzukaufen.« Er grinste.

Sie schüttelte den Kopf. »Blödsinn. Aber ich sehe nicht ein, was wir in Rhonacon sollen.«

Er lehnte sich gegen eine Hauswand. Irgendwo im Dunkeln pfiffen ein paar Ratten

»Du hattest vorhin im Tempel recht«, sagte er. »Das Kriegsheer wird aufgebrochen sein, *noch* früher als erwartet. Wir müssen ihnen nach oder gar voraus.«

»Ich verstehe«, sagte sie. »Du willst Rhonacon noch einmal warnen. Kannst du nicht den Dhyarra dafür verwenden – den kleinen natürlich, nicht den im Schwert.«

»Er wird zu schwach dafür sein, eine Nachricht über derartige Distanzen zu vermitteln«, vermutete er, versuchte es aber trotzdem. Doch was er befürchtet hatte, erwies sich als zutreffend. Der Kristall erster oder zweiter Ordnung war nicht stark genug. Er erhielt keinen Kontakt.

»Also gut, sehen wir zu, daß wir einen fliegenden Teppich bekommen«, brummte er schließlich.

»Erst ein Abendessen und ein Quartier für die Nacht«, bestimmte Nicole. »Wir gewinnen keine Zeit, wenn wir unterwegs verhungern oder müde abstürzen.«

Und damit hatte sie ihn überredet.

Kapitel 81

Inspektor Kerr war mit einer Nachtmaschine geflogen. Das Ticket hatte er aus eigner Tasche bezahlen müssen. Er hatte darauf verzichtet, Scotland Yard von seinem Flug zu unterrichten. Der Dienstweg war ihm zu lang. Er würde seine Spesenabrechnung später zusammen mit dem Einsatzbericht Sir James vorlegen und darauf pochen, daß ihm eine gewisse Selbstständigkeit und Eigenverantwortlichkeit bei der Einsatzdurchführung vorbehalten bleiben mußte. Und er war sicher, daß der alte Herr Verständnis zeigen würde. Sir James war zwar in Ehren ergraut, geistig aber weitaus jünger als manche seiner ›frischeren‹ Kollegen.

So flog Kerr nach München, ohne jemanden davon zu unterrichten. Er quartierte sich in einem der größeren Hotels ein, in der Hoffnung, daß die auf Unauffälligkeit bedachten Dämonen darauf verzichten würden, in einem Gebäude wie dem *Sheraton* für Unruhe zu sorgen. Und wie es schien, hatte er damit Erfolg.

Unbehelligt schlief Kerr dem Morgen entgegen. Er zwang sich zur Ruhe, denn selbst wenn er im Augenblick glaubte, keine Erschöpfung zu spüren, würde der Zusammenbruch dennoch kommen. Und in der Nacht würde er ohnehin nicht viel erreichen.

Dennoch konnte er nicht sicher sein, ob seine Gegner diese Zeit der Ruhe nicht ausnutzen, um eine perfekte Falle für ihn vorzubereiten. Denn daß sie ihn aus den Augen verloren hatten, wagte er nicht zu hoffen.

Kurz vor Mittag erwachte er wieder. Sein erster Griff galt dem Amulett. Es lag noch dort, wo er es hingelegt hatte. Er sah auf die Uhr; eigentlich hatte er nicht so lange ruhen wollen. Und er fühlte sich auch keineswegs so wach, wie es ihm eigentlich lieb gewesen wäre. Daran konnten auch die eiskalte Dusche und ein ausgiebiges Frühstück, das er zu so später Stunde doch noch irgendwo in der Innenstadt auftrieb, nichts ändern. Mit gut einem Liter Kaffee spülte er nach und machte sich auf die Suche nach einem Autoverleih.

Zwei Stunden später saß er in einem Opel Ascona, metallicblau. Der Wagen war gerade von einem anderen Kunden zurückgegeben worden und wurde in aller Eile durchgecheckt; Kerr bestand auf diesem Wagen. Nicht allein deshalb, weil er bis auf das an der falschen Seite sitzende Lenkrad mit dem Wagentyp vertraut war, sondern weil kein eventueller Verfolger hatte vorausberechnen können, daß er ausgerechnet *diesen* zufällig zurückkommenden Wagen nahm. Demzufolge konnte auch kein hinterhältiger Dämon eine Zeitbombe eingebaut oder die Bremsen beschädigt haben.

Kerr kehrte noch einmal zum Hotel zurück, gab das Zimmer auf und zahlte; dann nahm er die Autobahn nach Salzburg.

Obgleich er nie zuvor in dieser Gegend gewesen war und auch keine Landkarte mit sich führte, wußte er genau, wohin er sich zu wenden hatte und welche Strecken er fahren mußte, um an sein Ziel zu gelangen. Irgendwann dicht vor dem Chiemsee verließ er die Autobahn und fuhr in Richtung Süden, nach Unterwössen. Nach weiteren drei Stunden, kurz nach fünfzehn Uhr, hatte er sich durch den Nachmittagsverkehr und tausend Kurven bis in den kleinen, gemütlichen Ort gequält.

Der versteinerte Bach . . .

Nur kurz zögerte Kerr, als er sich im Dorf befand, dann bog er abermals ab und erreichte schon nach kurzer Zeit freieres Gelände. Und er erreichte auch den benannten Bach und wußte, daß er am Ziel war.

Hier in der Gegend mußte der Ort sein, an welchem er die magische Beschwörung vorzunehmen hatte.

Und immer noch war er nicht von den Dämonen angegriffen worden!

Kerr verließ den Wagen und sog die würzige Bergluft ein. Es wurde Zeit, dachte er ironisch, daß auch hier ein paar nette Hochhäuser aus dem Boden gestampft und ein paar noch nettere, qualmende Fabriken gebaut wurden . . . aber noch war hier die Welt in Ordnung, waren die Kühe noch nicht batteriebetrieben, und Vögel gab es auch. Einer von ihnen erwies sich als Kunstschütze und erwischte Kerrs Jacke am rechten Ärmel.

»Mistvieh!« drohte der Halbdruide nach oben. »Die Katze soll dich fressen!«

Die Wahrscheinlichkeit dafür war ziemlich hoch. Kerr hatte einige Katzen gesehen, als er das Dorf durchquerte.

Jetzt stand er an einem Berghang, rechts und links erstreckten sich Wiesen, und die Sonne wollte sich gerade hinter einer Wolke verstecken. »Laß jetzt bloß keinen Landregen kommen«, brummte Kerr düster und ging auf den versteinerten Bach zu.

Hier floß schon lange kein Wasser mehr. Aber der Boden sah aus, als sei das Wasser mitten in der plätschernden Bewegung zu Stein gefroren.

Prüfend sah Kerr sich um.

Er *witterte,* setzte seine Druidenkraft ein, um das Weltentor zu erspüren. Plötzlich wußte er, daß er es mit seiner Beschwörung öffnen konnte. Ein Tor in eine andere Dimension . . .

In die *Straße der Götter.*

Und dann schien ihm die Stelle geradezu entgegenzublinken wie ein Leuchtfeuer. Kerr stellte sein Sehvermögen magisch um. Mit dem normalen Blick war nichts zu sehen außer Gras und blühendem Unkraut. Aber im magischen Bereich zeigte sich ihm das Weltentor anders, unbeschreiblich . . .

Er nahm das Amulett in beide Hände. Hatte Teri es ihm gegeben, um die Kraft seiner Beschwörung zu verstärken, oder gab es noch einen anderen Grund? Er wußte es nicht, doch er hoffte es zu erfahren.

Dort wirst du das Schwert finden, aber es ist nicht für dich gemacht!

Das Schwert mußte sich jenseits des Weltentors befinden.

Es war an der Zeit, die Formeln zu sprechen.

Und seine Lippen formten die kehligen, fremdartigen Laute einer unbekannten, uralten Sprache.

Die Welt um Kerr begann zu versinken. Die Worte, die er zu sprechen hatte, waren unauslöschlich in seinem Gedächtnis eingebrannt. Es gab keine Möglichkeit, etwas falsch zu machen. Jede Betonung, jeder Akzent stimmte, auch der Sprechrhythmus.

Wie das möglich war, war ihm unbegreiflich, und er hatte auch keine Lust, es zu ergründen. Wichtig war nur, daß es gelang.

Er fühlte sich im Mittelpunkt einer kosmischen Urgewalt und dann wieder wie vor einem Portal stehend, das er mit einem Schlüssel öffnen mußte. Der Schlüssel waren seine Zauberformeln. Und mit jedem Wort bewegte sich das Schloß etwas, öffnete sich das Portal ein wenig.

Gewaltige Energien wurden entfesselt.

Kerr sah das Amulett in seinen Händen. Es glühte auf, wurde wieder dunkler und pulsierte im Rhythmus seines Sprechens. Und irgendwo direkt vor Kerr entstand ein schwarzer Punkt, weitete sich rasch aus.

Er fühlte, was geschah, und sprach doch unbewegt weiter. Er mußte die Beschwörung beenden, wenn er nicht selbst von den unfaßbaren Energien, die allein durch die Macht des Wortes freigesetzt wurden, vernichtet werden wollte.

Ein Loch in der Welt . . . das Raum-Zeitgefüge brach auf, wurde gewaltsam in seiner Struktur verändert und geöffnet. Das Weltentor entstand.

Kerr nahm die lauernde Gestalt nicht wahr, die jetzt einen Arm ausstreckte und auf ihn zielte ...

Der Mann, der von einem Dämon besessen war und Kerrs Spur wiederentdeckt hatte, war dem Druiden unauffällig gefolgt. Er wunderte sich über die Sorglosigkeit, mit der Kerr vorging, seit er München verlassen hatte. Fühlte sich der Yard-Inspektor in Sicherheit, oder besaß er seit kurzem einen besonderen Schutz, den der Besessene nicht wahrnehmen konnte?

Fast schien es so.

Der Besessene hätte Kerr schon in München ausgeschaltet, aber dort hatte er ihn zu spät entdeckt. Jetzt aber blieb er auf seiner Spur. Zufrieden erkannte er, daß Kerr das Dorf verließ und hinausfuhr. Hier draußen würde es ein leichtes sein, ihn zu beseitigen.

Zu Fuß folgte der Besessene dem Druiden das letzte Stück. Kerr achtete nicht auf etwaige Verfolger. Er blieb auf einer Wiese stehen, sah sich nicht einmal um. So, als sei er tief in Gedanken versunken. Nun, dem Besessenen konnte es nur recht sein.

Er kam an Kerr heran. Noch zwanzig Meter trennten sie ... hörte der Druide nicht die Schritte seines Mörders? Der hörte stattdessen die murmelnden Worte Kerrs.

Er griff nach dem Messer. Was der Druide dort brabbelte, war ihm egal. Kerr würde nicht mehr in der Lage sein, die Beschwörung zu vollenden, und so würden die freiwerdenden Energien ihn vernichten.

Der Besessene zielte, dann bog er den Arm etwas zurück und spannte die Muskeln.

Das Messer sirrte direkt auf Kerr zu, der keine Bewegung ausführte, dem tödlich blitzenden Stahl auszuweichen.

Kapitel 82

Der Mittag des übernächsten Tages sah Zamorra und Nicole bereits weit entfernt von Aronyx. Es war ihnen nicht gelungen, an fliegende Teppiche zu gelangen. Offenbar waren alle, die sich in Privatbesitz befanden, für den Feldzug gegen Rhonacon requiriert worden. So war ihnen nichts anderes übriggeblieben, als sich mit Pferden zu begnügen, die immerhin auch stark und ausdauernd waren, wie sich zeigte.

Wohlweislich hatten sie ihre dunklen Roben nicht abgelegt, was es ihnen erleichterte, den Kaufpreis zu drücken, aber dann hatten beide aufgehorcht, als der Händler beiläufig fragte, ob es ein Racheakt der Schwarzen des ORTHOS gewesen sei, vier von fünf Kriegsschiffen, die von der See her den Tempel zerstrahlt hatten, zu versenken und keinen der Seefahrer mit dem Leben davonkommen zu lassen. Das fünfte Schiff, so hieß es, fahre mit geblähten Segeln gegen den Wind zum Ende der Welt, und auf der Kommandobrücke stehe ein glühendes Skelett.

Als Zamorra nachhaken wollte, hüllte sich der Händler in Schweigen. Kein Wunder, denn er mußte doch Zamorra und Nicole für Adepten halten. Sie ließen ihn in dem Glauben, nahmen die Pferde und verließen unbehelligt die Stadt durch die massive Mauer. Es gab wohl ein Stadttor in Aronyx, doch es wurde nie geöffnet. Nur mit Magie und unter Zuhilfenahme von Kristallen waren Reisende in der Lage, das Tor zu durchdringen.

Ein perfektes Sicherungssystem, Sklaven an der Flucht zu hindern . . .

Zamorra hatte das erbeutete Schwert in eine Decke gewickelt und auf den Sattel geschnallt. Erst, als sie längst außer Sichtweite der Stadt waren, warfen sie die Adeptenroben ab, die sie bei jeder Bewegung nur behinderten. Sie boten jetzt einen etwas eigenartigen Anblick: eine schwarzgerüstete Kriegerin und ein Mann im silbernen Overall. Wie der Sturmwind jagten sie auf ihren Pferden durch das Land.

Die riesige Armee der Grecer hatte mindestens einen Tag Vorsprung, wenn nicht noch mehr. Aber das Heer in seiner Gesamtheit konnte sich nicht so schnell bewegen wie zwei einzelne Reiter. Und so geschah es, daß Zamorra und Nicole der großen Armee immer näher rückten.

Niemand an der Grenze zu Khysal hielt sie auf. Wie eine gewaltige, alles niederstampfende Walze marschierte das grecische Heer durch Khysal und hinterließ nichts als Verwüstung, aber offenbar traute sich hier niemand, sich der Armee in den Weg zu stellen. Vielleicht waren die Khysaler vernünftigerweise auch nur nicht gewillt, sich in den Krieg einzumischen. Oder sie wollten abwarten, wie die Entscheidung zwischen Grex und Rhonacon ausfiel, um dann über den Sieger herzufallen – oder sich ihm anzuschließen . . .

Wie dem auch sein mochte: Kein Zöllner, keine Grenzpatrouille stellte sich Zamorra und Nicole in den Weg. Sie sahen niemanden dort, wo das grecische Heer marschiert war. Und an den Spuren erkannten sie, daß sie der Truppe immer näher gelangten.

Weiter ritten sie wie der Sturmwind, legten nur in der Nacht eine kurze Rast ein. Und gegen Mittag des nächsten Tages erreichten sie dann das Heer.

Erreichten sie die Grenze zwischen Khysal und Rhonacon.

Erreichten sie die Schlacht.

Zamorra verhielt sein Pferd. Neben ihm stoppte auch Nicole. Sie standen auf einer kleinen Anhöhe und sahen hinunter in die Ebene.

Weit, weit hinter ihnen glitzerte der Todessee, und noch weiter links am Horizont befand sich der sooystlichste Ausläufer des Eismeeres. Und vor ihnen lag die Armee von Grex.

Nein . . . es waren zwei Heere! Von der anderen Seite zog die Streitmacht von Rhonacon heran.

»Entweder«, murmelte Zamorra, »sind sie doch noch von jemandem gewarnt worden, oder sie sind Hellseher. Der eigentliche Grenzübertritt der Grecer sollte nach dem geänderten Plan erst in vier Tagen stattfinden.«

»Trotzdem ziehen sie ihnen bereits hier entgegen«, sagte Nicole. »Sie wollen die Entscheidung an der Grenze, wollen den Krieg erst gar nicht in ihr Land tragen lassen.«

»Und das alles, weil die Dämonen es so wollen«, knurrte der Parapsychologe. »Der ORTHOS müßte in die Luft gesprengt werden!«

»Dein Wort in Gottes Ohr!«

Zamorra versuchte die Massen, die sich unten in der Ebene aufeinander zubewegten, deutlicher zu erkennen. Der schrille, nervenzerreißende Ton der Kriegshörner wurde vom Wind herangetragen. Die Zeit des Wartens war vorbei, die Zeit des Verhandelns vielleicht nie dagewesen. In Kürze würden die Waffen sprechen.

Menschen gegen Menschen . . .

Kalt lief es Zamorra über den Rücken. Zwischen seiner und dieser Welt gab es keine wirklichen Unterschiede! Hier wie dort legte man es darauf an, sich für das Wohl weniger Herrschender gegenseitig den Schädel zu spalten. Hier mit Schwertern, dort mit Raketen. Der Effekt war derselbe.

Reitertruppen zogen aufeinander zu. Fliegende Teppiche, mit Kriegern bemannt, tauchten auf, schwebten über Reitern und Fußsoldaten, um sie aus der Luft zu unterstützten.

In den Reihen der Grecer sah Zamorra auch die dunklen Kutten und Roben der Schamanen und Hexer. Offenbar wollten sie die Entscheidung auf magische Weise erzwingen.

Und ihnen voran, dicht neben dem Fahnenträger, ritt eine hochaufragende Gestalt. Ein Gigant in schwerer Rüstung, deren Helm von einem gewaltigen Federbusch geziert wurde.

»Der Anführer . . . König Wilard?« vermutete Nicole.

Ein paar Sekunden später prallten die Spitzen der beiden Heere aufeinander. Zamorra preßte die Lippen zusammen.

»Dieser Irrsinn muß gestoppt werden!« zischte er. Plötzlich gab er seinem Pferd die Sporen und preschte den Abhang hinunter.

»Warte . . . bist du verrückt geworden? Was hast du vor?« schrie Nicole ihm nach und setzte hinter ihm her. Während des Rittes griff er nach hinten, löste die Decke und wickelte das Dhyarra-Schwert aus. Die Deckte wehte zu Boden und blieb unbeachtet zurück.

Nicole holte auf.

»Was soll das?« schrie sie ihm zu.

»Ich muß diesem Wahn ein Ende bereiten!« stieß er hervor. Und mit unverminderter Schnelligkeit ritt er dem Schlachtfeld entgegen.

Hinein in ein Inferno, in dem es nur einen Sieger geben konnte.

Den Tod!

Er hatte sein Ziel genau vor Augen. Er kümmerte sich nicht um die anderen Kämpfer. Er kümmerte sich auch nicht darum, daß Nicole ihm wie ein Schatten folgte. Etwas zwang ihn, durch die Reihen zu stürmen, dorthin, wo sich der schwarze König befand und mit seinem langen Schwert in der Rechten und einer Streitaxt in der Linken auf alles eindrosch, was sich vor ihm bewegte.

Kaum jemand griff Zamorra an. Zwar wunderten sich die Grecer über den in Silber Gekleideten, der zwischen ihnen hindurchpreschte, aber nur die wenigsten erholten sich rasch genug von ihrer Überraschung, um in ihm einen Feind zu erkennen und ihm nachzusetzten. Einmal ritt ihn ein Offizier von vorn an, aber Zamorra schwenkte das Dhyarra-Schwert und fegte ihn einfach aus dem Sattel.

Der ungestüme Drang, der ihn voranriß, ließ ihm keine andere Möglichkeit.

Du mußt den König zum Kampf stellen!

Zamorra ahnte nicht, daß er nun schließlich doch genau das tat, was die Götter des OLYMPOS geplant hatten – er sollte in vorderster Reihe für Rhonacon kämpfen! Er sollte das Gegengewicht zum schwarzen König bilden.

Schon vor Tagen, im OLYMPOS, mußte Thor von Asgaard diese ›Programmierung‹ in Zamorra verankert haben, als er bemerkte, daß der Parapsychologe aus freien Stücken nicht kämpfen würde. Und jetzt zwang dieser unbegreifliche Einfluß Zamorra, es doch zu tun.

Erst, als er näher an den König heranrückte, wuchs der Widerstand. Hier fiel er plötzlich auf, der Mann in Silber, während die grecischen Krieger in schwarzes Leder gepanzert waren. Und je näher er der eigentlichen Schlachtzone gelangte, desto gefährlicher wurde es.

Schwerter klirrten, Pfeile zischten durch die Luft und bohrten sich in die Erde, in Lederpanzer oder in Körper. Strahlenwaffen fauchten ihre Todesmelodie. Schreie gellten, Pferde stampften und wieherten, und durch all das drang immer wieder ein seltsames, monotones Murmeln. Die Schamanen, die Schwarzen des ORTHOS, die die Macht der Finsternis heraufbeschworen.

Mit dem *Schwert der Dämonen* begann Zamorra sich seinen Weg zu bahnen, als sich ihm mehr und mehr Krieger entgegenstellten. Die Waffe wirbelte und trieb die anderen zurück. Zamorra bedauerte, daß er den Kristall nicht einsetzen konnte.

Aber er hatte seinen eigenen Kristall . . . mochte er auch schwach sein, konnte er vielleicht doch die Kraft des Schwertes verstärken! Kaum gedacht, riskierte Zamorra es, seinem Pferd die Zügel freizugeben, weil er mit der linken Hand in seine Overalltasche greifen mußte, um den Kristall herauszuholen. Er aktivierte ihn mit einem scharfen Gedankenbefehl.

Die Schwertklinge begann jäh zu leuchten.

Und da wichen die Grecer vor ihm zurück, suchten das Weite. Auch auf der Seite des rhonaconischen Heeres wurde man auf den Kämpfer im Silberanzug mit dem leuchtenden Schwert aufmerksam.

Plötzlich herrschte Ruhe. Im näheren Umkreis wurde nicht mehr gekämpft. Nur dort, wo die Szene nicht beobachtet werden konnte, klirrten weiterhin die Waffen.

Blitzschnell bildete sich ein Ring aus Kriegern. Und in diesem Ring standen zwei Reiter.

Zamorra . . . und der Anführer des grecischen Heeres, der Hüne in der schweren Rüstung.

Die Entscheidung stand bevor.

Zamorra sah in die Runde der schweigenden Krieger. Sie gehörten beiden Parteien an, und beide Parteien warteten gespannt auf das, was nun geschehen würde. Kaum jemand hegte wohl Zweifel daran, daß Zamorra für Rhonacon stritt.

Er sah sich nach Nicole um und entdeckte sie zwischen zwei Reitern aus Rhonacon. Sie hatte den Helm gelöst, das lange Haar wehte frei im Wind. Ihre Augen waren geweitet, aber sie lächelte ihm aufmunternd zu.

Sie hatte Angst um ihn, denn sie wußte genauso wie er, daß er im Schwertkampf nicht gerade der Geübteste war. Degen und Florett, nun, damit hatte er als Student gefochten, auch mit dem Säbel. Aber ein Bihänder-Schwert dieser Größe zu führen, noch dazu vom Pferd aus, war etwas völlig anderes, und das Auftreten des schwarzgepanzerten Königs ließ keinen Zweifel darüber, daß dieser trotz seines stattlichen Leibesumfangs ein gewiefter Kämpfer war.

Der König schwieg. Zamorra starrte die Rüstung an, den Prunkhelm, das geschlossene Visier, zwischen dessen schmalen Sehschlitzen es zu wetterleuchten schien. War das überhaupt ein normaler Mensch?

Zamorra hob das Dhyarra-Schwert, und sein eigener Kristall verstärkte das Leuchten.

Ein jäher Ruck ging durch den König. Zamorra bemerkte, wie er das Schwert anstarrte. Erkannte er es wieder?

Begriff er, was er hier für eine Waffe vor sich hatte?

Und plötzlich hatte auch Zamorra Grund, sich zu wundern. Er sah das schwache Leuchten des großen Kristalls im Schwertgriff. Der mächtige Dhyarra war aktiviert worden!

Aber nicht von Zamorra!

Er fühlte die Energien, die zwischen beiden blaufunkelnden Steinen unsichtbar hin und her wanderten. Sein eigener Kristall spielte den Vermittler, aktivierte den großen nur zu einem geringen Teil und dämpfte ihn gegenüber Zamorra ab. Das bedeutete, daß Zamorra die Waffe durchaus als magisches Schwert einsetzen konnte – in gewissen Grenzen.

Sein Gegner stieß plötzlich einen schrillen Schrei aus und gab seinem Pferd die Sporen. Wie ein Panzer stürmte er auf Zamorra zu, Schwert und Streitaxt erhoben.

Zamorra hörte Nicoles Aufschrei.

Aber er wußte, daß König Wilard nur eine der beiden Waffen zum Einsatz bringen konnte. Er stürmte auf Zamorras rechte Seite, also war es das Schwert!

Zügel und Dhyarra zugleich in der Linken haltend, trieb Zamorra sein Pferd etwas zur Seite und erwartete den Ansturm. Er fragte sich, wie der schwarze König sein Pferd so exakt ohne die Zügel beherrschte, daß er in beiden Händen Waffen tragen konnte. Im nächsten Moment klirrten die Waffen gegeneinander.

Der wuchtige Schlag renkte Zamorra fast den Arm aus. Funken sprühten, als Stahl sang. Zamorra hatte unwillkürlich erwartet, daß das leuchtende Dhyarra-Schwert die gegnerische Waffe zerschneiden würde. Aber das geschah nicht!

Der schwarze König drehte sich im Sattel, stand jetzt mit seinem Pferd neben Zamorra, der seinerseits zuschlug. Fast zu spät erkannte der Parapsychologe den Trick. Der gepanzerte Fuß des Gegners schob sich hinter Zamorras Steigbügel. Zamorra mußte von selbst aus dem Sattel, wenn er nicht ausgehoben werden wollte – immerhin hatte er nicht nur auf solche Fußangeln zu achten, sondern mußte auch noch kämpfen. Beides zu tun, fiel dem anderen offenbar nicht schwer.

Zamorra schwang sich zurück, sprang ab und setzte hinter seinem Pferd auf. Im selben Moment zog der Unheimliche den Fuß zurück, versetzte Zamorras Pferd einen Schlag, daß es davonstob – und wechselte die Waffen!

Schwert und Axt wirbelten durch die Luft. Plötzlich hatte der König die Axt in der Rechten, und aus der Auffangbewegung heraus schlug er zu, auf Zamorra nieder, der plötzlich kein Pferd mehr zwischen sich und dem Gegner hatte!

Er konnte sich nur zur Seite werfen. Dennoch streifte die Axt seinen rechten Arm. Der silberne Anzug hielt die Wucht des Hiebes aus, dämpfte sie sogar ab, aber Zamorra fühlte die Schmerzen stark genug. Er mußte das Schwert in die Linke wechseln.

Der Schwarze dachte gar nicht daran, fairerweise ebenfalls abzusteigen, sondern hieb erneut mit der Axt zu. Diesmal war Zamorra schneller. Mit der Linken ließ er sein Dhyarra-Schwert herumkreisen, wich dem Axthieb aus, schlug von oben auf die gegnerische Waffe und trieb sie damit dem König aus der Hand.

Der lachte brüllend, als sein Oberkörper wieder hochfederte.

Er drehte sein Pferd herum, ohne die Waffe von einer Hand zur anderen zu wechseln, und griff sofort wieder mit dem Schwert an.

Zamorra ging nach vorn, parierte die schnellen Hiebe. Er wußte, daß er verloren war, wenn er zurückwich. Der König würde ihn niederreiten, ohne auf das Pferd Rücksicht zu nehmen. Es tänzelte ohnehin wild genug, um Zamorra gefährlich zu werden.

Plötzlich blitzte der Kristall im Licht auf.

Ein fahlblauer Strahl stach durch die Luft und umflirrte die Sehschlitze im Visier des Königs. Er stürzte aus dem Sattel.

Zamorra stürmte um das Pferd herum, bereits erleichternd aufatmend. Aber als er herankam, hatte sich der König schon wieder erhoben und faßte sein Schwert mit beiden Händen, um den heranstürmenden Zamorra mit einem weitausholenden, kraftvollen Rundschlag niederzustrecken.

Zamorra entging dem fürchterlichen Schlag nur durch einen blitzschnellen Sidestep. Vom Schwung getragen, drehte der König sich an ihm vorbei. Zamorra schlug mit seiner Waffe nach dem Helm des Gegners.

Die Klingenspitze hakte in das Visier und glühte hell auf. Zamorra fühlte, wie der Dhyarra gegen eine starke magische Kraft ankämpfte und ihm selbst Energien entriß. Dann wurde das Visier hoch- und vom Helm abgerissen. Das Gesicht des Königs lag frei.

Der hielt überrascht inne. Der heftige Ruck hatte ihm nicht geschadet, und jetzt drehte er sich langsam Zamorra zu und sah ihn an.

Der Dämonenkönig begann grollend zu lachen. Und wie er lachte, der Teuflische!

Kein Mensch steckte in dieser Rüstung. König Wilard . . . wo war er? *Dieser hier* war es mit Sicherheit nicht.

Denn Zamorra kannte ihn, hatte schon gegen ihn gekämpft, und jedesmal war die Auseinandersetzung unentschieden verlaufen!

Flammen sprangen aus der Rüstung, als der Dämonenkönig sein Schwert, wieder mit beiden Händen gefaßt, hochhob und ausholte.

Zamorra stand da wie gelähmt.

Der Dämon – war PLUTON!

Und dann jagte Plutons Schwert auf Zamorra nieder!

Kapitel 83

Kerr spürte einen harten Schlag im Rücken. Erstaunt fuhr er herum, stockte in seinem Redefluß und sah einen Mann mittleren Alters gerade zehn Schritte entfernt stehen.

Und er sah das Messer, das zu Boden gefallen war.

Gleichzeitig begriff er, daß das Amulett ihn geschützt haben mußte. Irgendwie hatte es eine Art Abwehrschirm erzeugt, von dem das geworfene Messer abgeprallt war.

Fast schon zu spät fuhr er fort zu sprechen. Um ein Haar wäre ein Bruch in der Beschwörung entstanden, der eine Katastrophe bedeutet hätte. Das Werk mußte beendet werden.

Fassungslos starrte der verhinderte Mörder ihn an, wollte oder konnte nicht begreifen, daß Kerr noch lebte und sogar unverletzt war.

Kerr schrie die letzten Worte, ohne den Kerl aus den Augen zu lassen.

Und da wurde das Weltentor stabil, der Tunnel zwischen zwei Dimensionen.

Und mit ihm entstand ein seltsamer Sog. Kerr fühlte, wie etwas nach ihm griff, wie eine fremde Welt an ihm zerrte und ihn zu sich rufen wollte. Aber es war ihm ein leichtes, diesem Sog zu widerstehen.

Etwas anderes widerstand nicht.

Der Fremde hatte den Mund geöffnet, und plötzlich zuckte etwas Dunkles, Wesenloses daraus hervor, wurde von dem Sog erfaßt und mitgerissen. Der Dämon, der den Mann besetzt hatte, verschwand im Weltentor, und Kerrs Druidensinn fühlte, wie er darin zerschmettert wurde.

Das Loch in der Welt führte durch einen hellen Tunnel nach Irgendwo. Kerr sah seltsame, wirbelnde Strukturen und wußte, daß in jener Welt Zamorra sein mußte, dem das Amulett gehörte. Es war die Welt, aus der Damon und Byanca stammten.

Die *Straße der Götter.*

Sie *rief* nach ihren Kindern.

Auch in Caerdamon war der Sog zu spüren. Zwei Wesen, die nicht völlig menschlich waren, nahmen ihn wahr: Damon im Thronsaal, der inzwischen von den Resten des ›Kuckuckseis‹ gesäubert worden war, und Byanca im Verlies.

Etwas zerrte an ihnen. Unsichtbare Hände versuchten, sie fortzuziehen, sie zu entmaterialisieren. Und beide, unabhängig voneinander, stemmten sich erfolgreich dagegen an.

Dennoch mußten sie eine erhebliche magische Kraft einsetzen, sich von diesem Griff aus dem Nichts zu befreien.

Byanca begriff als erste, was es war. Jemand mußte ein Weltentor in die *Straße der Götter* geöffnet haben. Von dort kam der Sog, der sie beide zurück in ihre Heimat reißen wollte.

Wer mochte dieses Weltentor geöffnet haben? fragte sich Byanca. Kerr vielleicht? Versuchte er, daß Schwert in der *Straße der Götter* zu finden? Wer hatte ihm entsprechende Hinweise gegeben, über die nicht einmal Byanca verfügte?

Damons Gedanken griffen noch weiter aus. Er sah in dem Weltentor eine Gefahr. Dieses und andere Tore konnten sich jederzeit öffnen, mit ihrem Sog seine Herrschaft in dieser Welt bedrohen. Seit er die Größe dieses Universums kennengelernt hatte, zog ihn nichts in seine Ursprungswelt zurück.

Aber es mochte die Zeit kommen, da der Sog stärker war als er – und ihn aus seinem neuen Reich zurückriß . . .

Die Weltentore, dachte er, *müssen zerstört werden. Es darf keine Verbindung zwischen beiden Welten mehr geben, wenn ich nicht Gefahr laufen will, meine Machtstellung eines Tages durch einen dummen Zufall wieder zu verlieren!*

Und er beschloß, entsprechende Maßnahmen einzuleiten.

Sechstes Buch

DAMONS LETZTER KAMPF

Kapitel 84

Das brüllende Gelächter des Dämons begleitete den mörderischen Hieb mit dem Schwert, das auf Zamorra niedersauste. Der Meister des Übersinnlichen sah, daß er nicht mehr ausweichen konnte. Die Zeit für einen Sprung zur Seite blieb ihm nicht mehr.

Aber er riß das Dhyarra-Schwert hoch.

Stahl klirrte auf Stahl. Metall sang sein tödliches Lied. Zamorra glaubte, ihm würde der Arm abgeschlagen, so stark war die Wucht des gegnerischen Hiebes. Er wurde zu Boden geschleudert, aber seine Finger ließen das Schwert nicht los. Die Klinge des Dämons ratschte an Zamorras Schwert entlang, erreichte die Parierstange und hämmerte dagegen. Zamorras Arm wurde herumgerissen. Er schrie und machte die Bewegung mit, um sich nicht den Arm ausrenken zu lassen. Eine Körperdrehung zum Ausgleich, dann lag er bäuchlings im Sand, der unter den Tritten des Dämons aufspritzte.

Aus dem aufgefetzten Helmvisier des Dämons sprang funkelndes, kaltes Licht. Plutons Höllenfeuer.

Von irgendwoher ertönte ein Schrei. Entsetzt, schrill, voller angst. Das riß Zamorra wieder hoch. Nicole! Der Dämon würde auch sie töten, wenn Zamorra jetzt aufgab. Nicht nur das. Der entsetzliche Krieg zweier Völker gegeneinander würde seinen Fortgang finden.

Er stemmte sich hoch, war aber doch nicht schnell genug. Der Gepanzerte schob den Fuß vor, traf Zamorra an der Schulter und warf ihn auf den Rücken. Dann setzte er den anderen Fuß auf Zamorras rechten Unterarm.

Damit hatte er ihn festgenagelt. Zamorra kam weder vom Boden hoch, noch konnte er das Schwert einsetzen.

Pluton lachte höhnisch.

»*Meister* des Übersinnlichen, eh?« brüllte er. »Du siehst mir mehr wie ein Zauber*lehrling* aus!«

Er setzte die Spitze seines eigenen Schwertes auf Zamorras Brust.

Der silberne Anzug des Parapsychologen funkelte im Sonnenlicht.

Da zogen düstere Wolken heran und schoben sich vor die Sonne. Aber kalt glühte das Feuer des Dämons in der Kriegsrüstung. Zamorra sah, wie aus Plutons behandschuhter Rechten Flammen flossen und sich über die Schwertklinge auf ihn zuarbeiteten.

Er begriff die Todesart, die sich der Dämon für ihn ausgedacht hatte. Der silberne Anzug würde wohl die Flammen abhalten, aber er war nicht überall geschlossen. Hände und Kopf waren frei. Und wenn das zehrende Feuer sie erreichte ...

Von einem nahen Hügel aus beobachteten einige Männer die Szene. Der hochgewachsene Mann auf dem Schimmel spähte durch eine Aneinanderreihung starker Linsen, die aus magischen Feldern bestand und die Funktion eines Fernrohres einnahm.

»Der Göttliche kämpft gut«, sagte er und strich sich durch sein türkisfarbenes Haar. Neben ihm schwebte einer in einer hellen Robe dicht über dem Boden.

»Doch er ist keiner der Götter, mein Kaiser«, sagte er. »Und er verliert den Kampf.«

»So helft ihm«, ordnete der Mann mit dem Türkishaar an. »Ich befehle es«, fügte er hinzu, als man ihn ob seiner Anweisung befremdet ansah. Immerhin war es unüblich, in einen Zweikampf einzugreifen.

»Sofort, mein Kaiser«, versicherte der Weiße Schamane und verneigte sich. Dann entschwebte er, um seine Gefährten zu informieren.

Kaiser Varus von Arysa, Freund der Götter und Herrscher über Rhonacon, sah ihm nach. Ein stählerner Glanz schimmerte in seinen Augen.

»Fertigmachen zum Gegenschlag«, sagte er leise, als er fünf fliegende Teppiche sah, die langsam aufstiegen und dem Ort des Zweikampfes zustrebten. »Sobald der Kampf entschieden ist, greifen wir an.«

Zamorra spannte die Muskeln und schnellte sich herum. Die Stunden des eisernen, unerbittlichen Trainings halfen ihm. Quer liegend, hieb er mit der geballten Faust gegen die Kniekehle des Dämonenkönigs. Das Standbein des Hünen knickte ein, er taumelte, und gleichzeitig wälzte sich Zamorra gegen seine Waden. Die Schwertspitze war abgeglitten und fuhr jetzt neben ihm in den Sand.

Der Dämon stieß ein wütendes Brüllen aus. Zamorra brachte den Gepanzerten zu Fall und sprang auf. Obwohl der Dämonenkönig im Gegensatz zu den Lederrüstungen seiner Krieger Eisen trug, war er gleichschnell. Sekunden später trafen sich die Schwertspitzen der beiden Gegner.

Über Plutons Schwert kroch noch immer das verzehrende Feuer und leckte nach Zamorra. Dessen Dhyarra-Schwert leuchtete, und als beide Energien sich berührten, zuckten grelle Entladungen auf.

Pluton lachte wieder.

»Armseliger!« brüllte er. »Du führst das *Schwert der Dämonen* und bist doch nicht in der Lage, seine Kräfte zu beherrschen! Wisse, daß dies Damons Schwert war!« Zamorra sprang zurück. Er hatte es geahnt, seit er den Dhyarra-Kristall gesehen hatte, der in den Schwertgriff eingelassen war.

Pluton schwang wieder sein Schwert und drang auf Zamorra ein, ärger als zuvor. Der Meister des Übersinnlichen fühlte, wie seine Kräfte schnell erlahmten, obgleich das Schwert Damons hervorragend ausgewogen war.

Aber seltsamerweise wurden auch die Bewegungen des Dämons im gleichen Maße langsamer und schwächer.

Plötzlich sah Zamorra die fliegenden Teppiche.

Und er sah auf ihnen Schamanen aus Rhonacon, die die Weiße Magie vertraten. Griffen sie zu seinen Gunsten in die Auseinandersetzungen ein?

Zamorra beschloß, alles auf eine Karte zu setzen. Er durfte nicht mehr lange zögern; bevor er völlig erschöpft war, mußte er dem Kampf ein schnelles Ende bereiten.

Sein Dhyarra-Kristall . . .?

Er konzentrierte sich darauf. Prompt ließ seine Abwehr nach, und die Waffe des Dämons kam gefährlich nahe. Ein harter Schlag ließ ihn taumeln. Die gegnerische Klinge hatte ihn an der Brust getroffen. Der silberne Schutzanzug, den er trug, hatte die Wucht des Hiebes abgedämpft, aber Zamorra sah den scharfen Knick im Material, den das Schwert hinterlassen hatte. Bei jeder Bewegung konnte der Anzug aufplatzen.

Da strahlte er seine angesammelten Geistes-Energien über seinen Kristall konzentriert ab.

Auch Nicole bemerkte die fliegenden Teppiche. Eine wilde Hoffnung stieg in ihr auf. Griffen die Weißen Schamanen Rhonacons in die Auseinandersetzung ein?

Zamorras Bewegungen wurden langsamer, seine Abwehr ließ nach. Nicole stöhnte entsetzt auf.

Aber dann sah sie, was geschah. Zamorra mußte das Auftauchen der Schamanen richtig gedeutet haben und setzte auf ihre Unterstützung. Und er benutzte jetzt seine übersinnlichen Kräfte.

Ein greller Blitz flammte auf. Er traf die schwarze Eisenrüstung Plutons. Flammen loderten auf, vermischten sich mit dem Feuer, das der Herr der kalten Hölle ausstrahlte.

Pluton taumelte.

Ein lauter Schrei durchlief die Reihen der Grecer und pflanzte sich schnell unter ihnen fort.

Nicoles Herz schlug schneller.

Dann aber sah sie wirbelnde Schemen heranrasen. Derwische, die sich zwischen den Grecern aufgehalten hatten, kamen jetzt ihrem Herrn zu Hilfe und griffen die Weißen Schamanen an.

Doch Pluton war angeschlagen. Zu sehr hatte ihn die unvermutete Attacke überrascht. Er hatte nur mit Zamorra und dessen schwachen Para-Kräften gerechnet, nicht aber damit, daß seine Energien von den Schamanen verstärkt wurden.

Jetzt setzte Zamorra nach.

Wild holte er mit dem leuchtenden Dhyarra-Schwert aus. Singender Stahl durchschnitt die Luft, schmetterte gegen den prächtig verzierten Helm des Dämonenkönigs und riß ihn auf. Wütend zerrte sich der zurückweichende Dämon die Fetzen vom Kopf.

Flammenzungen jagten aus seinen Augen.

Er brüllte. Zamorras Schwert schien ebenfalls Flammenzungen auszuspeien. Es schmetterte gegen das Schwert Plutons, spaltete es diesmal. Pluton schwankte heftiger und wandte sich um.

Abermals schrien die grecischen Krieger enttäuscht.

Nicole sah, wie Zamorra wieder ausholte.

Und diesmal hielt Pluton seinem Hieb nicht mehr stand. Er fuhr herum und hetzte trotz der schweren, hinderlichen Eisenrüstung in weiten Sprüngen davon. Überall, wo seine Füße den Boden berührten, flammte es auf. Er hinterließ eine Spur aus Feuer, dessen Flammen sich blitzschnell in den Boden fraßen und kleine, aber tiefe Krater hinterließen.

Da gellten die Kriegshörner Rhonacons schrill und nervenzerreißend auf, und zehntausend Schwerter wurden gegen die Schilde der Krieger geschmettert.

Kaiser Varus von Arysa ließ zum Angriff blasen.

Zamorra fühlte, wie seine Kraft rasend schnell schwand. Der Dhyarra entzog sie ihm, und er war nicht in der Lage, es zu verhindern. Noch ein paarmal schlug er zu, und er spürte, daß er seinen Gegner entscheidend getroffen hatte.

Pluton floh.

Bleib hier, verdammt! dachte Zamorra. *Bleib stehen, daß ich dich vernichten kann!* In diesen Augenblicken wäre es ihm möglich gewesen, den Erzdämon auszulöschen. Pluton war durch den magischen Blitz schwer angeschlagen. Aber er war auch teuflisch schlau. Er floh, wußte nur zu gut, daß Zamorra ihm nicht schnell genug würde folgen können.

Wieder einmal war der Feuerdämon entkommen.

Zamorra hielt in der Verfolgung inne, stützte sich schwer atmend auf das Schwert. Er lächelte plötzlich. Mit seinen schwachen Para-Kräften griff er nach Pluton und fühlte, daß der Dämon nur noch ein Schatten seiner selbst war. Er hatte verloren.

Die Flammenspur, die er hinterließ . . . sie entzog ihm Kraft. Er verlor seine überragenden Fähigkeiten, seine Macht. Er würde vielleicht nicht daran sterben, aber er würde niemals wieder das werden, was er einmal war. Er würde nur noch einen Bruchteil seiner Macht und seiner dämonischen Fähigkeiten behalten.

Ein Nichts, ein Niemand.

Er hatte verloren. Obgleich Zamorra ihn nicht hatte töten können, war Pluton besiegt.

Es war ein doppelter Sieg, empfand Zamorra, während seine Knie einknickten und es ihm schwarz vor Augen zu werden begann. Denn nicht nur in dieser Welt hatte Pluton seine Macht verloren, sondern auch in der der Menschen.

Zamorra vernahm nicht mehr den metallischen Klang, als Tausende von Schwertern gegen die Schilde geschlagen wurden. Er hörte nicht mehr das Gellen der Kriegshörner, und er sah nicht mehr, wie die kaiserlichen Truppen sich jäh vorwärts bewegten und auf die entsetzten Grecer einschlugen.

Er kippte einfach um.

Nicole gab ihrem Pferd die Hacken und preschte voran. Sekunden nach dem Verklingen der Hörner setzten sich die Krieger des Kaisers in Bewegung, stürmten auf die Feinde zu. Ringsum entbrannte wieder der Kampf.

Aber es war ein merkwürdiger Kampf. Die Grecer dachten kaum daran, sich zur Wehr zu setzen. Die Flucht ihres Anführers hatte sie entsetzt und demoralisiert. Als jetzt die Rhonaconer heranstürmten, wandten sie sich um und flohen, die Gegner auf den Fersen.

Nicole parierte ihr Pferd vor Zamorra. Immer noch flossen helle Lichtschauer über die Klinge des Dhyarra-Schwertes. Nicole ergriff es an der Parierstange und riß es aus Zamorras Hand. Sofort erlosch die magische Verbindung und mit ihr das Leuchten der Klinge.

Ringsum schrie Eisen, zischten plötzlich wieder Strahlwaffen. Nicole nahm das erloschene Schwert und schob es in die Scheide an Zamorras Gürtel. Den Dhyarra-Kristall ließ sie wieder in seiner Tasche verschwinden. Dann griff sie nach Zamorra, versuchte ihn aufzurichten. Er durfte nicht hier liegenbleiben. Wenn die Menge der Krieger über ihn hinwegflutete, war er verloren. Sie würden ihn zertrampeln, ohne ihn wahrzunehmen. Aber sie schaffte es nicht.

Ihre Kräfte reichten nicht aus, ihn auf ihr Pferd zu hieven, und da flutete die Armee bereits heran.

Verzweiflung packte sie, während das Pferd unruhig zu werden begann und ausbrechen wollte. Sollte sie mit dem Blaster eine Zone glühender Erde um Zamorra und sich brennen, um die Soldaten zum Ausweichen zu zwingen?

Da war plötzlich ein Mann neben ihr, glitt aus dem Sattel und packte wortlos zu. Sie sah türkisfarbenes Haar leuchten, während der Hüne Zamorra über Nicoles Pferd legte. Dann griff er noch einmal zu, schleuderte sie förmlich hinauf, winkte ihr noch einmal grüßend zu und verschwand, nachdem er wieder auf sein eigenes Pferd gesprungen war, im Getümmel.

Sekunden später war sie in der Menge eingekeilt und wurde mitgerissen. Nur allmählich gelang es ihr, zum Rand der flutenden Armee durchzudringen und auszubrechen. Sie ritt den Hügel hinauf. Dort hielt sie an und versuchte, in der Ferne den Mann mit dem türkisfarbenen Haar, der ohne Helm kämpfte, in der Menge wiederzufinden. Sie sah ihn nahe der rhonaconischen Fahne, abgeschirmt von einer Gruppe schwergepanzerter Krieger.

Der Heerführer . . . vielleicht der Kaiser selbst?

Sie stieg ab und zog auch Zamorra vom Pferd, ließ ihn einfach ins Gras sinken. Dann kauerte sie sich neben ihm nieder und wartete ab, bis er das Bewußtsein zurückerlangte.

Allmählich erholte sich Zamorra wieder. Er war erwacht, verhielt sich aber noch ruhig, um seine Kräfte zu regenerieren. Die Arme unter dem Hinterkopf verschränkt, lag er im Gras und sah zum Himmel empor. Nicole kauerte mit untergeschlagenen Beinen neben ihm.

»Ich dachte, er würde dich töten«, sagte sie nach einer Weile.

Zamorra lächelte.

»Ich dachte auch, daß ich den Kampf nicht überleben würde«, sagte er. »Besonders, nachdem ich den Kerl als Pluton entlarvte. Ich möchte wissen, was er mit dem wirklichen König Wilard machte. Ich kann mir nämlich nicht vorstellen, daß er schon immer in dessen Gestalt aufgetreten ist.«

Nicoles Hand strich durch sein Haar. Er richtete sich halb auf und stützte sich auf den linken Ellenbogen. »Wenigstens haben wir jetzt insgesamt zwei Dhyarra-Kristalle, wenn wir erst einmal wieder im Château Montagne sind . . .« Er griff in die Tasche seines silbernen Anzugs.

Da veränderte sich sein Gesichtsausdruck. »Was ist denn?« murmelte er erstaunt und sah seine Hand an, die mit pulvrigem Staub wieder erschien.

»Der Kristall ist zerfallen!« sagte er überrascht.

Nicole griff nach seiner Hand, rührte mit einem Finger den Staub in seiner Handfläche um. »Tatsächlich«, sagte sie. »Es funkelt blau. Es ist der Kristall.«

Zamorra warf den Staub hoch und sah zu, wie die schwache Brise ihn als schimmernde Wolke davontrug.

»Ich glaube, er ist zerfallen, weil er zwischen mich und das Dhyarra-Schwert geschaltet war. Die überstarken Energien des Schwertkristalls, die bei ihrer Anwendung normalerweise mein Gehirn zerstört hätten, haben statt dessen den Kristall pulverisiert.«

Langsam erhob sich Zamorra. Er zog das Dhyarra-Schwert aus der Scheide und betrachtete es, dann schob er es wieder zurück. »Eine seltsame Waffe«, sagte er. »Aber sie ist wohl tatsächlich so stark, wie man es ihr nachsagt. Pluton ist davor geflohen.«

Nicole nickte.

»Ich frage mich«, sagte Zamorra, »welche Macht es erst in der Hand Damons entfalten kann.«

»Immerhin hat es für dich gereicht«, sagte Nicole und lehnte sich an ihn. Er küßte ihre Wange.

»Ja«, sagte er. »Und nicht nur das. Für Pluton war es verheerend. Er hat einen großen Teil seiner Fähigkeiten verloren. Wenn wir ihm das nächste Mal begegnen, wird er leicht zu besiegen sein. Das weiß er, und darum wird er sich hüten, offen in Erscheinung zu treten.«

»Er wird dich hassen«, warnte sie.

Er lachte. »Welcher Dämon, welches Ungeheuer haßt mich nicht?« fragte er.

Er löste Nicoles Umarmung und ging langsam zum Pferd. »Wir

sollten sehen, daß wir den Heeren folgen. Vielleicht finden wir noch ein herrenloses Pferd.«

Er hob Nicole in den Sattel und stieg dann ebenfalls auf.

»Es ist an der Zeit«, sagte Nicole, »daß ich aus dieser verdammten Rüstung herauskomme! Wenn wir in einem Ort wie Khysal einen Schneider finden . . .«

»Ich weiß«, sagte er. »Du hast nichts anzuziehen.«

»Du triffst den Nagel auf den Kopf. Ich habe seit einer Ewigkeit nicht mehr eingekauft.«

Die Krieger aus Grex waren demoralisiert.

Sie hatten den mächtigen Krieger in der schwarzen, prunkvoll verzierten Rüstung für ihren König gehalten, der sie anführte und in die Schlacht geleitete. Systematisch waren sie aufgeputscht worden, war ihnen das Feindbild eingehämmert worden. Sie kamen, um das Land Rhonacon zu unterwerfen.

Den meisten von ihnen waren die Schamanen schon in Aronyx suspekt gewesen. Vielen Kriegern mißfiel ihre ständige Präsenz. Auch mit den Derwischen, Mittelding zwischen Schamane und Dämon, konnten sie sich nicht anfreunden, obgleich sie andererseits spürten, daß jene mit ihren magischen Kräften ihren eigenen Kampfwillen anstachelten und sie nahezu unbesiegbar machten.

Sie fühlten sich unbesiegbar.

Und dann waren sie auf die erstaunlich wehrhaften Männer aus Rhonacon getroffen, aber der König zog ihnen allen voran und tötete die Feinde. Bis jener silberne Streiter erschien und die Identität des Königs entschleierte.

Sie waren einem Dämon gefolgt!

Eine Welt brach in den meisten von ihnen zusammen. Plötzlich erkannten sie, daß sie verhetzt und verblendet worden waren, und das nicht nur anläßlich dieses Feldzuges, sondern ihr ganzes Leben lang.

Ihr Mut war gebrochen, sie wandten sich zur Flucht.

Und die anderen, die Angegriffenen, setzten ihnen sofort nach.

Es gab niemanden mehr, der die Grecer anfeuern konnte. Die doppelte Desillusionierung – zum einen das Bewußtsein, daß sie keinem Menschen, sondern einem Teufel gefolgt waren, zum anderen die Flucht ihres Anführers – zerstörte ihre Kampfmoral. Sie wollten nur noch fort von hier, zurück in ihr Land.

Selbst die Derwische konnten sie nicht mehr halten, während die Rhonaconer ihnen nachsetzten und sie vor sich her trieben.

Und noch weiter vor ihnen hetzte der Dämon davon, eine Feuerspur hinter sich zurücklassend. Riesig waren seine Schritte. Sie würden ihn nicht so rasch wiedersehen.

Pluton war besiegt.

Das Heer der Grecer war besiegt.

»Ich glaube«, sagte Zamorra am folgenden Tag, als die wilde Flucht des grecischen Heeres noch immer kein Ende gefunden hatte, »sie haben sich diesen Krieg auch ein wenig anders vorgestellt.«

»Einen Krieg«, behauptete Nicole, »stellt man sich immer etwas anders vor, als er wirklich ist.«

»Ich meine es anders«, sagte er. »Sicher, sie haben damit gerechnet, im Kampf zu fallen, nicht aber während einer heillosen Flucht. Das widerspricht ihrem gesamten Empfinden. Sie haben völlig andere Ehrvorstellungen. Und ich glaube, das ist es, was ihnen noch mehr zusetzt als die Flucht ihres Anführers.«

Nicole zuckte mit den Schultern. Einmal in Bewegung geraten, waren die beiden Heere nicht mehr aufzuhalten. Die wilde Jagd würde wahrscheinlich erst an den Stadtmauern von Aronyx ihr Ende finden – wenn nicht die Stadt ebenfalls fallen würde.

Professor Zamorra interessierte es nur am Rande. Er hatte seit dem vergangenen Abend ein seltsames Gefühl, das ihm sagte, daß ihre Tage hier gezählt waren.

Er versuchte, den Anschluß an die Armeen zu halten. In der Nacht hatte es eine kurze Rast gegeben – für die Rhonaconer. Die Grecer hatten zugesehen, daß sich der Abstand zwischen ihnen und ihren Feinden vergrößerte. Auch Zamorra und Nicole hatten, etwa zwei Meilen vom Heer entfernt, gerastet und ein wenig geschlafen. Zamorra konnte selbst nicht sagen, was ihn hinter den Armeen hertrieb – die Neugier, wie dieser Kampf enden würde, konnte es bestimmt nicht sein, denn der Parapsychologe war nicht darauf erpicht, so viel Blut wie möglich fließen zu sehen.

Nein, es mußte noch etwas anderes sein, das ihn und Nicole zurück ins Land Grex zog.

Ein Weltentor vielleicht . . .?

Es mußte so sein. Denn wie anders konnte in ihm die Gewißheit entstehen, daß sie diese Dimension schon bald wieder verlassen würden?

Gegen Mittag erreichten sie den Krokodilfluß, eine gehörige Strecke oberhalb jener Stelle, an der Zamorra Nicole befreit hatte.

Die beiden Heere waren bereits hindurchgezogen, der Fluß in Aufruhr. »Da!« rief Nicole mit ausgestrecktem Arm.

Zamorra sah in die angegebene Richtung. Die gewaltigen Menschenmassen, das Klirren und Heulen der Waffen mußte die Krokodile verschreckt haben, doch jetzt kehrten sie langsam zurück, wurden wieder mutiger. Sie näherten sich der Furt. Fünf, sechs dieser gewaltigen, rund zwanzig Meter langen Panzerechsen schoben sich vorsichtig heran.

Zamorra wußte, daß sie ihre Vorsicht vergessen würden, wenn sie feststellten, daß sie es nur mit zwei Menschen auf einem Pferd zu tun hatten.

Er zog die Strahlwaffe. Ein paar Schüsse ins Wasser brachten es zum Kochen, trieben die Krokodile zurück. Die Tiere wurden unsicher, wandten sich zum Ufer.

Zamorra trieb das Pferd an. Die Krokodile waren keine Gefahr mehr. Sie hielten sich in respektvollem Abstand. Das Pferd wollte scheuen, weil es die Panzerechsen ebenfalls gesehen hatte und seine angeborene Furchtsamkeit kaum beherrschen konnte, aber Zamorra zwang es durch die Furt dem anderen Ufer des Flusses entgegen.

An beiden Seiten erstreckte sich an dieser Stelle ein breiter Sandstrand, von kleinen Bäumen und Büschen überwachsen. Ein riesiger Urwald, wie er weiter flußabwärts emporragte, war hier nicht zu entdecken. Je weiter man vom Meer her ins Landesinnere vordrang, desto niedriger wurden die Pflanzen, bis das Land in Richtung auf den ORTHOS Wüstencharakter annahm.

Wahrscheinlich ließ die Nähe des Dämonennestes alle Pflanzen dorren und darben . . .

Zwischen Grasinseln und Sträuchern lagen auch ein paar Baumstämme im Ufersand.

Das Pferd erklomm mit seiner menschlichen Last das Ufer.

Und da kam jäh in zwei dieser Baumstämme Bewegung. Sie gaben ihre Tarnung auf. Gewaltige Mäuler klappten auf, präsentierten spitze Zahnreihen. Zwei mächtige Krokodile schossen auf Zamorra und Nicole zu!

Das Pferd bäumte sich auf. Zamorras Blasterschuß verfehlte das vorderste Krokodil, schmolz einen Teil des Sandes. Mit Mühe konnte er sich im Sattel halten, einen Arm um Nicole geschlungen, die vor ihm saß. Da war das Krokodil heran.

Aber da war noch etwas.

Übergangslos riß die Welt vor ihnen auseinander. Wie die Irisblende einer Kamera öffnete sich jäh etwas in der Luft, wurde blitzartig größer. Der Hauch der Ewigkeit berührte die beiden Menschen.

Und irgend etwas Düsteres zischte aus dieser Öffnung hervor. Ein schwarzer Kugelblitz? Krachend schlug es in das vorderste Krokodil ein. Ein dunkles Wabern umhüllte das Tier, das plötzlich ganz still lag.

Dann explodierte es.

Weder Zamorra noch Nicole ahnten, daß hier ein Dämon sein Ende fand, der durch einen Dimensionstunnel hierher geschleudert worden war und diesen Übergang nicht verkraftet hatte. Aber sie begriffen beide, was dieses Loch, das sich vor ihnen gebildet hatte und mit einem dunklen Tunnel in die Unendlichkeit zu führen schien, bedeutete.

»Ein Weltentor!« schrie Nicole.

»Meine Ahnung!« stöhnte Zamorra dumpf. Es konnte kein Zufall sein, daß sich dieses Tor ausgerechnet jetzt vor ihnen öffnete. Es mußte mit dem seltsamen Drang zusammenhängen, der ihn nach Grex gezogen hatte.

Das zweite Krokodil! Fast hätte er es vergessen! Es war schon heran!

»Festhalten!« keuchte Zamorra und gab dem Pferd die Fersen zu spüren. Es vollführte einen Satz nach vorn, in das Weltentor hinein.

»Bist du irre?« keuchte Nicole. »Du weißt ja gar nicht, wohin es uns bringt . . . vielleicht in eine noch andere . . .«

Da waren sie bereits in dem eigentümlichen Tunnel. Nicoles Stimme verzerrte sich, verhallte in unendlichen Weiten und wurde dabei immer leiser, als entferne sie sich mit hoher Geschwindigkeit von Zamorra, obwohl sie immer noch direkt bei ihm war.

Sie stürzten durch eine finstere Unendlichkeit ihrem Ziel entgegen. Die *Die Straße der Götter* blieb zurück, durch eine Ewigkeit von ihnen getrennt.

Und ein Kreis aus Raum und Zeit begann sich zu schließen.

Kapitel 85

Kerr war es, als träume er. Der Scotland-Yard-Inspektor und Halbdruide hatte das Weltentor geöffnet, wie es ihm aufgetragen worden war.

Der Messerwerfer, der von einem Dämon besessen war, schrie gellend auf und sank bewußtlos zu Boden.

Kerr starrte auf den zusammenbrechenden Körper, dann erweiterte er mit einem Gedankenimpuls das Kraftfeld, das von dem Amulett ausging und ihn abschirmte. Es nahm den Bewußtlosen in sich auf. Kerr wußte, daß der Mann nicht für sein Tun verantwortlich zu machen war. Nicht er, sondern der Dämon in ihm hatte das Messer nach Kerr geworfen. Der Dämon aber existierte jetzt in dieser Welt nicht mehr.

Langsam drehte sich Kerr wieder dem Tor zu.

Mitten in der Luft, mitten in der Welt, klaffte dieses Loch als Endstück eines gewaltigen, finsteren Tunnels durch Raum und Zeit. Kerr war sicher, daß er nichts, absolut nichts sehen würde, wenn er um dieses Loch herumging. Es war flach, und es war nur nach dieser einen Seite hin geöffnet. Wahrscheinlich konnte man es von der anderen, bereits nicht mehr in dieser Welt liegenden Seite gefahrlos durchschreiten. Die Schicht, in der es unser Raum-Zeit-Gefüge aufriß, konnte nur Bruchteile eines Millimeters dick sein.

Und doch war sie ungeheuer wirkungsvoll. Von dieser Seite her begann die Reise in eine andere Dimension.

Kerr fragte sich, was das alles zu bedeuten hatte.

Und nun? Was sollte jetzt geschehen?

Zögernd ging er einen Schritt auf die Öffnung ins Nichts zu, dann noch einen und noch einen ...

Plötzlich hörte er ein eigenartiges, hohles Pfeifen, das ihn aus seinem träumerischen Zustand riß. Er fuhr zusammen und sah, daß er nur noch wenige Zentimeter von dem Weltentor entfernt war. Die Schutzsphäre des Amuletts, das am Silberkettchen vor seiner Brust hing, ragte bereits in die Unendlichkeit hinein, die direkt vor ihm begann.

Und das hohle Pfeifen wurde leiser und raste dabei die Tonleiter hinauf, bis es eine schier unerträgliche Tonlage erreichte.

Kerr glaubte, seine Trommelfelle müßten gleich auseinanderplatzen.

Etwas erschien aus den Tiefen des Tunnels und raste der Mündung des Weltentors mit hoher Geschwindigkeit entgegen, doch Kerr war nicht in der Lage zu erkennen, um was es sich handelte.

Kehrte der Dämon zurück?

Kerr warf sich herum und zur Seite. Weg von der Öffnung, aus der das Unheil jeden Moment hervorbrechen mußte.

Und da war es auch schon.

Drei mächtige Körper, im ersten Moment nicht zu erkennen. Hufe ... Köpfe ... Körper ... sie wurden aus der Öffnung im Nichts herauskatapultiert, in diese Welt geschleudert. Hätte Kerr in diesem Augenblick noch vor der Öffnung gestanden, wäre er zertrampelt worden. Im nächsten Moment erlosch das Weltentor.

Die Öffnung schloß sich von einer Sekunde zur anderen wieder.

Sie hatte ihren Zweck erfüllt.

Es war ähnlich wie damals, als sie durch das andere Tor in die fremde Welt geschleudert worden waren. So empfand es Zamorra. Die Zeit schien stillzustehen, während sie einem Ziel entgegengeschleudert wurden. Und doch war es anders als damals.

Damals waren Nicole und er voneinander getrennt worden, um

an verschiedenen Stellen das Land Grex zu erreichen. Hier aber blieben sie zusammen. In diesem dunklen Tunnel versagte Zamorras Sehvermögen, aber er fühlte Nicoles Nähe. Sie war bei ihm, wurde nicht von der unfaßlichen Kraft von seiner Seite gerissen.

Und doch war da etwas, das sich veränderte. Er fühlte es, aber er fühlte auch, daß die Veränderung keine Gefahr darstellte, nur äußerlich war.

Auch Merlin zeigte sich ihm diesmal nicht, wie er es beim ersten Transit getan hatte.

Zamorra kam nicht mehr dazu, sich nach der Bedeutung all dessen zu fragen. Er rief nach Nicole, die direkt vor ihm war, aber seine Stimme blieb lautlos, und er hörte auch ihr Sprechen nicht mehr.

Und dann spie das Weltentor sie aus.

Sie wurden auf eine grüne Wiese geschleudert, unter einem blauen Himmel, in frischer Luft. Das Pferd stolperte, stürzte und warf die beiden Menschen ab.

Zamorra hörte sich wieder schreien. Er krümmte sich zusammen, schlug irgendwo hart auf und rollte sich reaktionsschnell ab.

Als er zum Stillstand gelangte, umklammerte seine rechte Faust den Griff des Dhyarra-Schwertes, bereit, sich gegen jeden Angreifer zu verteidigen.

»Professor Zamorra!« hörte er plötzlich eine Stimme, die ihm irgendwie bekannt erschien. Er wußte, daß er sie schon ein paarmal gehört hatte. Sie hatte einen starken englischen Akzent . . .

Kerr!

Der Druide!

Zamorra sprang auf. Seine Hand mit dem Schwert sank herab. Er sah sich um und erkannte den hellhaarigen Druiden knapp fünf Meter hinter sich.

»Hallo«, sagte er etwas lahm. Aber dann verkrampfte sich etwas in ihm. Er sah, was da vor Kerrs Brust hing.

Zamorras Amulett!

Wie kam Kerr daran? War es nicht in der Mardhin-Grotte zurückgeblieben, als Zamorra und Nicole in die andere Welt geschleudert worden waren?

Langsam sah Zamorra sich um, wollte erfahren, was mit Nicole geschehen war und wo sie sich befanden.

Eine Bergwiese am Hang, unter ihnen die Häuser eines Dorfes... und da stand das Pferd, auf dem sie gesessen hatten. Es hatte sich wieder aufgerichtet, war aber ohne Sattel und Zaumzeug!

Ein paar Meter daneben hockte Nicole im Gras. Offenbar war sie unverletzt. Und so nackt, wie Gott sie erschaffen hatte.

Zamorras Augen weiteten sich etwas.

»He, du siehst aber auch nicht viel besser aus, alter Freund!« drang Kerrs lachende Stimme an sein Ohr. Unwillkürlich sah Zamorra an sich hinunter und stellte fest, daß auch er keinen Faden am Leib trug.

Alles, was Nicole und er getragen hatten, war *drüben* zurückgeblieben. Es war wie bei ihrem ersten Transit. Auch da waren sie völlig nackt und ohne Hilfsmittel in der anderen Dimension erschienen.

Aber er hielt doch das Dhyarra-Schwert in der Hand! Warum war es nicht ebenfalls zurückgeblieben?

Kerr lächelte. »Süß siehst du aus, Nicole!« behauptete er. »Herzlich willkommen auf der Erde.« Er verneigte sich zum Handkuß. Zamorra verfolgte die Szene mit gefurchter Stirn.

»Vielleicht ziehst du dir etwas an«, grummelte er. »Es gehört sich nicht, vor Fremden...«

Nicole strahlte ihn an. »Eifersüchtig?« fragte sie.

Kerr lachte. »Gönnst du mir denn gar nichts, Zamorra?«

Nicole ging auf Zamorra zu. »Außerdem: Was, bitte, soll ich denn anziehen? Ein paar Grashalme oder Gänseblümchen?«

Kerr grinste. »Kommt erst einmal mit zu meinem Wagen und verschanzt euch darin, ehe uns der Bauer sieht«, schlug er vor und ging voraus.

Zwei Wesen, die nur menschenähnlich waren, aber nicht aus dieser Welt stammten, spürten, wie der Sog nachließ, der sie in die Tiefen der Unendlichkeit reißen wollte.

Damon und Byanca!

Unruhig ging der Halbdämon in einem der großen, prachtvoll ausgestatteten Zimmer seiner Burg hin und her. Von Master Grath war nichts zu sehen. Das kleine schwarzpelzige Teufelchen hatte sich zurückgezogen und hütete sich, dem Fürsten der Finsternis in die Quere zu geraten.

Damon spürte, daß etwas geschehen war.

Etwas enorm Starkes war in diese Welt gebracht worden, und irgendwie fühlte Damon, daß es mit ihm zu tun hatte. Daß es eine enge Verbindung zwischen ihm und diesem Gegenstand gab.

Das Schwert! durchfuhr es ihn.

Sein Dhyarra-Schwert, seit Ewigkeiten in der *Straße der Götter* verschollen, war auf dem Weg zu ihm!

Aber eine Gefahr sah er darin nicht.

Kapitel 86

Sie hatten den metallicblauen Opel Ascona erreicht und waren eingestiegen. »Du bleibst wohl ewig an diesem Fahrzeugtyp und dieser Farbe kleben«, sagte Zamorra grinsend, während sich Nicole auf der Rückbank an ihn kuschelte.

»Ach, weißt du, es ist schwer, sich umzugewöhnen«, brummte Kerr und rückte auf dem Fahrersitz so herum, daß er die beiden im Blickfeld hatte.

»Und jetzt erzähle mal, warum du ausgerechnet jetzt hier auftauchst, was das Weltentor zu bedeuten hat«, forderte Zamorra ihn auf. »Das kann doch kein Zufall sein.«

»Es ist auch kein Zufall«, sagte Kerr und begann zu erzählen. Vom Beginn seiner Ermittlungen bis schließlich zu dem Moment, in welchem er das Weltentor öffnete.

»Gerade zur rechten Zeit«, murmelte Nicole. »Wir wären sonst von einem Krokodil verspeist worden – ungekocht und ohne Salz.«

»Barbarisch«, äußerte sich Kerr.

»Bei diesem Weltentor hier muß es sich um eine sehr leicht zu manipulierende Verbindung handeln«, überlegte Zamorra. »Deshalb, und weil Merlin gewußt haben muß, daß wir uns zu genau dieser Zeit auf der anderen Seite des Tores befinden würden, wurdest du wohl hierher geschickt. Irgend etwas zog mich dorthin.«

»Aber was bezweckte Merlin mit der ganzen Aktion?« fragte Kerr.

Zamorra lächelte. »Ich fürchte fast, daß Nici und ich nur deshalb auf die Reise geschickt wurden, um diesen verdammten Käseschneider zu finden und hierher zu schaffen. Aber was Merlin damit anfangen will . . . Ich blicke da selbst noch nicht ganz durch. Aber irgendwann werde ich es wissen, und wenn mein lieber Freund dann nicht ein paar stichhaltige Erklärungen parat hat, dann . . .«

Nicoles Finger legten sich auf seine Lippen.

»Sag nichts«, flüsterte sie. »Wer weiß, was wirklich dahintersteckt. Ich kann nicht glauben, daß er nur aus reinem Vergnügen mit uns Schindluder getrieben hat.«

Wer war Merlin wirklich? Bislang hatte Zamorra ihn als Weißen Magier kennen- und schätzengelernt, aber mittlerweile erschien ihm Merlins Tun immer zwielichtiger. Und hieß es nicht auch in alten Schriften, daß er der Sohn des Teufels sein sollte?

Aber in denselben Schriften stand auch, daß Merlin damals König Artus zu dem gemacht hatte, was er war, und der Sohn König Uther Pendragons hatte mit den Rittern der Tafelrunde wohl kaum für das Böse gekämpft.

»Das Schwert, das du mitgebracht hast, muß das sein, das ich für Byanca suchen sollte«, ließ Kerr sich vernehmen.

Zamorra betrachtete das Langschwert nachdenklich.

»Willst du es haben?« fragte er.

Kerr schüttelte den Kopf. *Dort wirst du das Schwert finden, aber es ist nicht für dich gemacht,* entsann er sich der Worte Teris in der Mardhin-Grotte. »Ich glaube, es ist besser, wenn du es Byanca selbst überreichst. Und ein Amulett wirst du wahrscheinlich auch gern wieder übernehmen.« Er zog sich die Kette über den Kopf und reichte Zamorra die magische Silberscheibe.

Zamorra nahm sie in die Hand.

Er betrachtete das Amulett mit reichlich gemischten Gefühlen.

Merlin hatte es vor nicht ganz tausend Jahren aus der *Kraft einer entarteten Sonne* geformt. Einige Zeit war es dann von Zamorras frühem Vorfahr Leonardo de Montagne mißbraucht worden. Leonardo, der Magier, hatte einen Pakt mit dem Teufel geschlossen, und das Amulett leistete ihm mit seiner magischen Kraft dabei gute Dienste, hatte aber auch nicht verhindern können, daß Leonardo jetzt seit einer kleinen Ewigkeit im heißesten Höllenfeuer schmorte. Wer mit dem Teufel Suppe ißt, muß einen langen Löffel haben, sagt das Sprichwort, aber Leonardos Löffel hatte einen zu kurzen Stiel gehabt.

Dann, als Zamorra Schloß Montagne erbte, war zugleich das Amulett in seinen Besitz übergegangen und damit automatisch die Verpflichtung, das wiedergutzumachen, was Leonardo verbrochen hatte. Aus dem Parapsychologen Zamorra war ein Dämonenjäger und Streiter wider die Schattenmächte geworden.

In der Folge hatte sich dann gezeigt, wie nützlich das Amulett war. Es vermochte gewaltige Energien zu entfesseln, und niedere Dämonen wurden allein durch seinen Anblick gebannt oder schwer angeschlagen, wenn nicht sogar getötet. Allenfalls ein Hundertstel aller Fähigkeiten des Amuletts hatte Zamorra im Laufe der Zeit kennengelernt.

Und allmählich begann ihm das Amulett auch über den Kopf zu wachsen. Es begann ihm Entscheidungen abzunehmen und aufzuzwingen, gegen seinen Willen. Einige Male hatte er es schon verflucht, aber immer wieder brauchte er es, und auch bei dem zurückliegenden Abenteuer hätte er es sehr gut einsetzen können.

War das eine Lektion Merlins gewesen, der ihm zeigen wollte,wie wenig er ohne die Silberscheibe auskam?

Aber ich bin ohne sie ausgekommen! dachte Zamorra grimmig. *Es war schwer, aber wir haben es geschafft!*

Er hängte sich das Amulett vor die nackte Brust. Es fühlte sich kühl wie immer an. Wenn es sich erwärmte oder leicht zu vibrieren begann, bedeutete das, daß sich dämonische Kräfte in unmittelbarer Nähe befanden. Augenscheinlich waren sie jetzt in Sicherheit.

Er begann, häufig von Nicole ergänzt, seinerseits von den Erlebnissen in der fremden Welt zu berichten. »Und ich bin froh, daß wir wieder hier sind, wenngleich es mich auch schon interessiert, wie die Schlacht ausgegangen ist«, schloß er.

Kerr zuckte mit den Schultern.

»Wir sollten nun zusehen, daß wir wieder nach Wales kommen. Byanca wartet auf das Schwert, und ich weiß nicht, wieviel Zeit Damon uns noch läßt. Wir fahren am besten gleich nach München und sehen zu, daß wir eine Maschine erwischen, die uns nach London bringt . . .«

Zamorra nickte, sah dann aber wieder an sich hinunter und befand, daß es wohl für Aufregung sorgen könnte, wenn Nicole und er sich so in der Öffentlichkeit bewegten.

»Paß auf, Kamerad«, sagte er. »Ehe wir über den Münchner Flughafen pilgern, könntest du uns was zum Anziehen besorgen. Unten im Dorf gibt es bestimmt einen Schneiderladen . . .«

»Au ja«, sagte Nicole und zeigte Anstalten, auszusteigen und persönlich Unterwössen heimzusuchen. Zamorra hielt sie fest.

»Du bleibst hier«, ordnete er streng an.

Die nackte Schönheit zog eine Schnute. »Er wird irgendwelchen Einheitskram kaufen, der erstens nicht paßt und zweitens nach nichts aussieht . . .«

»Und drittens nicht so viel Geld kostet wie üblich, wenn du selbst auf Jagd gehst.« Er nannte Kerr die Konfektionsgrößen. »Es braucht nichts weltbewegend Exklusives zu sein. Ein paar preiswerte Sachen, mit denen wir uns in die Zivilisation wagen können . . . du hast doch dein Scheckbuch zur Hand?«

Kerr nickte. Er wußte, daß Zamorra ihm sämtliche Auslagen ersetzen würde. Geld spielte also keine Rolle.

Er stieg aus und marschierte ins tiefergelegene Dorf. Nicole sah ihm hungrig nach. Zamorra schmunzelte, beugte sich zu den Vordersitzen hinüber und zog kräftig die Handbremse bis zum letzten Rastpunkt an.

Nicoles Kopf flog herum. »Aha!« stieß sie hervor. »Du wolltest also nur ungestört mit mir allein sein! Gib es zu!« fauchte sie, aber ihre Augen funkelten fröhlich.

»Aber sicher doch«, flüsterte Zamorra. »Du weißt doch, daß ich immer nur an das eine denke . . . vor allem, wenn du so lecker unverpackt neben mir wartest . . .«

»Bestie!« zischte sie, aber ihr Protest war nur gespielt und wurde von Zamorras Lippen rasch unterdrückt.

Als Kerr, bepackt mit Textilien, fröhlich pfeifend wieder bergan schritt, kam ihm jemand entgegen, den er total vergessen hatte.

Er entsann sich sofort wieder an ihn und nahm eine leicht gespannte Haltung an. Das war der Mann, der, von einem Dämon besessen, versucht hatte, Kerr zu ermorden. Wahrscheinlich war er jetzt auf dem Weg zu seinem Auto.

Der Mann schien sich recht gut an Kerr zu erinnern. Er stutzte, dann verließ er den Weg und begann zu laufen, als sei die Wilde Jagd hinter ihm her. Kerr rief ihm nach, aber der Mann wollte offenbar jeder erneuten Konfrontation vorsichtshalber aus dem Weg gehen.

Kerr hätte es an seiner Stelle vielleicht auch so getan. Es war immerhin eine ganze Menge, was dieser Mann hatte verkraften müssen: die Besessenheit durch einen Dämon, den Mordanschlag unter der Kontrolle des Unheimlichen, die seltsame, unerklärliche Abwehr und dann das Loch in der Welt ...

Kerr grinste. Der Mann würde darüber hinwegkommen. Wenn er erst wieder zurück war in der hochtechnisierten Zivilisation, in der Dinge wie Magie und Dämonen keinen Platz hatten, würde er spätestens nach drei Tagen und dem dreißigsten Humpen Bier an einen bösen Alptraum denken.

Kerr ging langsam weiter, bis er den Wagen erreichte. Eine halbe Stunde später waren sie auf dem Weg zur Autobahn.

Nicole zeigte sich von der enttäuschten Seite und ließ keine Gelegenheit aus, ein Haar nach dem anderen in der Suppe zu finden. »Das kommt davon, wenn man einen *Mann* zum Kleiderkaufen schickt«, behauptete sie und ließ keinen Zweifel darüber offen, *was* ihr alles an den Sachen, die Kerr besorgt hatte, nicht gefiel.

Das Dirndlkleid war ihr erstens zu rustikal, zweitens zu unauffällig, drittens zu billig, viertens zu ...

»Vielleicht hältst du mal für zehn Minuten dein entzückendes

Schandmäulchen«, brummte Zamorra neben ihr. »Wir haben wichtigere Dinge im Kopf als deine Kleider.«

Kerr am Lenkrad grinste. Er wußte, wie Nicoles Mäkelei gemeint war: auf keinen Fall ernst. In modischer Hinsicht war sie ein Phänomen. Sie konnte *alles* tragen und machte allein durch ihre Erscheinung sogar einen Kartoffelsack opernballfähig.

»Sobald wir in München sind«, verkündete Nicole, »werde *ich* einkaufen.«

Zamorra lächelte milde. »Und womit willst du bezahlen? Wir sind im Augenblick arm wie Kirchenmäuse. Wir könnten höchstens versuchen, das Schwert zu verpfänden . . .«

»Kerr wird mir ein paar Blanko-Schecks überlassen«, sagte Nicole.

»Kerr wird einen Teufel tun«, brummte dieser und zog mit einem Blitzspurt an einem Lkw vorbei, um danach wieder auf normale Reisegeschwindigkeit zurückzugehen. »Die Klamotten, die ihr habt, waren schon teuer genug. Mein Konto ist auch nicht unbegrenzt belastbar. So viel verdient ein kleiner Yard-Inspektor nun auch nicht.«

Vor ihnen tauchten die ersten Hinweisschilder auf München auf. Kerr reduzierte kaum merklich die Geschwindigkeit des Wagens.

»Da ist noch ein anderes Problem«, sagte Nicole, plötzlich ernst werdend.

»Und das wäre«, murmelte Kerr.

»Wenn wir von Deutschland nach England fliegen wollen, brauchen wir Pässe. Was glaubt ihr wohl, was wir nicht haben?«

»Eben diese«, brummte Zamorra betroffen.

»Er wird es nicht für möglich halten«, sagte der Fürst der Finsternis. »Um so überraschter wird er sein, wenn es tatsächlich geschieht.«

Er saß auf seinem Dämonenthron im riesigen Saal der magisch geschaffenen Burg. Vor ihm verneigte sich Master Grath, das Unterteufelchen. »Ich werde die Aktion persönlich überwachen«, versicherte Grath.

»Dann geh und handle. Meine Macht ist mit dir«, sagte Damon.

Der Gehörnte verneigte sich abermals tief.

Der andere Dämon, einem Derwisch nicht unähnlich, zog sich ebenfalls zurück. Er war nicht ganz damit einverstanden, daß ausgerechnet Master Grath ihn beaufsichtigen sollte, aber er mußte sich dem Befehl des neuen Oberhaupts der Schwarzen Familie beugen. Was blieb ihm anderes übrig? Damon hatte bewiesen, wie spielend leicht er sogar mit einer ganzen Horde von Dämonen fertig wurde.

Und so mußte sich auch Salkor dem Befehl und der Macht beugen.

Zwei Dämonen verließen die schwarze Burg und rasten wie glühende Pfeile ihrem Opfer entgegen.

Kerr bog von der Autobahn ab auf den Zubringer. »Interessant«, sagte er. »Höchst interessant. Im Grunde seid ihr zur Zeit nichts anderes als ein paar Landstreicher ohne Papiere.«

»Das Konsulat«, schlug Zamorra vor. »Wir könnten versuchen, über das Konsulat neue Pässe zu beschaffen.«

»Dauert zu lange«, brummte Kerr.»Die fragen erst in Paris nach, von Paris aus nach Roanne, von Roanne nach Feurs, und bis die Anfragen von Hölzchen nach Stöckchen und wieder zurück sind, ist eine Woche vergangen. Anschließend muß noch eine Gebühr entrichtet werden und ... und ... und ...«

Zamorra grinste. »Du scheinst dich gut auszukennen ...«

»Bin ja schließlich auch Beamter«, knurrte der Inspektor. »Es muß einen schnelleren Weg geben.«

»Du bist Beamter, richtig«, sagte Nicole. »Du bist Inspektor bei Scotland Yard. Du könntest uns doch einfach durchschleusen ...«

»Wunschdenken«, zerstörte Kerr ihre Illusionen. »Mein Job bringt mir nur in England Vorteile. Und selbst wenn ich Interpol-Beamter wäre, könnte ich den Trick nicht durchziehen. Nein, wir müssen uns etwas anderes einfallen lassen.«

Nicole schielte nach dem Amulett ihres Lebensgefährten und Chefs. Wenn man versuchte, die Kontrollbeamten des Flughafens zu hypnotisieren ... Aber diesen Gedanken verwarf sie sofort wieder. Solange es noch eine andere Möglichkeit gab, durfte diese nicht angewandt werden. Magie, zum sehr persönlichen Vorteil verwendet, geriet in *Schwarze* Bereiche und würde erfahrungsgemäß – gemäß der Erfahrung anderer, die sich mit Schwarzer Magie eingelassen hatten – verhängnisvolle Nachwirkungen mit sich ziehen. Wer sich einmal mit Schwarzer Magie abgab, kam in aller Regel aus diesen Fallstricken nicht wieder heraus.

»Erst einmal gebe ich den Wagen wieder ab«, sagte Kerr. »Dann komme ich wohl noch mit einem Tagessatz aus, das spart Geld. Und Geld werden wir brauchen.«

Kurz darauf erreichten sie München.

Sie wußten nicht, daß das Verderben ihnen längst wieder auf den Fersen war.

Salkor und Master Grath blieben unsichtbar, als sie den Erdboden nach ihrem rasenden Flug wieder berührten. Unsichtbar zumindest für menschliche Augen.

Sie waren am Rand eines gemütlichen Dorfes gelandet. »Los«, zischelte Master Grath. »Suche ihn! Du weißt, wie sein Gedankenmuster aussieht?«

Der andere nickte. Damon hatte ihm genau vorgegeben, welchen Menschen er sich als Opfer auszusuchen hatte. Jener war schon einmal besessen gewesen, aber sein Kontrollgeist war in eine andere Welt gerissen worden.

Diese Gefahr bestand für Salkor nicht, denn das Weltentor hatte sich wieder geschlossen.

»Ich habe ihn«, knurrte der Derwischähnliche.

»Gut«, quiekte Master Grath und rieb sich die krallenbewehrten Hände. »Worauf wartest du noch?«

»Darauf, daß du endlich das Maul hältst«, knurrte Salkor.

Ehe sich Master Grath noch darüber aufregen konnte, verschwand Salkor einfach.

Er drang in den Geist des Menschen vor, um sich blitzartig in ihm auszubreiten und ihn unter seine Kontrolle zu bringen. Diese Fähigkeit, stellte Salkor triumphierend fest, besaß Master Grath *nicht*, auch wenn er sich als der große Befehlshaber aufspielte.

Salkor nahm von seinem ›neuen‹ Körper Besitz. Die sekundenlange Abwehr des Menschen unterband er rasch. Der in solchen

Dingen erfahrene Geist geriet unrettbar unter dämonische Kontrolle.

Karl Stettner, der Mann, der bereits einmal ausersehen gewesen war, Inspektor Kerr zu ermorden, stand abermals unter dämonischer Kontrolle.

Kerr hatte den Leihwagen wieder abgegeben und die geforderte Gesamtsumme per Scheck hinterlegt. Jetzt standen sie zu dritt auf dem Gehsteig einer breiten Straße und überlegten.

Die Blicke der vorbeikommenden Passanten blieben immer wieder an dem Schwert haften, das Zamorra in der Hand trug. Bislang hatte sich keine Tragetasche dafür gefunden, und die Scheide selbst hatte den Übergang von einer Welt in die andere nicht mitgemacht. Und selbst wenn dies geschehen wäre, sähe die Waffe darin nicht weniger auffällig aus.

Zamorra überlegte, auf welche Weise er sie etwas unauffälliger mit sich führen konnte. Gleichzeitig tastete er nach seinem Amulett, das er unter dem Hemd auf der Brust trug. Es verlieh ihm ein Gefühl der Sicherheit.

Gleichzeitig fühlte er, daß er mit ihm der Beherrschung des Dhyarra-Schwertes ein Stück näher gelangt war. Er traute sich zu, es nun, unterstützt von der Magie des Amuletts, zu aktivieren und zumindest einen Teil der freigewordenen Kräfte kontrolliert einzusetzen, während das Amulett ihn vor dem Rest der unheimlichen magischen Kräfte schützen konnte.

Vollendet beherrschen konnte es wohl nur Damon selbst – oder Byanca.

»Es gibt wohl noch eine Möglichkeit«, sage er plötzlich. »So weit sind wir doch nicht von Château Montagne entfernt, und . . .«

»Dein Superschloß liegt aber in Frankreich«, sagte Kerr. »Wir müssen also trotz allem eine Grenze überschreiten. Zudem: Was sollen wir dort? Wir müssen nach Wales, wenn wir Byanca helfen und Damon ausschalten wollen.«

»Wir«, sagte Zamorra, »wollen ja auch gar nicht zum Château. Zumindest jetzt nicht. Aber mit dem nötigen Kleingeld versehen, könnte man dort anrufen. Raffael kann hierherkommen und unsere Reisepässe mitbringen.«

»Und Geld!« sagte sie. »Das ist *die* Idee! Eigentlich hätte ich darauf kommen müssen.« Raffael Bois war der Diener Zamorras auf Château Montagne.

»Ideen von solch fundamentalem Charakter sind stets dem Herrn der Schöpfung vorbehalten« dozierte Zamorra mit erhobenen Zeigefinger. »Du bist lediglich als mein Zusatzgedächtnis angestellt und wirst viel zu gut bezahlt . . .«

»Ich beiße dir den Blinddarm ab!« drohte Nicole.

»Aber bitte nicht auf offener Straße«, warnte Zamorra. »Die Leute schauen schon alle so komisch. – Kerr, wie sieht es in deinen Taschen aus? Hast du ein paar Telefongroschen?«

»Das wird sich arrangieren lassen«, erklärte der Druide. »Los, Freunde, da vorn lauert eine Telefonzelle.«

Bis zu dem gelben Glaskasten waren es rund zweihundert Meter. Eine rüstige Dame mit Zwergpinscher gewann das Rennen, verbarrikadierte sich in der Zelle und ließ den Hund draußen, der die drei bekläffte, als gelte es, Nachbars Kater gründlich die Meinung zu sagen.

Wieder wurden ihren seltsame Blicke zugeworfen. Der Zwergpinscher wurde nicht mal heiser, als das Telefonat der Dame in die zwölfte Minute ging. Nicole trippelte von einem Fuß auf den anderen. Zamorra marschierte vor der Telefonzelle auf und ab und bemühte sich, immer wieder im Sichtbereich der Dame aufzutauchen und ihr dadurch anzuzeigen, daß es auch noch andere Menschen gab, die einen Anspruch auf die Nutzung des öffentlichen Fernsprecher hatten. Nur Kerr stand wie eine Säule da und wartete mit der Geduld des geborenen Briten, der sich nicht in den überfüllten Bus drängelt, sondern gelassen auf den nächsten wartet.

Doch schließlich – siebzehn Minuten waren inzwischen vergangen, wurde es auch Kerr zuviel. Er tat zwei Schritte vorwärts, riß die Tür der Telefonzelle auf und hielt der entrüsteten Dame seine Dienstmarke entgegen. »Scotland Yard«, sagte er. »Würden Sie bitte Ihr Gespräch kurz unterbrechen, da ich eine dringende Amtsangelegenheit zu erledigen habe!«

Die Dame schien genügen Kriminalromane gelesen zu haben und wußte offenbar, daß Scotland Yard nicht eine schottische Maßeinheit, sondern die britische Kriminalpolizei ist. Sie gab die Zelle frei. Kerr winkte Zamorra zu sich herein und begann die wenigen Münzen deutscher Währung einzuwerfen, die er noch bei sich hatte.

»Raffael kommt«, sagte Zamorra, als er die Telefonzelle wieder freigab. »Er will sofort losfahren. Die Reisepässe und genügend Bargeld bringt er mit.«

Nicole atmete auf. »Wunderbar«, sagte sie. »Wann wird er hier sein?«

Zamorra rechnete. Raffael Bois, sein alter und äußerst zuverlässiger Diener, war ein ruhiger Fahrer. Auch wenn er wußte, daß die Zeit drängte, würde er nicht wie ein Irrer durch die Alpenpässe brausen. »Spät abends, schätze ich«, sagte Zamorra.

Ein seltsames Gefühl pulsierte in ihm und wollte ihn warnen. *Es geht alles viel zu glatt!*

»Spät abends«, wiederholte Nicole. »Dann können wir ja noch einen Einkaufsbummel unternehmen. Die läppische Belastung wird dein Konto ja wohl noch ertragen, Kerr.«

»Du wirst mit ein paar tausend Mark rechnen müssen«, warnte Zamorra. Aber Kerr winkte nur ab. »Was opfert man nicht alles für seine Freunde . . . es wird ja nichts mehr dazwischenkommen.«

Von Karl Stettner ahnte er nichts.

Kapitel 87

Raffael Bois, der gute Geist von Schloß Montagne, war erleichtert, wieder ein Lebenszeichen von Professor Zamorra und Mademoiselle Duval zu erhalten. Fast hatte er die Hoffnung schon aufgegeben, sie noch einmal wiederzusehen. Jetzt war er erleichtert, daß seine Befürchtungen grundlos gewesen waren, und die gute Nachricht beflügelte seinen Geist.

Raffael war weit mehr als ein einfacher Butler. Er konnte alles, machte alles, und war auch ständig einsatzbereit. Zu jeder Tages- und Nachtzeit war er dezent im Hintergrund anwesend, stets korrekt gekleidet, hellwach und dienstbereit. Und trotz seines hohen Alters dachte er längst noch nicht daran, zu kündigen und Altersrente zu beziehen. Er gehörte zum Schloß wie ein Einrichtungsgegenstand, und schon mehrfach hatte Zamorra sich gefragt, was werden würde, wenn Raffael einmal nicht mehr da war.

Das war unvorstellbar.

Raffael betrat eines der vielen Zimmer von Château Montagne. Es war nicht das eigentliche Arbeitszimmer des Professors mit dem wuchtigen, hufeisenförmigen Arbeitstisch mit intergriertem Computerterminal, auch nicht der Raum, in dem sich seit kurzer Zeit eine leistungsfähige elektronische Datenverarbeitungsanlage befand, die Zamorra das mühevolle Nachblättern in ein paar tausend Büchern seiner sehr umfangreichen Bibliothek ersparen sollte, wenn er Material zu einem bestimmten Stichwort brauchte.

Es war eines der anderen, selten benutzten Zimmer.

Raffael wußte nicht genau, was sein Dienstherr außer den erwähnten Dingen noch zusätzlich wünschte. Dennoch stellte er einige nützliche Kleinigkeiten zusammen, die er in diesem Raum fand, und legte sie in einen flachen Aktenkoffer. Dann wechselte er in Zamorras Arbeitszimmer, fand ohne langes Suchen das richtige Schubfach in einem der schmalen Schränke und förderte die Reisepässe hervor. Er ließ sie ebenfalls in den flachen Aktenkoffer wandern.

Dann griff er noch einmal in den Schrank und zog eine kleine Plastikkarte hervor, die Zamorra vor langer Zeit einmal erhalten hatte, als er einen Fall in England zu lösen hatte: ein Sonderausweis der britischen Regierung, der ihm weitreichende Vollmachten verlieh. Es folgten Kreditkarten, Bargeld, Schecks . . . und schließlich auch noch Ersatzkleidung.

Dann verließ Raffael Schloß Montagne. Aus dem Fahrzeugpark des Professors wählte er den großen Citrœn CX 2400 aus.

Er ließ das Schloß in der Obhut der Köchin und des Gärtners, die sich dort für gewöhnlich einmal am Tag für ein paar Stunden sehen ließen und ihren Pflichten nach kamen und die beiden Schlüssel für das große Außentor hatten.

So fuhr er Richtung Süddeutschland. Von einem Mann namens Karl Stettner oder einem Dämon, der Salkor hieß, hatte Raffael Bois noch nie etwas gehört.

Karl Stettner alias Salkor hatte den Namen Raffael Bois bisher ebenfalls noch nie gehört, bis Master Grath auf dem Beifahrersitz ihn aussprach.

»Was ist mit dem?« fragte Salkor schroff.

Der Wagen hatte München erreicht und rollte über eine breite Ausfallstraße dem Stadtkern entgegen. Obgleich sie langsam und am Straßenrand fuhren, fiel keinem Passanten das befremdliche Aussehen des Teufels auf.

Es war, als sei Master Grath für Außenstehende überhaupt nicht existent.

»Zamorra hat mit ihm telefoniert. Raffael Bois kommt und bringt Hilfe irgendwelcher Art«, informierte er den Derwisch.

»Ich kenne keinen Zamorra«, brummte Salkor.

»Der Mann, der bei Kerr ist«, erklärte Master Grath. »Ich kann seine Gedanken nur verwaschen erkennen, aber er erwartet Hilfe von diesem Bois. Wir müssen es verhindern.«

»Ich dachte, wir sollten Kerr auslöschen«, knurrte Salkor.

»So etwas Dämliches wie du hat mir gerade noch gefehlt«, zischte Grath. »Was glaubst du, welche Belohnung uns erwartet, wenn wir auch diesen Zamorra erwischen?« Und mit hastig hervorgestoßenen Worten informierte er ihn darüber, wer Professor Zamorra war.

»Und wer ist dieser Raffael Bois?« wollte Salkor wissen.

»Frag mich was Leichteres«, zischte Master Grath. »Aber wir werden ihn abfangen. Wir können jederzeit feststellen, wo Kerr und Zamorra sich aufhalten, und wir werden diesem Bois eine Falle stellen. Danach sind die beiden anderen dran. Weiß LUZIFER, woher Zamorra plötzlich aufgetaucht ist. Er galt als verschollen.«

»Vielleicht durch das Weltentor.«

»Möglich. – »He, halt an! Das da vorn ist eine rote Ampel!«

»Und?« fragte Salkor. »Was bedeutet das?«

»Daß du auf die Bremse treten mußt, du Schrumpfhirn!« zeterte Master Grath. »Du solltest deinen Wirtskörper mehr Eigeninitiative überlassen, der versteht nämlich mehr vom Autofahren als du!«

Widerwillig gab Salkor nach. Gerade noch rechtzeitig blieb der Wagen vor der Ampel stehen. In Querrichtung zischte ein Polizeiwagen über die Kreuzung.

»Ein Zusammenstoß mit dem hätte uns gerade noch gefehlt«, pfiff Master Grath. »Los, beeil dich, damit wir eine günstige Ausgangsposition bekommen. Wir müssen die Umgebung Zamorras erkunden.«

Langsam drang der Wagen ins Innenstadtgewühl vor, seinem Ziel entgegen.

Hinter den Bergen verschwand die Sonne. Die Dunkelheit kam, und mit ihr erstarkte die Macht der Höllenwesen. Die Nacht war die Zeit der Dämonen, der Teufel und Bestien.

Drei Menschen blieben von dieser Dunkelmacht scheinbar unberührt: Zamorra, Nicole und Kerr. Kerr hatte sich breitschlagen lassen, sein Konto doch noch von Nicole plündern zu lassen, und gegen Abend erschien sie in einem sündhaft teuren Etwas, dem man seinen Preis vor allem seiner Schlichtheit ansah, wieder im Hotel.

Was die Unterbringung anging, so hatte Kerr weder Kosten noch Mühen gescheut und sie alle drei im *Sheraton* einquartiert, in dem er ja aus Sicherheitsgründen nach seiner Ankunft aus London selbst schon logiert hatte. Diese relative Sicherheit hatte zwar seinen Preis, aber Kerr war gewillt, sein Leben über seinen Kontostand zu stellen.

Sie ahnten nicht, daß sich, während sie sich im Hotelrestaurant aufhielten und ihre knurrenden Mägen beruhigten, ein dämonisches Netz immer enger zusammenzog. Ein Netz, das ein unscheinbares Teufelchen gespannt hatte.

Master Grath stand unter Zugzwang, wenn er es sich nicht mit Damon verderben wollte.

»Raffael müßte eigentlich jeden Moment eintreffen«, brummte

Kerr nach einem Blick auf seine Uhr. Am Telefon hatte Zamorra dem Diener mitgeteilt, wo sie zu finden sein würden.

In der Tat war Raffael bereits in der Nähe.

Raffael Bois warf einen Blick auf die Borduhr des großen Citrœn. Er war nicht gerade schnell, aber zügig gefahren und rechnete damit, seinen Dienstherrn und Nicole Duval noch in dieser Nacht nach Frankreich fahren zu können. Immerhin war er nicht eingeweiht, wußte nicht, was geschehen war und noch geschehen sollte. Und er wußte auch nicht, daß er bereits Bestandteil eines dämonischen Plans geworden war.

Er hatte sich den Stadtplan eingeprägt. Seine Gedächtnisleistungen hatten niemals nachgelassen, und wenn er sich auf bestimmte Dinge konzentrierte, prägten sie sich ihm unauslöslich ein. Er kannte jetzt gewissermaßen jede Einbahnstraße – auf dem Papier. Dennoch mußte er sich anstrengen, sich in der Dunkelheit der Bayernmetropole zurechtzufinden, denn Stadtplan und Wirklichkeit unterscheiden sich zumeist doch ein wenig, zumal man leicht auch die Entfernungen falsch einschätzte. Immerhin hatte er Glück, daß um diese Abendstunde der Stadtverkehr erheblich nachgelassen hatte.

Raffael fuhr bedächtig und gewissenhaft. Nach einiger Zeit sah er die Leuchtschrift an der Hotelfassade und fuhr an den Straßenrand. Man würde es ihm als Ausländer wohl nicht sonderlich übelnehmen, wenn er den Wagen für ein paar Minuten ins eingeschränkte Halteverbot stellte, hoffte er.

Er stoppte ab, halb auf der Bordsteinkante stehend, und schaltete im Wagen alles bis auf die Parkleuchte aus. Dann stieg er ins Freie.

Leicht verengte er die Augen, als er aus dem Hotelportal jemanden ins Freie treten sah, der direkt auf ihn zuhielt.

Professor Zamorra!

Es war der Augenblick, in dem sich Zamorra am kleinen Tisch im Hotelrestaurant zurücklehnte und mit der Hand nach seinem Amulett tastete, das er unter dem geschlossenen Hemd trug. Hatte es sich nicht ein wenig erwärmt? Oder war das eine Täuschung, war es so, daß seine eigene Körpertemperatur sich leicht verändert hatte?

Er lauschte in sich hinein, versuchte auf die Impulse des Amuletts zu achten.

»Was ist mit dir?« fragte Nicole. Ihr war die leichte Geistesabwesenheit des Parapsychologen nicht entgangen.

Er sah sie an, fühlte wieder nach der Silberscheibe.

Sie *hatte* sich erwärmt. Ganz schwach nur, dennoch ein deutliches Alarmzeichen.

»Da ist etwas«, sagte er.

Gemessenen Schrittes, wie es seine Art war, bewegte sich Raffael auf den Mann zu, der ihm entgegenging. Ein schwaches Hochgefühl breitete sich in ihm aus, weil Zamorra wieder aufgetaucht war. Deshalb fragte der alte Diener sich nicht, wie Zamorra ihn auf eine Entfernung von gut dreißig Metern am dunklen Straßenrand erkannt hatte. Noch mehr: warum war er auf die Sekunde genau gewußt hatte, wann Raffael an dieser Stelle auftauchte.

Raffael ging Zamorra entgegen. Auf halbem Wege trafen sie sich. Zamorra maß seinen alten Diener mit einem prüfenden Blick, dann nickte er. Unter seinem Blick erschauerte Raffael.

»Ich freue mich, daß Sie wieder da sind«, sagte er.

Zamorra nickte knapp, dann griff er nach dem Oberarm Raffaels. »Kommen Sie zum Wagen!« befahl er.

Raffael wurde mißtrauisch. Zamorra hatte sich verändert. Er hätte es früher nicht gewagt, den alten Diener in dieser burschikosen Art zu berühren. Etwas widerstrebend ließ sich Raffael auf den Citrœn zuziehen.

»Wo ist Mademoiselle Duval? Ich darf der Hoffnung Ausdruck geben, daß es ihr wohl ergeht . . .?« fragte Raffael.

»In den Wagen«, befahl Zamorra. »Schnell!«

»Wenn Sie erlauben . . .«

Aber der andere ließ ihn nicht ausreden. Er hatte Raffael zum Wagen gezerrt, riß die Fondtür auf und stieß Raffael hinein.

»Sie sind nicht Zamorra!« schrie Raffael auf. »Wer sind Sie?«

Der Fremde, der wie Zamorra aussah, drängte sich mit auf die Rückbank. Von der anderen Seite wurde die Tür aufgerissen, und ein Unsichtbarer stieg ein. Da begriff Raffael, daß er entführt werden sollte. Er schrie laut auf, aber da schloß sich die Tür bereits wieder.

Eine Geisterhand ließ den Motor trotz abgezogenem Zündschlüssel anspringen und steuerte den Wagen auf die Straße hinaus.

»Was soll das?« keuchte der alte Mann. »Was wollen Sie von mir?«

Zamorras Gesichtszüge zerschmolzen einfach. Ein völlig Fremder saß plötzlich neben Raffael rechts auf der Rückbank.

Er wandte den Blick nach links.

Der Unsichtbare war nicht mehr unsichtbar. Er hatte Gestalt angenommen.

Ein Teufel saß neben Raffael Bois.

Nicole sprang auf. »Wo?«

»Irgendwo in der Nähe«, murmelte Zamorra. »Draußen . . .«

Kerr winkte bereits der Bedienung. »Zahlen . . .«

Zamorra konzentrierte sich stärker auf das Amulett und versuchte zu ergründen, was es ihm mitteilen wollte. Doch entweder war er ›entwöhnt‹, oder die dämonische Ausstrahlung war zu weit entfernt, als daß das Amulett sie besser erfassen konnte.

Nicole berührte Zamorras Hand. Er schloß die Augen. Plötzlich sah er undeutliche Schatten. Ein Auto, das davonraste, zwei Menschen und eine Teufelsgestalt . . . eine Entführung? Wer wurde entführt? Und warum?

Er wollte gezielt nachgreifen, aber die Impulse wurden schwächer, die Bilder zerflossen. Die Quelle der dämonischen, schwarzmagischen Ausstrahlung entfernte sich.

Kerr war bereits dabei, die Rechnung zu begleichen. Zamorra erhob sich jetzt, nickte dem Druiden zu und strebte dem Ausgang zu. Nicole folgte ihm, dann auch Kerr.

Sie traten auf die Straße hinaus. Zamorra sah sich um. Nirgends war etwas Ungewöhnliches zu erkennen. Aber hier draußen konnte er die Ausstrahlung etwas deutlicher wahrnehmen.

Immer noch zu undeutlich.

Kerr begann zu laufen. Er bewegte sich die Straße entlang, blieb plötzlich abrupt stehen. Seine Hände flogen empor, preßten sich gegen seine Stirn. »Zamorra!« schrie er.

Der Meister des Übersinnlichen fuhr herum, setzte Kerr nach. Unschlüssig blieb Nicole zurück.

»Du warst hier!« stöhnte Kerr. »Ich sehe dich, Zamorra ... dich und einen alten Mann ... ihr geht auf ein Auto zu ...«

»Der Wagen!« keuchte Zamorra und sah sich um. War hier niemand, der die Szene beobachtet haben konnte? Unweit des Hotels stand ein wartendes Taxi.

Mit ein paar Sprüngen hetzte Zamorra darauf zu. Er wartete keine weiteren Erklärungen Kerrs ab. Sein Verstand arbeitete fast maschinenhaft. Der alte Mann, den Kerr in seiner druidischen Vision erkannte hatte ... das konnte Raffael sein ...

Der Taxifahrer kurbelte die Scheibe herunter. Zamorra bestürmte ihn mit Fragen.

»Ja, da war etwas«, brummte der Mann. »Ein großer Citrœn parkte da drüben. Ausländisches Kennzeichen, Frankreich, glaube ich. Stand mitten im Halteverbot. Ein alter Mann stieg aus. Aus dem Hotel kam ... ja, ich weiß nicht. Der Mann war irgendwie gesichtslos. Er erinnerte mich an meinen Chef in der Zentrale. Er zerrte den Alten zurück in den Wagen, dann startete er.«

Zamorra winkte Kerr zu. »Hierher, schnell!«

Nicole tauchte ebenfalls bei dem Taxi auf. Kerr hastete herbei.

»Kannst du uns leiten?« wollte Zamorra wissen.

»Ich versuche es«, sagte der Druide.

Zamorra riß bereits die Wagentür auf. »Dann los. Wir sagen Ihnen gleich, wohin es geht. Zunächst in die Richtung, in die der andere Wagen verschwunden ist.«

Der Taxifahrer zuckte mit den Schultern. Merkwürdige Leute ... hoffentlich geriet er nicht in irgendeine Mafia-Verfolgungsjagd! Die junge, extravagant gekleidete Frau ließ sich vorn in den Sitz fallen, die beiden Männer hinten. Der Mercedes rollte an und fädelte sich in den Straßenverkehr ein.

Im Rückspiegel sah der Fahrer etwas Merkwürdiges. Die beiden

Männer berührten gegenseitig ihre Schläfen. Der Fahrer glaubte Funken sprühen zu sehen.

»Weiter geradeaus«, sagte der Mann mit dem englischen Akzent.

»Was wollt ihr von mir?« fragte Raffael Bois nochmals und bemühte sich, seine Furcht nicht zu deutlich zu zeigen. Er wußte, daß er von dieser Sorte Kidnapper keine Gnade zu erwarten hatte. Sie kannten keine Skrupel

Und er war ihnen in die Falle gegangen. Aber warum? Vielleicht wollte man über ihn an Zamorra herankommen.

Die beiden Kidnapper im Wagen schwiegen sich aus. Am unheimlichsten war die Teufelsgestalt, die mit ihrer Geisterhand vom Fond aus den Wagen zielsicher lenkte. Der Citroen wurde in die Außenbezirke gebracht. Die Angst in Raffael stieg. Sollte er irgendwo draußen vor der Stadt getötet werden?

Plötzlich bog der Wagen in eine unbeleuchtete Gasse ein und rollte dort aus. Vergeblich versuchte Raffael hinter einem der Fassadenfenster Licht zu erkennen. Die Häuser schienen unbewohnt zu sein.

Der Mann, der ursprünglich wie Zamorra ausgesehen hatte, wandte sich jetzt dem alten Diener zu. »Wie sieht die Hilfe aus, die du Zamorra bringen solltest?«

Raffael zuckte zusammen. Hatten die beiden das Telefonat abgehört? Oder konnten sie Gedanken lesen?

»Ja«, sagte der Teufel. »Ausweise und Geld also ... im Reisekoffer ...«

Er sprang aus dem Wagen, um den Kofferraum zu öffnen. Raffael wollte hinterher, aber der Menschliche riß ihn brutal zurück. »Hiergeblieben«, zischte er. »Mach bloß keine Randale!«

»Was soll das alles?« fragte Raffael.

Doch auch jetzt wurde seine Frage nicht beantwortet. Aber von draußen ertönte ein unterdrücktes Stöhnen. »Dämonenbanner ...«

Der Menschliche lauschte. Raffael sah ein seltsames Flackern in seinen Augen.

»Geschafft«, zeterte der Teufel von draußen und kam wieder heran. »Und jetzt zu dir, Freund Raffael«, sagte er kichernd.

»Aussteigen!« befahl der Menschliche und riß Raffael mit sich aus dem Wagen. Der alte Diener versuchte sich zu wehren, aber gegen die Kraft des anderen hatte er keine Chance.

»Stell dich an die Wand«, zischte der.

Dann zog er eine Pistole mit aufgeschraubtem Schalldämpfer aus der Tasche.

Raffael erblaßte.

Der Mann reichte die Pistole dem schwarzen Teufel.

»Es ist soweit.« Der Gehörnte kicherte. »Dein lieber Zamorra wird sich wundern, und noch viel mehr Kerr . . .«

Master Grath hob die Pistole an. Sein Zeigefinger berührte den Abzug.

Zamorras schwach ausgeprägte Para-Fähigkeiten, verstärkt durch das Amulett, und Kerrs Druidenkraft, in diesem Moment voll aktiviert, ergänzten sich. Der Druide verfolgte die Spur des französischen Wagens. »Es ist Raffael«, murmelte Zamorra. »Ich weiß es jetzt. Er ist in eine Falle gegangen.«

»Das Schwert!« rief Nicole plötzlich. »Wir haben es im Hotel gelassen.

»Ich brauche das Schwert nicht«, knurrte Zamorra. »Wenn ich das Amulett habe, schaffen wir es auch so . . .«

»Nächste Straße links«, sagte Kerr, der den Kontakt zum *Zeitschatten* des Wagens hielt.

»Wie weit noch?«

»Einen Kilometer . . . weiter geradeaus!«

Zamorra fragte sich, was der Taxifahrer wohl dachte, der mit dieser wohl eigenartigsten Methode einer Verfolgungsjagd konfrontiert wurde.

Aber plötzlich fing Zamorra einen starken Impuls auf. Er überlagerte alles. Magische Energien waren in hohem Maße freigesetzt worden. Das Amulett verriet es ihm.

»Es ist etwas geschehen«, murmelte er. »Etwas Schlimmes.«

»Was?« stöhnte Nicole.

Zamorras Lippen formten die Worte fast lautlos.

»Jemand stirbt . . .«, hauchte er.

Erstaunt sah Raffael, wie der schwarze Teufel die Pistole auf seinen Begleiter richtete. Dieser stand Raffael gegenüber, wandte dem Gehörnten den Rücken zu.

Raffael begriff nicht, was das bedeutete.

Aber er fühlte plötzlich einen entsetzlichen Druck, der aus den Augen des Mannes flammte und nach seinem Gehirn griff, es brutal zusammenpreßte. Im selben Moment knallte es, als würde ein Sektkorken aus einer Flasche katapultiert.

Dann sank der Mann vor ihm zusammen. Aus seinem Rücken quoll Blut hervor, und Raffael wußte, daß der Gehörnte den Mann erschossen hatte.

Aber dann schien etwas in seinem Schädel zu explodieren. Es war ein anderer Geist, der sich in ihm ausbreitete und Raffaels Bewußtsein spielend unterdrückte.

Er war von einem Dämon besessen!

Salkor! hämmerte es in ihm. *Ich bin Salkor!*

Und da wußte er, was geschehen war.

Salkor war in dem anderen Menschen gewesen, der Karl Stettner hieß. Nun hatte er Stettner verlassen und Raffael übernommen. Und damit der ehemals Besessene keine Schwierigkeiten machte, weil er Salkors und Master Grath' Plan kannte, hatte Grath ihn liquidiert.

So einfach war das.

Und so tödlich . . .

Jetzt kannte auch Raffael den Dämonenplan. Er erschrak, aber er war ein Gefangener in seinem eigenen Körper geworden. Er konnte nichts dagegen tun.

Salkor war Raffael Bois . . .

Und Raffael Bois war die Falle für Zamorra und Kerr!

»Wer stirbt?« schrie Nicole so laut auf, daß der Fahrer beinahe das Lenkrad verriß.

»Ich weiß nicht«, stöhnte Zamorra.

Der Fahrer stoppte das Taxi ab. Drehte sich langsam um, eine Hand am Mikrofonschalter des Funkgeräts. »Was soll da?« fragte er. »Sind Sie ein Irren-Club oder von der Mafia? Zahlen Sie, und verlassen Sie das Fahrzeug!«

»Fahren Sie«, forderte er. »Wir sind dicht dran.«

»Ich fahre nicht«, beharrte der Fahrer. »Raus!«

Kerr beugte sich nach vorn. »Ich bin Polizist«, sagte er und hielt dem Mann seinen Dienstausweis entgegen. Aber der Fahrer wußte nur zu gut, daß Scotland Yards Kompetenzen an der Küstenlinie Großbritanniens aufhörten. »So ein Ding kann mir jeder zeigen. Ich fordere Sie zum letzten Mal auf, das Fahrzeug zu verlassen.«

Da sah Nicole, daß er das Mikrofon des Funkgeräts auf ›Sprechen‹ geschaltet hatte.

»Zu Fuß sind wir schneller da«, sagte sie und sprang aus dem Wagen. »Kommt . . .«

Kerr nickte entschlossen, stieß ebenfalls seine Tür auf und stieg aus. Zamorra folgte ihm.

»He, aber nicht, ohne zu bezahlen!« schrie der Taxifahrer hinter ihnen her. »Was soll das?«

Aber die drei achteten nicht auf ihn. Sie hetzten die Straße weiter entlang, in die Richtung, die Kerr angab. Der Fahrer glitt in den Wagen zurück und gab eine Meldung an seine Zentrale durch. Die versicherten ihm, daß in spätestens einer halben Minute zwei Kollegen an Ort und Stelle sein würden, und auch die Polizei würde nicht lange auf sich warten lassen.

Langsam ließ der Fahrer den Wagen hinter den Laufenden herrollen.

Master Grath arbeitete überraschend schnell. Noch während Salkor Raffael Bois bezwang, wieselte der Gehörnte zurück zum Wagen und zerrte den Erschossenen in den Fond. Salkor/Raffael fing die ihm zugeworfene Pistole auf und schob sie in die Jackentasche.

»Sie sind schon ganz nah!« schrie Master Grath keuchend. »Ich fühle sie! Sie sind zu Fuß . . . zu dritt . . .«

Salkor lächelte so dezent, wie es Raffael zu tun pflegte. »Sollen sie kommen. Sie werden eine Überraschung erleben.«

Er trat an die Fahrertür des Wagens. »Mach dich unsichtbar«, verlangte er von dem Teufelchen.

Master Grath pfiff schrill und mißtönend. »Wenn du nur weißt, was *du* zu tun hast!«

Salkor/Raffael nickte und sah die Straße entlang. Dort tauchten gerade drei Gestalten auf, dahinter flammten die Lichtkegel zweier Autoscheinwerfer.

Als die drei des Citrœns ansichtig wurden, stockte ihr Lauf.

»Es geht los«, flüsterte Master Grath und hetzte über die Straße, um aus seiner Unsichtbarkeit heraus die anderen in die Zange zu nehmen.

Die Falle, die Raffael hieß, wartete darauf, zuzuschlagen.

»Da ist es!« stieß Zamorra hervor. Er blieb stehen. Das Amulett pulsierte in seiner Wärmeentwicklung. Die Gefahr war nah, sehr nah.

Deutlich erkannte er den Wagen, sah das kaum beleuchtete Nummernschild. Und er sah auch Raffael am Fahrzeug.

Allein ...

Aber war Raffael nicht entführt worden? Von einem Mann, der wie der Chef des Taxifahrers ausgesehen haben sollte? Höllisches Blendwerk! durchfuhr es Zamorra. In welcher Gestalt mochte der Entführer Raffael gegenübergetreten sein?

In der Gestalt Zamorras?

Langsam ging der Meister des Übersinnlichen auf den Wagen und Raffael zu. Das Amulett begann auf seiner Brust zu brennen. Es warnte ihn vor der Gefahr, die immer größer wurde.

Neben Zamorra ging Kerr, dahinter Nicole.

Raffael schwieg.

Zamorra rief ihn an. Aber auch jetzt schwieg der alte Diener. Das Mißtrauen in Zamorra wurde immer stärker. War das wirklich Raffael?

Unauffällig knöpfte er das Hemd auf. »Aufpassen«, raunte er Kerr zu. »Das ist eine Falle!«

»Ich weiß«, murmelte der Druide. »Sieh mal zum linken Straßenrand. Erkennst du etwas?«

Zamorra tat, wie ihm geheißen, aber er konnte nichts erkennen.

»Da ist jemand«, sagte Kerr. »Ich spüre seine Gedanken, aber ich kann ihn nicht erkennen. Er ist unsichtbar.«

»Wie schön ...«

Noch zehn Schritte trennten sie von Raffael, der eine Hand in die Jackentasche schob und sich in einer Haltung zeigte, wie Zamorra sie von dem würdevollen alten Mann nicht gewohnt war. In Raffaels Gesicht zuckte es heftig.

Und dann ging alles blitzschnell.

Raffael ging leicht federnd in die Knie, riß die Hand aus der Tasche und richtete die Pistole blitzartig auf Kerr. Dann ploppte der erste schallgedämpfte Schuß, Sekundenbruchteile später der zweite, der auf Zamorra gezielt war!

Die Scheinwerfer des Taxis beleuchteten die Szene. Der Taxifahrer war in respektvollem Abstand geblieben. Jeden Moment mußten die Kollegen und auch die Polizei eintreffen. Er war überzeugt, den Alarm zu Recht ausgelöst zu haben. Etwas war an der Sache oberfaul, höchstwahrscheinlich kriminell. Und es wäre nicht das erste Mal, daß ein Taxifahrer maßgeblich an der Aufklärung oder Verhinderung eines Verbrechens beteiligt war . . . und doch blieb ein gewisses Unbehagen in ihm zurück.

Plötzlich sah der Taxifahrer, wie der Mann am Citrœn eine Pistole aus der Tasche zog und auf die anderen schoß. Der Mann mit dem englischen Akzent ließ sich nach vorn fallen. Um den anderen flammte es jäh grünlich auf.

Der Taxifahrer trat auf die Bremse. Der Wagen stand sofort, der Motor wurde abgewürgt. Automatisch erloschen die Scheinwerfer. Nur noch das schwache Standlicht brannte. Aber immer noch leuchtete die grüne Aura um den Hünen, der jetzt in Bewegung geriet.

Er riß sich etwas vom Hals. Wieder zog der Mann am Wagen den Abzug durch. Er mußte den Grünleuchtenden voll getroffen haben, der aber zeigte keine Reaktion. Die junge Frau hetzte in die Schatten, um aus der Schußlinie zu kommen. Dann flirrte etwas Silbernes wie eine Frisbee-Scheibe durch die Luft, traf den Pistolenschützen.

Polizeisirenen heulten in der Nähe auf.

Der Brite richtete sich wieder halb auf. Helligkeit blitzte in seiner Hand auf, spannte eine leuchtende Brücke quer über die Straße und riß etwas aus der Dunkelheit.

Eine Gestalt, die kreischte und tanzte. Der Fahrer hörte es durch die geschlossenen Fenster des Wagens.

Das Grauen sprang ihn an. Was dort vor sich ging, war einfach unmöglich. Das Leuchten und Blitzen – und jetzt die tanzende Gestalt ...

Der Teufel!

Der Gehörnte sprang dort wie unter entsetzlichen Schmerzen von einem Bein auf das andere!

Zitternd drehte die Hand des Taxifahrers den Zündschlüssel. Der Motor sprang an. Er trat das Gaspedal durch, kurbelte wie ein Irrer am Lenkrad. Die Straße war breit genug. Der Mercedes schleuderte herum, jagte mit kreischenden Reifen davon.

Und wurde von zwei in die Straße einbiegenden Polizeiwagen mit grell flackernden Blaulichtern gestoppt.

Der Fahrer sank über das Lenkrad und schloß die Augen. *Ich träume!* hämmerte es immer wieder in ihm. *Ich träume! Warum wache ich nicht auf?*

Von dem, was jetzt geschah, nahm er nichts mehr wahr.

Raffael war von einem Dämon besessen. Zamorra erkannte es, als er das Amulett nach dem alten Diener schleuderte. Dabei erlosch natürlich zugleich das grünlich schimmernde Schutzfeld, das die Silberscheibe um ihn errichtet hatte, aber er brauchte es jetzt nicht mehr. Raffael kam nicht noch einmal zum Schuß.

Das Amulett traf ihn und blieb an ihm haften. Er stöhnte schaurig auf. Die Pistole entfiel seiner kraftlos werdenden Hand, und dann setzte ein seltsames Fluoreszieren ein, das über seinen Körper zog, vom Herzen ausging und sich konzentrisch ausbreitete.

»Da!« hörte Zamorra Kerr rufen.

Er fuhr herum. Der Druide, der sich nach dem ersten Schuß hatte auf den Boden fallen lassen, kniete jetzt. Aus seiner Hand brach ein eigenartiges Licht, das eine noch eigenartigere Gestalt auf der anderen Straßenseite in einen Energiefächer hüllte.

Der Unsichtbare!

Ein gehörnter Teufel im schwarzen Pelz und mit funkelnden Augen, der schrie, weil das magische Licht ihn bedrängte!

Mit einem Sprung war Zamorra bei Raffael. Er griff nach dem Amulett, doch es ließ sich nicht vom Körper des alten Dieners lösen, der den Meister des Übersinnlichen aus geweiteten Augen anstarrte. Im nächsten Moment zuckte etwas Dunkles, Körperloses aus ihm hervor, wurde vom Amulett zurückgerissen und verschwand im Drudenfuß im Zentrum der silbernen Scheibe. Ein grelles Leuchten brach aus diesem Drudenfuß hervor und erlosch wieder. Zamorra vernahm einen telepathischen Entsetzensschrei, der rasch verebbte und verwehte. Das Amulett hatte den Dämon vernichtet, der in Raffael gesteckt hatte. Jetzt fiel es in Zamorras Hand. Raffael fluoreszierte nicht mehr, taumelte gegen den Wagen und konnte sich kaum halten. Doch Zamorra hatte jetzt keine Zeit, ihm zu helfen. Er mußte Kerr unterstützen.

Der schwarze Teufel war stärker, als sie beide geahnt hatten. Das Licht, das ihn einhüllte, verfärbte sich, und die Verfärbung kroch auf den Druiden zu.

Kaum nahm Zamorra die beiden Polizeiwagen wahr, die das Ende der Straße blockierten. Er sah Gestalten, die sich vorsichtig näherten, Waffen im Anschlag. Mit dem Amulett in der Hand ging er auf den Teufel zu.

Er streckte es ihm entgegen.

Silbrige Lichtschauer gingen vom Amulett aus. Der Gehörnte begann abermals zu kreischen. Zamorra erschauerte. Was war das für eine Kreatur?

Auch Kerr trat jetzt näher. Der Teufel wand sich im Bann. Zamorra schrie eine weißmagische Zauberformel, und der Schwarzpelz krümmte sich zusammen. Schaum trat vor seinen Mund, er geiferte, kreischte und fluchte.

»Rede!« fauchte Zamorra. »Wer bist du? Warum der Überfall auf meinen Diener?«

Der Teufel versuchte zu fliehen, aber die Zauberformel bannte ihn an die Stelle. Von irgendwoher donnerte eine Stimme: »Stehenbleiben! Polizei! Keiner rührte sich, oder wir machen von der Schußwaffe Gebrauch!«

Zamorra kümmerte sich nicht um die Aufforderung, durfte sich nicht um sie kümmern, wenn ihm dieser Teufel nicht entwischen sollte. »Rede, aber schnell!« schrie er ihn an.

»Ich bin Master Grath«, wimmerte der Teufel.

»Ein schöner Meister!« bellte Kerr. »Was soll das hier alles?«

»Du mußt sterben!« kreischte Master Grath. »Damon hat es befohlen. Salkor sollte dich töten und ich ihn beaufsichtigen . . .«

»Damon!« entfuhr es Kerr. Er wechselte einen schnellen Blick mit Zamorra. Der nickte.

Beide dachten dasselbe.

Zamorra näherte die Hand mit dem Amulett der Stirn des Teufels.

»Gehe zu Damon«, sagte er schneidend. »Sage ihm, daß der Meister des Übersinnlichen kommt, um Damon zur Rechenschaft zu ziehen. Nun verschwinde aus meinen Augen!«

Seine Hand stieß vor, das Amulett berührte die Stirn des Schwarzbepelzten. Der kreischte noch schriller. Als Zamorra die Silberscheibe zurückzog, trug Master Grath' Stirn ein Pentagramm.

»Ich habe dich gezeichnet«, sagte Zamorra. »Du kannst dich meinem Befehl nicht widersetzen. Geh!«

Ein schwarzer Blitz fuhr in den Nachthimmel. Master Grath verschwand.

Und eine Pistolenmündung preßte sich in Zamorras Rücken.

»Die Hände im Genick falten. Beine spreizen . . .«

Wortlos gehorchte der Professor. Es gab jetzt ohnehin nichts mehr zu tun.

Kerrs Dienstausweis besänftigte die erregten Gemüter rasch. Seine Echtheit war nachprüfbar, und wenngleich Kerr auch außerhalb Großbritanniens keine Befugnisse hatte, nahm seine Identität von vornherein viele Schärfen weg.

»Rufen Sie beim Yard an und verlangen Sie Sir James Powell«, verlangte Kerr.

Sir James geruhte nicht im Yard-Gebäude zu sein, was kein Wunder war – zu so später Nachtstunde. Aber man schaltete zu seiner Privatwohnung durch, und dann erfuhren die staunenden Münchner Polizisten in ihrer Polizeizentrale erstaunliche Dinge.

»Wir werden Deutschland so schnell wie möglich verlassen müssen, um den Fall, an dem ich arbeite, weiter zu verfolgen«, erklärte Kerr. »Selbstverständlich bleiben wir für Sie auch weiterhin erreichbar.«

Es blieb noch eine furchtbare Menge Papierkram zu erledigen. Protokolle mußten geschrieben, Erklärungen abgegeben und unterzeichnet werden, und als schließlich der Morgen anbrach, verließen vier ermüdete Menschen endlich das große Gebäude.

»Raffael«, sagte Zamorra. »Fahren Sie zum Schloß zurück und erwarten Sie dort unsere Ankunft in ein paar Tagen. Wir selbst fliegen mit der nächsterreichbaren Maschine nach London. An ein weiteres Attentat glaube ich nicht. Damon wird meine Kriegserklärung inzwischen erhalten haben und auf mich warten. Die Entscheidung wird in der direkten Auseinandersetzung fallen.«

Zamorra hatte sich nicht geirrt. Die Jagd auf ihn und Kerr war bereits abgeblasen worden. Ein Unheimlicher, der nie ganz Mensch hatte sein können, harrte seiner, um ihn im Zweikampf zu bezwingen, wie er Asmodis bezwungen hatte.

»Du bist ein Versager«, bellte Damon. Der schwarzbepelzte Teufel vor ihm sank in die Knie. In seinen glühenden Augen flackerte die Angst, und auf seiner Stirn flammte der Drudenfuß, mit dem Zamorra ihn gebrandmarkt hatte.

»Ihr Idioten hättet keine komplizierte Aktion durchführen, sondern Kerr sofort töten sollen!« fuhr Damon fort. »Und diesen Zamorra mit ihm!«

»Wir wollten sicher sein«, pfiff Master Grath entsetzt. »Der andere, der zu Hilfe kam . . . ich wollte wissen, wer und was er ist . . . ihn ebenfalls unschädlich machen . . .«

»Statt dessen wurde Salkor unschädlich gemacht!« fauchte Damon. »Ihr wart Narren, beide. Wer hätte euch etwas anhaben können, wenn ihr sofort zugeschlagen hättet? Es wäre an dem Menschen hängengeblieben, Salkors Wirtskörper.«

Tödliche, unmenschliche Kälte sprach aus den Worten des Fürsten der Finsternis.

»Zamorra trug mir eine Botschaft auf«, winselte Master Grath und sprudelte seinen Text hervor, zu dem der Bann ihn zwang.

Damons Gesichtszüge erstarrten.

»Ein Dämon«, flüsterte er grimmig. »Ein Dämon läßt sich als Kurier für einen Sterblichen benutzen. Grath, du hast zum letzten Mal versagt!«

»Ich . . .«, quiekte Master Grath und starb, als Damon seine Faust um ein Scheinbild des Gehörnten schloß, geschaffen vom Dhyarra-Kristall. Der Zauber wirkte sofort. Die Überreste des Schwarzen flammten kurz auf und vergingen in kaltem Feuer.

Damon starrte die Stelle an, an der Grath vergangen war.

»Zamorra«, flüsterte er. »Es wird, denke ich, dein letzter Streich gewesen sein.«

Kapitel 88

Kerrs Wagen stand nach wie vor am Heathrow Airport. Vorsichtshalber überprüfte der Druide ihn sorgfältig. Es konnte sein, daß jemand das Fahrzeug in seiner Abwesenheit präpariert hatte. Aber das war nicht der Fall. Die Häscher waren ihm stets auf der Spur geblieben, hatten sich nicht um zurückbleibende Dinge gekümmert.

Von einer Telefonzelle aus unterrichtete Kerr Scotland Yard von seiner Rückkehr. Er hatte erwartet, einen fürchterlichen Anpfiff entgegennehmen zu müssen, weil er ohne vorherige Absprache nach Deutschland gereist war, doch wieder Erwarten wurde sein Vorgehen gebilligt.

»Es dauert nicht mehr lange, und der Mörder ist zur Strecke gebracht«, behauptete Kerr.

»Sie sollen ihn nicht zur Strecke bringen, sondern unserer Gerichtsbarkeit zuführen«, hieß es.

»Sofern es möglich ist«, gab Kerr zurück und unterbrach die Verbindung.

Kerr wußte, daß es unmöglich war, Damon vor die Schranken eines Gerichts zu bringen. Es gab nur zwei Möglichkeiten: Kerr und Zamorra brachten den Hybriden zur Strecke – oder umgekehrt. An eine dritte Möglichkeit wagte Kerr nicht zu denken. Damon reagierte zu kompromißlos. Er würde sich auf nichts einlassen. Zuviel stand für ihn auf dem Spiel.

Kerr versorgte sich mit Barmitteln. Das Konto war noch nicht wieder aufgefrischt worden; Überweisungen von einem Land zum anderen dauerten schon immer etwas länger, und selbst Raffael mit seinen unterschriebenen Überweisungsvollmachten konnte nicht zaubern.

»Wohin jetzt?« fragte Zamorra, als Kerr wieder in den Wagen stieg.

»Nach Wales«, brummte der Druide. »Wenn wir etwas tun wollen, dann nur direkt in der Höhle des Löwen. Hoffentlich hat der verflixte Säbel die erwünschte Wirkung. Schwierigkeiten genug haben wir mit dem Ding schließlich schon gehabt.«

Der *verflixte Säbel* war das Dhyarra-Schwert. Bei der Gepäckkontrolle des Münchner Flughafens hatte es einige Probleme gegeben, die erst durch Kerrs Dienstausweis und ein halbes Dutzend schriftlicher Versicherungen gelöst werden konnten, daß mit dieser Waffe, die keine Waffe, sondern ein kunsthistorischer Gegenstand sei, keine Flugzeugentführung beabsichtigt wäre. Immerhin war es auch recht ungewöhnlich, daß jemand mit einem Schwert auf Flugreisen ging . . .

Aber sie hatten es geschafft, waren weder von übereifrigen Zöllnern noch von Dämonen über Gebühr belästigt worden, wenn man einmal davon absah, daß der ›kunsthistorische Gegenstand‹ hatte verzollt werden müssen.

Jetzt rollte der Wagen in Richtung Wales. Und Zamorra begann zu ahnen, daß ihnen allen noch eine Überraschung bevorstand.

Es war eine jener Ahnungen, die spontan und unbegründet auftauchten, sich dann aber als richtig erwiesen.

Doch welcher Art diese Überraschung war, ahnte nicht einmal er.

Byanca schreckte auf. Sie spürte das Nahen von Damons Gedanken. Er suchte sie in ihrem Kerker auf – zum zweiten Mal, seit er sie hier unten hatte einsperren lassen. Unvermittelt stand der

Hybride breitbeinig vor ihr. Sie lächelte. »Du bist gekommen, um mich zu dir zu holen«, sagte sie.

Sie hoffte immer noch. Sicher konnte sie nicht sein, weil Damon seine Gedanken vor ihr abschirmte. Aber in seiner Hand hielt er den Dhyarra-Kristall zwölfter Ordnung.

»Nein«, sagte er, »nicht deshalb. Du entsinnst dich, daß ich das Todesurteil über Kerr und dich sprach.«

Sie nickte zögernd. »Du hast eingesehen, daß . . .«

»Ich bin gekommen, um es zu vollstrecken«, sagte er. »An dir und an Kerr. Aber auf eine andere Weise, als du glaubst.«

Er streckte eine Hand aus, ihr entgegen, die Finger gespreizt. Sie erschrak, weil er sie in diesem Moment seine Gedanken lesen ließ.

Da wußte sie, daß sie verloren hatte, daß sie nie eine Chance besessen hatte, ihn zu bekehren.

Er war dem Bösen verfallen. Jene Liebe, die zwischen ihnen aufgeflackert war, damals – sie gab es nicht mehr.

Eine eigenartige Kraft griff nach ihr. Ein Universum rotierte um sie, während sie das jähe, eigenartige Ziehen fühlte. Sie löste sich auf und wurde an einen anderen Ort geschleudert.

Unter freiem Himmel fand sie sich plötzlich wieder, Gras und Heidekraut unter ihren Füßen.

Und neben ihr entstand Damon aus dem Nichts. Er hatte sein magisch geschaffenes Dämonenschloß verlassen.

»Wo sind wir hier?« stieß sie hervor, sah ihn mit flackerndem Blick an. Der Kristall machte ihn unglaublich stark, und sie selbst wurde schwächer. »Was hast du vor?«

»Hier werdet ihr sterben«, sagte er ruhig. »Du – und Kerr – und Zamorra. Dies ist der Ort.«

Graue Nebel wallten und verhüllten das Sonnenlicht.

Nördlich des Städtchen Carmarthen, nahe Cwm Duad, ragte die mächtige Burg Caermardhin auf einem Berggipfel empor, wieder unerkannt in ihrer Unsichtbarkeit.

Merlins Burg . . .

Merlins Augen verengten sich etwas. Schlanke Finger berührten die Schläfen des größten aller Zauberer, die jemals auf der Erde existiert hatten.

»Bald«, flüsterte er. »Bald ist es soweit ... die Stunde der Entscheidung ... und der große Plan findet sein Ende ...«

Ein Plan, der anfangs gar nicht so ausgesehen hatte, wie er schließlich vollzogen wurde. Alles war ganz anders gekommen, zu früh geschehen. Jener Dimensionsschock, als Zamorra das *Schwert der Götter* berührte, hatte Damon geweckt! Er hatte ursprünglich nicht erwachen sollen, und seine unheilvollen Aktivitäten hatten Merlin gezwungen, sich mehr auf ihn zu konzentrieren.

Aber jetzt ... liefen alle Fäden doch wieder zusammen, und der große Magier wußte, daß es an der Zeit war, einzugreifen, um die letzte Weiche zu stellen.

Ein Plan, den selbst er nur andeutungsweise begriff, der nicht seinem Geist entsprungen war, näherte sich seiner Vollendung. Auch Merlin hatte kosmischen Gesetzen zu gehorchen, unterlag ihren Zwängen.

Und jetzt ...

Ein letztes Mal. Er machte sich bereit, einzugreifen und dafür zu sorgen, daß alles gelang.

Damon durfte nicht sterben!

Noch bevor der Wagen die Grenze zwischen England und Wales erreichte, geschah etwas, mit dem selbst Zamorra nicht gerechnet hatte. Wohl hatte er daran gedacht, daß Damon ihnen zuvorkommen und sie unterwegs selbst angreifen würde. Aber was nun geschah, verwunderte ihn nicht wenig.

Sein Amulett schlug Alarm. Er spürte, wie es sich erwärmte. »Da ist etwas«, stieß er hervor. »Gefahr ... dämonische Kräfte in der Nähe!«

Sie waren näher, als das Amulett ihm verraten konnte, und sie kamen aus heiterem Himmel. Und doch war es kein Vernichtungsangriff.

Kerr trat unwillkürlich auf die Bremse. Er schrie auf, als sein Fuß plötzlich durch das Pedal zu gleiten schien. Entsetzt sah er, wie er sich auflöste.

Die Auflösungsfront bewegte sich nicht so schnell wie der Wagen, sondern kroch an Kerr entlang. Seine Hände verschwanden vom Lenkrad, aber er fühlte sie noch. Was er nicht mehr fühlte, war das Lenkrad.

Zamorra und Nicole, die es sich im Fond des Wagens bequem gemacht hatten, sahen ihn verschwinden. Führerlos rollte der bereits abgebremste Wagen weiter über die Straße.

Die Auflösungsfront bewegte sich weiter, erreichte die beiden Menschen auf der Rückbank des Vauxhall. Unwillkürlich griff Zamorra nach Nicoles Hand. Vielleicht hatte hier jemand so etwas Ähnliches wie ein Weltentor aufgespannt, schleuderte sie nach irgendwo, um sie loszuwerden.

Wie dem auch sei – die Entmaterialisation war nicht zu verhindern. Das Amulett baute kein Schutzfeld auf. Zamorra umklammerte Nicoles Hand, um nicht wieder von ihr getrennt zu werden. Seine andere Hand krallte sich um das Dhyarra-Schwert.

Der Koffer mit den Dämonenbannern, die Raffael zusammengestellt hatte . . .

. . . befand sich im Kofferraum, war unerreichbar . . .

Zamorra sah in Nicoles geweitete Augen. Spürte ihre Furcht. Fühlte, wie sein eigenes Herz zu rasen begann. Und dann glitt die Front über sie beide hinweg, zog sie an einen anderen Ort. Die Kraft einer unfaßbar starken dämonischen Magie hatte zugeschlagen.

Der leere Wagen rollte langsam aus. Der Motor erhielt nicht mehr genug Sprit und verstummte bockend. Das Fahrzeug rollte weiter, auf den Straßenrand zu.

Seine Insassen befanden sich längst an einem anderen Ort.

Als sie sich im Auto befanden, hatten sie gesessen – und jetzt fehlten ihnen plötzlich die stützenden Sitze. Keiner von ihnen war reaktionsschnell genug, einen Sturz zu verhindern. Alle drei machten unsanft mit hartem Boden Bekanntschaft.

Zamorra fuhr herum, löste seine Hand von der Nicoles, bereit, sich sofort gegen einen auftauchenden Gegner zur Wehr zu setzen. Aber da war keine direkte Bedrohung.

Nur sie drei ...

Er richtete sich auf, half Nicole auf die Beine. Kerr kam von allein hoch. Er fröstelte.

Es war kühl, kühler als in London. Der Himmel war grau und wolkenverhangen, und über die Landschaft krochen die fahlen Nebelschleier heran, verbargen alles, was sich weiter als zwanzig, fünfundzwanzig Meter entfernt befand.

»Hoffentlich fängt's nicht an zu regnen ...«

Nicole hatte wieder einmal praktisch gedacht und schüttelte sich bei ihren eigenen Worten. Kerr sah zu ihr hinüber und sagte typisch britisch: »Das Wetter war keineswegs immer so schlecht, wie es heute ist.«

Nicole lachte auf. Der nahe Nebel dämpfte das Lachen wie mit Watte.

»Heidekraut ... Gras ... fehlen nur noch ein paar Kreuzottern!«

Kerr bückte sich, tastete mit der Hand über den Boden. Dann sah er sich wieder prüfend um. »Heide ... dann ist das Moor nicht weit. Und die Luft ist, glaube ich, auch ein bißchen dünner.«

»Und kälter«, bibberte Nicole in ihrem gewagt geschnittenen Kleid. »Man kann gar nicht so schnell zittern, wie man friert.«

Zamorra gab ihr seine leichte Jacke. Jetzt wurde es ihm kühl, aber Nicole fühlte sich sichtlich wohler. Kerr bedachte den Professor mit einem ironischen Lächeln. »Ein Kavalier der alten Schule.«

»Wenn Babs hier wäre, würdest du auch einen Striptease zu ihrem Wohlbefinden hinlegen«, entgegnete Zamorra. »Ich wärme mich mit liebevollen Gedanken.«

Nicole hauchte ihm einen Dankbarkeitskuß auf die Wange. Zamorra grinste Kerr breit an. »Siehst du, das ist der Lohn der guten Tat! Hättest du dir ebenso leicht verdienen können ...«

Er wurde wieder ernst, tastete nach seinem Amulett. Es gab immer noch Wärme ab. Also befand sich die dämonische Ausstrahlung noch in der Nähe. »Ich weiß jetzt, wo wir sind«, sagte Kerr plötzlich.

»Spuck's aus«, forderte Nicole.

»Zumindest in groben Zügen«, schränkte Kerr ein. »Das hier muß das schottische Hochland sein. Heide und Moor ... und da hinten ragen Berggipfel über dem Nebel auf.«

»Es wäre schön, wenn du auf die Bogensekunde genau unseren geographischen Standort ermitteln könntest«, brummte Zamorra.

»Denn genauen kenn' ich auch nicht«, gestand der Druide. »Aber es ungefähr zu wissen, ist doch auch schon etwas.«

Zamorra nickte. Er faßte den Schwertgriff fester. Der Schauplatzwechsel gefiel ihm nicht. War es Damons Werk gewesen? Hatte er seine Gegner an einen Kampfplatz gebracht, an dem er Heimvorteile hatte?

Und plötzlich erklangen Stimmen.

Schrill, meckernd und auf keinen Fall menschlich. Sie drangen durch den dämpfenden Nebel, rückten näher und wurden lauter. Dämonensprache . . .

Die Unheimlichen erschienen. Zamorra schätzte sie auf vier oder fünf.

Und dann riß der Nebel auf.

Zamorra furchte die Stirn. Er hatte gut geschätzt. Jene, die da über einen Hügel nahten und jetzt zu ihm, Nicole und Kerr abstiegen, waren vier Dämonen. Sie zerrten eine gefesselte Gestalt mit sich. Zamorra erkannte sie. Es war jenes Mädchen mit den schwarzen Augen und dem hellen Haar, das er in der Mardhin-Grotte im Schrein schlafend gesehen hatte.

»Byanca!« schrie Kerr auf. »Das ist Byanca!«

Zamorra hatte es geahnt.

Als sie jetzt näher kamen, rief die Gefesselte etwas. »Kerr, hast du das Schwert?«

Es war ein Verzweiflungsschrei.

Zamorra hob die Hand. Das Dhyarra-Schwert, das er umklammerte, schien in der nebligtrüben Landschaft aufzuleuchten, und Zamorra glaubte zu sehen, wie das Mädchen erleichtert reagierte.

Die Schauergestalten blieben stehen und ließen Byanca los. Sie konnte trotz der Fesselung aus eigener Kraft stehen.

»Was soll das?« schrie Zamorra. »Was wollt ihr?«

Er war fast enttäuscht. Er hatte erwartet, Damon auftauchen zu sehen. Aber der schien so feige zu sein wie Asmodis und schickte seine Knechte vor, den Kampf auszutragen . . .

Er hatte sich geirrt.

Hinter seinem Rücken ertönte eine Stimme, hart und drohend, ließ ihn herumfahren.

»Wenn du mich suchst: Ich bin hier!« schrie die Stimme.

Damon trat von der anderen Seite aus dem Nebel.

»Also doch«, murmelte Zamorra und starrte den Hybriden an. Er erkannte Damon sofort wieder. Es war der Mann, der im zweiten Schrein gelegen hatte, und er war so nackt wie auch Byanca. Dennoch wirkte er nicht verletzlich.

Langsam trat er aus den kriechenden, blassen Nebelstreifen hervor und auf Zamorra zu. Seine schwarzen Augen glommen drohend, und seine rechte Hand umklammerte einen Dhyarra-Kristall . . .

Der Kristall aus dem *Schwert der Götter*! Der Kristall der Macht!

Zamorra preßte die Lippen zusammen. »Also bist du doch nicht der Feigling, für den ich dich hielt«, sagte er. »Warum bringst du dann aber jene Kreaturen mit?« Er deutete mit dem Daumen über die Schulter auf die dämonischen Horrorgestalten, die Byanca herbeigezerrt hatten.

Damon glitt immer noch näher, auf Zamorra zu. Er schien sich vollkommen sicher zu fühlen. Der Parapsychologe hatte das Hemd geöffnet und das Amulett freigelegt, doch die Ausstrahlung der Silberscheibe, die nahezu jeden Dämon zwang, zu fliehen oder zumindest das Gesicht abzuwenden, zeigte bei Damon keine Wirkung. Der Unheimliche war stark.

Superstark.

Zamorra begann zu ahnen, daß die Auseinandersetzung anders verlaufen würde, als er sie sich vorgestellt hatte. Damon war nicht Asmodis oder eine andere seiner Kreaturen. Damon war auch nicht wie Pluton, den Zamorra in der anderen Welt besiegt hatte. Damon war stark und selbstsicher.

»Du kamst auch nicht allein«, sagte Damon gelassen und schritt an Zamorra vorbei. Dabei berührte er ihn sogar wie kameradschaftlich an der Schulter und zwang ihn zur Drehung. Mit der anderen Hand, die den Kristall hielt, deutete er auf die vier Alptraumwesen. »Sie gehören zu meinen niedersten Dienern und werden doch die Ehre haben, meine Sekundanten zu sein. Du ziehst doch den Zweikampf vor, Zamorra?«

Der Meister des Übersinnlichen nickte knapp. Er begann sich auf einiges gefaßt zu machen.

Der nackte Hüne, dessen stattliche Gestalt anziehend gewirkt hätte, wäre er nicht ein Dämon gewesen, blieb stehen und sah Zamorra an.

»Welchen Preis setzt du?«

»Preis?«

»Du willst mich besiegen«, Damon lachte hart auf. »Du mußt aber auch damit rechnen, daß du verlierst. Was ist dein Preis?«

»Ich werde nicht verlieren« sagte Zamorra fest.

»Sei dir da nicht ganz so sicher«, erwiderte der Hybride. »Es gibt drei Todesurteile – das von Kerr, das von Byanca und deines. Ich bin gewillt, sie zu vollstrecken, aber erst, wenn ich dich besiegt habe. Deine Anmaßung, mir gegenüberzutreten, gehört bestraft. Ich will dich sterben sehen.«

Klare Worte, dachte Zamorra. Auch hier war Damon anders als irdische Dämonen. Es lag keine Überheblichkeit in seinen Worten, nicht einmal eine Drohung. Nur Feststellung.

Wenn dieser Mann auf der Seite des Guten stünde . . .

Doch ein Gedanke daran war illusorisch. Er war Zamorras geborener Erzfeind, und er würde sich nicht bekehren lassen. Was Byanca nicht hatte schaffen können, würde auch Zamorra nicht gelingen. Es würde nur eine Möglichkeit geben: den Zweikampf bis zum Tod eines der beiden Gegner.

In diesem Moment wußten beide nicht, daß es ein mächtiges Wesen gab, das daran interessiert war, daß Damon *nicht* starb – Merlin, der Magier!

»Mein Preis«, sagte Damon. »Wenn du siegst – wenn! –, zieht ihr unbehelligt eurer Wege. Was setzt du, Zamorra?«

»Ich verspreche dir nichts, Damon«, sage der Meister des Übersinnlichen.

Damon lächelte. »Meine Worte sind nicht leer. Ich habe es nicht nötig, denn ich bin stark genug.«

Unwillkürlich warf Zamorra einen Blick auf Byanca. Das Mädchen nickte. »Glaube ihm, Zamorra!« rief sie ihm zu. »Damon hat nie gelogen . . .« Zamorra sah sie prüfend an. Damon mußte wirklich sehr stark sein.

»Zamorra, gib mir das Schwert!« forderte sie. »Laß mich gegen Damon kämpfen!«

Er hob die Brauen.

Plötzlich ging eine Veränderung mit Damon vor. Er sprang zu Byanca, löste rasch ihre Fesseln und stieß das verblüffte Mädchen zu Zamorra. »Tu ihr den Gefallen und erfülle ihren letzten Wunsch!« brüllte er. »Sie will es so ... sie will als erste durch meine Hand sterben!«

Zamorra starrte Damon entgeistert an. Er begriff den plötzlichen Wandel dieses Ungeheuers in Menschengestalt nicht. Sein Gesicht war verzerrt.

»Los, gib ihr das Schwert!« schrie der Dämon. »Ihr alle werdet hier sterben, aber sie als erste!«

Und langsam, ganz langsam, wie unter hypnotischem Zwang, streckte Byanca ihre schmale Hand nach dem Dhyarra-Schwert in Zamorras Hand aus.

Zamorra starrte wie gebannt auf diese Hand. Tausend Gedanken kreisten durch sein Gehirn. Nur langsam kristallisierte sich eine Erkenntnis heraus.

Byanca durfte nicht kämpfen!

Nicht, weil sie eine Frau und Zamorra ein Kavalier der alten Schule war. Die Gründe lagen in anderen Bereichen. Mochte Byanca auch endgültig zu der Erkenntnis gelangt sein, daß all ihre Bemühungen, Damon zu bekehren, scheitern mußten, mochte sie gewillt sein, das Böse auf die andere Weise zu zerstören – so, wie es vor dreitausend Jahren in der anderen Welt bestimmt worden war –, es durfte nicht sein. Denn nur zu deutlich sah Zamorra den Kristall, den Damon umklammerte. Ein Kristall zwölfter Ordnung.

Herausgebrochen aus dem *Schwert der Götter*, das einst Byanca gehört hatte und jetzt im Felsen in der Mardhin-Grotte steckte.

Und Byancas Hand streckte sich nach dem *Schwert der Dämonen* und somit Damons Kristall aus.

Aber die Legende sagte, daß beide, Damon wie Byanca, durch ihre eigenen Kristalle zu besiegen waren.

Und genau das würde geschehen. Sie würden mit ihren gegenseitigen Kristallen aufeinanderprallen ... und besiegt werden.

Und zwar beide. Es würde keinen Sieger geben, sondern nur zwei Verlierer.

In Byancas Augen las Zamorra, daß sie es wußte. Sie nahm es in Kauf, akzeptierte ihre eigene Vernichtung, um Damon auf seinem unheilvollen Weg zu stoppen. Wenn sie schon nicht in der Lage war, seine Liebe zurückzugewinnen und ihn auf den Weg des Guten zurückzulenken, so wollte sie gemeinsam mit ihm den Tod erleiden.

Immer noch wirbelten Zamorras Gedanken. Warum tat sie das? Fürchtete sie, an Damons Tod innerlich zu zerbrechen? War ihre Liebe zu ihm so stark?

Doch als ihre Hand das Schwert fast schon berührte, zog er die Hand zurück, schüttelte stumm den Kopf.

Byanca durfte der Welt nicht verlorengehen. Die starke Kämpferin für das Gute, für das Licht, durfte nicht untergehen, nur weil ein Superdämon fallen sollte.

Nein, sagten Zamorras Augen, und sie schloß die Lieder. Ihr ganzes Wesen drückte Kummer und Verzweiflung aus.

»Warum nicht, Zamorra?« flüsterte sie.

»Weil ein ganzes Universum dich braucht«, gab er leise zurück. »Du bist mit deinen Para-Kräften tausendmal stärker als ich. Wenn du vergehst, ist der Verlust zu groß. Und du wirst, wenn du ihm entgegentrittst, auf jeden Fall vergehen.«

»Er aber auch« sagte sie leise. »Und eine Gefahr ist gebannt.«

»Der Preis ist zu hoch«, erwiderte der Meister des Übersinnlichen. Seine Hand berührte den Druidenfuß im Mittelpunkt seines Amuletts, und es gab ihm Kraft. »Sollte ich versagen, kannst du das Universum immer noch retten. Aber zuerst muß ich es versuchen.

»Er kann dich besiegen.«

»Er kann, vielleicht aber auch nicht. Dann bleibst du erhalten.«

Sie senkte den Kopf. »Ist es denn so schwer, dich zu überzeugen? Weißt du nicht, wie schwer es für *mich* sein wird? Ohne *ihn* weiterzuleben?«

Plötzlich stand Kerr neben ihr. Kerr, der Druide. »Kennst du unseren Christenglauben, Byanca?« fragte er leise.

Zamorra sah ihn verwundert an. Byanca nickte. »Ja . . .«, dehnte sie.

»Für den Erlöser war es schwerer zu sterben, als es für dich zu leben sein wird«, sagte Kerr dumpf und wandte sich wieder ab.

»Ihr wollt mich nicht verstehen«, flüsterte sie und wich zurück. Schritt um Schritt. In Zamorra begann etwas zu fressen. Doch er verstand sie, wenngleich er Kerr nicht verstand. Hatte der mit seiner Bemerkung nicht alles noch viel schwerer und komplizierter gemacht? Aber vielleicht lag das daran, daß Kerr Druide war – und die hatten sich schon immer von den Christen unterschieden, sahen alles etwas anders.

»Seid ihr endlich fertig mit eurem Zwiegespräch?« schrie Damon.

Byanca wandte sich abrupt um, taumelte. Nicole Duval fing sie auf. Byanca lehnte sich an sie, barg ihr Gesicht an Nicoles Schulter. Ihr Körper zuckte unter leisem Schluchzen.

Nicoles Gesicht wirkte wie aus Stein gemeißelt.

Kerr war blaß, seine Fäuste geballt, die Lippen ein schmaler Strich. Leicht beugte er sich vor, als wolle er jemanden angreifen.

Zamorra wandte sich langsam um. Da standen die vier scheußlichen Dämonenknechte. Und da stand Damon. Hoch aufgerichtet, stolz und selbstsicher. Ein barbarischer Krieger, der wußte, was er wollte. Siegen!

Und beherrschen.

»Bist du bereit?« fragte er.

Zamorra nickte nur, ging langsam auf die nackte Kriegerstalt zu. Seine Hand umklammerte den Schwertgriff fester als je zuvor.

Damon blieb ruhig stehen, wartete und hob die rechte Hand. Sein Dhyarra funkelte auf, und aus ihm sprang eine schwarze Schwertklinge.

Die endgültige Entscheidung stand unmittelbar bevor.

Nicole fühlte die Angst. Nicht zum ersten Mal in ihrem Leben, aber so intensiv wie selten zuvor. Und diesmal war es nicht Angst um ihr eigenes Leben, auch nicht Angst um den geliebten Gefährten. Es war mehr.

Es war Angst vor der gesamten Situation, Angst davor, daß alles der Kontrolle entgleiten konnte. Zu widersprüchlich war Damons Verhalten. Und Byanca . . .

Sie weinte sich aus. Nicoles Hände wanderten sanft über Byancas Schultern, durch ihr seidiges Haar.

»Ganz ruhig«, flüsterte sie leise. »Zamorra wird es schaffen. Er wird eine Lösung finden.«

»Tod«, hauchte Byanca. »Ich sehe den Tod. Er schwebt über dem Hochmoor. Zamorra kann nur töten, und Damon kann nur töten. Und ich werde ohne ihn . . .«

»Sterben?« fragte Nicole betont kühl. »Aus Liebeskummer? Wohl kaum!«

»Es ist anders, ganz anders«, sagte Byanca leise. »Ihr begreift es alle nicht. Keiner von euch. Nicht einmal du, Nicole Duval!«

Nicoles Augen schienen zu brennen. Sie sah, wie Zamorra auf den wartenden Fürsten der Finsternis zuschritt, das Schwert in der Hand. Sie sah, wie aus dem Kristall in Damons Hand eine nachtschwarze Schwertklinge wuchs. Magische Energie, zu Materie verfestigt und dabei irgendwie leuchtend. Schwarzes Licht . . . die Dhyarras schienen noch weitaus mehr Geheimnisse zu bergen, als bisher bekannt war.

Und sie sah noch etwas.

Die vier Dämonenknechte schoben sich langsam, fast unmerklich näher. Nicole sah ihre Krallenhände, die sich bereits in Vorfreude öffneten und schlossen.

Mochte Damon vielleicht auch sein Versprechen halten wollen – die vier Schauergestalten wollten es bestimmt nicht! Sie setzten sich über die Entscheidung ihres Herrschers hinweg.

Sie würden ihre Opfer holen . . .

»Aufpassen!« zischte Nicole. »Kerr, die Dämonen . . .«

Es war der Augenblick, in dem sie alle den Hauch einer gewaltigen Macht spürten, die über diesen Platz glitt. Ein gigantisches, starkes Wesen, das sich anschickte, in das Geschehen einzugreifen.

Der Tod?

Zamorra hob das Schwert. Ein leichter Druck breitete sich in seinem Gehirn aus. Wie bei jenem Kampf gegen Pluton, bei dem ein immerhin anderer Kristall *zwischengeschaltet* gewesen war und die verheerende, gewaltige Kraft des zwölfrangigen Superkristalls teilweise gebändigt hatte – wobei er zerfiel –, spürte Zamorra auch jetzt fast schmerzhaft die Dhyarra-Energie.

Das Amulett begann zu arbeiten. Es setzte ebenfalls Energien frei, um den großen Kristall unter Kontrolle zu bekommen. Aber Zamorra fühlte, daß sich die unterschiedlichen Energien nicht miteinander vertrugen. Das Amulett konnte den Dhyarra nicht bändigen. Zamorra wußte, daß er seine ganze Energie verwenden mußte, um gegen Damon bestehen zu können, und selbst dann war ein Sieg noch fraglich. Denn der Kristall war zu stark. Er würde Zamorras Gehirn verbrennen.

Er wußte es, aber er sah keine andere Möglichkeit. Er mußte alles versuchen, auch das Letzte. Der Wahnsinn, der Machtrausch dieses Dämons mußte gestoppt werden um fast jeden Preis.

Und da war plötzlich etwas.

Zamorra fühlte es nur schwach, weil es sich abschirmte. Ein fremder Geist berührte den seinen mit unsichtbaren Schwingen, fand Kontakt und näherte sich. Ein mächtiges Bewußtsein nistete sich in ihm ein. Eine flüsternde Stimme begann Kräfte zu aktivieren, wie Zamorra sie nie zuvor in sich gespürt hatte.

Es waren auch nicht seine eigenen Kräfte, sondern die des anderen, der zu ihm gestoßen war. Sie verschmolzen nicht miteinander, sondern berührten sich nur, existierten nebeneinander in einem Körper, ohne sich gegenseitig zu verdrängen.

Weiße Magie ermöglichte die friedliche Koexistenz. Ein Dämon hätte den Geist des Wirtskörpers brutal unterjocht. Dies hier war jedoch etwas anderes.

Kein Parasit, sondern ein Symbiont.

Und Zamorra fühlte, daß er mit der Kraft des *Gastes* den Kristall bezwingen konnte. Zu dritt waren sie stark genug, den Kristall zu beherrschen – Zamorra, Amulett und jener, der kam, um ihm zu helfen und die unterschiedlichen Kräfte von Kristall und Amulett aufeinander abzustimmen.

Die Schwertklingen krachten gegeneinander.

»Bleibt, wo ihr seid«, murmelte Kerr warnend. Er starrte die sich nähernden Dämonen an.

Auch Byanca schreckte jetzt auf.

Etwa zehn Meter von ihnen entfernt kämpften die beiden Streiter. Sie waren aufeinander konzentriert, bedeuteten keine Gefahr. Die Gefahr ging von den vier anderen Kreaturen aus.

Sie hatten sich getrennt, glaubten in den drei anderen leichte Beute zu haben.

Nicole sah von einem zum anderen, mußte sich dabei schon drehen. Die Dämonengestalten hatten sie bereits eingekreist. Es war jetzt unmöglich, sie alle vier zugleich im Auge zu behalten.

»Byanca«, sagte Nicole leise, »kannst du etwas gegen sie tun?«

Byanca reagierte nicht. Sie sah nur einen der Unheimlichen starr an, aber nichts geschah. Kerr hob eine Hand.

»Warte«, warnte Nicole. »Laß sie zuerst angreifen. Hinterher heißt es, *wir* hätten angegriffen und die Regeln des Zweikampfes verletzt. Vielleicht ist es das, was sie wollen.«

Kerr schüttelte den Kopf. »So weit denken sie nicht. Sie wollen uns töten oder irgend etwas anderes mit uns tun.«

Er starrte den Alptraum auf Beinen an, der ihm am nächsten war. »Bleib da stehen, Junge, dann passiert dir nichts«, warnte er ihn.

Der Dämonenknecht reagierte nicht darauf und schob sich weiter heran. Den Oberkörper leicht vorgebeugt, die Krallenhände gespreizt. Geifer troff aus seinem Raubtierrachen.

Ein fahler Blitz zuckte aus der offenen Hand des Druiden. Aber er erreichte den Dämonischen nicht. Die Druidenkraft Kerrs, untrainiert, weil selten gebraucht, stieß nicht durch. Sekundenbruchteile später brach Kerr lautlos zusammen.

Schritt für Schritt rückte der Dämonische heran, kauerte sich neben dem Druiden nieder.

»Byanca!« schrie Nicole. »Tu etwas!«

Doch Byanca reagierte immer noch nicht. Sie schien mit ihren Gedanken woanders zu sein. Ganz weit fort.

Die bleichen Nebel krochen langsam heran. Die weißen, kalten Finger des Todes tasteten nach den Menschen.

Die Schwerter sangen ihr tödliches Lied, klirrten gegeneinander. Funken sprühten. Die schwarze, aus verfestigter Magie bestehende

Klinge Damons erwies sich dem leuchtenden Schwert Zamorras als gewachsen. Immer wieder prallten die Waffen gegeneinander, wenn einer der beiden Kontrahenten angriff und den anderen zum Parieren zwang. Doch keiner wich auch nur einen Schritt zurück.

»Meine Klinge«, fauchte Damon. »Du führst sie gut, Zamorra! Wer hat dich kämpfen gelehrt?«

Zamorra begriff es selbst nicht. Damon setzte seine Magie ein, wie er selbst auch auf seine Kenntnisse der Zauberei zurückgriff. Flüssiges Feuer strahlte auf. Jeder Treffer mit einem der Schwerter mußte trotz magischer Abschirmung verheerende Verletzungen hervorrufen. Dagegen nahm sich ein normaler Schwertkampf wie ein harmloses Geplänkel aus.

Zamorra war kein besonders geübter Schwertkämpfer. Jetzt aber schwang er die Waffe wie ein alter Krieger. Der andere in ihm half ihm.

»Du bist nicht Zamorra«, murmelte Damon plötzlich. »Vorhin warst du anders, ehe der Kampf begann. Wer bist du jetzt?«

Das schwarze Schwert prallte gegen das leuchtende, zwang es nach unten und riß Zamorra fast den Arm aus. Er fühlte, wie er ermüdete. Diesem blitzschnell geführten Schlag nach den ablenkenden Worten hatte er nichts entgegenzusetzen. Seine Schwertspitze berührte den Boden. Funkensprühend schrammte die schwarze Klinge daran entlang und hob sich wieder.

»Wer bist du?«

Etwas in Zamorra drängte sich irgendwie an ihm vorbei und übernahm die Kontrolle. Sein Schwert glitt wieder halb hoch.

»Ich bin Merlin!«

Kapitel 89

Die Monsterwesen erstarrten jäh. Hände, die sich nach Nicole und Byanca ausgestreckt hatten, verharrten.

Auch Nicole sah sich um. Dort standen die beiden Kämpfer, und jetzt erst wurde ihr bewußt, wie laut Zamorras Stimme gewesen war. Sie schien von überall zugleich heranzudringen und hallte wider.

»Ich bin Merlin!«

Nicoles Augen weiteten sich.

Da kreischten die Dämonischen schrill auf, wieselten davon. Der Nebel verschlang sie.

Jetzt endlich erwachte Byanca aus ihrer Starre. Sie fuhr herum, schrie etwas. Magische Zauberformeln in einer fremden Sprache.

Der Nebel riß auf. So, als würden Breschen hineingeschlagen. Die fliehenden Horrorwesen waren wieder zu erkennen. Jäh veränderten sie sich. Byancas starke Magie wurde wirksam.

Die vier Schauerkreaturen erstarrten, brachen auseinander. Wie Staub fiel das Fleisch ab, dann öffnete sich unter den Gerippen der Heideboden und verschlang sie. Sofort schloß er sich wieder.

Gebannt hatte Nicole das bizarre Schauspiel verfolgt. Jetzt wandte sie sich wieder dem Kampfplatz zu. Ihr Herz schlug wie rasend.

Der Kampf war entschieden!

»Merlin!« keuchte Damon auf. Blitzartig stieg eine Szene in seiner Erinnerung auf. Merlins Kampfansage, als er Kerr verfolgte ... das faule Ei, das Merlin gelegt hatte ...

»Merlin!« schrie der Hybride.

Aber Merlin/Zamorra nutzte blitzschnell die Chance. Für eine Zehntelssekunde vernachlässigte Damon seine Deckung, war er zu überrascht. Das Dämonenschwert leuchtete heller, zuckte vor und traf Damon. Der Hybride schien sich in Feuer zu hüllen.

Das Feuer erlosch. Damon stand da wie erstarrt. Die Wunde, die das Schwert geschlagen hatte, schloß sich sofort, aber sie nahm Damon dafür etwas, das er nie wieder zurückerhalten konnte ...

Ungläubig staunend sah er Zamorra/Merlin an.

Das schwarze Schwert schrumpfte; die Klinge verschwand wieder im Kristall. Damons Rechte öffnete sich. Der Dhyarra zwölfter Ordnung fiel mit einem dumpfen Geräusch in das Heidegras.

Damons verkrampfte Gesichtszüge lösten, entspannten sich. Zamorra fühlte, daß etwas mit dem Fürsten der Finsternis geschah.

Dann sank Damon auf die Knie und neigte den Kopf.

Er war besiegt. Der Fürst der Finsternis mit all seiner Macht war bezwungen. Er hatte sein Spiel verloren.

Er war nicht mehr der mächtige Herrscher der Schwarzen Familie, würde es nie mehr sein können. »Er hat all seine Kraft verloren«, sagte Merlin, und Zamorra war es, als stünde der geheimnisvolle Zauberer neben ihm. »Seine gesamten magischen Fähigkeiten sind geschwunden. Der Schwerthieb raubte sie ihm.«

Zamorra nickte. Für Damon war es mehr als eine Niederlage. Asmodis würde seinen alten Platz wieder einnehmen. Nach Damon war er immer noch der Stärkste unter den Schwarzblütigen.

Damons Ära war schneller zum Ende gekommen, als er geglaubt hatte. »Und so triumphiert Asmodis doch«, flüsterte er tonlos.

»Ich hätte ihn damals töten sollen, dann wäre das Schattenreich um eine Bestie ärmer!

»So spricht ein Dämon?« fragte Zamorra.

Da hob der Geschlagene den Kopf.

»Ein Dämon?« flüsterte er.

Er war es doch nicht mehr!

Langsam kamen sie heran. Nicole, Byanca – und Kerr, der wieder aus seiner Bewußtlosigkeit erwacht war. Er schwankte stark. Der magische Schlag des Dämons setzte ihm noch zu.

Neben Zamorra stand Merlin.

Er hatte Gestalt angenommen. Ein hochgewachsener Mann in weißer Druidenkutte, um dessen Schultern ein blutroter Mantel wehte. In einer goldenen Kordel um seine Hüften steckte eine goldene Sichel, Symbol, Werkzeug und Waffe der Druiden.

Ein uralter, weißhaariger Mann, aus dessen Augen ewige Jugend funkelte. Bedächtig bückte er sich und hob den Kristall auf, der Damons Hand entfallen war. Dann entwand er mit raschem Griff Zamorra das Schwert und brach geschickt und blitzschnell dessen Kristall aus dem Griff.

Er hielt die beiden funkelnden Dhyarras gegeneinander. Licht flirrte. Die beiden Kristalle verschmolzen miteinander zu einem einzigen. Stillschweigend ließ Merlin ihn in einer Falte seines Druidengewandes verschwinden.

»Nein«, sagte er dann. »Damon trägt seinen Namen nun zu Unrecht. Er ist kein Dämon mehr. Seine Kraft ist dahin.«

Langsam ging Byanca auf ihn zu.

Damon sah sie an. Schweigend, und ein schwaches Lächeln glitt wie von Zauberhand über sein Gesicht.

»Byanca«, flüsterte er und schloß sie in seine Arme. »Ich . . . was wollte ich dir antun?«

»Es ist vergessen« sagte sie leise. »Ein böser Traum. Wir wollen ihn vergessen.«

»Deine magische Kraft«, sagte Damon plötzlich. »Sie ist geschwunden wie meine!«

»Sie ist im Kristall«, sagte Byanca ruhig. »In dem Kristall, der aus unseren beiden entstand und jetzt Gut und Böse zugleich vertritt. Und wir . . .«

Sie verstummte. Sie sah ihn nur an. Und sie wußte, sie alle wußten, daß diese beiden – Menschen! – nie wieder gegeneinander stehen würden. Der Kampf war vorbei.

Das Böse war aus Damon gewichen. Er erkannte, was er fast angerichtet hätte, und er bereute. Doch seine Liebe zu Byanca, die er wiederentdeckte, würde ihm darüber hinweghelfen.

Merlin streckte beide Arme aus. »Kommt«, sagte er. »Folgt mir. Eure Welt ist die *Straße der Götter.* Dorthin werdet ihr zurückkehren und das Werk vollenden, das Zamorra begann. Denn«, und er lächelte hintergründig, »eigentlich solltet ihr beide erst zu diesem Zeitpunkt erweckt werden – zum Zeitpunkt von Zamorras Rückkehr!«

»Dein Spiel«, knurrte Zamorra. »Merlin, was bedeutet das alles?«

Die Ewigkeit sah Zamorra aus Merlins Augen an.

»Eines Tages, Meister des Übersinnlichen, wirst du verstehen, warum du manchmal nur Werkzeug zu sein *scheinst.* Doch bedenke, daß auch ich manchmal nur ein Werkzeug einer höheren Macht bin – der höchsten vielleicht, die es im Universum gibt.«

Seine Stimme verklang. Er nahm Damon und Byanca wie Kinder an den Händen und schritt mit ihnen davon.

»Das Schwert!« rief Zamorra. »*Caliburn!* Warum zeigtest du es mir in der Grotte? Welche Bewandtnis hat es mit dem Schwert im Fels? Ist es die Klinge, die damals König Artus führte?«

Merlin sprach, während er davonschritt und ohne sich umzuwenden.

»Der Frevler brach den Kristall heraus und schwächte das Schwert. Doch auch wenn der Frevel nun gesühnt ist, ist das Schwert geschwächt. Es ist noch zu früh für *Caliburn*, Zamorra, die Zeit ist noch nicht reif. Du wirst noch warten müssen.«

Seine Worte verhallten im Nebel, der den Magier und die beiden anderen verschluckte und Zamorra, Nicole und Kerr ratlos zurückließ.

Schweigend sahen sie ihm nach, versuchten seine Worte zu deuten, bis Zamorra mit den Schultern zuckte. Merlins Andeutungen waren zu phantastisch, um einmal wahr werden zu können.

»Gehen wir«, sagte er.

Kerr schmunzelte. »Auf mich wartet noch eine traurige Pflicht«, sagte er.

Überrascht sahen Zamorra und Nicole ihn an.

»Tja«, dehnte der Inspektor von Scotland Yard. »Ich habe leichtsinnigerweise den Leuten von Cwm Duad versprochen, ein paar Fäßchen Bier springen zu lassen für ein Freudenfest, wenn dieser Fall abgeschlossen ist. Und ich fürchte, ich kann meine Freunde dort nicht enttäuschen.«

Zamorra und Nicole sahen sich an.

Im Cwm Duad, im Tal unter dem Schatten von Merlins Burg, hatte das gewaltige Abenteuer begonnen, und dort würde es nun auch seinen Abschluß finden.

»Und wir«, sagte Nicole, »feiern mit! Und wie!«

Und ehe Zamorra einen Einwand erheben konnte, stoppte sie aufkommenden Protest, indem sie seine Lippen mit ihren versiegelte.

NACHWORT

Damon und Byanca waren durch das Weltentor in die *Straße der Götter* heimgekehrt. Und ein Zauberer, der mehr gesehen hatte als jedes Menschenauge, stand in der Mardhin-Grotte zwischen den funkelnden Kristallen vor dem Schwert, das im Fels steckte.

»Caliburn«, formten seine Lippen den walisischen Namen, und in seiner Hand schimmerte der Kristall, der aus zweien zu einem verschmolzen war. Geschickt fügte Merlin ihn wieder in die Fassung des Schwertgriffs ein. Der Dhyarra paßte hinein, als sei er mit dem Schwert geschmiedet worden.

Zur gleichen Zeit neigte in der anderen Welt ein Schamane sein Haupt vor den Heimgekehrten und murmelte die Schlußprophezeihung von der *Straße der Götter.*

Wenn Damon und Byanca heimkehren, wird sich die Welt verändern.

Ein neues Zeitalter brach an.

ENDE

Band 13 551
Reinhard Rohn (Hg.)
Wunderland
Originalausgabe

Die Faszination der Kindheit mit all ihren Ängsten und Beglückungen hat große Autoren seit jeher zu wunderbaren Geschichten inspiriert. Kenneth Grahame etwa öffnet noch einmal die Pforten zu dem Paradies, aus dem jeder Erwachsene unweigerlich vertrieben wird; einfühlsam erzählt er von einem großen spielerischen Abenteuer, wie nur Kinder es erleben können. Eindrucksvoll beschreibt Marlen Haushofer, wie Erwachsene einen hellen klaren Himmel buchstäblich verdunkeln. Oder Hermann Hesse zeigt, daß Kinderzeiten voller Widerstand gegen bürgerliche Enge sein können. *Wunderland* – das Buch für alle, die ihre Kinderphantasie noch nicht verloren haben.

BASTEI LÜBBE